Anne Tyler

Fast ein Heiliger

Roman

Aus dem Amerikanischen von
Anne Ruth Frank-Strauss

S. Fischer

Die amerikanische Originalausgabe erschien 1991
unter dem Titel ›Saint Maybe‹
bei Alfred A. Knopf, New York
Copyright © Anne Tyler 1991

Deutsche Ausgabe:
© S. Fischer Verlag, Frankfurt am Main 1992
Umschlaggestaltung: Buchholz/Hinsch/Walch
Satz: Fotosatz Otto Gutfreund GmbH, Darmstadt
Druck und Einband: Clausen & Bosse, Leck
Printed in Germany
ISBN 3-10-080012-5

Gedruckt auf chlor- und säurefreiem Papier

Inhalt

Fast ein Heiliger

I

Eine Kegelkugel per
Luftpost

Auf Waverly Street kannte jeder jeden. Es war schließlich nur ein kurzer Häuserblock – ein schmaler Streifen von geflicktem und wieder geflicktem Straßenpflaster, eingeklemmt zwischen einer hohen steinernen Friedhofsmauer an dem einen Ende und dem kommerziellen Durcheinander der Govans Road am anderen. Die Bäume waren alte Ahornbäume mit massigen, knolligen Stämmen. Die gedrungenen, schindelgedeckten Häuser schienen nur aus Veranda zu bestehen.

Und jedes Haus hatte seine eigene, besondere Rolle zu spielen. Nummer Neun, zum Beispiel, war ausländisch. Ein ständig wechselndes Sortiment von Studenten aus dem Mittleren Osten ging dort ein und aus. Sie besuchten die Johns-Hopkins-Universität, und der Duft von exotischen Gewürzen drang jeden Abend zur Essenszeit aus ihrer Küche. Nummer Sechs, das waren die Frischvermählten, obwohl die Crains nun schon zwei Jahre verheiratet waren und allmählich ein wenig abgenutzt wirkten. Und Nummer Acht war die Familie Bedloe. Sie waren nie einfach die Bedloes, sondern die *Familie* Bedloe. Waverly Streets Variante des idealen amerikanischen Applepie-Haushalts: zwei liebenswerte Eltern, drei gutaussehende Kinder, ein Hund, eine Katze und gelegentlich ein paar Goldfische.

Tatsächlich war das älteste dieser Kinder längst verheiratet und aus dem Haus – sie war nach Baltimore County gezogen und hatte bereits ihre eigene Familie –, und der Zweitälteste ging auf die Dreißig zu. Doch irgendwie waren die Bedloes in den Köpfen der Leute in einem Stadium steckengeblieben, das ein Dutzend Jahre zurücklag, als Claudia in Söckchen aufs College ging und Danny Kapitän seines High-School-Football-Teams war und Ian, das Baby (die große Überraschung seiner Eltern), den Gehsteig mit seinem Dreirad unsicher machte, an dessen Lenkstange ein winziges Nummernschild aus einem Cornflakes-Karton befestigt war.

Nun war Ian siebzehn und wie die übrige Familie grobknochig und gutaussehend und unbekümmert, überall beliebt und für jeden Spaß zu haben. Er hatte das goldbraune Haar der Bedloes, ihre goldfarbene Haut und schläfrig wirkende braune Augen; den Mund hatte er freilich von seiner Mutter, einen blaßbeigen Mund, der sich an den Winkeln aufwärts bog. Er trug am liebsten ausgefranste Jeans und karierte Hemden – im Sommer aus leichter Baumwolle, im Winter aus Flanell – von oben bis unten aufgeknöpft, die ein ausgeleiertes T-Shirt darunter sehen ließen. Seine Schuhe waren hochgeschnürte Turnschuhe, die mit Isolierband zusammengehalten wurden. Das war 1965, als Poe High School zumindest noch auf einem Rest von Kleidervorschriften bestand, und seine Lehrer schickten ihn ewig nach Hause, damit er sich etwas Anständiges anziehen sollte. (Aber seine Mutter empfing ihn dann wahrscheinlich in ausgebeulten, fusselbedeckten Hosen und einem seiner eigenen Hemden, die verblichenen blonden Locken nachlässig mit der rosa Plastikhaarspange einer Enkelin zurückgesteckt. *Sie* hätte der Kleidervorschrift auch nicht entsprochen.) Außerdem gab es auch Klagen über die Qualität von Ians Schularbeit. Er war intelligent, sagten seine Lehrer, aber faul. Zufrieden, mit schwachen B's oder sogar C's durchzurutschen. Das war im Frühjahr seines Junior-Jahres, und wenn er sich nicht bald besserte, dann würde kein College, das etwas auf sich hielt, ihn aufnehmen.

Ian hörte sich das alles mit einem geduldigen, abwesenden Gesichtsausdruck an. Es würde schon alles gutgehen, fand er. War es nicht immer so gewesen? (Keiner der Bedloes neigte dazu, sich Sorgen zu machen.) Anhängliche Freunde hatten sich seit dem Kindergarten um ihn geschart. Seine Freundin, Cicely Brown, war das hübscheste Mädchen der Juniorklasse. Seine Mutter war vernarrt in ihn, und sein Vater – Poe's Algebralehrer und zugleich Baseball-Coach – ließ ihn fast in jedem Spiel den Ball werfen, und nicht nur aus Verwandtschaftsgründen. Sein Vater behauptete, Ian habe Talent. Tatsächlich träumte Ian manchmal, er sei Pitcher für die Orioles, aber er wußte, daß er *so viel* Talent auch wieder nicht hatte. Er war, alles in allem, ein eher mittelmäßiger Typ.

Trotzdem, es gab Augenblicke, in denen er glaubte, daß er irgendwann, irgendwie, zu guter Letzt einmal berühmt sein würde. Für was berühmt, das konnte er nicht so genau sagen; aber manchmal, wenn er die hinteren Stufen hinaufging, stellte er sich ganz plötzlich vor, daß eine Kamera sich auf ihn richtete, um seine Lebensgeschichte zu filmen. Er hörte die gemessene, kultivierte Stimme seines Biographen, die sagte: »Ian ging die Stufen hinauf. Er öffnete die Tür. Er betrat die Küche.«

»Hast du einen guten Tag gehabt, Liebling?« fragte seine Mutter, die mit einem Wäschekorb durch die Küche ging.

»Ach«, sagte er, »die übliche Routine von schulischen Triumphen und sportlichem Ruhm.« Und er legte seine Bücher auf den Tisch.

Sein Biograph sagte: »Er legte seine Bücher auf den Tisch.«

Das war der Frühling, in dem Ians Bruder sich verliebte. Bis dahin hatte Danny alle möglichen Freundinnen gehabt – ständig wechselnde dekorative Peggys oder Debbies, die an seinem Arm hingen –, aber irgendwie war nie etwas daraus geworden. Er wurde immer sitzengelassen oder schrecklich enttäuscht. Seine Mutter fürchtete schon, er habe die Gelegenheit verpaßt und würde als einer dieser abgetakelten Junggesellen enden. Nun war da Lucy, schlank und hübsch und in rotem Kleid stand sie im Flur der Bedloes, ihr Rücken so gerade und ihre Handtasche so fest in beiden Händen, daß sie noch kleiner wirkte, als sie war. Sie sah tatsächlich kindlich aus, obwohl Danny sie als »Frau« bezeichnete, als er sie vorstellte. »Mom, Dad, Ian, ich möchte euch die Frau vorstellen, die mein Leben verändert hat.« Dann wandte Danny sich an Mrs. Jordan, die diesen unpassenden Augenblick gewählt hatte, über die Straße zu kommen und sich die Zickzackschere auszuleihen. »Mrs. Jordan: Lucy Dean.«

Seine Mutter übersprang einige Stufen der Bekanntschaft und schloß Lucy in die Arme. (Eindeutig war hier mehr als ein Händeschütteln angebracht.) Sein Vater sagte: »Na, also sowas!« Der Hund schnüffelte freundlich an Lucys Schoß, während Mrs. Jordan

– eine ältere Dame, der Inbegriff des Takts – hastig irgend etwas murmelte und sich rückwärts zur Tür hinausschob. Und Ian klemmte seine Handflächen unter die Achselhöhlen und grinste vage vor sich hin.

Sie gingen ins Wohnzimmer, Ian bildete das Schlußlicht. Lucy setzte sich in einen Sessel, und Danny ließ sich auf der Lehne nieder, die eine Hand beschützerisch hinter den lockeren Knoten von Lucys schwarzem Haar gelegt. Für Ian ähnelte Lucy einem prächtig gefiederten Vogel, den seine braunkarierte Familie gefangenhielt. Ihr Gesicht war sehr klein, ein Gemmengesicht. Ihr Kleid war rund ausgeschnitten, eng tailliert, mit weitem Rock. Sie trug extrem roten Lippenstift, was nicht aufgedonnert, sondern irgendwie mutig wirkte. Ian war hingerissen.

»Erzählt uns alles«, befahl Bee Bedloe. »Wo seid ihr euch begegnet, wie habt ihr euch kennengelernt – alles.«

Sie und Ians Vater hatten sich auf das Sofa gesetzt. (Ians Vater, der den weichen, abfallenden Körperbau eines Baseballspielers hatte, zog seinen Bauch ein.) Ian selbst blieb, wo er war, lässig an den Türrahmen gelehnt.

»Wir haben uns im Postamt getroffen«, sagte Danny. Er strahlte auf Lucy herunter, die vertrauensvoll zurücklächelte.

Bee sagte: »Oh? Ihr arbeitet zusammen?«

»Nein, nein«, sagte Lucy in einem überraschend krächzenden, leicht schleppenden Tonfall. »Ich ging hinein, um ein Paket aufzugeben, und Danny bediente mich.«

Danny erzählte: »Sie wollte ein Paket per Luftpost nach Cheyenne, Wyoming schicken. Ich sagte ihr, das würde zwanzig Dollar und siebenundzwanzig Cents kosten. Man konnte sehen, daß das mehr war, als sie ausgeben wollte –«

»Ich sagte: ›Zwanzig siebenundzwanzig! Allmächtiger Gott!‹« kreischte Lucy, so daß alle zusammenzuckten.

»Ich sagte ihr dann: ›Mit Paketpost ist es billiger, wissen Sie. Das wären vier dreiundsechzig.‹ ›Lassen Sie mich überlegen‹, sagt sie und tritt beiseite. Gibt ihren Platz am Schalter auf. Steht ein paar Meter weg von mir und starrt finster auf die Wand.«

»Ich brauchte einen Moment, um mich zu entscheiden«, erklärte Lucy.

»Starrt eine Ewigkeit finster die Wand an. Drei Kunden kommen vor ihr dran. Endlich sage ich: ›Miss? Sind Sie soweit?‹ Aber sie schaut immer noch finster drein.«

»Ich hatte ein paar Sachen an meinen Ex-Mann gepackt, und ich wollte sie so schnell wie möglich loswerden«, sagte Lucy.

Ein kleiner Ruck ging durchs Zimmer.

Bee sagte: »Ex-Mann?«

»Meine eine Hälfte wollte, daß er das Paket morgen bekommt, sogar gestern, wenn das möglich gewesen wäre, aber die andere Hälfte zählte Pfennige. ›Das sind fünfzehn und soundsoviel Dollar Unterschied‹, sagte diese andere Hälfte. ›Denk an all die Lebensmittel, die fünfzehn Dollar kaufen könnten. Oder Schuhe für die Kinder.‹«

»Kinder?«

»Was es mir angetan hatte«, sagte Danny, »war, daß sie sich nicht hetzen ließ. Daß es ihr nichts ausmachte, was andere Leute über sie dachten. Ich meine, sie stand einfach da und überlegte, das winzige Persönchen. Dann endlich sagte sie: ›Gut‹, und gab sich einen Ruck und beschloß, sich Luftpost zu leisten.«

»Es war wichtig genug, beschloß ich«, sagte Lucy. »Es war es wert, allein wegen der Genugtuung.«

»Wenn sie gesagt hätte ›Paketpost‹, hätte ich sie vielleicht gehen lassen«, sagte Danny. »Aber Luftpost! Das hab ich bewundert. Ich fragte sie, ob sie mit mir essen gehen würde.«

»Er war das bestaussehende Exemplar, das ich seit Ewigkeiten gesehen hatte«, erklärte Lucy den Bedloes. »Ich sagte, ich wäre entzückt, mit ihm essen zu gehen.«

Bee und Doug Bedloe saßen nebeneinander, angestrengt lächelnd, als habe jemand ihnen gerade eröffnet, daß sie fotografiert würden.

Das war bemerkenswert an den Bedloes: Sie glaubten, daß alles an ihrem Leben absolut wunderbar war. Das war nicht nur gespielt. Sie glaubten es wirklich. Oder zumindest Ians Mutter, und sie war diejenige, die den Ton angab. Sie war glücklich in ihrer Ehe, ihr Haus machte ihr jedesmal Freude, wenn sie es betrat, und ihre Kinder waren reizend und freundlich und allgemein beliebt. Wenn etwas

Schlimmes passierte – die üblichen Unfälle, Krankheiten, Unregelmäßigkeiten in der gewohnten Routine –, behandelte Bee sie mit augenrollendem Humor, als seien sie Stoff für eine Situationskomödie. Sie lieferten neue Kapitel in der fortlaufenden Saga, mit der sie die Nachbarn unterhielt: Wie Claudia das Auto demolierte. Wie Ian vom ersten Schuljahr suspendiert wurde.

Was Ian betraf, er glaubte das auch, aber nur nach einer Art Haken, einem Moment des Zögerns. Zum Beispiel hatte er von Zeit zu Zeit das Gefühl, daß sein Vater so etwas wie ein Witz in Poe High war – nicht durchsetzungsfähig und wirr in seinen Erklärungen der komplizierten algebraischen Funktionen. Bee aber sagte, er sei der beliebteste Lehrer, den Poe jemals gehabt habe, und das stimmte tatsächlich. Ja, gewiß stimmte das. Ian wußte, daß sie recht hatte.

Oder etwa Claudia. Die einzige in der Familie, die studiert hatte, war in ihrem Senior-Jahr vom College abgegangen, um zu heiraten, und dann kamen die Babys so zahlreich und so schnell, daß sie nach dem Alphabet benannt werden mußten: Abbie, Barney, Cindy, Davey ... wo würde das alles enden? fragte eine zynische Stimme aus dem hintersten Winkel von Ians Gehirn. Xavier? Zelda? Aber seine Mutter sagte, sie hoffe, sie würden zu doppelten Buchstaben übergehen – Aaron Abel und Bonnie Belinda –, wie Waren auf einer überfüllten Katalogseite. Dann sah Ian Claudias Kinder als purzelndes Durcheinander in einen Korb gehäuft, und er mußte lächeln.

Oder Danny. War es nicht irgendwie ein Abstieg, daß Danny gleich nach der High School im Postamt arbeiten ging, wenn beide Seiten der Familie, soweit man zurückdenken konnte, Lehrer gewesen waren? (Bee nannte sie »Pädagogen«.) Aber Bee wies darauf hin, daß er doch Glück habe, so früh im Leben zu wissen, was er wollte, und sich so zufrieden darin einrichtete. Daraufhin paßte sich Ian wieder an; er schaltete um oder so, und *wrumm*!, brauste er daher mit den anderen, beeindruckt von Dannys Glück.

Er hatte immer vermutet, daß er der einzige war, der diesen Haken in seinem Denken verspürte. Er vermutete das bis zu dem Tag, als Lucy erschien und er das heimliche Zusammenfahren seiner Eltern bei dem Wort »Ex-Mann« bemerkte. Moment mal. Das Mädchen aus Dannys Träumen hatte einen anderen vor ihm gewählt? Und bürdete ihm auch noch die Kinder eines anderen auf? Sein Vater sah verwirrt aus. Das breite Gesicht seiner Mutter wurde zu einer spröden, gespannten Fläche, wie etwas leicht Zerbrechliches.

Ian selbst hatte keine Schwierigkeiten bei dieser Vorstellung. Natürlich wollte er nur das Beste für Danny. Er hatte Danny seit seiner frühesten Kindheit angebetet – der vielseitige Sportler der Familie, begabt in jedem erdenklichen Sport, aber nicht im mindesten eingebildet darauf, immer fröhlich und vergnügt und geduldig mit seinem kleinen Bruder. Aber in Ians Augen *war* Lucy das Beste. Der Ex-Mann war nur ein geringfügiger Nachteil, ebenso die Kinder. Worauf es ankam, war diese Masse schwarzen Haars und diese langen schwarzen Wimpern. Keine von Dannys früheren Mädchen konnte sich nur annähernd mit ihr messen.

Aber er sah, wie standhaft seine Eltern lächelten – ein steinernes, gefrorenes Lächeln, während sie gedämpft plauderten. Seine Mutter sagte, natürlich sei das eine ungewöhnliche Art für ein Paar, sich kennenzulernen. Sein Vater sagte, er selbst hätte sich für Paketpost entschieden, deshalb wäre *er* nie zum Essen eingeladen worden, haha. Seine Mutter sagte, apropos Essen, Lucy solle doch zu Spaghetti dableiben. Dan sagte, sie könne nicht, er würde sie zu Haussners Restaurant ausführen, um ihre Verlobung zu feiern. Das Wort »Verlobung« sandte einen weiteren Schock durch den Raum, denn nun war es klar, ja, Danny meinte es wirklich ernst. Bee sagte, dann vielleicht später in der Woche. Lucy dankte ihr mit ihrer rauchigen, faszinierenden Stimme. Alle standen auf. Ian trat vom Türrahmen weg und erhielt den ersten direkten Blick von Lucy. Sie hatte rein graue Augen, fast silbrig, und aus der Nähe entdeckte man auf ihrer kleinen Nase ein paar Sommersprossen.

Nachdem Danny und Lucy gegangen waren, kehrten seine Eltern ins Wohnzimmer zurück und setzten sich wieder aufs Sofa. Das Abendessen war längst überfällig, aber niemand sprach vom Essen. Ian schlenderte hinüber zum Klavier in der Ecke. Dutzende von Familienfotos, eingerahmt in stumpfem Messing oder lackiertem Holz, standen auf einem elfenbeinfarbenen Spitzendeckchen. Andere, größere Fotos hingen dahinter und verdeckten fast ganz die geblümte Tapete, die über die Jahre zur Farbe eines Manila-Umschlags nachgedunkelt war. Diese studierte er: seine Großmutter, die mit finsterer Miene aufrecht neben seinem sitzenden Großvater stand, seine Großtante Bess, die versuchte, den Hula-Hoop zu bewältigen, Danny in seiner Leichtathletikuniform aus Satin, ein »Erster-Platz«-Band um den Hals. Immer wenn Danny etwas tat, das ihm Spaß machte, glänzte sein Gesicht von einem feinen Schweiß. Selbst beim Essen schwitzte er oder beim Musikhören. Auch auf seiner Fotografie – wo er schließlich gerade einen Sprint in der heißen Sonne hinter sich hatte und dazu auch noch die Freude, gesiegt zu haben – glänzte er, er sah metallen aus. Man könnte sich einbilden, er sei eine Statue. Ian berührte sanft den Rahmen. (Eine Staubschicht überzog seinen Finger. Bei all ihrem großen geräuschvollen Reinemachen neigte Bee dazu, über Kleinigkeiten hinwegzusehen.) Hinter ihm sagte seine Mutter: »Nun, wir haben uns ja seit Jahren gewünscht, daß er heiratet.«

»Stimmt, das haben wir«, sagte sein Vater.

»Und jetzt, wo der Militärdienst auf ihn zukommt...«

»Ach ja, der Militärdienst«, sagte sein Vater schwach.

»Hat sie gesagt, wie viele Kinder sie hat?«

»Nicht, daß ich mich erinnere.«

»Wenn sie viele hat«, meinte Bee, »können wir sie mit Claudias Kindern zusammentun und unser eigenes Baseball-Team aufstellen.«

Sie lachte. Ian wandte sich um und sah sie an, aber es war zu spät. Sie war schon wieder glatt zu bedingungsloser Begeisterung übergegangen, und er hatte die Chance verpaßt zu sehen, wie sie das machte.

Lucy hatte also doch nicht eine Menge Kinder, nur zwei. Ein sechsjähriges Mädchen und einen dreijährigen Jungen. Sie wohnte ein paar Kilometer entfernt, sagte Danny, in einer Mietwohnung über einer Mapton-Apotheke, und sie ließ die Kinder bei der Frau des Apothekers, wenn sie täglich zur Arbeit ging. Das erzählte er Ian später am selben Abend, als er vor dem Zubettgehen in Ians Zimmer kam. Er sagte, sie arbeitete als Kellnerin im Fill 'Er Up Café – der einzige Job, den sie finden konnte, der ihr erlaubte, ihre Arbeitsstunden nach denen der Kinder einzurichten. Aber damit würde er nun Schluß machen, sagte Danny. Danny wollte keine Frau, die arbeitete.

Er sagte, sie habe das Paket auf Wunsch ihres Ex-Manns abge-
schickt. Ihr Ex-Mann wollte wieder heiraten, und er wollte, daß sie
ihm seine Sachen schickte. Lucy hatte jede Spur von ihm verpackt:
die Geisha-Figur zum Beispiel, die er beim Pfeilschießen auf dem
Jahrmarkt gewonnen hatte, und die Kegelkugel in dem rotweißen
Leinenbeutel, der zu ihrem eigenen paßte. Danny zählte die Gegen-
stände mit einer Umständlichkeit und Genauigkeit auf, als wären
selbst sie in den Bannkreis seiner Liebe gefallen. Die Kegelkugel,
sagte er, habe erheblich zum Gewicht des Pakets beigetragen (insgesamt fünfundzwanzig Pfund). Lucy hatte auch einen Siegespokal
erwähnt, der ja auch nicht so leicht gewesen sein konnte.

Ian versuchte, sich Lucy beim Kegeln vorzustellen. Unlogischer-
weise sah er sie in den Schuhen, die sie im Haus getragen hatte –
kleine rote Pumps mit roten Stoffrosetten über den Zehen. Die
hohen Absätze würden winzige Dellen in das glänzende Holz der
Kugelrinne drücken.

»Sie ist eine wunderbare Köchin«, sagte Danny.

»Jedesmal, wenn ich zum Essen komme, macht sie etwas Besonderes für mich, und sie zündet neue Kerzen an. Und manchmal
macht sie die Halter selbst, gestern abend waren es zwei rote Äpfel.
Ist das nicht raffiniert? Sie hat die raffiniertesten Ideen. Sie kennt
sich auch mit Servietten aus; sie faltet sie in verschiedene Formen,
Akkordeons, Schmetterlinge und Wigwams, denn Lucy sagt...«

Lucy sagt, Lucy meint, Lucy glaubt. Sie schien fast bei ihnen im
Zimmer zu sein. Danny lehnte im Türrahmen mit den Händen in
den Hosentaschen, seine Augen ein wenig schräg, wie immer, wenn
ihn etwas begeisterte. Der Knoten seiner Krawatte hing lose auf
seiner Brust, so daß er beschwipst aussah, was gar nicht war.

Wie *endeten* ihre Abende, wollte Ian fragen. Knutschten die beiden auf Lucys Sofa? Oder trieben sie es vielleicht sogar miteinander?

Danny sprach von Lucys Geschicklichkeit für Innenausstattung,
ihrer Besorgnis um die Kinder, ihrer schwierigen Vergangenheit.
»Ihre beiden Eltern sind bei einem Autounfall ums Leben gekommen, als sie noch ein Teenager war«, sagte er, »und dieser Mann, den
sie hatte, kann nicht viel getaugt haben, danach zu urteilen, wie weit
er mit den Unterhaltszahlungen für die Kinder im Rückstand ist.

Nicht, daß sie sich beklagt. Sie sagt über niemanden etwas Schlechtes, das ist nicht ihre Art. Ich sage dir, Ian, ich habe nach einer Frau wie Lucy mein Leben lang Ausschau gehalten, aber ich hab allmählich geglaubt, ich würde sie nie finden. Fast hab ich schon gedacht, es stimmte was nicht mit mir. Ich hab diese Mädchen getroffen – die schienen so hübsch und nett zu sein, und dann stellte sich heraus, daß doch alles bloß Theater war; sie flirteten nur oder machten mir was vor, und jeder wußte es, außer mir. Sollte es nicht eine Art Lehrgang für die Beurteilung von Frauen geben? Wie sollen Jungens denn so etwas herausfinden? Na ja, manche tun es eben, es ist eine Art Begabung, nehme ich an. Aber ich hab allmählich befürchtet, ich wäre verhext. Und da kommt Lucy daher. Vor zwei Wochen war sie noch eine völlig Fremde, kannst du dir das vorstellen? Und doch bin ich sicher, sie ist die Richtige. Sie macht ihre Vorhänge selbst, und sie schneidet den Kindern selbst die Haare. Sie kann einen Trieb in einen Blumentopf pflanzen, und er wird grün und fängt an zu wachsen. Wenn ich meine Hände um ihre Taille lege, berühren sich fast meine Fingerspitzen.«

Irgendwie wußte Ian genau, was für ein Gefühl das war: ihr Körper verengte sich zwischen seinen Handflächen wie eine schlanke, elegante Vase.

Danny und Lucy heirateten eine Woche später in der Presbyterianer-Kirche in der Dober Street, die die Bedloes sporadisch besuchten. Lucy trug ein rosafarbenes Kostüm und ein weißes Pillbox-Hütchen mit einer Schleife. Sie stand vor dem Pfarrer, Arm in Arm mit Danny, und ihre Füße waren brav nebeneinandergestellt, so daß Ians Augen auf die Nähte ihrer Strümpfe geheftet waren. Er hatte noch nie Nähte an Strümpfen gesehen, außer in alten Schwarz-Weiß-Filmen. Er fragte sich, wie sie die so gerade hinbekommen hatte. Sie sahen aus wie zwei mit Füllfederhalter und Lineal gezogene Linien.

Kümmerlich wenig Gäste saßen auf der Seite der Braut in der Kirche verstreut. Auf der ersten Bank saßen zwei Kellnerinnen vom Fill 'Er Up Café, beide mit kegelförmigen Frisuren, durch die sie größer als alle anderen Anwesenden aussahen. Hinter ihnen saß der Apotheker mit seiner Frau, an die sich Lucys zwei Kinder anschmiegten. Ian hatte die Kinder bei einem Familiendinner am Abend zuvor kennengelernt, und sie hatten ihm nicht besonders gefallen. Agatha war so plump wie ihr Name – unscheinbar und dick, mit teigigem Gesicht. Thomas war dünn und dunkel und flink, aber auch er war Erwachsenen gegenüber nicht zugänglicher. Während der Hochzeit starrten sie beide woanders hin – hinauf an die gewölbte Decke, umher auf die rosa Kieselglasfenster –, bis Mrs. Myrdal sich mit scharfem Flüstern zu ihnen hinüberbeugte. Agatha war von dieser Sorte Kinder, die durch den Mund atmen.

Aber auf der Seite des Bräutigams! Zuerst kamen die Eltern, Doug Bedloe ungewohnterweise ganz in Schale und Bee in einem neuen gestreiften Kleid von Hutzlers. Dann, in der zweiten Bank eine Reihe von Daleys – Claudia mit ihrem Mann Macy und alle fünf ihrer raschelnden, zappelnden Kinder, selbst die kleine Ellen, obwohl ein Babysitter angeheuert worden war, der im Hintergrund der Kirche lauerte, für alle Fälle. Ian saß in der dritten Reihe mit Cicely, händchenhaltend. Und wenn er sich umdrehte, konnte er Dannys Freunde von der High School und seine Kollegen vom Postamt und auch so ziemlich die ganze Nachbarschaft sehen: die Cahns, die Crains, die Mercers, Cicelys Eltern und ihr Bruder Stevie, Mrs. Jordan, selbst an diesem warmen Maitag in ihrer kahlen Pelzstola, und sämtliche Ausländer – eine Reihe brauner junger Männer, die alle die gleichen glänzend schwarzen Anzüge trugen. Die Ausländer ließen keine Gelegenheit aus, an einer Feierlichkeit teilzunehmen.

Der Pfarrer sprach des längeren über die Institution der Ehe. Danny verschob sein Gewicht ein paarmal von einem Fuß auf den andern, aber Lucy blieb pflichtgemäß bewegungslos. Ian fragte sich, warum ein Hut wie der ihrige eine Pillenschachtel genannt wurde. Er sah mehr wie eine Pille als eine Schachtel aus, dachte er – ein großes weißes Aspirin.

Cicely drückte seine Hand, und er drückte ihre, aber nicht so fest. (Sie trug seinen Klassenring, so dick wie ein Schlagring.) Von fern registrierte er das »Ja« des Brautpaars – Dannys so nachdrücklich, daß die jüngeren Daleys kicherten. Lucys Ja heiser und zärtlich. Dann erklärte Dr. Prescott sie zu Mann und Frau, und sie küßten sich. Es war nicht einer dieser demonstrativen Küsse, die man manchmal auf Hochzeiten sieht. Lucy wandte sich nur um und blickte auf in Dannys Augen, und Danny legte beide Hände auf ihre Schultern, beugte sich hinab, um seine Lippen ganz sanft auf die ihren zu drücken. Danach traten sie zurück und lächelten den Gästen zu, und alle erhoben sich und gingen nach vorn, um sie zu beglückwünschen.

Der Empfang wurde bei den Bedloes abgehalten, mit köstlichen kleinen Kuchen, die Bee und Claudia tagelang gebacken hatten, Dougs berühmtem, mit Alkohol versetztem Punsch in einem Plastikmülleimer, der nur für diesen Zweck reserviert war, und flaschenweise Limonade für die Kinder. Es waren mehr als genug Kinder da. Claudias Nachwuchs jagte einander durch einen Wald von Erwachsenenbeinen. Rafe Hamnetts zehnjährige sexy Zwillingstöchter standen beim Klavier, beide schoben sie die eine Hüfte heraus und schwenkten dabei einen Papierstrohhalm als Zigarette. Nur Lucys Zwei schienen keinen Spaß zu haben. Sie saßen auf einem Fensterbrett, fast verborgen von den Vorhängen auf beiden Seiten. Einmal zerrte Cicely Ian herüber, um sich mit ihnen anzufreunden – sie galt in der Schule als »rücksichtsvoll« –, doch es kam nichts dabei heraus. Thomas wich zu seiner Schwester zurück und zupfte an einem Pflaster, das um seinen Daumen gewickelt war. Agatha hielt ihre Arme verschränkt und starrte an ihnen vorbei auf ihre Mutter, die jedem Gast, dem Danny sie vorstellte, ihre kleine Hand bot. (»Liebling, das ist Melvin Cahn, der nebenan wohnt. Melvin, ich möchte dir die Frau vorstellen, die mein Leben verändert hat.«)

Cicely fragte Agatha: »Ist das nicht nett, daß du einen neuen Onkel hast? Denk mal: Onkel Ian.«

Agatha wandte Cicely ihren Blick zu, als sei es eine richtige Anstrengung.

»Ist das nicht nett?« sagte Cicely.

Agatha nickte schließlich.

»Sie ist von Freude übermannt«, sagte Ian zu Cicely.

Cicely schnitt ihm eine Grimasse. Sie war ein munteres, liebes, rundäugiges Mädchen mit einem blondgelockten Wuschelkopf. Heute trug sie ein gelbes Hemdkleid, unter dem ihre Brüste wie zwei kleine umgedrehte Teetassen waren. Ian verschränkte seine Finger mit ihren und sagte: »Laß uns zu dir nach Hause gehen.«

»Gehen? Ich hab deine Leute ja noch nicht begrüßt.«

Aber sie ließ sich von ihm fortführen, an Doug Bedloe mit erhobener Punschkelle vorbei, an ihrem kleinen Bruder mit seinem Trommelrevolver, an den Ausländern vorüber, die auf der Veranda ihr Englisch übten. »Es ist nicht schöner Tag«, sagte einer von ihnen – Joe oder Jim oder Jack; sie hatten alle diese super-amerikanischen Namen, Abkürzungen von Werweißwas. Sie traten respektvoll zurück und folgten Cicely mit den Augen (wie sie die Blonden bewunderten!), als Ian sie die Stufen hinunterführte.

Gleich am Bordstein wartete Dannys blauer Chevy. Braut und Bräutigam fuhren nach Williamsburg in die Flitterwochen – nur für drei Tage –, denn länger mochte Lucy die Kinder nicht allein lassen. Ein paar Nachbarskinder hatten Blechdosen an die hintere Stoßstange gebunden und mit Kreide »FRISCH VERHEIRATET« auf den Kofferraum geschrieben. *Verheiratet!* dachte Ian, und auf einmal begriff er, daß Danny tatsächlich geheiratet hatte. Er war jetzt ein Ehemann und würde nie mehr abends an Ians Schlafzimmertür halt machen, die Jacke über dem Daumen hängend, und über die Baltimore Colts sprechen. Ian war ganz plötzlich traurig. Doch Cicelys Eltern würden nicht ewig auf dem Empfang bleiben, also sagte er: »Gehen wir«, und sie machten sich auf den Weg zu ihr nach Hause.

In diesem Sommer bekam Ian einen Job bei Sid 'n Ed's A-1 Umzugstransporte – eine äußerst ortsgebundene Firma, die nur aus einem Möbelwagen bestand. Jeden Morgen meldete er sich bei einer Garage in der Greenmount Street, und dann fuhren er und zwei magere schwarze witzelnde Männer zu irgendeinem schäbigen Haus, wo sie ein paar Stunden lang Getränkekästen und Möbel in den Lastwagen hoben. Dann fuhren sie zu einem anderen Haus, das oft noch schäbiger war, und schleppten alles wieder heraus. Ian brachte es fertig, Spaß an der Arbeit zu haben, denn er betrachtete sie als Gewichtheben. Muskeln hatten ihn schon immer fasziniert. Als kleiner Junge, als er Danny und seine Freunde beim Sport bewunderte, hatte er sich auf ihre Unterarme konzentriert – das Flechtwerk unter der Haut, wenn sie einen Schläger schwangen oder einen Volleyball schlugen. Darauf, dachte er, kam es an, mehr als auf Schnurrbärte oder tiefe Stimmen. Und er hatte seine eigenen dünnen Arme untersucht und sich gefragt, ob sie sich wohl jemals ändern würden. Doch als es dann soweit war, mußte er geschlafen haben, denn auf einmal, vor zwei Sommern, als er den Rasen mähte, hatte er bemerkt – nun sieh mal einer an! – die seilartigen Muskeln vom Handgelenk zum Ellbogen, die deutlich blauen Schnüre seiner Venen. Er hatte eine Faust geballt und darauf gestarrt, wie hypnotisiert, bis seine Mutter von der Veranda Hallo rief und fragte, wie lange er dort noch stehenbleiben wollte.

Nun, wie vieles andere, waren auch Muskeln schließlich nichts Besonderes. (Jetzt dachte er, mit einem Mädchen zu schlafen sei das Entscheidende.) Trotzdem legte er weiterhin Wert darauf, seinen Körper aufzubauen. Er suchte sich absichtlich die schwersten Möbelstücke aus, drängte sich immer vor Lou und LeDon, die vergnügt mit den Nippsachen hinterhertrödelten. Dann kam er abends heiß und verschwitzt und protzig nach Hause, und seine Mutter sagte: »Pfui! Geh unter die Dusche, bevor du irgendwas anderes tust.« Er stand unter der Dusche, bis das Wasser kalt wurde, danach zog er sich frische Jeans und ein T-Shirt an und ging fort, um bei Cicely zu Abend zu essen. Seine Mutter kochte in diesem Sommer fast nie. Claudia ging es hundeelend in ihrer neuesten Schwangerschaft, und meistens hatte Bee den ganzen Tag auf die Kinder aufgepaßt. Manchmal sagte sie: »Was, du ißt schon *wieder* bei den Browns?« Aber er konnte sehen, daß sie ganz froh darüber war. Sie und sein Vater würden ein Sandwich vor dem Fernseher essen, oder sie würden hinüber zu Liptons gehen. Sie sagte: »Paß auf, daß du ihnen nicht lästig wirst.« Dann vergaß sie ihn.

Er und Cicely verschränkten ihre Füße unter dem Tisch, während ihre Mutter ihm doppelte Portionen von allem servierte. Cicely ließ eine Hand heimlich seinen Oberschenkel hinaufgleiten, und Ian verschob seine Serviette und schluckte und versicherte Mrs. Brown, wie gut ihm ihr Essen schmeckte. Mr. Brown war gewöhnlich nicht da, er verkaufte Versicherungen an Hausbesitzer, die nur abends zu erreichen waren, aber Cicelys kleiner Bruder war da – eine Plage und ein Quälgeist. Er lief nach dem Essen immer hinter ihnen her und langweilte Ian mit Fragen über Baseball. Er hing um die beiden herum auf der mit Fliegengitter umzäunten hinteren Veranda. »*Stee*-vie!« sagte dann Cicely, und Stevie: »Was mach ich denn?«

»Hast du nicht deine eigenen Freunde?«

»Ich mach doch gar nichts.«

»Ma, Stevie ist wieder unausstehlich.«

»Stevie, komm jetzt rein«, rief dann Mrs. Brown.

Dann ging Stevie weg, trat im Vorbeigehen nach der Hollywood-schaukel und senkte seinen weißblonden stacheligen Kopf, damit niemand sein Gesicht sehen konnte.

Ian und Cicely gingen seit der neunten Klasse miteinander. Sie planten, nach dem College zu heiraten, obwohl Cicely ihn manch-mal neckte und sagte, sie müsse erst mal sehen, wer sie sonst noch fragte. »Brown-Bedloe? Man sagt doch, es bringt Unglück, den Na-men, aber nicht den Anfangsbuchstaben zu ändern«, sagte sie. Aber dann rutschte sie herüber auf Ians Schoß und schlang die Arme um seinen Hals. Sie roch nach Babypuder, warm und rosa. Sie trug auch rosa Unterwäsche – einen glatten rosa Büstenhalter mit Spitzen-rand. Manchmal, nachdem sie sich eine Weile geküßt hatten, er-laubte sie ihm, den Verschluß im Rücken zu öffnen, aber er mußte vorsichtig sein, sie nicht zu kitzeln. Sie war die kitzligste Person, die ihm je begegnet war. Immer, wenn es gerade interessant wurde, dann machte sie sich los und brach in schallendes, hilfloses Lachen aus. Ian kam sich lächerlich vor, wenn das passierte. »Oh, großartig, wirklich großartig«, sagte er dann, und sie sagte: »Ist nicht *meine* Schuld, wenn deine Hände kalt sind.«

»Kalt? bei dreißig Grad draußen?«

»Dafür kann *ich* doch nichts.«

Benahmen sich andere Mädchen auch so? Er würde wetten, nicht. Er wünschte, sie wäre manchmal mehr wie eine Frau. Erfahrener. Er sagte: »Darf ich dich daran erinnern, daß dies ein Augenblick ro-mantischer Leidenschaft sein sollte?« Er sagte: »Wir sind hier nicht im Kindergarten.« Einmal sagte er: »Hast du je daran gedacht, Strümpfe mit Nähten zu tragen?« Aber wenn Cicely einmal ange-fangen hatte zu lachen, konnte sie gar nicht mehr damit aufhören, und sie schüttelte nur den Kopf und wischte sich die Tränen aus den Augen.

Eines Nachmittags im August kam er von der Arbeit nach Hause und fand einen Zettel auf dem Tisch in der Diele: »*Claudia im Kran-*

kenhaus, bin bei den Kindern.« Erst dachte er sich nicht viel dabei. Claudia war fast immer im Krankenhaus, schien es ihm, um das eine oder andere Baby zu bekommen. Er warf den Zettel in den Papierkorb und ging die Treppe hinauf, der Hund hechelte hoffnungsvoll hinter ihm her. Aber dann, als er unter der Dusche stand, fiel ihm ein, daß Claudia ihr Baby noch gar nicht bekommen konnte. Sie sah noch nicht einmal besonders schwanger aus. Er würde besser seine Mutter anrufen, um herauszufinden, was passiert war.

Sobald er angezogen war, sprang er die Treppe hinunter, um zu telefonieren. Aber auf der vorletzten Stufe hörte er jemanden durchs Eßzimmer gehen. Beastie, ihm dicht auf den Fersen, ließ ein tiefes Knurren vernehmen. Dann erschien Lucy im Türrahmen. »Ian?« sagte sie.

»Oh«, sagte er.

Sie trug ein großes weißes Hemd von Danny und rote Dreiviertelhosen, und ihr Haar war mit einem roten Kopftuch zurückgebunden. Sie sah aus, als sei sie etwa zwölf Jahre alt. »Hast du schon mit deiner Mama gesprochen?« fragte sie ihn.

»Nein, aber sie hat einen Zettel dagelassen. Was ist mit Claudia?«

»Oh, nichts Ernstes. Nur eine kleine Blutung, weißt du ...«

Ian begann einen Bereich ein wenig oberhalb ihres Kopfes zu studieren.

»Also dann«, sagte sie, »ich dachte, ich mach dir was zu essen. Normalerweise würde ich dich zu uns einladen, aber wir gehen aus, deshalb hab ich dir was gebracht. Da ist Kartoffelsalat und Schinken, und ich hab ein paar Erbsen zum Aufwärmen auf dem Herd.«

Er sagte ihr nicht, daß er gewöhnlich bei Cicely aß. Den ganzen Sommer hatte die Familie sie und Danny taktvoll allein gelassen, damit sie in Ruhe das Flitterwochenstadium hinter sich bringen konnten, so sahen sie sich nur bei besonderen Anlässen wie Bees Geburtstag und dem Vierten Juli, dem Unabhängigkeitstag. Lucy konnte keine Ahnung von ihrem normalen Tagesablauf haben.

Er folgte ihr durch das Eßzimmer in die Küche, wo er Thomas und Agatha auf zwei Stühlen mit gerader Lehne vorfand. Es war etwas Unheimliches um Kinder, die sich so still verhielten, daß man ihre Anwesenheit im Haus nicht bemerkte. Thomas hielt eine große nackte Puppe mit verfilzter Perücke im Arm. Agathas Hände lagen ordentlich gefaltet vor ihr auf dem Tisch. Sie sahen Ian nicht ausdruckvoller an als die Puppe. Ian sagte: »Na, Tag, ihr Bande«, aber keines antwortete.

Er lehnte sich gegen den Spülstein und sah Lucy zu, die durch die Küche flitzte. Das Haar fiel ihr in Wellen den halben Rücken herunter, länger, als er erwartet hätte. Sie trug weiße Sandalen, und ihre Fußnägel waren feuerwehrwagenrot lackiert. Keines der Mädchen in der Schule lackierte sich mehr die Nägel. Alle bemühten sich, natürlich auszusehen, was Ian ganz plötzlich bieder vorkam.

Sie mußte wohl etwas zu ihm gesagt haben, denn sie sah ihn mit geneigtem Kopf an. »Wie bitte?« fragte er.

»Möchtest du den Schinken kalt oder gewärmt?«

»Ach, hm, kalt ist schon recht.«

»Es ist nichts extra Feines«, sagte sie und öffnete den Kühlschrank. »Morgen, wenn deine Mutter noch zu tun hat, werden wir dich zum Essen einladen. Wirklich, du warst ja noch nicht bei uns, seit ich das Wohnzimmer ausgemalt habe!«

»Nein, ich glaube nicht«, sagte Ian.

Sie und Danny hatten ein einstöckiges Haus nördlich von Cold Spring Lane gemietet. Bis jetzt hatten sie fast keine Möbel, aber alles, was sie hatten, war modern, modern, modern – schwarzer Kunststoff und Aluminium und Glas. Bee meinte, es brauchte eine Zeitlang, sich daran zu gewöhnen, aber Ian gefiel es.

»Nächste Woche fang ich mit dem Kinderzimmer an«, sagte Lucy. »Ich hab diese Zeitschrift gefunden mit den besten Ideen! Setz dich doch.«

Er zog einen Stuhl heran und setzte sich den Kindern gegenüber. Es war schon für ihn gedeckt mit dem Silberbesteck für Besuch und dem besten Porzellan seiner Mutter. Zwei Kerzenhalter vom Eßzimmer flankierten eine Schale mit Gänseblümchen. Er kam sich allmählich lächerlich vor, wie einer dieser reichen Leute in den Comics, die ganz allein dinieren, während ein Butler neben ihnen bereitsteht. Er fragte Thomas und Agatha: »Bin ich der einzige, der ißt?«

Sie starrten ihn an. Ihre Augen waren von einem traurigen Braun.

»Wie steht's mit dir?« fragte er Thomas' Puppe. »Willst du nicht einen Happen mit mir nehmen?«

Er entdeckte ein Zucken um Thomas' Lippen – ein Sieg. Ein Kicherton entschlüpfte ihm. Aber Agatha war noch immer nicht aufgeheitert. »Sie heißt Dulcimer«, sagte sie vorwurfsvoll.

»Dulcimer?«

»Ian interessiert sich nicht für das alles«, sagte Lucy zu ihnen.

»Sie hatte mal Kleider«, sagte Agatha, »aber Thomas hat sie kaputtgemacht.«

»Hab ich nicht!« rief Thomas.

Lucy machte »Sch« und zündete die Kerzen an.

»Sie hatte mal ein Kleid mit zwei Taschen, aber er hat es in die Waschmaschine gesteckt, und es kam in Fetzen wieder heraus.«

»Das hat die Waschmaschine gemacht, nicht ich!«

»Jetzt muß sie nackt herumlaufen, weil seine anderen Puppenkleider zu klein sind.«

Ian gabelte eine Scheibe Schinken auf und betrachtete noch einmal Dulcimer. Ihr Körper war aus Stoff, zu einem dunklen Grau verschmutzt. Ihr Kopf war rosa Vinyl und ebenso ihre Arme und Beine, die weit auseinanderstanden. »Vielleicht könnte sie richtige Babysachen tragen«, schlug er vor.

»Mama will nicht –«

»Das sag ich ja auch!« platzte Thomas heraus.

»Mama erlaubt das nicht«, fuhr Agatha hartnäckig fort. Sie hatte etwas Unerschütterliches an sich. Sie erinnerte Ian an bestimmte Volksschullehrerinnen, die er gekannt hatte. »Mama hat all die Babysachen, die sie bei Hochschilds kauft, Nachthemden und Windeln und Sachen, die Dulcimer so gern hätte, aber Mama will sie uns nicht ausleihen.«

»Nimm dir ein paar Erbsen«, sagte Lucy zu Ian.

»Oh, danke, ich will nur –«

»Heute hat sie einen winzigkleinen Babyhut mit blauen Bändern gekauft, aber sie sagt, wenn Thomas damit spielt, wird er schmutzig«, sagte Agatha.

Ian sah zu Lucy hinüber, und Lucy erwiderte reumütig seinen Blick. »Erzähl es nicht den anderen, ja?«

»Okay.«

»Ich möchte warten, bis Claudia aus dem Krankenhaus kommt.«

»Meine Lippen sind versiegelt«, sagte er.

Es war ein angenehmer Augenblick, ein Geheimnis mit Lucy zu teilen. Was das Geheimnis selbst betraf, da war er sich nicht so sicher. Er dachte daran, wie Danny ihre Taille mit seinen Händen umfaßte, wobei seine Fingerspitzen sich fast trafen. Hätte er sie nicht lassen können, wie sie war? Mußte denn alles immer weiter vorangehen?

Sie sagte: »Wir sollten jetzt gehen, Kinder.«

»Also danke für das Essen«, sagte Ian zu ihr.

»Nichts zu danken.«

Nachdem sie gegangen waren, hätte er aufhören können zu essen – er war bereits zu spät fürs Abendessen bei Cicely –, aber er fürchtete, daß Lucy das irgendwie erfahren und gekränkt sein könnte. Also putzte er alles weg, schwitzend beim Kerzenlicht, was, ehrlich gesagt, im August ein wenig lästig war. Sie hatte die Schinkenscheiben sorgfältig zu einem Muschelmuster arrangiert, das ihn an die Muster erinnerte, die im Sand am Meer erschienen. Und obwohl es ihn betrübt hätte, den Schinken verkommen zu lassen, betrübte es ihn ebenso, ihn aufzuessen und nur den leeren Teller zurückzubehalten.

Claudia konnte ihr Baby doch behalten. Am Ende war sie sogar überfällig. Ihr Arzt hatte die erste Dezemberwoche vorausgesagt, doch zog es sich so lange hin, daß Ian anfing zu wetten, das Baby würde an seinem Geburtstag, dem zweiten Januar, kommen. »Oh, bitte«, sagte Claudia, »hoffen wir zu Gott, daß du unrecht hast.« Sie war so dick wie eine Tonne, ihre Knöchel waren geschwollen, und sie mußte ihre Ringe mit einer Säge aufschneiden lassen. An Weihnachten schleppte sie sich noch immer herum, und das Weihnachtsessen war ein Schauspiel mit Claudia und Lucy nebeneinander in ihren gewölbten Umstandsblusen. Lucy entpuppte sich als der Typ, der sein Baby weit nach vorne trug (was vielleicht mit ihrer kleinen Figur zu tun hatte), so daß sie, obwohl sie noch zwei Monate länger vor sich hatte, fast ebenso schwanger aussah wie Claudia. Sie war jetzt offiziell ein Familienmitglied – seit dem Moment, als sie die gute Nachricht verkündet hatte, waren nach Ansicht der Bedloes die Flitterwochen glücklich vorüber. Nun fühlten sie sich frei, öfters bei ihnen zu Haus vorbeizukommen und sie und Danny zum

Picknick einzuladen. Ian hatte fast den Punkt erreicht, an dem er sich an sie gewöhnt hatte. Obwohl er immer noch, wenn sie ihren silbrigen Bick auf ihn richtete, wie gebannt war, ein Gefühl, als ob in der Atmosphäre des Zimmers für einen Augenblick etwas zum Stillstand gekommen wäre.

Eine der Traditionen der Bedloes war, daß wichtige Mahlzeiten, an Feiertagen oder so, nicht aus den üblichen langweiligen Sorten Fleisch und Gemüse bestanden. Statt dessen servierte Bee ihren Lieblingsgang: Hors d'œuvres. O ja, es gab Truthahn zum Thanksgiving-Fest, Kuchen an Geburtstagen, aber die waren nur ein Zugeständnis an die Konvention. Worauf es ankam, waren die gefüllten Pilze, die zerlaufenen Käse, die Aufstriche und Dips und Patés und Shrimps auf Zahnstochern. Die Familie war insgeheim stolz auf diesen Brauch; sie genossen es, die Reaktionen der Gäste zu beobachten. Nichts Langweiliges an den Bedloes! Diese Weihnachten hatten sie Austern auf Muschelschalenhälften, und der Blick des Grauens auf den Gesichtern von Lucys Kindern brachte alle zum Lachen. »Macht nichts«, sagte Danny, »ihr müßt sie nicht essen, wenn ihr nicht wollt.«

Danny war in diesen Tagen in überschwenglicher Stimmung. Er hatte sich über Schwangerschaft und Geburt informiert, als ob er selbst das Baby gebären würde, und er hatte eine lange Liste möglicher Namen in seiner Tasche verknittert. Aus irgendeinem seltsamen Grund schien er Thomas und Agatha sehr gern zu haben. Nun, Thomas war in Ordnung, nahm Ian an. Er sah irgendwie niedlich aus in seinem adretten kleinen Matrosenanzug. Aber Agatha! Wirklich, mit einem solchen Kind war jede Mühe vergeblich. Ihr rüschenbesetztes rosa Kleid ließ ihr Gesicht noch hölzerner erscheinen, und ihr Haar stand in einem steinernen Keil von ihren Kinnladen ab. Manchmal ertappte Ian sie dabei, wie sie ihn teilnahmslos anstarrte, was ihn an die Puppe erinnerte, an der Thomas so sehr hing. Dulcimer. Dasselbe stumpfe, leere Gesicht, dieselben blicklosen Augen.

Sie zogen ins Wohnzimmer und ließen sich nieder, stöhnend. Die Katze erbrach eine Auster hinter der Couch. Barney fütterte den Goldfisch mit Crackerkrümeln. Abbie spielte »Die erste Weihnacht« auf dem Klavier, mit einem Rhythmus, donnernd wie Solda-

tenstiefel, und Doug holte seine Polaroid-Kamera und fotografierte
sie alle – jedes Foto nach dem ersten zeigte jemanden, der ein vorhe-
riges Foto hielt, bewundernd oder grimassierend oder es emsig mit
Fixativ überziehend. Dann wachte die kleine Cindy auf, die vor
dem Kamin eingeschlafen war, und quengelte, und der Hund trat
unabsichtlich auf sie und brachte sie zum Weinen. Claudia sagte:
»Das ist unser Stichwort! Zeit zum Aufbruch!« und sie erhob sich
schwerfällig auf ihre Füße. Alle brachen nun auf einmal auf – Claudias Familie und Dannys – und ließen ein Durcheinander von zer-
rissenem Geschenkpapier, einzelnen Handschuhen und Austern-
schalen zurück. »Das war unser allerschönstes Weihnachten, nicht
wahr?« fragte Bee Doug. Aber das sagte sie immer.

Claudias Baby kam zwei Tage später – ein Mädchen. Frances, nannten sie sie. »Na ja, ich hatte beinahe recht. Fast mein Geburtstag.«
    »Mach dir nichts draus«, sagte Bee, »wart bis zum nächsten.«
    »Das nächste! Um Himmels willen!«
    Das nächste von Claudia, meinten sie beide. Es kam ihnen nie in
den Sinn, daß *Lucys* Baby an seinem Geburtstag ankommen könnte.
Aber genau das geschah.
    Er hatte den Abend bei Cicely verbracht, wo sie und seine
Freunde eine Party für ihn schmissen. Als er nach Hause kam, war
seine Mutter noch auf, um auf ihn zu warten. »Rate mal«, sagte sie.
»Lucys Baby ist da.«
    »Was, so früh?«
    »Ein kleines Mädchen: Daphne. Sie ist klein, aber gesund, kann
ohne Hilfe atmen ... Danny hat vor einer Stunde angerufen, und er
war so aufgeregt, daß er kaum sprechen konnte.«
    »Von jetzt an wird er nicht mehr zum Aushalten sein«, sagte Ian
düster.
    »Und Lucy geht es gut. Oh, werden die Nachbarn uns aufziehen!
Sie werden alle an ihren Fingern nachzählen, nur in diesem Fall ist es
offensichtlich, daß ... willst du morgen mit mir ins Krankenhaus
gehen?«
    »Morgen hab ich Schule«, sagte Ian.
    Nebenbei, er hatte sich nie besonders für Neugeborene interes-
siert.

Tatsächlich sah er das neue Baby die ganze erste Woche nicht, weil immer irgendwas dazwischenkam. Ebenso Claudia, die mit ihrem eigenen Baby ans Haus gebunden war. Und so machte Danny am Sonntag, als alle bei den Bedloes zum Essen versammelt waren, eine große Schau daraus, seine Tochter vorzustellen. »Ta-da!« trompetete er und betrat das Haus, sie hoch auf beiden Händen tragend – ein winziges Bündel aus Häkelwerk. »Hier ist sie, Leute! Miss Daphne Bedloe.« Lucy sah blasser aus als gewöhnlich, aber sie lachte, als sie sich bückte, um Thomas' Jacke aufzuknöpfen.

»Zeig sie her«, befahl Claudia von der Couch aus. Sie hatte dort eine Art Nest gebaut und stillte Franny. Ian hatte sich, sobald er Claudia unter ihrer Bluse fummeln sah, zur anderen Seite des Zimmers verzogen, und er machte jetzt keine Anstalten, näher heranzukommen. Alle Neugeborenen sahen mehr oder weniger gleich aus, fand er. Und dieses hier könnte noch irgendwie ... fötusartig sein. Er lehnte sich zurück, grub die Hände in die Taschen und zog mit einem Turnschuh einen Bogen auf dem Teppich.

Aber Danny sagte: »Willst du sie nicht auch sehen, Ian?« und er klang so verletzt, daß Ian sagen mußte: »Heh? Oh, natürlich.« Er nahm die Hände aus den Taschen und kam näher.

Danny legte sie auf die Couch neben Claudia und begann sie aus dem Bündel herauszuschälen. Erst die gehäkelte Decke, dann eine innere Decke, dann ein Häubchen. Seine Finger schienen zu dick für diese Aufgabe zu sein, aber endlich sagte er »Da!« und richtete sich auf, grinsend.

Was war das für ein Märchen? »Dornröschen« vielleicht, oder »Schneewittchen«. Haut so weiß wie Schnee und Haar so schwarz wie Ebenholz und Lippen so rot wie Rosen. Also war sie hübscher als die meisten Babys, gut, aber trotzdem nicht gar so interessant. Bis sie die Augen öffnete.

Sie öffnete die Augen und fixierte Ian mit einem nachdenklichen, abwägenden Blick, und Ian fühlte, wie sich plötzlich in seiner Brust etwas löste. Es war, als ob sie die Hand ausgestreckt und an einer Schnur irgendwo tief in seinem Innern gezogen hätte. Es war, als ob sie ihn *kannte*. Er blinzelte.

»Deine Geburtstagsgenossin«, sagte Danny. »Oder Geburtsgenossin, oder wie man das nennt. Ist sie nicht gelungen?«

Um wieder Abstand zu gewinnen, ließ Ian seine Augen zu Claudia hinübergleiten. Er bemerkte, daß sie ihm direkt ins Gesicht sah, bedeutungsvoll, scharf. Er hatte keine Ahnung, was sie ihm mitteilen wollte; er verstand ihre Intensität nicht. Dann ging es ihm auf, so deutlich, als ob sie gesprochen hätte.

Dies ist kein frühgeborenes Baby.

Er war so erstaunt, daß er seine Augen wieder zurückschweifen ließ und vergaß, weshalb er überhaupt weggeguckt hatte. Und es war wahr: sie war zwar klein, aber ihre Wangen waren rund, und ihre kleinen Fäuste hatten Grübchen. Sie sah nicht im mindesten wie auf einem dieser »Leben vor der Geburt«-Fotos in der *Life*-Illustrierten aus.

»Ist sie nicht ein Schatz?« fragte Bee. »Zwei Schätze«, fügte sie hinzu und warf Franny einen Luftkuß zu. Und Claudia sagte: »Sie ist eine Schönheit, Lucy.«

Ian wandte sich um und sah Claudia forschend an. Sie lächelte jetzt. Ihr Gesicht – eine jüngere, glattere Version von Bees Gesicht – schien gelöst und friedlich. Der Haken war wieder geradegebogen worden. Keine Spur davon war geblieben. Hier war ihr neuestes Familienmitglied, früh geboren, doch vollkommen gesund, Gott sei Dank, und alles in der Familie Bedloe war wunderbar wie eh und je.

Also nun wart mal (sagte Ian zu sich selbst). Sei nicht zu voreilig. Daphne war schließlich nicht mehr fabrikneu. Sie hatte sechs ganze Tage zum Aufholen gehabt, bevor er sie in Augenschein nahm. Am besten, er vergaß die Sache ein für allemal.

Aber irgendwie schlich sie sich ihm in den nächsten paar Wochen immer wieder in den Sinn.

Wenn Danny und Lucy schon ewig miteinander gegangen wären, nun, dann wäre ein Siebenmonatsbaby (in Anführungsstrichen) etwas für ein Augenzwinkern gewesen. Aber sie waren nicht seit Ewigkeiten miteinander gegangen. Vor neun Monaten hatten sie sich noch nicht einmal gekannt. Lucy war noch nicht ins Postamt gekommen, um ihr berühmtes Paket auf Dannys Schalter plumpsen zu lassen. Sie könnte jemand ganz anderen gekannt haben.

Letztes Jahr in der Schule hatte einer aus der obersten Klasse ein Mädchen heiraten müssen, das er, wie er schwor, kaum kannte.

Oder vielmehr, er schwor, daß *jeder* sie kannte. Es war Ians erste Ahnung, in welche Klemme ein Mann geraten konnte. Frauen waren diejenigen, die die Zügel in der Hand hielten, stellte sich heraus. Frauen waren näher dran an den Dingen. Männer hielten sich in einer gewissen Entfernung, und was auch immer passierte, sie waren gezwungen, die Version der Frauen zu akzeptieren. Das war es wahrscheinlich, was sein Vater versucht hatte, ihm in dem Gespräch zu erklären, das sie vor ein paar Jahren gehabt hatten, aber Ian hatte es damals nicht völlig verstanden.

Eines Abends fragte er Cicely: »Was hältst du von Lucy?«

»Oh, ich mag sie sehr gern«, sagte Cicely.

»Ja, aber –«

»Es ist immer so einfach, mit ihr zu reden; sie stellt mir immer solche Fragen, die zeigen, daß sie zugehört hat. Richtige Fragen, meine ich. Nicht diese gleichgültigen Fragen, die die meisten anderen Erwachsenen stellen.«

»Ja...«, sagte Ian, denn dasselbe war ihm auch aufgefallen. Lucy hatte eine ernste, konzentrierte Art, ihn anzusehen. Er konnte sich vorstellen, daß sie ernstlich über ihn nachgedacht hatte, seit sie sich zum letztenmal gesehen hatten.

»Ich finde, Danny hat Glück gehabt, sie zu bekommen«, sagte Cicely, und Ian sagte: »Hm, das hat er. Ja, er hat Glück gehabt.«

Ian hatte seinen Job bei Sid 'n' Ed's aufgegeben, als die Schule wieder anfing; seine Mutter hatte es verlangt. Dies war sein letztes Schuljahr, und sie wollte, daß er sich darauf konzentrierte, in ein halbwegs anständiges College zu kommen. Das letzte, was er brauchte, war, seine Zeit damit zu vergeuden, anderer Leute Matratzen zu schleppen, sagte sie.

Was sie aber nicht zu begreifen schien war, daß ein Mensch in seinem Alter auch ausgehen mußte, und Ausgehen kostete Geld. Bis zum Februar war er pleite. Als dann Lucy anrief und fragte, ob er babysitten wollte – ein Job, den er haßte und für den er außerdem als der Jüngste seiner Familie auch schlecht geeignet war –, lehnte er nicht gleich ab. »Nun«, sagte er zögernd, »aber ich weiß nicht, wie man Windeln wechselt.«

»Das brauchst du auch nicht«, versicherte ihm Lucy. »Ich würde sie trockenlegen, bevor ich weggehe. Und höchstwahrscheinlich wird sie schlafen; es wäre nachmittags.«

»Oh, nachmittags.«

»Nur ab und zu für ein paar Stunden nach der Schule. Bitte, Ian? Ich werde bald verrückt, so eingesperrt den ganzen Tag. Und ich kann das nicht immer von deiner Mutter verlangen, und Mrs. Myrdal will nicht mehr kommen, und Cicely hat Cheerleader-Training. Ich möchte nur manchmal für eine Weile aus dem Haus – einkaufen oder spazierengehen, ohne daß jemand sich an mich klammert. Ich würde dir einen Dollar pro Stunde zahlen.«

»Wirklich?« fragte er.

Die seltenen Male, die Claudia ihn überredet hatte, auf die Kinder aufzupassen, hatte sie ihm fünfzig Cent gegeben.

»Und Thomas und Agatha haben doch einen solchen Narren an dir gefressen. Sie waren es, die dich vorgeschlagen haben.«

»Oh, na, wenn das so ist«, sagte er. »Wenn es der Wille des Volkes ist ...«

So fing er an, ein oder zwei Nachmittage die Woche nach der Schule herüberzukommen, und er blieb, bis es zu dämmern anfing. Es war kein Job, der viel Arbeit erforderte, aber irgendwie fand er ihn viel anstrengender als Sid 'n' Ed's. Kein Wunder, daß Lucy eine Pause brauchte! Dies war die kälteste, grauste Zeit des Jahres, und die streng modernen Möbel, die im Sommer so elegant erschienen waren, wirkten im Winter kalt. Spielsachen und Bilderbücher bedeckten die weiße Vinylcouch. Bündel von Agathas schmierigen Erstkläßler-Aufgabenblättern lagen über den Teppich verstreut. Thomas und Agatha hatten das abgenutzte, leicht schmuddelige Aussehen, das selbst die gepflegtesten Kinder gegen Abend annehmen, und sie drängten sich zu dicht an ihn und durchbohrten ihn mit Fragen. Würde Ian jemals in der World Series spielen? Konnte er Auto fahren? Motorrad? Flugzeug? Gingen er und Cicely zu vielen Bällen? (Diese letzte Frage von Agatha, deren großer Schwarm Cicely war.) Allmählich vergaß er, daß sie einmal in seiner Gegenwart auf den Mund gefallen schienen.

Sie waren fest davon überzeugt, daß Ian eine besondere Zuneigung zu Dulcimer verspürte, und wiesen immer darauf hin, was sie an diesem Tag anhatte – das eine oder andere Babyzeug, das sie von

Daphne geerbt hatte. »Oh, Miss Dulcimer!« sagte dann Ian. »Rosa Flanell steht Ihnen einfach fabelhaft!« Sie fanden es lustig, wenn er Dulcimer direkt ansprach. Dann spielten sie Tricktrack, oder Ian las ihnen vor, und der Hals tat ihm weh von unterdrücktem Gähnen, wenn er die verschiedenen quiekenden Tiere imitierte.

Daphne war gewöhnlich ein unsichtbares, schlummerndes Etwas, aber wenn Lucy zu lange ausblieb, hörte Ian einen mahnenden Schrei aus dem Kinderzimmer. Dann fand er sie im Kinderbett, an ihrem Fäustchen lutschend und die Tür beobachtend, so daß sein erster Eindruck immer dieser prüfende Blick war. Sie war der erste Mensch, den er kannte, der marineblaue Augen hatte. Er hob sie dann ungeschickt hoch, in einem Bündel, und tat so, als bemerke er nicht die Feuchtigkeit, die durch die Beine ihrer Frottee-Strampelhose sickerte. Er trug sie in die Küche und stellte eine Flasche in den elektrischen Wärmer. Während er wartete, daß sie warm wurde, atmete er den Geruch von warmem Urin und etwas Vanilleartigem – vielleicht einfach ihrer Haut. Thomas zupfte an einem ihrer frottee-verpackten Füße. »He da. Daffy. Daffy-duh.« Daphne wand sich und murmelte in die Beuge von Ians Hals.

Wenn Lucy wiederkam, brachte sie einen Schwall kalter Luft mit sich durch die Tür. Die Kälte schien sie wie ein glitzernder Film zu überziehen. Und sie war immer belebt und lachend, erregt von ihrem Ausflug. Sie streckte die Arme nach ihren Kindern aus. »Wart ihr brav?« fragte sie. »Habt ihr mich vermißt?«, und sie nahm Ian das Baby ab und liebkoste ihr Gesicht, Nase an Nase. »Denkt mal: ich hab ein paar Schneeflocken gespürt. Ich wette, wir werden heute nacht Schnee bekommen.« Daphne auf ihrer Hüfte balancierend, fischte sie in ihrer Tasche nach Ians Bezahlung – großzügig nach oben zum nächsten Dollar abgerundet, manchmal sogar noch ein Trinkgeld dazu, und sagte, er solle Cicely in ein nettes Lokal ausführen. Ian wußte, daß sie und Danny nicht reich waren, und er protestierte, doch sie gab nie nach. »Na, danke«, sagte er lahm, und sie sagte: »*Ich* danke *dir*! Du weißt gar nicht, wie sehr du mich gerettet hast.« Ihr Geld roch nach ihrem Eau de Cologne, ein prickelnder Duft, der noch stundenlang an den Scheinen haftete und in seinem Zimmer hing, wenn er vor dem Schlafengehen seine Taschen leerte.

Eines Nachmittags, als sie zurückkam, war sie irgendwie zerstreut. Sie begrüßte die Kinder abwesend und fragte noch nicht einmal nach Daphne, die noch schlief. »Ian«, sagte sie sofort, »darf ich dich etwas fragen?«

»Sicher.«

»Darf ich dich fragen, wie du dieses Kleid findest?«

Sie zog ihren Mantel aus und erschien in einem anderen Kleid als dem, in dem sie das Haus verlassen hatte. Die Arme seitlich ausgebreitet, wirbelte sie herum wie ein Mannequin. Thomas und Agatha starrten sie verzückt an. Ebenso Ian.

Es war das schönste Kleidungsstück, das er je in seinem Leben gesehen hatte. Das Material war ein leuchtend elfenbeinfarbener Jersey, sehr weich und fließend, doch über ihren Hüften und Brüsten war es ganz enganliegend. Wie nannte man wohl dieses Material? Er glaubte seine Seidigkeit an seinen Fingerspitzen zu spüren.

»Meinst du, Danny wäre es recht?« fragte Lucy. »Ich möchte nicht, daß er den Eindruck hat, ich sei eine Verschwenderin. Meinst du, ich soll es zurückbringen?«

»Ach nein, das würde ich nicht«, sagte Ian. »Jetzt, wo du dir die Mühe gemacht hast, es nach Hause zu schleppen.«

Sie sah zweifelnd an sich herunter.

Er sagte: »Dieser, hm, wie-sagt-man-doch-gleich...«

Dieser V-Ausschnitt, wollte er sagen, *der so tief in der Mitte herunterrutscht. Und dieser Rock, der um deine Beine schwingt und dieses schimmernde Geräusch macht.* Was er aber sagte, war: »Dieser Stoff ist gar nicht schlecht.«

»Aber würdest du denken, es hat eine Menge gekostet?«

»Oh, nur etwa eine Million«, sagte er. »Ein paar Tausender mehr oder weniger.«

»Nein, sag das nicht! Das hab ich befürchtet. Aber es hat fast gar nichts nicht gekostet, versichere ich dir. Willst du wissen, was es gekostet hat? Neunzehn fünfundneunzig. Kannst du das glauben? Kannst du glauben, daß es nicht mehr gekostet hat?«

Nun, sie wollte seine Antwort schließlich gar nicht hören. So streckte er die Hand aus, um den Stoff an ihrer Taille zu berühren. Er war so feingewebt, daß sich seine Finger rauh wie ein Strick anfühlten. Er bog seine Handfläche, um ihren Brustkorb zu umfassen, und er fühlte die Wärme ihrer Haut darunter. Dann machte Lucy ruckartig einen Schritt zurück, und er ließ seine Hand zur Seite fallen.

»Oh, eh, neunzehn fünfundneunzig klingt... sehr preiswert«, sagte er. Seine Stimme schien von woanders herzukommen.

Einen Moment lang war Stille. Alles, was er hörte, war Agathas schnaufender Atem.

»Aber trotzdem!« sagte Lucy, und sie lachte zu fröhlich, zu künstlich, und nahm ihre Tasche vom Tisch. »Danke für deine Meinung!« sagte sie. War sie sarkastisch? Sie schuldete ihm zwei Dollar, aber sie gab ihm fünf. Ein hundertfünfzigprozentiges Trinkgeld. Er sagte: »Ich geb dir raus, wenn ich dich das nächstemal sehe«, und sie sagte: »Nein, behalte es. Wirklich.«

Das machte ihn verlegen.

Als er in der Dämmerung nach Hause ging, trat er gegen Klumpen von altem Schnee und murmelte in sich hinein. Ein- oder zweimal stöhnte er laut. Als er die Diele betrat, sagte Bee: »Hallo, Lieber! Wie geht's unserer kleinen Daffodil?« Aber Ian fegte nur an ihr vorbei, die Treppe hinauf zu seinem Zimmer.

Während der nächsten paar Tage – ein Freitag und ein Wochenende – ging er nicht babysitten; das hätte er auch sonst nicht getan. Er und Cicely gingen ins Kino; er und seine zwei besten Freunde, Pig und Andrew, gingen kegeln. Als er auf die Abwurfgrenze zuschritt und die Kegelkugel aus seinen Fingern entließ, dachte er daran, wie Lucy dieses Paket nach Wyoming geschickt hatte. Welche Frau besitzt ihre eigene Kegelkugel? Ganz zu schweigen von der Geishafigur.

Es gab wirklich eine Menge an Lucy, was, oh, ein bißchen vulgär war, wenn man es richtig betrachtete. (Was für eine Erleichterung zu entdecken, daß sie nicht makellos war!) Nun erinnerte er sich ihrer grammatischen Ausrutscher, *es ist nichts extra Feines* und *es hat fast gar nichts nicht gekostet;* die Art, wie sie manchmal ihr Haar offen trug, selbst mit hohen Absätzen; die Tatsache, daß sie keine Verwandten hatte. Er wußte, sie konnte nichts dafür, daß ihre Eltern gestorben waren, aber sie müßte doch ein paar Familienangehörige haben – Brüder und Schwestern, Tanten, zumindest Vettern oder

Cousinen. Und Freunde? Er zählte nicht die beiden Kellnerinnen; die waren nur Arbeitskolleginnen. Nein, Lucy blieb für sich, und wenn sie nachmittags ausging, ging sie allein und kam allein zurück. Er stellte sie sich vor, wie sie hereinstürmte nach ihren Einkaufsgängen, die Wangen rosa angehaucht vor Aufregung.

Komisch, daß sie nie irgendwelche Pakete mitbrachte.

Ja, selbst am letzten Donnerstag hatte sie kein Paket mitgebracht, an dem Tag, an dem sie mit dem Kleid nach Hause gekommen war.

Sie hatte das Kleid gar nicht gekauft. Jemand hatte es ihr geschenkt.

Sie war gar nicht einkaufen gewesen. Sie hatte jemanden getroffen.

Sie hatte gefragt, ob das Kleid teuer aussah. Nicht *Glaubst du, ich hab zu viel ausgegeben?* sondern *Könnte man mir glauben, wenn ich sagte, ich hab fast nichts dafür bezahlt?* »Kannst du das glauben?« hatte sie gefragt. (Beschwörend, wie es ihm jetzt schien.) Was sie gemeint hatte, war *Wird Danny es glauben, wenn ich ihm sage, ich hätte es selbst gekauft?*

Er sah zu, wie die Kegelkugel mit einem hohlen, splitternden Geräusch zwischen die Kegel krachte, und ein Schauer boshafter Befriedigung durchfuhr ihn wie ein elektrischer Strom.

Als sie am Montagabend anrief und fragte, ob er am folgenden Nachmittag babysitten könne, war er verwirrt, daß es sie wirklich gab. Irgendwie hatte er den vertraulichen Klang dieses rauhen Stimmchens vergessen. Aber er habe zu tun, sagte er ihr. Er müsse für eine Prüfung lernen. Sie sagte: »Wie wär's dann am Mittwoch?«

Er sagte, er könne auch am Mittwoch nicht kommen. »Übrigens«, sagte er, »das Baseballtraining fängt bald an, so daß ich fürchte, danach werde ich keine Zeit mehr haben.«

Lucy sagte: »Oh.«

»Dringende sportliche Verpflichtungen und so weiter«, sagte er.

Eine Pause entstand. Er zwang sich, nichts zu sagen. Statt dessen führte er sich Dannys Bild vor Augen, um dessentwillen er das tat. Sein einziger Bruder! Sein liebster Verwandter, der jedem völlig vertraute und alles glaubte, was man ihm erzählte.

»Trotzdem vielen Dank«, sagte Lucy traurig, und dann verabschiedete sie sich. Ian war sich plötzlich nicht mehr so sicher. Er fragte sich, ob er sie falsch beurteilt hatte. Er stand da, den Hörer umklammert, und bemerkte, wie sein Herz schmerzte, als wäre er es und nicht Lucy, die verletzt worden war.

Zu Dougs Geburtstag machte Bee seine Lieblings-Hors d'œuvres – geräucherte Austernpastete, Spinatbällchen und Chesapeake-Krebspaste. Claudia backte einen Kokosflockenkuchen, der aussah wie eine weiße zottelige Badezimmermatte. Sie und ihre Familie kamen als erste an. Sie hatte Ian mit sich in die Küche kommen lassen, um ihr zu helfen, die Kerzen anzuzünden – neunundfünfzig in diesem Jahr. Ian war nicht besonders guter Laune, aber Claudia neckte ihn so lange, bis er grinsen mußte. Man konnte in Claudias Gegenwart nicht lange mürrisch bleiben, sie war so komisch und impulsiv und gemütlich in ihrem kastenförmigen braunkarierten Hemd von der gleichen Farbe wie ihre Haut und den Umstandshosen, die sie noch trug, bis sie wieder schlank war. Sie hatte nicht genug Geburtstagskerzen und nahm nun andere hinzu – drei große weiße Wachskerzen und einige dieser stummeligen Votivlichter, die ihre Mutter für Stromausfälle aufbewahrte. Nun kicherten sie ununterbrochen. Es war fast wie früher, als Claudia noch nicht verheiratet war und noch ganz und gar zur Familie gehörte.

Schließlich sagte Ian: »Heh, Claudi.«

»Hmm?«

»Übrigens, Lucy.«

»Was ist mit ihr?« fragte sie, noch mit Tränen in den Augen vor Lachen.

»*Du* glaubst doch nicht, daß ihr Baby frühgeboren ist. Oder?«

Ihr Lächeln erlosch.

»Oder?« drängte er.

»Oh, Ian, was weiß denn ich darüber?«

»Ich frage mich, ob jemand etwas zu Danny sagen sollte«, sagte er.

»Zu ihm sagen?« sagte sie. »Moment mal. Du meinst, darüber mit ihm sprechen? Das kannst du nicht!«

»Aber er steht wie ein Idiot da, Claudia. Wie einer, der ... betrogen worden ist!«

Er sprach lauter, als er beabsichtigte. Claudia warf einen Blick auf die Tür. Dann legte sie eine Hand auf seinen Arm und sprach hastig, in gedämpftem Ton. »Ian«, sagte sie. »Oft haben Menschen, ach, man könnte sagen, Abmachungen, von denen Außenstehende keine Ahnung haben.«

»Abmachungen! Was denn für Abmachungen? Und außerdem –«

Aber es war zu spät. Die Schwingtür flog auf, und die Kinder stürzten herein und riefen: »Mom!« und »Danny und die andern sind hier, Mom.« Claudia sagte: »Wie gefällt euch unser Kuchen?« Er war ganz stachlig und auseinanderfallend. Sie lachte wieder. Ian drängte sich an ihr vorbei und verließ die Küche.

Im Eßzimmer ruckelte Lucy das Baby an ihrer Schulter auf und ab, während sie mit Bee sprach. Sie hatte ihren Mantel noch an; sie sah frisch und glücklich aus, und sie lächelte Ian zu, ohne eine Spur von Schuldbewußtsein. Seine Mutter sagte: »Ian, Liebling, könntest du die Kinderstühle holen?« Sie legte ein gekerbtes Fischmesser neben jeden Teller. Die Bedloes hatten für alles spezielle Utensilien – Zuckerschalen, Butterkugelspießchen und ein gezahntes kammartiges Instrument, um Angelfood-Kuchen zu schneiden. Ian fragte sich, wie Leute solche Dinge für wichtig halten konnten. »Wir werden auch diese Lätzchen aus der Tischtuchschublade brauchen«, sagte seine Mutter, aber er ging hinaus, ohne etwas zu sagen. Aus dem Wohnzimmer hörte er das Gebrüll eines Basketballspiels vom Fernseher. »Siehst du den jungen Kerl rechts«, sagte sein Vater. »Wie heißt er doch. Totale Konzentration. Wie heißt der Bursche?«

Ian ging die Treppe hinauf, während die Stimmen seiner Familie das Haus unter ihm wie Wasser füllten – genau so murmelnd und glucksend glitten sie durch die Räume, um eine einzige gleichmäßige Fläche zu bilden.

Am Samstag machten Cicelys Eltern einen Ausflug nach Cumberland, und Cicely mußte auf ihren kleinen Bruder aufpassen. Sie wollten über Nacht bleiben. Das bedeutete, daß ihr Bruder zu Bett gehen würde, und Cicely und Ian würden ganz wie verheiratet sein, ganz allein unten oder vielleicht oben in ihrem Schlafzimmer bei verschlossener Tür. Sie sprachen diese Möglichkeiten nicht aus, aber Ian hatte das Gefühl, daß Cicely daran dachte. Sie sagte, vielleicht würde er gern um halb neun oder so herüberkommen. (Stevie ging um acht ins Bett.) Sie wollte ihm ein besonders erlesenes Dinner machen, sagte sie. Sie würde Kerzen anzünden, genau wie Lucy. Vielleicht könnte Ian sich etwas Feineres anziehen. Und vielleicht eine Flasche Wein besorgen.

Er selbst mochte Bier lieber, aber er würde natürlich Wein bringen und auch Blumen. Er war nicht begeistert, sich fein anziehen zu sollen, aber auch das würde er tun, wenn sie es wollte. Alles, alles. Würde sie ihn die ganze Nacht bleiben lassen? Es schien nicht der richtige Augenblick, sie das zu fragen. Sie saßen in der Cafeteria ihrer Schule, während ziehharmonikaförmig gefaltete Trinkhalmhüllen um ihre Köpfe schwirrten.

Am Samstagmorgen schlief er bis mittags, und sobald er aufwachte, rief er Cicely an, um zu fragen, welche Farbe Wein sie wünschte. »Welche *Farbe?*« sagte sie und klang gehetzt. »Irgendeine Farbe, mir egal.«

»Aber sollte man nicht –?«

»Ich muß weg«, sagte sie. »Es kocht etwas über.«

Nachdem er aufgelegt hatte, dachte er, er hätte auch wegen der Blumen fragen sollen – welche Farbe Blumen. Oder war das nur mit Ansteckblumen so, daß die Farbe wichtig war? Dies war eine Mahlzeit, kein Ballkleid. Oh, alles war ihm so neu, alles viel großartiger, als er es gewohnt war. Er fürchtete, daß er nicht genau wußte, was er mit ihr anfangen sollte. Er wünschte, Danny wäre da. Der einzige Mensch im Haus war seine Mutter, und sie war in einem ihrer Putzwutanfälle. Sie bot ihm noch nicht einmal etwas zum Mittagessen an. Er mußte sich selbst etwas machen – drei Erdnußbuttersandwiches und ein Viertelliter Milch, den er direkt aus der Tüte trank, als seine Mutter nicht hinsah.

Am Nachmittag gingen er und Andrew zu Pig Bensons Haus und spielten Tischtennis. *Tick-tack, tick-tack*, ging der Ball, während Ian überlegte, ob er wegen heute abend eine Andeutung machen sollte. Oder wäre das angeberisch? Danny hatte ihm einmal gesagt, daß Mädchen Jungens haßten, die nicht dichthielten. Es wäre auch möglich, daß Pig und Andrew etwas Kindisches tun würden, etwa mit Taschenlampen in Cicelys Fenster leuchten oder sich an die Türklingel lehnen und dann fortlaufen. Es war *durchaus* möglich. Man mußte sie nur ansehen: wie sie um den Tischtennistisch herumpurzelten, tölpelhaft und ungehobelt und wild, sie benahmen sich, als seien sie Jahre jünger als Ian.

Andererseits hatten sie ja auch etwas Beneidenswertes an sich.

Als er nach Hause kam, stand seine Mutter vor dem Flurspiegel in ihrem besten Kleid und schraubte ihre Ohrringe an. »Oh! Ian!« sagte sie. »Ich dachte schon, du kämst überhaupt nicht mehr.«

»Was ist denn los?«

»Du sollst sofort zu Lucy kommen. Sie braucht dich zum Babysitten.«

»Babysitten? Ich kann nicht babysitten! Ich habe eine Verabredung.«

»Nun, ich bin sicher, es wird nicht lange dauern, sie trifft sich mit einer Freundin in einem Lokal«, sagte sie. »Danny ist auf einem Polterabend. Himmel, wie spät es ist, und dein Vater ist noch nicht –«

»Mom«, sagte Ian und folgte ihr ins Wohnzimmer. »Du hattest kein Recht, mich zum Babysitten anzubieten. Ich hab meine eigenen Pläne, und übrigens bleibe ich vielleicht die Nacht über bei Pig. Du bist viel zu weit gegangen, Mom. Und noch was. Diese Lucy, ruft an, kaum daß Danny den Rücken gekehrt hat –«

»Den Rücken gekehrt! Worüber redest du? Das ist Bucky Hargroves Männerabend; Bucky heiratet nächste Woche.«

Sie schüttelte Kissen auf und sammelte Teile der Abendzeitung auf. In ihren hohen Absätzen hatte sie einen ungewohnt steifbeinigen Gang, und Ian bemerkte, daß sie ihr Korsett trug; sie steckte so dicht in ihrem Kleid. Sie bückte sich steif nach einem Hundeknochen und sagte: »Nicht, daß ich so etwas richtig finde, ein Haufen erwachsener Männer, die sich dreckige Witze erzählen. Deshalb sagte ich zu Lucy: ›Ja, natürlich solltest du ausgehen! Ian würde gerne bei den Kindern bleiben‹, hab ich gesagt. Und laß sie ja nicht merken, daß das nicht der Fall ist, junger Mann, oder du hast für den Rest deines Lebens Hausarrest, und das meine ich ernst.«

Die Haustür wurde geöffnet, und sie flog herum. »Doug?« rief sie.

»Hier, Liebling.«

»Ach, Gott sei Dank! Du hast fünfzehn Minuten, um dich umzuziehen. Hast du vergessen, daß wir bei den Finches eingeladen sind?«

Als Ian auf seinem Weg hinaus durch die Diele ging, warf er seinem Vater einen verständnisvollen Blick zu.

Es war gegen Ende März, die Zeit, wenn der Frühling sich ruckartig nähert und sich dann wieder ein wenig zurückzieht. Es blieb ein wenig länger hell als eine Woche zuvor, aber ein rauher, feuchter Wind kam von Norden herüber. Ian schloß den Reißverschluß seiner Jacke und schlug den Kragen hoch. Er machte einen Bogen um eine Gruppe von Kindern der Waverly Street, die Himmel-und-Hölle spielten – dick verpackte kleine Mädchen, deren Füße auf eine unbeirrbare, gebieterische Art über eine Leiter von Kreidequadraten stampften. Er vollführte ein höfliches Menuett mit einem der Ausländer, nach rechts ausweichend, dann nach links ausweichend, bis der Ausländer sagte: »Bitte mich zu entschuldigen«, und lachend zur Seite trat. Ian nickte, aber er blieb nicht stehen, um mit ihm zu sprechen. Mit den Ausländern zu sprechen konnte den halben Abend in Anspruch nehmen, da sie die Angewohnheit hatten, sich peinlich genau nach jedem einzelnen Verwandten zu erkundigen.

Als er die Jeffers Street erreicht hatte, hatte die Abenddämmerung eingesetzt. Die Fenster von Dannys Haus leuchteten nebelig, verschleiert von den reinweißen Gardinen. Ian läutete die Türklingel und klopfte dann, um zu zeigen, daß er ein Mann war, der es eilig hatte. Je eher Lucy fortging, um so früher wäre sie zurück, rechnete er sich aus.

Er hatte erwartet, daß sie bei seinem Anblick beschämt aussehen würde. (Sie wußte doch sicher, daß sie kein faires Spiel gespielt hatte, indem sie sich hinter seinem Rücken an seine Mutter gewandt hatte.) Aber als sie die Tür öffnete, sagte sie nur: »Oh, Ian! Komm herein, ich bin dir wirklich dankbar.« Dann stürzten Thomas und Agatha aus dem Wohnzimmer auf ihn zu, beide in befußten Schlafanzügen. »Ian!« riefen sie. »Hast du Cicely mitgebracht? Wo ist Cicely? Mama sagte, vielleicht –«

»Laßt ihn doch erst mal Luft holen«, sagte Lucy. Sie zog ihren Mantel an. Sie trug einen roten Rollkragenpullover und lange, weite Wollhosen, die wie ein Rock aussahen. Es schien ungerecht, daß sie

42

so hübsch sein durfte. »Meine Freundin Dot hat in allerletzter Minute angerufen«, sagte sie. »Ich weiß, es ist Samstag abend, aber ich dachte, wenn du vielleicht Cicely hierher einladen würdest –«

»Sie muß bei ihrem Bruder bleiben«, sagte Ian kurz angebunden. Er stand vor ihr mit den Fäusten in seinen Jackentaschen. »Ich soll zu *ihr* nach Hause kommen. Ich hab versprochen, um halb neun dort zu sein.«

»Oh, nun, das ist kein Problem. Jetzt ist es gerade –« Sie schob einen Ärmel zurück und sah auf die Armbanduhr. »Sechs Uhr vierzig. Ich sage Dot, daß ich früh gehen muß. Erinnerst du dich an Dot? Vom Fill 'Er Up Café?«

»Ja, sicher«, sagte Ian düster.

Aber sie schien es nicht mitzukriegen. Sie suchte etwas. »Nun, wo...« sagte sie. »Hat jemand meine Schlüssel gesehen? Na, macht nichts. Ihr seid brav, Kinder, hört ihr? Und ihr dürft aufbleiben, bis ich wiederkomme.« Dann ging sie und schloß die Tür so geschickt hinter sich, daß er noch nicht einmal das Klicken der Klinke hörte.

Im Wohnzimmer saß Daphne in ihrem Babysitz abgestützt vor dem Fernseher. »Hallo, Daph«, sagte Ian und schälte sich aus seiner Jacke. Der Klang seiner Stimme versetzte ihre kleinen frotteeumhüllten Arme und Beine in unzusammenhängende Drehbewegungen. Sie drehte den Hals, bis sie hinauf in sein Gesicht sah, und bedachte ihn mit einem schiefen Lächeln. Das war ja eigentlich irgendwie schmeichelhaft. Ian ging in die Hocke, um sie hochzuheben. Er war immer überrascht über ihre Kraft – die drahtige Kampflust eines so kleinen Körpers. Selbst durch den Frotteestoff wärmte die Hitze ihrer winzigen Achselhöhlen seine Finger.

»Ian«, sagte Thomas, »*warum* kommst du nicht mehr hierher?«

»Jetzt haben wir niemanden«, sagte Agatha, »Mama hat Mrs. Myrdal angerufen und gebeten und gebettelt, aber Mrs. Myrdal hat aufgehängt.«

»Bist du böse, daß ich dich das letzte Mal beim Tricktrack geschlagen habe?« fragte Thomas.

»Mich geschlagen!« sagte Ian. »Da hast du nur Glück gehabt. Das war einfach ein Zufallstreffer. Bring das Brett, und ich werde es dir beweisen, du kleiner Anfänger.«

Thomas kicherte und holte das Tricktrack-Brett.

Während die beiden Kinder das Spiel auf dem Teppich aufstellten, rief Ian Cicely an. »Hallo?« sagte sie, außer Atem.

»Hallo«, sagte er. Er schob Daphne auf seine Hüfte.

»Oh, Ian. Tag.«

»Ich bin bei Lucy zum Babysitten. Das wollt ich dir nur sagen, falls du es vor Sehnsucht nach meiner Stimme nicht aushältst.«

»Babysitten! Wann bist du damit fertig?«

»Es sollte nicht lang dauern. Lucy hat versprochen –«

»Ich muß weg«, unterbrach Cicely. »Ich richte mich nach dem Rezept, das sagt *bei geschlossenem Deckel auf kleiner Flamme unter ständigem Rühren kochen*. Verstehst du das? Ich soll also den Deckel abheben und wieder draufsetzen oder was? Meinst du –«

Sie hing auf, vielleicht noch weiterredend. Ian setzte sich auf den Teppich und ließ Daphne auf seinem Knie reiten.

Er mochte wirklich alle Spiele, aber Thomas und Agatha waren keine besonders herausfordernden Gegner. Sie wandten eine Vermeidungsstrategie an, hielten sich ängstlich an die Sicherheitsquadrate und überlegten ganze Minuten, bevor sie sich in offenes Gebiet vorwagten. Außerdem konnte Thomas nicht addieren. Jeder Wurf der Würfel blieben zwei getrennte Zahlen, die mühsam eins nach dem anderen abgezählt wurden. »Eine Zwei und eine Vier. Eins zwei. Eins zwei drei –«

»Sechs«, sagte Ian ungeduldig. Er griff die Würfel auf und schleuderte sie so heftig, daß sie über das Brett hinausrollten. »Acht«, sagte er. »Ha!« Acht brauchte er, um Agathas Mann gefangenzunehmen.

»Nicht fair«, sagte sie zu ihm. »Eine Wurfel ist auf den Teppich gefallen.«

»Würfel«, sagte er.

Ihre Mundwinkel zogen sich nach unten.

»Ein *Würfel* ist auf den Teppich gefallen«, sagte er. Er griff seinen eigenen Mann auf.

»Nicht fair, wenn sie nicht aufs Brett fallen!« sagte sie. »Du mußt noch einmal würfeln.«

»Ist mir Wurscht, ist mir egal, nur Babys sagen ›ist nicht fair‹«, leierte Ian. Er knallte seinen Mann triumphierend aufs Brett. »Fünf, sechs, sieben –«

Das Telefon läutete.

»– acht«, sagte er und schubste Agathas Mann beiseite. Er hob Daphne auf seine Schulter und langte hinauf nach dem Telefon auf dem Plastikwürfeltisch. »Hallo?«

»Ian?«

»Hallo, Cicely.«

»Könntest du auf dem Weg hierher Butter holen? Meine weiße Soße ist nicht dick geworden, und ich mußte sie wegschütten und noch mal von vorne anfangen, und jetzt hab ich nicht genug Butter für die Brötchen.«

»Wird gemacht«, sagte Ian. »Und wie geht's unserem Freund Stevie?«

»Stevie?«

»Macht er sich fertig zum Zubettgehen?«

»Jetzt doch noch nicht, es ist Viertel nach sieben.«

»Oh, richtig.«

»Hoppla!« sagte sie.

Sie legte auf.

Ian hoffte, daß sie nicht das Wichtigste aus den Augen verlor. Weiße Soße, Brötchen, war doch egal. Er wollte nur, daß dieser Bruder da von der Bildfläche verschwand.

Daphne atmete feucht in sein linkes Ohr. Er schob sie höher auf seine Schulter und wandte sich wieder dem Spiel zu.

Sie beendeten Tricktrack und fingen mit Schwarzer Peter an. Schwarzer Peter war aber eigentlich witzlos, weil Thomas nicht bluffen konnte. Er hatte diese fahle Haut, die jede Gemütsregung verrät, immer wenn er aufgeregt war, vertieften sich die Schatten unter seinen Augen wie blaue Flecken.

Das Spiel dauerte ewig, und Daphne wurde unruhig. »Sie will ihre Flasche«, sagte Agatha, ohne den Blick von ihren Karten zu heben. Ian ging hinaus in die Küche, um ihre Flasche aus dem Kühlschrank zu holen, und während er darauf wartete, daß sie warm wurde, ruckelte er Daphne auf und ab. Es half jedoch nichts; er hatte wohl seinen Charme verloren. Sie wurde nur noch unruhiger und kletterte höher an seiner Schulter hinauf, und ihre vorwitzigen scharfen kleinen Zehen bohrten sich aufreizend zwischen seine Rippen.

45

Als er ins Wohnzimmer zurückkam, hatten die anderen zwei das Kartenspiel aufgegeben und saßen vor dem Fernseher. Er setzte sich zwischen sie auf die Couch und fütterte Daphne, während ein barfüßiger Mann ein Volkslied über das Hämmern von Eisenbahnschwellen sang. Thomas lutschte am Daumen. Agatha wickelte eine Haarsträhne um ihren Zeigefinger. Daphne schlief über der halbgeleerten Flasche ein, und Ian stand vorsichtig auf und trug sie in ihr Gitterbett.

Um acht Uhr fünfzehn fing er an, wütend zu werden. Wie konnte er um acht Uhr dreißig bei Cicely sein? Auch mußte er vorher nach Hause – sich umziehen, Wein aus der Speisekammer organisieren. Verdammt, er hätte das alles erledigen sollen, bevor er hierher kam. Er wippte einen Fuß über seinem Knie und sah zu, wie eine Hausfrau mit hohen Absätzen erklärte, daß Bakterien Gerüche verursachen.

Um acht Uhr fünfunddreißig klingelte das Telefon. Er stürzte sich darauf, während er sich schon auf eine Antwort vorbereitete. (Nein, du kannst nicht länger fortbleiben.) »Ian?« fragte Cicely. »Wenn du kommst, könntest du etwas Soßenpulver mitbringen?«

»Soßenpulver.«

»Ich versteh einfach nicht, was ich falsch gemacht habe.«

Ian sagte: »Ist Stevie schon im Bett?«

»Darum werde ich mich gleich kümmern, aber zuerst diese Soße! Ich zieh den Löffel raus, und alles im Topf bleibt daran hängen, alles in einem Klumpen!«

»Na, reg dich nicht auf deswegen«, sagte Ian zu ihr. »Ich bring das Pulver. Bring du nur inzwischen Stevie ins Bett.«

»Nun . . « sagte Cicely zögernd.

»Daddys alter Schaukelstuhl matt und grau?« sangen zwei Mädchen im Fernsehen. »Bringt ihn auf Hochglanz mit Wood Witch . . .«

Nachdem er aufgelegt hatte, wandte sich Ian an die Kinder und fragte: »Hat eure Mutter gesagt, wohin sie gehen wollte?«

»Nein«, sagte Agatha.

»Könnte man dorthin zu Fuß gehen?«

»Ich weiß nicht.«

Er stand auf und ging zum vorderen Fenster. Hinter den Mullgardinen sah er die Straßenlaternen schwach schimmern und Quadrate von sanftgelbem Licht von den benachbarten Häusern.

Hinter sich hörte er einen nassen entkorkenden Laut – Thomas' Daumen knallte aus dem Mund. »Sie ist mit einem Auto gefahren«, sagte Thomas deutlich.

Ian drehte sich um.

»Sie fuhr im Auto mit Dot«, sagte Thomas. »Dot wohnt ein Stück die Straße hinunter, und Mama ist zu ihrem Haus hinübergegangen und ist mit ihr gefahren.« Er steckte den Daumen wieder in den Mund.

Ein Geheul drang aus dem Kinderzimmer. Ian starrte Agatha an. Ein zweites Aufheulen, noch nachdrücklicher.

»Du hast sie nicht aufstoßen lassen«, sagte Agatha vergnügt.

Thomas warf ihm nur den betäubten, verschleierten Blick eines hingebungsvollen Daumenlutschers zu.

Von acht Uhr vierzig bis neun Uhr fünfzehn drehte Ian mit Daphne Runde um Runde im Wohnzimmer. Thomas und Agatha stritten sich um die Häkeldecke. Thomas trat Agatha ans Schienbein, und sie begann zu weinen – nicht überzeugend, wie es Ian schien. Sie rollte ihren Kniestrumpf herunter bis zu ihrem dicken weißen Knöchel und zeigte darauf. »Siehst du? Siehst du, was er gemacht hat?«

Ian tätschelte das Baby schneller und revidierte seine Pläne. Er würde nun doch nicht zuerst nach Hause gehen; sie würden ohne Wein und Butter und Was-sonst-noch auskommen. Er würde es Cicely einfach erklären, wenn er ankam. »Ich interessiere mich nicht für das Essen«, würde er sagen und sie in seine Arme ziehen, »ich interessiere mich für *dich*.« Und sie würden zusammen die Treppe hinaufgehen, auf Zehenspitzen an der Tür ihres Bruders vorbei und in –

Oho.

Das eine, worauf er nicht verzichten konnte – die drei Dinger in ihrer zusammenhängenden Folienverpackung – lagen vorne in seinem linken Turnschuh ganz hinten in seinem Schrank. Auf keinen Fall kam er drum herum, zuerst nach Hause zu gehen.

Das Telefon läutete wieder, und Ian nahm den Hörer ab und bellte: »Was?«

Cicely sagte: »Ian, wo *bleibst du*?«

»Diese verdammte Lucy«, sagte er, und es war ihm egal, ob die Kinder es hörten. »Ich habe gute Lust, einfach hier abzuhauen.«

Agatha blickte von ihrem Schienbein auf und sagte: »Das würdest du nicht!«

»Alles ist eiskalt«, sagte Cicely.

»Ach, reg dich nicht auf. Das Essen ist nicht so wichtig –«

»Nicht wichtig! Ich habe den ganzen Tag an diesem Essen gearbeitet. Es gibt Lendensteak, gefüllt mit Pilzen, und gebackene Kartoffeln, gefüllt mit Käse, und grüne Paprikaschoten, gefüllt mit –«

»Aber was ist mit Stevie? Ist Stevie auch im Bett?«

»Er ist seit Stunden im Bett.«

Ian stöhnte.

»Ist das alles, was dich interessiert?« fragte Cicely. »Interessiert dich mein Essen überhaupt nicht?«

»Oh! Ja, dein Essen! Auf das freu ich mich schon den ganzen Tag.«

»Nein, sag das nicht! Ich fürchte, du wirst enttäuscht sein.«

»Cicely«, sagte Ian. »Hör zu. Ich werde bald bei dir sein, egal was passiert. Wart nur auf mich.«

Er legte auf und stellte fest, daß Thomas und Agatha ihn vorwurfsvoll ansahen. »Was willst du tun? Willst du uns allein lassen?« fragte Thomas.

»Ihr seid keine Babys mehr«, sagte Ian. »Ihr könnt selbst auf euch aufpassen.«

»*Mama* läßt uns nie allein. Sie hat Angst, wir spielen mit Streichhölzern.«

»Nun, würdet ihr?« fragte Ian ihn.

Thomas überlegte eine Weile. Schließlich sagte er. »Könnte schon sein.«

Ian seufzte und fing wieder an, mit Daphne herumzugehen.

Die nächste halbe Stunde oder so spielten sie »Ich seh etwas«. Das war alles, was Ian tun konnte, mit Daphne in seinen Armen. Agatha sagte: »Ich seh etwas, was du nicht siehst...«, und ihr Blick schweifte durchs Zimmer. Ian war sich die ganze Zeit der Unordnung bewußt, die um sie herum angewachsen war – die Spielkarten, die verknüllte Häkeldecke, die verstreuten Tricktrack-Teile.

48

»... sehe was, was du nicht siehst...«, sagte Agatha, es in die Länge ziehend.

»Willst du um Gottes willen endlich weitermachen?« schnappte Ian.

»Aber ich versuche es ja, Ian, wenn du mich nicht immer unterbrechen würdest.«

Ian dachte an Lucys graue Augen und ihren vollkommenen geschminkten Mund. Das Rot ihres Lippenstifts war ein *bitteres* Rot, mit etwas Verbranntem darin. Sie hatte immer alles bekommen, was sie wollte, jederzeit, argwöhnte er. Frauen, die so aussahen, brauchten nie auf andere Leute Rücksicht zu nehmen.

Daphne lockerte sich endlich und schlief ein, und Ian trug sie ins Kinderzimmer. Er senkte sie zentimeterweise in das Gitterbett und wartete dann mit angehaltenem Atem. In dem Augenblick hörte er, wie die Haustür geöffnet wurde.

Seine erste Sorge war, daß das Geräusch Daphne wecken könnte. So gründlich war er abgelenkt worden. Dann wurde ihm klar, daß er jetzt gehen konnte, und er ging hinaus, um Lucy seine Meinung zu sagen.

Aber es war nicht Lucy, es war Danny, der in der Wohnzimmertür stand und sein Gesicht gegen das Licht verzog. Ian merkte, daß er ein paar Flaschen Bier getrunken hatte. Er hatte das vage, alberne Lächeln, das er von früheren Gelegenheiten her kannte. »Ian, Junge!« sagte er. »Was machst du denn hier?«

»Ich werde verrückt«, teilte Ian ihm mit.

»Ah.«

»Deine Frau hätte seit Ewigkeiten zurück sein sollen, und überhaupt wollte ich sowieso nicht kommen.«

»Thomas!« sagte Danny mit Nachdruck, und starrte auf die Couch. »Und Agatha!« Er schien überrascht, auch sie zu sehen. Er sagte zu Ian: »Du hast wirklich eine tolle Party versäumt. Guter alter Bucky Hargrove!«

»Hör mal«, sagte Ian, »ich bin verdammt spät, und du mußt mich zu Cicelys Haus fahren.«

»Heh? Oh, ja, sicher«, sagte Danny. »Sicher, Ian. Nur –« Er überlegte. »Nur, was machen wir mit den Kindern?« fragte er schließlich.

»Was ist mit ihnen?«

»Wir können sie nicht einfach allein lassen.«

»Dann nimm sie mit«, sagte Ian verärgert. »Laß uns nur gehen.«

»Nehmen wir auch Daphne mit? Wo ist Daphne?«

Ian knirschte mit den Zähnen. Das Kent-Zigarettenlied segelte aus dem Fernseher heraus, stumpfsinnig und munter. Er wandte sich an Agatha und sagte: »Agatha, du und Thomas müßt hierbleiben und babysitten.«

Sie starrte ihn an.

»Höchstens sieben Minuten«, sagte Ian. »Macht die Haustür nicht auf, egal wer klopft, und geht nicht ans Telefon. Hörst du?«

Sie nickte. Thomas' Augen waren umrandet wie die eines Waschbären.

»Gehen wir«, forderte Ian Danny auf.

Danny schwankte leicht auf seinen Füßen und betrachtete Ian mit mildem unbeteiligten Interesse. »Nun . . .« sagte er.

»Komm schon, Danny!«

Ian schnappte sich seine Jacke und gab Danny einen Schubs in Richtung der Haustür. Als sie hinausgingen, fühlte er eine Last segensreich von seinen Schultern gleiten. Er fragte sich, wie Menschen Kinder auf die Dauer aushielten – die Eintönigkeit und den Ärger und die Einengung, die sie bedeuteten.

Draußen war es viel kälter als vorher und wunderbar ruhig.

Danny stieß sich beim Einsteigen ins Auto den Kopf an, und es war etwas schwierig für ihn zu entscheiden, welchen Schlüssel er brauchte. Danach jedoch ließ er den Motor mühelos anlaufen, hielt vernünftig nach dem Verkehr Ausschau und fuhr auf die Straße. »So!« sagte er. »Cicely wohnt auf der Lang Avenue, ja?«

»Ja«, sagte Ian. »Halt aber erst zu Hause an.«

Ian klopfte mit einem Fuß auf den Boden des Autos. Er fühlte sich herrisch und energisch, geladen mit gerechtem Zorn.

Schwach beleuchtete Häuser glitten an ihnen vorüber, und ein Hund jagte den Wagen etwa einen Block weit, bevor er es aufgab. Danny begann, eine Melodie zu pfeifen, etwas Jazziges und Fetziges. Wahrscheinlich hatten sie einen Stripper auf Bucky Hargroves Party gehabt, und Kellnerinnen in Netzstrümpfen und Mädchen, die aus Kuchen heraussprangen und sowas. Und Ian hatte während dessen Babyflaschen aufgewärmt. Er drehte sich heftig zu Danny um und sagte: »Ich möchte dich nur gleich informieren, daß du deinen Lieblingsbabysitter für alle Ewigkeit verloren hast.«

»Heh? Was is' los?« fragte Danny.

»Ich hatte eine riesig wichtige Verabredung um halb neun. Ich meine, eine entscheidende. Lucy wußte das. Sie hat auf einen Stoß Bibeln geschworen, daß sie rechtzeitig zurück sein würde.«

»Wo ist sie überhaupt?« fragte Danny und betätigte den Winker.

»Sie ist mit einer Freundin einen trinken gegangen. Sagt sie.«

»Ich wußte gar nicht, daß sie vorhatte auszugehen.«

»Ihre Freundin, die Kellnerin, Dot. So behauptet sie jedenfalls.«

»Dot vom Fill 'Er Up Café«, bestätigte Danny.

»Verdammt nochmal, Danny, bist du *blind*?« schrie Ian.

Dannys Augen weiteten sich, und er sah aufgeregt in alle Richtungen. »Blind?« fragte er. »Was?«

»Sie ist öfter aus als im Haus! Fragst du dich nicht manchmal, mit wem sie zusammen ist?«

»Je, nein, ich . . .«

»Und was hat es mit dem Baby auf sich?«

»Baby?«

»Frühgeborenes Baby? Im Ernst. Frühgeborenes Baby mit Grübchen?«

Danny öffnete den Mund.

»Zwei Monate zu früh und kann von allein atmen, kein Inkubator, keine Probleme?«

»Es war –«

»Es ist von jemand anderem«, sagte Ian.

»Wie bitte?«

»Ich möchte nur wissen, wie lang du noch die Absicht hast, den Dummen zu spielen«, sagte Ian.

Danny bog in Waverly ein und parkte vor dem Haus. Er stellte den Motor ab und sah Ian an. Er schien jetzt vollkommen nüchtern zu sein. Er sagte: »Was willst du mir eigentlich sagen, Ian?«

»Sie ist jeden Nachmittag aus, sooft sie einen Babysitter bekommen kann«, sagte Ian. »Sie kommt zurück, parfümiert und lachend und hat Kleider an, die sie sich nicht leisten kann. Dieses weiße Jerseykleid. Hast du sie jemals in ihrem weißen Kleid gesehen? Wo

51

hat sie es her? Wie hat sie dafür bezahlt? Wie kommt es, daß sie dich schnell wie der Blitz geheiratet hat und dann genau sieben Monate später ein Baby bekommt?«

»Du meinst das Kleid, das irgendwie in der Mitte überkreuz geht«, sagte Danny.

»Genau das.«

Danny begann seine rechte Schläfe mit den Fingerspitzen zu reiben. Als es so aussah, als wollte er nichts mehr sagen, stieg Ian aus dem Auto.

Drinnen im Haus war nur die Flurlampe an. Seine Eltern waren wohl immer noch bei den Finches. Beastie erhob sich vom Teppich, gähnend, und folgte ihm die Treppe hinauf, die er zwei Stufen auf einmal nahm. Er ging direkt in sein Zimmer, fiel vor dem Wandschrank auf die Knie und wühlte in dem Durcheinander nach seinen Turnschuhen. Als er den Alustreifen gefunden hatte, steckte er ihn in seine hintere Tasche und stand auf. Dann schlüpfte er ins Badezimmer. Die größte Nacht seines Lebens, und er hatte noch nicht mal Zeit zu duschen. Er machte seine Finger am Waschbecken naß und fuhr sich mit ihnen durchs Haar. Er bleckte seine Zähne vor dem Spiegel und überlegte, ob er sie putzen sollte.

Unten auf der Straße heulte ein Motor auf. Was in aller Welt? Er zog den Vorhang zurück und sah hinaus. Es war Dannys Chevy, richtig. Die Scheinwerfer waren zwei gelbe Bänder, die sich vom Straßenrand wegschwangen. Das Auto fuhr abrupt los, mit quietschenden Reifen. Ian ließ den Vorhang fallen. Er wandte sich um und begegnete seinem erstarrten Gesicht im Spiegel.

Bei der Mauer am Ende des Blocks hätten die Bremsen quietschen müssen, aber statt dessen wurde der heulende Ton lauter. Er wuchs an, bis etwas geschehen mußte, und dann gab es ein gigantisches, explosives, kompliziertes Krachen und dann ein zartes Klirren und dann Stille. Ian starrte immer noch sich selbst in die Augen. Er schien nicht wegsehen zu können. Er konnte nicht einmal blinzeln, konnte sich nicht rühren, denn wenn er sich rührte, dann würde die Zeit wieder vorwärtsrollen, und er wußte bereits, daß nichts in seinem Leben jemals wieder so sein würde, wie es gewesen war.

2
Die Abteilung
Wirklichkeit

Als das Baby aus seinem Nachmittagsschlaf erwachte, machte es ein Geräusch, das wie Singen klang. »La!« rief es. Aber die einzigen, die es hörten, waren Thomas und Agatha. Sie malten am Küchentisch. Ihre Wachsmalstifte bewegten sich langsamer, und sie sahen einander an. Dann blickten sie nach dem Zimmer ihrer Mutter. In letzter Zeit schlief auch sie nachmittags. Sie sagte, es sei die Hitze. Sie sagte, wenn man sie nur in Ruhe ließ, dann würde sie vom Frühling bis zum Herbst im Bett bleiben, um diesen ganzen heißen, schwülen Sommer zu verschlafen.

»La!« rief Daphne noch einmal.

Sie konnten sie nicht selbst hochnehmen, denn vorige Woche hatte Thomas sie fallen lassen. Er hatte versucht, ihr eine Flasche zu geben, und irgendwie war sie zu Boden gepurzelt und hatte sich den Kopf gestoßen. Danach sagte ihre Mutter, keines von ihnen dürfe sie noch einmal halten, was gar nicht fair gegenüber Agatha war. Agatha war im April sieben geworden, und überhaupt war sie groß für ihr Alter. Sie hätte Daphne niemals erlaubt, sich aus ihren Armen zu winden.

Nun sprach Daphne zu sich selbst in fragendem Ton: Wo sind sie alle? Sind sie alle fortgegangen und haben mich allein gelassen?

Auf Agathas Seite ihres Malbuchs war der Umriß eines unbekleideten Mannes voller Venen und Arterien. Man sollte die Venen blau und die Arterien rot ausmalen. Ein winziges B und R bezeichnete jeweils den Anfang, und dann war man sich selbst überlassen, Junge, Junge, Pech, wenn man aus Versehen auf den falschen Zweig hinüberrutschte und anfing, die roten Teile blau zu malen. Es war ungefähr das langweiligste Bild der Welt, aber Agatha machte weiter, selbst als die Venen sich zu schwarzen Fäden verengten und sie keine Hoffnung mehr hatte, innerhalb der Linien zu bleiben.

Thomas' Seite war auch langweilig, aber zumindest waren mehr Formen darauf. Sein unbekleideter Mann hatte verschiedene Organe – Röhren und Bohnen und ballonartige Sachen. Er mußte diese Seite bemalen, denn das Malbuch gehörte ihm, aber dann tat er so, als ob die Organe nicht existierten. Er schmierte unbekümmert mit einem lila Pastellstift darüber und gab dem Mann einen Anzug, der an seinen Handgelenken und bloßen Knöcheln zackig endete.

»Jetzt hast du es verhunzt«, sagte Agatha.

»Hab ich nicht. Ich hab es besser gemacht.«

»Du drückst auch zu fest drauf. Guck, was du mit deinem Buntstift gemacht hast.«

Er guckte. Zuvor hatte er das Papier abgeschält, und nun bog der Stift sich unter der Hitze seiner Hand wie die armen Kerzen ihrer Mutter in der Serviettenschublade.

»Ist mir egal«, sagte er.

»Dein letzter lila Buntstift!«

»Den mochte ich sowieso nicht«, sagte er, »und dieses Malbuch ist blöd. Wer hat mir dieses blöde Malbuch gegeben?«

»Danny hat es dir gegeben«, sagte Agatha.

Er klatschte sich mit der Hand vor den Mund.

Danny hatte ihm das Malbuch nicht gegeben, es war Grandma Bedloe. Sie hatte es irgendwann vom Pantry-Pride-Supermarkt mitgebracht, als sie für ihre Mutter etwas zu essen einkaufte. Aber Thomas hatte immer Angst, daß Danny oben im Himmel ihnen zuhörte, und deshalb sagte Agatha: »Er hat es als ein ganz, ganz besonderes Geschenk gekauft, und er hat sehr gehofft, daß es dir gefällt.«

Thomas nahm seine Hand vom Mund und sagte laut: »Es gefällt mir ja.«

»Warum hast du es dann verschmiert?«

»Ich hab's aus Versehen gemacht.«

Daphne sagte: »Uhu! Uhu!« – nicht etwa lachend, wie man sich einbilden könnte, sondern sie fing an, sich zu beschweren. Die nächste Stufe würde ein richtiges Heulen sein, ganz traurig und verloren und allein. Thomas und Agatha *haßten* das. Thomas sagte: »Geh, sag es der Mama.«

»Geh du.«

»Du bist die Älteste.«

»Ich hab keine Lust.«

»Das letzte Mal, als ich gegangen bin, hat sie geweint«, sagte Thomas.

»Da hatte sie einen schweren Tag.«

»Vielleicht ist heute auch einer.«

»Wenn du gehst«, sagte Agatha, »geb ich dir meine Patentledertasche.«

»Ich brauch keine Tasche.«

»Meine Plastik-Kamera?«

»Deine Kamera ist kaputt.«

Daphne hatte das Heulstadium erreicht. Agatha fing an zu verzweifeln. Sie sagte: »Wir können uns vielleicht neben ihr Bett stellen. Nur reden und lächeln und so.«

»Okay.«

Sie standen auf und gingen durch den Gang, an der geschlossenen Tür des Zimmers ihrer Mutter vorüber und in das Kinderzimmer. Es roch nach schmutzigen Windeln. Daphne saß auf ihre kerzengerade Art, die Finger um die Gitterstäbe gewickelt, und als sie kamen, wurde sie still und drückte ihr Gesicht an die Stäbe, so daß ihr Näschen herausragte. Sie hatte so heftig geweint, daß ihre Oberlippe glasig überzogen war. Sie blinzelte und starrte sie an, und dann schenkte sie ihnen ein breites, schlabberiges Grinsen.

»Na, was muß ich da für einen Unsinn hören?« sagte Agatha streng.

Sie versuchte, wie Grandma Bedloe zu klingen. Erwachsene hatten diese Stimmen, die sie nur für Babys gebrauchten. Wenn sie gewollt hätte, hätte sie auch die Stimme ihrer Mutter nachahmen können. »Liebling!« Oder Dannys. »Wie geht's meiner Prinzessin?« hätte er gefragt. Hätte er. Damals hätte er gefragt.

Lieber hielt man sich an Grandma Bedloe. »Wer macht denn ein solches Spektakel?«

Daphne grinste breiter mit ihren vier neuen gezackten Zähnchen und ihren ganz nassen Wimpern, die an ihren Wangen klebten. Sie hatte nur ein Unterhemdchen an, und ihre Windel war von bräunlicher Farbe – das, was ihr Onkel Ian Kein-hübscher-Anblick nennen würde.

»Gib ihr ihren Schnuller«, schlug Thomas vor.

»Sie wird wütend, wenn man ihr einen Schnuller gibt, wenn sie eine Flasche will.«

»Vielleicht ist sie noch nicht hungrig.«

»Wenn sie geschlafen hat, ist sie immer hungrig.«

Daphne sah von einem zum anderen. Es schien ihr zu dämmern, daß sie ihr nicht viel nützen würden.

»*Versuch's* doch mit dem Schnuller«, sagte Thomas.

»Aber wo ist er denn?«

Sie langten zwischen die Gitterstäbe und beklopften das Laken, suchend. An einigen Stellen war das Laken feucht, aber das könnte von der Hitze sein, oder von Tränen. Der Geruch war schrecklich.

»Gefunden!« krähte Thomas. Er steckte den Schnuller zwischen Daphnes Lippen, aber sie spuckte ihn wieder aus. Ihr Kinn begann zu zittern, und ihre Augenbrauen wurden knallrosa.

»Pfui!« sagte Thomas. Er hob den Schnuller auf und schob ihn sich selbst in den Mund, und dann trat er zurück, bis er auf dem Rand seines Bettes saß, die Arme dicht vor der Brust verschränkt.

»Vielleicht könnten wir sie in ihrem Bett füttern«, sagte Agatha.

Thomas machte laute Lutschgeräusche.

Agatha ging in die Küche und zerrte eine Zwei-Liter-Flasche Milch aus dem Kühlschrank. Sie setzte die Flasche auf den Tisch und nahm eine trübe Babyflasche aus dem Haufen ungewaschenen Geschirrs neben der Spüle.

Daphne machte wieder »Uhu! Uhu!«

Erst schüttete Agatha ganz, ganz langsam, aber die Milch lief über den ganzen Tisch und befeuchtete Thomas' Malbuch. Als sie schneller goß, ging es besser. Sie zog den Sauger darüber und trug die Flasche über den Gang, im Gehen wärmte sie die Flasche zwischen ihren Händen. Vor der Tür ihrer Mutter blieb sie stehen und horchte, aber sie hörte keinen Laut. Es mußte ein Zwei-Pillen-Schlaf sein, oder auch Drei-Pillen. Sie ging weiter ins Kinderzimmer.

Daphnes Mund war jetzt ein häßliches, schreiendes Quadrat, und sie war rot und rotzig und schwitzig. Thomas hatte seine Augen zugekniffen. »Wach auf«, befahl Agatha ihm barsch, als sie an ihm vorbeiging. Sie steckte die Flasche zwischen die Gitterstäbe und hielt sie Daphne hin. »Da.«

Daphne schlug aus, und die Flasche flog. Pop, sprang der Sauger ab. Milch spritzte auf das Abziehbild des Kaninchens im rosa Overall am Kopfteil des Gitterbetts. »Dämlich!« schimpfte Agatha. »Dämliches dickes altes *Baby*!«

Daphne schrie lauter. »Hilf mir diese Flasche kriegen«, befahl Agatha Thomas, aber Thomas hatte seine Tagesdecke über den Kopf gezogen. Sie sah wieder nach der Flasche. Sie lag fast am hinteren Ende des Gitterbetts, und jedesmal, wenn Daphne auf und ab ruckelte, gluckerte mehr Milch auf das Laken. Schließlich drückte Agatha auf die beiden Klammern am Geländer und zog es herunter. Da war Daphne, nicht mehr eingezäunt, beruhigte sich ein wenig, hatte Schluckauf und sah interessiert aus. Da war die Flasche, in bequemer Reichweite. Agatha fand den Sauger in einer Falte des nassen Lakens und setzte ihn wieder drauf und hielt dann die Flasche Daphne hin. Diesmal nahm Daphne sie an. Sie trank sitzend, blinzelte beim ersten kalten Schluck, aber danach war sie zufrieden. Ihre eine Hand umklammerte wieder und wieder Agathas Handgelenk. »Mm«, machte sie mit jedem Schluck. «Mm. Mm.« Agatha verspürte plötzlich einen ungeheuren Durst.

Hinter sich hörte sie ein Rascheln: Thomas, der unter seiner Tagesdecke hervorkroch. Sie hörte das Schmatzgeräusch, als er den Schnuller aus seinem Mund zog. »Die stinkt vielleicht«, sagte er.

Sie antwortete nicht.

»Wirst du ihre Windeln wechseln, Agatha?«

Sie stand steif da und umfaßte ihren Ellbogen mit ihrer freien Hand. Sie wußte nicht, wie man Windeln wechselt. Sie hatte oft ihrer Mutter geholfen – Puder holen oder den Waschlappen. Ja, sie glaubte, sie könnte es allein tun. Aber sie antwortete immer noch nicht. Sie warf den Kopf zurück und strich sich die Haare aus dem Gesicht. Sie spürte, wie Thomas vorsichtig herankam und sich neben sie stellte. Er drehte den Schnuller zwischen seinen Fingern. Im selben Moment, als Daphne den Sauger nach ihrem letzten Schluck losließ (*Plopp!* machte der Sauger), streckte er die Hand aus und verkorkte ihren Mund mit dem Schnuller. Daphne saugte weiter. Thomas und Agatha traten einen Schritt zurück, aber Agatha blieb ruhig.

»Nucki«, sagte Thomas glücklich.

So nannte ihre Mutter einen Schnuller: Nucki.

Agatha holte eine saubere Windel von dem Stoß auf der Kommode. Sie schubste Daphne auf den Rücken und schob die Windel unter sie. Die Nadeln waren kein Problem. Das war ja ganz einfach. Aber das Pupu war ekelhaft. Sie rümpfte die Nase und faltete die schmutzige Windel nach innen zusammen. Thomas sagte »Igitt!« und ging wieder zu seinem Bett.

Sie trug die Windel durch den Gang ins Badezimmer, wobei sie sie in einem Bündel weit von sich weg hielt. Sie senkte es in die Toilette und schwenkte es herum. Das ganze Igittegitt begann abzubröckeln. Sie drückte die Spülung ab und schwenkte die Windel wieder in sauberem Wasser, hin und her, träumerisch.

Manchmal sagte ihre Mutter »Nucki«, und manchmal sagte sie »Nuckel«. Vielleicht war beides dasselbe Wort. Die Leute hier in Baltimore sagten »Schnuller«, und das sagten auch Thomas und Agatha, die versuchten, sich anzupassen; aber ihre Mutter war nicht aus Baltimore. Sie war draußen vom Land, wo sie mit ihrem Vater in einem silberfarbenen Wohnwagen lebten. Dann ließen sie sich alle scheiden. Das war, als Thomas noch ein Baby war. Er konnte sich nicht einmal daran erinnern. Später zogen sie nach Baltimore, in Mr. Bellings langem schwarzen Auto. Alles würde wunderbar, wunderbar sein, sagte ihre Mutter. Sie bekam so viel neue Kleider! Ihre Wohnung lag über einem Drugstore, das alle Sorten Süßigkeiten führte, und wenn Mr. Belling sie besuchte, schickte er Thomas und Agatha hinunter, jedes mit einem Dollarschein, und sie konnten sich zum Aussuchen Zeit lassen, solange sie wollten. Thomas erinnerte sich an Mr. Belling. Er mochte ihn allerdings nicht besonders. Als Mr. Belling nicht mehr kam, fragte Thomas, ob er den Baltimore-Colts-Krug haben dürfe, aus dem Mr. Belling immer sein Bier trank, und ihre Mutter fing an zu weinen. Sie riß den Krug aus dem Abtropfkorb und schlug ihn so lange gegen das Spülbecken, bis er in eine Million Stücke zerbrach. Thomas sagte: »Entschuldige, ent-

schuldige! Ich wollte ihn nicht *wirklich* haben!« Danach mußte ihre Mutter einen Job annehmen und sie bei Mrs. Myrdal lassen, aber dann lernte sie Danny kennen. Nachdem sie Danny kennengelernt hatte, war sie wieder mehr so, wie sie früher gewesen war. An ihrem Hochzeitstag sagte sie, das sei der Hochzeitstag von ihnen *allen*. Sie gab Agatha eine kleine rosa Rose aus ihrem Brautstrauß.

Thomas sagte, Danny sei wahrscheinlich ihr richtiger Vater. Agatha wußte aber, daß er es nicht war. Sie sagte zu Thomas, ihr richtiger Vater war netter. Dabei war Danny der netteste Mann, den sie je gekannt hatte – netter als ihr Vater, der nie viel mit ihnen zu tun gehabt hatte, und bestimmt eine ganze Menge netter als Mr. Belling mit seinen zwei dicken Brillantringen und seinen verkniffenen Augen von der Farbe neuer Latzhosen. Aber sie wollte, daß Thomas eifersüchtig war auf das, an was sie sich noch erinnern konnte. Thomas hatte ein schrecklich schlechtes Gedächtnis. Agathas Gedächtnis war bis aufs I-Tüpfelchen genau, sie vergaß nie das geringste.

Thomas vergaß zum Beispiel drei verschiedene Male an drei Tagen hintereinander, daß Danny fortgegangen und gestorben war. Drei Morgen hintereinander stand er auf und sagte: »Meinst du, daß Danny uns Apfelpfannkuchen zum Frühstück macht?« Am ersten Tag konnte sie das verstehen, weil die Nachricht noch so neu war und noch niemand von ihnen sich an sie gewöhnt hatte. So sagte sie nur: »Nein, hast du das vergessen? Er ist weggegangen und gestorben.« Aber am zweiten Tag! Und am dritten! Und das waren noch dazu Wochentage. Danny hätte nie an einem Wochentag Pfannkuchen gemacht. »Was hast du nur?« fragte sie Thomas. »Kapierst du das denn nicht? Er hatte einen Autounfall, und er ist tot.« Thomas bekam nur einen irgendwie verschlossenen Blick. Er schien Danny nicht so sehr zu vermissen wie die Pfannkuchen. Das machte sie wütend. Warum mußte sie die einzige sein, die sich erinnerte? Sie sagte: »Er fuhr Ian nach Hause, und wir mußten allein bleiben. Nicht ans Telefon gehen, die Tür nicht aufmachen –«

Thomas preßte seine Hände auf die Ohren.

»Also, als dann das Telefon läutete, haben wir den Hörer nicht abgenommen«, sagte Agatha. »Und als es an die Tür klopfte, haben wir nicht aufgeschlossen.«

Thomas sagte: »Nee-nee-nee-nee-nee!«, aber sie überhörte es.

»Mama mußte durch ein Fenster klettern«, fuhr sie fort, »und sie zerriß ihren Ärmel, und sie weinte; sie fürchtete, wir wären ermordet worden, und dann läutete das Telefon wieder und –«

»Sei still! Sei still! Sei still!«

Sie hatte einfach diesen Drang, böse zu ihm zu sein. Sie konnte nicht genau sagen, warum.

Das Wasser in der Toilette war jetzt so gelb, daß sie kaum noch die Windel sehen konnte, also zog sie noch einmal ab. Dann war es, als ob jemand Herrisches und Selbstsüchtiges die Hand nach oben reckte und ihr die Windel wegriß. Sie schnappte ein wenig nach Luft und ließ sie los. Das Wasser stieg langsam höher und höher; es erreichte den Rand. Sie hatte nie geahnt, was für ein schreckliches Ding eine Toilette war. Dickes gelbes Wasser platschte über den Rand und floß über den Fußboden, während sie dastand und zusah, entsetzt.

»Mama!« quietschte sie schließlich.

Stille.

Das Wasser in der Toilette sackte wieder hinunter.

Agatha ging hinaus in den Gang, zitternd, und stellte sich vor die Schlafzimmertür ihrer Mutter. Sie klopfte ganz leise mit den Fingerknöcheln und legte dann das Ohr an die Tür und horchte.

Früher gingen sie einfach hinein, ohne sich etwas dabei zu denken. Sie spielten dann auf ihrer Bettdecke, bis sie aufwachte. Aber in letzter Zeit taten sie das nicht mehr.

(Manchmal konnte man fast meinen, daß ihre Mutter hinter ihrem Gesicht nicht mehr vorhanden war.)

Agatha ging weiter durch den Gang zum Kinderzimmer. Als sie hineinkam, sah sie, wie Daphne auf ihren Bauch rollte und wie ein Stein aus dem Gitterbett fiel. Agatha stürzte ohne einen Laut vorwärts und fing sie auf – einen Armvoll feuchtes Baby mit nacktem Po. Sie sank mit weichen Knien auf den Boden. Noch immer eifrig an ihrem Schnuller lutschend, krabbelte Daphne fort zu einem Kastenteufel. Thomas sang seiner Puppe vor: »Meine Tante gab mir einen Fünfer, kauf dir eine ...«

Ganz plötzlich sah Agatha alles ganz deutlich. Daphnes Po war gelb verschmutzt. Thomas' Hemd war voller Speisereste. Der Boden war mit Spielzeug und schmutzigen Kleidungsstücken überzogen, und eine Melonenrinde lag auf einem Teller unter einer Wolke von Fruchtfliegen. Milch tropfte von der Wand hinter dem Gitterbett.

Sie stand auf und hob Daphne auf, stolperte mit ihr zum Gitterbett und ließ sie hineinplumpsen. Sie wickelte Daphnes Windel um sie, war ganz, ganz vorsichtig mit den Sicherheitsnadeln, und dann zog sie das Geländer hoch und verschloß es. »Bleib da drin«, sagte sie zu Daphne. »Zieh ein anderes Hemd an«, befahl sie Thomas.

»Welches Hemd?«

»Mir egal. Nur ein anderes.«

Er legte Dulcimer zur Seite, brummend, und glitt von seinem Bett herunter. Während er in den Kommodenschubladen wühlte, kehrte Agatha ins Badezimmer zurück und zog ein Handtuch durch die Pfütze um die Toilette. Dann knüllte sie das Handtuch in den Wäschekorb. Sie ging hinaus in die Küche und stellte die Milch zurück in den Kühlschrank. »Kau, Kau, Kau, Kau, Kaugummi«, sang Thomas, während Agatha sein Malbuch zum Trocknen auf der Fensterbank ausbreitete. Einen nach dem anderen fischte sie seine Buntstifte aus der Milchpfütze auf dem Tisch. Sie fingen schon an, die Milch in alle möglichen Farben einzufärben, lavendel und rosa und blau. Sie warf sie in den Mülleimer unter dem Spülstein.

»Was *tust* du da?« fragte Thomas, der von hinten herankam. Er trug nun ein grünes Hemd, das sich mit seinen blauen Shorts biß, und außerdem war es falsch zugeknöpft.

»Mach deine Knöpfe noch mal richtig zu«, sagte Agatha. Sie faltete ein Tuch auseinander und begann, den Tisch abzuwischen.

»Was hast du mit meinen Buntstiften gemacht?«

»Sie waren alle naß und ausgelaufen.«

»Du kannst sie nicht einfach wegwerfen!«

Er begann, den Mülleimer zu durchsuchen. Agatha sagte: »Hör auf damit! Ich hab gerade erst alles wieder ordentlich gemacht!«

»Gib mir lieber meine Buntstifte wieder, Agatha.«

Ihre Mutter sagte: »Ist es noch immer Tag?«

Sie stand im Türrahmen in ihrem Unterrock. Auf ihrer Wange war eine Druckstelle vom Kopfkissen, und sie war ohne Make-up. »Ich dachte, es sei Nacht«, sagte sie. »Ist das Daphne, die ich höre?«

»Sag, sie soll mir meine Buntstifte wiedergeben, Mama!«

Aber ihre Mutter schlich über den Gang in Richtung von Daphnes »Uhu! Uhu!«

»Stehler!« zischte Thomas Agatha an. »Bunststiftstehler!«

Sie ließ das nasse Tuch in das Spülbecken fallen. »Stöcke und Steine brechen meine Beine«, sagte sie, »aber Worte können mich nicht ...«

»Du kannst ins Gefängnis kommen, wenn du stiehlst!«

»Ist das meine kleine Daphne?« fragte ihre Mutter, die mit Daphne im Arm wiedergekommen war. »Ist das mein Liebling?«

Sie saß auf einem Küchenstuhl und ließ Daphne auf ihrem Schoß nieder. Daphnes Windel war trocken, aber sie war so lose, daß sie über ihrem Bauch herunterhing. Der Tisch war sauber, aber er war feucht, wo Agatha ihn abgewischt hatte. Alles sah ordentlich aus, aber nur gerade so, etwa wie wenn man ein Zimmer betritt und das Gefühl hat, daß bis vor einer halben Stunde etwas dort geraschelt und geflüstert hat. Doch ihre Mutter schien es nicht zu bemerken. Sie starrte auf Daphne hinunter, und ihr Gesicht war nackt und erloschen und blaß. »Ist das meine Daphne?« sagte sie wieder und wieder, »ist das mein Baby Daphne?«, so daß es allmählich so klang, als fragte sie das wirklich. »Ist sie das?« fragte sie, »ist sie das? Ja?« Und sie blickte zu Thomas und Agatha auf und wartete auf ihre Antwort.

Als der heißeste Teil des Tages vorüber war, machten sie sich fertig für ihren Spaziergang zum Schreibmaschinengeschäft. Dies war etwas, das sie erst in den letzten paar Wochen angefangen hatten, aber es war bereits zu einem Ritual geworden. Agatha liebte Rituale. Thomas auch. Gemeinsam holten sie Daphnes Sportwagen aus dem Garderobenschrank und klappten ihn auf. Daphne sah ihnen vom Teppich aus zu und flatterte mit den Armen auf und ab, als sie die Räder quietschen hörte. Vielleicht mochte auch sie Rituale.

Sie gingen nachsehen, ob ihre Mutter fertig war, aber sie hatte sich im Badezimmer eingeschlossen. Als sie herauskam, trug sie ihre weiße Bluse, die gewickelt und an der Seite gebunden war, und ihren wäßrig fließenden indischen Rock. Sie tupfte ihren Lippenstift mit einem Taschentuch ab und fragte: »Wie sehe ich aus?«

»Du siehst hübsch aus«, sagten sie beide.

Aus dem Wohnzimmer kam ein quengeliger Laut von Daphne.

Ihre Mutter seufzte und nahm ihre Handtasche. »Gehen wir«, sagte sie.

Die Luft draußen fühlte sich schwer und warm an, aber wenigstens knallte die Sonne nicht mehr so unbarmherzig herab. Ihre Mutter ging voraus und schob Daphne in ihrem Sportwagen, und Thomas und Agatha folgten. Thomas' Hemd war immer noch falsch zugeknöpft. Agathas Spielanzug kniff sie zwischen den Beinen. Sie dachte, sie und Thomas hätten auch fein angezogen sein sollen, wenn sie versuchten, sich mit dem Schreibmaschinenmann anzufreunden, aber darauf schien ihre Mutter gar nicht gekommen zu sein. Seit einiger Zeit gab es diese Löcher in der Art, wie sie etwas tat, Stellen, wo es einfach bei ihr aussetzte. Etwa gestern abend, als sie etwas sagte und dann nicht mehr weiterwußte. »Ist das zu glauben?« hatte sie gesagt. »Daß ich wieder ... wieder mal...« Dann hatte sie einfach vor sich hin gestarrt. Sie hatten Angst bekommen. Thomas fing an zu weinen und ging mit beiden Fäusten auf sie los. »Mit nichts dastehe«, hatte sie schließlich gesagt. Sie war wie ein Plattenspieler, den man anschubsen mußte, wenn er auf einen Kratzer gestoßen war. Dann hatte sie gesagt: »Ich glaube, ich gehe zu Bett«, obwohl es noch nicht einmal dunkel draußen war, und Daphne war noch nicht zu Bett gebracht worden.

Sie gingen an dem Haus vorüber mit all den Figuren im Vorgarten – Elfen und ein kleines Reh und eine Reihe Enten. Agatha wünschte, ihr eigener Vorgarten hätte auch welche, aber ihre Mutter sagte, solche Figuren seien gewöhnlich. »Und im Moment«, hatte sie gesagt, »ist das letzte, was ich mir leisten kann, gewöhnlich zu wirken.« Sie sprach viel in diesen Tagen über das, was sie sich nicht leisten konnte. Danny hatte ihnen nicht viel hinterlassen.

Sie gingen an dem Haus vorbei, das verkündete MRS. GOODE, HANDLESERIN – FRÖHLICHE WAHRSAGEKUNST, aber ihre Mutter blieb nicht stehen. Agatha war froh darüber. Mrs. Goode war grau von Kopf bis Fuß, und ihr Wohnzimmer roch nach Mottenkugeln. Sie kamen dorthin, wo die Läden anfingen, Schuster und Waschsalons. An Luckmanns Apotheke verlangsamten Thomas und Agatha hoffnungsvoll ihre Schritte, aber ihre Mutter sagte: »Diesmal gehen wir zu Joyners.« Sie wechselte ab bei den Apotheken, denn sie wollte nicht, daß die Leute dächten, sie kaufe zu viele Pillen. Es war aber schade. Luckmanns hatten eine dieser Maschinen, in denen Kaugummikugeln mit kleinen Plastikanhängern vermischt waren. Thomas und Agatha ließen ihre Füße schleifen und schickten einen sehnsüchtigen Blick zurück.

Der Verkehr in dieser Gegend war lebhafter, und die Abgase der Busse machten die Hitze noch schlimmer. Thomas hatte einen schmierigen Schnurrbart von Schweiß. Jedes Klicken der Absätze ihrer Mutter war wie ein scharfes Küchenmesser, das direkt durch Agathas Kopf fuhr.

Auf Govans Road nahm die lange, niedrige Front von Rumford & Son's Büromaschinen fast einen halben Block ein. Sie standen ihm gegenüber auf der anderen Straßenseite und warteten auf das grüne Licht. Thomas sagte: »Wäre es nicht nett, wenn das Schreibmaschinengeschäft Kaugummimaschinen hätte?«

»Nun, sie haben keine, und ich will nicht, daß du danach fragst«, sagte ihre Mutter.

»Ich wollte ja gar nicht fragen!«

»Seid nur ganz, ganz ruhig, damit es mir nicht leid tut, daß ich euch mitgenommen habe.«

Damals mußte sie sie nirgendwohin mitnehmen. Sie hatte gesagt: »Oh! Ich werde verrückt, sage ich euch«, oder: »Mir fällt die Decke auf den Kopf«, und hatte Ian oder Mrs. Myrdal gebeten, auf sie aufzupassen, denn damals konnte sie es sich leisten. Sie war den ganzen Nachmittag aus gewesen, war glücklich wieder nach Hause gekommen und hatte den Kindern gezeigt, was sie ihnen mitgebracht hatte – Schokolade, Lollies, manchmal sogar Spielsachen, wenn sie klein genug waren für ihre Handtasche. Aber jetzt mußte sie alle drei überallhin mitnehmen. Sie nahm sie sogar mit zum Arzt, und wenn sie hereingerufen wurde, mußte Agatha auf die anderen beiden aufpassen. »Können wir nicht wieder Babysitter haben?« hatte Agatha gefragt, aber sie wußte schon die Antwort. Die Antwort war: »Nein, können wir nicht. Mach dir klar, wir sind jetzt in der Abteilung Wirklichkeit gelandet.« Das war der Lieblingsausspruch ihrer Mutter. Agatha haßte ihn, und sie hielt sich die Ohren zu, aber wenn sie ihre Hände wegnahm, redete ihre Mutter immer noch. »Denkt ihr, mir macht es Spaß, euch jede Sekunde bei mir zu haben? Denkt ihr, ich würde nicht lieber auch mal allein weggehen?«

Ihre Mutter liebte sie, aber sie versuchten sie immer dazu zu bringen, sie *nicht* zu lieben. Das sagte sie ihnen. »Ihr wollt, daß ich einfach fortgehe von euch«, sagte sie zu ihnen, »aber ich weigere mich, das zu tun.«

Immer wenn sie das sagte, griff Thomas nach einem Zipfel ihres Kleides, ganz unten am Saum, wo sie es nicht merkte.

Das Licht wurde grün, und sie überquerten die Straße. Die Absätze ihrer Mutter klangen nun anmutiger. Als sie das Geschäft betraten, wurden sie in kalter Luft gebadet – liebliche, kalte, wehende Luft –, und Daphne sagte: »Ah«, was ihre Mutter zum Lachen brachte. War es nicht wunderbar, wie schnell sie sich verändern konnte? So zu lachen, ihr bestes kleines heiserkehliges Lachen in dem Moment, als sie durch die Tür trat! Und der Schreibmaschinenmann hörte es noch nicht einmal, obwohl er bald genug herüberkam. Er sagte: »Na, sieh mal an, wer kommt denn da!« Man konnte sehen, wie er sich freute. Er war ein blonder, blasser Mann mit einer Haut, die errötete, wenn er lächelte. »Was führt Sie her an einem so heißen Nachmittag?« fragte er ihre Mutter.

»Oh, wir sind nur spazierengegangen«, sagte sie. Ganz plötzlich schien sie schüchtern zu sein. »Wir kamen vorbei, und ich sagte: ›Sollten wir nicht meine Schreibmaschine besuchen, Kinder?‹«

»Unbedingt. Sie wollen doch nicht, daß sie sich vernachlässigt fühlt«, sagte er.

Er strahlte auf Agatha herunter. Sie schenkte ihm ihr breitestes Lächeln, zeigte alle ihre Zähne.

Der Ausstellungsraum war mit Schreibtischen angefüllt, und auf jedem stand eine Schreibmaschine. Einige waren große komplizierte elektrische und andere waren kleine niedrige mechanische. Wenn es nach Agatha gegangen wäre, hätten sie eine mechanische gekauft. Sie sahen leichter aus. Aber die ihrer Mutter war elektrisch, mit Tasten, die laut klapperten, fast bevor man sie berührte.

Zum ersten Mal waren sie im Frühjahr in dieses Geschäft gegangen, kurz nachdem Danny gestorben war. Ihre Mutter hatte beschlossen, Sekretärin zu werden. »Ich hab endgültig die Nase voll vom Fill 'Er Up«, sagte sie zu ihnen. »Diesmal will ich eine Bürostelle.« So waren sie eines Nachmittags zu Rumford's gegangen, wo ihre Mutter eine Dame mit Ringellocken fragte, ob sie eine

Maschine benutzen könne, um tippen zu lernen. »Um was?« fragte die Dame. Ihre Mutter hatte erklärt, daß sie genau zwölf Tage lang an einem Schreibtisch sitzen und sich nach einem Buch »Schreibmaschine schreiben in zwölf leichten Lektionen« selbst unterrichten wollte, und sie versprach, daß alle drei Kinder so leise wie Mäuschen sein würden. »Fräulein«, sagte die Dame, »dies hier ist keine Sekretärinnenschule.«

»Meinen Sie denn, ich wüßte das nicht?« rief ihre Mutter. »Aber wie glauben Sie denn, daß ich mir eine *richtige* Sekretärinnenschule leisten könnte? Wovon soll ich das denn bezahlen? Wer würde auf meine Kinder aufpassen?«

»Fräulein –«

»Das ist alles, was mir übrigbleibt, verstehen Sie das nicht? Ich muß irgendeinen Job finden, ich brauche eine Anstellung!«

Dann kam der Schreibmaschinenmann herüber. »Was gibt's denn hier für Probleme?« fragte er, und die Dame sah erleichtert aus und sagte: »Dies ist Mr. Rumford, der Besitzer. *Er* wird es Ihnen erklären«, und sie ging fort. Mr. Rumford hatte wesentlich mehr Verständnis gezeigt. Nicht, daß er sie ihren Plan ausführen ließ (er sei in Wirklichkeit nur der *Sohn* des Besitzers, sagte er, und sein Vater würde einen hysterischen Anfall bekommen), aber er bewunderte ihren Mut, und er schlug vor, daß sie sich statt dessen eine Schreibmaschine mietete. Sie könnte sie von diesem Geschäft mieten und zu Hause in Ruhe üben. Ihre Mutter sagte: »Oh! Daran hab ich noch gar nicht gedacht«, und sie nahm ein Taschentuch heraus und putzte sich die Nase.

»Wissen Sie, was ich Ihnen empfehlen würde?« hatte der Mann gesagt. »Eine elektrische. Sehen Sie sich diese hübschen Fingernägel an. Sie wollen sich doch nicht Ihre Nägel ruinieren?«

Ihre Mutter versuchte zu lächeln.

»Bei einer mechanischen müssen Sie fest draufdrücken«, sagte er. »Daher haben diese Berufsstenotypistinnen immer so stumpfe häßliche kurze Fingernägel.«

Agatha verbarg ihre eigenen Hände hinter ihrem Rücken. Ihre Mutter blickte empor in die Augen des Schreibmaschinenmanns. Sie sagte: »Aber wäre eine elektrische nicht viel teurer?«

»Pfennige pro Tag! Nur Pfennige.«

»Und auch schwer. Ich meine, eine elektrische muß viel mehr wiegen. Und ich bin nicht . . . Ich bin ganz allein. Ich habe niemanden, der etwas für mich trägt.«

»Ich will Ihnen etwas sagen«, sagte er. »Ich bringe sie selbst vorbei, nach der Arbeit.«

»Würden Sie das tun?«

»Es wird mir ein Vergnügen sein«, sagte er. »Ich werde Ihnen die Maschine zeigen, die ich für Sie im Auge habe.« Und er ging voraus und führte sie durch die Reihen von Schreibtischen.

Die Maschine, die er im Auge hatte, war ein blauer metallener Klotz mit einer Schnur, die so dick war, daß, als er sie ihr am selben Abend brachte, die einzige Steckdose, in die sie paßte, die hinter dem Kühlschrank war. Er mußte den Kühlschrank wegschieben und den Küchentisch herüberziehen, so daß die Schnur ausreichte, und dann war er rot im Gesicht, und ihre Mutter ließ ihn sich hinsetzen, um ein Bier zu trinken. Während er sein Bier trank, zeigte er ihr die besonderen Funktionen – den elektrischen Rücklauf und die Wiederholungstasten. »Das ist ja so nett von Ihnen«, sagte ihre Mutter zu ihm. »*Mrs.* Rumford wird schon mit dem Essen auf Sie warten.«

»Das würde mich sehr wundern«, sagte er. »Wir leben gerade in Scheidung.« Dann setzte er ihre Finger in die korrekte Stellung auf die Tasten – die er »home base« nannte – und zeigte ihr, wie man *als das lad das fad* tippte, worüber sie lachen mußte. Als er ging, gab er ihr seine Karte, damit sie ihn anrufen konnte, wenn sie irgendwelche Fragen hätte.

Am selben Abend raste sie in einer einzigen Sitzung durch die ersten fünf Lektionen. Agatha wachte im Dunkeln vom Klicken der Tasten auf, und als sie hinaus in die Küche kam, sagte ihre Mutter: »Sieh mal, wie weit ich gekommen bin! Wenn es so weitergeht, bin ich perfekt, eh du dich versiehst.« Agatha ging wieder ins Bett und schlief besser als seit Wochen.

Am nächsten Morgen war der Küchentisch mit betippten Blättern bedeckt – *ab abfall abhang abgang* und *hand in hand land und leute.* Agatha goß Coca-Cola in ein Glas und rührte einen Löffel voll Pulverkaffee hinein (das Lieblingsgetränk ihrer Mutter, um sich in Schwung zu bringen) und trug es ins Schlafzimmer. Ihre Mutter schlief im Unterrock, ein Arm hing zur Seite des Bettes herab, so daß es aussah, als ob es wieder einmal schwierig für sie sein würde aufzuwachen. Aber sie öffnete die Augen, als das Glas auf dem Nachttisch klirrte, und dankte Agatha ganz deutlich. Sie verbrachte diesen Morgen mit den Lektionen Sechs bis Elf, während Agatha, die heute ausnahmsweise einmal die Schule schwänzen durfte, Thomas und Daphne beaufsichtigte. Lektion Zwölf war nicht wichtig, beschloß ihre Mutter. Das waren nur Zahlen, die sie in Nullkommanichts lernen konnte, es sei denn, sie müßte für einen Steuerberater oder etwas Ähnliches arbeiten, was sie bestimmt nicht vorhatte. Sie wollte für eines der Anwaltsbüros in der Innenstadt arbeiten, an einem netten Vorzimmerschreibtisch mit einer Blumenvase, sagte sie, wo sie das Telefon mit tralala-Stimme beantworten und Briefe klickediklack schreiben würde, während die Klienten im Vorzimmer warteten. Sie führte ihnen vor, wie sie aussehen würde – die Nase hochmütig in die Luft gereckt und die Finger elegant hüpfend, als seien die Tasten brennend heiß. Sie war noch in ihrem Bademantel, aber man konnte sehen, daß sie perfekt sein würde.

Um die Mittagszeit desselben Tages gingen sie zur Cold Spring Lane und kauften eine Zeitung. Früher wurde sie ihnen ins Haus geliefert, doch das konnten sie sich nicht mehr leisten. Wenn sie einmal angestellt war, sagte ihre Mutter, würden sie wieder die Zeitung abonnieren, und sie würden am Frühstückstisch sitzen und ihre Horoskope lesen, bevor sie ins Büro ging. Agatha fiel etwas ein. Sie sagte: »Aber Mama, wer wird dann bei *uns* bleiben?«

»Das werden wir lösen, wenn es soweit ist«, sagte ihre Mutter und kippte den Sportwagen auf den Gehsteig.

»Wie denn lösen?«

»Das findet sich schon, Agatha. Klar?«

»Du würdest uns nicht einfach allein lassen, oder?«

»Hab ich euch jemals, jemals allein gelassen?«

Agatha öffnete den Mund, aber dann schloß sie ihn wieder. Thomas sah zu ihr herüber. Seine Augen füllten sich mit Tränen.

»Hör auf damit!« befahl ihm Agatha.

Er stand mitten auf dem Gehsteig, und sein Gesicht verzog sich.

»Was in aller Welt?« fragte ihre Mutter. Sie drehte sich um und starrte ihn an.

»Er ist nur ... traurig«, erklärte Agatha. Sie wollte sie nicht an Danny erinnern.

Zu Hause breitete ihre Mutter die Zeitung auf dem Kaffeetisch aus und kreiste jede Sekretärinnenanzeige ein – Dutzende. Das Problem, sagte sie, war nicht, einen Job zu finden, sondern sich einen auszusuchen. »Wenn ich gewußt hätte, wie leicht das ist, hätte ich es schon vor Jahren gemacht«, sagte sie. Dann, während Daphne schlief, nahm sie die Zeitung mit zum Telefon im Schlafzimmer. Eine Zeitlang murmelte ihre Stimme: »Da-dah? Da-da-dah? Da-de dah-da...« schließlich war es lange Zeit still. Thomas und Agatha sahen einander an. Sie sahen Seifenopern mit abgedrehtem Ton. Thomas nahm seinen Daumen aus dem Mund und sagte: »Sieh mal nach.«

Agatha ging also und klopfte an die Tür. Keine Antwort. Sie drehte den Knauf und lugte durch den Spalt. Ihre Mutter lehnte am Kopfende mit dem Telefon auf ihrem Schoß. Sie starrte vor sich hin.

»Mama?« sagte Agatha.

»Hmm?«

»Hast du einen Job gefunden?«

»Agatha, mußt du mich dauernd quälen. Gibt es denn keinen Platz im Haus, wo ich mal allein sein kann?«

»Vielleicht gibt es morgen etwas«, sagte Agatha.

»Nun, selbst wenn ich einen finde«, sagte ihre Mutter, »werde ich ihn sofort verlieren, wenn ich ihnen die Wahrheit sage. Diese Menschen *wollen* einfach, daß man sie belügt. Die *bitten* einen praktisch zu lügen. ›Ich hab dreißig Jahre Erfahrung‹, soll ich ihnen erzählen. Selbst wenn ich nicht älter als fünfundzwanzig bin.«

»Soll ich dir ein Coke bringen, Mama?«

»Nein, laß mich nur damit weitermachen. Ich will noch ein paar mehr versuchen.«

Was sie nun vom Wohnzimmer aus hörten, war lauter und bestimmter, wenn auch ebensowenig zu verstehen. »*Dah*-da. *Dah*-da.« Und als sie kam und in der Tür stand, lächelte sie. »Also«, sagte sie. »Ich habe einen Termin für ein Vorstellungsgespräch.«

Sie begriffen, daß dies etwas war, wofür sie sie umarmen mußten.

An diesem Abend übte sie auf der Schreibmaschine – kleine klappernde Schübe, getrennt durch Pausen, wenn sie Großbuchstaben machen mußte. Sie ließ Agatha Passenger Pizza anrufen, obwohl sie es sich nicht leisten konnten. Und am nächsten Morgen brachte sie sie zu Grandma Bedloe, bevor sie zum Vorstellungsgespräch ging. Grandma Bedloe sagte: »Hat Agatha heute keine Schule?«, und ihre Mutter sagte: »Sie hatte Kopfweh.« Sie warf Agatha einen ihrer heimlichen Blicke zu – kein Zwinkern, eher ein Flackern, ohne daß sie einen einzigen Muskel dabei bewegte. Dann ging sie zur Bushaltestelle, in dem rosafarbenen Kostüm, in dem sie Danny geheiratet hatte. Grandma Bedloe sagte: »Sie ist viel zu auffallend angezogen.« Das machte Thomas Sorgen, wie man sehen konnte. Sein Daumen machte es sich in seinem Mund gemütlich, und er warf Agatha einen Blick zu. Aber Agatha hatte gesehen, wie aufgekratzt ihre Mutter ausgesehen hatte, als sie die Stufen hinunterstöckelte, mit ihrem über die Schultern wallenden Haar, deshalb machte sie sich keine Sorgen. Überhaupt, wer sagte das denn? Grandma Bedloe in ihren Hosen und ihrem karierten Männerhemd und der Haut unter ihren Augen so schlaff und faltig, seit Danny tot war.

Als ihre Mutter zurückkam, ging sie langsamer. »Wie war es, Liebe?« fragte Grandma Bedloe.

»Gut«, sagte ihre Mutter.

»Hast du den Job bekommen?«

»Wir müssen abwarten.«

»Wann werden sie es dir sagen?«

»Es könnte noch etwas dauern«, sagte ihre Mutter, und sie schien beim Sprechen ihre Lippen nicht zu bewegen.

Sie wollte nicht zum Mittagessen bleiben. Sie sagte, sie müsse Daphne zu Hause ihre Flasche geben. »Deshalb finde ich es gescheit von eurer Tante Claudia zu stillen«, sagte Grandma Bedloe zu den Kindern, und ihre Mutter, die Daphne in ihren Sportwagen setzte, flog herum und sagte: »Nun, ich stille *nicht*. Ja? Ich habe keines von ihnen gestillt, und ich habe nicht die Absicht, jetzt damit anzufangen!«

Grandma Bedloe sagte: »Aber was denn, Lucy? Ich meinte doch nur –«

»*Manche* Leute können schlaff und ausgeleiert werden, aber ich kann mir diesen Luxus nicht leisten. Ich kann mir nicht leisten, irgend etwas in diesem Leben als selbstverständlich zu betrachten.

Wenn ich etwas gelernt habe, dann das. Denkst du, das macht mir Spaß? Auf mein Gewicht zu achten und meine Fingernägel zu lakkieren, mich nie gehenzulassen, immer aufzupassen, daß die Nägel nicht abbrechen?«

»Nicht abbrechen?«

»Ach, laß nur. Danke, daß du die Kinder gehütet hast«, sagte ihre Mutter, und sie griff nach dem Wagen und schob ihn durch die Tür.

Auf dem Heimweg sprach sie nicht. Oder sie sprach, aber nur mit sich selbst. »Ziege!« zischte sie einmal. Sie stelzte eine Weile hinter dem Sportwagen her und zischte dann: »Eingebildete!« Agatha dachte zuerst, sie meinte Grandma Bedloe (die sich, soviel sie wußte, nie wie eine Ziege benommen hatte und kein bißchen eingebildet war). Aber dann sagte ihre Mutter: »Nun sag mir bloß, was *Wörter pro Minute* mit irgend etwas zu tun haben!« Nun wußte Agatha, daß es etwas mit dem Vorstellungsgespräch zu tun hatte.

Zu Hause ließ ihre Mutter Daphne in ihrem Wagen mitten in der Küche, während sie den Schreibmaschinenmann anrief. »Sie können kommen und sich Ihre Schreibmaschine abholen«, sagte sie sofort. »Nehmen Sie sie und schleppen Sie sie zurück, ich werde froh sein, wenn ich sie nie mehr zu sehen brauche. Was? Hier ist Lucy Bedloe. Sie haben mir vorgestern eine Smith-Corona gebracht.«

Er mußte etwas gesagt haben. Sie machte eine Pause. Ohne zu lächeln, machte sie ein kurzes lachendes Geräusch. »Oh, wirklich. Was Sie nicht sagen.«

Wieder eine Pause.

Wieder ein Lachen, diesmal ein richtiges.

»Sie wissen wirklich, wie man jemanden aufheitert«, sagte sie.

Dann setzte sie sich auf einen Küchenstuhl und erzählte ihm über ihren schrecklichen Morgen, von dieser Frau, die für die Anstellung verantwortlich war, die so eingebildet und hochnäsig getan hatte ... Na ja, sagte sie. Ob er bitte kommen würde, um die Maschine abzuholen? Sie hätte wissen müssen, daß sie nicht der Typ für ein Büro sei.

Er kam nach der Arbeit und blieb zum Abendessen da. Sie machte ihm ein Omelett. Sie stellte zwei der am wenigsten verbogenen Kerzen in die Mitte des Tisches. »Dies ist köstlich«, sagte er nach seinem ersten Mundvoll.

Sie sagte: »O nein, wirklich, ich hatte leider nichts im Haus. Sie sollten sehen, was ich sonst zubereite.«

Was sie sonst zubereitete, waren Kellogg's Corn Flakes, aber Agatha wußte, daß sie nicht wirklich log. Es war eher Höflichkeit. Thomas und Agatha versuchten ihr zu helfen, indem sie die Augen auf ihre Teller senkten und besonders sauber aßen.

Als er ging, nahm er die Schreibmaschine mit, aber er sagte zu ihrer Mutter, sie solle sich nicht entmutigen lassen. »Wollen Sie wissen, was ich denke?« fragte er. »Ich denke, jemand wird sich um die Gelegenheit reißen, ein Mädchen wie Sie anzustellen. Alles, was Sie tun müssen, ist abwarten – das und weiter üben. Sind Sie sicher, daß Sie diese Maschine nicht dabehalten wollen?«

»Ich kann es mir nicht leisten«, sagte sie.

»Wissen Sie was? Ich werde sie für Sie aufbewahren. Das Modell hat Ihnen doch gefallen, nicht wahr? Ich werde es eine Weile im Ausstellungsraum behalten, falls Sie es sich anders überlegen.«

»Oh, das ist sehr aufmerksam von Ihnen.«

Nun hatte sie also ihre eigene Maschine bei Rumford & Son's, die sie regelmäßig besuchten. Und anfangs tippte sie auch wirklich darauf. Sie setzte sich an den Schreibtisch und zeigte dem Mann, daß sie sich noch immer ihr *pat rat sat hat* gemerkt hatte. Aber dann begann sie, nur noch mit ihrer Schreibmaschine zu sprechen. Sie fragte, wie es ihr ohne sie ginge, und er sagte, sie sähe schrecklich einsam aus, und sie lachte und sprach von etwas anderem. Heute, zum Beispiel, sprach sie über das Wetter. Sie sagte, manche Leute hätten solches Glück, in einem klimatisierten Gebäude zu arbeiten; daß sie zu Hause nur mit einem Ventilator schlafen könne, daß sie wegen der Hitze immer mitten in der Nacht aus ihrem Negligé schlüpfen müsse. Sie schob den Sportwagen ein paar Zentimeter vor, ein paar Zentimeter zurück, vor, zurück, immer wieder, und sprach mit ihrer langsamen, kratzigen Stimme und lachte jedesmal, wenn der Schreibmaschinenmann etwas Komisches sagte.

Thomas krabbelte unter einen Schreibtisch und teilte Agatha mit, das sei sein Haus. Die Schreibmaschine darauf war so klein und so niedlich, daß Agatha anfing, die Tasten anzuschlagen. Sie mußte ganz fest drücken, weil sie nicht elektrisch war, und Thomas beklagte sich über das Geräusch. Er sagte: »Das ist *mein* Haus. Geh

72

woanders hin.« Agatha tat, als höre sie nicht. Sie tippte wieder *agatha dean 7 jahre alt baltimore md usa.* Thomas rief: »Mach nicht solchen Krach auf meinem Dach!« und sprang auf und stieß sich den Kopf an. Als seine Mutter ihn weinen hörte, brach sie ihre Unterhaltung ab und drehte sich um. »Ach, Thomas«, sagte sie, »was ist denn jetzt wieder?« Aber der Schreibmaschinenmann schien nicht böse zu sein. Er sagte: »Oh, was ist das? Zwei Kunden brauchen meine Hilfe«, und er half Thomas, unter seinem Schreibtisch hervorzukommen. »Darf ich Ihnen etwas zeigen, Sir? Haben Sie irgendwelche Fragen?«

Thomas hörte auf zu weinen und rieb sich den Kopf. »Ach ja«, sagte er. Er dachte einen Augenblick nach. Er sagte: »Wissen Sie, daß Leute diese Blutvenen haben, eine in jedem Arm?«

»Blutvenen, ah...«

»Wie kommt es also, daß jede Stelle, in die man sticht, blutet? Würden Sie nicht denken, daß es Stellen gibt, die nicht bluten?«

»Ah, nun...«

»Entschuldigen Sie das, bitte«, sagte ihre Mutter. »Sie haben versprochen, sich zu benehmen. Kommt Kinder, ich bringe euch nach Hause.«

»Nein, Mama. *Ich* hab mich gut benommen!« sagte Agatha. Sie wollte nicht aus dem klimatisierten Raum fort.

Aber ihre Mutter sagte: »Es war nett, mit Ihnen zu sprechen, Murray.«

»Kommen Sie bald wieder, okay?« sagte der Mann und ging mit ihnen zur Tür. Agatha sah, daß es ihm leid tat, daß sie fortgingen.

Draußen auf dem Gehsteig begann ihre Mutter zu summen. Sie summte »Ramblin' Rose«, während sie auf das Grün für Fußgänger warteten, und sie ging mit ihnen zu Joyner's Drugstore, um Lutschbonbons zu besorgen. Wischte nur mit den Fingern über die Süßwarentheke, wisch-wisch, gar nichts dabei, und ließ die zwei Rollen in ihre Handtasche gleiten. Dann zwinkerte sie Thomas und Agatha zu. Sie kicherten, und sofort sah sie woanders hin, als ob sie sie nie gesehen hätte.

Während sie ihre Medizin abholte, schaukelte Agatha den Sportwagen, weil Daphne anfing, quengelig zu werden. Thomas trödelte zwischen den Regalen auf und ab und suchte nach verlorenen Münzen. Bei Luckmans hatte er einmal einen Fünfer gefunden und ihn in die Kaugummimaschine geworfen, aber alles, was herauskam, war Kaugummi. Er hatte gehofft, die silbrigen Plastikhandschellen zu bekommen, die so groß wie Fingerringe waren.

Der Apotheker begleitete sie zur Tür und sagte: »Immer noch heiß draußen?« Thomas und Agatha lächelten zu ihm auf und bemühten sich, anziehend auszusehen – Thomas, nicht am Daumen zu lutschen, und Agatha, nicht den Mund offenstehen zu lassen –, aber ihre Mutter sagte »Mhmm« und rollte den Sportwagen weiter, ohne aufzublicken. Man konnte bei ihr nie wissen, zu wem man nett zu sein hatte und zu wem nicht.

Agatha stand am Fenster zur Straße und hielt den Vorhang auf, um nach dem ersten Stern Ausschau zu halten. Im Sommer mußte sie aufpassen, denn der Himmel blieb so lange hell, daß die Sterne mehr oder weniger *schmelzend* sichtbar wurden. Agatha wußte das alles. Sie wartete jeden Abend an diesem Fenster. Manchmal wartete auch Thomas, aber längst nicht so andächtig. Auch sagte er seine Wünsche laut, wie oft sie ihn auch warnte, es nicht zu tun. Und er wünschte sich bestimmte Dinge – Spielzeug und Süßigkeiten und dergleichen –, als ob der Himmel ein einziger Sears-Roebuck-Weihnachtskatalog sei. »Star light, star bright, first star I see tonight ... Heller Stern, klarer Stern, erster Stern, den ich heut abend seh ... Ich wünsch mir einen Frontlader mit richtigen Gummiprofilen dran.«

Agatha jedoch wünschte schweigend, und nicht einmal mit Worten. Ihr Wünschen war wie ein starker Gefühlsstrom. *Laß alles gut ausgehen* kam dem am nächsten, was sie hätte sagen können. Oder nein, *Mach, daß uns nichts passiert.* Aber das war es auch nicht genau.

Sie blickte vom Himmel auf die Straße und sah Ian und Grandma Bedloe auf dem Gehsteig herankommen. Ian trug einen Picknick-korb, der mit einem rotkarierten Tuch bedeckt war, und Grandma Bedloe trug eine Kuchenform. Agatha liebte Grandma Bedloes Kuchen. Ihr Blick glitt noch einmal suchend über den Himmel nach ihrem Stern, dann gab sie es auf und rannte zur Tür.

»Hallo, ihr Lieben«, sagte Grandma Bedloe, und sie küßte zuerst

Agatha und dann Thomas. Erst seit Danny tot war, hatte sie angefangen, sie zu küssen. Erst seit Danny tot war, war sie so vertrocknet und verkürzt und begann, sich so steif zu bewegen. Aber die Steifheit war Rheumatismus, sagte sie: Ihre Knie machten ihr zu schaffen. Das lag an der Schwüle.

»Seht mal, was ich euch mitgebracht habe!« sagte sie zu ihnen. »Schokoladenkuchen und gebackenes Huhn. Wo ist eure Mutter?«

»Sie schläft gerade.«

»Sie schläft?«

Sie warf Ian einen Blick zu. Er trug seine verwaschensten Jeans und ein einfaches weißes T-Shirt; er war wohl gerade von der Arbeit gekommen. Agatha dachte, er sähe aus wie diese gutaussehenden Teenager-Hoodlums im Fernsehen. Sie wünschte, die Mädchen in der Schule würden sie nur einmal mit ihm zusammen sehen, aber es schien nie zu klappen.

»Ich hoffe, ihr hattet noch kein Abendessen«, sagte Grandma Bedloe. »Hat eure Mutter schon angefangen zu kochen? Wie lange hat sie schon geschlafen? Schläft sie immer um diese Zeit?«

Mit jeder Frage drang sie weiter ins Haus hinein. Sie drängte vorwärts, vorüber an Thomas und Agatha, steuerte auf die Küche zu, wo sie die Kuchenform auf den Tisch stellte und sich umsah. »O je, ich sehe, sie *hat* noch nicht angefangen zu kochen«, sagte sie. »Meine Güte. Nun. Versuch mal, auf der Anrichte Platz zu machen für den Korb, Ian. Agatha, Liebling, soll ich etwas von diesem Geschirr einweichen, während du deine Mutter weckst?«

»Wir können auch ohne sie essen«, sagte Agatha. »Wir können sie schlafen lassen.«

»Nein, nein. Sie würde doch sicher gern – wo ist Daphne?«

»In ihrem Gitterbett«, sagte Agatha.

»Schläft sie auch?«

»Nein, sie ist nur ... Mama hat sie nur ein wenig dort reingesetzt.«

»Na, dann holen wir sie!« sagte Grandma Bedloe. »Wir können unsere Daphne doch nicht ganz allein lassen!« Und schon war sie davon, Thomas und Agatha hinterher.

Im Kinderzimmer steckte Daphne ihre Nase zwischen die Gitterstäbe und gurrte. »Hallo, Süße«, begrüßte sie Grandma Bedloe. Sie hob sie auf und sagte: »Hier trieft jemand.« Dann sah sie auch die Vorräte, die am Fußende aufgereiht waren – eine gefüllte Baby-flasche, ein Teller mit schwärzlichen Bananenscheiben und eine der Brotstangen, die Daphne gern zum Zahnen benutzte. »Was *ist* das alles?« fragte Grandma Bedloe. »Ihr Mittagessen? Ihr Abendessen? Wie lang ist sie schon hier drin?«

»Nur ein winziges bißchen«, sagte Agatha. »Ehrlich. Sie ist gerade erst reingesetzt worden.«

»Nun, ich werde ihre Windel wechseln und ihr was Netteres anziehen«, sagte Grandma Bedloe. (Daphnes Unterhemd sah wirklich nicht besonders frisch aus.) »Du und Thomas könnt zu essen anfangen.«

Also gingen sie in die Küche, wo Ian den Korb auspackte. Er fragte nicht, welche Teile vom Huhn sie haben wollten. Agatha hatte sagen wollen, den Kiel, ein Wort, das sie vorige Woche in einem Schnellrestaurant gehört hatte. »Ich möchte den Kiel, bitte.« Was immer das war. Sie hoffte, daß Ian sie dann endlich beachten würde. Aber er legte jedem wortlos einen Schenkel hin und ging zum Kühlschrank, um Milch zu holen. Er füllte zwei Gläser und überlegte einen Moment und beugte sich vor und schnüffelte. Dann brachte er beide Gläser zum Spülbecken und goß sie aus. Agatha kniff ein Stück Kruste von ihrem Hühnerschenkel und steckte es in den Mund, während sie wartete, welches andere Getränk er ihnen anbieten würde. Aber er bot ihnen gar nichts an. Er nahm nur einen Stuhl und ließ sich auf ihn fallen.

»Willst du nicht auch essen?« fragte Thomas.

Aber er hatte wohl nicht zugehört.

»Ian? Du kannst den Teil von unserer Mama haben. Ich wette, sie ist nicht hungrig.«

»Danke«, sagte Ian nach einer Pause. Aber er griff nicht in den Korb.

Grandma Bedloe sprach mit Daphne. »Nun, fühlt sich das nicht besser an?« sagte sie. »Komm, wir zeigen es Mammy.« Sie klopfte an die Schlafzimmertür ihrer Mutter. Sie hörten, wie sie den Türknauf drehte und hineinging. »Heh, Mammy! Guck mal, wer hier gekommen ist.«

Ihre Mutter stieß einen ihrer Schlafseufzer aus.

»Lucy?« sagte Grandma Bedloe. »Wie geht es dir, Liebe?«

Arme Grandma Bedloe. Sie wußte nicht, daß ihre Mutter von selbst aufwachen mußte. Schließlich kam sie in die Küche zurück, Daphne auf dem Arm in einem weißen Jerseyspielanzug, von dem sich ihr lockiges schwarzes Haar hübsch abhob. »Schläft eure Mutter oft so bis zum Morgen?« fragte sie.

Agatha sagte: »Oh, nein.« Sie war froh, daß sie die Wahrheit sagen konnte. »Sie wird wieder aufstehen. Mach dir keine Sorgen! Sie wacht auf, nachdem es dunkel geworden ist, und dann ist sie die ganze Nacht wach, so ungefähr.«

Grandma Bedloe setzte Daphne auf ihre Hüfte. Sie sagte: »Ich hoffe doch sehr...« Dann sagte sie: »Versteh mich nicht falsch, ich mach ihr keine Vorwürfe...« Schließlich sagte sie: »Sag mal, Agatha, meinst du, sie trinkt vielleicht ein bißchen zu viel?«

»Trinken?«

»Ich meine, Alkohol? Ein oder zwei Bier oder Wein?«

»Nein«, sagte Agatha.

»Ich hoffe, du nimmst mir die Frage nicht übel. Und weißt du, ich würde ihr keine Vorwürfe machen. Wir alle haben gern ab und zu einen kleinen Cocktail!«

»Mama nicht«, sagte Agatha.

»Na, wenigstens das nicht«, sagte Grandma Bedloe mit einem Seufzer.

Dann begann sie Thomas zu drängen, sein Hühnchen zu essen. Sie behauptete, er sei dünn wie ein Spatz. Wenn man es sich überlegte, er *war* aber auch wirklich dünn. Aber das mit den Cocktails stimmte nicht. Ihre Mutter trank niemals. Sie sagte, vom Trinken würde sie zu viel reden.

Sie sagte auch, daß tote Leute uns nicht wirklich verlassen; sie wiegen nur nichts mehr. Aber Agatha wußte nicht, wer da recht hatte, ihre Mutter oder Grandma Bedloe, denn als sie Grandma Bedloe fragte, warum sie sechs Leute brauchten, um Dannys Sarg zu tragen, sagte Grandma Bedloe: »Was meinst du damit?« Agatha sagte: »Könnte nicht einer das tun? Mit seinen Fingerspitzen?« Grandma Bedloe sagte: »Aber Agatha, er war ein ausgewachsener Mann. Er wog hundertundfünfundfünfzig Pfund.« Dann kamen ihr die Tränen, und Grandpa Bedloe sagte zu ihr: »Komm, Schatz.«

»Er hat immer gesagt, er kriegt einen Bauch, und er müßte anfangen, mit dem Essen aufzupassen«, weinte Grandma Bedloe. »Er hätte sich nicht träumen lassen, wie wenig Zeit er noch hatte! Er hätte alles essen können, was er wollte!«

»Komm, Schätzchen!«

Dann fiel Agatha ein, daß das, was so viel gewogen hatte, der Sarg gewesen war. Vielleicht hatten sie deshalb sechs Leute gebraucht.

Nach dem Abendessen räumte Grandma Bedloe die Küche auf, während Ian mit Thomas und Agatha Tricktrack spielte. Er hielt Daphne auf seinem Knie und starrte mit einem grübelnden Gesichtsausdruck auf das Brett hinunter. Als Thomas absichtlich falsch zählte, merkte er es nicht einmal. »Mogler!« sagte Agatha zu Thomas, »er mogelt, Ian.«

»Wirklich?« sagte Ian.

»Er sollte vor dir stehen, wo du ihn beim nächsten Zug nehmen könntest.«

»Wirklich«, sagte Ian.

Früher war er lustiger gewesen.

Als Grandma Bedloe mit dem Abwasch fertig war, stellte sie sich in die Tür, in einer geblümten Schürze ihrer Mutter, die Agatha vergessen hatte. »Ian«, sagte sie, »ich kann nicht mit gutem Gewissen fortgehen und diese Kinder allein lassen.«

Ian schüttelte die Würfel in einer hohlen Hand und warf sie über das Brett: eine Vier und eine Sechs. »Hörst du mich, Ian?« fragte seine Mutter.

Agatha beobachtete ihre Gesichter, hoffnungsvoll. Sie könnten bleiben, wollte sie ihnen sagen. Oder sie könnten sie alle drei mit sich nach Hause nehmen. Aber dann, was wäre mit ihrer Mutter?

»Vielleicht könntet ihr sie auch mitnehmen«, schlug sie Grandma Bedloe vor.

»Wen mitnehmen, Liebchen?«

»Vielleicht könntest du uns alle mit zu eurem Haus nehmen, auch die Mama.«

Ian rückte einen Mann vier Plätze vor. Dann griff er nach einem anderen Mann.

»Wenn ihr sie in eine Decke wickelt, kann sie ganz gut laufen«, sagte Agatha. »Rühr Kaffee in ihr Cola und laß sie das trinken und dann halte ihre Hand: sie kann dann überall hin laufen, wohin ihr wollt.«

Ians Finger blieben in der Luft stehen. Er und Grandma Bedloe sahen einander an.

Im selben Moment knarrten Schritte im Gang, und da kam ihre Mutter und band die Schärpe ihres Kimono. Es war der glänzende graue Kimono, den sie selten trug, nicht ihr gewohnter Bademantel, also mußte sie gewußt haben, daß Besuch da war. Auch ihr Haar war gebürstet. Es bauschte sich um ihre Schultern und über den Rücken, schwarz und wolkig, und ihr Gesicht stach hell davon ab. Sie schenkte allen ihr schönstes Lächeln. »Oh! Mutter Bedloe. Und Ian«, sagte sie. »Das ist mir so peinlich! Der Abend hat gerade erst angefangen, und ihr ertappt mich bei einem Schläfchen! Aber ich hab heute nachmittag einen langen, langen Spaziergang mit den Kindern gemacht, und davon war ich wohl erschöpft.«

Grandma Bedloe und Ian betrachteten sie aufmerksam. Thomas und Agatha verhielten sich ganz still.

Dann sagte Grandma Bedloe: »Na, du lieber Himmel! Einen Kinderwagen schieben an einem Tag wie heute! *Natürlich* bist du erschöpft. Setz dich nur hin, ich bringe dir dein Essen.«

Agatha und Thomas atmeten wieder. Thomas lächelte jetzt auch. Er hatte ein Lächeln wie seine Mutter, das sich irgendwie in der Mitte senkte, und er sah erleichtert aus. Grandma Bedloe ging zur Küche, und Ian griff wieder nach seiner Tricktrack-Figur. *Alle* waren erleichtert.

Aber warum fühlte sich Agatha plötzlich so beklommen?

Sie hätten längst im Bett sein sollen, aber ihre Mutter hatte es noch nicht bemerkt. Sie saß auf einem Hocker in der Küche, las in einem Kochbuch und knabberte an einem der Hühnerschenkel, die Grandma Bedloe auf der Anrichte gelassen hatte. »Rindergulasch« las sie vor. »Rindfleisch mit Perlzwiebeln. Rindfleischhörnchen. Agatha, was war das für ein Rindfleischgericht, von dem Grandma Bedloe erzählt hat?«

»Ich habe es vergessen«, sagte Agatha und griff nach einem gelben Buntstift.

»Es war in Bisquickteig gewickelt.«

»Ich erinnere mich, daß sie davon erzählt hat, aber nicht mehr an den Namen.«

»Bisquickteig mit irgendwelchen Kräutern bestreut. Sie hat es bei ihren Nachbarn gegessen.«

»Vielleicht rufst du sie an und fragst sie.«

»Das kann ich nicht. Sie würde wissen wollen, für wen ich es machen will.«

Ihre Mutter legte den Hühnerschenkel hin und wischte ihre Finger an einem Papiertuch ab, bevor sie eine Seite umschlug. »Rindfleisch à la Oriental«, las sie vor.

»Könntest du nicht einfach sagen, du machst es für den Schreibmaschinenmann?«

»So was ist heikel«, sagte ihre Mutter. »Das verstehst du nicht.«

Das verletzte Agatha ein wenig. Sie zog ein Gesicht und trat mit dem Fuß aus. Aus Versehen trat sie Thomas. Er döste über einem Plastikbecher mit Grapefruitsaft. Er öffnete die Augen und sagte: »Aufhören.«

»Einem Mann muß man immer rotes Fleisch vorsetzen«, sagte ihre Mutter zu Agatha. »Merk dir das für die Zukunft.«

»Rotes Fleisch«, wiederholte Agatha pflichtschuldigst.

»Das zeigt, daß du sie für stark hältst.«

»Und wenn du ihnen Fisch gibst?«

»Männer mögen keinen Fisch.«

»Sie mögen aber Hühnchen.«

»Nun, ja.«

»Wenn du ihnen Huhn servierst, würden sie denken, daß du sie für ängstlich hältst?«

»Hmm?« fragte ihre Mutter.

Thomas sagte: »Mama, Agatha hat mich getreten.« Aber seine Augen schlossen sich wieder.

»Nun also los«, sagte ihre Mutter und griff nach dem Telefon.

»Rufst du Grandma Bedloe an?« fragte Agatha.

»Nein, Dummchen, ich rufe Mr. Rumford an.«

Sie wählte auf ihre besondere Art, sehr schnell und energisch. Sie mußte die Nummer auswendig kennen. Sie hatte zweimal zuvor angerufen, soviel Agatha wußte – einmal morgens, als er bei der Arbeit war, nur um festzustellen, daß er niemand anderen hatte;

und dann einmal abends, und sie hatte aufgelegt, als er sich meldete. Sie waren auch hingegangen, um zu sehen, wo er wohnte. Sie waren mit dem Bus hinaus bis nach Ruxton gefahren, in der ausschließlichen Gesellschaft farbiger Dienstmädchen; sie hatten durchs Fenster seines roten Backsteinhauses gespäht. »Verlassen«, hatte ihre Mutter mit zufriedener, flacher Stimme gesagt. »Und diese Hecke hat seit ewigen Zeiten niemand mehr geschnitten.« Dann ratterten sie ganz allein zurück zur Stadt, ohne die Dienstmädchen.

»Hallo?« sagte ihre Mutter in den Telefonhörer.

Ihre Stirn war plötzlich gerunzelt.

»Hallo, ist das . . . wer ist das?«

Sie lauschte. Sie sagte: »Sie sagen, die, hm, die *Ehefrau* Mrs. Rumford?«

Dann sagte sie: »Entschuldigung.« Und hängte ein.

Thomas sagte: »Agatha hat mich getreten, Mama.«

Ihre Mutter klappte das Kochbuch zu und starrte auf es hinab. Sie strich über den Einband, die goldenen, in Stoff gestanzten Buchstaben.

»Mama?«

»Wir sollten jetzt lieber zu Bett gehen«, sagte Agatha zu Thomas.

»Du hast mir gar nichts zu sagen!«

»Es ist Zeit, Thomas«, sagte sie, und sie machte ihre Stimme ganz hart.

Er glitt von seinem Stuhl und folgte ihr zur Küche hinaus.

Im Kinderzimmer schlief Daphne. Sie zogen sich im Dunkeln aus, beim Licht aus dem Gang. Thomas wollte seinen Cowboyschlafanzug, aber Agatha konnte ihn nicht finden. Sie sagte, er müsse statt dessen seinen Flugzeugschlafanzug anziehen. Er stieg widerspruchslos hinein, torkelte durchs Zimmer bei dem Versuch, seine Füße hindurchzubekommen. Dann sagte er, er müsse pinkeln. »Geh in Mamas Bad«, sagte Agatha.

»Warum?«

»Darum.«

Sie hielt ihn den ganzen Abend von dem anderen fern. Sie hatte Angst, die Toilette würde wieder überfließen.

Sie legte sich ins Bett, zog die Decke hoch und horchte, wie ihre Mutter im Haus herumlief. Jedes Geräusch bedeutete etwas: das

An- und Ausklicken des Fernsehers, das Öffnen und Schließen einer Schublade im Wohnzimmer, das Klirren eines Metallaschenbechers auf dem Couchtisch. Ihre Mutter rauchte nur, wenn sie aufgeregt war, sie hielt die Zigarette irgendwie verkehrt, mit zu steif abstehenden Fingern. Agatha hörte das Kratzen eines Streichholzes, das stoßartige, müde Geräusch ihres zischenden Ausatmens.

Wo waren die Pillen? Das Knallen des Deckels der Pillenflasche? Zumindest fummelte sie nicht so herum, wenn sie Pillen nahm.

Thomas erschien im Türrahmen – eine schwärzlichgraue Form gegen das gelbe Licht. Er ging nicht zu seinem eigenen Bett herüber, sondern zu Agathas. Sie hatte das mehr oder weniger erwartet. Sie brummte, aber sie rutschte beiseite, um ihm Platz zu machen. Sein Haar roch wie bräunender Zucker in einem Kochtopf. Er sagte: »Sie ist nicht gekommen, um uns einen Gutenachtkuß zu geben.«

»Sie wird später kommen.«

»Ich will, daß sie jetzt kommt.«

»*Später*«, sagte Agatha.

»Sie hat uns auch keine Geschichte vorgelesen.«

»Ich erzähl dir eine.«

»Vorlesen ist schöner.«

»Also Thomas! Ich kann nicht im Dunkeln lesen, oder?«

Manchmal merkte sie, wie sehr sie wie ihre Mutter klang. Derselbe entschiedene Ton, dieselben ärgerlichen Antworten. Obwohl sie ihr leider auf keine andere Weise ähnlich war. Auf einem Familiendinner im letzten Winter hatte Grandma Bedloe gesagt: »Was für ein Jammer, daß Agatha nicht Lucys Knochenbau geerbt hat.«

»Es war einmal«, erzählte sie Thomas, »ein armes Dienstmädchen, das hieß Aschenputtel.«

»Das nicht.«

»Es war einmal ein reicher Kaufmann, der hatte drei Töchter.«

»Das auch nicht. Ich möchte ›Hänsel und Gretel‹.«

Er mochte immer, wenn sich etwas reimte. *Knusper, knusper Knäuschen, wer knuspert an mein' Häuschen?* Aber Agatha haßte »Hänsel und Gretel«. Es war kein Zauber darin – keine guten Feen oder Frösche, die sich in Prinzen verwandelten. »Warum nicht ›Schneewittchen‹?« fragte sie. »Das hat *Spieglein, Spieglein an der Wand*.«

»Ich möchte ›Hänsel und Gretel‹.«

Sie seufzte und rückte ihr Kissen zurecht. »Na gut, hab deinen Willen«, sagte sie. »Vor langer Zeit sind Hänsel und Gretel spazierengegangen –«

»So fängt es nicht an!«

»Wer erzählt: du oder ich?«

»Erst sind da ihre Eltern! Und sie werfen Brotkrümel auf den Weg! Und die Vögel essen alle Krümel, und Hänsel und Gretel verirren sich!«

»Sei leise!« zischte Agatha.

Daphne schlief jedoch weiter. Und im Wohnzimmer waren immer noch die Schritte ihrer Mutter. Tap, tap. Rascheln des Kimonos. Tap, tap.

In der Nacht nach Dannys Beerdigung war sie bis zum Morgen auf und ab gelaufen. (Damals hatte sie ihre Pillen noch nicht gehabt.) Am nächsten Tag, als Agatha aufstand, fand sie den Aschenbecher gehäuft voll mit scheußlich riechenden Kippen und ihre Mutter schlafend auf der Couch. Dannys Bild stand daneben auf dem Couchtisch – das, was sie gewöhnlich auf ihrer Kommode stehen hatte. Er lachte unter einem Sonnenschirm. Seine Augen waren dunkel und mit Fältchen darum und voller Freundlichkeit.

Agatha dachte nie mehr an Danny.

»Ich muß pinkeln«, flüsterte Thomas.

»Was, schon wieder?«

Er schlüpfte aus dem Bett und zog seine Schlafanzughosen hoch. »Es war zu viel Grapefruitsaft«, sagte er.

Agatha lehnte sich an ihr Kissen und verschränkte die Arme und blickte ihm nach. Der Zigarettenrauch aus dem Wohnzimmer kitzelte sie in der Nase. War es nicht komisch, daß kalte Kippen so schmutzig rochen, aber brennende Zigaretten rochen aufregend und vielversprechend?

Etwas nagte in ihren Gedanken, ein lästiger Gedanke, der ihr nicht ganz deutlich wurde. Dann begriff sie, was sie hörte: das Abspülen der Toilette. O nein. Sie warf die Bettdecke zurück und wollte aufstehen.

Aber es war zu spät. Thomas quietschte: »Mama! Mama!«, und ihre Mutter rief: »Thomas?« Ihre bloßen Füße eilten über die Diele. Ihr Kimono machte ein knisterndes Geräusch, wie Feuer.

Agatha beschloß zu bleiben, wo sie war.

»Oh, mein Gott«, rief ihre Mutter. »Du lieber Himmel.«

Sie mußte am Eingang des Badezimmers stehen. Ihre Stimme hallte von den Fliesen wider.

»Was hast du in die Toilette geworfen?«

»Gar nichts! Bestimmt nicht! Ich hab nur heruntergespült, und das Wasser ist überallhin geflossen!«

»Oh, mein Gott im Himmel!«

Agatha fragte sich, ob die Toilette noch überlief. Sie konnte es nicht hören. Sie stellte sich vor, wie das Haus von dem gelben Wasser aus Daphnes Windel still überflutet wurde.

»Geh nur weg, bitte«, sagte ihre Mutter. »Geh wieder ins Bett und bleib dort. Und wage nicht, diese Toilette wieder zu benutzen, bis ich einen Klempner erreichen kann, hörst du?«

Das Wort Klempner klang so verständig. Ja, natürlich: es gab einen gewöhnlichen, normalen Menschen, der diese Situation in die Hand nehmen würde, und das hieß, daß anderen Leuten so etwas auch passierte. Agatha zog ihre Decke hoch. Sie sah, wie Thomas ins Zimmer kam und auf sein eigenes Bett zu trottete. Er ging wie ein alter Mann mit gebeugtem Nacken. Er legte sich hin und griff nach Dulcimer und barg sie an seiner Brust.

Es war ungewöhnlich für ihn, so still zu sein. Vielleicht hatte er erraten, daß die Toilette Agathas Schuld war.

Sie sagte: »Thomas?«

Keine Antwort.

»Thomas, läuft das Wasser noch über?«

»Dnein«, sagte er, und der verstopfte Klang seiner Stimme sagte ihr, daß er weinte.

»Willst du kommen und in meinem Bett schlafen?«

»Dnein.«

In der Diele hörten sie die nackten Füße ihrer Mutter auf ihr Schlafzimmer zusteuern, und dann eine Pause und dann feste Schuhe – oder vielleicht Stiefel – wieder hinausklappern. Etwas Großes und Schweres. Klapp-klapp zur Küche und klapp-klapp wieder durch den Gang. Das Wischen eines Mops über den Badezimmerboden. Nun, gut. Alles würde in Ordnung gebracht werden.

Agatha entspannte sich und ließ ihre Augen zufallen. Sie sah Schlafbilder unter ihren Lidern schweben – eine fauchende schwarze Katze, und dann Ian, der mit seinen Würfeln klapperte, und auf einmal schleuderte er sie ihr ins Gesicht, und sie fuhr auf. Ihre Augen flogen auf. Die Lichter waren noch an, und das Radio spielte einen Beatles-Song. Eiswürfel klirrten in einem Glas. Die klappernden Schritte kamen über den Gang heran, und da stand der Umriß ihrer Mutter im Türrahmen. Von den Knöcheln aufwärts war sie dünn und zerbrechlich, aber an ihren Füßen trug sie riesige Schuhe aus Dannys Wandschrank. Sie kam herüber zu Agathas Bett, leicht schlurfend, damit die Schuhe nicht abfielen. »Bist du wach?« flüsterte sie.

Agatha sagte: »Ja.«

Sie merkte, daß Thomas es nicht sein konnte. Er atmete sehr langsam.

Ihre Mutter saß auf ihrem Bettrand. In einer Hand hielt sie ein Glas Coke und in der anderen ihre Pillenflasche aus braunem Plastik, ohne Deckel. Wahrscheinlich war es das gewesen, was in ihrem Traum geklappert hatte, also nicht Ians Würfel. Sie kippte die Flasche an ihren Mund und schluckte eine Pille und nahm dann einen Schluck Coke. Sie sagte: »Hältst du das für möglich? Ist es möglich, daß ein Mensch sich auf dieser Welt allein durchbringen muß?«

»Wird der Klempner nicht kommen und dir helfen?« fragte Agatha.

»Alles liegt auf meinen Schultern.«

»Vielleicht kennt Grandma Bedloe einen Klempner.«

»Es ist wieder einmal Howard Belling«, sagte ihre Mutter, was verwirrend war, denn eine Sekunde lang dachte Agatha, sie meinte, der Klempner sei Howard Belling. »Es ist dieselbe alte Geschichte. Ungebunden, erzählen sie dir. Getrennt, erzählen sie dir – oder, daß sie es bald sein werden. Und dann eines schönen Morgens sind sie alle wieder wie die Turteltauben mit ihren Frauen. Wie kommt es, daß bei anderen Leuten alles so dauerhaft ist? Mache ich etwas falsch?«

»Nein, Mama, *du* machst gar nichts falsch«, sagte Agatha. Ihre Mutter warf sich noch eine Pille in den Mund und nahm noch einen Schluck Coke. Die Eiswürfel klangen wie eine Windharfe. Sie hob einen Fuß, ihr Knöchel gerade einen Strich über dem plumpen Schuh. Agatha dachte an »Clementine«. *Herring boxes without topses, sandals were for...* Heringsdosen ohne Deckel, Sandalen waren für...

»Kein Wunder, daß Männer vor nichts Angst haben!« sagte ihre Mutter. »Hättest *du* Angst, wenn du solche gigantischen Schuhe tragen würdest?«

Ja, selbst dann, dachte Agatha. Aber sie wollte es nicht aussprechen.

Ihre Mutter beugte sich herab, um ihr einen Gutenachtkuß zu geben, streifte ihr Gesicht mit dem zarten Gewicht ihres Haares, und stand dann auf und ging hinaus. Ihre Schuhe tappten immer schwächer, und ihre Eiswürfel klingelten immer ferner. Agatha schloß wieder die Augen.

Sie versuchte, zum Rhythmus gereimter Wörter davonzufahren – – *Herring boxes without topses und Johnny over the ocean, Johnny over the sea, Johnny broke a milk bottle, blamed it on me.*

Knusper, knusper Knäuschen, dachte sie. *Wer knuspert an mein' Häuschen?*

Sie wiederholte es immer wieder, konzentrierte sich darauf. *Knusper, knusper...* Sie befestigte alle ihre Gedanken daran. *Knusper Knäuschen...* Aber sosehr sie auch versuchte, sie konnte das Bild nicht zurückdrängen, das sich hinter ihren Lidern formte. Hänsel und Gretel wanderten durch den Wald, allein und verloren, hielten sich an den Händen, sahen sich um. Die Bäume ragten so hoch über ihren Köpfen, daß man ihre Wipfel nicht sehen konnte, und Hänsel und Gretel waren zwei winzige Punkte unter der großen dunklen Wölbung des Waldes.

3

Der Mann, der vergaß,
wie man fliegt

In der Biologiestunde in seinem neunten Schuljahr hatte Ian durch ein Mikroskop beobachtet, wie eine Amöbe, die wie ein Tropfen aussah, sich einem Tupfen Nahrung näherte und ihn allmählich umzingelte. Dann hatte sie sich weiterbewegt, nun breiter und stumpfer, verzerrt, um den Tupfen Nahrung in sich aufzunehmen.

So wie Ian sich wieder und wieder bemühte, die Tatsache von Dannys Tod in sich aufzunehmen.

Er sah sie vor sich aufragen – etwas Dunkles und Steinernes, das sich jedem glücklichen Augenblick in den Weg stellte. Wenn er sich eine Pizza mit Pig und Andrew teilte oder mit Cicely Platten anhörte – ganz plötzlich richtete sie sich vor ihm auf: *Danny ist tot. Er ist gestorben. Gestorben.*

Und dann ein Gedanke, der sogar noch schlimmer war: *Er ist absichtlich gestorben. Er hat sich getötet.*

Und schließlich der schrecklichste Gedanke: *Wegen dem, was ich ihm erzählt habe.*

Er lernte, mit diesen Gedanken der Reihe nach umzugehen, einem nach dem anderen. *Ja, er ist tot. Ich werde ihn nie wiedersehen. Er liegt auf dem Pleasant-Memory-Friedhof unter einem Fliederstrauch. Er wird mir nicht bei meinem Fast Ball helfen. Er hat nicht gehört, daß ich im Sumner College angenommen worden bin. Bäume, die kahl waren, als er sie zuletzt sah, haben Blüten und Blätter bekommen ohne ihn.*

Es war, als ob man schlucken müßte, um solche harten Wahrheiten alle auf einmal aufzunehmen.

Und dann nahm er sich den nächsten Gedanken vor. Aber das war ein größerer Kampf. *Vielleicht war es ein Unfall*, behauptete er immer.

Er knallt Hals über Kopf gegen eine Mauer in einem UNFALL? *Eine Mauer, von der er genau wußte, daß sie da war, eine Mauer, die schon vor seiner Geburt am Ende der Straße stand?*

Nun, er hatte getrunken.

Er war aber nicht betrunken.

Ja, aber du weißt, wie es ist...

Und dann schließlich der letzte Gedanke.

Nein, nie der letzte Gedanke.

Manchmal versuchte er zu glauben, daß jeder Mensch auf Erden mit mindestens einem unerträglichen Geheimnis herumlief, das er in sich verbarg. Vielleicht gehörte das zum Erwachsenwerden. Vielleicht, wenn er hinging und alles seiner Mutter gestand, würde sie sagen: »Aber Liebling! Ist das alles, was dich bedrückt? Hör mal, jeder einzelne von uns hat *jemandes* Selbstmord verursacht.«

Ach, nein.

Aber wenn er es ihr trotzdem erzählte und sie so wütend werden ließ, wie sie wollte. Wenn er sagte: »Mom, entscheide du, was du mit mir machen willst. Wirf mich aus dem Haus. Enterbe mich. Oder ruf die Polizei.« Eigentlich wünschte er, daß sie die Polizei rief. Er wünschte, es wäre etwas, wofür er ins Gefängnis kommen könnte.

Aber wenn er es seiner Mutter erzählte, würde sie erfahren, daß es Selbstmord war, und jeder nahm an, es wäre ein Unfall gewesen. Fahren unter Alkoholeinfluß. Zu viel Männerabend. Das war das Problem mit dem Geständnis: er würde sich dadurch besser fühlen, ja, aber für andere wäre es schlimmer. Und wenn seine Mutter sich noch schlimmer fühlte als jetzt bereits, fürchtete er, es würde sie umbringen. Seinen Vater wahrscheinlich auch. Diesen ganzen Sommer hatte sein Vater nichts anderes getan, als in seinem Lehnstuhl zu sitzen.

Einmal hatte seine Mutter gefragt: »Ian, du glaubst doch nicht, daß Danny deprimiert war oder so etwas?«

»Deprimiert?«

»Ach, was sag ich! Er hatte ein neues Baby! Und eine reizende junge Frau, und eine ganze, fertige Familie!«

»Natürlich«, sagte Ian.

»Natürlich, es könnte *kleine* Probleme gegeben haben. Ein kleiner Haken bei der Arbeit, vielleicht, oder eine wacklige Phase in seiner Ehe. Aber nichts Außergewöhnliches, nicht wahr?«

»Sicher nicht«, sagte Ian.

War das alles, was gewesen war? Eine wacklige Phase? Hatte Ian übertrieben reagiert?

Er sah, wie jung er war, wie unerfahren, was für ein oberflächlicher, unwissender *Junge* er war. Er hatte wirklich keine Ahnung, was man für außergewöhnlich in einer Ehe zu halten hatte.

Sonntags, wenn sich die Familie versammelte, warf er Seitenblicke auf Lucy. Er bemerkte, daß sie immer blasser wurde, wie eines von den alten Polaroidfotos seines Vaters. Er wünschte zu glauben, daß Dannys Tod sie nicht berührt habe, aber sie saß da mit etwas Stillem und Betroffenem in ihrem Gesicht. Ihre Kinder stritten sich schrill mit Claudias Kindern, aber Lucy saß aufrecht da, schien nichts zu hören und strich wieder und wieder den Rock über ihrem Schoß glatt.

Vertraulich sagte Bee zu den anderen: »Ich wünschte, sie hätte jemanden, zu dem sie gehen könnte. Verwandte, meine ich. Natürlich würden wir sie vermissen, aber... wenn sie zum Beispiel jemanden hätte, der auf die Kinder aufpaßte, könnte sie Arbeit finden! Ich weiß, ich *sollte* es ihr anbieten —«

Doug sagte: »Schlag dir das aus dem Kopf.«

»Nun, ich bin ihre Großmutter! Oder die Großmutter von einem von ihnen. Aber ich bin jetzt immer so müde, und meine Knie machen mir zu schaffen, und ich weiß nicht, ob ich dem gewachsen wäre. Ich weiß, ich sollte es aber.«

»Kommt gar nicht in Frage!«

Hat Lucy jemals gedacht: *Wär ich doch nur nicht an dem Abend mit Dot ausgegangen?* Dachte sie: *Wenn nur Dots Auto nicht kaputtgegangen wäre?*

Denn sie war tatsächlich mit Dot ausgegangen. Und das Auto war wirklich kaputtgegangen, irgendwo auf dem Ritchie Highway. Das kam alles auf der Beerdigung heraus, an der Dot ganz verweint und fassungslos teilgenommen hatte.

Dachte Lucy jemals: *Wäre ich nur eine treue Frau gewesen?*

Nein, wahrscheinlich nicht, denn Ian konnte das Gefühl nicht loswerden, daß sie ihm die Schuld gab. (Mindestens war er derjenige, der Danny in jener Nacht gezwungen hatte, ihn nach Hause zu fahren.) Er war fast sicher, daß sie ihm vorwurfsvolle Blicke zuwarf, während sie den Rock über ihrem Schoß glattstrich. Aber Ian sah woanders hin. Er sah betont woanders hin.

Nur Cicely kannte die ganze Geschichte. Er hatte es ihr erzählt, nachdem sie das erstemal miteinander geschlafen hatten. Als er neben ihr im Bett lag (ihre Eltern waren auf einem Memorial-Day-Picknick und hatten ihren kleinen Bruder mitgenommen), dachte er: *Danny wird nie wissen, daß ich endlich mit einem Mädchen geschlafen habe.* Seine Augen verschwammen in Tränen, und er hatte sich plötzlich herumgedreht und sein heißes, nasses Gesicht an Cicelys Hals gepreßt. »Ich war es, der Dannys Unfall verursacht hat«, stieß er hervor. Aber das Problem war, daß sie das nicht akzeptieren wollte. Es war wie ein greifbares Ding, das sie immer wieder wegschlug. »O nein«, sagte sie immer wieder. »Das ist Unsinn. Du hast gar nichts getan. Lucy hat nichts getan. Lucy war eine *perfekte* Frau. Danny wußte, daß du es nicht so gemeint hast.«

Er hätte sagen sollen: »Hör mal. Du mußt das glauben.« Aber ihre Haut war so weich, und ihr Hals roch nach Babypuder, und anstatt zu sprechen, hatte er wieder angefangen, mit ihr zu schlafen. Selbst dann hatte er sich geschämt, wie leicht er sich ablenken ließ.

Aber etwas war noch viel schändlicher gewesen: Auf der Unfallstation, in jener schrecklichen Nacht, als die Ärzte sagten, es sei hoffnungslos, hatte Ian gedacht: *Wenigstens kann Cicely mir nicht mehr böse sein, weil ich unsere Verabredung zum Essen versäumt habe.*

Abscheulich, abscheulich. Er knirschte jedesmal mit den Zähnen, wenn er sich daran erinnerte.

In diesem Sommer arbeitete er wieder für Sid'n Ed's A-1 Möbeltransporte. Lou war entlassen worden, weil er Blutflecken auf das Sofa einer Dame gemacht hatte, als er sich auf seine Whiskeyflasche gesetzt hatte; aber LeDon war noch da und ein neuer Mann namens Brewster, ein rauhbeiniger Typ von der Farbe getrockneter Pflaumen, der am Tag nicht mehr als zwei Worte sprach. Das war Ian ganz recht. Er war dankbar, sich nur irgendwohin flüchten, sich in eine schwere Arbeit stürzen zu können.

Ein Umzug, bei dem er half, war offensichtlich eine Verbesserung, von einem winzigen Haus auf Govans Road in ein viel schöneres auf Cedarcroft. Es wimmelte von Arbeitern um das neue Haus herum, sie flickten das Dach und legten einen neuen Rasen an und vermaßen die Fenster, um Fliegengitter anzubringen. In der Küche traf er auf einen Mann, der hölzerne Küchenschränke einbaute, und er sah zu, wie einer genau eingepaßt wurde. Der Mann zog Nägel aus dem Nichts. (Vielleicht hatte er einen Mundvoll, wie Bee mit ihren Stecknadeln. Sein Rücken war Ian zugewandt, so konnte er es nicht sehen.) Er hämmerte sie mit schnellen Schlägen ein. Und er ließ sich überhaupt nicht stören, selbst als Ian sagte: »Sieht gut aus.« Er antwortete nicht einmal. Vielleicht hatte er ihn nicht gehört. Ian sagte laut: »Gute Arbeit.«

Dann begriff er, daß der Mann taub war. Es war etwas in seiner Kopfhaltung – so unbeweglich, und nicht im mindesten bemüht, auf irgendwelche Geräusche zu achten. Ian trat näher, und der Mann warf ihm einen Blick zu. Er hatte ein kantiges, von tiefen Falten durchfurchtes Gesicht und einen stoppeligen grauen Bürstenhaarschnitt. »Sieht gut aus«, wiederholte Ian, und der Mann nickte kurz und hämmerte weiter.

Ian verspürte plötzlich so etwas wie Neid. Es war nicht nur die Arbeit, auf die er neidisch war, obwohl auch das – es war diese völlige Inanspruchnahme von einer Aufgabe, die keine ablenkenden Gedanken erlaubte. Es war die Ahnung einer abgedichteten Welt. Einer Welt, in der niemand Worte austauschte und, wie er glaubte, selbst die Träume lautlos waren.

Er träumte, Danny stünde in der Tür und klimperte mit einer Tasche voll Münzen. »Fast hätte ich es vergessen«, sagte er zu Ian. »Ich schulde dir etwas.«

Ian hielt den Atem an. Er sagte: »Schuldest mir etwas?«

»Ich habe dich noch nicht für das Babysitten an jenem Abend bezahlt. Wieviel waren es – drei Dollar? Fünf?«

Ian sagte: »Bitte, nein«, und wich zurück, mit erhobenen Handflächen. Er wachte auf, als er seine eigene Stimme sagen hörte: »Nein, bitte nein.«

An einem heißen Septembertag fuhren seine Eltern ihn zum College. Cicely war schon zu ihrem eigenen College in der Nähe von Philadelphia abgereist, aber da es nur eine Stunde vom Sumner College entfernt war, hatte es keine große Abschiedsszene gegeben. Tatsächlich planten sie, sich am Wochenende zu treffen. Und auch Andrew war in der Nähe, im Temple College. Aber keiner von Ians Freunden ging zu Sumner, und er war froh darüber. Der Gedanke, einen neuen Anfang zu machen, sagte ihm zu. Seine Mutter sagte: »Oh, ich hoffe, du wirst dich nicht einsam fühlen!« Aber Ian hoffte fast, daß es so wäre. Er sah sich allein über den Campus schreiten, eine geheimnisvolle Gestalt, ganz in Schwarz. »Wer *ist* dieser Mensch?« würden die Mädchen fragen. Obwohl er eigentlich nichts Schwarzes besaß, wenn er es recht bedachte. Immerhin, er hatte Pläne.

Sie ließen seine Sachen im Wohnheim der Erstsemester. Das einzige Zeichen seines Zimmergenossen war ein khakifarbener Rucksack und ein leinwandbezogener Fledermaus-Sessel, auf den eine riesige Hand aufgemalt war. (Zumindest vermutete Ian, daß der Stuhl seinem Zimmergenossen gehörte. Alle anderen Möbel waren aus hellem Eichenholz.) Dann gingen sie hinüber zum Empfang der Eltern. Ian meinte, man solle sich den Empfang schenken, und sein Vater stimmte ihm zu, aber seine Mutter bestand darauf.

Im Haus des Collegepräsidenten erhielten sie drei Pappbecher mit 7-Up, auf dem schaumiges Orangeneis schwamm, und sie standen in einem Klumpen neben einem hellen Eichentisch und versuchten, sich miteinander zu unterhalten. »Eine Menge Leute«, sagte sein Vater, und sein Mutter sagte: »Ja, nicht wahr?« Ian begann, Gewürzplätzchen von einem Teller auf dem Tisch zu essen. Er aß eines nach dem anderen, stirnrunzelnd und entschlossen kauend, als ob er viele interessante Bemerkungen machen könnte, wenn nur sein Mund nicht voll wäre. »Meint ihr, daß das alles Eltern von Erstsemestern sind?« fragte sein Vater. »Na ja, vielleicht sind dabei auch Eltern von Studenten, die das College wechseln«, sagte seine Mutter.

Sie stand zwischen diesen rüschenbesetzten Leuten in ihrem gewöhnlichen marineblauen Kleid, und ihre Schuhe waren einfache, flache Pumps, wegen ihrer Knie. Ohne hohe Absätze sah sie unterdrückt aus, fand Ian, wie jemandes Dienstmädchen. Und bei seinem Vater war der Anzug an den Waden hochgeschoben, vielleicht von der Reibungselektrizität des Stoffes. Er hatte das verrückte Aussehen eines formell gekleideten Mannes, dessen Schienbeine von Meereswellen umspült werden. Ian schluckte ein zu großes Stück Gebäck und fühlte den Schmerz davon die ganze Kehle hinunter, bis zu seiner Brust, wo es steckenblieb. Er wollte sagen: »Nehmt mich wieder mit zurück nach Baltimore! Ich werde mich nie wieder beklagen, das verspreche ich!« Aber statt dessen machte er weiter Konversation, und er bemerkte, daß seine Stimme denselben entschlossenen Aufwärtsdrall hatte wie die seiner Mutter.

Sie verließen den Empfang, ohne mit irgend jemand Fremdem gesprochen zu haben, und sie gingen miteinander zum Parkplatz. Das Familienauto sah staubig und bescheiden aus. Ian öffnete seiner Mutter die Tür, aber sie war es gewohnt, die Tür selbst zu öffnen, und so kam sie ihm ins Gehege, und er trat ihr auf den Fuß. »Entschuldige«, sagte er. »Also dann.« Sie küßte ihn auf die Wange und schlüpfte eilig hinein, ohne ihn anzusehen. Sein Vater winkte ihm übers Dach des Autos zu. »Paß auf dich auf, Sohn.«

»Wird gemacht«, sagte Ian.

Er stand, die Handflächen unter die Achselhöhlen geklemmt, und sah sie davonfahren.

Sein Zimmergenosse war ein verrückter, komischer clowniger Junge namens Winston Mills. Nicht nur gehörte ihm der handförmige Sessel, sondern auch ein Bettüberwurf aus einer amerikanischen Flagge und ein Bierstein, der zwitscherte »Ich bin so trokken«, wenn man ihn hochhob, und ein Plakat für einen Film mit dem Titel *Teenage Roboter*. Die anderen Jungen dachten, er sei abartig, aber Ian mochte ihn. Er mochte es, daß Winston niemals eine ernste Diskussion hatte oder eine ernste Frage stellte. Statt dessen erzählte er die Handlungen von Filmen, von denen Ian nie gehört hatte – Werwolf-Filme und japanische Western und Monsterfilme, wo die Reißverschlüsse deutlich zwischen den Schuppen hervorschauten –, oder er las laut mit Fistelstimme aus einer Sammlung süßlicher »Liebescomics«, die er auf einem Flohmarkt gefunden hatte, während er sich in seinem Fledermaus-Sessel räkelte und die riesigen rosa Finger sich um ihn bogen.

Ian träumte, Danny fuhr auf den Hof des Colleges in seinem Chevy, der nicht einmal einen verbeulten Kotflügel hatte. Er lehnte sich aus dem Fenster und fragte Ian: »Glaubst du, ich habe es nicht gewußt? Glaubst du, ich wußte es nicht die ganze Zeit?« Und Ian wachte auf und dachte, vielleicht *hatte* Danny es gewußt. Manchmal ziehen Leute es vor, nichts zuzugeben, nicht einmal sich selbst gegenüber. Aber dann erkannte er, daß das bedeutungslos war. Und was, wenn er es gewußt hätte? Nicht bevor jemand es ihm ins Gesicht sagte, hatte er sich zum Handeln gezwungen gefühlt.

Soweit Ian sehen konnte, war College nicht viel anders als High School. Dieselben alten »Wurzeln der westlichen Zivilisation«, dieselben alten Einzellerorganismen. Er blinzelte durch ein Mikroskop und beobachtete, wie eine Amöbe dünn wurde und sich verzweigte, wie zwei ihrer Zweige sich um einen schwarzen Punkt schlangen, wie sie sich zu einem Kloß verdickte und weitersegelte. Sein Laborpartner war ein Mädchen, und er merkte, daß sie ihn mochte, aber sie schien ihm zu fremd. Sie kam irgendwo vom Land und sagte »hannich« statt »hat nicht«. Und »kannich«. Er lebte für die Wochenenden, an denen Cicely in einem ratternden Zug nach Sumner hinausgefahren kam, und sie hingen in seinem Zimmer herum und hofften, daß Winston irgendwann einmal in einen seiner Filme gehen würde. Angeblich kampierte Cicely bei der älteren Schwester eines Mädchens, das sie von zu Hause kannte, aber tatsächlich schlief sie in Ians engem Bett, wo sie spät nachts – leise, fast bewegungslos, mit fast angehaltenem Atem – wieder und wieder miteinander schliefen, gegenüber von Winstons schnarchender Gestalt.

Er rief jedes Wochenende per R-Gespräch zu Hause an; das war einfacher, als wenn seine Eltern versucht hätten, ihn anzurufen. Aber am Mittwoch vor Halloween rief seine Mutter an. Sie erreichte ihn rein zufällig, als er zwischen zwei Vorlesungen durch das Wohnheim ging. »Ich störe dich ungern«, sagte sie. »Aber ich dachte, du solltest es wissen. Schatz, es ist wegen Lucy.«

»Lucy?«

»Sie ist tot.«

Er hatte das Gefühl, als ob etwas wie eine schwirrende Stille durch den Korridor zog. Er sagte: »Sie ist was?«

»Wir glauben, es waren Pillen.«

Er schluckte.

»Ian?«

O Gott, dachte er, *wie lange werde ich noch für eine Handvoll hingeworfener Worte bezahlen müssen?*

»Bist du in Ordnung, Ian?«

»Natürlich«, sagte er.

»Agatha hat uns letzte Nacht angerufen. Sie sagte: ›Mama schläft und schläft und wacht nicht auf.‹ Nun, weißt du, das kann alles mögliche bedeuten. Natürlich dachte ich daran, sofort herüberzugehen, aber dann sagte ich: ›Oh, Liebling, ich wette, sie ist nur übermüdet.‹ Aber dann sagte Agatha: ›Sie ist noch nicht mal zum Frühstück aufgewacht.‹ Ich sagte: ›Frühstück?‹ sagte ich. ›Heute morgen?‹ Ian, ist das zu glauben, diese Kinder waren seit der Nacht davor, als sie sie zu Bett gebracht hatte, sich selbst überlassen gewesen. Dann ging sie selbst zu Bett und dann, ich weiß nicht, ich meine, es gibt kein Anzeichen dafür, daß sie es absichtlich getan hat, aber als wir hineingingen, lag sie flach auf dem Rücken und atmete so langsam, nur hier und da mal ein Atemzug, und die Pillenflasche stand auf ihrem Nachttisch und war ganz leer. Es war kein Brief da oder etwas Ähnliches. Also *kann* es nicht absichtlich gewesen sein, nicht wahr? Aber warum brauchte sie überhaupt nur eine dieser Pillen? In unserer Familie hat man nie Schlafmittel gebraucht. Ich habe immer gesagt, steh auf und schrubbe den Fußboden, wenn du nicht schlafen kannst! Lies etwas! Bilde dich! Jedenfalls, wir riefen den Rettungswagen, und sie brachten sie zum Union-Memorial-Krankenhaus. Aber es hatte schon zu lange gedauert. Wenn sie sie gleich bekommen hätten, nun, vielleicht; aber sie hatte eine ganze Nacht und einen Tag da gelegen, und da konnten sie nicht mehr viel tun. Sie starb heute mittag, ohne wieder zu Bewußtsein gekommen zu sein.«

Können wir nicht zurückgehen und noch einmal von vorn anfangen? Könnte ich nicht noch einmal eine Chance haben?

»Ian?« sagte seine Mutter. »Hör zu, sag kein Wort zu den Kindern.«

Von irgendwo fand er seine Stimme wieder. Er sagte: »Sie wissen es noch nicht?«

»Nein, und wir werden es ihnen nie erzählen.«

Vielleicht hatte der Schock sie ausrasten lassen. Er sagte: »Sie werden es eines Tages herausfinden. Wie willst du ihnen erklären, daß sie nicht mehr aus dem Krankenhaus kommt?«

Oder wenn sie nicht auf Thomas' Abiturfeier auftaucht oder auf Agathas Hochzeit, dachte er wild, und fast mußte er lachen.

»Ich meine, wir werden ihnen nicht sagen, daß sie sie vielleicht gerettet haben könnten«, sagte seine Mutter. »Wenn sie früher angerufen hätten, meine ich. Sie würden sich so schuldig fühlen.«

Er lehnte sich an die Wand und schloß kurz die Augen.

»Also, wir haben die Beerdigung auf Freitag angesetzt«, sagte seine Mutter, »vorausgesetzt, daß ihre Leute einverstanden sind. Hat sie dir übrigens je gesagt, wer sie sind?«

»Sie hatte niemanden. *Du* weißt das doch.«

»Nun, entfernte Verwandte vielleicht. Ist das nicht seltsam? Ich glaube nicht, daß sie jemals ihren Mädchennamen erwähnt hat.«

»Lucy . . . Dean«, sagte Ian. »Dean war ihr Name.«

»Nein. Dean muß der Name ihres ersten Mannes gewesen sein.«

»Oh.«

»Es muß Cousinen geben oder irgend jemanden, aber die Kinder konnten sich an niemanden erinnern. Wir fragten, wo wir ihren Daddy erreichen könnten. Sie hatten nicht die geringste Ahnung.«

»Er lebt in Cheyenne, Wyoming«, sagte Ian. So deutlich, als sei er dabeigewesen, sah er Lucy ihr Paket auf den Postschalter heben. Sie sah zu Danny auf und fragte mit ihrem brüchigen Stimmchen, wieviel es kosten würde, eine Kegelkugel per Luftpost nach Wyoming zu schicken.

»Dein Vater hat bereits jeden Dean im Telefonbuch von Cheyenne angerufen«, sagte seine Mutter, »aber er fand nichts heraus. Nun können wir nur noch hoffen, daß jemand die Todesanzeige sieht.«

Zwei Jungen gingen über den Korridor. Ian drehte sich herum, so daß er in die andere Richtung sah.

»Ian? Bist du noch da?«

»Ich bin da.«

»Ich hab zu deinem Vater gesagt, ich wollte dich nicht anrufen. Ich sagte, warum solltest du dein Studium unterbrechen? Aber er dachte, vielleicht könntest du der Kinder wegen kommen. Nun, meine Güte, *ich* kann mit den Kindern fertigwerden, aber sie sind so ... das Baby hat nicht geschlafen, seit es hier ist. Und Thomas sitzt nur herum und hält seine Puppe im Arm, und Agatha ist, oh, Agatha, du weißt, wie sie ist. Irgendwie hab ich mich nie als die Großmutter der beiden gefühlt. Ist das nicht schrecklich? Sie können doch nichts dafür! Aber irgendwie ... und deine Schwester ist angebunden wegen Daveys Masern ...«

Ian konnte sich denken, wohin das führen würde. Er fühlte sich plötzlich belastet.

»Also sagte dein Vater, vielleicht könntest du kommen und uns für ein paar Tage aushelfen.«

»Ich komme mit dem Greyhound-Bus«, sagte er.

Er fuhr am selben Abend in einem fast leeren Bus nach Baltimore und starrte auf sein eigenes Spiegelbild im Fenster. Seine Augen waren tiefe schwarze Höhlen, und seine Backenknochen erschienen schärfer, als sie eigentlich waren. Er sah streng und eckig aus, nach bitterer Erfahrung. Er fragte sich, ob es irgendein Ereignis gäbe, irgendeines, das tragisch genug sei, um ihn aus seiner häßlichen Gewohnheit zu reißen, seine eigene Reaktion darauf zu beobachten.

Sein Vater erwartete ihn an der Haltestelle. Keiner von ihnen wußte schon, wie man sich nach einer langen Trennung zu begrüßen hatte. Umarmung? Händeschütteln? Sein Vater entschied sich dafür, ihm den Arm zu tätscheln. »Wie war die Fahrt?« fragte er.

»Ganz gut.«

Ian hob seinen Rucksack höher auf die Schulter, und sie gingen durch die Menge, Leuten ausweichend, die sich anscheinend dort häuslich einrichten wollten. Sie bahnten sich den Weg zwischen vollgestopften Wäschesäcken und Schnellimbiß-Kartons, sie stiegen über die Beine eines Soldaten, der auf dem Fußboden schlief. Draußen sah Howard Street sehr betriebsam und städtisch aus, verglichen mit Sumner.

»So«, sagte sein Vater, als sie im Auto saßen. »Du hast also gehört, was passiert ist.«

»Ja.«

»Schreckliche Sache. Schrecklich.«

»Wie geht's den Kindern?« fragte Ian ihn.

97

»Oh, es geht so. Ziemlich still, allerdings.«

Sie bogen in den Verkehrsstrom ein und fuhren nordwärts. Der Abend war noch warm genug, um die Autofenster offen zu lassen, und Liedfetzen segelten an ihnen vorüber – »Monday, Monday« und »Winchester Cathedral« und »Send me the Pillow That You Dream On«. Ians Vater sagte: »Deine Mutter hat mich heute nachmittag damit beschäftigt, nach Lucys Verwandten zu suchen. Ich weiß nicht, ob sie es dir erzählt hat.«

»Sie sagte, du hast versucht, in Cheyenne anzurufen.«

»Ja, nun. Kein Glück gehabt. Und ich bin zum Fill 'Er Up Café gegangen – erinnerst du dich an das Fill 'Er Up? Wo Lucy gearbeitet hat? Ich hoffte, die zwei Kellnerinnen von der Hochzeit zu finden. Aber der Besitzer sagte, eine sei ihm davongegangen, und die andere sei vor ein paar Monaten nach dem Süden gezogen. Also hab ich Lucys Schubladen durchsucht, ich dachte, da wäre vielleicht ein Adreßbuch oder ein paar Briefe. Nichts gefunden. Kaum zu glauben, nicht wahr? So weit ist es gekommen, heutzutage, wo die Leute telefonieren, anstatt zu schreiben.«

»Vielleicht *gibt* es gar keine Verwandten«, meinte Ian.

»Nun, wenn das so ist, was sollen wir dann mit den Kindern machen?«

»Mit den Kindern.«

»Die älteren beiden haben ihren Vater, natürlich. Sobald wir ihn finden können. Aber ich glaube, es wäre zu viel verlangt, daß er auch die Kleine großziehen sollte.«

»Ja, natürlich«, sagte Ian. »Sie ist nicht einmal blutsverwandt!«

»Nein, wohl nicht«, sagte sein Vater. Er seufzte.

»Er kümmert sich nicht einmal um seine eigenen Zwei!«

»Nein.«

»Könnten nicht vielleicht du und Mom . . .«

»Wir sind zu alt«, sagte sein Vater. Er bog in Charles Street ein.

»Ihr seid nicht alt!«

»Wir sind jetzt in dem Lebensalter, Ian, in dem ich finde, wir verdienen etwas Ruhe. Und deine Mutter ist nicht mehr so gut auf den Beinen, seit einiger Zeit, ich weiß nicht, ob du das bemerkt hast. Doc Plumm sagt, das mit ihren Knien ist Arthritis. Kann mir nicht recht vorstellen, wie sie hinter einem Kleinkind herrennen soll.«

»Ja, aber –«

»Nun, egal, ich bin sicher, wir werden schon jemanden finden«, sagte sein Vater, »wenn wir nur erst diesen Ex-Mann auftreiben.«

Dann fing er wieder an zu klagen, daß niemand heutzutage mehr Briefe schreibe. Wenn es so weitergeht, sagte er, wird die Postzustellung in diesem Land eingestellt, aus Mangel an Interesse. Dann kann man alle Postämter als Pflanzenkübel verwenden, sagte er, und seine Lippen verzogen sich zu seinem typischen ironischen Lächeln. Dann nahm er sich zusammen und wurde wieder ernst.

Zu Hause schnüffelte Beastie erfeut an Ians Hand und tapste hinter ihm her ins Wohnzimmer, wo seine Mutter mit Daphne auf und ab ging. Sie küßte ihn zur Begrüßung und reichte ihm dann das Baby, das schläfrig vor sich hinmurmelte. »Oh, meine Beine!« sagte Bee und sank auf die Couch. »Dieses Kind hat mich den ganzen Abend auf Trab gehalten.«

Thomas saß am anderen Ende der Couch, seine Puppe fest an die Brust gedrückt, ihre gelbe Perücke leuchtete unter seinem Kinn wie eine verwelkende Sonnenblume. Agatha saß in einem Sessel. Sie musterte Ian gleichgültig und wandte sich wieder ihrem Bilderbuch zu. Beide waren im Schlafanzug. Sie hatten das feuchte, blasse, geläuterte Aussehen von Kindern, die frisch gebadet sind.

»Hast du schon gegessen«, fragte Ians Mutter ihn. »Ich hab die Kinder schon früh gefüttert, weil ich es nicht wußte.«

»Ich finde schon etwas.«

»Ach ja, gut.«

Daphne hatte zugenommen, oder vielleicht war es ihre Schläfrigkeit, weshalb sie sich so schwer anfühlte. Sie hing über Ians Schulter, und ein starker Geruch von Apfelsaft ging von ihr aus.

»Dein Vater hat schon . . . verschiedene Schubladen durchsucht«, sagte seine Mutter. Sie warf einen Blick auf Agatha. Offensichtlich sollte Lucys Name nicht ausgesprochen werden. »Er hat nichts gefunden.«

»Ja, hat er mir gesagt.«

Agatha blätterte eine Seite ihres Buches um. Ians Vater ging zum Barometer an der Wand und klopfte an das Glas.

»Ian, Liebling«, sagte seine Mutter, »hast du etwas dagegen, wenn ich mich ins Bett verziehe?«

»Nein, geh nur«, sagte Ian, obwohl er sich ein wenig verletzt fühlte. Schließlich war es sein erster Besuch zu Hause.

»Es war so ein langer Tag, ich bin einfach fertig. Die beiden Älteren schlafen in Dannys Zimmer, und ich habe das Klappbettchen in deinem Zimmer aufgestellt. Ich hoffe, Daphne wird dich nicht stören.«

»Das geht schon.«

»Er sieht wirklich ganz häuslich aus«, sagte sein Vater und prustete vor Lachen. Doug gehörte noch in eine Zeit, als der Anblick eines Mannes, der ein Baby hält, als witzig galt. Er erzählte gern, daß er nur einmal im Leben eine Windel gewechselt hatte, damals, als Bee die Grippe hatte und Claudia ein Säugling war. Diese Erfahrung hatte genügt, ihn zum Erbrechen zu bringen. Alle kicherten immer, wenn er diese Geschichte erzählte, aber nun fragte sich Ian, warum eigentlich. Es ärgerte ihn, daß sein Vater hinter Bee her auf die Treppe zusteuerte, schließlich hatte *er* keine arthritischen Knie und hätte ohne weiteres aufbleiben und ihm helfen können. »Nacht, Junge«, sagte er und hob einen Arm.

»Gute Nacht«, sagte Ian kurz.

Er setzte sich auf die Couch neben Thomas. Sofort ließ Daphne einen kleinen Laut des Protests hören, und er stand auf und ging wieder auf und ab.

»Ian«, sagte Agatha, »liest du uns eine Geschichte vor?«

»Ich kann jetzt nicht. Daphne läßt mich nicht hinsetzen.«

»Doch, wenn du dich in einen Schaukelstuhl setzt.«

Er versuchte es. Daphne regte sich, aber sobald er zu schaukeln begann, wurde sie wieder schlaff. Er fragte sich, warum seine Mutter nicht daran gedacht hatte – oder warum Agatha sie nicht informiert hatte.

Agatha zog einen Schemel heran, um sich neben ihn zu setzen. Ihre Augen waren gesenkt, und die unscheinbare weiße Scheibe ihres Gesichts schien sich selbst zu genügen, gab nichts her. »Nimm einen Stuhl, Thomas«, befahl sie ihm. Thomas glitt von der Couch und zog den Miniatur-Schaukelstuhl vom Kamin herüber. Er brauchte eine Weile dazu, weil er Dulcimer nicht losließ.

Das Buch, das Agatha ihm auf den Schoß legte, stammte aus seiner eigenen Kindheit. Es hieß *Das traurige Häschen*. Es handelte von einem Kaninchen, das auf einem Picknick verlorenging und seine Mutter nicht finden konnte. Ian zweifelte, ob es gut sei, diese Geschichte unter diesen besonderen Umständen vorzulesen, doch beide Kinder lauschten beharrlich – Thomas daumenlutschend, Agatha drehte wortlos die Seiten um. Zuerst ging das Kaninchen mit einem freundlichen Rotkehlchen nach Hause und versuchte, in einem Baum zu wohnen, aber es wurde ihm schwindelig. Dann ging es zu einem Biber und versuchte, in einem Stausee zu wohnen, aber es wurde naß. Ian hatte nie bemerkt, was für ein eintöniges Buch das war, voller Wiederholungen. Er verschluckte ein Gähnen. Seine Augen tränten vor Langeweile. Die Anstrengung zu lesen und gleichzeitig zu schaukeln machte ihn ein wenig schwindelig.

Auf der letzten Seite sagte das Kaninchen: »Oh, Mama, ich bin so froh, wieder zu Hause zu sein!« Das Bild zeigte es in einem gemütlichen, chintzbehängten Bau, wie es eine beschürzte Kaninchenmutter umarmte. Als er diese Worte las, wurde Ian bewußt, wie laut sie klangen – wie etwas Taktloses, das in ein erschrecktes Schweigen hineingeworfen wird. Aber Agatha sagte: »Noch einmal.«

»Es ist Schlafenszeit.«

»Nein, noch nicht! Wie spät ist es?«

»Wißt ihr was?« sagte er. »Ihr geht in eure Betten, und dann lese ich es euch noch einmal vor.«

»Zweimal«, sagte Agatha.

»Einmal.«

Woran erinnerte ihn das? Die Langeweile, das Gähnen ... Es war der Abend von Dannys Tod, noch einmal. Er fühlte sich wie auf einer Tretmühle, mit diesen quengeligen Kindern am Hals, Abend für Abend für Abend.

Am Morgen kam der Pfarrer, um den Beerdigungsgottesdienst mit ihnen zu besprechen. Er war ein älterer, steifer, förmlicher Mann, und Bee schien nervös, als Ian ihn in die Küche führte. »Oh, schauen Sie nicht auf diese Unordnung!« sagte sie und band sich die Schürze ab. »Gehen wir ins Wohnzimmer. Ian kann den Kindern zu essen geben.«

Aber Dr. Prescott sagte: »Unsinn«, und setzte sich auf einen Küchenstuhl. »Wo ist *Mister* Bedloe?« fragte er.

Bee sagte: »Nun, ich weiß, das klingt herzlos, aber er mußte sich gestern frei nehmen, und natürlich ist morgen die Beerdigung, also... er ist zur Arbeit gegangen.«

»Ist das gut?« fragte Dr. Prescott Daphne. Sie zerquetschte eine Banane zwischen ihren Fingern und schmierte sie dann über das Tablett ihres Kinderstuhls.

»Nicht, daß er nicht um sie trauert. Er fühlt sich wirklich schrecklich«, sagte Bee. »Ian, könntest du ein Tuch holen, bitte? Aber es ist so schwierig, für Lehrer eine Vertretung zu finden –«

»Ja, das Leben geht weiter«, sagte Dr. Prescott. »Ist das nicht so, kleine Abigail?«

»Agatha«, verbesserte ihn Bee. »Claudias Mädchen heißt Abigail.«

»Und werden die Kinder beim Gottesdienst dabei sein?«

»Oh, nein.«

»Manchmal ist es wertvoll. Das habe ich gelernt.«

»Wir finden, sie werden hier gut aufgehoben sein bei Mrs. Myrdal«, sagte Bee. »Mrs. Myrdal hat auf sie aufgepaßt, als sie über ihrer Drogerie wohnten, und sie kennt alle ihre schönsten Geschichtenbücher.«

Sie strahlte Agatha über den Tisch hinüber an. Agatha erwiderte ihren Blick ohne die Spur eines Lächelns.

Dr. Prescott sagte: »Agatha, Thomas, ich weiß, was geschehen ist, ist schwer zu verstehen. Vielleicht wollt ihr mir ein paar Fragen stellen.«

Agatha blieb ausdruckslos. Thomas schüttelte den Kopf.

Ian dachte: *Ich aber! Ich aber!* Aber Dr. Prescott hatte ihn nicht gefragt.

Er hatte daran gedacht, seinen Anzug mitzubringen, aber er hatte eine Krawatte vergessen, so mußte er sich für die Beerdigung eine von seinem Vater ausleihen. Vor dem Spiegel rückte er den Knoten zurecht und zog den Kragen glatt. Als die Türglocke läutete, wartete er, ob jemand öffnete. Sie läutete noch einmal, und Beastie gab einen besorgten Laut von sich. »Ich komme!« rief Ian. Er ging über den Flur und sprang die Treppe hinunter.

Mrs. Myrdal hatte die Haustür bereits ein paar Zentimeter geöffnet und steckte den Kopf herein. Ihr Hut sah wie ein graues umgekehrtes Filznachttöpfchen aus. Ian sagte: »Hallo. Kommen Sie herein.«

»Ich fürchtete, zu spät zu kommen.«

»Nein, wir machen uns gerade fertig.«

Er führte sie ins Wohnzimmer, wo sie sich aufs Sofa setzte. Sie war eine von jenen Frauen, die im Alter gesteppt aussehen, das Gesicht eine Ansammlung von Taschen, ihr Körper ein Stapel zusammengequetschter Hügel. »Oje, es wird endlich Herbst«, sagte sie und zog ihren Pullover aus. »Es ist recht kühl heute draußen.«

»Wirklich?« sagte Ian. Er stand in der Tür herum und fragte sich, ob es unhöflich sei zu gehen.

»Und wie nehmen es die Kinder?« fragte sie ihn.

»Sie sind okay.«

»Ich konnte es nicht fassen, als deine Mutter anrief und es mir sagte. Arme kleine Dinger! Und soviel ich weiß, wollen deine Eltern sie nicht behalten.«

»Nein, wir versuchen, ihre Verwandten zu finden.«

»Ach, es ist ein Jammer«, sagte Mrs. Myrdal.

»*Sie* wissen wohl auch nichts über irgendwelche Verwandten?«

»Nein, deine Mutter hat mich schon gefragt. Ich habe zu ihr gesagt: ›Tut mir leid, aber ich habe keine Ahnung.‹ Obwohl, unter uns gesagt, ich bin ziemlich sicher, daß Lucy, nun, daß sie nicht aus Baltimore war.«

»Aha.«

»Das konnte man irgendwie merken, weißt du«, sagte sie. »Ich hatte immer so das Gefühl, schon bevor wir unsere Meinungsverschiedenheit hatten. Davon hast du wohl gehört, von dieser Meinungsverschiedenheit, oder?«

»Nichts Genaues«, sagte Ian.

»Nun!« sagte Mrs. Myrdal. Sie legte ihren Pullover liebevoll zusammen. »Wir sind einmal zusammen zur Stadt gegangen, und ich hab sie bei einem Ladendiebstahl erwischt.«

»Ladendiebstahl?«

»Richtig unverschämt. Riß eine reinseidene Bluse von einem Ständer und stopfte sie in den Sportwagen, in dem ihr unschuldiges Baby schlief. Ich war dermaßen perplex, daß ich gar nichts machen konnte. Ich dachte, ich hätte das vielleicht mißverstanden; ich dachte, dafür müßte es irgendeine Erklärung geben. Ich ging mit ihr weiter und dachte: ›Also, Ruby, nun sei mal nicht so voreilig mit deiner Meinung.‹ Wir marschieren weiter, an der Theke mit den Schals vorüber. Wupp! Ein rot-weißer italienischer Schal wandert in ihre Tasche. Ich weiß, ich hätte etwas sagen sollen, aber ich war so verblüfft. Mein Herz raste so, daß ich dachte, es bliebe mir im Halse stecken, und ich hatte Angst, wir würden verhaftet. Das hätte passieren können! Wir hätten ins Gefängnis geworfen werden können wie gewöhnliche Verbrecher. Nun, zum Glück ist nichts passiert. Aber als sie das nächstemal anrief, sagte ich: ›Lucy, ich hab keine Zeit.‹ Sie sagte: ›Ich wollte nur fragen, ob Sie auf die Kinder aufpassen könnten.‹ ›Oh‹, sagte ich, ›ich möchte lieber nicht, danke.‹ Sie wußte auch, warum. Sie ließ es sich nicht anmerken, aber sie muß es gewußt haben. Sie fragte mich noch ein paarmal, aber ich habe jedesmal abgelehnt.«

Ian senkte den Kopf und beschäftigte sich damit, Beastie zu streicheln.

»Nicht, daß ich ihr etwas Böses gewünscht hätte, versteh mich. Es hat mir wirklich leid getan, als ich von ihrem Tod erfuhr.«

Von der Treppe her waren Schritte zu hören, und die Stimme seiner Mutter sagte: ». . . Saft in diesen Glaskrug und –« Sie kam durch die Tür mit dem Baby auf ihre Hüfte gestützt. Thomas und Agatha folgten in ihrem Schlepptau. »Oh! Mrs. Myrdal«, sagte sie. »Ich habe sie gar nicht kommen hören.«

Mrs. Myrdal erhob sich und streckte die Hände in dieser tapsigen, gierigen Art aus, die alte Damen Babys gegenüber annehmen. »Nun sieh mal an, wie groß dieses Kind geworden ist!« sagte sie. »Erinnerst du dich an Mrs. Muh-duh, Liebling?« Sie empfing Daphne in einem zerknitterten Bündel und legte den Kopf schief, als sie die anderen beiden anredete. »Thomas und Agatha, ich hätte euch ja fast nicht wiedererkannt!«

»Also, es sollte nicht lange dauern«, sagte Bee zu ihr. »Es wird eine ganz einfache . . . Ian, wo ist dein Vater hingegangen?«

Ian sagte: »Ehm . . .«

»Ist das nicht typisch! Guck im Keller nach, bitte? Mrs. Myrdal, die Teebeutel sind in der . . .«

Ian ging hinaus in die Küche. Er dachte: *Sie hat nur Ladendieb-stahl begangen.* Er ging durch die Speisekammer und ging die Kel-lertreppe hinunter. *Sie hat sich mit keinem Mann getroffen, sie hat nur in Läden geklaut.* Er rief: »Dad?«

»Hier unten.«

Das Kleid war also doch kein Geschenk von einem Liebhaber.

Sein Vater fummelte an seiner Werkbank herum. Er hatte seinen guten dunklen Anzug an, sein Haar wies noch die Kammspuren auf, er beugte sich über die Lampe aus der Dachkammer. »Gehen wir jetzt?« fragte er, ohne sich umzudrehen.

Mensch, sogar ich habe schon in Läden geklaut. Ich und Pig und Andrew, schon in der fünften Klasse. Das ist gar nichts. Oder fast gar nichts.

»Ian?«

Er sah seinen Vater an.

»Sind wir fertig zum Gehen?«

»Ja«, sagte Ian nach einer Pause.

»Nun, dann also.«

Sein Vater drehte das Licht über der Bank aus. Er ging auf die Treppe zu. Er blieb neben Ian stehen und fragte: »Kommst du?«

»Ja.«

Sie stiegen die Treppe hinauf.

O Gott, das ist der letzte kleine dunkle Tupfen, den ich einfach nicht in mich aufnehmen kann.

In der Diele setzte seine Mutter ihren Hut auf. »Warum ist es jedesmal so«, fragte sie seinen Vater, »daß du in dem Moment, in dem alle fertig sind, einfach verschwindest?«

»Ich hab mir nur die Lampe angesehen, Schatz.«

Die drei gingen aus dem Haus und zum Auto. Ian fühlte sich zerschlagen an der ganzen Vorderseite seines Körpers, als hätte ihn jemand getreten.

Das letztemal, als er in der Kirche war, war zu Dannys Beerdigung gewesen – und davor, zu Dannys Hochzeit. Als er auf dem Gehsteig stand und zur Dober-Street-Presbyterian-Kirche aufschaute, kon-zentrierten sich alle seine Gedanken auf seinen Bruder. Er konnte fast glauben, daß man Danny hier zurückgelassen hatte, in diesem hochragenden Steingebäude mit dem mit Dachtürmchen verzierten Kirchturm.

Drinnen blieben seine Eltern stehen, um Mrs. Jordan zu begrüßen, während Ian weiter durch das Kirchenschiff ging, vorüber an Tante Bev und ihrem Mann und Cousine Amy und ein paar Ausländern aus der Nachbarschaft. Er erkannte Cicelys blonde Locken, die schimmerten wie frische Kiefernspäne, und er setzte sich neben sie und griff nach ihrer Hand, die, wie sich herausstellte, ein zu einem feuchten Klumpen geballtes Papiertaschentuch enthielt. Ihre Wimpern und Wangen waren ebenfalls feucht, sah er, als sie ihn anlächelte. Als er angerufen hatte, hatte sie gesagt, sie käme unter allen Umständen, sie müßte einfach Aufwiedersehn sagen. Sie hatte immer gemeint, Lucy sei jemand Besonderes.

Die Orgel begann leise zu spielen, und Dr. Prescott trat aus einer Seitentür heraus und setzte sich hinter die Kanzel. Unter der Kanzel stand der Sarg, perlgrau, geschmückt mit einem Strauß weißer Blumen. Es wurde Ian kalt bei diesem Anblick. Etwas wie eine kalte Klinge drang in seine Brust, und er sah weg.

Nun zogen die anderen durch den Gang – sein Vater feierlich und verlegen, seine Mutter mit einem Ausdruck, der weniger trauervoll als enttäuscht erschien. »Ich bin nicht böse, nur enttäuscht«, pflegte sie zu Ian zu sagen, wenn er sich schlecht benahm. (Was würde sie jetzt sagen, wenn sie wüßte, was er getan hatte?) Hinter ihnen kamen Claudia und Macy mit Abbie, die offenbar jetzt für alt genug gehalten wurde, um auf Beerdigungen zu gehen. Sie hatte ihre ersten hohen Absätze an und wackelte ein wenig, als sie den anderen in eine Kirchenbank folgte. Es war nicht die vorderste Bank, sondern die dahinter. Vielleicht war die vordere Bank für Lucys Blutsverwandte reserviert, falls jemand von ihnen erscheinen sollte.

Aber niemand kam. Die Orgelmusik verklang, Dr. Prescott erhob sich und kündigte ein Gebet an, und noch immer erschien niemand, um diese leere Bank zu füllen.

Das Gebet war für die Lebenden. »Wir wissen, daß Deine Tochter Lucy bei Dir geborgen ist«, rezitierte Dr. Prescott, »aber wir bitten Dich, die Hinterbliebenen zu trösten. Tröste sie, bitten wir, und lindere ihren Schmerz. Ergieße Deine Gnade wie heilenden Balsam in ihre Herzen.«

Wie heilenden Balsam. Ian sah etwas Weißes und Zähflüssiges – so wie die Flasche mit Handlotion, die seine Mutter neben dem Spülbecken stehen hatte –, angenehm nach Mandeln duftend. Konnte der Balsam nicht nur Kummer, sondern auch Schuld lindern? Nicht nur Schuld, sondern die entsetzliche Qual über etwas, das impulsiv getan worden war und nicht mehr rückgängig gemacht werden konnte?

Ian, der Gebeten gegenüber gewöhnlich gleichgültig war (wie überhaupt gegenüber allem irgendwie Religiösen), hörte diesem Gebet sehnsuchtsvoll zu. Er lehnte sich in seinem Sitz vor, als ob er auf diesen Worten bis zum Himmel hinauffahren könne. Seine Augen waren fest geschlossen. Er dachte: *Bitte. Bitte. Bitte.*

In den Bänken um ihn her hörte er ein Rascheln und Knarren, und als er die Augen öffnete, sah er, daß die Gemeinde sich erhob. Er stand schwerfällig auf und schielte in das Gesangbuch, das Cicely ihm hinhielt. »... mit mir«, fiel er verspätet ein, »es will Abend werden...« Seine Stimme war ein Krächzen. Er schwieg und hörte den anderen zu – Cicelys klarer Sopran, Mrs. Jordans schlichter, ehrlicher Alt, Dr. Prescotts voller Baß. »Die Finsternis nimmt zu«, sang er. »Herr, bleibe bei mir!« Die Stimmen waren nicht mehr getrennt. Sie verflochten sich zu einem vielsträngigen Akkord, und nun schien es, als sei die Gemeinde eine einzige Person – jemand voller Güte und Mitgefühl, jemand, der freundlich und weise und verzeihend war. »Im Leben und im Tod, o Herr«, schlossen sie, »bleibe bei mir.« Und dann kam das lange, seufzende »Amen«. Sie setzten sich wieder, auch Ian setzte sich. Seine Knie zitterten. Er hatte das Gefühl, daß alles von ihm hinweggeschwemmt worden war, aller Kummer und alle Selbstbezichtigung. Er war schlaff und rein und schmiegsam wie ein Säugling. Er war tatsächlich wiedergeboren.

Durch das Begräbnis auf dem Pleasant-Memory-Friedhof und die Heimfahrt im Auto, durch all die Aufregung, die Kinder wieder zu holen, den Kaffee aufzusetzen und die Gäste zu begrüßen, die später vorbeikamen, bewegte sich Ian in einem traumartigen Zustand. Er ging durchs Wohnzimmer mit einem Teller voll Schokoladekuchen und merkte nicht, daß er leer war, bis sein Schwager ihn darauf aufmerksam machte. »Planet Erde ruft Ian«, sagte Macy lachend, und dann erlöste ihn Mrs. Jordan von dem Teller. Cicely kam von hinten heran und nahm seine Hand. »Wie geht's?« fragte sie ihn.

»Ganz gut«, sagte er.

Ihre Fingerspitzen waren weiche kleine Knubbel, weil sie an ihren Nägeln kaute. Ihr Atem verbreitete den metallischen Geruch von Coca-Cola. Mrs. Jordans zerklüftetes Gesicht sah zusammengesetzt und gepanzert aus wie die Haut eines Gürteltiers. Er sah alles ganz deutlich, nur weit entfernt.

»Es war zu viel«, sagte Mrs. Jordan zu Cicely. »Einfach zu viel, um alles zu verkraften. Erst Danny, und jetzt Lucy!« Sie wandte sich um, um einen der Ausländer in die Unterhaltung einzubeziehen; er lungerte erwartungsvoll um sie herum. »Also ich erinnere mich noch an den Tag, an dem sie ihre Verlobung bekanntgaben!« sagte sie. »Erinnerst du dich, Jim?«

»Jack«, sagte der Ausländer.

»Jack, ich war da, als er sie mit nach Hause brachte. Ich war herübergekommen, um die Zickzackschere auszuborgen, und da kamen sie. Na, ich wußte ja gleich, was das zu bedeuten hatte. So ein hübsches kleines Ding, wer hätte die *nicht* heiraten wollen?«

»Wehe Ihnen«, sagte Jack zu Ian.

»Hm...«

»O Gottogott! Bitte nehmen Sie mein Wehklagen entgegen.«

Dies mußte der Ausländer sein, der ein so eifriger Anhänger von Rogets *Thesaurus* war. Bee zitierte immer seine gewählte Ausdrucksweise. Mrs. Jordan musterte ihn prüfenden Blicks. »Ich fürchte, in Ihrer Kultur hätte Lucy noch nicht einmal *so* lange überlebt«, sagte sie. »Werfen sie sich nicht auf den Scheiterhaufen ihres Mannes oder so was Ähnliches?«

»Scheiterhaufen?«

»Und nun glaube ich, werden Doug und Bee diese armen Würmer zu sich nehmen müssen«, sagte sie zu Ian.

Ian sagte: »Nun, eigentlich –«

»Sieh nur die Kleine an. Hast du je so was Liebes gesehen?«

Ian folgte ihrem Blick. In der Tür zur Diele stand Daphne und schwankte auf unsicheren Beinen. Ihre blendend weißen Stiefelchen mit den harten Sohlen halfen ihr zweifellos, aufrecht zu stehen, aber trotzdem war es eine Leistung, mit zehn Monaten von alleine zu stehen, vermutete Ian. War dies das erstemal, daß sie es versuchte? Er dachte, was unter normalen Umständen davon hergemacht worden wäre – der Applaus und der Ruf nach dem Fotoapparat. Aber Daphne blieb unbemerkt, ein zartes, zerbrechliches Waisenkind in einem zu großen Kleidchen, das erwartungsvoll von einem Gesicht zum andern sah.

Dann entdeckte sie Ian. Ihre Augen weiteten sich. Sie lachte. Sie ließ sich zu Boden fallen und krabbelte auf ihn zu, schlängelte sich geschickt zwischen den Beinen der Erwachsenen hindurch und hielt ab und zu inne, um sich vom Saum ihres Kleidchens freizukämpfen. Sie langte zu seinen Füßen an, ergriff seine Hosen und zog sich daran in den Stand hinauf. Als sie zu ihm aufstrahlte, mußte sie ihren Kopf so weit zurückbiegen, daß sie fast umkippte.

Ian beugte sich herab und hob sie hoch. Sie kuschelte sich an seine Schulter. »Ach, die Süße«, sagte Mrs. Jordan. »Guck, sie ist verrückt nach dir! Nicht wahr, Ian? Nicht wahr? Ian?«

Er konnte sich nicht erklären, wieso der Glanz, den er aus der Kirche mitgenommen hatte, so plötzlich erloschen war. Die Luft im Raum schien dumpf und bräunlich. Mrs. Jordans Stimme klang hohl. Dieses Kind war viel zu schwer.

Als er wieder im College war, versuchte er, dieses Gefühl, das er auf der Beerdigung gehabt hatte, wieder wachwerden zu lassen. Er summte »Bleibe bei mir« vor sich hin. Er schloß die Augen, um sich die in eins verschmelzende Stimme der Gemeinde in Erinnerung zu rufen, das sanfte Licht von den Kieselglasfenstern, das Gefühl der Gnade und Vergebung. Aber es kam nichts. Die nüchterne Backsteinatmosphäre von Sumner College war vorherrschend. Biologie 101 schritt fort von Fadenwürmern zu Fröschen, King John lehnte die Magna Carta ab, und Ians Zimmergenosse schleppte ihn in *Teufelsfrau aus dem Weltall*.

Nachts stand Danny an der Tafel vor Ians Englischklasse. »Dies ist ein Traum«, kündigte er an. »Das Wort ›Traum‹ kommt von dem lateinischen Wort *dorimus* und bedeutet ›Glücksspiel‹.« Ian erwachte, überzeugt, daß darin eine Botschaft für ihn enthalten war, aber je mehr er sich bemühte, sie zu entschlüsseln, um so mehr entzog sie sich ihm.

Samstag nachmittag rief er zu Hause an und erfuhr, daß ausgerechnet Mrs. Jordan so schlau gewesen war, den Namen von Lucys Ex-Mann herauszufinden. »Sie hat einfach Agatha neben sich gesetzt«, berichtete ihm Bee, »und hat eine Menge alltäglicher Hausfrauenredensarten gebraucht. Sie sagte ›Vergiß den Mülleimer nicht‹ und ›Das Essen ist fertig!‹ und ›Du kommst zu spät‹. Ihre Theorie war, daß der Name in Agathas Gedächtnis auftauchen würde. Sie meinte, Thomas sei zu klein, um es an ihm auszuprobieren. Aber ganz plötzlich meldete sich Thomas: ›Du hast den Scheck schon wieder mal nicht geschickt, Tom!‹ sagte er. Nur einfach so!«

»Nun, das wäre möglich«, sagte Ian. »Thomas wäre also Tom Junior.«

»Ich sagte zu Jessie Jordan, ich sagte ›Jessie‹, sagte ich, ›du bist phantastisch!‹ Wirklich, ich hätte nicht gewußt, was ich in diesen letzten paar Tagen ohne sie getan hätte. Überhaupt, *alle* Nachbarn. Sie waren alle so hilfsbereit, machten Besorgungen für mich und kümmerten sich um die Kinder, wenn meine Beine mir weh taten...«

Was sie damit sagen wollte, schien es Ian, war: »Siehst du, was du getan hast? Siehst du, wie du unser Leben ruiniert hast?« Obwohl sie das natürlich gar nicht meinte. Sie fuhr fort zu erzählen, daß die Cahns von nebenan ihr ihren Babysitter geliehen hatten und daß die Ausländer ihr einen Topf Nudelsuppe gebracht hatten, mit einem Nachgeschmack wie von Erbrochenem. »Die Leute waren so nett«, sagte sie, »und Cicelys Mutter rief an und sagte —«

»Aber was ist nun mit Thomas Senior?« unterbrach Ian.

»Was soll mit ihm sein?«

»Habt ihr im Telefonbuch von Cheyenne nach ihm gesucht?«

»Oh, wir haben schon alle Deans in Cheyenne angerufen, aber jetzt haben wir einen Namen, den wir bei den Ämtern angeben können. Sie sollten imstande sein, *irgend etwas* herauszufinden – Führerschein, Heiratsurkunde... Ich erinnere mich, daß Lucy einmal erwähnte, er habe wieder geheiratet.«

In der Nacht träumte Ian, daß Lucy in ihrem Wohnzimmer zwischen einem Haufen von Körben voller Post saß – Briefe und Flugblätter und Zeitschriften. Dann kam Danny herein und sagte: »Lucy, was ist das?«

»Oh«, sagte sie, »ich kann sie einfach nicht mehr alle aufmachen. Seit du gestorben bist, hab ich irgendwie nicht mehr den Mut dazu.«

»Aber das ist ja schrecklich!« rief er. »Die Drucksachen und die Reklame, das kann ich verstehn, aber Post Erster Klasse! Briefe Erster Klasse, die du nicht aufgemacht hast!«

»Dann rede mit Ian«, sagte sie mit einer drahtigen, gepreßten Stimme.

»Ian?«

»Ian sagte, ich sei kein bißchen Erster Klasse«, sagte sie, und ihre Mundwinkel verzogen sich zu einem mürrischen und boshaften Ausdruck.

Ian erwachte und blinzelte nach dem Lichtspalt unter der Tür. Winston schnarchte. Jemandes Radio spielte. Er hörte das Scharren eines Stuhls unten im Saal und sorgloses, gedankenloses Gelächter.

Am Sonntagmorgen fuhr er in dem kleinen blauen Kirchenbus des Colleges zur Stadt. Die meisten Passagiere waren Studenten, die er nie zuvor gesehen hatte, obwohl er seine Laborpartnerin erkannte, die einen derben, weiten grauen Mantel trug. Er tat, als sähe er sie nicht, und ging zu der langen Bank hinten im Bus, wo er sich zwischen zwei Jungen niederließ, die so kurze Haare und so korrekte Anzüge trugen, als kämen sie geradewegs aus den fünfziger Jahren. Das war ja wirklich so eine Art Bus für *Verlierer*, fand er, und er hatte den Drang abzuspringen, solange es noch möglich war. Aber dann stieg die Sekretärin für das letzte Studienjahr ein – ein selbstsicheres, attraktives Mädchen –, und er fühlte sich bestätigt. Er fuhr durch das stoppelige Ackerland, die Augen starr geradeaus gerichtet, während der Junge links von ihm einen Rosenkranz zwischen den Fingern bewegte und der Junge rechts flüsternd in einer Bibel las.

Am Hof des Gerichtsgebäudes in Sumner hielt der Bus, und alle stiegen aus. Ian entschloß sich, der größten Gruppe von Studenten zu folgen, zu der auch die Sekretärin für das letzte Semester gehörte und auch ein relativ normal aussehendes Erstsemester namens Eddie Soundso, den er gelegentlich im Wohnheim gesehen hatte. Er und Eddie gingen schließlich nebeneinander her, und Eddie sagte: »Gehst du zu Leeds Memorial?«

»Nun ja, ich glaube schon.«

Eddie nickte. »Ist gar nicht schlecht«, sagte er. »Ich geh jede Woche, weil meine Großmutter mich dafür bezahlt.«

»Bezahlt?«

»Wenn ich das ganze Jahr keinen Sonntag auslasse, bekomme ich einen Scheck über hundert Dollar.«

»Mann«, sagte Ian.

Leeds Memorial war ein prächtiger Backsteinbau, innen weiß mit dunkel gebeizten Bänken. Der Chor klang professionell, und sie sangen das erste Lied allein, während die Gemeinde sitzen blieb. Vielleicht war das der Grund, weshalb Ian nicht viel dabei empfand. Es war nur Musik, sonst nichts – etwas Unvertrautes, klassisch Klingendes, makellos aufgeführt. Vielleicht hätte die ganze Kirche mitsingen sollen.

Das Thema des Tages war die Ernte, denn Thanksgiving stand bevor. Die Bibellesung bezog sich auf die Getreideernte, und die Predigt hatte etwas mit dem Ausruhen von jemandes Werken zu tun. Der Pfarrer – ein lässiger, gemütlicher Allerweltstyp, dem der Pullover unter dem Jackett hervorsah – empfahl seinen Zuhörern, sich einmal etwas zu gönnen, sich inmitten all des Trubels Zeit für sich selbst zu nehmen. Ian fühlte, wie ein ungeheures Gähnen ihm die Kehle aushöhlte. Endlich begann der Organist eine Reihe von Akkorden anzuschlagen, und die Predigt ging zu Ende, und alle erhoben sich. Das Lied hieß: »Wir bringen die Garben ein«. Es war eine einfältige, schaukelnde Melodie, fand Ian, und die kollektive Stimme der Gemeinde hatte einen flötend vornehmen Klang, als würde sie von den gutangezogenen alten Damen beherrscht, die die Bänke füllten.

Als sie zum Bus zurückgingen, fragte Eddie, ob er nun jeden Sonntag kommen würde.

Ian sagte, er bezweifle das.

Seine Thanksgiving-Ferien waren voller Ärger und Unordnung, noch immer hatte niemand Anspruch auf Lucys Kinder erhoben. Inzwischen hatten sie unter Einsatz aller Kräfte von dem ganzen Haushalt Besitz ergriffen. Ihre Spielsachen waren über das Wohnzimmer verstreut, ihre Schiffe und Enten bevölkerten das Badezim-

mer, und Daphnes Gitterbett – viel größer als das tragbare Bettchen
– versperrte sein Schlafzimmer. Er war erschrocken, wie verhärmt
seine Mutter aussah, und wie schwerfällig und dick. Das Gurtband
ihrer Hosen war mit einer dieser riesigen Sicherheitsnadeln erwei-
tert worden, mit denen die Frauen früher ihre Schottenröcke
schmückten. Und das Festtagsmahl, das sie servierte, war halbher-
zig – keine Hors d'œuvres, nicht einmal als Vorspeise, der Puter war
nicht gefüllt, und die Kuchen waren aus dem Laden. Selbst der Besuch ließ zu wünschen übrig. Claudia war gereizt mit ihren Kindern, Macy stand vom Tisch auf, um ein Footballspiel am Fernseher
zu sehen, und die Ausländer mußten schon vor dem Nachtisch gehen, um einen Neuankömmling vom Flugplatz abzuholen. Alles in
allem war man erleichtert, als die Mahlzeit vorüber war.

Er versuchte, so viel wie möglich mit den Kindern auszuhelfen.
Er spielte endlose Tricktrack-Serien, er las wieder und wieder *Das
traurige Häschen* vor. Und er stand jede Nacht mindestens einmal
auf, um Daphne wieder in den Schlaf zu wiegen, manchmal nickte er
selbst dabei ein. Oft hatte er das Gefühl, daß sie *ihn* wiegte. Er
wachte auf und sah, wie sie kühl sein Gesicht im Dunkeln betrachtete oder sogar eines seiner Augenlider mit ihren molligen, klebri-
gen Fingern zu öffnen versuchte.

Ironischerweise war es in diesen Ferien, daß Cicely ihm mitteilte,
sie sei vielleicht schwanger. Mitten in einem Film mit dem Titel
Georgy Girl, der von einer jungen Frau handelte, die auf eine langweilige, ermüdende Art kleine Kinder liebte, packte sie eine Handvoll seines Ärmels und flüsterte, sie sei zwei Wochen über die Zeit.
»Welche Zeit?« fragte er, was sie aus irgendeinem Grund zum Weinen brachte. Dann begriff er.

Sie verließen den Film mittendrin und fuhren in der Stadt herum.
Ian erfand verschiedene andere Möglichkeiten. Vielleicht war sie
nervös wegen ihrer Prüfungen, oder all das Hin- und Herfahren im
Zug oder – »Ich weiß es nicht. Wie sollte ich das wissen? *Irgendein*
verdammter Grund!« sagte er, und sie sagte: »Du brauchst nicht zu
schreien! Es war so gut deine Schuld wie meine! Oder mehr sogar,
viel mehr. Du warst es, der mich dazu überredet hat.«

Das stimmte nicht ganz. Und doch, in einem tieferen Sinne schien
es, als verdiene er jedes Wort, das sie ihm entgegenschleuderte. Er

sah sich als einen Verschwörer und ein Raubtier, sexbesessen; Gott, es gab Tage, an denen Sex mit wem auch immer – es mußte nicht Cicely sein – ihm nicht für einen Augenblick aus dem Sinn ging. Und siehe da: Hier war seine gerechte Strafe, Heirat mit achtzehn und ein Job als Hilfsverkäufer in einem Supermarkt. Er holte Luft. Er sagte: »Mach dir keine Sorgen, Ciss. Ich sorg schon für dich.«

Sie hätten nach dem Kino bei Andrew vorbeikommen sollen, aber statt dessen fuhr er sie nach Hause. »Ich ruf dich morgen an«, sagte er, und dann ging er selbst nach Hause und stieg die Treppe hinauf in sein Zimmer, wo Daphne aufrecht dasaß und die Arme ausbreitete.

Als er am Sonntagabend zurück zum College fuhr, hatte er Cicely fast überredet, zu einem Arzt zu gehen. Worauf er hoffte (obwohl er es nicht aussprach), war ein Arzt, der ihr eine Art Zauberpille geben würde. Eine solche Pille mußte es doch geben. Ganz bestimmt gab es die. Vielleicht war es eine Tablette gegen Erkältung oder Kopfweh, die man sich vom Regal holen konnte, auf deren Packungsaufschrift es hieß: NICHT WÄHREND DER SCHWANGERSCHAFT EINNEHMEN, ein Wink für solche, die es nötig hatten. Aber wenn er das gegenüber Cicely erwähnte, dächte sie vielleicht, er wolle sie nicht heiraten oder so, was er natürlich wollte und immer vorgehabt hatte. Nur jetzt noch nicht, bitte, lieber Gott. Nicht, solange er noch nicht mit einem *dunkelhaarigen* Mädchen geschlafen hatte.

Er zuckte zusammen über die Schlechtigkeit seines Gedankens, der ihm so leicht in den Sinn geschlüpft war, als ob er schon immer dagewesen sei.

Am Dienstag, in Biologie 101, sagte seine Laborpartnerin, sie habe ihn im Kirchenbus gesehen. Ob er wohl Lust hätte, zu der Mittwochabend-Jugendgruppe ihrer Kirche zu kommen. »Oh, tut mir leid, ich kann nicht«, sagte er sofort. »Ich sitze an einer Hausarbeit.«

»Na, dann vielleicht ein andermal«, sagte sie. »Wir haben immer soviel Spaß! Meistens zeigen sie einen Film, einen netten und anständigen ohne Ausdrücke.«

»Scheint lustig zu sein.«

Er meinte das ernst. Ganz persönlich sehnte er sich nach einem schuldlosen Leben. Er beschloß, daß, sollte Cicely nicht schwanger sein, *sie* von nun an so leben würden. Ihre Ausflüge würden so anständig sein wie auf den Bildern der Zigarettenwerbung: gesunde junge Menschen, die in großen, unpersönlichen Gruppen beim Lachen alle Zähne zeigten, die Popkorn machten oder Schlitten fuhren.

Aber am Donnerstag, als Cicely anrief und ihm mitteilte, sie hätte ihre Periode bekommen, was tat er? Er sagte: »Hör mal. Du mußt jetzt die Pille nehmen. Das weißt du.« Und sie sagte: »Ja, ich hab schon einen Termin vereinbart.« Und am Wochenende machten sie so weiter wie bisher, obwohl Cicely noch ihre Periode hatte und es wirklich ein bißchen schwierig war. Am nächsten Morgen mußte er die ganze Bettwäsche auswaschen, und als er barfuß im Badezimmer des Wohnheims stand und sah, wie das Becken sich mit rosa Wasser füllte, fühlte er sich überdrüssig und verbraucht und von sich selbst angewidert, ein hoffnungsloser Sünder.

Weihnachten fiel in diesem Jahr auf einen Sonntag. Ian kam nicht vor Freitag abend nach Hause; so war der Samstag ein hektisches Rennen, um Geschenke einzukaufen. Erst am Heiligabend kam er dazu, sich umzusehen und sich über den Zustand des Haushalts klarzuwerden. Er sah, daß ein großer Baum aufgestellt worden war, aber niemand ihn geschmückt hatte; die Schachtel mit dem Christbaumschmuck stand ungeöffnet auf dem Klavier. Die Immergrün-Girlanden am Geländer fehlten, an der Haustür hing kein Kranz, und das Haus machte einen allgemein vernachlässigten Eindruck. Das war keine zwanglose oder gemütliche oder unbekümmerte Unordnung; es war schmutzig. Die Küche roch nach Abfall und Katzenkiste. Die letzten beiden verbliebenen Goldfische schwammen tot in ihrem schmierigen Glas. Noch keines der Geschenke war eingepackt, und als die Kinder fragten, ob sie ihre Strümpfe aufhängen durften, stellte sich heraus, daß alle Socken in der Wäsche waren.

»Tut mir leid«, sagte Bee, »aber in den letzten zwei Wochen war immer jemand krank, ich hab keine freie Minute gehabt. Nicht zu ändern. Hängt halt was anderes auf. Nehmt Tüten. Nehmt Kissenbezüge.«

»Kissenbezüge!« sagte Thomas trübselig.

»Schon gut«, sagte Ian. »Ich mach heut abend Wäsche. Geht nur ins Bett, ich hänge eure Strümpfe später auf.«

So verbrachte er den Abend mehr oder weniger im Keller. Ian fand die Wäschekörbe überfüllt und schimmelig, woraus er schloß, daß schon seit einiger Zeit nicht mehr gewaschen worden war, und er nahm sich vor, gleich die ganze Wäsche zu machen. Er übernahm auch das Einpacken der Geschenke. Während seine Mutter am Eßzimmertisch saß und den Sherry trank, den er ihr eingeschenkt hatte, wickelte er alles ungeschickt in einfaches Seidenpapier. (Sie hatte nicht daran gedacht, Weihnachtspapier zu kaufen.) Er packte sogar die Geschenke ein, die für ihn selbst bestimmt waren – ein paar Hemden, eine Skijacke –, und tat so, als beachte er sie nicht. Von Zeit zu Zeit unterbrach er diese Arbeit und lief hinunter in den Keller, um eine neue Ladung Wäsche einzulegen. Der Duft von Waschpulver und frischer Wäsche erfüllte allmählich das Haus. Es war schließlich doch kein so schlechter Heiligabend.

»Erinnerst du dich, wie Weihnachten früher war?« fragte seine Mutter. »Als wir mit allem schon so früh fertig waren? Die Geschenke lagen schon wochenlang unter dem Baum! Die meisten selbstgemacht. Gott, ihr Kinder habt genug Tonaschenbecher gemacht, um jedes Bord im Haus damit zu bedecken, und dabei raucht niemand von uns. Aber dieses Jahr konnte ich einfach nicht in Stimmung kommen. Seit das mit deinem Bruder passiert ist, bin ich irgendwie so . . . ohne Schwung.«

Ian wußte nicht, was er darauf antworten sollte. Er beschäftigte sich intensiv damit, eine Schleife auf einem Päckchen zu binden.

»Und erinnerst du dich an all die Hors d'œuvres zum Weihnachtsessen?« fragte sie. »Dieses Jahr wird es schon viel sein, wenn ich ein Stück Fleisch in den Ofen werfe.«

»Vielleicht sollten wir in ein Restaurant gehen«, sagte Ian.

»Ein Restaurant!«

»Warum nicht?«

»Hoffen wir, daß es noch nicht *so* weit mit uns gekommen ist«, sagte seine Mutter.

Aus dem Wohnzimmer hörten sie ein scharfes Schnarchen – sein Vater schlief in seinem Lehnstuhl.

Aber zu guter Letzt war der Weihnachtstag in diesem Jahr nicht so verschieden von jedem anderen. Mrs. Jordan kam, zusammen mit den Ausländern. Die Kinder sorgten für ihren Teil an Aufregung (Claudias sechs und Lucys drei kombiniert), Dougs Polaroid-Kamera blitzte, und die Katze machte würgende Geräusche hinter der Couch. Es war irgendwie beunruhigend. Letzte Weihnachten war Daphne noch nicht geboren, auch Franny nicht. Nun saß Daphne da, kaute einen Klumpen blaues Seidenpapier, während Franny mit ihren Fäustchen in Agathas Puzzle rührte. Sie beide schienen so gewöhnt daran, da zu sein. Und Danny und Lucy waren völlig verschwunden. Etwas stimmte nicht mit einer Welt, in der Menschen so einfach kamen und gingen.

Am Tag nach Weihnachten rief Sid von der Umzugsfirma an und fragte, ob Ian während der Ferien bei ihm aushelfen könne. Ihr Mann Brewster hatte sie im Stich gelassen, sagte er. Ian sagte, er würde gerne helfen. Die Schule würde nicht vor Mitte Januar wieder anfangen, und er könnte das extra Geld gebrauchen. So meldete er sich am Dienstagmorgen bei der Garage auf der Greenmont Street.

LeDon freute sich, ihn wiederzusehen. Dieser Brewster, sagte er, ist einfach auf und davon, mitten in einem Job. »Er sagt: ›Na, dann bis bald mal, LeDon.‹ Ich sag noch: ›He, Mann, du läßt mich doch nicht hängen.‹ Er sagt: ›Und ob ich dich hängen lasse‹, und fort ist er. Na, der war auch nicht, was man'n richtig netten Kerl nennt.«

Sie machten den Umzug einer alten Dame von einem Haus in eine Wohnung – lauter Alte-Damen-Sachen, krummbeinige Möbel und eingemottete Kleider und mehr als genug Porzellan, um ein mittelgroßes Restaurant damit auszustatten. Ihr Sohn, der den Umzug beaufsichtigte, war irgendwie auf das Porzellan fixiert. »Vorsichtig! Das ist Spode«, sagte er, als sie eine Kiste hochhoben. Und: »Gebt auf das Haviland acht!« LeDon sah Ian an und rollte die Augen.

Dann, in der neuen Wohnung, stellten sie fest, daß die Küche umgebaut wurde, und sie mußten die Porzellankisten ins Wohnzimmer stellen. »Was zum Teufel?« sagte der Sohn. »Die hätte vor drei Tagen fertig sein sollen.« Er sprach zu dem Tischler – es war, wie sich herausstellte, der taube Mann, den Ian im letzten Sommer gesehen hatte. »Wie lange noch?« fragte ihn der Sohn. Jeder Idiot konnte sehen, daß es noch *viel* länger dauern würde: die Küche war nichts als ein Rohbau. Der Tischler, der sich nicht umsah, vermaß die Tiefe eines Küchenschranks mit einem stählernen Maßband. Der Sohn legte eine Hand auf den Unterarm des Mannes. Der drehte sich langsam um, starrte einen Moment auf die Hand des Sohnes und sah ihm dann ins Gesicht. »WIE... LANG!« schrie der Sohn mit übertriebenen Mundbewegungen.

Der Tischler überlegte, und dann sagte er: »Zwei Wochen.«

»Zwei Wochen!« sagte der Sohn. Er ließ die Hand fallen. »Was bauen Sie hier, die Arche Noah? Alles was wir brauchen, sind ein paar lausige Schränke!«

Der Tischler machte weiter, nun vermaß er die Länge des Schranks und die Höhe des leeren Raums darüber. Er hatte bestimmt gewußt, daß der Sohn ihn angesprochen hatte, aber er schien völlig vertieft in seine Arbeit. Und wieder beneidete Ian ihn um sein isoliertes, unzugängliches Leben.

Am Silvesterabend gab Pig Benson eine große, wilde Party, aber Ian ging nicht hin. Cicely paßte auf ihren Bruder auf, es war ihr letzter Abend zu Hause. So stellten sie alle Uhren eine Stunde vor und überlisteten Stevie, früher ins Bett zu gehen, und dann schlichen sie hinauf in ihr Zimmer, wo Ian aus Versehen eindöste. Er wurde von den Kirchenglocken geweckt, die das neue Jahr einläuteten, was bedeutete, daß ihre Eltern jeden Augenblick zurückkommen könnten. Sobald er sich angezogen hatte, schlich er hinunter und in die frostige, bitterkalte Nacht hinaus. Er ging halb schlafend nach Hause, während die Glocken läuteten, Feuerwerkskörper explodierten und Raketen den Himmel erleuchteten. Welcher Optimismus! fuhr es ihm durch den Kopf. Warum setzten die Leute solche großen Hoffnungen in jedes neue Jahr?

Er übte, das Datum laut zu sagen: »Neunzehnhundertsiebenundsechzig. Erster Januar Neunzehnhundertsiebenundsechzig.« Montag war sein Geburtstag; er wurde neunzehn Jahre alt. Daphne würde ein Jahr alt sein. Er fröstelte und stellte den Kragen hoch.

In dieser Nacht träumte er, Danny würde im blauen Kirchenbus von Sumner College durch Waverly Street fahren. Er hielt vor dem Haus und sagte zu Ian: »Sie haben mir eine neue Strecke zugeteilt, und jetzt kann ich hinfahren, wohin ich will.«

»Kann ich mitfahren?« fragte Ian vom Gehsteig her.

»Du kannst mitfahren, wenn du Chinesisch gelernt hast«, sagte Danny zu ihm.

»Oh«, sagte Ian. Dann sagte er: »Chinesisch?«

»Na ja, ich nenne es mal Chinesisch.«

»Nennst was Chinesisch?«

»Verstehst du nicht? Chinesisch ist nicht das, was ich wirklich meine.«

»Was meinst du dann also?« fragte Ian.

»Tja, was ich sagen will ... sagen wir ... Chinesisch«, sagte Danny, und er zwinkerte Ian zu, lachte und fuhr davon.

Als Ian erwachte, weinte Daphne, und das Zimmer schien feucht wie ein Gewächshaus von ihren Tränen.

Agathas Schule fing am Dienstag wieder an und Thomas' Kindergarten am Mittwoch. Dies hätte Bees Last erleichtern sollen, aber sie sah immer noch jeden Abend erschöpft aus. Sie sagte, sie habe wohl eine leichte Grippe. »Normalerweise bin ich stark wie ein Pferd!« sagte sie. »Ich bin sicher, das ist nur vorübergehend.«

Ian fragte: »Was gibt es Neues über Tom Dean, Senior? Irgendeine Spur von ihm?«

»Ach«, sagte seine Mutter, »ich glaube, wir können nicht mehr mit Tom Dean rechnen. Er scheint nicht zu existieren.«

»Was wirst du dann mit den Kindern tun?«

»Na ja, dein Vater hat ein paar Ideen. Er ist ziemlich sicher, nach ein paar Bemerkungen, die Lucy einmal gemacht hat, daß sie aus Pennsylvania kam. Vielleicht wurde dort ihre erste Heirat registriert, sagt er. In diesem Falle –«

»Du hast sie am Hals, nicht wahr?« sagte Ian.

»Wie bitte?«

»Du hast sie für immer am Hals.«

»Oh, nein«, sagte sie, »ich werde gewiß jemanden finden, früher oder später. Das müssen wir einfach. Wir müssen!«

»Und wenn nicht?«

Ihr Gesicht nahm einen verstörten, entsetzten Ausdruck an.

Zwei der Kinder waren nicht einmal Bedloes, und er fragte sich, ob seine Eltern auf den Gedanken kamen, daß man diese beiden einfach unter die Vormundschaft des Staates stellen lassen konnte, oder so etwas Ähnliches – sie in irgendein Pflegeheim oder Waisenhaus stecken. Aber er nahm an, daß sie das mit Daphne nicht einfach tun konnten. Daphne war das Kind ihres toten Sohnes, und außerdem noch ein Baby. Sie war noch nicht geprägt wie die anderen beiden. Sie hatte noch nicht dieses schorfige Knubbelknie-Stadium erreicht, das nur eine Mutter lieben konnte; sie war noch voller Grübchen, winzig und betörend.

Thomas hingegen konnte einem eine schwere Stichwunde beibringen, wenn er einen zufällig mit seinem Ellbogen anstieß. Ihn auf dem Schoß zu haben war, als ob man ein Bündel Kleiderbügel hielte. Das brachte ihn allerdings nicht davon ab, heraufzuklettern, weiß Gott nicht. Er hatte die anlehnungsbedürftige, verzweifelte Art eines Hündchens, das nach Zuwendung dürstet, was ihn unglücklicherweise nicht gerade anziehender machte; während Agatha, die es fertigbrachte, sich gleichzeitig mürrisch und schmeichlerisch zu zeigen, verschlagen wirkte. Ian hatte beobachtet, wie Erwachsene (sogar seine Mutter, sogar seine Urmutter-Schwester) in Agathas Gegenwart schmale Augen bekamen. Nur Ian schien zu wissen, wie diese Kinder sich fühlten: wie beängstigend jede wache Minute für sie war.

Ach, überhaupt ein Kind zu sein war beängstigend! Fand sich das nicht in den Alpträumen der Erwachsenen wieder – dem Alptraum, zu rennen, aber nirgendwohin zu kommen, dem Alptraum der Prüfung, für die man nicht gelernt hat, oder des Stückes, für das man nicht geprobt hat? Machtlosigkeit, Ausgesetztsein. Gemurmel über deinen Kopf hinweg über etwas, das jeder weiß, außer dir selbst.

Er war mit dem Umzug einer Familie in ein Reihenhaus auf York Road fertig und ging von dort zu Fuß nach Hause, an einer Reihe schäbiger Geschäfte vorüber. Der Job hatte ungewöhnlich lange gedauert. Es war nach sieben an einem tristen Januarabend, und die meisten Geschäfte waren geschlossen. Ein Fenster jedoch schimmerte gelb – eine breite Tafelglasfläche, über die sich in Blockbuchstaben die Aufschrift KIRCHE DER ZWEITEN CHANCE wölbte. Ian konnte nicht hineinsehen, weil die Papierjalousie heruntergezogen war. Er ging weiter. Hinter ihm begann ein Kirchenlied. »Führe und geleite uns . . .« Die meisten Worte entgingen ihm, aber die Stimmen waren stark und frohgemut, überlagert von einem einzelnen Tenor, der sich über die anderen Stimmen erhob.

Er hielt an der Kreuzung inne, seine Turnschuhe wippten am Randstein. Er schielte einen Moment auf das WARTEN-Signal. Dann drehte er sich um und ging zurück zu der Kirche.

Eine Ladenklingel läutete, als er die Tür öffnete. Die Sänger sahen sich um – etwa fünfzehn oder zwanzig Leute, die in Reihen mit dem Rücken ihm zugewandt standen –, und sie lächelten, bevor sie wieder wegsahen. Sie standen einem großen, schwarzhaarigen Mann in einem weißen Hemd ohne Krawatte und schwarzen Hosen gegenüber. Die Kanzel war eine gewöhnliche Ladentheke. Der Fußboden war aus grünem Linoleum. Das Deckenlicht gaben lange Neonröhren, und eine Röhre flackerte so schnell, daß Ian das Gefühl hatte, sein Augenlid zuckte.

»Teurer Jesus! Teurer Jesus!« sang die Gemeinde. Es war ein zärtlicher, liebevoller Ruf, der wie ein persönliches Willkommen klang. Ian fand einen leeren Platz neben einer Frau in weißer Uniform, einer Krankenschwester oder Kellnerin. Obwohl sie ihn nicht ansah, rückte sie näher heran und hielt ihm ihr Gesangbuch hin, so daß er den Worten folgen konnte. Das Gesangbuch war eines jener Broschüren im Taschenformat, die einem auf öffentlichen Singveranstaltungen kostenlos ausgehändigt werden. Es gab keine Begleitung, nicht einmal ein Klavier. Und die Kirchenbänke – wie Ian bemerkte, als das Lied endete und alle sich hinsetzten – waren einfache graue metallene Klappstühle, wie man sie beim Bridgespielen benutzt.

»Freunde«, sagte der Pfarrer, in einem nüchternen, fast plaudernden Ton. »Und Gäste«, fügte er hinzu, und nickte Ian zu. Wieder drehten sich alle nach ihm um und lächelten. Ian lächelte zurück, vielleicht ein wenig zu breit. Er hatte den Eindruck, daß er ihr erster und einziger Besucher sei.

»Wir sind nun an dem Punkt in unserem Gottesdienst angelangt«, sagte der Pfarrer, »wo jeder eingeladen ist, sich zu melden und um unsere Gebete zu bitten. Keine Bitte ist zu groß, keine Bitte ist trivial in den Augen Gottes, unseres Vaters.«

Ian dachte an den Gipser, der die Decke im Badezimmer seiner

Eltern repariert hatte. KEIN JOB ZU GROSS ODER ZU KLEIN, hatte auf seinem Lieferwagen gestanden. Er schob den Gedanken beiseite. Er sah, wie gerade vor ihm eine sehr dicke junge Frau sich schwerfällig auf ihre Füße erhob. Als sie endlich zum Stehen gekommen war, versperrte ihm die Weite ihres geblümten Sommerrocks vollkommen die Sicht auf den Pfarrer. »Nun, wie ihr wohl gehört habt, Clarice geht es wieder sehr schlecht mit ihrem Blut«, sagte sie schwer atmend. »Wir haben gedacht, das hätte sie alles hinter sich, aber jetzt ist es wiedergekommen, und ich hab gefragt, was ich für sie tun kann, und sie sagt: ›Lynn‹, sagt sie, ›bring es vor die Mittwochabend-Gebetsstunde, Lynn, und bitte sie um ihre Gebete.‹ Und das tue ich jetzt.«

Es entstand eine Stille, und sie setzte sich wieder. Sobald sie Ians Blickfeld verlassen hatte, bemerkte er, daß das Schweigen zum Programm gehörte. Der Pfarrer stand mit erhobenen Handflächen, sein Gesicht dem Himmel zugewandt, und seine Augenlider waren geschlossen und glänzend. In seinen Hemdsärmeln wirkte er laienhaft. Seine Manschetten waren an den Unterarmen heruntergerutscht, und sein Kragen, stellte Ian fest, war bis zum Hals herauf geknöpft, wie bei diesen Eigenbrötlern in der High School, die mit vom Gürtel baumelnden Rechenschiebern herumliefen. Er war auch nicht besonders alt. Sein Körper war schlaksig wie der einer Marionette, und seine Knöchel waren knubbelig wie bei einem kleinen Jungen.

Ian war der einzige, der aufrecht saß. Er senkte den Kopf und blinzelte nach der Woge des Blumenrocks, der aus der Rücklehne des Stuhls der dicken Frau hervorquoll.

»Für unsere Schwester Clarice«, sagte der Pfarrer endlich.

»Amen«, murmelte die Gemeinde, und sie richteten sich auf.

»Noch weitere Gebete, noch weitere Gebete«, sagte der Pfarrer. »Keine Bitte geht über sein Vermögen.«

Auf der anderen Seite von Ians Nachbarin erhob sich eine grauhaarige Frau und legte ihre Handtasche auf ihren Stuhl. Dann sah sie geradeaus und hielt sich an der Stuhllehne vor ihr fest. »Ihr alle wißt, daß mein Sohn Chuckie in Vietnam gekämpft hat«, sagte sie.

Man nickte, und einige Leute drehten sich um und sahen sie an.

»Nun, jetzt hat man mir gesagt, er ist gefallen«, sagte sie.

Leise bestürzte Laute pflanzten sich durch die Reihen fort.

»Sie sagten, er wurde getötet, als er aus einem Flugzeug sprang«, sagte sie.

Alle nickten.

»Montag abend kamen diese beiden Soldaten, ganz in Schale.«

»Oh, nein«, sagten sie.

»Ich sagte zu ihnen, ich dachte, ihm könnte nichts passieren. Ich sagte, er sei nun schon *so lange* gesprungen, da hätte ich gedacht, er hätte gelernt, wie man da oben am Leben bleibt. Ein Soldat sagte: ›Ja, Ma'am‹, sagte er. ›So was kann passieren‹, sagte er. Sagte, das mit Chuckie war ein, wie nennt man das, unglücklicher Zufall gewesen. Vergaß, seinen Fallschirm umzubinden.«

Ian blinzelte.

»Vergaß!« wunderte sich seine Nachbarin mit Taubenstimme.

»›Vergaß!‹ sagte ich. ›Wie war das möglich?‹ Dieser Soldat sagt zu mir, es sei die echte Überzeugung der Armee, daß Chuckie so oft gesprungen sei, daß er nicht mehr darüber nachgedacht hätte. Also geht er nach vorn zu der, wie nennt man das doch, dieser Tür, wo sie rausspringen, macht die ganze Zeit freche Bemerkungen, so daß alle lachen – ihr erinnert euch ja, was für ein Clown er war –, und, na dann salutiert er oder so was und tritt hinaus in die leere Luft. Erst dann sagt der Bursche hinter ihm: ›Wart!‹ Sagt: ›Wart, du hast vergessen, deinen –‹«

»Fallschirm umzubinden«, beendet Ians Nachbarin traurig.

»Ich bitte euch also jetzt nicht mehr um eure Gebete für Chuckie; ich bitte für mich«, sagte die Frau. Zum erstenmal schwankte ihre Stimme. »Ich bin ganz krank vor Kummer, sage ich euch. Betet für mich, daß ich etwas Erleichterung finde.«

Sie setzte sich und fummelte hinter sich nach ihrer Handtasche. Der Pfarrer hob die Hände, und es wurde still im Raum.

Konnte man wirklich seinen Fallschirm vergessen?

Nun, vielleicht. Ian konnte sich so ungefähr vorstellen, wie es passiert war. Ein Mann, für den das Springen eine Gewohnheit war, mochte sich einbilden, daß er ganz von alleine im leeren Raum schweben konnte, wie Fliegen. Vielleicht hatte er vergessen, daß er nicht fliegen *konnte,* so daß er im ersten erschrockenen Augenblick seines Falls glaubte, er hätte einfach vergessen, wie. Er mochte sich beleidigt fühlen, verraten von allem, was er für selbstverständlich gehalten hatte. *Was soll das denn?* muß er sich gefragt haben.

Ian stellte sich einen dieser Trickfilme vor, wo eine Figur von einem Felsen herunterspaziert, ohne es zu merken, und mitten in der Luft immer weiterspaziert, vollkommen sicher, bis er mal zufällig hinunterschaut, und dann beginnen seine Beine sich wie verrückt zu drehen, und er stürzt hinunter.

Ein kurzes bellendes Lachen entfuhr ihm.

Die Gemeinde drehte sich herum und starrte ihn an.

Er senkte den Kopf, seine Wangen brannten. Der Pfarrer sagte: »Für unsere Schwester Lula.«

»Amen«, sagten die anderen, und blickten glücklicherweise wieder nach vorn.

»Noch weitere Gebete, noch weitere Gebete...«

Ian vertiefte sich in den geblümten Rock, während die Scham in Wellen auf ihn einstürzte. Er hatte früher schon rücksichtslose Dinge gesagt und getan, aber dies war etwas Neues: laut zu lachen über den Verlust einer Mutter. Er wünschte, er könnte verschwinden. Er wünschte, etwas Gewaltsames und Entschlossenes zu tun, wie selbst ins Leere zu springen.

»Kein Gebet ist wertlos in den Augen unseres Schöpfers.«

Er stand auf.

Köpfe drehten sich wieder herum.

»Früher war ich einmal –«, sagte er.

Frosch in der Kehle. Er brachte einen trockenen, falschklingenden Husten hervor.

»Früher war ich gut«, sagte er. »Oder ich war nicht schlecht, zumindest. Nicht böse. Ich habe nur *so getan*, als sei ich nicht böse, aber seit einiger Zeit weiß ich nicht, was passiert ist. Alles, was ich berühre, geht schief. Ich wollte eben gar nicht lachen. Es tut mir leid, daß ich gelacht habe, Mrs....«

Er sah zu der Frau hinüber. Ihr Gesicht war gesenkt, und sie schien ihn nicht zu bemerken. Aber die anderen paßten genau auf. Er spürte, daß sie seine Worte prüften; sie nahmen ihn ernst.

»Betet für mich, daß ich wieder gut werde«, sagte er zu ihnen. »Betet, daß mir vergeben wird.«

Er setzte sich.

Der Pfarrer erhob seine Hände.

Die Stille, die folgte, war so tief, daß Ian sich in ihr gebadet fühlte. Er entfaltete sich in ihr, er gab ihr nach. Er schwamm auf einem fließenden Strom von Gebeten, und alle Gebete waren für seine Vergebung. Wie konnte da Gott nicht hören?

Als Ian drei oder vier Jahre alt war, hatte seine Mutter ihm eine biblische Geschichte für Kinder vorgelesen. Die Abbildung hatte einen römischen Soldaten in voller Rüstung gezeigt, der einen bärtigen alten Mann anpöbelte. »Ist das Gott?« hatte Ian gefragt, auf den Soldaten deutend; denn er brachte Gott mit Macht in Verbindung. Aber seine Mutter hatte gesagt: »Nein, nein«, und hatte weitergelesen. Daraus hatte Ian geschlossen, daß Gott die andere Gestalt war – der bärtige alte Mann. Selbst nachdem er es besser wußte, konnte er diese Vorstellung nicht loswerden, und jetzt bildete er sich ein, daß die Gebete der Gemeinde auf jemanden mit langem grauen Haar und einem bodenlangen blauen Gewand und kräftigen bloßen Füßen in Ledersandalen zuströmten. Er fühlte eine Flut der Dankbarkeit für diesen Mann, als ob Gott, wortwörtlich, sein Vater wäre.

»Für unseren Gast«, sagte der Pfarrer.

»Amen.«

Zu plötzlich war es vorüber. Es hatte nicht lange genug gedauert. Schon sagte der Pfarrer: »Weitere Gebete, noch weitere Gebete . . .«

Es kamen keine mehr.

»Lied sechzehn, dann«, sagte der Pfarrer, und alle bewegten sich und raschelten mit den Seiten und standen auf. Sie waren so nüchtern; sie glätteten ihre Röcke, tätschelten ihre Frisuren. Ians Nachbarin, eine stämmige, rundgesichtige Frau, strahlte ihn an und hielt ihm das Gesangbuch hin. Das Lied war »Gelehnt in die ewigen Arme«. Der Pfarrer begann es mit seinem aufsteigenden Tenor:

Welch himmlische Freude, geborgen zu sein, gelehnt in die ewigen Arme . . .

Diesmal sang Ian mit, obwohl es eigentlich mehr ein Brummen war.

Als das Lied beendet war, hob der Pfarrer wieder seine Handflächen und rezitierte einen Segen. »Gehet nun hin in alle Welt und legt Zeugnis von seiner Lehre ab«, sagte er. »In Jesu Namen, Amen.«

»Amen«, wiederholten die anderen.

War das *alles*?

Sie begannen, Mäntel und Handtaschen zusammenzusuchen, Knöpfe zuzuknöpfen, Schals zu wickeln. »Willkommen!« sagte Ians Nachbarin zu ihm. »Wie haben Sie von uns gehört?«

»Ach, ich bin nur so vorbeigekommen.«

»So viele junge Leute heutzutage denken längst nicht genug über ihre geistliche Errettung nach.«

»Nein, wahrscheinlich nicht«, sagte Ian.

Ganz plötzlich hatte er das Gefühl, ein Heuchler zu sein. Geistliche Errettung! Die Ausdrucksweise, die man an diesen Orten gebrauchte, ließ seine Haut vor Verlegenheit kribbeln. (Blut des Lamms, gestorben für deine Sünden . . .) Er warf einen sehnsuchtsvollen Blick nach hinten, wo die ersten Leute, die hinausgingen, bereits einen Schwall kalter Luft in den Raum einließen. Aber seine Nachbarin winkte dem Pfarrer zu. »Hallo! Reverend Emmett! Kommen Sie und lernen Sie unseren jungen Mann kennen!«

Der Pfarrer, der sich bereits einen Pfad zwischen den Knäueln der Frommen bahnte, strahlte auf eine beunruhigende Weise. Sein Lächeln war so breit, daß seine Zähne zu groß für seinen Mund schienen. Er gelangte zu Ian und schüttelte seine Hand wieder und wieder. »Wunderbar, daß du gekommen bist!« sagte er. (Seine langen, knochigen Finger fühlten sich an wie getrocknete Bohnenschoten.) »Ich bin Reverend Emmett. Dies ist Schwester Nell, habt ihr euch schon miteinander bekannt gemacht?«

»Guten Abend«, sagte Ian, und die anderen beiden sahen ihn so erwartungsvoll an, daß er hinzufügen mußte: »Ich bin Ian Bedloe.«

»Wir nennen uns in unserer Gemeinde nur beim Vornamen«, informierte ihn Reverend Emmett. »Nachnamen erinnern uns an das Äußerliche – die Welt des Wohlstands und der Beziehungen und wer auf der *Mayflower* herüberkam.«

»Tatsächlich«, sagte Ian. »Aha. Okay.«

Seine Nachbarin legte eine Hand auf seinen Arm und sagte: »Reverend Emmett wird dir *alles darüber* erzählen. Hat mich gefreut, dich kennenzulernen, Bruder Ian. Gute Nacht, Reverend Emmett.«

»Nacht«, sagte Reverend Emmett. Er sah ihr nach, wie sie ein marineblaues Cape über ihre Schultern warf (sie war also doch eine Krankenschwester) und sich am anderen Ende der Reihe hinausschlängelte. Dann wandte er sich wieder an Ian und sagte: »Ich hoffe, dein Gebet heute abend ist erhört worden.«

»Danke«, sagte Ian. »Es war wirklich ein ... interessanter Gottesdienst.«

Reverend Emmett betrachtete ihn aufmerksam. (Seine Haut hatte eine ungesunde Weiße, was aber auch vom Neonlicht kommen konnte.) »Aber dein Gebet«, sagte er schließlich. »Hast du eine Antwort bekommen?«

»Antwort?«

»Hast du etwas vernommen?«

»Na ja, nicht eigentlich.«

»Aha«, sagte Reverend Emmett. Er beobachtete ein altes Ehepaar, wie sie einander aus der Tür halfen – die allerletzten, die den Raum verließen. Dann sagte er: »Was war es, das dir vergeben werden soll?«

Ian glaubte, nicht recht gehört zu haben. War das überhaupt legal, einen Menschen nach seinen privaten Gebeten auszufragen? Er sollte sich auf dem Absatz umdrehen und hinausgehen. Aber statt dessen begann sein Herz zu hämmern, als ob er gleich etwas Mutiges tun würde. Mit einer Stimme, die fremd klang, sagte er: »Ich bin schuld, daß mein Bruder, hm, sich getötet hat.«

Reverend Emmett sah ihn nachdenklich an.

»Ich habe ihm gesagt, seine Frau betrügt ihn«, sagte Ian schnell, »und jetzt bin ich noch nicht einmal sicher, daß sie es getan hat. Ich meine, ich bin ziemlich sicher, sie hat es früher einmal getan, ich weiß, ich hatte nicht *ganz* unrecht, aber ... und er ist in eine Mauer gefahren. Und seine Frau ist an Schlaftabletten gestorben, und ich glaube, man könnte behaupten, auch das war meine Schuld, mehr oder weniger ...«

Er hielt inne, weil Reverend Emmett hier vielleicht Einspruch erheben würde. (Eigentlich war ja Lucys Tod nur indirekt durch Ian verursacht worden, und vielleicht nicht einmal das. Es könnte ein Unfall gewesen sein.) Aber Reverend Emmett wippte nur von der Ferse zur Fußspitze.

»Und nun sieht es so aus, als ob meine Eltern die Kinder großziehen müßten«, sagte Ian. Hatte er erwähnt, daß Kinder da waren? »Alles ist meiner Mutter aufgebürdet worden, und ich glaube nicht, daß sie dem gewachsen ist – sie und mein Vater, beide nicht. Ich glaube nicht, daß sie sich je wieder davon erholen werden. Und meine Schwester hat genug zu tun mit ihren eigenen Kindern, und ich bin meistens fort im College…«

Im Licht von Reverend Emmetts blauen Augen – von der klaren Durchsichtigkeit der Murmeln, die Ian als Kind Ginger Ales genannt hatte – entspannte er sich langsam. »Also deshalb habe ich um dieses Gebet gebeten. Und ich glaube ehrlich, daß es geholfen haben könnte. Oh, es ist natürlich nicht, als ob ich eine deutliche Antwort bekommen hätte, aber… meinen Sie nicht? Meinen Sie nicht, mir ist vergeben worden?«

»Aber durchaus nicht«, sagte Reverend Emmett mit Nachdruck.

Ians Mund klappte auf. Er glaubte, sich verhört zu haben. Er sagte: »Mir ist *nicht* vergeben worden?«

»Oh, nein.«

»Aber… ich dachte, das wäre gerade der Sinn«, sagte Ian. »Ich dachte, Gott vergibt alles.«

»Tut er auch«, sagte Reverend Emmett. »Aber du kannst nicht einfach sagen: ›Tut mir leid, Gott.‹ Na, so etwas könnte jeder! Du mußt eine Wiedergutmachung anbieten – konkrete, praktische Wiedergutmachung, nach den Regeln der Kirche.«

»Aber was ist, wenn es keine Wiedergutmachung gibt? Was, wenn es etwas ist, das nichts wieder in Ordnung bringen kann?«

»Nun, dafür ist Jesus da, natürlich.«

Wieder so ein kribbeliges Wort: Jesus. Ian sah beiseite.

»Jesus erinnert sich, wie schwierig das Leben auf Erden sein kann«, sagte Reverend Emmett zu ihm. »Er hilft bei dem, was du nicht rückgängig machen kannst. Aber erst, nachdem du *versucht* hast, es rückgängig zu machen.«

»Versucht? Versucht wie?«

Reverend Emmett begann, die Gesangbücher von den Sitzen einzusammeln. Anscheinend war er sich der Antwort so sicher, daß er nicht darüber nachzudenken brauchte. »Nun, als erstes mußt du dich um diese Kinder kümmern«, sagte er.

»Okay. Aber… wie genau soll ich mich um sie kümmern?«

»Nun, sie großziehen, meine ich.«

»Was?« sagte Ian. »Aber ich bin erst im ersten Semester!«

Reverend Emmett wandte ihm sein Gesicht zu, den Stapel Gesangbücher an seine konkave Hemdbrust gedrückt.

»Ich bin die meiste Zeit fort in Pennsylvania!« erklärte ihm Ian.

»Dann solltest du vielleicht abgehen.«

»Abgehen?«

»Genau.«

Ian starrte ihn an.

»Das ist wohl so eine Art Test, oder?« sagte er schließlich.

Reverend Emmett nickte, lächelnd. Ian sackte zusammen vor Erleichterung.

»Es ist Gottes Test«, sagte Reverend Emmett.

»Also...«

»Gott will wissen, wie weit du gehen willst, um den Schaden, den du angerichtet hast, wiedergutzumachen.«

»Aber er würde nicht verlangen, daß ich das wirklich durchziehe«, sagte Ian.

»Wie sonst würde er es wissen?«

»Moment mal«, sagte Ian. »Sie sagen, Gott will, daß ich mein Studium aufgebe. Alle Pläne, die meine Eltern für mich hatten, ändern und mein Studium aufgeben?«

»Ja, wenn es das ist, was nötig ist«, sagte Reverend Emmett.

»Aber das ist Wahnsinn! Ich müßte verrückt sein!«

»›Laß uns nicht in Worten noch in Zungen lieben‹«, sagte Reverend Emmett, »›sondern in der Tat und in der Wahrheit.‹ Erster Johannes drei, achtzehn.«

»Ich kann mir nicht einen Haufen Kinder aufhalsen! Was stellen Sie sich denn vor? Ich bin neunzehn Jahre alt!« sagte Ian. »Was *ist* das für eine verrückte Religion?«

»Es ist die Religion der Sühne und der völligen Vergebung«, sagte Reverend Emmett. »Es ist die Religion der Zweiten Chance.«

Dann legte er die Gesangbücher auf die Theke, wandte sich um und schenkte Ian ein glückseliges Lächeln. Ian dachte, er habe nie jemanden gesehen, der so absolut mit sich selbst im Frieden lebte.

»Ich verstehe das nicht«, sagte seine Mutter.

»Was gibt es da zu verstehen? Es ist ganz einfach«, sagte Ian zu ihr.

»Was du meinst, ist, du bist damit nicht einverstanden.«

»Natürlich ist sie nicht einverstanden«, sagte sein Vater. »Keiner von uns ist einverstanden. Niemand Normales wäre einverstanden. Hier bist du, besuchst ein vollkommen anständiges College, in das du übrigens nur mit Ach und Krach aufgenommen worden bist; du hattest nichts darüber zu klagen, soviel deine Mutter und ich wissen; du wirst am Sonntagabend dort zurückerwartet, um dein zweites Semester anzufangen, und was stellst du dich hin und erzählst uns? Du willst abgehen.«

»Ich lasse mich beurlauben«, sagte Ian.

Sie saßen im Eßzimmer, am späten Freitagabend – sie hatten viel zu spät gegessen, denn Daphne hatte Ohrenschmerzen bekommen, und so kam eins zum anderen, bis es schließlich neun Uhr geworden war, bis sie die Kinder ins Bett gebracht hatten. Nun ließ sich Bee, die aufgestanden war, um den Tisch abzuräumen, wieder auf ihren Stuhl fallen. Doug schob seinen Teller weg und stützte seine Ellbogen auf den Tisch. »Sag mir nur das eine«, sagte er zu Ian. »Wie lange, denkst du, soll diese Beurlaubung dauern?«

»Oh, vielleicht bis Daphne ins erste Schuljahr kommt. Oder zumindest in den Kindergarten«, sagte Ian.

»Daphne? Was hat Daphne damit zu tun?«

»Der Grund, weshalb ich mich beurlauben lasse, ist, Mom zu helfen, die Kinder großzuziehen.«

»Ich?« rief seine Mutter. »Ich ziehe diese Kinder nicht groß! Wir suchen einen Vormund! Erst finden wir Lucys Verwandte, und dann werden wir sicher jemanden finden, vielleicht ein junges Ehepaar, das begeistert –«

»Mom«, sagte Ian. »Du weißt, daß die Chancen dazu mit jedem Tag geringer werden.«

»Das weiß ich durchaus nicht! Oder vielleicht eine Tante, oder –«

Doug sagte: »Nun, er hat nicht unrecht, Bee. Du hast dich kaputtgemacht mit diesen Kindern.«

Wider Erwarten erschrak Ian ein wenig. Würde sein Vater ihn wirklich damit Ernst machen lassen?

Seine Mutter sagte: »Und übrigens, wie steht es mit dem Militärdienst? Du wirst eingezogen, sobald du das College verlassen hast.«

»Dann werde ich es eben«, sagte Ian, »aber ich glaub es nicht. Ich glaube, das kann ich Gott überlassen.«

»Wem?«

»Und ich habe vor, für meinen Unterhalt selbst aufzukommen«, sagte er. »Ich habe schon einen Job gefunden.«

»Als was?« fragte sein Vater. »Armer Leute Möbel transportieren?«

»Möbel *bauen*.«

Sie starrten ihn an.

»Ich hab das mit diesem Tischler besprochen«, sagte Ian. »Ich hab ihn bei der Arbeit kennengelernt und ihn gefragt, ob ich zu ihm in die Lehre gehen könnte.«

Schüler, so hatte Ian es schließlich formuliert. Nachdem er den Tischler in der Wohnung voller Porzellankisten und Mottenkugeln gefunden hatte, hatte er ihn mit der Frage nach einer Lehre konfrontiert, aber nur ein verblüfftes Starren zur Antwort bekommen. Der Mann hatte sich auf seine Fersen gesetzt und Ians Lippen gelesen. »Schüler«, hatte Ian wiederholt, sorgfältig artikulierend. »Lehrling.«

»Hering?« hatte der Mann gefragt. Zwei Furchen gruben sich in seine ledrige Stirn.

»Ich hab schon etwas Erfahrung«, hatte Ian gesagt. »Ich hab meinem Vater im Keller geholfen. Ich weiß, daß ich einen Küchenschrank bauen könnte.«

»Ich mag keine Küchen«, sagte der Mann schroff.

Einen Moment lang dachte Ian, er hätte sich noch immer nicht verständlich gemacht. Aber der Mann fuhr fort: »Die sind Dreck. Guck dir dieses Scharnier an.« Er deutete auf ein kunstvoll verschnörkeltes schwarzes Metallstück, bedeckt mit Grübchen künstlicher Hammerspuren. »Meine eigentliche Arbeit sind Möbel.«

»Gut«, sagte Ian. War es nicht egal? Küchenschränke, Möbel, ihm war alles gleich: leblose Dinge. Etwas, womit er sich befassen und das er nicht verpfuschen konnte. Oder wenn er es doch verpfuschte, war es möglich, den Schaden wieder zu reparieren.

»Ich hab eine Werkstatt. Ich mache Sachen, die mir gefallen«, sagte der Mann. Er sprach wie jeder andere, nur mit besonderer Betonung, mit dicken Konsonanten, als sei er erkältet. »Diese Küchen, die mach ich nur wegen des Geldes.«

»Das ist okay! Gut! Und was das Geld betrifft«, sagte Ian, »Sie könnten mir den Mindestlohn zahlen. Oder weniger, am Anfang, denn ich bin nur ein Lehrling. Schüler«, fügte er hinzu, denn er wußte jetzt, es war das ungebräuchliche Wort »Lehrling«, das Schwierigkeiten gemacht hatte. »Und jedesmal, wenn Sie eine Küche machen müssen, können Sie mich statt dessen schicken.«

Da wußte er, daß es Hoffnung für ihn gab. Er sah es an dem sehnsüchtigen, visionären Blick, der langsam in den grauen Augen des Mannes aufdämmerte.

Aber waren Ians Eltern etwa von seiner Initiative beeindruckt? Nein. Sie saßen nur einfach verständnislos da. »Das ist schließlich keine Dreckarbeit«, erklärte er ihnen. »Es ist ein Handwerk! Es ist wie eine Kunst.«

»Ian«, sagte sein Vater, »wenn du damit beschäftigt bist, diese... Kunst zu lernen, wie willst du dann mit den Kindern helfen?«

»Ich werde einen Zeitplan mit meinem Boß machen«, sagte Ian. »Und da ist auch diese Kirche, die aushelfen wird.«

»Diese was?«

»Kirche.«

Sie neigten die Köpfe zur Seite.

»Da ist diese... das ist irgendwie schwer zu erklären«, sagte er. »Diese Art von Kirche auf York Road, wißt ihr, die glaubt, man muß wirklich etwas Praktisches tun, um für seine, sagen wir, Sünden zu büßen. Und wenn man damit einverstanden ist, dann helfen sie einem. Man kann es an einem Schwarzen Brett bekanntgeben – zu welchen Stunden man Hilfe braucht, zu welchen Stunden man Zeit hat, anderen zu helfen –«

»Was um Himmelswillen...?« fragte Bee.

»Nun, das ist alles«, sagte Ian. »Ich meine, ich will nicht sentimental sein oder so, aber es *ist* im Namen Gottes. ›Laßt uns nicht lieben in‹ – wie noch – ›nur in Worten oder in Zungen, sondern in –‹«

»Ian, bist du etwa so einer *Sekte* in die Hände gefallen?« fragte sein Vater.

»Nein, bin ich nicht«, sagte Ian. »Ich hab nur eine Kirche entdeckt, die mir vernünftig vorkommt, so wie Dober Street Presbyterian dir und Mom vernünftig erscheint.«

»Dober Street hat nicht von uns verlangt, daß wir unser Studium aufgeben«, sagte seine Mutter. »Natürlich haben wir nichts gegen Religion; wir haben alle unsere Kinder christlich erzogen. Aber *unsere* Kirche hat nie von uns verlangt, daß wir unsere ganze Lebensweise aufgeben.«

»Vielleicht hätte sie das tun sollen«, sagte Ian.

Seine Eltern sahen einander an.

Seine Mutter sagte: »Das ist nicht zu glauben. Nicht zu glauben. Solange ich auch schon Mutter bin, meine Kinder können sich immer noch etwas Neues und Unerwartetes ausdenken, was sie mir antun können.«

»Ich tu das nicht *dir* an! Warum muß sich immer alles auf *dich* beziehen? Das ist für *mich*, will dir das nicht in den Kopf? Es ist etwas, was ich für mich tun muß, damit mir vergeben wird.«

»Was vergeben, Ian?« fragte sein Vater.

Ian schluckte.

»Du bist neunzehn Jahre alt, Junge. Du bist ein guter, rücksichtsvoller, rechtschaffener Mensch. Welcher Sünde könntest du dich schuldig gemacht haben, daß du dein ganzes Leben aus dem Geleise bringen müßtest?«

Reverend Emmett hatte gesagt, er müsse es ihnen sagen. Er hatte gesagt, anders ginge es nicht. Ian hatte versucht zu erklären, wie sehr es sie verletzen würde, aber Reverend Emmett war fest geblieben. Manchmal muß eine Wunde erst ausgeschabt werden, bevor sie heilen kann, hatte er gesagt.

Ian sagte: »Ich war es, der Dannys Tod verschuldet hat. Er ist absichtlich in diese Mauer gefahren.«

Niemand sagte ein Wort. Das Gesicht seiner Mutter war weiß, fast steinern.

»Ich hab ihm gesagt, Lucy sei, hm, nicht treu«, sagte er.

Er hatte gedacht, nun würden Fragen kommen. Er hatte angenommen, sie würden nach Einzelheiten fragen, würden an dem Strang ziehen, den er ihnen in die Hand gegeben hatte, bis die ganze häßliche Geschichte heraus wäre. Aber sie saßen nur schweigend da und starrten ihn an.

»Es tut mir leid!« rief er. »Es tut mir *wirklich* leid!«

Seine Mutter bewegte tonlos die Lippen, die ungewöhnlich runzlig zu sein schienen.

Nach einer Weile erhob er sich schwerfällig und ging weg vom Tisch. Er blieb an der Eßzimmertür stehen, für den Fall, daß sie ihn zurückrufen würden. Aber sie taten es nicht. Er durchquerte die Diele und ging die Treppe hinauf.

Zum erstenmal kam ihm der Gedanke, daß diese Religionssache etwas Stählernes und Unmenschliches an sich hatte. Hatte Reverend Emmett wirklich das einsame, dumpfe Geräusch seiner Turnschuhe auf den Stufen, die zerschmetterte, zersplitterte Atmosphäre, die er zurückgelassen hatte, in Betracht gezogen?

Das Lämpchen auf seinem Schreibtisch gab gerade so viel Licht, daß es Daphne nicht weckte. Er lehnte sich über das Gitterbett, um nach ihr zu sehen. Sie hatte einen fiebrigen Geruch, der ihn an einen säuerlichen Spüllappen erinnerte. Er zog ihre Decke glatt, und dann ging er hinüber zur Kommode und sah in den darüberhängenden Spiegel. Von hinten beleuchtet, war er nur eine Silhouette. Er sah sich plötzlich als die Gestalt, die er in seiner Kindheit gefürchtet hatte, als den Eindringling, der unter seinem Bett lauerte, so daß er jeden Abend von der Tür einen Anlauf nahm und mit einem Satz ins Bett sprang. Er drehte sich abrupt um und griff nach der Post, die seine Mutter ihm hingelegt hatte: Ein *Playboy*-Magazin, eine Werbung für einen Schallplattenclub, eine Postkarte von seinem Zimmergenossen. Auf der Postkarte war eine Frau mit wildem Haar, kaum bedeckt von einem weißen Fellkleid, das in strategischem Zickzack um ihre Oberschenkel hing. (DIE WÖLFINNEN VON ANTARKTIKA! IN VIVICOLOR! war die Unterschrift.) *Lieber Ian, wie gefällt Dir meine Weihnachtskarte? Besser spät als nie. Ziemlich langweilig hier ohne Ian und Cicely mit ihrem stillen Techtelmechtel auf der anderen Seite des Zimmers...* Er zuckte zusammen und ließ die Karte auf die Zeitschrift fallen. Sie landete mit einem haarigen Geräusch.

Er sah, daß er noch einmal von vorne anfing, ganz von Grund auf, so tief wie möglich. Das war eigentlich befriedigend.

In dieser Nacht träumte er, er trüge einen Umzugskarton für Sid 'n Ed. Er enthielt Bücher oder so etwas; er wog eine Tonne. »Komm«, sagte Danny, »laß mich dir helfen«, und er packte an dem einen Ende an und begann, rückwärts die Treppe hinunterzugehen.

Und die ganze Zeit sahen er und Ian einander lächelnd in die Augen.

Es war der letzte solcher Träume, die Ian je über Danny haben sollte, obwohl er das zu diesem Zeitpunkt noch nicht wußte. Er erwachte verkrampft und ängstlich, und alles, was ihm zu seinem Trost einfiel, war das Kirchenlied, das sie in der Kirche der Zweiten Chance gesungen hatten. »Leaning«, sangen sie, »leaning, leaning on the everlasting arms......gelehnt in die ewigen Arme...« Allmählich begann er sich zu lösen, und er ergab sich Gott. Er lehnte sich mit seinem ganzen Gewicht an Gott, vertrauensvoll, gelassen, so wie sein Zimmergenosse sich in seinen Sessel lehnte, der wie eine Handfläche geformt war.

4

Berühmte Regenbogen

Halleluja-Club nannte es ihre Großmutter. Halleluja-Club Bibel-camp. Sie schloß eine Küchenschranktür und erklärte Thomas: »Wenn ihr alle in ein *richtiges* Camp gehen würdet anstatt zum Hallelujah-Club, dann müßtet ihr nicht jeden Tag beim Morgengrauen aufstehn. Und ich müßte nicht hier stehen und noch halb im Schlaf versuchen, euch Frühstück zu machen.«

Aber es war gar nicht Morgengrauen. Heiße gelbe Bänder von Sonnenschein zogen sich über das Linoleum. Und sie sah auch nicht halb schlafend aus. Sie hatte bereits ihr Haar gekämmt, das sich wie eine gekräuselte graue Duschhaube um ihr Gesicht bauschte. Sie trug die Bluse, die Thomas am liebsten mochte, weil sie wie eine Zeitung bedruckt war, und braune Jerseyhosen, die sich vorne über der gemütlichen Kugel ihres Bauches spannte.

Eines der Wörter auf ihrer Bluse war SIEG. Ein anderes war KATA-STROPHE. Thomas war noch nicht einmal im zweiten Schuljahr, aber er konnte schon fast jedes Wort lesen, das man ihm zeigte.

»Wenn ihr alle zum Camp Rumpelstilzchen gehen würdet, wie die Kinder der Parkers, müßtet ihr nicht vor neun fort«, sagte seine Großmutter, während sie mit einem Stapel Schüsseln für die Cornflakes um den Tisch herumschlurfte. »Ein klimatisierter Bus würde euch von Zuhause abholen. Aber *o* nein! Das wäre zu einfach für euren Onkel Ian. Man soll es sich nicht zu leicht machen, sagt euer Onkel Ian.«

Was Ian wirklich sagte, war: »Camp Rumpelstilzchen kostet achtzig Dollar für zwei Tage die Woche.« Thomas hatte die ganze

Auseinandersetzung mitangehört. »Achtzig Dollar pro Kind! Ist dir klar, was das insgesamt macht?«

»Vielleicht könnte Dad ein wenig dazuverdienen, wenn er in der Sommerschule unterrichtet«, hatte seine Großmutter gemeint.

»Mach dir doch nichts vor, Mom. Glaubst du wirklich, ich würde das von ihm verlangen? Außerdem nimmt Camp Rumpelstilzchen keine Dreijährigen. Daphne würde den ganzen Tag zu Hause sein, bei ihrer lieben Grandma!«

Das hatte die Sache entschieden. Ihre Großmutter hatte Arthritis in den Knien und Hüften, und manchmal auch schon in ihren Händen, und hinter Daphne herzulaufen war zuviel für sie. Daphne würde ihr den Rest geben, sagte Grandma immer. So lieb sie sie auch hatte.

Sie schüttelte Cheerios-Flocken in Thomas' Schüssel und ging dann zur Treppe. »Agatha!« rief sie. »Agatha, bist du wach?«

Keine Antwort. Sie seufzte und goß Milch über die Cheerios. »Fang du schon mal damit an, und ich gehe und geb ihr einen Schubs«, sagte sie zu Thomas. Sie ging steifbeinig aus der Küche und rief: »Aufstehen, Agatha!«

Thomas legte den Löffel flach auf seine Flocken und sah zu, wie er sich mit Milch füllte und dann versank.

Nun kamen sein Grandpa und Ian, Daphne hinter ihnen drein. Ian hatte seine Arbeitskleidung an – verblichene Jeans und ein T-Shirt, seine Zimmermannskappe aus weißem Tuch verkehrt herum aufgestülpt wie ein Baseballcatcher. (Grandma trieb es zur Verzweiflung, wenn ihre Männer im Haus ihre Kopfbedeckung aufbehielten.) Er hatte Daphne ihren neuen rosa Spielanzug angezogen, und sie zog den Rasenmäher aus Plastik hinter sich her, in dem farbige Bälle auf- und abhüpften, wenn die Räder sich drehten.

»Ich bin ja der Meinung«, sagte Ian, »daß es besser wäre, wenn wir mit dem ganzen Betrieb in ein Gebäude ziehen würden, in dem wir auch das Holz lagern könnten. Aber Mr. Brant möchte die Werkstatt dort lassen, wo sie ist. Deshalb brauche ich das Auto den ganzen Tag, wenn du es nicht...«

Thomas hörte nicht mehr zu und nahm einen Mundvoll Flocken. Er beobachtete Daphne, die Ians Beine umkreiste, der Rasenmäher hüpfte hinter ihr her. »Das bringe ich mit zur Freu-dich-mit-

Stunde«, verkündete sie, aber Thomas war der einzige, der sie hörte.
»Ian? Dies hier bringe ich –«
»Du solltest was Tolleres mitbringen«, sagte Thomas zu ihr.
»Nein, ich bringe dies hier!«
»Weißt du noch, was Mindy gestern mitgebracht hat?«
Mindy hatte einen ägyptischen Käfer mitgebracht, der etwa eine
Million Jahre alt war, blaß blaugrün wie eine alte Regenrinne. Aber
Daphne sagte: »Ist mir egal.«
»*Viele* Leute haben Plastikrasenmäher«, belehrte sie Thomas.
Sie tat, als höre sie nicht, und lief in immer engeren Kreisen um
Ians blaue Jeansbeine.
Wenn Daphne sich einmal etwas in den Kopf gesetzt hatte, war
nichts zu ändern. Alle machten sich darüber lustig. Aber Thomas
fürchtete, daß sie vor dem Bibelcamp dumm aussehen würde. Es
war ein so kleines Camp, daß alle Kinder zusammengewürfelt waren, die Dreijährigen zusammen mit den Siebenjährigen wie Thomas und selbst die in Agathas Alter, die Zehnjährigen, sogar der
zehnjährige Dermott Kyle. Dermott Kyle würde bestimmt über sie
lachen. Thomas sah auf ihre vorne abgerundeten weißen Sandalen,
die winzige Schrittchen machten, und er fing an, sich über sie zu
ärgern, wenn er nur daran dachte.
Dann beugte sich Ian herunter und hob sie hoch mitsamt dem
Rasenmäher. Er sagte: »Was wünschen Sie zum Frühstück, Miss
Daph?« und sie kicherte und sagte: »Zimttoast.«
Diese Daphne war einfach zu dumm, um sich über sie aufzu-
regen.
Als Agatha herunterkam, hatte sie geschwollene Augenlider und
sah benommen aus. Es fiel ihr nie leicht aufzustehen. Ihre Großmutter humpelte um sie herum und versuchte, sie in Schwung zu
bringen – schob ihr den Karton mit Cheerios über den Tisch zu und
bot ihr andere Sorten an, als Agatha den Kopf schüttelte. »Corn-
flakes? Rosinenflocken?« fragte sie. Agatha stützte das Kinn auf die
Faust, und ihre Augen fielen langsam, langsam zu. »Agatha, schlaf
nicht wieder ein.«
»Sie wird okay sein, sobald sie an der frischen Luft ist«, sagte Ian.
Er stand beim Toaster und wartete, bis Daphnes Toast hochsprang.
Er hatte Daphne neben sich auf die Anrichte gesetzt, wo sie mit

den Füßen baumelte und mit den Absätzen gegen die Schranktür klopfte.

»Es ginge ihr noch besser, wenn sie sich ausschlafen könnte«, sagte ihre Großmutter zu ihm. »Meine Güte, sie müssen im Sommer früher aufstehen als im Winter! Das arme Kind kann kaum die Augen offenhalten.«

»Sie sollte zum Camp Rumpelstilzchen gehen«, sagte ihr Großvater plötzlich. Alle hatten vergessen, daß er da war. Er machte sich Rühreier am Herd. »Camp Rumpelstilzchen holt sie um neun Uhr von zu Hause ab; ich hab den Bus in der Nachbarschaft gesehen.«

»Hab ich das nicht gerade gesagt? Wohingegen der Hallelujah-Club –«

»Bitte Mom! Es heißt nicht Hallelujah-Club«, sagte Ian zu ihr. »Es heißt ›Camp Zweite Chance‹. Und es wird von meiner Kirche unterstützt, und es kostet nichts. Ganz abgesehen davon bietet es den Kindern eine Grundlage fürs Leben.«

Ihre Großmutter verdrehte die Augen zur Decke und stieß lang und geräuschvoll den Atem aus.

»Als ich siebzehn war«, sagte ihr Großvater vom Ofen her, »war ich freiwilliger Berater im Sommerlager meiner Kirche, draußen im Westen Marylands. Weil ich nämlich verliebt war in das Mädchen, das dort im Bogenschießen unterrichtete. Marie hieß sie. Ich seh sie noch vor mir. Sie hatte diese Ledermanschette am Handgelenk, um sich nicht an der Bogensehne zu verletzen. Jeden Abend betete ich, daß sie meine Liebe erwidern würde. Ich sagte: ›Gott, wenn du nur das eine für mich tust, werde ich immer an dich glauben und nie um einen anderen Gefallen bitten.‹ Aber sie zog den Bademeister vor, und sie fingen an, miteinander auszugehen. Danach, nun ja, waren ich und Gott einfach nie mehr so dicke miteinander.«

»Gott und ich«, murmelte Grandma automatisch.

»Das heißt, ich geh immer noch zur Kirche an Feiertagen und so, aber es ist auch nicht mehr so wie früher.«

Ian sagte: »Und was beweist das? Lieber Himmel! Du tust, als bewiese das irgend etwas. Aber alles, was es beweist, ist, daß du nicht wußtest, was das Beste für dich war. Du hast um ein Mädchen gebetet, das nicht die Richtige für dich war.«

Ihr Großvater zuckte nur die Achseln, doch ihre Großmutter

sagte: »O Gott, es ist zu früh am Morgen für so etwas«, und sie ließ sich schwerfällig in einen Stuhl fallen.

Agathas Augen waren nun geschlossen, und Daphne baumelte nicht mehr mit den Beinen. Der Hund lag neben dem Spülbecken wie eine verkrumpelte Fußmatte. Nur Ian schien einigen Schwung zu haben. Er zog den Toast aus dem Toaster und schnippte ihn einige Male zwischen den Fingern, um sich nicht zu verbrennen. Als er sich umdrehte, um ihn zum Frühstückstisch zu bringen, zwinkerte er Thomas rasch zu und lächelte ihn an.

Während Ian mit ihnen zum Camp fuhr, sagte er: »Ihr müßt das nicht zu ernst nehmen, wenn Grandma und Grandpa so reden. Sie haben einige Enttäuschungen in ihrem Leben gehabt. Das heißt nicht, daß sie tief innerlich nicht doch glauben.«

»Ich weiß«, sagte Thomas, doch Agatha starrte nur aus dem Seitenfenster. Sie wurde immer gereizt und verlegen, wenn über Religion gesprochen wurde. Thomas hatte den Verdacht, sie sei keine wahre Christin. Er wußte genau, daß sie es haßte, zum Camp der Zweiten Chance zu gehen. Selbst der Name, sagte sie, machte den Eindruck, als ob sie sich mit etwas begnügen müßten; und was ist das für ein Sommerlager, das nur ein im Hinterhof aufgestelltes Schwimmbecken aus gewelltem Plastik hat, das man mit einem Gartenschlauch füllen muß? Aber das sagte sie heimlich, nur zu Thomas. Beide würden sie um alles in der Welt nicht Ians Gefühle verletzen wollen.

Ian setzte sie in aller Eile an Schwester Myras Haus ab; er war schon spät. »Morgen, Bruder Ian!« rief Schwester Myra von ihrer Haustür herüber, und Ian sagte: »Morgen, Schwester Myra. Entschuldige, daß ich keine Zeit habe, mit dir zu reden.« Dann setzte er die Kinder auf dem Gehsteig ab und fuhr davon. Schwester Myra wohnte in einer Siedlung namens Schlummernde Auen, wo keine Bäume wuchsen, und es war heißer als zu Hause. Thomas fühlte, wie Schweiß zwischen seinen Schulterblättern herunterrann.

»Ei, seht ihr drei aber adrett aus«, rief Schwester Myra, als sie ihnen die Fliegengittertür öffnete. Sie war eine rundliche Frau mit freundlichem Gesicht und einem Gewuschel sandfarbener Locken. »Was hast du denn da mitgebracht, Herzchen?« fragte sie Daphne.

»Das da ist mein Rasenmäher.«

»Nun, dann bring ihn mal herein, wo es kühl ist.«

Es war nicht nur kühl, es war kalt. Schwester Myras Haus war klimatisiert. Thomas fand Klimaanlagen wunderbar, selbst wenn es bedeutete, daß sie sich lieber so viel wie möglich im Haus aufhielten. Heute zum Beispiel spielte überhaupt niemand auf dem bräunlichen Hinterhof beim Schwimmbecken. Alle saßen unten in dem Freizeitraum im Untergeschoß, in dem man sich wie in einem riesigen Kühlschrank fühlte. Dermott Kyle und Jason stellten niedliche Bibelfiguren aus Plastik in zwei Reihen quer über den robusten Teppichboden auf und spielten, die eine Reihe seien die Rancher und die andere die Viehdiebe. Drei Mädchen in einer Ecke kleideten Puppen an und aus, und die Nielsen-Zwillinge halfen Schwester Myras Tochter Beth, den heutigen Merkspruch auf der Flanelltafel anzubringen: *Wie der Hirsch* ... und dann ein Wort, das Thomas nicht verstehen konnte. Er hoffte, es würde ein kurzer Spruch sein. Dermott Kyle hatte gestern vorgeschlagen *Jesus weinte*, und darüber hatten die anderen Kinder gelacht, bis Schwester Myra sie darauf aufmerksam machte, wie traurig Jesus gewesen sein mußte, wegen unserer Sünden.

»Wir müssen noch auf drei Kinder warten«, sagte Schwester Myra. »Mindy und die Larsons. Dann können wir anfangen. Bleibt ihr alle hier mit Schwester Audrey, inzwischen gehe ich hinauf und halte nach den anderen Ausschau.«

Schwester Audrey saß auf einem Kinderhocker, der viel zu klein für sie war. Sie war ein vollbusiger, weicher, blasser Teenager mit engen abgeschnittenen Jeans und einem ärmellosen Hemd, unter dem die Träger ihres Büstenhalters hervorsahen. Als sie ihren Namen hörte, lächelte sie in die Runde und umfaßte ihre nackten kartoffelartigen Knie, aber niemand erwiderte ihr Lächeln. Sie hatten entsetzliche Angst vor Schwester Audrey. Sie half in dem Bibelcamp, weil sie ein Baby gehabt hatte und nicht verheiratet war, und sie hatte es in eine Mülltonne geworfen, und nun büßte sie für ihre Sünde. Sie sollten das gar nicht wissen, aber sie wußten es. Sie besprachen die Einzelheiten davon flüsternd untereinander: wie sie das Baby in ein Handtuch gewickelt hatte (oder, wie Dermott sagte, in eine Einkaufstüte), wie ein Hausmeister es piepsen gehört habe, wie ein Polizeiwagen es abholte und zu einer Stelle brachte, wo jemand Erwachsenes es adoptieren konnte. Schwester Audrey lächelte sie hoffnungsvoll an, während sie in der Puppenecke saßen und diese Nachricht wieder durchkauten. »Wollt ihr, daß ich euch eine Geschichte vorlese?« rief sie, aber sie dachten nicht daran, ihr so nahe zu kommen, nein, besten Dank!

Schwester Myra kam wieder nach unten mit Mindy und einem der Larsons, Johnny. Kenny hatte Ohrenweh und war zu Hause geblieben, sagte sie. »Etwas, woran wir in unseren Gebeten denken müssen«, sagte sie zu ihnen, und sie klatschte in die Hände. »Also los, ihr Camper! Kommt alle her! Jeder holt sich einen Stuhl!«

Manche Stühle waren klein und aus Holz und in Kindergartenfarben gestrichen. Andere waren normale Faltstühle, und um diese kämpften alle Jungen, weil sie nicht wie kleine Mädchen aussehen wollten. Besonders Thomas. Er hätte es nicht ertragen, wenn Dermott Kyle ihn für eines der Babys gehalten hätte.

»Unser Herr im Himmel«, sagte Schwester Myra, »wir danken Dir für einen neuen, schönen Tag. Wir danken Dir für diese unschuldigen, fleckenlosen Seelen, die sich in Deinem Namen versammelt haben, und wir bitten für Kenny Larsons Genesung, wenn es Dein Wille ist. Nun werden wir unsere einzelnen Kurzgebete vor Dich bringen, wie jeden Morgen um diese Zeit.«

Der letzte Satz war mehr zu den Campern als zu Gott gesprochen, fand Thomas. Sicher wußte Gott inzwischen, daß sie jeden Morgen Kurzgebete vor ihn brachten. Er mußte sogar wissen, was sie sagen würden, weil die meisten von ihnen nur wiederholten, was sie an anderen Morgen gesagt hatten. Die Mädchen sagten ihre Dankeschöns – »Danke für die Bäume und Blumen« und so. (Bei Agathas war es »Danke für die Familie«, mit einer nuschelnden, pelzigen Stimme.) Die Jungen neigten eher dazu, Bitten vorzubringen. »Laß die Orioles heute abend gewinnen«, war die häufigste. (»Wenn es Dein Wille ist«, fügte Schwester Myra immer eilig hinzu.) Die einzige Ausnahme war Dermott Kyle, der sagte: »Danke für die Klimaanlage.« Darüber wurde immer gelacht. Thomas bat gewöhnlich um gutes Schwimmwetter, aber heute betete er, daß Kenny Larsons Ohrweh weggehen solle. Erstens, weil Kenny sein bester Freund war. Und auch, weil Thomas gerne ab und zu mit einem anderen Satz aufwarten wollte, und zu diesem nickte Schwester Myra zustimmend.

Schwester Audrey sprach das Schlußgebet. »Lieber Gott«, sagte sie, »sieh auf uns herab und verstehe uns, bitten wir demütig in Jesu Namen. Amen.«

Einige der Jungen stießen einander an, als sie das sagte, denn sie meinte wahrscheinlich, daß Gott das mit der Mülltonne verstehen sollte. Aber dann sahen sie Schwester Myras Stirnrunzeln, und sie machten ihre unschuldigsten Gesichter und sahen im Zimmer umher und summten.

Nach der Andacht kam die Freu-dich-mit-Stunde. In der Schule nannten sie es Vorzeigen und Erzählen. Man mußte nichts für die Freu-dich-mit-Stunde mitbringen, wenn man nicht wollte, und die meisten Jungen wollten nicht. Auch brauchte das, was man mitbrachte, nichts mit Religion zu tun zu haben, aber natürlich war es immer nett, wenn es so war. Es brauchte nur irgendeine Habseligkeit zu sein, mit der man gesegnet war, und die anderen teilten mit einem die Freude darüber. Schwester Myras Tochter Beth zum Beispiel brachte eine schöne silberne Pfeife, die ihr Vetter Rob im Pfadfinderlager mitgehabt hatte. Aber als der Moment kam, in dem die anderen sich mit ihr darüber freuen sollten, weigerte sie sich. Sie sagte, sie wollte nicht, daß andere darauf bliesen und ihre Bazillen weitergaben. »Also wirklich, Beth«, sagte Schwester Myra und sah ärgerlich aus, aber Beth sagte: »Ich habe das Recht dazu! Ich brauche nicht anderer Leute Sommererkältung zu kriegen!« Sie war ein dünner Stecken von einem Mädchen, das sowieso nie ganz gesund zu sein schien. Ihre Nase war immer rot, und ihre Zöpfe hatten die blaßrosa Farbe eines transparenten Brillengestells. Schwester Myra seufzte und sagte: »Noch jemand?«

Daphne stand so heftig auf, daß ihr Stuhl zurückkippte. (Man sollte eigentlich die Hand heben.) »Hier, das habe ich«, kündigte sie an und hielt den Spielzeugrasenmäher über ihren Kopf. Alle Mädchen sagten: »Ahh!« Sie fanden sie niedlich. Dann sagten die Jungen, Dermott und die Neunjährigen: »Ahhh«, womit sie sich über die Mädchen lustig machten, aber man merkte, sie meinten es nicht böse. Sie lächelten, und Daphne erwiderte ihr Lächeln. Dann zeigte sie, wie die farbigen Kugeln hochsprangen, wenn sie den Rasenmäher über den Teppich schob. Sie *war* niedlich, entdeckte Thomas. Sie war süß, mit ihren federnden schwarzen Locken, so dicht wie eine Puppenperücke, und dem Gesicht darunter so klein und lebhaft. Plötzlich war er stolz auf sie, und auch irgendwie ein wenig traurig.

»Danke, Herzchen«, sagte Schwester Myra. »Noch jemand, der etwas mitgebracht hat?«

Agatha hob die Hand. Thomas sah zu ihr herüber; sie hatte nicht erwähnt, daß sie etwas mitbringen würde. Sie stand auf und wühlte durch ihre vordere Tasche, verzog den Mund, denn sie war ein bißchen zu dick für ihre Shorts, und es war schwierig, ihre Faust um dieses Ding – was immer es war – zu schließen. Endlich zog sie etwas Rundes und Blankes daraus hervor. »Ein Senfkorn«, sagte sie.

Schwester Myra sagte: »Ein was, Schatz?«

»Ein Senfkorn in einer Plastikkugel, worüber Reverend Emmett gestern beim Safttrinken gesprochen hat.«

»Oh, ja: ›Wenn ihr Glauben hättet wie ein Senfkorn...‹«, sagte Schwester Myra. Sie streckte die Hand aus, und Agatha ließ das Ding in ihre Handfläche fallen. »Ach, ich erinnere mich jetzt an diese! Wir haben sie damals in der High School an Ketten um den Hals getragen. Wir haben sie bei Woolworth an der Schmucktheke gekauft.«

»Es hat meiner Mutter gehört«, sagte Agatha.

Thomas' Mund klappte auf.

»Meine Mutter ist jetzt tot, und ich weiß nicht, welcher Kirche sie angehörte. Aber als Reverend Emmett uns diese Senfkörner beim Safttrinken zeigte, da dachte ich: ›*Das* ist es also! Diese runde Kugel in dem Kasten meiner Mutter.‹«

Sie meinte den Schmuckkasten ihrer Mutter, den stoffbezogenen Kasten, in dem Agatha ihre Haarspangen aufbewahrte; und es war böse, böse von ihr, anderen Leuten etwas aus der geheimnisvollen unteren Schublade zu zeigen. Hatte sie nicht Thomas Hand aufs Herz und bei seinem Tod schwören lassen, niemand zu erzählen, daß die Sachen seiner Mutter dort versteckt waren? Er durfte das noch nicht einmal Daphne erzählen, denn Daphne würde es vielleicht den Erwachsenen sagen, und dann würden die Erwachsenen die Papiere ihrer Mutter durchsuchen und eine Möglichkeit finden,

Thomas und Agatha zu fremden Leuten abzuschieben, und sie würden Daphne behalten, denn Daphne war die einzige echte Bedloe. Agatha hatte ihn ein dutzendmal gewarnt, und siehe da: Da stand sie und sprach über »meine« Mutter, und »ich« weiß nicht, zu welcher Kirche sie gehörte, während das ganz persönliche Senfkorn ihrer Mutter von Hand zu Hand wanderte wie etwas ganz Gewöhnliches. Von Schwester Myras gepolsterter Handfläche zu Beths drahtiger, sommersprossiger Klaue zu Dermott Kyles nicht ganz sauberer Faust, und als es endlich bei Thomas ankam, meinte er, Schweißgeruch daran zu verspüren. Er hielt es an seinem winzigen Goldring hoch und betrachtete es in Augenhöhe. (Er kannte es nicht besser als die anderen, denn Agatha bewachte den Kasten eifersüchtig.) War die Plastikhülle schon so zerkratzt und trüb gewesen, bevor die anderen sie in die Hand genommen hatten? Wenn ja, dann war es durch die Berührung seiner Mutter; ihre eigenen Finger hatten den Glanz abgerieben, ihre eigenen Augen hatten auf dieses weißlich schimmernde Samenkorn geblickt.

Er erinnerte sich nicht wirklich an ihre Mutter, ehrlich gesagt. Wenn er versuchte, sie sich vorzustellen, hatte er die ganz vage Erinnerung, auf einem Gehsteig einem Paar roter Schuhe mit hohen Absätzen zu folgen, und dann aufzuschauen, um zu entdecken, daß sie zu der falschen Dame gehörten. »Mama!« hatte er in Panik gerufen, und dann war da ein Hagel von Schritten, ein tiefes, sanftes Lachen ... aber er konnte nicht zusammenbringen, wie sie ausgesehen hatte. Es schien, daß er, wann immer er es versuchte, eine irgendwie *allgemeine* Mutter vor sich sah, die man sich vorstellt, wenn jemand das Wort »Mutter« in einem Geschichtenbuch vorliest. Einmal hatte er Agatha gefragt: »Hat sie vielleicht einen Kombiwagen gehabt? Ich glaube, ich erinnere mich an eine Fahrgemeinschaft, eine Dame in der Fahrgemeinschaft in meinem Kindergarten –«

Aber Agatha sagte: »Wovon redest du denn? Sie konnte noch nicht einmal Auto fahren!«

»Ich muß sie mit jemand anderem verwechselt haben«, sagte er.

Aber die Fahrgemeinschaft-Dame ging ihm nicht aus dem Sinn – jemand, der in einem braunen Kombiwagen mit Holzmaserung an den Seitenwänden und einem Heck voller Tennisballbehälter auf einen wartete.

»Das beste daran ist, daß uns Agatha etwas gebracht hat, das mit unserem Glauben zu tun hat«, sagte Schwester Myra. »Sie hat aufgepaßt, worüber Reverend Emmett beim Safttrinken gesprochen hat, und dann hat sie etwas mitgebracht, was sich darauf bezieht. Sehr hübsch, Agatha.«

Agatha nickte und setzte sich wieder auf ihren Stuhl. Als Thomas das Senfkorn an Jason weitergab, hatte er das Gefühl, als trenne er sich von einem Stück seiner selbst, wie von einem Arm.

Der Bibelvers für den Tag war aus dem Zweiundvierzigsten Psalm: *Wie der Hirsch lechzet nach frischem Wasser...* Zuerst erklärte Schwester Myra, was das bedeutete. »Weiß jeder von euch, was ein Hirsch ist?« Dann half sie ihnen, den Vers auswendig zu lernen, zerlegte ihn in einzelne Abschnitte, die sie ihr nachsprechen mußten. Das gehörte zur Vorbereitung des Bibelwettbewerbs, einer Art Rechtschreibewettbewerb, der jeden Freitag stattfand. Manchmal traten sie gegen andere Camps an – vorige Woche gegen »Lamm Gottes« von Cockneysville. »Lamm Gottes« hatte gewonnen.

Nach dem Bibelvers war es Zeit für das Morgenschwimmen. Die Mädchen zogen sich oben in Beths Zimmer um und die Jungen in der Werkstatt neben dem Hobbyraum. Sie trafen sich im Hinterhof. Zuerst war es wunderbar, das Gefühl, wie die Sonne in seine durchkühlte Haut eindrang, doch dann auf einmal war sie zu heiß, *viel* zu heiß, so daß Thomas froh war, mit den anderen zum Becken zu rennen, die drei Holzstufen hinaufzuklettern und sich in das lauwarme Wasser fallen zu lassen. Schwester Myra war Bademeister. Sie stand bis zur Hälfte im Wasser, vom Röckchen ihres Badeanzugs umschwebt, und versuchte die Jungen daran zu hindern, die Mädchen naßzuspritzen. Schwester Audrey überwachte das Babybecken, ein aufblasbares Gummigefäß, das dicht daneben stand. Sie trug dasselbe Turnhemd und die abgeschnittenen Jeans und zog nicht einmal ihre Gummisandalen aus, sondern saß in sicherer Entfernung auf einem Klappstuhl, lächelte oder warf auch mal einen Blick auf die Kleinen, die ihre Schiffchen schwimmen ließen und Wasser aus ihren Blecheimern gossen.

Jason sagte, die Mülltonne hätte hinter dem Stadion gestanden, aber Dermott sagte, beim Mondawmin Shopping Center.

Nach dem Schwimmen setzten sie sich zum Essen an zwei hölzerne Picknicktische auf der Veranda. So wurde vermieden, daß sie Schwester Myras Fußboden naßmachten; sie würden trocken sein, bevor sie mit dem Essen fertig waren. Mindy war daran, um Segen zu bitten (keine Chance, daß Dermott Kyle noch einmal drankam, nicht nach letztemmal!), und dann bekamen sie Wurstbrote und Milch. Der Nachtisch bestand aus kleinen Folienpäckchen mit gesalzenen Erdnüssen, denn Schwester Myras Mann arbeitete bei einer Firma, die Flugzeugmahlzeiten herstellte, und er bekam sie zu ermäßigtem Preis. Inzwischen hatten sie alle ihre Energie verbraucht und waren ruhiger. Daphne schlief nach ihrem halben Brot ein, mit dem Kopf auf dem Tisch. Thomas pumpte einen Mundvoll Milch von einer Wange in die andere, um das zischende Geräusch zu hören. Dermott fragte träumerisch: »Sieht *jeder* weiße Blitze, wenn er Alufolie kaut?«

Noch in ihren Badeanzügen wurden sie nach unten befördert (Daphne hing über Schwester Myras Schulter), wo sie ihre mitgebrachten Decken aufrollten und sich zu ihrem Mittagsschläfchen auf dem Boden ausstreckten. Schwester Myra saß auf einem Stuhl über ihnen und las laut aus dem Biblischen Geschichtenbuch vor. Heute »Der kleine Jesus im Tempel«. (Wie ungezogen er zu seinen Eltern war! Aber dafür mußte es eine Entschuldigung geben, Thomas war nur noch zu jung, um das zu verstehen.) Der Zweck der Sache war, daß, während die Kleinen schliefen, die Großen nur ruhen und der Geschichte zuhören würden. Thomas wollte immer nur ruhen, aber Schwester Myras leise Stimme vermischte sich mit dem Knarren von oben, wo Schwester Audrey die Tische abräumte, und ehe er es sich versah, rollten die anderen ihre Decken zusammen, und Reverend Emmett war zum Safttrinken angekommen.

Reverend Emmett war groß und dünn, und es schien ihm nie heiß zu werden, nicht einmal in seinem steifen weißen Hemd und den schwarzen Hosen. Alle Kinder liebten ihn. Nun ja, alle außer Agatha. Agatha sagte, sein Adamsapfel sei zu groß. Aber die anderen liebten ihn, weil er so schüchtern mit ihnen war. Ein Erwachsener, der Angst vor Kindern hatte! Er sagte: »Wie geht es unseren Campern heute? Genießt ihr das schöne Wetter?« Und wenn jemand

(Mindy) schließlich sagte: »Ja«, dann war er ganz außer sich. »Oh! Wunderbar!« sagte er, ganz aufgeregt und entzückt. Dann setzte er sich auf einen der Kinderstühle, so daß seine Knie ihm fast bis zum Kinn aufragten, und die anderen setzten sich im Kreis auf den Boden, während Schwester Myra und Schwester Audrey Pappbecher mit Apfelsaft austeilten. Reverend Emmett nahm auch einen Becher. (In seinen langen, knochigen Fingern sah er wie ein Fingerhut aus.) Er sagte: »Danke, Schwester Audrey«, und er lächelte ihr so glücklich ins Gesicht, daß man fast glaubte, er habe nie etwas von der Mülltonne gehört. Schwester Audrey errötete und machte einen Schritt zurück und trat auf die Hand einer der Nielsen-Zwillinge, aber da sie ihre Gummisandalen trug, hatte es wohl nicht sehr weh getan. Der Zwilling blinzelte nur und fuhr fort, Reverend Emmett anzustarren.

Manchmal sprach Reverend Emmett über Jesus und manchmal über die heutige Zeit. Thomas gefiel die heutige Zeit am besten. Er hörte gern Geschichten über die Kirche der Zweiten Chance: wie sie zu Anfang sich in Reverend Emmetts Garage versammelt hatten, wo der Boden noch voller Ölflecke von Reverend Emmetts Volkswagen war. Oder noch davor: wie Reverend Emmett, ein episkopaler Seminarist und Sohn eines Pfarrers der Episkopalkirche, anfing, sich Gedanken über Heuchelei und Götzendienst zu machen – denn was war das Knien vor einem Kruzifix anderes als Götzendienst? – und wie er beschloß, eine Kirche ohne Symbole zu gründen, eine Kirche ohne Taufe oder Kommunion, wo es nur auf die *wirklichen* Dinge ankam und wo die Buße so wirklich war wie die Sünde selbst. Zum Beispiel, wenn du das Spielzeug deines Spielgefährten aus Wut zerbrechen würdest, müßtest du sofort nach Hause gehen und eines deiner eigenen Spielsachen holen und es dem Spielgefährten geben, der es behalten darf, und dann mußt du deinen Fehler am Sonntag bei der Öffentlichen Wiedergutmachung bekanntgeben. Oder wie Reverend Emmetts Verlobte ihn sitzengelassen hatte und wie sein Vater ihn einen Verrückten genannt habe, während seiner Mutter, der Gescheiten in der Familie, sofort ein Licht aufgegangen sei. Und man könne sie noch heute jeden Sonntag in der Zweiten Chance sehen, in ihrem oberflächlichen episkopalischen Staat mit weißen Handschuhen und Schleierhut. Aber das sei in Ordnung, sagte

Reverend Emmett. Einen Menschen wegen seiner schicken Kleider zu verurteilen, sei ebenso eitel, wie ihn für bescheidene Kleidung zu verurteilen. Nur auf das Innere kam es an.

Heute sprach er darüber, wie sinnvoll es sei, daß er zu diesen Plaudereien zu ihrer Safttrink-Zeit käme. »Auf diese Weise«, meinte er, »ist es eine Zeit der geistlichen wie der körperlichen Nahrung.« Dann sagte er es in einfacheren Worten für die Kleinen. »Ihr bekommt nicht nur Apfelsaft, ihr bekommt auch den Saft des himmlischen Wissens.« Er sagte: »Welches Glück habt ihr, beides zugleich zu bekommen! Die meisten Kinder müssen wählen – entweder Nahrung für die Seele oder Nahrung für den Körper.«

»Gibt es gar nichts anderes?« wollte Agatha wissen.

»Wie bitte?«

Aber sie zuckte nur die Schultern und zupfte an einer Nagelhaut.

»Und so jung ihr auch seid, ihr könnt doch Zeugnis ablegen«, sagte Reverend Emmett. »Ihr könnt so leben, daß die Leute fragen werden: ›Wer *sind* diese Kinder? Und was ist das Geheimnis ihrer Freude?‹ Das ist, was ›Zeugnis ablegen‹ bedeutet, nach unserem Glauben – nicht leere Worte oder Propaganda machen. Diese Zigarettenraucher und Kaffeesüchtigen und Zuckerfanatiker in ihren großen, teuren Kirchen, die für den Teppichfonds spenden und ihren Kommunionwein trinken, von dem wir alle wissen, er ist ein künstliches Anregungsmittel – ›Warum sind diese Kinder so *gesegnet?*‹ werden sie fragen. Denn ihr seid gesegnet, meine Kleinen. Eines Tages werdet ihr das verstehen. Ihr seid glücklicher, als ihr wißt, daß ihr in einer Kirche aufwachsen dürft, in der man sich so um euch kümmert.«

Dann nahm er eine kleine braune Flasche aus seiner Hosentasche und sagte, die sei von Kenny Larsons Arzt. Er sagte, alle Camper müßten Ohrentropfen bekommen, bevor sie wieder in Schwester Myras Schwimmbecken gingen.

Als nächstes kam Basteln, wo sie Rahmen für Bibelspruchplaketten aus Trinkhalmen machten. Und danach kam Singen, und sie sangen »Ich hab den Frieden, der höher ist denn alle Vernunft, tief in meinem Herzen . . .« so schnell wie möglich und hofften, daß jemand sich versprach, aber niemand tat es. Und dann das Nachmittagsschwimmen, der längste Programmpunkt des Tages. Thomas dachte, Schwester Myra hätte wohl bis dahin ihren ganzen Schwung verloren und ließe sie nur einfach schwimmen, weil das am einfachsten war. Während sie schliefen, hatte sie wieder Rock und Bluse angezogen (wahrscheinlich für Reverend Emmetts Besuch, obwohl es ja auf Kleider nicht ankam), und es war ihr nicht der Mühe wert, ihren Badeanzug wieder anzuziehen, sondern sie saß auf einem Stuhl am Schwimmbecken, den Rock über die Knie hochgezogen und den Kopf zurückgelehnt, um sich zu sonnen. Trotzdem entging ihr nichts. »Tunken verboten, Dermott Kyle!« rief sie, obwohl Dermott kaum angefangen hatte, sich Mindy zu nähern, und Schwester Myras Augen geschlossen waren. Ihr Gesicht war so sommersprossig, daß es bespritzt aussah, so als ob jemand ganze Händevoll braunes Konfetti nach ihr geworfen hätte.

Thomas konnte schwimmen – Ian hatte es ihm im letzten Sommer beigebracht –, aber er haßte es, wenn sein Kopf naß wurde. Er mühte sich ab, beim Schwimmen über Wasser zu bleiben, seine Arme fuchtelten wild herum und planschten zu sehr. Agatha schwamm einen langsamen, gleichmäßigen Bruststil wie eine alte Frau. Ihr Blick war starr, und das Kinn hielt sie direkt unter der Oberfläche, so daß sie bockig aussah. Dermott Kyle war natürlich in jedem Stil, den es gab, wunderbar, er behauptete, auch springen zu können, obwohl er das nicht beweisen konnte, denn Schwester Myra hatte kein Sprungbrett.

Im Babyplanschbecken stand Schwester Audrey knöcheltief und vornübergebeugt, die Hände im Wasser. Johnny Larson leerte eine Gießkanne über Percys Kopf. Daphne war... Thomas konnte Daphne nicht sehen. Er watete zum Rand seines Schwimmbeckens, um nachzusehen, und da bemerkte er, daß das Ding in Schwester Audreys Händen Daphnes kleiner blaugeblümter Körper war.

Später konnte er sich nicht erinnern, wie er so schnell aus dem Wasser gekommen war. Fast schien es, als ob er hochgezogen worden wäre. Dann rannte er, das scharfe stoppelige Gras stach seine bloßen Füße, und dann flog er durch die Luft so waagerecht wie ein Frisbee und mit Bauchlandung in das Planschbecken, wo Daphne auf dem Bauch lag, lächelte und, von Schwester Audrey gestützt, plätschernde kleine Schwimmbewegungen machte.

Trotzdem riß er Daphne an sich. (Es war, als wäre er mit einem Schlüssel aufgezogen worden und müsse das zu Ende bringen.) Er rappelte sich hoch, taumelte ein wenig, hielt sie fest, obwohl sie sich wand und protestierte. »Du, laß die Finger von ihr«, befahl er Schwester Audrey. Schwester Audrey starrte ihn an; ihr Mund stand halb offen. Thomas zerrte Daphne aus dem Planschbecken, ließ sie einfach auf den Boden plumpsen, wischte seine Hände ganz geschäftsmäßig ab und stapfte zurück zu dem großen Becken.

Sobald er im Wasser war, drängten sich die anderen um ihn und fragten: »Was hat sie getan? Was ist passiert?« Schwester Myra sah verwirrt aus. (Ausnahmsweise war ihr einmal etwas entgangen.) Thomas sagte: »Ich mag einfach nicht, wenn sie mit meiner Schwester herummacht, das ist alles.« Er schob die Kinnlade vor und sah an ihnen vorbei, hinüber zum Babybecken. Schwester Audrey stand nun auf trockenem Boden. Sie konzentrierte sich darauf, rückwärts in ihre Gummisandalen zu schlüpfen, und etwas an ihrem gesenkten Kopf und ihrem demütigen, blinden Lächeln machte, daß Thomas plötzlich der Bauch weh tat. Er wandte sich ab. »Mensch, du bist vielleicht raus hier«, sagte Dermott Kyle bewundernd.

»Na ja, was sein muß, muß sein«, sagte Thomas zu ihm.

Abgetrocknet und angezogen, die Badeanzüge draußen auf der Leine und mit noch feuchten Haaren versammelten sie sich zur Andacht. Schwester Myra sagte: »Lieber Herr, wir danken Dir für diesen Tag der Gemeinschaft, und erhöre nun unsere stillen Gebete«, und danach machte sie eine lange, lange Pause. Stille Gebete waren ähnlich wie das Nachmittagsschwimmen; man hatte das Gefühl, sie war zu erschöpft, sich noch mehr anzustrengen. *Alle* waren erschöpft. Trotzdem versuchte es Thomas. Er senkte den Kopf und schloß die Augen und betete für seine Mutter im Himmel. Er wußte, sie war dort oben und wachte über ihn. Und er wußte, daß seine Gebete erhört wurden. Hatte er nicht damals gebetet, daß Ian nicht nach Vietnam gehen müsse? Und die Einberufung war doch gekommen, und Thomas hatte Gott Vorwürfe gemacht, aber dann hatten die Ärzte entdeckt, daß Ian einen extra Herzschlag hatte, von dem man vorher nichts gehört hatte und der ihm seitdem nie wieder einen Augenblick geschadet hatte, und Thomas wußte, daß sein Gebet erhört worden war. Er war am folgenden Sonntag bei der Öffentlichen Wiedergutmachung aufgestanden und hatte bekannt, wie er gezweifelt hatte, aber alle waren so glücklich über Ian, daß sie ihn nur anlächelten, während er sprach. Er hatte gespürt, daß er von liebevollen Gefühlen umgeben war. Nachher sagte Reverend Emmett, er meinte, Thomas hätte nicht wirklich gesündigt, nur sein Unwissen gezeigt; und er hoffe, das würde nie wieder geschehen. Und siehe da, so war es auch.

»In Jesu Namen beten wir. Amen«, sagte Schwester Myra.

Sie alle raschelten und drängelten und schubsten einander, froh, sich wieder bewegen zu dürfen.

Agatha war an der Reihe, vorne zu sitzen, aber Ian sagte, sie sollten alle drei hinten sitzen, denn er wollte auf dem Nachhauseweg Cicely abholen. »Sie kommt zum Abendessen«, sagte er. »Wir haben eine Staatsaktion: Tante Claudias Geburtstag. Habt ihr daran gedacht?«

Nein, sie hatten nicht daran gedacht, obwohl sie doch den gestrigen Abend damit verbracht hatten, eine Geburtstagskarte zu fabrizieren. Daphne sagte: »Oh, prima«, denn sie meinte, alle Vettern und Cousinen würden dasein. Thomas und Agatha freuten sich auch – besonders wegen Cicely. Sie beide dachten, Cicely sei schön wie ein Filmstar.

Ian fragte Daphne, welchen Bibelvers sie heute gelernt hatten. Daphne sagte: »Ehm . . .« und sah hinunter in ihren Schoß. Sie saß in der Mitte, die Beine gerade vor sich ausgestreckt, und der Rasenmäher lag quer über ihren Knien.

»Agatha?« rief Ian nach hinten und bog in die Charles Street ein.

Agatha seufzte. »Wie der Hirsch lechzet nach frischem Wasser«, sagte sie tonlos, »so lechzet meine Seele nach Dir, o Herr.«

Sie nuschelte das Wort »Herr«, so, daß sie es fast überhaupt nicht aussprach, aber Ian schien es nicht zu merken. »Sehr gut«, sagte er. »Und worüber hat Reverend Emmett gesprochen?«

Agatha antwortete nicht, und so sprach Thomas statt ihrer. »Saft«, sagte er.

»Saft?«

»Wie wir Saft für die Seele und Saft für den Körper bekommen, beides auf einmal im Bibelcamp.«

»Das ist wirklich wahr«, sagte Ian.

»Es ist wirklich dumm«, sagte Agatha.

»Wie bitte?«

»Übrigens«, sagte sie, »ist Saft nicht ein böses Wort?«

»Entschuldige bitte?«

»Ich weiß nicht, es klingt einfach so, als ob es eins wäre.«

»Ich weiß nicht, was du damit meinst«, sagte Ian. Sie waren an einem roten Licht angekommen, und er konnte sie nun über die Schulter ansehen. »Saft? Was?«

»Und dieses Schwimmbecken ist voller Bazillen; ich glaube, alle pinkeln hinein«, sagte Agatha. »Und Schwester Audrey macht die Brote schon so früh, daß sie alle ausgetrocknet sind, bevor wir sie zu essen bekommen. Und überhaupt, was tut sie in einem Kindercamp? Ein Mensch, der ein Baby in eine Mülltonne geworfen hat!«

Inzwischen waren diese Worte wie ein geheimer Witz. Thomas kicherte. Ian sah ihn im Rückspiegel an. »Du lachst?« fragte er.

Thomas wurde ernst.

»Du denkst, Schwester Audrey ist komisch?«

Ein Fahrer hinter ihnen hupte; das Licht war grün geworden, Ian schien es nicht zu hören. »Sie ist nur ein Kind«, sagte er zu Thomas. »Sie ist nicht viel älter als ihr, und sie hatte es nicht so gut wie ihr. Ich kann nicht begreifen, daß ihr ihre Situation komisch findet.«

»Ian, die Autos werden wütend auf uns«, sagte Agatha.

Ian seufzte und fuhr weiter.

Ich bin auch nur ein Kind, wollte Thomas zu ihm sagen. *Wie soll ich wissen, was ihre Situation ist?*

Sie bogen nach links ab. Daphne lutschte am Daumen und schob ihren gekrümmten Zeigefinger auf ihrer Oberlippe auf und ab, was sie gerne tat, wenn sie müde war. Thomas hielt seine Augen weit offen, damit niemand seine Tränen sehen konnte. Er wünschte, er hätte seine Grandma. Ian war für ihn der liebste Mensch auf der Welt, aber wenn man traurig war oder einem schlecht war, wen wollte man dann? Nicht Ian. Ian hatte keine weichen Stellen an sich. Thomas legte den Kopf zurück und fühlte seine Augen in dem Luftzug vom Fenster kühl werden.

An der Land Avenue mit ihren niedrigen weißen Häusern mit den Sprinklern, die sich unter den Bäumen drehten, parkte Ian und stieg aus. Er ging die Stufen zu Cicelys Veranda hinauf und nahm dabei seine Kappe ab. »Ooh«, sagte Agatha, »er hat einen schrecklichen Hutkopf.« Thomas hatte den Ausdruck noch nie gehört, aber er sah sofort, was sie meinte. Rund um Ians glänzendes braunes Haar hatte die Kappe eine tiefe Furche hinterlassen. »Er sieht aus wie ein Clown«, sagte Agatha. Das war ihre Art, Thomas zu trösten, er wußte das. Es half zwar nicht viel, aber er versuchte trotzdem zu lächeln.

Als Cicely an der Tür erschien, trug sie Trompeten-Jeans und ein gebatiktes T-Shirt. Ein perlenbesticktes Indianerstirnband hielt den langen, unordentlichen Wasserfall ihrer Locken zurück. Als erstes stellte sie sich auf die Zehenspitzen und gab Ian einen Kuß. (Alle drei sahen vom Auto aus aufmerksam zu. Eine Zeitlang hatten sie gefürchtet, daß Cicely Ian nicht mehr so gern hätte wie früher.) Dann winkte sie ihnen zu und kam die Verandastufen herunter. Ian folgte und stülpte sich die Kappe wieder auf.

Daphne nahm den Daumen aus dem Mund. »Hallo, Cicely!« rief sie.

»Heh da, ihr Bande«, sagte Cicely. »Wie geht's uns denn?« Sie öffnete die Tür auf der Mitfahrerseite und rutschte bis zur Mitte des vorderen Sitzes. Das Auto füllte sich mit dem modrigen Geruch des Parfüms, das sie neuerdings benutzte.

Ian stieg an der Fahrerseite ein und fragte: »Wie war's heut bei der Arbeit?«

»Toll«, sagte Cicely. (In diesem Sommer arbeitete sie halbtags in einer Werkstatt, wo sie Ledersandalen machten.) Sie rückte ganz nah an ihn heran und wischte einen Hobelspan von seiner Schulter. »Und wie war's bei dir?«

»Wir haben einen neuen Auftrag bekommen«, sagte Ian.

»Super!«

Er reihte sich in den Verkehr ein und sagte: »Diese Frau kam extra von Massachusetts mit einer Wäschetruhe, einer Truhe von ihrem Urgroßvater. Fragte, ob wir genau die gleiche machen könnten, nach der gleichen Methode. Genau das, was Mr. Brant am liebsten tut.«

Cicely machte ein irgendwie summendes Geräusch und kuschelte sich an ihn.

»Kaum war sie weg, sagt Mr. Brant: ›Geh, ruf diese Küchenleute an.‹ Die Leute, die einen Kostenvoranschlag für ihre Küchenschränke haben wollten. ›Ruf an und sag ab‹, sagte er. Cicely, laß das doch, bitte.«

»Was soll ich lassen?« fragte sie ihn mit einem Lächeln in der Stimme.

»Du weißt schon.«

»Ich tue doch gar nichts!« sagte sie. Sie setzte sich gerade hin. Sie rutschte hinüber zur anderen Seite des Autos und drehte ihr Gesicht zum Fenster. »Mister Heiligkeit«, murmelte sie einem Hydranten zu.

»Bald werden wir vielleicht überhaupt keine Küchen mehr machen«, sagte Ian und bog in Waverly Street ein. Er parkte am Bordstein und stellte den Motor ab. »Wir werden nur noch schöne Möbel bauen. Spezialanfertigungen. Tischlerhandwerk im alten Stil.«

Cicely hörte nicht zu. Alle drei auf dem Rücksitz konnten das sehen, nur aus der Art, wie sie ihr Gesicht abgewandt hielt. Aber Ian sagte: »Wir werden vielleicht noch einen weiteren Arbeiter einstellen. Zumindest überlegt sich das Mr. Brant. Ich hab gesagt: ›Gut, stellen Sie mehrere an, und wenn Sie schon dabei sind, geben Sie mir eine Lohnerhöhung‹, und er sagte, vielleicht würde er das tun. ›Ich werde nicht immer unverheiratet bleiben‹, sagte ich zu ihm.« Ian warf einen Seitenblick auf Cicely, als er das sagte, aber Cicely sah immer noch aus dem Fenster.

Es war erstaunlich, wie er so weiterreden konnte, ohne etwas zu merken. Wenn *sie* es sogar merkten! Sogar die kleine Daphne, die am Daumen lutschte und Cicely mit runden ängstlichen Augen beobachtete!

Thomas war auf einmal so wütend auf Ian, daß er schnell aus dem Auto sprang und die Tür laut hinter sich zuschlug.

Ihre Großmutter sagte, sie müßten sich sofort umziehen, augenblicklich, weil Tante Claudia um halb sechs ankam, und sie sähen aus, als ob sie den ganzen Tag in einer Scheune herumgekugelt seien. Sie trug Ian auf, für Daphne ein Bad einlaufen zu lassen, und sagte:

»Saubere Hemden für die anderen beiden! Und saubere Shorts für Thomas. Haare kämmen. Gesichter waschen.«

Aber sobald Ian den Rücken kehrte, folgte Thomas Agatha die engen, steilen Holztreppen hinauf zum Dachboden. Er lief ihr nach in das Mansardenschlafzimmer mit der schrägen Decke, das ihr und Daphne gehörte und das Tante Claudia gehört hatte, als sie noch ein Mädchen war und zu Hause wohnte. »Agatha«, sagte er und setzte ein künstliches Stirnrunzeln auf, »meinst du nicht, wir hätten Tante Claudia ein Geschenk kaufen sollen? Vielleicht ist eine Karte zu langweilig.«

Was er aber wirklich wollte, war einen Blick in den Schmuckkasten ihrer Mutter werfen. Er wußte, daß Agatha ihn öffnen mußte, um das Senfkorn wieder hineinzutun.

»Du hast gehört, was Grandma gesagt hat«, sagte Agatha. »Eine selbstgemachte Karte bedeutet mehr als alles andere. Was suchst du in meinem Zimmer?«

»Aber sie gibt *uns* Geschenke«, sagte Thomas. Er saß auf ihrem Bett und baumelte mit den Beinen. »Wir hätten ihr vielleicht etwas Größeres machen sollen, ein Bild für ihre Wand oder sowas.«

»Im Ernst, Thomas. Du betrittst unbefugt mein privates Zimmer.«

»Es ist auch Daphnes Zimmer«, sagte Thomas. »Daphne würde sich freuen, wenn ich zu ihr käme.«

»Geh raus, sage ich dir.«

»Kann ich nicht zugucken, wie du das Senfkorn weglegst?«

»Nein, kannst du nicht.«

»Sie war nicht nur *deine* Mama, weißt du.«

»Vielleicht nicht«, sagte Agatha, »aber du kannst nicht gut Geheimnisse für dich behalten.«

»Doch. Ich hab nichts über den Schmuckkasten gesagt, oder?«

»Du hast aber den Namen unseres Vaters gesagt«, sagte Agatha und sah ihn mit zusammengekniffenen Augen an.

»Das ist mir nur so rausgerutscht! Und überhaupt, ich war doch noch klein.«

»Wer weiß, was dir nächstes Mal herausrutscht?«

»Agatha, ich flehe dich an«, sagte er und faltete die Hände. »Und wie, wenn ich nur das Bild angucke und sonst nichts?«

»Du machst es schmutzig.«

»Und wenn ich es nur am Rand anfasse und bleibe hier auf dem Bett sitzen? Ich werd nicht verlangen, etwas anderes zu sehen, ehrlich. Ich werd nicht mal einen Blick in den Kasten werfen.«

Sie dachte nach. Sie hatte das Senfkorn aus ihrer Tasche genommen, und er konnte es zwischen ihren Fingern hindurchschimmern sehen, so nahe, daß er es berührt haben könnte.

»Na okay«, sagte sie schließlich.

»Du läßt mich?«

»Aber nur ganz kurz.«

Sie ging hinüber zum Wandschrank, der auch nur Dachboden war – der niedrigste Teil des Dachbodens, wo die Deckenschräge bis zum Boden ging. Er hatte nicht mal eine Tür, die man schließen konnte. Thomas hätte Angst gehabt, neben soviel Dunkelheit zu schlafen, aber Agatha hatte vor nichts Angst, und sie ging hinein, so mutig wie nur etwas, und kniete auf dem Fußboden. Er hörte, wie die untere Schublade der Kassette aufgeschoben wurde und dann das Klirren des Senfkorns gegen andere klirrende Sachen – vielleicht das Anhängerarmband, das Agatha ihm einmal mit ins Bett zu nehmen erlaubt hatte, als er krank war, das mit der winzigen Schere, die wirklich Papier schneiden konnte, und dem winzigen Fahrrad, dessen Räder sich wirklich drehen konnten.

Sie kam wieder heraus und hielt das Bild an einer Ecke. »Wage es nicht, einen Schmutzfleck drauf zu machen«, sagte sie. Er nahm es ganz, ganz vorsichtig in seine flache Hand, so wie man eine Langspielplatte halten würde. Die gezackten Ränder fühlten sich wie kleine Zähne an seinen Handflächen an.

Es war ein Farbfoto, am Rand war JUN 63 aufgestempelt. Ein metallener Wohnwagen mit Hohlziegeln als Eingangsstufe. Eine hübsche Frau stand auf den Hohlziegeln – schwarzes Haar bauschte sich bis auf die Schultern, greller Lippenstift, rosa Rüschenkleid – die ein mißmutiges Baby hielt (ihn!), das nichts als eine Windel anhatte, während eine kleinere, stämmigere Agatha in einem gepunkteten Spielanzug danebenstand und die Hand ausstreckte, um den Fuß des Babys anzufassen.

Wenn man doch nur in Fotografien hineinklettern könnte. Wenn man doch nur einen Anlauf nehmen, springen und dort landen könnte, tief drinnen! Die Rüsche an seiner Mutter Ausschnitt hätte Brezelgeräusche in seinem Ohr gemacht. Ihre nackten Arme hätten in der heißen Sonne ein wenig an seiner Haut geklebt. Seine Schwester mußte ihn wohl für niedlich gehalten haben, damals, und interessant.

Es war unheimlich, daß er keine Erinnerung an diesen Augenblick hatte. Es war, wie wenn man im Schlaf spricht und man dir am nächsten Morgen erzählt, was du gesagt hast, und du fragst: »Wirklich? *Ich* hab das gesagt?« und lachst über deine eigenen verrückten Worte, als hätte jemand anderes sie gesagt. Tatsächlich hatte er immer über das Baby auf dem Foto als eine ganz andere Person gedacht – als »er«, nicht »ich« –, selbst als er es besser wußte. »Warum hast du seinen Fuß gehalten?« fragte er jetzt.

»Hab ich vergessen«, sagte Agatha in müdem Ton.

»Du erinnerst dich nicht, daß du da warst?«

»Ich erinnere mich! Ich erinnere mich an alles! Nur nicht, warum ich das mit deinem Fuß gemacht habe.«

»Wo war unser Vater?«

»Vielleicht hat er das Bild aufgenommen.«

»Du weißt das nicht genau?«

»Natürlich weiß ich es! Ich weiß es. Er hat uns fotografiert.«

»Vielleicht hast du das auch vergessen«, sagte Thomas. »Vielleicht sind wir das gar nicht.«

»Natürlich sind wir das. Wer sollte es sonst sein? Ich erinnere mich an unseren Wohnwagen und unseren gelben Briefkasten, und diesen Weg oder die Einfahrt oder was es war, mit Gras und Blumen in der Mitte. Ich erinnere mich an diesen riesig großen Regenbogen, und er fing auf der Straße an und bog sich über unser ganzes Haus.«

»Was! Wirklich? Ein Regenbogen?« sagte Thomas. Er hatte einen erstaunlichen Einfall. Er wurde so aufgeregt, daß er vom Bett herunterrutschte, vergaß dabei aber nicht, vorsichtig mit dem Bild zu sein. »Also dann, Agatha!« sagte er. »Hör mal! Vielleicht könnten wir so finden, wo wir mal gewohnt haben.«

»Was meinst du?«

»Wir könnten nach dem Wohnwagen mit dem Regenbogen fragen.«

Sie sah ihn nur an. Er merkte, daß er sich etwas Dummes geleistet hatte, er wußte nur nicht, was.

»Also, von so was muß es doch Landkarten geben«, sagte er. »Oder nicht? Karten, die zeigen, wo die wirklich großen, wirklich berühmten Regenbogen sind?«

»Thomas«, sagte Agatha. Sie verdrehte die Augen. Es war deutlich, daß es fast über ihre Kräfte ging, sich mit ihm abzugeben. »Um Himmels willen, Thomas«, sagte sie, »Regenbogen stehen doch nicht für alle Ewigkeit herum. Denkst du denn wirklich, der ist noch immer da und wartet auf uns? Schaff dir doch mal ein Gehirn an, Thomas.«

Dann ergriff sie das Bild – mit den Fingern mitten auf dem farbigen Teil! –, riß es ihm aus den Händen und trug es wieder in den Wandschrank.

»Thomas?« rief Ian vom ersten Stock. »Bist du gewaschen und umgezogen?«

»Fast fertig.«

Er würde nie soviel wissen wie Agatha, dachte Thomas, während er die Treppe hinunterpolterte. Er würde immer irgendwie ausgeschlossen sein. Immer würden die Leute Wörter benutzen, die er nie gehört hatte, oder sich Witze erzählen, deren Pointe er nicht verstand, oder ihn zu Orten fahren und es nicht der Mühe wert finden, ihm zu sagen, wohin; oder vielleicht (wie sie behaupteten) *hatten* sie es ihm gesagt, und er hatte es einfach vergessen oder war zu klein gewesen, um es zu verstehen.

»Letzte Nacht hatte ich einen schrecklichen Traum«, sagte Tante Claudia beim Essen. »Ich denke, es hatte etwas damit zu tun, daß ich achtunddreißig geworden bin.«

Sie hatte sich in ihrem Stuhl herumgedreht und fütterte Georgie in seinem Kinderstuhl mit gebackener Kartoffel. Über ihre Schulter sagte sie: »Ich öffnete die Tür zur Besenkammer, und dieser Einbrecher sprang mir entgegen. Ich versuchte, um Hilfe zu rufen, aber ich brachte nur ein erbärmliches Wimmern heraus, und dann wachte ich auf.«

»Was hat das damit zu tun, daß du achtunddreißig geworden bist?« fragte sie ihr Mann.

»Na, das ist beängstigend, Macy. Achtunddreißig klingt schon fast wie vierzig. Vierzig! Das heißt mittelalterlich.«

Sie sah nicht mittelalterlich aus. Sie hatte keine grauen Haare oder so was. Ihr Haar war braun wie Ians Haar, fast ebenso kurzgeschnitten, und ihr Gesicht war glatt und gebräunt. Auch ihre Kleidung war nicht die einer Frau in mittleren Jahren: Jeans und ein weites kariertes Hemd. Immer wenn Georgie hungrig war, verstaute sie ihn einfach unter ihrem Hemd, ohne es aufzuknöpfen, und fummelte darunter mit irgendwelchen Druckknöpfen oder Haken und stillte ihn. Thomas fand das faszinierend. Er hoffte, es würde heute abend geschehen.

»Wißt ihr, was ich glaube?« fragte sie nun und wischte Georgies Mund mit ihrem Serviettenzipfel ab. »Ich glaube, ich habe versucht, schreien zu lernen.«

Grandpa sagte: »Na, Mädchen, ich hätte gedacht, das kannst du schon.«

»Ich meine das natürlich nicht wörtlich, Dad. Hier bin ich, achtunddreißig Jahre alt, und ich habe nie, ich weiß nicht, niemals etwas *gesagt*. Alles ist immer so vernünftig. Heute abend zum Beispiel: Hier sitzen wir. Nettes, vergnügtes Geplauder, Baseballpositionen, Wetterbericht, die im schwierigen Alter essen in der Küche...«

Mit dem »schwierigen Alter« meinte sie die älteren Kinder – zehn bis fünfzehn, Agatha bis Abbie. Die »Großen« nannte Grandma sie. Die Leute, die etwas Aufregendes zu sagen hatten. Thomas konnte sie selbst vom Eßzimmer aus hören. Cindy erzählte eine Geschichte, und die anderen lachten, und Barney sagte: »Wart, du hast das Wichtigste ausgelassen!«

Hier im Eßzimmer *gab* es keine wichtigen Dinge. Nur langweilige, langweilige Unterhaltung der Erwachsenen, während die »Kleinen« heimlich unter dem Tisch ihr Essen an Beastie verfütterten. Cicely hielt ein schneckenförmiges Brötchen in der Hand und rollte es vorsichtig auf. Ian warf immer wieder einen Blick zu ihr herüber, aber sie schien es nicht zu bemerken.

»Na, Claudia«, sagte Grandma, »wäre es dir lieber, wir würden seufzen und stöhnen und uns beklagen?«

»Nein, nein«, sagte Claudia, »das meine ich eigentlich nicht; ich meine … ach, ich weiß nicht. Ich glaube, ich habe einfach die Midlife-Crisis.«

»Unsinn, du bist noch weit entfernt vom mittleren Alter«, sagte Grandma zu ihr. »Was fällt dir nur ein? Du bist immer noch ein knuspriges junges Ding. Du hast noch deine Jugend und dein wunderbares Leben und eine schöne Zukunft vor dir.« Sie hob ihr Weinglas. Thomas fiel auf, daß ihre Arthritis heute schlimm war, denn sie hielt es mit beiden Händen fest. »Auf deinen Geburtstag, Liebes«, sagte sie.

Auch Macy und Grandpa hoben ihre Gläser, und Cicely legte ihr Brötchen beiseite, um ebenfalls ihr Glas zu heben. Ian, der nicht trank, hielt sein Wasserglas hoch. »Happy Birthday«, sagten sie alle.

»Na, danke«, sagte Claudia.

Sie überlegte einen Augenblick und sagte dann: »Vielen Dank«, lächelte in die Runde und trank einen Schluck aus ihrem Glas.

Die Torte wurde im Wohnzimmer serviert, damit sie alle zusammen »Happy Birthday« singen konnten. Aber nur die Erwachsenen und die Kleinen sangen wirklich. Die im »schwierigen Alter« dachten wohl, singen sei unter ihrer Würde, also sang Thomas nach der ersten Zeile auch nicht mehr. Dann, gerade als Claudia die Kerzen ausblies, kam Mrs. Jordan von gegenüber mit zwei Ausländern. Die Ausländer brachten einen dritten Ausländer namens Bob, der anscheinend mit ihnen zusammen wohnte. Bob begrüßte Thomas mit Namen, aber Thomas erinnerte sich nicht an ihn.

»Du warst nur so viel groß«, erklärte ihm Bob und hielt seine Hand ungefähr zwanzig Zentimeter über den Boden. »Du hattest kleine, kleine Turnschuhe an, und deine Mutter war eine sehr nette Dame.«

»Meine Mutter?« fragte Thomas. »Hast du sie gekannt?«

»Natürlich hab ich sie gekannt. Sie war eine hübsche, sehr freundliche Dame.«

Thomas hoffte, mehr zu erfahren, aber Mrs. Jordan kam herüber und versorgte Bob mit allen Neuigkeiten aus der Nachbarschaft: daß Mr. Webb endlich eine Entziehungskur gemacht hatte, daß die Frischvermählten ein Baby bekommen hatten und Rafe Hamnetts sexy Zwillingstöchter seiner Freundin das Leben zur Hölle machten. Thomas schlich sich schließlich davon.

Seine Großmutter reichte die Torte auf ihrem großen lackierten Metalltablett herum. Zuerst servierte sie den Erwachsenen. Sie sagte: »May, Torte? Torte?« Sie bot auch Ian welche an, aber natürlich sagte er nein. (In der Kirche wurde Zucker nicht gebilligt, was Grandma inzwischen sicher wußte.) Sie kniff die Lippen zusammen und ging weiter. »Jessie? *Du* wirst Torte haben wollen.«

Ian fragte Cicely: »Wie wär's, wenn wir danach ins Kino gingen?«

»Ach, ich hab eigentlich etwas mit Freunden vom College vorgehabt«, sagte Cicely.

»Oh.«

»Melanie und die anderen vom College.«

»Okay.«

»Du könntest mitkommen, aber weißt du, die reden nur vom College und über Leute, die du nicht kennst.«

»Schon okay«, sagte Ian.

Thomas hakte seine Finger in eine von Ians Gesäßtaschen. Er ließ seinen Daumen über die verknitterte obere Naht auf- und abgleiten. An was erinnerte ihn das? Daphne beim Daumenlutschen, das war's. Sie krümmte ihren Zeigefinger über ihrer Oberlippe. Er lehnte seinen Kopf an Ians Seite, und Ian legte den Arm um ihn. »Ich sollte sowieso früh zu Bett gehen«, sagte er zu Cicely. »Das Gerücht geht um, daß morgen wieder ein Arbeitstag ist.«

Nun hielt Grandma ihr Tablett den Kindern hin. Sie sagte: »Thomas? Torte?«

»Nein, danke.«

»Keine Geburtstagstorte?« fragte sie. Sie setzte eine überraschte Miene auf.

»Zucker ist ein künstliches Anregungsmittel«, erinnerte er sie.

Er erwartete, daß sie widersprach, wie immer, aber er hatte nicht erwartet, daß sie zornig wurde. Es war aber Ian, auf den sie zornig war. Sie wandte sich schroff an Ian und sagte: »Wirklich, Ian! Er ist nur ein kleiner Junge!«

»Natürlich. Er kann sich selbst entscheiden«, sagte Ian.

»So? Selbst entscheiden? Da steckt doch mal wieder deine Kirche dahinter.«

»Entschuldigen Sie, Mrs. Bedloe«, sagte Cicely. »Vielleicht achtet Thomas nur darauf, was sein Körper ihm sagt. Industriezucker ist schließlich Gift. Nicht auszudenken, was er in Ihrem Körper anrichtet.«

»Also, alle in diesem Raum essen Zucker, und ich sehe eigentlich niemanden zusammenbrechen.«

»Ich, zum Beispiel«, sagte Cicely, »ich habe angefangen, möglichst nur nichtpasteurisierten Honig zu verwenden, und ich fühle mich wie ein ganz neuer Mensch.«

»Aber Honig ist auch ein Anregungsmittel«, sagte Thomas zu ihr.

Ian sagte: »Thomas. Heh, Kumpel. Vielleicht sollten wir lieber –«

»Hast du das gehört?« fragte Grandma Ian. »Hast du gehört, wie sie ihm den Kopf verdreht haben?«

»Na ja, ich würde es nicht –«

»Es genügt nicht, daß *du* darauf hereingefallen bist! Daß du ihren schwachsinnigen Regeln gehorchst und ihren wahnsinnigen Reverend unterstützt und die ganze Nachbarschaft schockierst, indem du versuchst, die Cahns zu bekehren.«

»Ich hab nicht versucht, sie zu bekehren! Ich hatte eine theoretische Diskussion mit ihnen.«

»Eine theoretische Diskussion mit Leuten, die Juden waren, lange bevor dieses Land eine Nation geworden ist! Ach, ich werde das nie begreifen. Warum, Ian? Warum hast du dich so entwickelt? Warum willst du immer noch für etwas büßen, das nie geschehen ist? Ich *weiß*, es ist nie geschehen; ich *verspreche* dir, daß es nie geschehen ist. Warum bestehst du darauf, diese ganze Dummheit zu glauben?«

»Bee, liebes Herz«, sagte Grandpa.

Nun bemerkte Thomas, wie still es im Zimmer geworden war. Vielleicht merkte Grandma es auch, denn sie hörte auf zu reden, und zwei rosa Flecken begannen auf ihren Wangen aufzublühen.

»Bee«, sagte Grandpa, »wir haben eine Mannschaft hungriger Kinder hier, die hoffen, daß du mal zu ihnen kommst.«

Die anderen machten gedämpft lachende Geräusche, obwohl Thomas nichts wirklich Komisches entdecken konnte. Dann zog Grandma die Mundwinkel hoch und hob das Kinn. »Ich komme schoon!« sang sie, und sie segelte davon mit ihrer Torte.

Der Guß war Karamel. Thomas hatte das zuvor schon festgestellt. Seine Großmutter machte den besten Karameltortenguß von ganz Baltimore – üppig und dick und golden, so weich wie Butter, wenn er einem über die Zunge glitt.

Daphne kam um neun ins Bett, heftig strampelnd in Ians Armen, weil die Cousinen und Vettern noch da waren, aber Thomas und Agatha durften aufbleiben, bis die letzten Gäste Gute Nacht gesagt hatten –, bis fast halb elf, was weit nach ihrer üblichen Schlafenszeit war.

»Vergeßt nicht zu duschen!« rief Ian ihnen nach, aber Thomas war zu schläfrig zum Duschen, und er fiel in seiner Unterwäsche ins Bett und ließ seine Sachen in einem Haufen auf dem Boden. Er schloß die Augen und sah Türkisblau, die Farbe von Schwester Myras Schwimmbecken. Er hörte von unten das Klirren von Porzellan und das Klappern von Bestecken und die langsamen Tanzmelodien aus dem Radio, die seine Großmutter gerne hörte, wenn sie das Geschirr abwusch. (Sie machte wohl den Abwasch, und Ian räumte auf und trocknete ab; sie sagte immer, das heiße Wasser tue ihren Fingergelenken gut.) »Wo soll ich diese Sets hintun?« rief Ian. Laute Ansagerstimmen unterbrachen einander im Wohnzimmer; Grandpa suchte nach Baseballergebnissen im Fernsehen. »...hab Jessie Jordan noch nie so klatschsüchtig erlebt«, sagte Grandma, und jemand rief, »...SCHLAGMANN WAR NICHT IN FORM ... SEIT MITTE JUNI –«

»Kannst du das leiser drehen?« rief Grandma.

Dann mußte Thomas geschlafen haben, denn das nächste, was er merkte, war, daß das Haus still war, und er hatte das Gefühl, daß es schon lange still gewesen war. Nicht einmal eine Grille zirpte. Noch nicht einmal ein entfernter Lastwagen oder das Pfeifen einer Lokomotive. Die einzigen Geräusche waren diese Fetzen vergangener Stimmen, die einem manchmal durch den Kopf ziehen, wenn es nichts anderes zu hören gibt. »Danke, Schwester Audrey«, sagte Reverend Emmett, und Grandma sagte: »Warum, Ian? Warum?«

Thomas hätte ihr sagen sollen, warum. Er wußte schließlich die Antwort. Oder zumindest dachte er das. Die Antwort ist, wir werden uns im Himmel wiedersehen. Sie warten dort auf dich, wenn du aufgepaßt hast, daß du alles richtig machst. Seine Mutter würde warten, in ihrem rosa Rüschenkleid. Sie würde ihren Kombi-

wagen zum Tor fahren, und sie würde darin sitzen mit abgestelltem
Motor, mit dem Ellbogen auf dem Fensterrand, und wenn sie ihn
dann sähe, würde ihr Gesicht vor Glück strahlen, und sie würde
winken.

»Thomas! Hierher!« würde sie rufen, und wenn er sie nicht sofort
sehen würde, dann würde sie hupen, und dann würde er sie entdek-
ken und ihr entgegenlaufen.

5
Leute, die keine
Antworten haben

Nachdem Doug Bedloe pensioniert worden war, fiel es ihm ein wenig schwer, etwas zu finden, womit er sich beschäftigen konnte. Das war überraschend für ihn, denn er war an die langen Sommerferien eines Lehrers gewöhnt, und es hatte ihn nie Mühe gekostet, sie auszufüllen. Aber der Ruhestand war offenbar etwas anderes. Es war kein Ende abzusehen. Auch maß man ihm mehr Bedeutung zu. Im Sommer herumzuhängen, das hielt Bee für seine verdiente Ruhe. Im Winter herumzuhängen hielt sie aber für reine Faulheit. »Kannst du nicht irgendwo hingehen?« fragte sie ihn. »Viele Männer treten in Clubs ein oder sowas. Könntest du nicht Essen auf Rädern ausfahren? Oder im Krankenhaus aushelfen?«

Na ja, er versuchte es. Er trat an eine Gruppe seiner Kirche heran, die mit benachteiligten Jugendlichen arbeitete. Sagte ihnen, daß er vierzig Jahre Erfahrung als Baseballcoach hatte. Sie waren begeistert. Zuerst sollte er aber einen Schulungskurs mitmachen – an drei Samstagen etwas über die Hochs und Tiefs von Jugendlichen lernen. Am zweiten Samstag ging ihm auf, daß er genug von Jugendlichen hatte. Er hatte jetzt vierzig Jahre mit ihren Hochs und Tiefs zu tun gehabt, und Tatsache war, sie waren oberflächlich.

Dann also meldete er sich zu diesem Abendkurs über moderne Kurzgeschichten an (die Idee seiner Tochter). Dachte, *das* wäre wohl nicht oberflächlich, und Kurzgeschichten wären genau richtig, weil er nie das gewesen war, was man als einen Schnell-Leser bezeichnen würde. Es stellte sich jedoch heraus, daß er zum Diskutieren kein Talent hatte. Man liest eine Geschichte; sie ist gut, oder sie ist schlecht. Was gibt es da zu diskutieren? Die anderen Leute in der Klasse, die konnten unaufhörlich daherreden. Nach der Hälfte des Kurses ging er einfach nicht mehr hin.

Er zog sich dann ins Kellergeschoß zurück. Er baute eine Spielzeugtruhe für sein jüngstes Enkelkind – ein recht beachtliches Unterfangen, wenn auch Ian (Mister Kunsthandwerk) gegen Sperrholz etwas einzuwenden hatte. Auch gab ihm die Tischlerei nicht genug zu denken. Sie ließ eine Art Leerstelle in seinem Gehirn, in die alle möglichen lästigen Gedanken hineinschlüpfen und sich breitmachen konnten.

Ab und zu mußte etwas repariert werden, das war immer willkommen. Bee brachte ihm dann einen Haushaltsgegenstand, und er schnalzte glücklich mit der Zunge und fragte sie: »Was hast du denn damit bloß *gemacht*?«

»Ich hab es halt kaputtgemacht, Doug, ja?« sagte sie dann. »Ich bin extra hingegangen und hab es absichtlich kaputtgemacht. Letzte Nacht habe ich im Bett gesessen und mir überlegt, wie ich es kaputtmachen kann.«

Und dann schüttelte er den Kopf und fühlte sich zufrieden und wichtig.

Solche Gelegenheiten kamen aber nicht jeden Tag, nicht einmal jede Woche. Bei weitem zu selten, um seine Zeit auszufüllen.

Man hatte immer angenommen, daß er mehr mit den Enkelkindern helfen würde, nachdem er pensioniert wäre. Hilfe war weiß Gott vonnöten. Daphne war jetzt im ersten Schuljahr, aber noch immer eine Nervensäge. Selbst um die beiden Älteren – zehn und dreizehn – mußte man sich noch viel kümmern. Und Bee hatte ihre Arthritis praktisch zum Krüppel gemacht, und Ian machte sich fix und fertig. Sie überlegten sich, ob sie an zwei Tagen in der Woche eine Frau kommen lassen sollten, aber bei den Kosten heutzutage ... nun, das Geld war dafür etwas zu knapp. So versuchte Doug, ein wenig auszuhelfen, aber es stellte sich heraus, daß er ziemlich ungeschickt war. Zum Beispiel sah er, daß die Kinder Schlammspuren auf dem ganzen Küchenboden hinterlassen hatten, also holte er Mop und Eimer in der allerbesten Absicht, aber eh er sich's versah, sagte Bee: »Doug, ich flehe dich an, nicht als erstes zu wischen und das ganze schmutzige Wasser über den Boden zu verteilen ...«, und Ian sagte: »Komm, Dad, ich mach weiter.« Doug überließ ihm den Mop, verschnupft und erleichtert zugleich, zog sein Jackett an und pfiff nach dem Hund, um mit ihm auszugehen.

Er und Beastie machten in diesen Tagen lange, lange Spaziergänge. Nicht lang an Entfernung, aber an Zeit; Beastie war jetzt so alt, daß sie kaum noch krauchen konnte. Wahrscheinlich wäre sie lieber zu Hause geblieben, aber Doug wäre sich albern vorgekommen, ziellos durch die Straßen zu laufen. Dies gab ihm etwas, woran er sich halten konnte – ihre uralte, brüchige Lederleine, die zwischen ihnen hing, wenn sie langsam den Gehsteig entlangtrotteten. Er erinnerte sich noch, wie die Leine sich, als Beastie noch jung war, jedesmal, wenn ein Eichhörnchen vorbeikam, straff wie ein Wäscheseil spannte.

Unwillkürlich stellte er sich vor, wie es wohl aussehen würde, wenn Bee Beastie spazierenführte. Alle beide gebeugt und arthritisch, ein passendes Paar. Es tat weh, daran zu denken. Er hatte oft solche Paare gesehen – alte Witwen mit ihren hinfälligen Lieblingen. Wenn er starb, dann *müßte* Bee Beastie ausführen, zumindest tagsüber, wenn die Kinder nicht zu Hause waren. Aber natürlich würde er noch nicht sterben. Er hatte sich immer fit gehalten. Sein Haar war zwar jetzt grau, aber es war noch vorhanden, und er paßte noch in Hosen, die er vor dreißig Jahren gekauft hatte.

Vor einiger Zeit allerdings hatte der Hausarzt ihm etwas Beunruhigendes erzählt. Er hatte gesagt: »Wissen Sie, was wir nicht ausstehen können? Wenn ein Patient hereinkommt und sagt: ›Doc, ich komme wegen einer Routineuntersuchung. Im nächsten Monat werde ich pensioniert, und ich habe eine Menge toller Abenteuer geplant.‹ Dann stelle ich so sicher wie das Amen in der Kirche fest, daß er etwas Unheilbares hat. Das ist garantiert jedesmal so.«

Nun, Doug war *dieser* Möglichkeit ausgewichen. Er war einfach nicht zur Untersuchung gegangen.

Und überhaupt, er plante keine großen Abenteuer.

Es war nur schade, daß er wenig Freunde hatte. Warum hatte er das früher nicht bemerkt? Er schien doch so viele gehabt zu haben, damals auf der High School und im College.

Wenn Danny noch lebte, vielleicht wäre er ein Freund gewesen.

Obwohl es natürlich auch nett war, Ian um sich zu haben.

Es war nur, daß Ian weniger ... ach, irgendwie weniger verwandt mit ihm zu sein schien. Vielleicht wegen dieser Wiedergeborenen-Sache. Er war so ernst, und er machte niemals einen drauf, wie Danny es schon mal getan hatte, oder saß nur herum und schwatzte mit seinem Vater. Hatte noch nicht mal mehr eine Freundin; diese hübsche kleine Cicely war einfach von der Bildfläche verschwunden. Sie hatte wohl jemand anderen gefunden, vermutete Doug. Nicht, daß Ian etwas gesagt hätte. Das war es ja eben: sie sprachen nicht miteinander.

Mit *Danny* hatte man reden können.

Als er an einem für die Jahreszeit ungewöhnlich milden Februartag mit Beastie am Haus der Ausländer vorüberging, sah Doug, daß jemand mit dem Gesicht nach unten auf dem Dach lag. Allmächtiger Gott, was war denn jetzt los? Sie führten das seltsamste Leben dort drüben. Dieser Bursche lag ausgestreckt parallel zum Dachvorsprung und schob einen Draht oder ein Kabel durch ein Fenster im oberen Stockwerk. Doug blieb stehen und sah zu. Beastie schnaufte und ließ sich auf den Boden plumpsen. »Brauchen Sie Hilfe?« rief Doug.

Der Ausländer hob den Kopf. In dieser anmaßenden Art, die Ausländer manchmal an sich haben, sagte er: »Ja, bitte in das Haus einzutreten und diesen Draht entgegenzunehmen.«

»Oh. Okay«, sagte Doug.

Er ließ Beasties Leine fallen. Sie blieb, wo sie war.

Er war schon einige Male im Haus der Ausländer gewesen, denn sie gaben an jedem Vierten Juli eine Party für die ganze Nachbarschaft. (»Gratuliere zu Ihrem Unabhängigkeitstag«, hatte einer von ihnen einmal gesagt. »Ihnen auch«, hatte er gedankenlos geantwortet.) Er wußte, daß das betreffende Fenster zum Badezimmer im ersten Stock gehörte, und so überquerte er die Diele, die völlig unmöbliert war, und ging die Treppe hinauf und ins Badezimmer. Das Gesicht des Ausländers hing umgekehrt außen vor dem Fenster, sein dickes schwarzes Haar stand gerade vom Kopf ab, so daß er erstaunt aussah. »Hier!« rief er.

Hatte er doch tatsächlich eine Ecke aus einer Glasscheibe gebrochen. Kein sauber gedrilltes Loch im Holz, sondern ein zackiges

Dreieck im Glas. Ein Kabel durchgestoßen – Antennenkabel, wie es schien. Doug zog vorsichtig daran, um es nicht abzuschürfen. Er rollte es Meter für Meter auf. »Okay«, sagte der Ausländer, und sein Gesicht verschwand.

Doug hatte bisher nicht darüber nachgedacht, wie der Mann überhaupt auf das Dach gekommen war. Auf einmal war er wieder unten und klopfte sich die Kleider im Eingang zum Badezimmer ab – ein gutaussehender, stämmiger junger Bursche in weißem Hemd und Jeans. Man konnte die Ausländer immer an der Art erkennen, wie sie ihre Jeans trugen, so ordentlich und proper, mit dem Bund genau in der Taille, und im Falle dieses Mannes sogar mit einer Bügelfalte. Jim, war das sein Name? Nein, Jim war aus einem früheren Trupp. (Die Ausländer kamen und gingen im Turnus, mit ihren Dr. med's oder Dr. phil's oder ihrem Diplomingenieur.) »Frank?« versuchte es Doug.

»Fred.«

Sie waren immer so rücksichtsvoll, ihre jeweiligen unaussprechlichen Namen aufzugeben, mit denen sie getauft worden waren. Oder vielleicht nicht getauft, sondern –

»Bitte das Kabel um die Pfote der Heizung zu binden«, forderte Fred ihn auf.

»Was soll das überhaupt werden?«

»Es ist eine Antenne für mein Kurzwellenradio.«

»Ah.«

»Ich habe es an der Fernsehantenne am Kamin befestigt.«

»Ist das sicher?« fragte ihn Doug.

»Vielleicht, vielleicht nicht«, sagte Fred vergnügt.

Doug hätte sich keine Sorgen gemacht, doch diese Leute schienen Katastrophen auf sich zu ziehen. Vorigen Sommer, während sie eine Lautsprecheranlage anschlossen, hatten sie den Dachboden in Brand gesteckt. Doug konnte sich nicht recht vorstellen, wie eine Lautsprecheranlage ein Feuer verursachen konnte. Er wußte nur, daß Rauchschwaden aus der kleinen Dachluke gezogen waren, und dann schlenderten sechs oder sieben Ausländer aus dem Haus und standen im Hof und sahen interessiert nach oben. Schließlich hatte Mrs. Jordan die Feuerwehr gerufen. Wozu in aller Welt brauchten sie überhaupt eine Lautsprecheranlage? hatte sie Bee später gefragt.

Aber so waren sie eben, diese Ausländer: sie liebten einfach technisches Gerät.

Fred ging nun rückwärts über die Diele und rollte dabei das Kabel ab. So wie es aussah, plante er, es mitten auf dem Boden liegenzulassen, wo es jedem Vorübergehenden auflauern würde. »Haben Sie überhaupt Krampen?« fragte Doug, der ihm folgte.

»Wie bitte?«

»Krampen? U-förmige Nägel? Isolierte Krampen, für elektrische Geräte«, fuhr Doug fort, ohne die geringste Hoffnung. »Man heftet das Kabel an die Fußleiste, damit die Leute nicht drüber stolpern.«

»Später vielleicht«, sagte Fred vage.

Dabei zog er das Kabel direkt über die Diele und ließ es keinen Fingerbreit durchhängen.

In Freds Schlafzimmer stand ein mit Goldbrokat verhülltes Feldbett. Ein Bücherschrank stellte zusammengefaltete T-Shirts, Boxer-Shorts und aufgerollte Socken zur Schau, die wie Kanonenkugeln zu einer Pyramide aufgebaut waren. Doug war imstande, dies alles wahrzunehmen, denn sonst gab es nichts zu sehen – weder Schreibtisch noch Stuhl, noch Kommode, keinen Spiegel und kein Familienfoto. Ein braunes Kunststoffradio stand auf dem Fensterbrett, und Fred steckte das Kabel in ein Loch an seiner Seite.

»Ich meine, Sie hätten das Kabel durch *dieses* Fenster hereinholen können«, meinte Doug.

Aber Fred zuckte die Achseln und sagte: »Mehr weit zu fallen.«

»Oh«, sagte Doug.

Vermutlich war Fred keiner von den Technikstudenten.

Fred drehte das Radio an, und Musik begann zu spielen, irgendeine nahöstliche Weise ohne Anfang und Ende. Er hatte die Augen halb geschlossen und nickte im Takt.

»Na, ich mach mich mal wieder auf«, sagte Doug.

»Wissen Sie, was bedeuten diese Worte?« fragte Fred. »Ein junger Mann verabschiedet sich von seiner Liebsten, jetzt sagt er zu ihr –«

»Gott, Beastie muß sich wundern, wo ich geblieben bin«, sagte Doug. »Sie brauchen nicht mit hinunterzukommen.«

Er hatte gedacht, es sei eine Erlösung, dieser Musik zu entkommen, aber nachdem er gegangen war – selbst nachdem er wieder zu Hause war und Beasties Leine abgehakt hatte –, wand sich die Melodie noch immer durch seinen Kopf, verschwommen und schweifend und unerklärlich aufregend.

Ein paar Tage später versuchten die Ausländer, das Radio an Lautsprecher anzukabeln, die sie an strategisch günstigen Punkten im ganzen Haus aufgestellt hatten. Doug erfuhr dies, als Fred herüberkam und fragte, wie diese U-förmigen Nägel noch einmal hießen. »Krampen«, sagte Doug, der in Pantoffeln an der Tür stand.

»Nein, nein. Krampen sind für Papier«, sagte Fred mit Bestimmtheit.

»Aber die heißen Klammern. Sehen Sie, was Sie wollen, sind ...«, sagte Doug, und dann sagte er: »Warten Sie hier. Ich meine, ich hätte welche unten im Keller.«

So führte eins zum anderen. Er fand die Krampen, er ging hinüber, um zu helfen, er blieb danach auf ein Bier, und nach nicht allzulanger Zeit war er dort mehr oder weniger Stammgast. Sie hatten immer irgendein verrücktes Projekt am Laufen, etwas, wobei er ihnen helfen konnte oder (öfter noch) ihnen raten, lieber die Finger davonzulassen; und weil sie Studenten waren, die wie alle Studenten keinen regelmäßigen Tagesablauf hatten, konnte er gewöhnlich damit rechnen, zumindest einige von ihnen zu Hause anzutreffen. Zur Zeit lebten sie dort zu fünft: Fred, Ray, John, John Zwei und Ollie. An den Wochenenden kamen noch mehr dazu – ihre Landsleute, die anderswo studierten –, und einige der ursprünglichen fünf verschwanden. Doug ließ sie an den Wochenenden unter sich bleiben. Er zog die Spätnachmittage an Wochentagen vor, wenn die Gerüche von Gewürzen und gerösteten Zwiebeln bereits von Ollies geschwärzten Kochtöpfen in der Küche aufzusteigen begannen und die anderen mit ihrem Bier im Wohnzimmer herumhingen. Das Wohnzimmer war möbliert mit zwei geflochtenen Aluminiumliegen, einem schmiedeeisernen Gartenstuhl und einer Sprungfedermatratze, die auf vier Stapeln verblichener Lehrbücher auflag. Über dem Kamin hing das zerknitterte Plakat einer Bauchtänzerin, die ein Pepsi trank. Auf einem zusammenklappbaren Fernsehtablett stand das Telefon, und die Wand dahinter war über und über mit Namen und Nummern und nahöstlichen Schnörkeln bekritzelt. Doug gefiel die Idee, daß eine Wand als Telefonbuch dienen konnte.

Er hielt das für sehr praktisch. Er schielte auf das Geschriebene, bis es verschleiert und dekorativ aussah, und dann nahm er noch einen Schluck Bier.

Diese Leute waren nicht das, was man sich unter richtigen Trinkern vorstellte. Sie schienen Alkohol für eine dieser geheimnisvollen amerikanischen Konventionen zu halten; sie schwenkten ihre Bierdosen höflich, vergaßen sie jedoch viele Minuten lang, so daß Doug nie mehr als ein Bier bei ihnen trank. Dann sagte er: »Nun denn, auf in den Kampf«, und sie standen auf, um ihn freundlich hinauszubegleiten.

Im Vergleich hierzu schien zu Hause alles so dauerhaft – die Zimmer, beschichtet mit Teppichen und Polstermöbeln und gerahmten Bildern. Die Enkelkinder fügten ihre eignen Schichten hinzu; die Diele war überflutet mit hingeworfenen Jacken und Schulbüchern. Bee würde in der Küche sein und das Abendessen vorbereiten. (Wie uninteressant roch das Abendessen der Bedloes! Einfaches Fleisch, gekochtes Gemüse, gebackene Kartoffeln.) Und wenn Ian von der Arbeit kam, war er mit den Kindern beschäftigt – festzustellen, wer heute abend mit dem Tischdecken an der Reihe war, ihre Auseinandersetzungen zu schlichten oder sich an ihnen zu beteiligen, als wäre er selbst noch ein Kind. Man mußte ihn nur mit Daphne hören, zum Beispiel. Sie plagte ihn unablässig, daß er ihren grünen Pullover finden solle, denn morgen war St.-Patricks-Tag. »Dein grüner Pullover ist in der Wäsche«, sagte er, und damit hätte der Fall erledigt sein sollen – wäre es auch gewesen, wenn es nach Bee gegangen wäre. Aber Daphne drängelte weiter, schmeichelnd. »Bitte? Bitte, Ian? Sie werden mich auslachen, wenn ich nicht was Grünes anhabe.«

»Sag ihnen, deine Augen sind was Grünes.«

»Meine was? Meine Augen? Aber die sind doch blau.«

»Na, wenn das jemand behauptet, dann machst du eben ein beleidigtes Gesicht und sagst: ›Und ich hab mir immer eingebildet, sie seien grün‹.«

»Oh, Ian«, sagte Daphne. »Du bist ja so albern.«

War er auch, dachte Doug bei sich. Und nebenbei auch ein Trottel. Denn natürlich, später am Abend hörte er das mahlende Geräusch der Waschmaschine.

An den meisten Tagen nahm Ian das Auto, aber dienstags fuhr er mit dem Bus zur Arbeit, so daß Doug Bee zum Arzt fahren konnte. Sie mußte jede Woche zum Arzt. Doug kannte inzwischen das Wartezimmer so gut, daß er es in seinen Träumen vor sich sah. Eine kümmerliche, schlaffe Philodendronpflanze hing über der Vinylcouch. Ein Tisch war mit Zeitschriften übersät, die man nur in der letzten Verzweiflung lesen würde – dicht bedruckte Publikationen, die den winzigsten Forschungsergebnissen gewidmet waren.

Noch zwei andere Ärzte teilten die Praxis: ein Hautarzt und ein Augenarzt. Eines Morgens sah Doug den Augenarzt im Gespräch mit einer sehr attraktiven jungen Frau beim Pult der Sprechstundenhilfe stehen. Die Sprechstundenhilfe hatte wohl einen Termin vorgeschlagen, denn die junge Frau schüttelte den Kopf und sagte: »Tut mir leid, da kann ich nicht.«

»Sie können nicht?« fragte der Arzt. »Dies ist eine Operation, kein Friseurtermin. Es geht um Ihr Augenlicht.«

»Ich habe an dem Tag keine Zeit«, sagte die junge Frau.

»Miß Wilson, vielleicht ist Ihnen nicht klar, wir haben hier ein Problem, das *jetzt* gelöst werden muß, das *gestern* hätte gelöst werden müssen. Nicht nächste Woche oder nächsten Monat. Ich kann das nicht genug betonen.«

»Ja, aber ich bin nun einmal an diesem Tag beschäftigt«, sagte die junge Frau.

Dann kam Bee aus Dr. Plumms Sprechzimmer, und Doug konnte das Ende der Unterhaltung nicht mehr hören. Er dachte aber immer noch daran. Was konnte einen Menschen dazu bringen, eine so entscheidende Operation zu verschieben? Traf sie sich mit einem Liebhaber? Aber sie konnte ihn immer noch an einem anderen Tag treffen. Würde sie ihren Job verlieren? Aber kein Arbeitgeber war *so* hartherzig. Nichts, was Doug einfiel, war eine befriedigende Erklärung.

Sich vorzustellen, daß man so leichtfertig mit seinem Augenlicht umgehen konnte. Mit seinem Leben, denn darauf liefe es hinaus. Als müßte man nicht selbst die Konsequenzen tragen, für immer und ewig.

Mittwoch kam ihre Tochter vorbei, um bei der schwereren Putzarbeit zu helfen. Sie kam zur Mittagszeit munter hereingeschneit, mit einem Auflauf fürs Abendessen und einem Paar elastischer Handschuhe, von denen sie gehört hatte, daß sie bei arthritischen Fingern Wunder bewirkten. »Gewöhnliche Kaufhaushandschuhe, ich habe sie gestern in den Abendnachrichten gesehen«, erzählte sie Bee. »Du hast Glück, daß ich sie rechtzeitig bekommen habe, ich bin zu Hochschilds gegangen. Man kann nie wissen, ob es nicht einen Ansturm auf sie geben wird.«

»Ja, Liebling, das war wirklich nett von dir«, sagte Bee pflichtschuldig. Sie besaß bereits Handschuhe, die der Arzt verschrieben hatte, viel offiziellere als diese hier. Trotzdem zog sie sie an und spreizte die Finger so weit es ging, um sie zu testen. Sie trug eins von Ians Sweatshirts und ausgebeulte Hosen und Slippersocken. Mit den Handschuhen, zierlichen, weißen, wie man sie zu Damentees trug, sah sie ein bißchen verrückt aus.

Claudia füllte einen Eimer im Spülstein und gab einen Schuß Ammoniak hinzu. »Werd mir mal diesen Kronleuchter vornehmen«, kündigte sie an. »Ich hab es letzte Woche bemerkt. Eine *Schande*!«

Wahrscheinlich war es Ians Haushaltsführung, über die sie sich so aufregte – oder einfach die Zeit, die Zeit, die jedes Prisma mit Staub überzogen hatte. Sie machte sich keine Gedanken darüber, wie es wirkte, in jemandes Haus hereinzutanzen und zu verkünden, es sei schmutzig. Doug warf einen Seitenblick auf Bee, um zu sehen, wie sie es aufnahm. Ihre Augen waren feucht, aber das konnte vom Ammoniak kommen. Er wartete, bis Claudia die Küche mit schwappendem Eimer verlassen hatte und im Eßzimmer verschwand, und legte dann seine Hand auf Bees Hand. »Komisch, nicht wahr?« sagte er. »Erst schimpft man mit seinen Kindern, und auf einmal sind sie so schlau, daß sie mit *dir* schimpfen.«

Bee lächelte, und er sah, daß es keine richtigen Tränen waren. »Ich nehme an«, fuhr er etwas heiterer fort, »es gab mal ein Stadium, wo wir auf gleicher Stufe standen. Ich meine, wo sie im Aufstieg waren und wir im Abstieg. Ein Stadium, wo wir auf gleicher Ebene waren.«

»Na, da muß ich wohl gerade am Telefon gewesen sein«, sagte Bee, und dann lachte sie.

176

Ihre Hand in dem Handschuh fühlte sich tot für ihn an, wie seine eigene Hand, wenn er auf ihr gelegen hatte und sie eingeschlafen war.

Die Ausländer steckten ihr Auto in Brand, als sie versuchten, ein Radio einzubauen. »*Ich* wußte nicht, daß Radios brennbar sind«, sagte Mrs. Jordan, die von der Vorderveranda der Bedloes aus zusah. Auch Doug war etwas überrascht, aber Elektronik war nie seine starke Seite gewesen. Er ging hinüber, um zu sehen, ob er helfen konnte. Das Auto war ein Dodge aus den späten fünfziger Jahren, oder vielleicht den frühen Sechzigern, wann immer es war, daß riesige Flossen der letzte Schrei waren. Die Karosserie war einmal taubenblau gewesen, aber jetzt war sie von einem tiefen, matten Rot von Rost, und eine Tür war weiß und ein Kotflügel türkis. Wem es gehörte, war unklar, da der Ausländer, der es gekauft hatte, aus zweiter oder dritter Hand, längst wieder in seine Heimat zurückgekehrt war. John Zwei und Fred und Ollie standen in anmutigen Posen um das Auto herum und fächelten lässig ihre Gesichter. Der Rauch schien vom Armaturenbrett zu kommen. Doug sagte: »Jungs? Sollten wir nicht die Feuerwehr rufen?«, aber Fred sagte: »Oh, wir möchten sie ungern stören.«

In der Hoffnung, daß nichts explodieren würde, langte Doug durchs offene Fenster auf der Fahrerseite und zog an dem ersten Draht, den seine Finger zu fassen bekamen. Fast im selben Augenblick wurde der Rauch dünner. Da war ein starker Geruch von brennendem Gummi, aber kein wirklicher Schaden – zumindest nicht, soweit er sehen konnte. Es war schwer festzustellen: der vordere Sitz war bis auf die bloßen Sprungfedern durchgesessen, und der hintere Sitz war ganz entfernt worden.

»Vielleicht werden wir eben nicht Radio haben«, sagte John Zwei zu Ollie.

»Wir haben noch nie Radio gehabt«, sagte Fred.

»Wir waren sehr zufrieden«, sagte John Zwei, »und während wir fuhren, konnten wir die Vögel singen hören.«

Doug stellte sich vor, wie sie durch eine flachgrüne Gegend fuhren, wie die Landschaft in einer Kinderfibel. Er war sicher, daß sie von der Sorte waren, die losfuhr, ohne zuerst den Benzintank zu füllen und den Reifendruck zu prüfen. Wahrscheinlich hätten sie noch nicht einmal eine Straßenkarte.

Eines Morgens, als er herunterkam, fand er Beastie tot auf dem Küchenboden; ihr Körper war noch nicht starr. Es war ein Schock, obwohl er darauf hätte vorbereitet sein müssen. Sie war sechzehn Jahre alt. Er konnte sich noch erinnern, wie sie aussah, als sie sie bekommen hatten – so klein, daß sie in ihre Futterschüssel gepaßt hätte. In jenem ersten Winter hatte es unaufhörlich geschneit, und sie hatte ihr dickes Körperchen begeistert durch die Schneewehen gewunden wie eine Flexi-Spirale, mit von Schnee vereistem Näschen und Schneeflocken auf den Wimpern.

Er ging hinauf, um Ian zu wecken. Er wollte, daß sie begraben war, bevor die Kinder sie sahen. »Ian«, sagte er. »Junge.«

Ians Zimmer sah noch immer wie ein Jungenzimmer aus. Modellflugzeuge standen auf den Regalen zwischen signierten Baseballen und High-School-Jahrbüchern. Die Tagesdecke war mit Oldtimern bedruckt. Es war wie eines dieser Zimmer, die nach dem Tod eines jungen Menschen als Reliquienschrein bewahrt werden.

Dannys Zimmer war für Thomas neu hergerichtet worden. Keine Spur von Danny war geblieben.

»Junge?«

»Hmm.«

»Du mußt mir helfen, Beastie zu begraben.«

Ian öffnete die Augen. »Beastie?«

»Ich fand sie heute morgen in der Küche.«

Ian überlegte einen Moment, und dann setzte er sich auf. Als Doug sicher war, daß er wach war, verließ er das Zimmer und ging hinunter, um seine Jacke zu holen.

Beastie war kein großer Hund gewesen, aber sie war schwer. Doug schleppte sie auf die Fußmatte und zog dann die Matte hinaus und die hinteren Stufen hinunter. Plumps, plumps, plumps – es ließ ihn zusammenzucken. Die Matte hinterließ eine Spur in dem glitzernden Gras. Er ging rückwärts bis zur Azalee und ließ die Ecken der Matte fallen und richtete sich auf. Es war ungefähr halb sieben – noch zu früh, um Nachbarn zu begegnen. Das Licht war fast farblos, die Verkehrsgeräusche spärlich und fern.

Ian kam heraus, den Kragen seiner Windjacke hochgestellt. Er hatte beide Schaufeln bei sich. »Gut, daß der Boden nicht gefroren ist.«

»Genau.«

»Das ist wahrscheinlich sowieso nicht legal.«

Sie stießen unter den Rasen, versuchten ihn möglichst nicht zu zerstören und legten ihn auf eine Seite. Eine Brise zerzauste Beasties Fell, und Doug stellte sich vor, sie könne es fühlen, als wisse sie, was sie taten. Er schob alle Gedanken beiseite. Er richtete es ein, daß er und Ian in wechselndem Rhythmus die rötliche Erde aufhackten, wobei sie ab und zu an einen Stein oder eine Wurzel klirrten. Trotz der Brise begann er zu schwitzen, und er hielt inne, um seine Jacke auszuziehen, aber Ian behielt seine an. Es sah nicht danach aus, als ob ihm heiß wäre; er sah fröstelnd und blaß aus, mit dieser feinen weißen Linie um den Mund, die verriet, daß er die Zähne zusammenbiß. Zum erstenmal kam Doug der Gedanke, welch ein Schlag dies für ihn sein mußte. »Wirst sie wohl vermissen«, sagte er.

»Ja«, sagte Ian, und fuhr fort zu graben.

»Beastie war da, seit du ... wie alt? Acht oder neun, oder noch nicht mal so alt warst.«

Ian nickte und beugte sich nieder, um einen Stein aus dem Weg zu stoßen.

»Wir lassen die Kinder so eine Art Gedenktafel anbringen«, sagte Doug zu ihm. »Blumenzwiebeln pflanzen oder so. Richten es schön her.« Es war alles, was ihm zum Trost einfiel.

Am Ende pfuschten sie ein bißchen mit dem Grab – gruben eher ein Oval als ein Rechteck, so daß sie manövrieren mußten, um Beastie hineinzubekommen. Sie paßte am besten auf der Seite liegend, leicht zusammengerollt. Als Doug ihre samtige Schnauze gegen die Erde gedrückt sah, traten ihm die Tränen in die Augen. Sie war immer ein so anspruchsloser Hund gewesen, so willig, so anpassungsfähig. »Ach Gott«, sagte er, und dann blickte er auf und sah, daß Ian betete. Sein Kopf war gesenkt, und seine Lippen bewegten sich. Doug senkte schnell ebenfalls den Kopf. Er hatte das Gefühl, als sei Ian der Erwachsene und er das Kind. Es war Jahre, vielleicht alle Jahre seines Erwachsenenlebens her, daß er sich so dankbar auf einen anderen verlassen hatte, der wußte, was zu tun war.

Die beiden jüngeren Kinder bekamen die Windpocken – zuerst Daphne und dann Thomas. Alle warteten, daß Agatha sie auch bekam, aber sie mußte sie wohl früher gehabt haben, bevor sie sie kannten. Daphne war fast gar nicht krank, aber Thomas hatte es schlimm erwischt, und eines Nachts wachte er auf und phantasierte. Doug hörte seine heisere, verängstigte Stimme, seltsam hell in der Dunkelheit – »Laß sie nicht kommen! Laß nicht ihre spitzen Hufe!« – und dann Ians festes »Thomas, alter Junge. Thomas. Tom-Tom.«

In seinem Kurzgeschichtenkurs hatte Doug eine Geschichte von einem Experiment gelesen, das Wesen aus dem Weltraum durchgeführt hatten. Was die Wesen wissen wollten, war: Können Erdbewohner Gefühlsbeziehungen herstellen? Oder sind sie nur von der Biologie abhängig? Also schnitten sie mitten in der Nacht ein Haus in zwei Hälften und vertauschten es mit einem anderen halben Haus an einem ganz anderen Ort. Warfen die Leute zusammen, als seien es bloß Spielfiguren. Eine Frau wachte mit einem Mann und zwei Kindern auf, die sie nie zuvor gesehen hatte. Natürlich war sie schrecklich erstaunt und fassungslos und die anderen ebenso, aber zufällig hatten die Kinder irgendeine Krankheit, Masern oder so was (vielleicht sogar Windpocken, wenn er sich recht erinnerte), und da tat sie natürlich, was sie konnte, um ihnen zu helfen. Die Wesen folgerten daraus, daß Erdbewohner keine Unterschiede machten. Ihre sogenannten Familiengefühle wären dem blinden Zufall überlassen.

Doug konnte sich nun nicht mehr erinnern, wie die Geschichte ausgegangen war. Vielleicht *war* das das Ende gewesen. Es fiel ihm nicht mehr ein.

Bees spezielle weiße Arthritis-Handschuhe leuchteten unheimlich im Dunkeln. Sie lag auf der Seite, das Gesicht ihm zugewandt, die Handschuhe krümmten sich unter dem Kinn. Der kleinste Laut hatte sie aufgeweckt, als ihre eigenen drei Kinder klein waren – ein Husten oder nur ein Wimmern. Nun verschlief sie alles, und Doug war froh darüber. Es war ein Jammer, daß so viel auf Ian lastete, aber Ian war jung. Er hatte die Energie dafür. Er hatte noch nicht den Punkt erreicht, an dem einfach nichts mehr der Mühe wert zu sein schien.

Ian lud seine Eltern zu einem Christlichen-Gemeinschafts-Picknick ein. »Zu einem was?« fragte Doug, um Zeit zu gewinnen. (Es war doch egal, wie es sich nannte. Es würde auf jeden Fall etwas Peinliches sein.)

»Jeder von uns lädt Leute ein, mit denen wir Gemeinschaft haben möchten«, sagte Ian in seiner todernsten Art. »Leute, die nicht zu unserer Gemeinde gehören.«

»Ich dachte, deine Kirche hält nichts davon, Leuten die Pistole auf die Brust zu setzen.«

»Tut sie auch nicht. Tun wir nicht. Dies ist nur um der Gemeinschaft willen.«

Sie sahen die Abendnachrichten – Doug, Bee und Ian. Bee wandte ihren Blick von einem Himmel voller Bombenflugzeuge und sagte: »Ich hab nie verstanden, was die Leute unter ›Gemeinschaft‹ verstehen.«

»Nur einfach zusammenkommen, Mom. Nichts besonders Mysteriöses.«

»Warum sagen sie es dann? Warum sagen sie nicht, ›zusammenkommen‹?«

Ian war nicht gekränkt. Er sagte: »Reverend Emmett möchte, daß wir Leute einladen, die wir, eh, gernhaben, und Leute, die wissen möchten, was wir glauben, und Leute, die uns vielleicht feindlich gesinnt sind.«

»Wir sind nicht feindlich!«

»Dann gehört ihr vielleicht zu einer der anderen Gruppen«, sagte Ian milde.

Bee sah Doug an. Doug nahm sich zusammen (er hatte das Gefühl, sich freikämpfen zu müssen) und sagte: »Ist es nicht ein wenig früh für ein Picknick? Wir haben noch immer Nachtfrost!«

»Dies ist ein Picknick im Haus«, erklärte Ian.

»Was ist dann der Sinn der Sache?«

»Reverend Emmetts Mutter, Schwester Priscilla, hat Verwandte drüben im Tal, die eine Pferdefarm besitzen. Sie sind für zwei Wochen in Jamaika und haben gesagt, sie könnte in ihrem Haus wohnen.«

»Haben sie auch gesagt, sie könnte ein Kirchenpicknick im Haus veranstalten?«

»Wir richten ja keinen Schaden an.«

Bee sah noch immer Doug an. (Sie wollte, daß er nein sagte, natürlich.) Die Bomber waren nun einem Werbespot für Feuchtigkeitscreme gewichen.

»Nun, es ist nett, daß du an uns gedacht hast, Junge«, sagte Doug, »aber –«

»Ich habe auch Mrs. Jordan eingeladen.«

»Mrs. Jordan?«

»Genau.«

»*Jessie* Jordan?«

»Sie wollte immer schon wissen, was es mit der Zweiten Chance auf sich hat.«

Dies warf ein völlig neues Licht auf die Angelegenheit. Wie konnten sie ablehnen, wenn jemand, der nur eine Nachbarin war, zugesagt hatte? Die verflixte Jessie Jordan mit ihrem Alleinstehende-Frauen-Eifer, jeder Einladung zu folgen?

Und dann hatte sie die Frechheit zu behaupten, sie sei so aufgeschlossen und unternehmungslustig. Auf dem Weg zum Greenspring Valley (denn sie fuhren schließlich doch hin, in ihrem eigenen Auto, das erträglicher für Bees Hüften war als der Bus) zappelte und plapperte Mrs. Jordan wie eine Sechsjährige. »Ist das nicht aufregend?« sagte sie. Sie war angezogen, als ginge sie zu einem Gartenfest im Buckingham-Palast – blumenbekränzter Wagenradhut, raschelndes Seidenkleid unter ihrem tristen Wintermantel. »Wißt ihr, es schießen heutzutage so viele alternative Religionen aus dem Boden«, sagte sie. »Ich fürchte, ich bin hoffnungslos zurück.«

»*Das* wäre aber schrecklich«, sagte Bee säuerlich. Sie trug einen gewöhnlichen grauen Trainingsanzug, nicht ihren flotten Freizeitanzug mit den komplizierten Reißverschlüssen; demnach mußten ihre Hände ihr heute zu schaffen machen. Doug selbst war wie zum Golfspielen angezogen, hatte sorgfältig Farben gewählt, die zusammenpaßten, um wettzumachen, was man irrtümlich für Bees Schlampigkeit halten könnte. Er fuhr dicht hinter dem gemieteten Bus der Zweiten Chance. Manchmal tauchte Daphnes kleines Knopfgesicht im Rückfenster des Busses auf, mit breitem Lächeln und ausführlichen Mitteilungen in Zeichensprache, die niemand verstand. »*Was* hat sie gesagt? Was?« fragte Bee gereizt.

»Kann nicht recht schlau draus werden, Schatz.«

Sie fuhren weiter und weiter in eine Landschaft hinein, die im Sommer prächtig gewesen wäre, aber nun ein riesiges Netzwerk kahler Äste zeigte, zart grünlich gefärbt. Weideland erstreckte sich meilenweit. Die Einfahrt, in die sie endlich einbogen, war so lang, daß man nicht bis zum Ende sehen konnte, und das weiße steinerne Haus war größer als manche Hotels. »Oh! Seht euch das an!« rief Mrs. Jordan und klatschte in die Hände.

Doug gab es nicht gerne zu, aber es war ihm doch irgendwie eine Beruhigung zu sehen, daß ein so beträchtliches Anwesen mit der Zweiten Chance verbunden war. Er fragte sich, ob diese Verwandten auch Mitglieder waren. Wahrscheinlich eher nicht.

Sie parkten an dem gepflasterten Kreis vor dem Haus. Die Fahrgäste strömten aus dem Bus – zuerst die Kinder, dann die Erwachsenen. Doug bildete sich ein, er könne die Mitglieder von den Besuchern unterscheiden. Die Mitglieder wirkten unelegant, schäbig, hielten sich schlecht; die Besucher waren besser angezogen und voll entschlossener Fröhlichkeit.

Es kam ihm in den Sinn, daß man Bee irrtümlich für ein Mitglied halten könnte.

Ausgerüstet mit Körben, Kühlboxen und Thermosflaschen folgten alle Reverend Emmetts Mutter den Steinplattenweg hinauf. Sie betraten die Vorhalle mit ihrem Schieferfußboden und dem Treppenaufgang in der Mitte, und einige Leute sagten: »Ooh!«

»Ganz schöner Schuppen«, raunte Doug Bee zu.

Bee brachte ihn mit einem Blick zum Schweigen.

Sie schritten über samtige Teppiche und glänzendes Parkett und befanden sich schließlich auf einer riesigen Sonnenveranda mit einem langen Tisch in der Mitte, umgeben von modernen, auf Hochglanz polierten Stühlen und Sesseln. »Der Wintergarten«, sagte Reverend Emmetts Mutter großartig. Sie war eine kleine, gezierte Frau in einem Twinset und einer Perlenkette und einem Paar plumper Jeans, die unpassend, ja fehl am Platz wirkten, so als hätte sie vergessen, die untere Hälfte ihrer Kleidung zu wechseln. »Laßt uns unser Picknick auspacken«, sagte sie. »Emmett, hast du das Tischtuch mitgebracht?«

»Ich dachte, du würdest es mitbringen.«

»Na, macht nichts. Stell nur meinen Kartoffelsalat hier an dieses
Ende.«

Reverend Emmett trug ein sportliches Polohemd, eine braune
Windjacke und schwarze Frackhosen. (Er und seine Mutter gehörten in Daphnes Schiebespiel, in dem man Köpfe, Beine und Körper
so austauschte, daß sie nicht zusammenpaßten.) Er stellte eine zuge-
deckte Schüssel an den bestimmten Platz, und dann breiteten die
anderen Platten mit gebratenem Huhn, Kübel mit Krautsalat und
selbstgebackene Brotlaibe auf dem Tisch aus. Der Tisch – so blank
lackiert, daß er naß aussah – verschwand allmählich. Verschmierte
Quadrate von Sonnenschein aus mindestens einem Dutzend Fenstern erwärmten den Raum, und die Leute begannen, ihre Mäntel
und Jacken auszuziehen. »Lieber Herr im Himmel«, sagte Reverend Emmett (es erwischte Doug mit einem Arm halb aus einem
Ärmel heraus), »diese Mahlzeit ist eine überreiche Gabe aus Deinen
Händen und die Gesellschaft noch mehr. Wir danken Dir für diese
freudige Feier. Amen.«

Es war wirklich etwas Freudiges in der Atmosphäre. Alle scharten sich um das Essen zusammen, gackernd und rufend. Die Kinder
wurden wild. Selbst Agatha, schwerfällig sportlich in einem Ski-
pullover und Steghosen, schubste einen Jungen, der ihr an der
Punschbowle einen spielerischen Stups versetzte, mit schüchterner
Begeisterung zurück. Die Mitglieder steuerten die Gäste großmütig
zu den erlesensten Gerichten; mit Besitzerstolz machten sie sie auf
die Besonderheiten des Hauses aufmerksam. »Sehen Sie die Blei-
glasfenster«, sagten sie, als kennten sie sie schon lange. Die Gäste
(die meisten ohne Zweifel so mißtrauisch wie Doug und Bee) tauten
langsam auf. »Gar nicht so übel«, sagte ein silberhaariger Mann –
der Vater, erriet Doug, des hippiehaften Mädchens an seiner Seite.
Doug hatte sich inzwischen zuviel zu essen geholt, um jemandem
die Hand geben zu können, aber er nickte dem Mann zu und sagte:
»Tag. Doug Bedloe.«

»Mac McClintock«, sagte der Mann. »Sind Sie nur zu Besuch
hier?«

»Genau.«

»Sein Sohn ist Bruder Ian«, sagte das Hippiemädchen zu seinem
Vater. »Ich finde, Bruder Ian ist so treu«, sagte sie zu Doug.

»Oh . . . danke.«

»Meine Tochter Gracie«, sagte Mac. »Kennen Sie sich schon?«

»Nein, ich glaube nicht.«

»Doch, wir kennen uns!« sagte Gracie. »Ich bin diejenige, die Ihre Enkelkinder jeden Tag von der Schule abgeholt hat, als Ihre Frau im Krankenhaus war.«

»Oh, ja«, sagte Doug. Er hatte nicht die blasseste Erinnerung daran.

»Ich hab die Kinder für Bruder Ian geholt, und dann hat Bruder Ian die Rattenlöcher in meiner Wohnung verstopft.«

»Tatsächlich«, sagte Doug.

»Meine Tochter lebt in einem Slum«, belehrte ihn Mac.

»Na hör mal, Daddy.«

»Sie verdient weniger Geld als ich während der Depression, und dann gibt sie alles dieser Kirche des Zweiten Ranges.«

»Zweite Chance! Und das tue ich nicht, ich gebe den Zehnten. Noch nicht einmal das muß ich geben, wenn ich nicht will. Es ist alles geheim; wir glauben nicht an öffentliche Kollekte. Du tust, als ob sie mich betrügen oder so was Ähnliches.«

»Sie sind eine Kirche, oder? Eine Kirche nimmt von ihren Leuten, was sie kriegen kann«, sagte Mac. Er warf Doug einen Blick zu. »Ich hoffe, das beleidigt Sie nicht.«

»Mich? Nein, nein.«

»Wollen Sie wissen, was ich an Kirchen am meisten hasse? Sie meinen, sie haben die Antworten. Das hasse ich wirklich. Ich sage, die Leute, die *keine* Antwort wissen, kommen in den Himmel.«

»Aber!« sagte seine Tochter. »Sobald du das sagst, siehst du, wirst du selbst zu einem Menschen, der die Antwort weiß.«

Mac warf Doug einen verzweifelten Blick zu und biß in ein Hühnerbein.

Bee saß mit ausgestreckten Beinen auf einer Chaiselongue und teilte sich einen Teller mit Daphne. Sie war der einzige Gast, der nicht zur Versammlung zu gehören schien. Alle anderen lachten, wurden lockerer, gingen von einer Gruppe zur anderen auf eine übermütige, fast beschwipste Art und Weise. (Obwohl es natürlich keinen Tropfen Alkohol gab, nur diesen faden Fruchtpunsch.) Reverend Emmett ließ sich über seine Inspiration für dieses Picknick aus. »Ich fühlte mich geführt«, erzählte er einem Kreis von Frauen. Er bot den atemlosen Anblick eines Sportlers, der nach einem Sieg interviewt wird. »Vor ein paar Wochen hörte ich einen unserer Brüder sagen, er wünschte, er könne sich seiner Errettung mit seinen Eltern freuen, nur daß sie niemals einwilligen würden, zum Gottesdienst zu kommen. Und ganz plötzlich fühlte ich mich geführt zu sagen: ›Warum sollte es ein Gottesdienst sein? Warum nicht ein Picknick?‹«

Die Frauen lächelten und nickten, und ihre Brillengläser blitzten. (Eine von ihnen war Jessie Jordan, die hingerissen aussah.) Eine extrem dicke junge Frau bahnte sich ihren Weg durch die Menge mit einem Plastiksack und sagte: »Teller? Becher? Behaltet aber eure Gabeln. Der Nachtisch kommt gleich.«

Was konnten sie zum Nachtisch servieren, wenn sie nichts von Zucker hielten? Obstsalat, stellte sich heraus, in kleinen Aluminiumschüsseln. Thomas trug eines der Tabletts herum. Als er zu Doug kam, sagte er: »Gefällt es dir hier, Grandpa?«

»Doch, ja.«

»Hast du Leute kennengelernt?«

»Sicher«, sagte Doug, und er verspürte plötzlich einen Stich, als er in das magere, besorgte Gesicht des Jungen mit den Tupfen alter Windpockennarben sah. Er rückte einen Schritt näher zu Mac McClintock, obwohl ihnen schon seit einigen Minuten der Gesprächsstoff ausgegangen war.

Die Frauen räumten nun den Tisch ab und berieten sich über die Reste. »Wäre doch schade, das alles fortzuwerfen.«

»Willst du es nicht mit nach Hause nehmen?«

»Nein, du.«

»Bewahre, ich bekäme es nicht in einem Monat voller Sonntage auf.«

»Wir wollen es aber doch nicht umkommen lassen.«

Reverend Emmetts Mutter sagte: »Mr. Bedloe, wir alle sind so angetan von Bruder Ian.«

»Danke«, sagte Doug. Das erinnerte ihn langsam an einen Elternabend in der Volksschule. Er schluckte ein Stück Dosenananas hinunter, das bestimmt Zucker enthielt, oder? »Und Sie müssen sehr stolz auf *Ihren* Sohn sein«, fügte er hinzu.

»Ja, das bin ich«, sagte sie. »Ich sehe mich um und sehe so viele Menschen, so viele erlöste Menschen, und ich denke: ›Wenn Emmett nicht wäre, was würden sie tun?‹«

Was *würden* sie denn tun? Die meisten wären in Ordnung, vermutete Doug – sein eigener Sohn inbegriffen. Herrgott, ja. Aber, um fair zu sein, er nahm an, daß diese Kirche für manche anderen wirklich nötig war. Und so sah auch er sich um, folgte Schwester So-und-so mit den Augen. Was er sah, war jedoch nicht, was er erwartet hatte. Statt der festlichen Menge, die er ein paar Minuten zuvor gesehen hatte, bemerkte er einen wachsenden Kreis des Schweigens, das vom Tisch ausstrahlte und sich jetzt sogar bis zu den Kindern ausbreitete, so daß eine Gruppe kleiner Mädchen in einer Ecke ihre Murmeln wegrollen ließ und die Jungen ihre wilden Schwünge auf der Schaukel aufgaben. Selbst Bee schien wie elektrisiert, eine Orangenspalte verharrte auf halbem Weg zu ihren geöffneten Lippen.

»Es ist der Tisch«, verriet eine Frau Reverend Emmetts Mutter.

»Der –?«

»Etwas hat die Platte beschädigt.«

Reverend Emmetts Mutter stieß durch den Kreis der Frauen vor, schob eine tatsächlich einfach beiseite. Doug reckte den Hals, um zu sehen, wovon die Rede war. Der Tisch war jetzt leer und sogar noch glänzender als zuvor; jemand hatte ihn mit einem feuchten Tuch abgewischt. Auf den ersten Blick sah er vollkommen aus, aber dann, als er den Kopf neigte, um das Licht anders fallen zu sehen, sah er, daß der Glanz an einem Ende durch mehrere deutlich nichtglänzende Ringe getrübt war.

»O *nein*«, hauchte Reverend Emmetts Mutter.

Alle begannen gleichzeitig zu reden: »Versuch's mit Mayonnaise.«

»Mit Zahnpasta.«

»Reib es mit Butter ein.«

»Ruhe! Bitte!« sagte Reverend Emmetts Mutter. Sie schloß die Augen und drückte beide Hände gegen die Schläfen.

Reverend Emmett stand neben Doug und spähte über die Köpfe der anderen. (Über dem Kragen seines flotten Polohemds sah sein Hals dürr und mitleiderregend aus.) »Vielleicht«, sagte er, »wenn wir versuchten –«

»Schweig still und laß mich nachdenken, Emmett!«

Schweigen.

»Vielleicht, wenn wir morgen zurückkämen«, sagte sie schließlich, »mit diesem schlauen kleinen Mann von Marx's Antiquitäten, der alte Möbel restauriert ... er könnte ihn abziehen und neu lackieren. Meinst du nicht? Aber die Eigentümer sollen am Dienstag zurück sein, und wenn er den ganzen ... aber wie dem auch sei! Ich sage ihm, er soll Tag und Nacht arbeiten! Oder ich frage ihn, ob...«

Noch immer Schweigen.

Ian sagte: »Ist er mit Seifenwasser abgewaschen worden?«

Alle drehten sich um und sahen ihn an. Es brauchte eine Weile, ihn zu finden; er stand in der äußersten Ecke des Raumes.

»Sieht so aus, als wäre die Politur eine Art Polyurethan«, sagte er, »und wenn diese Ringe Fett sind, nun, dann würde ein wenig Seife nichts schaden, er könnte sogar —«

»Seife! Ja!« sagte Reverend Emmetts Mutter.

Sie ging in die Küche. Während sie draußen war, sagte die dicke junge Frau zu Doug: »Bruder Ian hat beruflich jeden Tag mit Holz zu tun, wissen Sie.«

»Ja, ich bin sein Vater«, sagte Doug.

Sie sagte: »Ach, wirklich.«

Reverend Emmetts Mutter kam zurück. Sie hatte einen Schwamm und eine Flasche Reinigungsmittel in der Hand. Die anderen wichen auseinander, um sie durchzulassen, und sie näherte sich dem Tisch und beugte sich über ihn. Doug war zu weit entfernt, um zu sehen, was sie als nächstes tat, aber er hörte die Seufzer der Erleichterung. »Nun wisch ihn trocken«, schlug jemand vor.

Eine Frau wickelte ihren türkisch gemusterten Schal vom Hals und bot ihn dazu an, und er wurde angenommen.

»Perfekt«, sagte jemand.

Als er jetzt den Hals reckte, sah Doug, daß die Ringe verschwunden waren.

Gleich darauf begann die Gemeinde zu packen, Mäntel und Körbe zu holen. Das hätten sie vielleicht sowieso getan, aber Doug meinte eine Art Ernüchterung der allgemeinen Stimmung zu verspüren. Die Leute zogen brav nacheinander hinaus, ohne noch einen Blick zurück auf das Haus zu werfen. (Doug stellte sich vor, wie das Haus dachte: *Du meine Güte, was war* DAS *denn für eine Aufregung?*) Sie durchschritten mit gesenkten Köpfen das Säulenvestibül. Doug half Bee in den Wagen. »Kommen Sie?« fragte er Mrs. Jordan.

»Oh, ich fahre mit dem Bus«, sagte sie. Sie allein schien ungedämpft. »War Ian nicht der Held des Tages?«

»Ganz klar.«

Er sah ihr nach, wie sie auf den Bus zustrebte, mit der einen Hand die Krempe ihres Wagenradhutes festhaltend.

Auf der Heimfahrt machte er keinen Versuch, bei den anderen zu bleiben. Er ließ den Bus auf dem Beltway hinter sich und stob ostwärts in einem Tempo, das die gesetzliche Grenze bei weitem überschritt. »So. Jetzt waren wir also auf einem Christlichen-Gemeinschafts-Picknick«, sagte er zu Bee.

»Ja«, sagte sie.

»Ich bin gespannt, ob das nun jedes Jahr stattfinden soll.«

»Wahrscheinlich«, sagte sie.

Dann begann sie, über Danny zu sprechen. Wie kam sie vom Picknick auf Danny? Keine Ahnung. Sie begann, die Knöchel ihrer rechten Hand zu kneten, die Hand, die stärker geschwollen aussah, und sie sagte: »Manchmal hab ich so ein sonderbares Gefühl. Ich gehe ihm nach und denke: ›Nanu‹, denke ich, ›nun sieh uns einer an! Da sind wir nun und machen so weiter wie bisher!‹ Und doch hat sich so viel verändert. Danny ist tot, unser Goldjunge, unser erster kleiner Junge, auf den wir so stolz waren, und unser Haus ist vollgestopft mit anderer Leute Kinder. Du weißt, daß sie *alle* von jemand anderem sind. Das weißt du doch! Und Ian ist ein ganz anderer Mensch geworden, und Claudia ist jetzt so beschäftigt, und unser Leben ist so behelfsmäßig und zweitrangig geworden, so zweiter Platz und zweite Geige, und alles ist verlorengegangen. Ist es nicht merkwürdig, daß wir einfach so weitermachen? Daß wir weiter Kleider kaufen und Hunger bekommen und über Witze im Fernsehen lachen? Obwohl unser ältester Sohn tot und nicht mehr da ist und wir ihn nie wiedersehen werden und unser Leben zerstört ist!«

»Aber, Liebling«, sagte er.

»Wir hatten so ungewöhnlichen Kummer«, sagte sie, »aber irgendwie sind wir dadurch gewöhnlich geworden. Das ist es, was so schwer zu verstehen ist. Wir sind keine besondere Familie mehr.«

»Aber, Liebling, natürlich sind wir etwas Besonderes«, sagte er.
»Wir sind unsicher geworden. Wir sind zu Pessimisten geworden.«
»Bee, Liebling.«
»Ist das nicht erstaunlich?«
Es war erstaunlich, wenn er darüber nachdachte. Aber das tat er möglichst nicht.

Das Wetter begann wärmer zu werden, und Doug öffnete alle Fenster und holte für Bee die Sommerkleider vom Dachboden herunter. Aus dem Haus gegenüber kamen die Ausländer in Hemdsärmeln, um einen elektrischen Garagentüröffner zu installieren, den sie aus einem Katalog bestellt hatten. Doug fand das amüsant. Eine Tür, die sich von alleine öffnete für ein Auto, das sich kaum von alleine *vorwärtsbewegen* konnte! Natürlich leistete er ihnen Gesellschaft bei ihrer Arbeit, aber die Tür, um die es ging, war aus massivem Holz und sehr schwer, potentiell tödlich, und er wollte lieber nicht unter ihr stehen, wenn eine Katastrophe eintrat. Er hielt sich in mehreren Metern Entfernung und sah zu, wie Ollie auf einem Küchenstuhl balancierte, als er etwas über seinem Kopf in einen Dachbalken schraubte. Dann, als es Doug zu langweilig wurde, schlenderte er mit den beiden anderen, die weniger technische Neigungen zeigten, ins Haus und ließ Ollie, Fred und John Zwei weitermachen. Er lehnte ein Bier ab (es war zehn Uhr morgens), aber akzeptierte einen Platz am Fenster, wo eine leichte Brise das zerfledderte Papierrouleau bewegte.

Von hier aus war die Garage nicht zu sehen, da sie auf gleicher Höhe mit der Vorderfront des Hauses lag, aber er konnte Fred sehen, der mit der Druckknopfsteuerung in beiden Händen in der Einfahrt stand und fester und immer fester darauf drückte. Doug grinste. Fred preßte sich dagegen, das Gesicht eine Maske verzerrter Muskeln, und drückte mit seiner ganzen Kraft auf den Knopf. Man brauchte das Tor nicht zu sehen, um zu wissen, daß es nicht reagierte. Inzwischen kam Ollie hinaus auf die Straße, kletterte ins Auto und ließ den Motor an, und John Zwei entfernte einen Ziegelstein unter dem linken Hinterrad. Optimistisch von ihnen; Doug sah noch eine Menge Arbeit voraus, bevor die Garage benutzbar sein würde. Durch das offene Fenster hörte er das krächzende Putt-putt, als das Auto wendete und die Einfahrt heraufrollte und still-stand. »In einem anderen Katalog«, sagte John Eins, »haben wir bemerkenswerte Erfindung gesehen: automatische Hofbeleuch-tung! Die erleuchtet, wenn die Finsternis einfällt! Wir werden sie bestellen.«

»Ich kann es kaum erwarten«, sagte Doug, und dann drehte er sich in seinem Stuhl, weil er meinte, er sähe jemanden aus seinem eigenen Haus kommen, aber es waren nur die Sträucher, die sich im Wind bewegten.

Er war ein wenig kurzsichtig, und das Netz des Fliegengitters erschien ihm deutlicher als das, was dahinter lag. Was dahinter lag – sein Heim – hatte das blockartige verschwommene Aussehen einer Petit-point-Stickerei, jedes winzige Quadrat mit einem Farbviereck gefüllt. Es war nicht nur ein Petit-point-Haus, sondern auch ein Petit-point-Auto davor, eine Petit-point-Schaukel auf der Veranda, ein Petit-point-Fahrrad im Hof. Seine ganze kleine Welt: ein trauli-ches, altmodisches Stickmustertuch, für immer auf seinen Platz ge-heftet.

Das beste an den Ausländern, entschied er, war, daß sie dachten, in Amerika zu leben sei eine Geschichte, die sie lasen, oder ein Film, den sie sahen. Es passierte jemand anderem; es gehörte nicht ihnen. Lieber Himmel, noch nicht einmal ihre Namen gehörten ihnen. Hier sprachen sie Texte, die andere Menschen erfunden hatten, keine echte Sprache – nicht die Sprache, die einfach *ist*, die nicht übersetzt werden muß. Hier trugen sie blaue Jeanskostüme und be-wohnten ein Hollywood-Bühnenbild, inklusive Phantasiemöbel. Aber wenn sie wieder nach Hause gingen, würden sie sich dort so seriös benehmen wie alle anderen. Sie würden sich verlieben und heiraten und Kinder haben, und sie würden sich den Kopf zermar-tern über die Probleme ihrer Kinder und sich abmühen, um voran-zukommen, und würden vernünftig und tüchtig ihre Berufe aus-üben. Was Doug hier sah, war nur ein kurzer Urlaub von ihrem wirklichen Leben.

Ihm gefiel diese Vorstellung. Er würde sie später noch genauer überprüfen – sich etwa überlegen, was aus den Ausländern wurde, die *nicht* wieder zurück nach Hause gingen. Der Urlaub konnte nicht ewig dauern, oder? Würde es einen bestimmten Moment geben, in dem die Filmkulisse sich verfestigte? Aber vorläufig kümmerte ihn das alles nicht. Er war glücklich, nur hier zu sitzen und etwas von ihrer »Zeit draußen« auf sich wirken zu lassen.

Dann wandte Ollie sich zum Haus und rief: »Seht doch bloß!«, aus reiner Höflichkeit erhob sich Doug und folgte Ray und John Eins in den Hof. Auch andere Nachbarn waren da, stellte er fest. Es sah aus wie eine Party. Er stellte sich zu ihnen und blinzelte in die Sonne und sah lächelnd auf das Auto der Ausländer, das halb in und halb außerhalb der Garage stand, wie eine eingedrückte Bierdose, von dem Tor säuberlich in der Mitte halbiert.

6
Proberegen

Jeden Samstagmorgen versammelte sich die Kirche der Zweiten Chance, um gute Werke zu tun. Manchmal gingen sie zum Haus eines leidenden Mitglieds und halfen beim Putzen und Aufräumen. Manchmal gingen sie zu jemand Fremdem. Heute – an einem warmen, sonnigen Tag Anfang September – trafen sie sich vor dem kleinen Haus, in dem Reverend Emmett mit seiner verwitweten Mutter lebte. Reverend Emmett erhielt als Pfarrer kein Gehalt. Sein einziges Einkommen war ein Teilzeitjob als Berater an einer privaten Mädchenschule. Wenn also sein Haus neu gestrichen werden mußte (und das hatte es jetzt bitter nötig, die alte Farbe hing in Streifen von den Schindeln herab), sprang seine ganze Herde ein, um es zu erledigen.

Ian brachte die drei Kinder mit, die ihre ältesten Sachen anhatten. Thomas und Daphne taten mit Begeisterung gute Werke, aber Agatha mußte überredet werden, mitzukommen. Mit fünfzehn war sie störrisch und griesgrämig, mit Anwandlungen von verzweifelt schlechter Laune. Ian konnte sich nie schlüssig werden: sollte er sie zu ihrem eigenen Besten zwingen, an etwas teilzunehmen? Oder würde sie das noch mehr entfremden? Heute morgen hatte er es jedoch leichter als gewöhnlich. Er hatte den Verdacht, daß sie ein gewisses verstohlenes Interesse an Details von Reverend Emmetts Privatleben hatte.

Das Haus war ein einstöckiges Häuschen, mehr grau als weiß, in einer bescheidenen Gegend auf der Ostseite von York Road. Als Ian und die Kinder ankamen, stellten einige Gemeindemitglieder bereits Farbtöpfe und Pinsel bereit. Mrs. Jordan (jetzt Schwester Jessie, aber Ian fand es schwierig, sich umzustellen) breitete eine Abdeckplane über die Buchsbäume, und Reverend Emmett stand auf einer Leiter und bearbeitete die Überkragung der Veranda mit einer Drahtbürste. Ian griff sich eine andere Leiter und machte sich daran, die Fensterläden abzunehmen. Reverend Emmetts Mutter kam heraus in hohen Absätzen und einem türkisfarbenen Strickkleid und fragte, ob sie nicht eine Kleinigkeit tun könne, aber alle sagten nein. (Was *konnten* sie sagen? Ihre Strickjacke war so vornehm um die Schultern drapiert, die Ärmel genau fünf Zentimeter umgeschlagen.)

Als er mitten in der Arbeit war, wurde Ian jemand zum Helfen geschickt, den er nicht kannte. Es war ein skelettartig dünner Mann in den Dreißigern mit einem schmalen Bartstreifen wie der Abraham Lincolns. Ian warf ihm einen neugierigen Blick zu (man sah nicht viele Gäste in ihrer Kirche), und der Mann sagte: »Ich bin Eli Everjohn. Bertha Kings Schwiegersohn; wir sind zu Besuch aus Caro Mill gekommen.«

»Ian Bedloe«, sagte Ian.

Es wurde ihm jetzt klar, wer die Frau des Mannes sein mußte – die Rotblonde, die Schwester Bertha ähnlich sah, wenn man es bedachte, und die mit den Kindern die Schindeln abkratzte. Sie schien ihm viel zu hübsch für einen so knorrigen, schlaksigen Ehemann. Dieser Eli faßte Werkzeuge mit Abstand an. Er bewegte seine eigenen *Hände* mit Abstand, als operiere er mit einem dieser klauenartigen Geräte, mit denen man versucht, Gewinne aufzufischen. Seine Aufgabe war, die Haken aus den Fensterläden zu ziehen und sie in einem Eimer zu verstauen, was leicht genug hätte sein dürfen; aber der Schraubenzieher schien ihn zu verwirren, und er ließ ihn so viele Male wegrutschen, daß die Schraubenköpfe übel zugerichtet wurden. »Wissen Sie was«, sagte Ian und stellte einen Fensterladen ab. »Ich mache damit weiter, und Sie übernehmen meinen Job.«

»Oh, das kann ich nicht!« sagte der Mann. »Ich habe Höhenangst.«

Höhen? Der höchste Fensterladen befand sich zweieinhalb Meter über dem Boden. Aber Ian wies ihn nicht darauf hin.

Eli hob einen Arm, um sich die Stirn abzuwischen, und wedelte mit dem Schraubenzieher gefährlich nahe vor Ians Gesicht. »In *meiner* Kirche geben wir uns nicht mit so was ab«, sagte er. »Wir machen statt dessen Hausbesuche.«

»Was für eine Kirche ist das?«

»Das Heilige Haus des Evangeliums.«

»Nie davon gehört.«

»Wir sind viel strenger als ihr alle zusammen«, sagte Eli. »Wir würden zum Beispiel niemals zulassen, daß unsere Frauen Männerkleider tragen.«

Ian warf einen Blick auf Elis Frau. Tatsächlich, sie trug ein Kleid – ein Rosenknospenkleid im ländlichen Stil, das bei ihren Bemühungen, eine Stufenleiter zu erklimmen, recht hinderlich war.

»Wir spielen auch nicht Karten, tanzen nicht, und wir hüten uns auch mehr vor dem Erscheinen des Bösen«, sagte Eli. »Sehen Sie, gestern ließ meine Schwiegermutter sich eine Medizin in einer Apotheke zubereiten, die Alkohol verkauft! Geht einfach in ein Haus, das Alkohol verkauft, ohne sich zu überlegen, was das für einen Eindruck macht! Und außerdem missionieren Sie auch nicht.«

Ian bekam allmählich das Gefühl, sich verteidigen zu sollen. Er sagte: »Wir glauben, unser *Leben* müsse unsere Mission sein.«

»Na, das ist aber selbstsüchtig«, sagte Eli. »Jemanden zu sehen, der im Schatten der ewigen Verdammnis lebt, und nicht zu versuchen, ihn vom falschen Weg abzubringen: das nenne ich selbstsüchtig.«

Ian drehte sich auf dem Absatz um und ging einen anderen Fensterladen holen.

Doch als er zurückkam, nahm Eli den Faden wieder auf. »Und wenn wir uns damit abgeben würden, Häuser anzustreichen, hätten wir vorher gebetet«, sagte er. Sein Schraubenzieher fuhr nutzlos über eine Schraube. »Wir beten vor jeder Aufgabe. Wir glauben, welches Werk wir auch immer unternehmen, es ist Gottes Werk; ich bin ein Pfeil, von Gott abgeschossen, um seine Arbeit zu tun.«

Er sah auch irgendwie wie ein Pfeil aus: gerade und glatt, ein spitzer Wirbel stand von seinem Scheitel in die Höhe.

»Was genau *ist* eigentlich Ihre Arbeit?« fragte Ian ihn, in der Hoffnung, das Thema wechseln zu können.

»Ich bin Privatdetektiv.«

Das kam so unerwartet, daß Ian lachte. Eli machte ein beleidigtes Gesicht. »Was ist daran so komisch?« fragte er.

»Detektiv?« sagte Ian. »Sie meinen, Mordfälle und Kriminalfälle und so?«

»Na ja, mehr auf der Linie Ehemännern in Motelzimmern nachspionieren. Aber auch das ist das Werk des Herrn! Glauben Sie mir.«

»Wenn Sie meinen«, sagte Ian.

»Was tun Sie denn, Bruder?«

»Ich bin Tischler«, sagte Ian.

»Unser Heiland war auch Tischler.«

»Nun, ja.«

»Dafür braucht man sich nicht zu schämen.«

»Wer sagt denn, daß ich mich schäme?«

»Sind das Ihre Kinder, mit denen Sie gekommen sind?«

»Ja.«

»Sie sehen ein bißchen jung aus für so große Kinder.«

»Na ja, in Wirklichkeit bin ich nur ihr Onkel«, sagte Ian. »Meine Eltern und ich sorgen für sie.«

»Ich dachte, Sie wären nur ein Collegestudent.«

»Nein, nein.«

»Verheiratet?«

»Nein.«

»Junggeselle.«

»Nun ja, ...Junggeselle«, sagte Ian.

Eli beugte sich wieder über ein Scharnier. Ian sah ihm eine Weile zu und ging dann wieder zu seiner Leiter.

Aber als er wieder einen Fensterladen herunterbrachte, sagte er: »Sie haben wohl noch keinen Vermißten gefunden, oder etwas in der Art.«

»Kommt darauf an, was Sie unter vermißt verstehen«, sagte Eli. »Sicher, ich habe hier und da ein paar Ehemänner gefunden. Gewöhnlich halten sie sich aber nur bei einer Freundin auf, deren Namen und Adresse außer ihrer Frau jeder kennt.«

»Aha«, sagte Ian.

Er lehnte den Fensterladen an einen Sägebock. Er betrachtete ihn. Ohne Eli anzusehen, sagte er: »Angenommen, ein Mensch ist seit langer Zeit vermißt. Fünf oder sechs Jahre, sagen wir. Vielleicht sieben oder acht. Wäre dann die Spur zu kalt für Sie, um ihr zu folgen?«

»Was? Nee«, sagte Eli. »Er muß ja *etwas* zurückgelassen haben. Die Leute sind so schlampig. Das ist meine Erfahrung. Die Leute lassen überall soviel Abfall herumliegen.«

Er drehte einen Unterarm und untersuchte die Innenseite seines Handgelenks. Ein Rinnsal von staubigem Blut lief von seiner Handfläche abwärts. »Denken Sie an jemand Bestimmtes?« fragte er.

»Nicht eigentlich«, sagte Ian.

Er wischte ein trockenes Blatt von einer Lamellentür. Er räusperte sich. Er sagte: »Diese Kinder, für die ich sorge: ihr Vater ist vermißt, könnte man wohl sagen. Der Vater der beiden älteren.«

»Tatsächlich«, sagte Eli. »Drückt sich wohl vor der Unterhaltspflicht, was?«

»Unterhaltspflicht? Oh, natürlich«, sagte Ian.

»Junge, wie ich diese Unterhaltspflichttypen hasse«, sagte Eli. »Oder, nein, nicht hasse. Vergessen Sie das. Die Bibel mahnt uns, nicht zu hassen. Aber ich ... bemitleide sie, ja, ich bemitleide wirklich diese Unterhaltspflichttypen. Sie würden *mich* nie dazu kriegen, ein Kind von denen großzuziehen.«

»Oh, sie sind inzwischen wirklich wie meine eigenen«, sagte Ian.

»Trotzdem! Hier sitzen Sie zu Hause mit drei Kindern, und er ist abgehauen und genießt sein Leben.«

»Das macht mir nichts aus«, sagte Ian.

Er hatte keine Lust, die ganze Geschichte zu erzählen. Eigentlich wußte er schon nicht mehr, warum er überhaupt davon angefangen hatte.

Er beaufsichtigte die Hausaufgaben der Kinder am Küchentisch, als er einen Klagelaut von draußen hörte. Er sagte: »War das ein Baby?«

Niemand antwortete. Sie waren zu sehr damit beschäftigt, sich zu streiten. Thomas teilte Daphne mit, daß ein einfacher alter Holzbleistift gut genug für ihn gewesen wäre, als *er* im dritten Schuljahr war. Daphne hätte kein Recht, sagte er, seinen persönlichen Kugelschreiber zu klauen. Daphne sagte: »Vielleicht war das, was *du* im dritten Schuljahr geschrieben hast, nicht gut genug für einen Kugelschreiber.« Dann beschwerte sich Agatha, daß sie sich nicht konzentrieren könne. Sie seien schuld, daß sie die ganze Gleichung noch einmal von vorne anfangen müsse.

»Hat da ein Baby geweint?« fragte Ian.

Sie machten eine Pause.

»Heh«, sagte Thomas zu den anderen. »Wollt ihr mal was Ekelhaftes hören?«

»Nein, was?«

Ian ging durch die Küche und öffnete die Fliegentür. Es war noch hell genug, so daß er die Wäscheseilpfosten und die Azaleensträucher ausmachen konnte, und den Palisadenzaun, der den Garten hinterm Haus von dem Pfad abgrenzte.

»In der Biologieklasse, mein Lehrer? Mr. Pratt?« sagte Thomas. »Er steht an der Tafel und sagt zu uns: ›Wenn diese Unterrichtsstunde zu Ende ist, werden sich mikroskopische Teilchen meines Mundes *im ganzen Raum* befinden.‹«

»Igitt!« machten Daphne und Agatha.

Gleich innen vor der Gartentür, die seit Jahren nicht völlig geschlossen worden war, saß ein winziger Fleck von Dunkelheit, ein dichteres Schwarz als die Zaunpfosten. Dieser Fleck bewegte sich und schimmerte irgendwie und gab einen weiteren dünnen Klagelaut von sich.

»Miez – miez?« rief Ian.

Er trat hinaus und schloß die Fliegengittertür hinter sich. Ja, es war entschieden eine Katze. Als er sich näherte, schien sie weglaufen zu wollen, zögerte dann aber und blieb schließlich stehen. Er beugte sich nieder und streichelte ihren Kopf. Er konnte den schmalen Schädel fühlen, unter einem Fell, so weich, daß es fast keinen Eindruck auf seine Fingerspitzen machte.

»Wo ist denn dein Herrchen, kleine Katze?« fragte er.

Aber er glaubte die Antwort zu wissen. Sie hatte keine Marke und kein Halsband, und als er mit der Hand über ihren Körper strich, konnte er die Rippen zählen. Sie schwankte schwächlich unter seiner Berührung, dann faßte sie Mut und begann auf eine rostige Art zu schnurren und preßte ihr Gesichtchen in seine hohle Hand.

Zufällig hatten die Bedloes zu diesem Zeitpunkt keine Haustiere. Sie hatten sich nie einen Ersatz für Beastie angeschafft, und die letzte ihrer Katzen war vor ein paar Monaten verschwunden. Deshalb war dieses neue Kätzchen an die richtigen Leute gekommen. Ian ließ ihr ein paar Minuten Zeit, sich an ihn zu gewöhnen, dann hob er sie hoch und trug sie ins Haus. Sie klammerte sich mit spitzen Krallen an ihn, angespannt, aber noch immer pflichtschuldigst schnurrend. »Seht mal, was ich auf dem Weg gefunden habe«, sagte er zu den Kindern.

»Oh, guck mal!« rief Daphne und glitt von ihrem Stuhl. »Darf ich sie halten, Ian? Darf ich sie behalten?«

»Wenn niemand kommt, dem sie gehört«, sagte Ian und reichte sie ihr.

Im Licht sah er, daß die Katze von Kopf bis Fuß schwarz war und kaum mehr als halbwüchsig. Ihre Augen waren schon grün, aber ihr Gesicht war noch das dreieckige, kopflastige Gesicht eines Kätzchens. Thomas hob ihren spindeldürren Schwanz, um zu sehen, welchen Geschlechts sie war, aber der Katze paßte das nicht, und sie kletterte höher auf Daphnes Schulter. »Autsch!« quiekte Daphne. »Thomas, laß das! Guck, was sie jetzt tut?«

»Sie ist ein Mädchen, glaube ich«, verkündete Thomas.

»Laß sie in Ruhe, Thomas!«

»Sie gehört nicht nur dir, Daphne«, sagte Agatha. Sie war ebenfalls aufgestanden und kraulte die Katze hinter den Ohren.

»Sie ist ganz mein! Ian hat es gesagt! Du bist mein, mein, mein, du kleine Süße«, sagte Daphne und drückte ihre Nase an die Nase des Kätzchens. »Oh, was für eine unmenschliche, gemeine Person würde dich einfach wegschmeißen und fortfahren?«

Ganz plötzlich schwebte Ian das Bild von Agatha, Thomas und Daphne vor, wie sie in einem Graben am Straßenrand hockten. Sie klammerten sich aneinander, ihre Augen weit aufgerissen und angstvoll. Und weit in der Ferne, fast nicht mehr sichtbar, verschwand Ians Auto um eine Kurve.

Aber dann, unmittelbar danach, hatte er ein so tiefes Gefühl des Verlustes, daß ihm die Luft wegblieb.

Seine Mutter war nun wirklich behindert. Zwar humpelte sie noch von einem Zimmer zum anderen und bestand noch immer darauf, am Herd zu stehen und hinter dem Mop herzukriechen, aber die Arthritis hatte ihre Hände befallen, und die feineren Bewegungen des Alltags schaffte sie nicht mehr. Die Wäsche zusammenfalten, Auto fahren, Daphnes Kleid im Rücken zuknöpfen –, das alles blieb Ian und seinem Vater überlassen. Und Ians Vater war keine große Hilfe. Jede Arbeit, die er anfing, schien mit »Verflixt...?« zu enden und: »Ian, kannst du mal einen Moment herkommen?« Früher war Claudia ein oder zweimal wöchentlich vorbeigekommen, um zu sehen, was getan werden mußte, aber sie war nach Pittsburgh gezogen, als Macy einen besseren Job fand; und zuerst waren sie zu den Feiertagen gekommen, aber jetzt geschah sogar das nicht mehr allzu oft.

Inzwischen waren diese Kinder eine Ganztagsbeschäftigung geworden. Sie waren liebe Kinder, intelligente Kinder; sie waren gut in der Schule und kamen nie in ernstliche Schwierigkeiten. Aber selbst nicht so ernstliche Schwierigkeiten konnten eine Menge Energie verbrauchen, hatte Ian gelernt. Agatha, zum Beispiel, durchlitt das ganze Elend der Pubertät. Jeden Morgen machte sie sich allein und ohne Freunde auf den Schulweg – der ernste, blasse, fleißige Mädchentyp, den Ian nicht beachtet hatte, als er in ihrem Alter war, aber jetzt verfluchte er die unreifen High-School-Fratzen, die einfach nicht verstanden, wie besonders sie war, wie intelligent und witzig und wie einfühlsam. Thomas hingegen hatte zu *viele* Freunde. Groß und gutaussehend, bereits im Stimmbruch und mit einem dunklen Schatten auf der Oberlippe, war er mehr an Geselligkeit interessiert als an Hausaufgaben, und einer oder der andere der Bedloes wurde ständig zu irgendwelchen Lehrern bestellt – meistens Ian, wie es schien.

Was Daphne betraf, sie schlängelte sich durchs Leben, strahlte jedermann an und senkte ihre langen schwarzen Wimpern über phantastische blauschwarze Augen; aber jedesmal, wenn man ihr ins Gehege kam, war die Hölle los. Sie war eine *Wilde*, diese Daphne. »Ich glaube, sie hatte ein schwieriges Säuglingsalter«, erklärte Ian immer. »Sie ist wirklich ein gutes Kind, glauben Sie mir. Sie hat nur das Gefühl, sie muß für sich selbst einstehen«, sagte er zu einem Lehrer. Und noch einem Lehrer. Und in noch einer Eltern-Lehrer-Besprechung. (Seine zweite in diesem Jahr, und die Schule hatte erst vor zehn Tagen angefangen.)

Cicely lebte nun in Kalifornien mit einem Folk-Gitarristen. Pig

Bensons Familie war fortgezogen, während er im Militärdienst war. Andrew war auf der Universität in Tulane. Und überhaupt, als Andrew das letztemal nach Hause gekommen war, hatte sich herausgestellt, daß er und Ian sich kaum mehr etwas zu sagen hatten. Einmal hatte Andrew von dem »verdammten Feiertagsverkehr« gesprochen, und dann wurde er rot und sagte »Entschuldige«, und da wußte Ian, daß er von jemandem über die Zweite Chance gehört hatte. Und dann mußte Ian Daphne zu ihrer Wiederholungsimpfung bringen, und damit war die Sache erledigt. Andrew hatte nicht vorgeschlagen, sich noch einmal zu treffen.

Junggeselle. Was für ein flotter Ausdruck. Ian, der Junggeselle. Er würde eine Wohnung für sich allein haben. (Eine Junggesellenbude.) Er würde Freunde im gleichen Alter haben, die ihn besuchen kämen. Junge Frauen würden mit ihm ausgehen. Und niemand würde hinter ihm herlaufen und fragen: »Und *wir*? Wer sorgt für uns? Wer wird unsere Socken für uns finden und uns bei unserer Geschichtsarbeit helfen?«

Bei der Arbeit gab er einem Sekretär den letzten Schliff. Er rieb Leinsamenöl in das Holz, während Bert, einer der neuen Männer, auf der anderen Seite des Raums an einer Kommode arbeitete.

Ihre Küchenschrankzeit war vorbei, Gott sei Dank. Nun erschienen reiche junge Ehepaare von Bolton Hill in Mr. Brants Werkstatt, um spezialangefertigte Möbel zu bestellen: Bücherschränke, die den hohen Decken von Bolton Hill angepaßt waren, Stehpulte nach Maß und Bänke im Shaker-Stil. Alles wurde auf die alte Art gebaut, mit Nuten und Fugen und Überlappungsverbindungen, keine Nägel, keine Beize oder Kunststoffpolitur. Die Aufträge waren für ein Jahr oder länger vorgemerkt, und sie mußten drei neue Leute einstellen.

Man sollte denken, dies hätte Mr. Brant gefreut, aber er blieb so mißmutig wie eh und je. Oder war das nur seine Taubheit? Nein, denn immer, wenn seine Frau vorbeikam – eine viel jüngere Frau, die, anders als Mr. Brant, von Geburt an taub war –, signalisierte sie ihm mit fliegenden Fingern, ihr Gesicht erhellte oder bewölkte sich dabei, um das Gesagte zu begleiten; und Ian konnte sehen, daß sie ein Leben führte, das ebenso erfüllt und gesprächig war wie das irgendeines hörenden Menschen. Mr. Brant sah sie an, ohne seinen Ausdruck zu verändern, und dann machte er selbst ein paar Zeichen – plumpe, ungeschickte Zeichen mit steifem Daumen. Ian fragte sich, wie in aller Welt er wohl um sie geworben hatte. Was konnte Mr. Brant gesagt haben, um das Herz einer solchen Frau zu gewinnen? Wenn Mrs. Brant auf seine Hände sah, wurden ihre Augen ganz forschend und konzentriert, und alle Lebhaftigkeit verließ sie. Ian hatte das Gefühl, als ob ihr Mann irgendwie ihren Enthusiasmus dämpfte, aber vielleicht erschien ihm das ja nur so.

Eine der neuen Angestellten war Mrs. Brants Nichte, ein rosiges, vollbusiges Mädchen namens Jeannie, die aus dem College ausgestiegen war, um etwas Realeres zu tun. (Von der Sorte sahen sie heutzutage eine Menge.) Jeannie sagte, Mrs. Brant sei eine richtige Betriebsnudel. Sie sagte, Mrs. Brant hätte Dutzende von Freunden, die mit ihr die Taubstummenschule besucht hatten, und sie säßen in der Küche herum und schwatzten, was das Zeug hielt, und gebrauchten ihre besondere Zeichensprache mit einer Menge nur Eingeweihten verständlicher Witze und schmutziger Ausdrücke; aber ihr Mann hätte die Zeichensprache erst spät erlernt und beherrschte kaum das Wesentlichste wie »Serviere Essen« oder »Wirf Brief ein« (wie Tonto, sagte Jeannie), so war er natürlich im Nachteil. Er sei weder Fisch noch Fleisch, sagte Jeannie. Ian mochte ihn dafür um so lieber. Er hatte längst alle Hoffnung aufgegeben, sich mit ihm anzufreunden oder irgendeine Spur von Gefühl in dem gutgeschnittenen, ledrigen Gesicht zu entdecken; aber nun bereute er, daß er ihn so leicht aufgegeben hatte. »Er muß schrecklich einsam sein«, sagte er zu Jeannie, »wenn er sieht, wie seine Frau sich mit ihren Freunden amüsiert.«

»Oh, das ist ihm egal«, sagte Jeannie. »Er stapft einfach raus in seinen Garten. Niemand von uns kann sich erklären, warum sie ihn geheiratet hat. Vielleicht war es Sex. Ich finde, er ist irgendwie sexy.«

Jeannie sagte oft solche Sachen. Ian war das peinlich. Verschiedene Male hatte sie vorgeschlagen, einmal abends miteinander auszugehen, und obwohl er sie attraktiv fand mit ihrer Haarflut und den lustigen Bauernblusen, brachte er immer Ausreden vor.

An diesem Nachmittag half sie Bert an seiner Kommode. (Sie konnte noch nicht genug, um ein eigenes Stück anvertraut zu bekommen.) Ihr Job war, die Knöpfe an den Schubladen zu befestigen – ganz einfache Zylinder aus Buchenholz –, aber sie ließ sie immer im Stich und kam herüber, um mit Ian zu reden. »Hübsch« nannte sie den Sekretär. Dann, ohne Pause: »Liebst du die Natur, Ian?«

»Die Natur? Sicher.«

»Ich und ein paar Freunde gehen diesen Sonntag zum Loch Raven picknicken. Willst du mitkommen?«

»Ach, ich habe sonntags Kirche«, teilte Ian ihr mit.

»Kirche«, sagte sie. Sie wippte auf den Absätzen ihrer Mokassins. »Und wie wär's *nach* der Kirche?« sagte sie. »Wir gehen nicht vor ein Uhr oder so.«

»Oh, ach, da sind auch mein Neffe und meine Nichten«, sagte Ian. »Ich muß an den Wochenenden auf sie aufpassen, sozusagen.«

»Warum können ihre Eltern das nicht?«

»Ihre Eltern sind tot.«

»Dann ihre Großeltern«, sagte sie erfinderisch.

»Meine Mutter hat Arthritis, und mein Vater hat anderes zu tun.«

»Oder die anderen Großeltern! Oder andere Tanten und Onkel! Oder Babysitter! Oder können die Älteren nicht auf die Jüngeren aufpassen? Oder vielleicht könntest du die Mütter von Schulfreunden anrufen und fragen, ob –«

»Es ist ein bißchen kompliziert«, sagte Ian. Er war erstaunt über die Anzahl von Möglichkeiten, die so plötzlich ersonnen werden konnten. »Ich denke, ich sollte lieber nein sagen«, sagte er zu ihr.

»Jesus«, sagte sie, »ist das ein Elend. Mensch, sogar Sträflingskolonnen kriegen ihren freien Sonntag.«

Dann rief Mr. Brant: »Jeannie!« Er tauchte hinter der Kommode auf und starrte zornig in ihre Richtung, und Jeannie sagte: »Uups! Muß abhauen.«

Sie sprang davon, ein saftiger Brocken von einem Mädchen, und Ian bemerkte, wie ihr langes Haar auf dem gut gepolsterten Hosenboden ihrer Jeans auf und ab wippte.

Das mit den Kindern hatte er natürlich erfunden. Sie waren längst aus dem Alter heraus, in dem sie Babysitter brauchten. Aber irgendwie begann er, seinem eigenen Alibi zu glauben, und als er ihr nachsah, dachte er: *Richtig! Selbst Sträflingskolonnen dürfen ein wenig Zeit für sich selber haben.*

Nun, niemand hatte je behauptet, daß es leicht sein würde.

Aber warum spürte er dann keine Vergebung? Warum hatte er nicht, nach all den Jahren der Buße, das Gefühl, daß Gott ihm vergeben hatte?

Das schwarze Kätzchen gewöhnte sich sofort ein. Sie war sehr artig und sauber, mit einem Geruch wie frische Wolle, und sie vertrug jede Menge Streicheln. Daphne nannte sie Schnuckiputz. Thomas nannte sie Alexandra. Jedesmal, wenn die eine sie rief, rief der andere noch lauter. »Komm, Schnuckiputz.« »Nein, *Alexandra*. Komm, Alexandra, du weißt doch, wen du am liebsten hast.« Agatha hielt sich da raus. Sie war das ganze Wochenende geistesabwesend, verstimmt, weil eine Klassenkameradin eine Party gegeben und sie nicht eingeladen hatte. Ian wußte dies, weil Thomas es grausamerweise am Sonntag während des Abendessens verkündet hatte. Agatha sagte zu Thomas, es sei schweinisch, mit offenem Mund zu kauen, und Thomas sagte: »Na ja, wenigstens brauche ich nicht meine Klamotten in der Übergrößenabteilung zu kaufen. Wenigstens bin ich nicht so dick, daß Missy Perkins mich nicht zu ihrer Schlummerparty einladen würde!« Daraufhin warf Agatha ihre Serviette hin und stürzte vom Tisch, und Daphne sagte, in befriedigtem Ton: »Du bist ein Miststück, Thomas.«

»Bin ich nicht.«

»Bist du doch.«

»Sie hat angefangen.«

»Hat sie nicht.«

»Hat sie doch.«

»Schluß damit«, sagte Ian. »Ihr könnt beide gehen.«

»Warum muß *ich* gehen, wenn er derjenige ist, der –«

»Ihr könnt gehen, hab ich gesagt.«

Sie gingen und murrten vor sich hin, als sie ins Wohnzimmer abzogen.

Das Abendessen war sowieso mehr oder weniger beendet. Ians Vater hatte bereits seinen Teller weggeschoben und lehnte sich in seinem Stuhl zurück, und seine Mutter spielte nur mit ihrem Nachtisch herum. Sie hatte in den letzten fünf Minuten keinen Bissen zu sich genommen; sie war inmitten einer ihrer detaillierten Haushaltsgeschichten, und es sah ganz so aus, als ob sie nicht mehr dazu käme, ihre letzte Halbkugel Dosenpfirsich zu essen.

»Da war ich also im Kellergeschoß«, sagte sie, »und sah auf all dieses Wasser voller Sprechen-wir-nicht-darüber, und der Mann zog so eine Art zischenden Schlauch aus seiner Maschine und wand ihn hinunter in . . .«

Ian begann an die Comics zu denken. Es war kindisch von ihm, er wußte es, aber das eine, das er am Ende jeden Tages wirklich genoß, war, die »Peanuts« in der *Evening Sun* zu lesen. Es war für ihn eine Art Oase – diese winzige, freundliche Welt, wo jeder so drollig und ernst und nachdenklich war. Aber mit all den Guten Werken, dem wöchentlichen Einkaufstrip und Neue-Turnschuhe-für-die-Kinder-Kaufen war er nicht zur Zeitung gekommen; und jetzt konnte er hören, wie die anderen sie im Wohnzimmer zerfledderten.

»Die Rechnung belief sich alles in allem auf sechzig Dollar«, sagte seine Mutter. »Ich finde das billig, wenn man bedenkt, mit was der Mann sich abgeben mußte. Als er fertig war, ließ er mich durch den Bodenabfluß gucken. Den großen, dunklen, widerhallenden Fußbodenabfluß. ›Hören Sie das?‹ sagte er, und ich sagte: ›Was soll ich hören?‹ Er sagte: ›Das ganze Rohr entlang spülen Ihre Nachbarn die Toilette ab. Erst einer hier und dann einer ganz, ganz weit dort drüben‹, sagte er, ›alle sind durch dieses Netzwerk von Rohren miteinander verbunden.‹ ›Na, schön‹, sagte ich, ›aber wenn es nach mir ginge, könnte ich ganz gut weiterleben, *ohne* das zu hören, besten Dank‹.«

Im Wohnzimmer kletterten streitende Stimmen übereinander, und Ian hörte das Geräusch von reißendem Papier. Sie vernichteten die »Peanuts«, ohne Zweifel. Er seufzte.

Angenommen, dachte er plötzlich, er selbst als Junge würde in diesem Augenblick auf der Bildfläche erscheinen. Angenommen, man hätte ihm einen Blick gestattet auf das, was aus ihm geworden war: sechsundzwanzig Jahre alt und wohnt noch immer bei den Eltern, kümmert sich um anderer Leute Kinder und ist versessen auf die Abend-Comics. *Heh?* würde er sagen. *Na, was ist denn hier los? Was ist bloß aus mir geworden? Wie, um Himmels willen, konnte das passieren?*

»Nenne mir einen vernünftigen Grund, weshalb ich zur Kirche gehen sollte«, sagte Agatha am Sonntagmorgen. »Es ist Heuchelei, wenn ich hingehe. Ich bin nicht gläubig.«

»Du kannst in Grandma und Grandpas Kirche gehen, wenn dir das lieber ist«, sagte Ian zu ihr.

»Nun hör mir mal gut zu, Ian, ich sag das nur noch ein einziges Mal: *Ich bin nicht gläubig.*«

Er wickelte ein Gummiband um Daphnes Pferdeschwanz. »Wie wär's denn damit«, sagte er. »Du gehst zur Kirche, bis du achtzehn bist, und dann nicht mehr. Dann müßte ich mich nicht schuldig fühlen, daß du nicht die richtige Grundlage mitbekommen hast.«

»Du brauchst dich auch jetzt nicht schuldig zu fühlen«, sagte Agatha. »Ich spreche dich davon los, Ian.«

Er wich ein wenig zurück. Lossprechen?

»Vielleicht sollte sie zu Mary McQueen gehen«, schlug Daphne vor.

Agatha sagte: »Mary McQueen ist für Katholiken, Dummkopf.«

»Agatha, sag nicht Dummkopf zu ihr. Laß uns jetzt gehen. Thomas ist schon unten.« Sie gingen hinunter ins Wohnzimmer; Daphne klapperte mit den Spangenlackschuhen, die sie gern zur Kirche trug. Das Sonntagmorgengeräusch, dachte Ian. Er sagte zu seinen Eltern: »Wir gehen jetzt.«

»Oh, gut, Ian«, sagte seine Mutter. Sie und sein Vater lasen die Zeitung auf der Couch.

»Zum Beispiel die Sache mit dem Feigenbaum«, sagte Agatha, während sie die Tür hinter sich zufallen ließ. »Jesus verflucht den Feigenbaum.«

»Wo ist Thomas?«

»Hier«, sagte Thomas von der Verandaschaukel.

»Gehen wir also.«

»Jesus setzt sich in den Kopf, daß er Feigen haben möchte«, sagte Agatha. »Natürlich, es ist nicht die *Jahreszeit* für Feigen, aber Jesus will nun mal Feigen. So geht er auf diesen Feigenbaum zu, aber natürlich findet er nichts als Blätter. Und was tut er? Verflucht das arme Bäumchen.«

»Nein!« hauchte Daphne. Offenbar hatte sie noch nie davon gehört.

206

»Und eh du dich's versiehst, ist der Baum verdorrt und stirbt.«

»Nein.«

Ian wußte, daß Agatha nur so eine Phase durchmachte, aber trotzdem störte es ihn, ein wenig. Im Lauf der Jahre hatte er sich ein sehr persönliches Bild von Jesus gemacht. Noch bei dem banalsten und sentimentalsten Sonntagsschulporträt von Jesus durchfuhren ihn Gefühle, als wäre Jesus ... oh, einer dieser älteren Jungen, die er bewundert hatte, als er noch klein war, jemand, den er aus der Entfernung beobachtete und kennen- und liebengelernt hatte, ohne jemals gewagt zu haben, ihn anzusprechen.

Außerdem säte Agatha Zweifel in den anderen beiden.

»Findest du das nicht kleinlich?« fragte sie Daphne. »Ich meine, kommt einem das nicht unvernünftig vor? Wenn *wir* uns so benehmen würden, wir würden in unsere Zimmer geschickt, um darüber nachzudenken.«

»Agatha«, sagte Ian. »In der Bibel stehen eine Menge Dinge, die einfach über unseren Verstand gehen.«

»Über deinen vielleicht«, sagte Agatha. Sie sagte zu Daphne: »Oder die Arche Noah: Wie steht's denn damit? Gott tötet alle Sünder in einem Mammut-Regenwetter. ›Hab ich euch erwischt!‹ sagt er, und er freut sich darüber, weißt du, sonst hätte er vorher ein paar Proberegen geschickt, damit sie sich bessern könnten.«

Man muß sich einmal vorstellen, wie sie auf Außenstehende wirken mußten, dachte Ian. Eine geschniegelte gebügelte kleine Familie, die gemeinsam zur Kirche geht und theologische Fragen erörtert. Perfekt.

Von außen gesehen.

»Oder Abraham und Isaak. Das macht mich wirklich wütend. Gott verlangt von Abraham, daß er seinen eigenen Sohn tötet. Und Abraham sagt: ›Okay.‹ Kannst du das glauben? Und dann, in allerletzter Minute, sagte Gott: ›Hab dich nur getestet. Ha-ha.‹ Mensch, ich möchte mal wissen, was Isaak gedacht hat. Für den Rest seines Lebens, jedesmal wenn sein Vater ihn auch nur ansah, muß Isaak gedacht haben —«

Ian sagte: »Agatha, es ist ein sehr schlechtes Benehmen, anderer Leute Religion zu kritisieren.«

»Es ist auch schlechtes Benehmen, ihnen deine eigene Religion aufzuzwingen«, sagte Agatha zu ihm. »Sch..., es ist vollkommen *verfassungswidrig*. Mich zwingen, in die Kirche zu gehen, wenn ich nicht will.«

»Nun, du hast recht«, sagte Ian.

»Was?«

»Du hast recht. Das hätte ich nicht tun sollen.«

Sie waren jetzt stehengeblieben. Agatha starrte ihn an. Sie sagte: »Ich kann also jetzt gehen?«

»Du kannst gehen.«

Sie stand noch einen Moment länger da. Die anderen beiden beobachteten sie interessiert. »Okay«, sagte sie schließlich. »Tschüs.«

»Tschüs.«

Sie drehte sich um und ging heimwärts.

Aber ohne sie schien es sehr still zu sein. Er vermißte ihre feste, rechthaberische Stimme und ihren kleinen Trick, ihren Ton zu variieren, um die Bemerkungen anderer Personen zu zitieren. Ganz gleich, wie erfunden diese Bemerkungen auch waren.

»Ich, der Herr, dein Gott, bin ein eifersüchtiger Gott«, las Reverend Emmett aus dem 2. Buch Mose, und fast konnte Ian Agatha neben sich hören: »Jedesmal, wenn *wir* uns eifersüchtig aufführen, regen die Leute sich auf.« Er schüttelte den Gedanken ab. Er beugte sich tiefer in seinem Stuhl, stützte seine Stirn auf zwei Finger. Neben ihm riß Daphne eine winzige Ecke aus einer Seite ihres Gesangbuchs und legte es auf ihre Zunge. Thomas saß hinter ihnen, neben Kenny Larson und seiner Familie. Eine Fliege kroch vorn an der Theke hoch.

Reverend Emmett sagte ein Lied an: »Seliges Wissen.« Die Gemeinde erhob sich zum Gesang, sie standen Schulter an Schulter. Ian kannte jeden hier. Oder wenigstens halbwegs. (Eli Everjohn und seine Frau saßen bei Schwester Bertha, und Mrs. Jordan hatte ihre Cousine mitgebracht.) »Dies ist mein Leben«, sangen sie, »dies ist mein Lied...« Ian legte einen Arm um Daphne, und sie schmiegte sich beim Singen an ihn; ihre Stimme war merkwürdig heiser für ein so kleines Mädchen.

Die Predigt war über die Zuckerregel. Vor kurzem war ein Komitee an Reverend Emmett herangetreten mit dem Vorschlag, die Zukkerregel fallen zu lassen. Es sei einfach zu kompliziert, sagten sie. Man solle sich nichts vormachen, sagten sie, sie äßen jeden Tag ihres Lebens Zucker, so oder so. Selbst Erdnußbutter enthielt Zucker, wenn man sie im Supermarkt kaufte. Reverend Emmett hatte ihnen gesagt, er wolle über die Sache meditieren und ihnen dann seinen Entschluß mitteilen. Was er ihnen an diesem Morgen erklärte – hinter der Theke auf und ab gehend, mit den langen Fingern durch seine Stirnhaare fahrend – war, daß die Zuckerregel kompliziert sein *sollte*. »Wie der Irrtum selbst«, sagte er, »schleicht sich der Zucker in die Ritzen. Man sagt sich, man hat es nicht gemerkt, man war den Umständen unterworfen, man hat vergessen, das Etikett mit der Zusammensetzung zu lesen, und überhaupt, er ist überall, und man kann nichts daran ändern. Ist das nicht bezeichnend? Nicht, daß man auf ewig verdammt sein wird, wenn man ein Körnchen Zucker ißt; niemand sagt das. Zucker ist nur eine Ablenkung, keine Sünde. Aber ich finde, es ist wichtig, die Regel einzuhalten, für das, was sie bedeutet: die Notwendigkeit immerwährender Wachsamkeit.«

Die Kinder – diejenigen, die zuhörten – schnitten einander enttäuschte Grimassen, aber Ian machte das eigentlich nichts aus. Die Zuckerregel war höchstens eine geringfügige Unbequemlichkeit. Ebenso die Kaffeeregel; ebenso die Alkoholregel. Die schwierige war die Außerehelicher-Sex-Regel. »Wie kann etwas an einem Tag richtig sein und am anderen falsch?« hatte Cicely ihn gefragt. »Und sowieso, was geschehen ist, ist geschehen, und man kann es nicht ungeschehen machen, oder?«

Er hatte gesagt: »Wenn ich so dächte, könnte ich nicht weiterleben.« Dann hatte er gesagt, er wollte, daß sie heirateten.

»Heiraten!« hatte Cicely gerufen. »Heiraten, in unserem Alter! Ich hab noch nichts von der Welt gesehen! Ich habe noch keinen Spaß gehabt!«

Er bedeckte die Augen mit der Hand.

In seinen Tagträumen ging er eines Morgens in den Gottesdienst und sah ein reizendes goldhaariges Mädchen direkt in der Reihe vor sich sitzen. Sie würde so auf die Predigt aufpassen, daß sie sich noch nicht einmal nach ihm umdrehte; sie war in einer Religion erzogen, die der seinen sehr ähnlich war, wie sich herausstellte, und war von ganzem Herzen gläubig. Nach dem Segen stellte Ian sich vor, und sie sah schüchtern und erfreut aus. Er warb um sie auf die korrekteste Art, doch er konnte sehen, daß sie ebenso fühlte wie er. Sie würden in der Zweiten Chance heiraten, und Reverend Emmett würde sie trauen. Sie würde die drei Kinder lieben, als seien es ihre eigenen, und würde immer zu Hause bleiben, um für sie zu sorgen. Die Kirchenjungfrau, nannte Ian sie in Gedanken. Nie betrat er das Gebäude, ohne die Reihen nach seiner Kirchenjungfrau zu überfliegen.

Nach der Predigt kam Wiedergutmachung. »Möchte jemand aufstehen?« fragte Reverend Emmett. Aber Aufstehen war etwas für schwere Sünden, wenn man der ganzen Gemeinde beichtete und öffentlich alle möglichen Methoden der Buße diskutierte. Anscheinend war keiner von ihnen während der vergangenen Woche so schwerwiegend vom rechten Wege abgewichen. »Nun also«, sagte Reverend Emmett lächelnd, »dann werden wir in der Stille Buße tun«, und dann senkten sie die Köpfe und gestanden sich flüsternd ihre eigenen Vergehen. Ian hörte Fetzen von »meinen Mann belogen« und »meine Tochter geohrfeigt« und »ein halbes Bier mit meinem Chef getrunken«. »Donnerstag hab ich den neuen BH meiner Schwester gestohlen und ihn zur Gymnastik angezogen«, sagte Daphne, was Ian erschreckte, aber natürlich hätte er nicht hinhören sollen. Er wandte das Gesicht von ihr ab und flüsterte: »Ich war dreimal bissig zu den Kindern. Viermal. Und ich hab Mr. Brant erzählt, ich hätte Grippe, dabei wollte ich nur einen Tag frei haben.«

Anders als andere Glaubensrichtungen, die Ian kannte, hatte diese nichts gegen Gedankensünden. Einen sündigen Gedanken zu haben und nicht danach zu handeln, bedeutete, Rechtschaffenheit zu üben, sagte Reverend Emmett – fast soviel Rechtschaffenheit, als hätte man den Gedanken gar nicht gehabt. Jesus müsse falsch zitiert worden sein in dieser Sache mit Ehebruch-in-deinem-Herzen-Begehen. So ließ Ian unausgesprochen, was ihn am meisten bedrückte.

Ich habe gebüßt und gebüßt, und manchmal habe ich in letzter Zeit Gott gehaßt, daß er so lange brauchte, um mir zu vergeben. An manchen Tagen habe ich das Gefühl, ich spreche in ein kaputtes Telefon. Meine Worte stoßen an eine leere Wand. Nichts kommt zurück, um mir zu zeigen, daß ich erhört worden bin.

»Laß es von unseren Seelen verschwinden, Herr. In Jesu Namen, Amen«, sagte Reverend Emmett. Er sah strahlend aus. Was auch immer seine Seele beschwert hatte (denn seine Lippen hatten sich heute morgen mit denen der anderen bewegt), war offensichtlich von ihm genommen worden.

Sie sangen »Selige Stunde des Gebets«, dann sprach Reverend Emmett den Segen, und sie durften aufbrechen. Daphne schoß davon zu einer Freundin. Ian schlängelte sich durch die Begrüßungen der anderen Mitglieder hindurch. Er beantwortete verschiedene Erkundigungen nach der Arthritis seiner Mutter und schlug höflich Mrs. Jordans Angebot aus, ihn nach Hause zu fahren. (Sie fuhr wie eine Irre.) Bei der Tür stand Eli Everjohn verlegen in einem leuchtend blauen Anzug, während seine Frau neben ihm mit Schwester Myra sprach. »Morgen, Bruder Eli«, sagte Ian. Er begann sich an ihm vorbeizudrücken, aber Eli, der sich wohl ausgeschlossen fühlte, strahlte und sagte: »Ach, hallo! He!«

»Hat Ihnen der Gottesdienst gefallen?« fragte Ian.

»Oh, ich bin sicher, Ihr Pfarrer meint es gut«, sagte Eli. »Aber gewöhnlichen weißen Zucker zu verbieten und dann euren jungen Leuten zu erlauben, Rock 'n' Roll-Musik zu hören! Mir scheint, er hat seine Prioritäten verwechselt. Ich weiß auch nicht, was ich von diesem Wiedergutmachungszeug halten soll. Erinnert zu sehr an den römischen Katholizismus, wenn Sie mich fragen.«

»Ah, na ja, das ist Ansichtssache, meine ich.«

»Nein, Bruder Ian, das ist keine Ansichtssache. Meine Güte! Wie kommen Sie nur darauf!«

Das war mehr oder weniger das Ende der Unterhaltung, dachte Ian. Er gab es auf und hob freundlich eine Hand zum Abschied. Aber dann hielt er inne und drehte sich um: »Bruder Eli?« sagte er. »Was ich sagen wollte. Meinen Sie, Sie könnten jemand Vermißten für mich finden?«

»Nun ja, ich würde mein Bestes tun«, antwortete Eli. Die Frage schien ihn durchaus nicht zu überraschen. Ian war es, der überrascht war.

»Er hieß Tom Dean«, teilte er Eli mit. »Thomas Dean Senior. Er war mit meiner Schwägerin verheiratet, bevor sie meinen Bruder heiratete, und er ist der einzige, der uns vielleicht sagen könnte, wer die Verwandten meiner Schwägerin waren.«

Er und Eli saßen auf der Couch in Schwester Berthas Wohnzimmer. Ohne Zweifel fragte sich Schwester Bertha, was Ian wohl hierherführte, aber sie hielt sich abseits, klapperte ostentativ mit Töpfen in der Küche und sprach mit ihrer Tochter. Ihr Haus war im Ranchstil gehalten, mit Zimmern, die alle ineinander übergingen, und Ian hörte deutlich, daß sie über eine Netta sprach, die einen schrecklichen, durch Fett verursachten Brand durchgemacht hatte.

»Ich weiß nicht, wo Tom Dean aufgewachsen ist«, sagte Ian, »aber einmal, im Frühjahr fünfundsechzig, schrieb er an Lucy aus Cheyenne, Wyoming. Oder vielleicht rief er an, ich weiß es nicht genau. *Irgendwie* meldete er sich bei ihr und bat sie, ihm seine Sachen zu schicken.«

»Wie lange waren sie geschieden?« fragte Eli.

»Ich weiß nicht. Die Kinder waren aber noch klein. Es kann nicht allzu lange her gewesen sein.«

»Und in welchem Staat wurde die Scheidung ausgesprochen? Maryland? Wyoming? In welchem Bundesstaat?«

»Weiß ich auch nicht.«

Eli musterte ihn kummervoll. Er hatte sein Jackett abgelegt, und die Achselhöhlen seines weißen Hemdes zeigten eine blaßblaue Färbung.

»Das wurde nur beiläufig erwähnt«, sagte Ian. »Man diskutiert schließlich nicht alle Einzelheiten einer Scheidung mit der Familie seines neuen Ehemanns. So kam es, daß, als mein Bruder starb und dann Lucy, niemand da war, den ich fragen konnte. Sie hatte ihre drei Kinder zurückgelassen, und wir hofften, irgendwelche Verwandten könnten sie zu sich nehmen, aber wir wußten nicht, ob sie Verwandte hatte. Wir wußten nicht einmal ihren Mädchennamen.«

Hinter dem Tafelglasfenster fegte der Sonntagsverkehr über die Lake Avenue. Schwester Bertha sagte, Netta sei unverbrannt davongekommen und ebenso ihr Mann und ihr Baby und ihr lieber, süßer, wunderbarer, unglaublicher kleiner Hund.

»Trotzdem«, sagte Eli, »Ihre Schwägerin mußte ein Dokument irgendwelcher Art gehabt haben. Eine Urkunde oder irgend etwas, irgendwo unter ihren Papieren.«

»Sie hat keine Papiere hinterlassen. Nachdem sie gestorben war, hat mein Vater ihr Haus durchsucht, und er fand kein einziges.«

»Und ihre Brieftasche? Führerschein?«

»Sie konnte nicht Auto fahren.«

»Sozialversicherungskarte?«

»Auf den Namen Lucy Dean. Punkt.«

»Dann Fotos. Irgendwelche Fotos?«

»Nichts.«

»Ihre Familie muß doch Fotos haben. Aus der Zeit, nachdem sie Ihren Bruder geheiratet hatte.«

»Haben wir, aber meine Mutter hat sie weggelegt, um die Kinder nicht daran zu erinnern.«

»Sie nicht erinnern? Ach, du liebe Zeit!«

»Meine Mutter ist so . . . sie zieht vor, alles von der positiven Seite zu betrachten. Aber ich kann sie sicher für Sie finden.«

»Später vielleicht«, sagte Eli. »Okay: sprechen wir über die Freunde Ihrer Schwägerin. Erinnern Sie sich, ob sie irgendwelche Freundinnen hatte?«

»Keine engen«, sagte Ian. »Nur ein paar Frauen, mit denen zusammen sie kellnerte, damals, bevor sie Danny heiratete. Eine von ihnen konnte man nicht mehr ausfindig machen, und die andere traf meine Mutter zufällig etwa ein Jahr, nachdem Lucy gestorben war, aber sie sagte, sie wüßte wirklich gar nichts über sie.«

»Hat denn niemand Lucy irgend etwas *gefragt*?«

»Das ist wirklich seltsam«, sagte Ian. Es war das erste Mal, daß Ian aufging, wie seltsam das war. Er war erstaunt, daß sie so unwissend, so wenig neugierig sein konnten, in all den Monaten, in denen sie neben einem anderen Menschen hergelebt hatten.

Eli sagte: »Erzählen Sie mir, was in ihrem Schreibtisch war.«

»Sie hatte keinen Schreibtisch.«

»Dann halt ihre oberste Kommodenschublade. Oder in der Schublade mit dem Durcheinander von Bindfaden und solchem Kram in ihrer Küche.«

»Alles, was ich weiß, ist, mein Vater hat ihr Haus durchsucht, und er fand nichts Wichtiges. Er bemerkte, daß die Leute heutzutage keine Briefe mehr schreiben.«

»Aha: keine Briefe.«

»Und auch kein Adreßbuch. Ich erinnere mich, daß er das erwähnte.«

»Und ihre Scheidungsunterlagen? Die kann sie doch nicht fortgeworfen haben.«

»Vielleicht, nachdem sie sich wieder verheiratet hatte.«

»Also dann, ihre Heiratsurkunde. Die Heirat mit Ihrem Bruder.«

»Nix.«

»Sie wissen, daß sie die aufbewahrt haben würde.«

»Alles, was ich sagen kann, ist, wir haben sie nicht gefunden.«

»Sie muß ein Bankschließfach gehabt haben.«

»Lucy? Das bezweifle ich. Und wo wäre dann der Schlüssel gewesen?«

»Was Sie mir also erzählen wollen«, sagte Eli, »ist, daß eine Person es fertigbringt, durchs Leben zu kommen ohne ein einziges, vereinzeltes Stück Papier in ihrem Besitz.«

»Nun, ich weiß, das ist ungewöhnlich –«

»Es ist unmöglich!«

»Nun…«

»War in ihr Haus kurz zuvor eingebrochen worden? Sahen die Schubladen aus, als seien sie durchwühlt worden?«

»Nicht, daß ich wüßte«, sagte Ian.

»Wohnte sonst noch jemand bei ihr im Haus?«

»Nein…«

Aber ein undeutliches Unbehagen huschte an ihm vorüber, wie etwas, das man aus dem Augenwinkel wahrnimmt und doch nicht sieht.

»War irgend jemand Verdächtiges um sie herum?«

»Nein, nein…«

Aber die mißtrauische, argwöhnische Agatha drängte sich seinen Gedanken auf – ihr verschlossenes Gesicht mit den geschwollenen Lidern, die ihre geheimen Gedanken verschleierten.

»Nun, ich möchte nicht, daß Sie das falsch auffassen«, sagte Eli, »aber Sie sind so ziemlich der am wenigsten hilfreiche Klient, der mir je vorgekommen ist.«

»Das ist mir klar. Tut mir leid«, sagte Ian. »Ich hätte Ihre Zeit nicht verschwenden sollen.«

Eli schüttelte den Kopf, und sein Haarzipfel wippte auf und ab. Gottes Pfeil ohne Ziel, konnte Ian nicht umhin zu denken.

Montag mittag teilte er Mr. Brant mit, er würde heute zu Hause essen. Er fuhr nach Hause, schloß die Tür auf und rief:»Ich bin es! Hab meine Brieftasche vergessen!«

»Oh, hallo, Lieber«, rief seine Mutter aus der Küche. Dann sprach sie weiter mit seinem Vater, zweifellos bei ihrem gewöhnlichen Mittagessen aus Dosensuppe und Salzcrackern.

Er ging die Treppe zum ersten Stock hinauf und weiter, etwas verstohlener, zum Dachgeschoß, in Daphnes und Agathas Zimmerchen unter der Dachschräge.

Mädchen waren gewöhnlich unordentlicher als Jungen, dachte er. (Er hatte das in seiner Collegezeit festgestellt.) Agathas Bett war mit so vielen Büchern überhäuft, daß er sich fragte, wie sie darin schlafen konnte, und Daphnes war ein Dschungel von Stofftieren. Er ging hinüber zu Agathas Kommode, ein dunkel gebeiztes hohes Möbelstück, das ein wenig von der Wand abgerückt stehen mußte, um nicht an die Dachschräge anzustoßen. Die Oberfläche war mit Bleistiftstummeln, gebrauchten Papiertaschentüchern und weiteren Büchern bedeckt, aber in den Schubladen war es ziemlich ordentlich. Er tastete den Inhalt jeder Schublade vorsichtig ab, auf der Hut vor etwas, das dort nicht hingehörte – das Rascheln von Papier oder ein Adreßbuch mit harten Kanten. Aber es war nichts da.

Er kniete nieder und sah unter ihr Bett. Staubflocken. Er hob die Matratze. Schokoladenriegelhüllen. Er schüttelte den Kopf und ließ die Matratze fallen. Er versuchte es in dem alten Holzfaserplattenschrank, der an einem Ende des Zimmers stand, und fand eine Stange voller Kleider, Daphnes und Agathas, zu dicht zusammengedrückt. Jede Menge Schuhe lagen in einem Wirrwarr durcheinander am Boden.

Er bückte sich, um seinen Kopf in eine Speicherkammer zu stecken, die unter dem Dachvorsprung entlang verlief. In der Dämmerung konnte er eine Schneiderpuppe erkennen, einen Lampenschirm, zwei Feldkisten und einen Pappkarton. Er kroch weiter hinein und hob eine der Klappen des Kartons. Der modrige graue Geruch erinnerte ihn an Mäuse. Er zerrte den Karton näher zur Tür, um ihn genauer zu untersuchen: das gerahmte College-Diplom seiner Mutter, ein Bündel Briefe, adressiert an Miß Beatrice Craig ... er stieß den Karton wieder nach hinten.

Als er sich zum Gehen wandte, sah er einen verblichenen stoffbezogenen Kasten auf dem Boden – von der Sorte, in der man manchmal Briefpapier kaufen kann. Er schlug den Deckel auf und fand ein Durcheinander von Haarspangen, Haarbändern und billigem Schmuck. Zweifellos Agathas. Er ließ den Deckel zufallen und kroch ganz hinaus.

Im Schlafzimmer hielt er inne. Er langte zurück und zog die Schublade am Boden des Kastens auf.

Sofort wußte er, daß er auf etwas gestoßen war. Der Inhalt war so ordentlich: geglättete Papiere, nach der Größe sortiert, und oben darauf ein paar Schmuckstücke, nicht weniger wertlos als die in dem größeren Fach, aber offensichtlich aus einer früheren Zeit. Er schob den Schmuck beiseite und nahm die Papiere heraus.

Ein Sparbuch von Mercantile Safe Deposit and Trust, mit einem Betrag von 123,08 Dollar. Die Eigentumsurkunde auf einen Chevrolet im Besitz von Daniel C. Bedloe. Eine Quittung von Morehead TV Repair mit der Garantie auf sämtliche Ersatzteile für dreißig Tage. Eine Heiratsurkunde für Daniel Craig Bedloe und Lucy Ann Dean. (Ian hielt einen Moment inne, als er das las. Gab es eine entfernte Möglichkeit, daß Ann ihr Nachname war?) Eine Geburtsurkunde für Daphne Marie Bedloe. Eine Broschüre mit Anweisungen über das Einreichen von Krankenscheinen. Eine Geburtsurkunde von Agatha Lynn Dulsimore und dann eine von Thomas. Eine Quittung über –

Agatha *wie*?

Agatha Lynn Dulsimore, geboren am 4. April 1959. Name des Vaters: Thomas Robert Dulsimore! Mädchenname der Mutter: Lucy Ann Dean. Und Thomas Robert Dulsimore, Junior, von denselben Eltern.

Also war Dean nicht Lucys ehelicher Name, sondern ihr Mädchenname. Sie mußte nach der Scheidung wieder ihren Mädchennamen angenommen haben und auch die Namen der Kinder geändert haben – zumindest stillschweigend. In dieser ganzen Zeit hatten die Bedloes nach einem Mann gesucht, den es gar nicht gab.

Ian sichtete die wenigen übrigen Papiere – ein unscharfes, ungünstiges Foto von Lucy und den älteren beiden Kindern, eine Autoversicherungspolice, ein Rezept für Bananenbrot – aber die Geburtsurkunden waren die einzigen Dinge, durch die er etwas Neues erfahren hatte. Beide gaben als Adresse der Eltern Portia, Maryland an. Beide verzeichneten bestimmte Daten, den Namen eines Arztes und den Namen eines Krankenhauses in einer Stadt namens Marcy, die, wenn Ian sich recht erinnerte, nicht weit von Portia gelegen war, gerade auf der Grenze zu Pennsylvania. Er wußte genug, um einen Mann aufzuspüren, vorausgesetzt, jemand war halbwegs geschickt in der Spurensuche.

Er steckte die Papiere unter sein Hemd und machte sich auf zu Eli Everjohn.

»Nimm ein bißchen Kartoffelbrei, Schnuckiputz«, sagte Daphne. Sie hielt dem Kätzchen ihren Löffel hin, das auf Daphnes Schoß saß, die Vorderpfoten artig unter sich eingerollt. Erst starrte die Katze in Daphnes Augen, als ob sie prüfen wollte, ob sie es auch wirklich meinte, und dann lehnte sie sich vorwärts und schleckte possierlich. Als sie fertig war, glänzte der Löffel. Sie setzte sich auf, um ihr Gesicht zu putzen. »Gutes Mädchen«, sagte Daphne und senkte den Löffel wieder auf ihren Teller und nahm selbst einen Mundvoll.

»Uuh, ekelhaft!« sagte Agatha. »Ian, hast du gesehen, was sie gemacht hat?«

»Was? Was hab ich denn gemacht?«

»Du hast von einem Löffel gegessen, den die Katze abgeleckt hat!«

Am anderen Ende des Tisches räusperte Thomas sich altklug. »Nun, in Wirklichkeit sollte die Katze sich Sorgen machen. Mrs. Pratt sagt, der menschliche Speichel enthält mehr Bazillen als der jedes anderen Tieres, weil Menschen diese Finger haben, die sie immer in den Mund stecken.«

Ian lachte. Die anderen sahen ihn an.

»Ich hab nur, eh, an etwas gedacht«, sagte er zu ihnen.

Sie guckten wieder weg.

Man konnte es wirklich keine Buße nennen, für diese drei zu sorgen. Sie waren alles, was seinem Leben Farbe und Energie und ... nun, Leben gab.

Er nahm sich vor, Elis Bericht, wenn er ihn erhalten hätte, irgendwo in einer Schublade aufzubewahren. Wenn sie dann erwachsen wären und nach ihrer Herkunft fragten, würde er ihn ihnen geben; das war alles. Er selbst würde bestimmt keinerlei Gebrauch von dieser Information machen.

Die Leute mußten über ihre genetische Herkunft Bescheid wissen – welche Krankheiten in der Familie vorgekommen waren und so fort. Auch würde es ihm bei seinem Antrag auf Vormundschaft helfen. Sozialversicherung. Solche Dinge.

Er stand auf und begann den Tisch abzuräumen. Es war eine Erleichterung, diese Entscheidung getroffen zu haben. Er war froh, niemandem erzählt zu haben, was er getan hatte.

Aber am nächsten Tag bei der Arbeit erzählte er es doch jemandem. Er erzählte es Jeannie. Er zeigte ihr, wie man die richtige Holzmaserung wählte, und sie fragte ihn, ob er heute abend mit ihr ins Kino gehen wollte. »Ich kann nicht«, sagte er.

»Was, hat deine Religion auch was gegen das Kino?«

»Nein, ich bin an der Reihe, die Mädchen zum Pfadfindertreffen zu fahren.«

»He«, sagte sie. »Ian. Wie lange hast du noch vor, auf diese Art dein Leben zu verbringen?«

Da erzählte er ihr von Eli. Er wußte nicht genau, warum. Es war nicht so, daß Thomas Dulsimore zu finden an seiner Situation etwas ändern würde. Vielleicht wollte er nur beweisen, daß er nicht so passiv war, wie sie dachte. Und sie schien erfreulicherweise interessiert zu sein. Als er den Briefpapierkasten erwähnte, sagte sie: »Na sowas! Mach weiter!« Sie fragte: »Was war denn alles drin?« und wollte sogar Einzelheiten über den Schmuck wissen.

»Es war nicht die Sorte Schmuck, die einem irgendwelche Anhaltspunkte geben könnte«, sagte er. »Ich hab ihn mir ehrlich gesagt nicht so genau angesehen.«

»Und das Foto?«

»Ach ja, das war ... na ja, der Detektiv war natürlich froh, es zu sehen, so wußte er mehr oder weniger, wie sie ausgesehen hat, aber es war kein Straßenzeichen oder Autonummernschild oder irgend etwas Derartiges darauf zu sehen. Nur Lucy.«

»War sie hübsch?«

»Sicher. Ich glaube schon.«

Aus irgendeinem Grund wollte er ihr nicht sagen, *wie* hübsch.

Lucys Bild schwebte ihm vor – nicht die Version des wirklichen Lebens, sondern die Version auf dem Schnappschuß: verwackelt, noch ungeformt, längst nicht so fein ziseliert, wie sie später wirkte. Die eine Hüfte war ungraziös herausgeschoben, um Thomas' Gewicht abzustützen, und eine Hand war verschwommen ausgestreckt, um Agatha näher an sich zu ziehen. Gegen jegliche Logik (er wußte, daß das lächerlich von ihm war) begann er, Agatha ihre Treulosigkeit übelzunehmen, weil sie das Bild ihrer Mutter aufbewahrte. Da hat man es nun: Man gibt das Studium auf, man opfert alles für diese Kinder, und was tun sie? Sie bewahren heimlich das Foto ihrer Mutter auf und klammern sich an sie und haben sie lieber. Sie hatte nicht einmal richtig für sie gesorgt, war mutwillig gestorben und hatte sie zurückgelassen, aber offensichtlich war die Blutsmutterschaft wichtiger als alles andere.

Jeannie sagte: »Ich bin wirklich froh, daß du das jetzt tust, Ian.«

»Nun, es ist nur, damit alles geklärt wird. Ich habe bestimmt nicht vor, die drei irgendwelchen Fremden auszuliefern oder etwas dergleichen.«

»Was, bist du verrückt?« fragte sie. »Du mußt dein eigenes Leben führen! Du kannst sie nicht ewig mitschleppen.«

»Aber ich bin verantwortlich für sie. Ich habe Angst, es wäre, hm, Sünde, sozusagen, wenn ich sie im Stich ließe.«

»Soll ich dir sagen, was ich denke?« fragte Jeannie. Sie beugte sich vor. Ihr Gesicht schien jetzt schärfer zu sein, spitzer. In die Höhlung zwischen ihren Schlüsselbeinen hätte ein Teelöffel Salz gepaßt. »Ich bin der Meinung, daß es Sünde ist, sie *nicht* im Stich zu lassen«, sagte sie.

»Wie kommst du darauf?«

»Ich finde, jeder von uns hat nur ein einziges Leben auf diesem Planeten. Wir werden in alle Ewigkeit keine andere Chance bekommen«, sagte sie. »Und wenn du diese verschwendest – nun, *das* ist Sünde.«

»Ja«, sagte er, »aber was, wenn ich moralisch verpflichtet bin, es zu verschwenden? Was ist, wenn ich eine Verpflichtung hätte?«

Er fürchtete, sie würde eine Erklärung verlangen, aber sie war zu sehr damit beschäftigt, zu beweisen, daß sie recht hatte. »Selbst dann!« sagte sie triumphierend. »Du mußt dich von deinem Mitleid freimachen. Du mußt darüber hinwegkommen. Du darfst nicht die Sünde begehen, dein einziges Leben zu vergeuden.«

»Na ja, das *klingt* gut«, sagte er.

Es klang auch gut. Er hatte dem wirklich nichts entgegenzusetzen.

In der Gebetsversammlung am folgenden Abend hielt er nach Eli Everjohn Ausschau, aber er sah ihn nicht und die Rotblonde auch nicht. Er entdeckte Schwester Berthas dunkelrote Pompadourfrisur, setzte sich neben sie und fragte: »Wo ist deine Tochter heute abend?«

»Sie ist nach Hause gefahren.«

»Nach Hause?«

»Sie und Eli sind nach Caro Mill zurückgefahren. Eli sagte aber, ich solle dir etwas ausrichten. Was war das nur, was er sagte? Er sagte, du solltest nicht denken, daß er dich vergessen hätte, und er würde sich mit dir in Verbindung setzen.«

»Danke.«

Dann kündigte Reverend Emmett das Eingangslied an: »Work for the Night is Coming ... Schafft, denn die Nacht wird kommen.«

Jedesmal, wenn Ian an der Gebetsversammlung teilnahm, dachte er an seinen ersten Besuch hier. Er erinnerte sich, wie er sich von den liebevollen Stimmen der Sänger willkommen geheißen fühlte, er erinnerte sich an das Gefühl, daß die Gebete himmelwärts aufstiegen. Hierher zu kommen hatte ihn gerettet, das wußte er. Ohne die Kirche der Zweiten Chance hätte er sich ewig allein abgemüht, in Hoffnungslosigkeit versunken.

Deshalb bezähmte er seine Ungeduld, wenn die Gebetsversammlung umständlich und inkonsequent zu sein schien, wenn die Bitten sich um geringfügige gesundheitliche Beschwerden und persönliche Streitigkeiten drehten. Heute abend betete er dafür, daß Bruder Kenneths Dickdarm weniger anfällig werden möge, für Schwester Myras Mann, daß sie ihn besser zu schätzen wisse. Er hörte sich einen Vortrag von Schwester Nell an, der weniger eine Bitte um Gebete als eine Autobiographie zu sein schien. »Ich habe gelernt, mich nicht mehr für alles, was schiefgeht, selbst zu beschuldigen. Aber wißt ihr, eigentlich, wenn man es bedenkt, sind es meistens andere Leute, die schuld sind, die Gottlosen und Selbstbezogenen, und so sagte ich zu dem Mädchen in meiner Schicht, ich sagte:›Nun hör mal zu, Miss Maggie. *Du* denkst vielleicht, ich war verantwortlich für...‹«

Bis Reverend Emmett unterbrach:»Oh, Schwester Nell?«

»Was?«

»Wofür genau möchtest du, daß wir beten?«

»Betet für mich, Kraft zu haben«, sagte sie, »im Umgang mit Narren und Sündern.«

Ian betete für Schwester Nell, daß sie Kraft haben möge.

Das letzte Lied war:»Leise und innig ruft Jesus dir zu«, und als sie sangen:»Komm heim! Komm heim!« hatte Ian das Gefühl, er sei es, den sie riefen.

»Geht nun hinaus in die Welt und seid Zeugen Seiner Lehre«, sagte Reverend Emmett und erhob die Arme. Fast schon vor seinem »Amen« regten sich die Leute und bereiteten sich zum Weggehen vor. Einige sprachen Ian im Vorbeigehen an. »Schön, dich zu sehen, Bruder Ian.«»Wie geht's den Kindern?«»Kommst du mit uns zum Anstreichen am Samstag?« Sie gingen hinaus. Ian blieb zurück.

Oft schien es ihm, daß dieser Raum selbst seine Quelle des Friedens war. Selbst das Flackern der Lichtröhren ermutigte ihn, und der schwache chemische Geruch, der noch aus der Zeit zurückgeblieben war, als das Gebäude eine Chemische Reinigung beherbergte. Er fand Gründe zu verweilen, zuerst die Liederheftchen einzusammeln und sie dann auf dem Tisch zu stapeln. Er gesellte sich zu einer Unterhaltung zwischen Reverend Emmett und Bruder Kenneth, der mit weiteren Details seiner Darmprobleme aufwartete. Er rollte seine Hemdsärmel herunter und knöpfte sorgfältig seine Manschetten zu, bevor er, endlich, zur Tür hinausging.

Dann sagte Reverend Emmett hinter ihm:»Bruder Ian? Hast du etwas dagegen, wenn ich dich ein Stück begleite?«

Ian fühlte, wie sich seine Schultern lockerten. Vielleicht war es das, worauf er die ganze Zeit gehofft hatte.

Sie gingen nordwärts auf der York Road durch eine fast sommerliche Nacht; Reverend Emmett schwang seine Bibel. Er war größer als Ian und machte längere Schritte, obwohl er sich bemühte, langsamer zu gehen. Ab und zu summte er ein paar Noten vor sich hin – wieder war es »Leise und innig«. Ian dachte an einen Abend, damals in seinen Pfadfindertagen, als der Gruppenführer (ein junger, sportlicher Mann, ein früherer Basketballstar) ihn nach Hause gefahren hatte, was ihn mit einer Mischung aus Freude und Verlegenheit erfüllt hatte. Er wußte, Reverend Emmett handelte nur als Verwalter Gottes und daß er für jemanden, der der Gründer der Kirche und ihr einziger Führer war, bemerkenswert unbeeindruckt von seiner eigenen Wichtigkeit schien. Trotzdem fühlte sich Ian in seiner Nähe immer gehemmt, etwas zu sagen. Heute abend überlegte er sich, ob er über das Wetter sprechen sollte, entschied aber, daß dies zu weltlich sei, und dann, als das Schweigen sich zu lange ausdehnte, wünschte er, er *hätte* über das Wetter gesprochen, doch wenn er jetzt damit anfinge, würde es bemüht wirken. So schwieg er, und es war Reverend Emmett, der schließlich zu reden anfing.

»Manche Gebetsversammlungen«, sagte er, »sind wie das Ausräumen eines Wandschranks. Das Gerümpel wegräumen. Notwendig, aber ermüdend.«

Und Ian sagte, als sei das eine vollkommen angemessene Erwiderung: »Gibt es so etwas wie den Teufel?«

Reverend Emmett sah ihn von der Seite an.

»Ich meine«, sagte Ian, »existiert jemand, dessen Absicht es ist, Leute in Versuchung zum Bösen zu führen? Um einen hierhin und dorthin zu reißen, so daß man nicht mehr weiß, welcher Weg der richtige ist?«

»Was ist es, das du in Versuchung bist zu tun, Bruder Ian?« fragte Reverend Emmett.

Ian schluckte. »Ich vergeude mein Leben«, sagte er.

»Wie bitte?«

Er hatte die Worte wohl nur gemurmelt. Er hob das Kinn und sagte fast schreiend: »Ich vergeude das einzige Leben, das ich habe! Ich habe ein einziges Leben in diesem Universum, und ich nutze es nicht!«

»Aber natürlich nutzt du es«, sagte Reverend Emmett ruhig.

»Tue ich das?«

»Dies *ist* dein Leben«, sagte Reverend Emmett.

An einer Kreuzung sahen sie einander an. Eine Frau machte einen Bogen um sie.

»Beuge dich ihm, Ian«, sagte Reverend Emmett. Nicht »Bruder

Ian«, sondern »Ian«. Es machte das, was er sagte, direkter, orakelhafter. Er sagte: »Betrachte deine Last als eine Gabe. Es ist das Thema, das dir gegeben wurde, um damit zu arbeiten. Nimm es an und beuge dich ihm. Dies ist das einzige Leben, das du haben wirst.« Dann klopfte er Ian auf die Schulter und drehte sich um, die York Road zu überqueren.

Ian ging weiter. Eine Zeitlang dachte er über Reverend Emmetts Botschaft nach, aber es half ihm nicht viel. Um die Wahrheit zu sagen, der Mann hatte ihn enttäuscht. Und nebenbei gesagt, er hatte Ians Frage nicht beantwortet. Die Frage war: Gibt es so etwas wie den Teufel?

Ian hatte dabei natürlich an Jeannie gedacht – Jeannie, die so beschwörend vornübergeneigt dasaß, die hohle Vertiefung unterhalb ihrer Kehle, als sie ihn in Versuchung führte, von seinem Pfad abzuweichen. Aber das Gesicht, das er in diesem Augenblick vor sich sah, war nicht Jeannies Gesicht. Es war Lucys. Es war das winzige, vollkommene, herzförmige Gesicht Lucy Deans.

»Schnuckiputz hat Würmer«, teilte Agatha Ian mit.

»Woher weißt du das?«

»Soll ich dir das wirklich sagen?«

»Genau besehen, lieber nicht«, sagte Ian. »Also was? Müssen wir sie zum Tierarzt bringen?«

»Ich hab einen Termin bekommen: morgen nachmittag um vier.«

Sie und Thomas saßen zu beiden Seiten Ians auf der Verandaschaukel und genossen das Ende eines goldenen Herbsttags. Unten auf dem Weg zum Haus spielte Daphne Himmel und Hölle mit dem Carter-Mädchen und der Fünfjährigen der Frischvermählten. »Du bist auf den Strich getreten, Tracy. Bist du«, sagte sie mit ihrem heiseren Stimmchen.

Ian sagte: »Vielleicht könnte Grandpa dich fahren. Ich könnte ihm morgen das Auto dalassen und den Bus nehmen.«

»Es wäre uns lieber, wenn *du* mitkämst«, sagte Agatha.

»Aber ich habe zu arbeiten.«

»Bitte, Ian«, sagte Thomas. »Grandpa hat uns gefahren, als sie ihre Katzenimpfung bekam, und er hat sie angeschrien, weil sie auf seinem Fuß gesessen hat.«

»Seinem Fuß auf dem Gaspedal«, erklärte Agatha.

»Es ist uns lieber, wenn du als der Verantwortliche dabei bist«, sagte Thomas.

Ian sah ihn einen Augenblick an. Ihm war etwas anderes eingefallen. »Thomas«, sagte er, »erinnerst du dich an die große Puppe, die du früher immer mit dir herumgeschleppt hast?«

»Ach ja, das ist schon lange her«, sagte Thomas.

»Ja, aber ich hab gerade daran gedacht. Wie bist du auf den Namen Dulcimer gekommen?«

»Ich weiß nicht einmal mehr, wo sie ist. Ich weiß nicht, warum ich sie so genannt habe«, sagte Thomas.

Er schien mehr verlegen als geheimnistuerisch. Und Agatha hörte nicht zu. Man sollte denken, sie hätte einen Verdacht; sie war diejenige, die den Kasten versteckt hielt. Aber sie bewegte verträumt die Schaukel mit einem Fuß. »Stell dir vor, wir würden gebombt«, sagte sie zu Ian.

»Wie bitte?«

Er sah den Briefpapierkasten vor sich: den Staub auf dem Deckel, das steife Bündel Papiere. Sie muß seit Jahren nicht mehr hineingeschaut haben. Sie hatte vielleicht sogar vergessen, daß er existierte.

»Stell dir vor, Baltimore würde von einer Atombombe getroffen«, sagte sie. »Weißt du, was ich tun würde?«

»Du würdest gar nichts tun«, sagte Thomas zu ihr. »Du wärst nämlich tot.«

»Nein, im Ernst. Ich hab mir das überlegt. Ich würde in einen Supermarkt einbrechen und unsere Familie darin unterbringen. Da hätten wir alles, was wir brauchten. Konserven und Flaschen, und wir hätten für immer genug Vorräte.«

»Na, nicht für immer«, sagte Thomas.

»Aber lange genug, um die Strahlung zu überdauern.«

»Ganz und gar nicht. Nicht wahr, Ian?«

Ian sagte: »Hmm?«

»Die Strahlung würde Jahre dauern, oder?«

»Ja, aber auch die Konserven«, sagte Agatha. »Und wenn wir noch Elektrizität hätten –«

»Elektrizität! Ha!« sagte Thomas. »Du lebst vielleicht in einer Traumwelt!«

»Selbst ohne Elektrizität«, sagte Agatha eigensinnig, »könnten wir auskommen. Heutzutage verkaufen Supermärkte sogar Decken. Und Socken! Und die größeren auch verschreibungspflichtige Medikamente. Wir könnten Penicillin und so Zeug bekommen. Und irgendwie könnten wir Claudia und alle aus Pittsburgh holen. Ich weiß nur noch nicht, wie –«

»Schlag dir das aus dem Kopf, Ag«, sagte Thomas zu ihr. »Das wären zehn Münder mehr zu füttern.«

»Aber wir *brauchen* eine Menge Kinder. Sie sind die zukünftige Generation. Und Grandma und Grandpa sind die Alten, die uns beibringen, wie wir weitermachen.«

»Und was ist mit Ian?« fragte Thomas.

»Was soll mit ihm sein?«

»Er ist nicht alt. Und er ist auch nicht die zukünftige Generation. Irgendwo mußt du die Grenze ziehen.«

»Ach, danke«, sagte Ian und bewegte träge die Schaukel mit den Zehen. Aber Agatha sah ihn nachdenklich an.

»Nein«, sagte sie schließlich, »Ian kommt auch mit. Er ist derjenige, der uns alle zusammenhält.«

»Der Kuhhirte der Familie, sozusagen«, sagte Ian zu Thomas. Aber er war gerührt. Und als sein Vater zur Tür hinaus rief – »Ian? Telefon« –, legte er im Aufstehen sekundenlang eine Hand auf Agathas dickes schwarzes Haar.

Der Hörer lag neben dem Telefon auf dem Tisch in der Eingangsdiele. Er hob ihn auf und sagte: »Hallo?«

»Bruder Ian? Wallah«, sagte ein Mann aus der Ferne.

»Bitte?«

»Hier ist Eli Everjohn. Wallah, hab ich gesagt.«

»Wallah?«

»Wallah! Ich hab Ihren Mann gefunden.«

»Sie ... was?«

»Nur, daß er tot ist«, sagte Eli.

Ian lehnte eine Schulter gegen die Wand.

»Scheint, er hat Ihre Schwägerin nicht lange überlebt. Hallo? Sind Sie noch da?«

»Ich bin da.«

»Vielleicht ist es ein Schock für Sie.«

»Nein, ist schon gut.«

Der Schock war nicht Tom Dulsimores Tod, sondern die Tatsache, daß er überhaupt gelebt hatte – daß jemand anderes auf der Welt festgestellt hatte, daß es ihn gegeben hatte.

Aber Eli fing an, die Neuigkeit noch einmal von vorne zu erzählen, diesmal etwas zartfühlender. »Tut mir leid, daß ich Ihnen sagen muß, daß Thomas Dulsimore Senior verschieden ist«, sagte er. »Er hatte neunzehnsiebenundsechzig einen Motorradunfall.«

»Siebenundsechzig«, sagte Ian.

»Sieht so aus, als ob er zu den Leuten gehörte, die nichts von Helmen halten.«

Also war Tom Dulsimore keine Wahl mehr – nicht einmal in Ians Phantasien.

»Der Grund, daß ich das weiß, ist, ich hab seine Mutter angerufen. Mrs. Millet. Sie hat wieder geheiratet, deshalb hab ich so lange gebraucht. Ich hab gesagt, ich wär ein Kumpel von Tom und wollte Verbindung mit ihm aufnehmen. Ich hab aber nicht mehr gesagt, bevor ich Ihre Erlaubnis dazu hatte. Soll ich nun hingehen und ihr einen Besuch machen?«

»Nein, nicht nötig.«

»Sie müßte die Verwandten der Kinder kennen. Typische Kleinstadtdame; man kann sich genau vorstellen, daß sie über alles Bescheid weiß.«

»Vielleicht sollte ich ihre Adresse bekommen«, sagte Ian.

»Okay, wie Sie wollen. Mrs. Margie Millet, dreiundvierzig Orchard Road, Portia, Maryland. Müssen Sie das aufschreiben?«

»Ich hab's schon«, sagte Ian. (Er würde es für immer behalten – eingegraben in sein Gehirn.) »Danke, Eli. Ich weiß Ihre Hilfe zu schätzen. Sie wissen, wohin Sie die Rechnung schicken müssen.«

»Ach, es wird nicht hoch kommen. Das war ein leichter Fall.«

Für dich vielleicht, dachte Ian. Er sagte Eli Auf Wiedersehen und hing auf.

Von der Küche rief seine Mutter: »Agatha? Zeit zum Tischdecken!«

»Komme schon.«

Ian traf Agatha an der Tür und ging an ihr vorüber auf die Veranda. Sie merkte ihm nicht das Geringste an.

Der Abend war jetzt um einige Schattierungen dunkler, als ob in seiner Abwesenheit ein Vorhang nach dem anderen gefallen sei. Thomas schwang die Schaukel so heftig, daß die Ketten quietschten, und unten auf dem Gehsteig spielten die kleinen Mädchen noch immer Himmel und Hölle. Ian hielt inne, um ihnen zuzusehen. Etwas an dem entschlossenen Aufstampfen kleiner Schuhe rührte ihn. Er lehnte sich ans Geländer und dachte: *Woran erinnert mich das? Woran? Woran?* Daphne warf einen Stein, den sie als Markierung benutzte, und er landete im entferntesten Quadrat so klar, so klingend, ein Klang wie herabgeworfen von einem Himmel, nicht höher als eine Zimmerdecke, der die ganze Waverly Street nur wenige Meter darüber zu umwölben schien.

»Lucy Ann Dean war so gewöhnlich wie Dreck«, sagte Mrs. Millet. »Ich weiß, man sollte nichts Böses über die Toten sagen, aber man kann nicht umhin, es zu sagen: sie war gewöhnlich.«

Sie saßen in Mrs. Millets Frühstücksecke im Pennsylvania-Dutch-Stil, alles in blaugestrichenem Holz mit ausgeschnittenen Herzen und Tulpenmustern. (Ihr Haus war von der Sorte, wo das Wohnzimmer einer wichtigen Angelegenheit vorbehalten wird, die niemals eintritt, und Ian hatte auf seinem Weg in die Küche nicht mehr als einen flüchtigen Blick auf seine weißen Zottelteppiche und weißen Polstermöbel erhaschen können.) Mrs. Millet saß zusammengesunken ihm gegenüber und öffnete ein Zigarettenpäckchen. Sie war jünger, als er erwartet hatte, mit einer sehr steifen, sehr braunen Frisur und einem scharfgeschnittenen Gesicht. Ihr tiefrotes Minikleid kam ihm altmodisch vor, obwohl Ian nicht gerade ein Modeexperte war.

Er selbst trug einen Anzug mit Krawatte, die er im Hinblick darauf gewählt hatte, einen vertrauenswürdigen Eindruck zu machen. Schließlich, wie konnte sie wissen, daß er nicht jemand war, der sie überfallen und ausrauben wollte? Er hatte nicht vorher angerufen, denn er hatte sich sein Vorhaben nicht wirklich eingestanden; er hatte sich heute morgen nur zum Kirchgang angezogen, sagte er sich selbst, obwohl er fast nie eine Krawatte zur Kirche trug. Nach dem Gottesdienst hatte er mit seiner Familie das Sonntagsdinner gegessen und dann (laut gähnend und sich theatralisch streckend) verkündet, er fühle sich so ruhelos, daß er ein wenig fortfahren wolle. Daraufhin war er in Richtung Norden gefahren, ohne auf die Karte zu sehen, er verließ sich darauf, daß die richtigen Straßenschilder erschienen oder auch nicht, je nachdem. Und sie erschienen. Die Schilder für Portia, die Schilder für Orchard Road. Die riesige 43 aus Messing glitzerte, schrie fast vom Laternenpfahl vor dem kleinen Redwoodhaus. »Ich bin Ian Bedloe«, hatte er gesagt, als sie die Tür öffnete. »Ich hoffe, ich störe Sie nicht, aber ich bin Lucy Deans Schwager, und ich versuche, Verwandte von ihr zu finden.«

Sie hatte ihm nicht gerade die Tür vor der Nase zugeschlagen, aber ihr Gesichtsausdruck fror irgendwie ein. »Dann fragen Sie sie lieber selbst«, sagte sie zu ihm.

»Wen soll ich fragen?«

»Na, Lucy Dean natürlich.«

»Aber . . . Lucy ist tot«, sagte er.

Sie starrte ihn an.

»Sie ist vor langer Zeit gestorben«, teilte er ihr mit.

»Nun«, sagte sie, »ich würde schwindeln, wenn ich sagen würde, es täte mir leid. Ich wußte immer, daß sie nichts Gutes im Schilde führte.«

Er schämte sich über das plötzliche Gefühl von Freude, das ihn überkam – die bittere, böse Freude, daß jemand anderes endlich mit ihm einer Meinung war.

Nun sagte sie: »Erstens, ihre Eltern tranken.« Sie nahm eine Zigarette aus ihrem Päckchen und klopfte sie auf dem Tisch fest. »Oder wie erklären Sie sich diesen Autounfall? Stockbesoffen, alle beide. Dann zog ihre Tante Alice zu ihr, und die war total übergeschnappt, wenn Sie meine ehrliche Meinung wissen wollen. Ich glaube nicht, daß die beiden das geringste miteinander zu tun hatten. Lucy hat sich praktisch selbst großgezogen. Nun, das muß ich anerkennen: sie kam jeden Morgen aus dieser heruntergekommenen Hütte geschniegelt und gebügelt, tadellos frisiert, immer mit passendem Zubehör, der Himmel weiß, wie sie das fertigbrachte mit ihrem bißchen Geld . . .«

Sie hat es gestohlen, so hat sie das gemacht. Ladendiebstahl. Nicht einmal du weißt das Schlimmste.

»... und sie stolzierte zur Schule, ganz etepetete und Miss Amerika, ihre Bücher an die Brust gedrückt. Die Jungen waren verrückt nach ihr, aber mein Tommy war der einzige, den sie beachtete. Sie hätten meinen Tommy sehen sollen. Er sah so hübsch aus wie ein Filmstar. Man hätte ihn für Tony Curtis halten können, müssen Sie sich vorstellen. Er und Lucy gingen fest zusammen seit der neunten Klasse. Gingen zusammen zu jedem Tanz und allen Sportveranstaltungen. Bis auf den Mittelstufen-Ball. Sie hatten eine Woche vorher eine kleine Auseinandersetzung, und sie ging mit Gary Durbin, aber Tommy schlug Gary am nächsten Morgen zu Brei, und er und Lucy versöhnten sich wieder. Auf ihrem Oberstufen-Ball waren sie König und Königin. Ich habe noch die Bilder. Tommy hatte einen Smoking an, er sah zum Fressen aus. Ich sagte: ›Tommy, du könntest jedes Mädchen haben, das du willst.‹ Aber dann, na, Sie wissen schon.«

Sie zündete ihre Zigarette an, bog den Kopf zurück und blies einen langen Rauchstrom aus, wobei sie Ian herausfordernd ansah. Er sagte: »Was weiß ich?«

»Lucy ging hin und wurde schwanger.«

»Oh.«

»Ich sagte: ›Tommy, du kannst nicht mal sicher sein, daß es *dein* Baby ist‹, und er sagte: ›Mom, ich weiß es. Ich weiß nur nicht, was in aller Welt ich tun soll‹, sagte er zu mir.«

Ian sagte: »Was?« Er hatte das Gefühl, ihm sei etwas entgangen. »Sie meinen, es könnte das Baby von jemand anderem gewesen sein?« fragte er.

»Ja, wer kann das wissen?« sagte Mrs. Millet. »Ich meine, das Leben ist so zweifelhaft, nicht wahr? Ich hab gesagt: ›Tommy, fall darauf nicht rein! Du könntest alles werden! Du könntest sogar ein männliches Model sein! Warum willst du dir Frau und Kind aufhalsen?‹ Aber Lucy hat ihn dazu überredet. Sie hat ihn um den kleinen Finger gewickelt, kann ich Ihnen sagen. So was bricht einer Mutter das Herz.«

»Ja ... aber diese Tante von ihr«, sagte Ian. Er schien vom Zweck seines Besuchs abzukommen. »Alice, sagen Sie.«

»Alice Dean. Nun, die hatte nichts dagegen. Sie war entzückt, Lucy zu verheiraten. Das hieß für sie, daß sie wieder dahin zurückgehen konnte, wo sie hergekommen war, und zu ihren Alte-Jung-fer-Gewohnheiten. So zogen Tommy und Lucy in diesen schäbigen kleinen Wohnwagen drüben in Blalock's Trailer Park, und Tommy begann, in Luther's Sportgeschäft zu arbeiten, aber als Lucy ihm sagte, sie sei *schon wieder* schwanger – zwei Babys in drei Jahren! –, da verließ er sie. Ich kann's ihm auch nicht verdenken. Ich werfe es ihm nicht vor. Er war ja noch ein Junge! ›Wann wirst du dies tun, wann wirst du das tun?‹ fragte sie immerfort, aber er hatte über-haupt noch nichts vom Leben gehabt! *Natürlich* wollte er ein biß-chen herumziehen. Sie behauptete, er sei unverantwortlich, und sie jammerte über die kleinste Kleinigkeit, so blieb er natürlich immer öfter fort, und wenn er nach Hause kam, stritten sie sich. Zweimal mußte die Polizei gerufen werden. Dann, Gott sei Dank, war er endlich so vernünftig wegzugehen. Haute ab und verlangte die Scheidung. Und stellen Sie sich vor, sie nahm sich so ein hohes Tier von einem Rechtsanwalt aus der Stadt und klagte auf Unterhalt für die Kinder. Beweist, was ich ihm immer gesagt habe: Alles, was sie von ihm wollte, war sein Geld. Jemanden, der diese Kinder unter-stützte; inzwischen hatte sie das zweite, und sie jammerte immer: ›Ich kann diese Kinder nicht mit Unkraut füttern‹, und so. Ich sagte zu Tommy, ich sagte: ›Soll sie doch arbeiten gehen, wenn sie so nötig Geld braucht.‹«

»Aber wer hätte dann auf die Kinder aufpassen sollen?« fragte Ian.

»Mein Gott, jetzt reden Sie schon wie sie. ›Und wer paßt dann auf die Kinder auf?‹« äffte Mrs. Millet Lucy mit hoher Stimme nach. Sie schnippte die Asche ihrer Zigarette in einen Metallaschenbecher. »Sie hätte sich einen Babysitter nehmen sollen, natürlich. Das hab ich zu Tommy gesagt. ›Und erwarte nicht, daß *ich* babysitte‹, sagte ich zu ihm. Ich habe anderer Leute Kinder nie besonders gemocht. Je-denfalls, Tommy hing hier eine Zeitlang herum, aber es hielt ihn nicht viel in Portia, so fuhr er schließlich per Anhalter nach Wyoming. Er wollte dort Arbeit finden, etwas Besonderes, was mit Pferden zu tun hatte. Na, das klappte nicht gleich so, wie er gehofft hatte, und so konnte er natürlich nicht gleich Geld schicken, aber das hatte er vor! Und dann hörten wir, daß Lucy fortgelaufen war.«

»Fortgelaufen?«

»Fortgelaufen mit einem Mann. Mit diesem Rechtsanwalt, der ihre Scheidung durchgedrückt hatte. Mr. Blalock vom Wohnwagenpark hat mich angerufen und es mir mitgeteilt. Sie schuldete ihm Miete. Er sagte, ihr Wohnwagen ist so leer wie ein Vogelnest vom vorigen Jahr, die offene Tür klappert im Wind, und alles ist mitgenommen worden, was nicht festgenagelt war. Sagte, ihre Nachbarn haben einen Möbelwagen kommen sehen, der ihre ganze Habe mitnahm. Kein gemieteter Kleinbus, ein richtiger Möbelwagen. Sie meinten, der Mann müsse in Geld schwimmen. Sie muß des Geldes wegen mit ihm gegangen sein.«

»Wohin gegangen sein?« fragte Ian.

»Je nun, nach Baltimore, aber das wußten wir nicht gleich. Zuerst hatten wir keine Ahnung, und ich sagte zu Tommy, es sei besser so für ihn. ›Jetzt seid ihr quitt‹, sagte ich zu ihm am Telefon. ›Ich glaube, die sehen wir nicht wieder.‹ Aber dann, raten Sie mal? Sie ruft ihn ein paar Monate später an. Ruft ihn in Cheyenne an, sagt ihm, sie ist in Baltimore und verlangt das Geld, das er ihr schuldet. Oh, ich wünschte, ich wäre am anderen Ende der Leitung gewesen. Ich hätte sofort aufgelegt! Aber Tommy, das muß ich sagen, er war inzwischen wesentlich schlauer geworden. Er sagt: ›Ich dachte, du hättest jetzt so einen reichen Typ‹, und sie sagt: ›Oh‹, sagte sie, ›das ist auseinandergegangen.‹ Na, das glaub ich, daß das auseinandergegangen ist. Ich wette, der Bursche war verheiratet. So was erlebt man doch jeden Tag. Tommy sagt zu ihr: ›Da kann ich nichts dran ändern, ich hab hier jemand kennengelernt, und wir wollen im Juni heiraten. Alles, was ich habe, ist für die Hochzeit‹, sagte er. Dann sagt er: ›Und überhaupt, wo sind meine Sachen? Du hast alles mitgenommen, was ich im Wohnwagen zurückgelassen habe‹, sagt er. ›Sachen, die ich mir eines Tages abholen wollte, hast du eingepackt und mitgenommen, als ob sie dir gehörten.‹ ›Tommy, ich brauche Geld‹, sagt sie. ›Ich sitze gerade in einer schrecklichen Klemme.‹ Er sagt: ›Erst schick mir meine Sachen‹, und hängt auf. Sie sehen, er hatte gelernt, mit ihr umzugehen. Oh, sie hat ihn Jahre seines Lebens gekostet, sage ich Ihnen. Sie hat ihn bitter gemacht.«

Mrs. Millet drückte ihre Zigarette aus und starrte ins Leere. Über dem Herd tickte eine Plastikuhr in Form einer Katze, die ihren langen Schwanz hin und her bewegte.

»Es war der Winter siebenundsechzig, als er den Unfall hatte«, sagte sie. »Fuhr mit dem Motorrad auf vereister Straße. Seine Frau rief mich an und sagte es mir. Ich werde nie mehr das Telefon läuten hören, solange ich lebe, ohne daß es mir kalt über den Rücken läuft.«

Ian sagte: »Ach, tut mir leid.«

Aber es war nur das distanzierteste und förmlichste Leidtun. Er hätte einem solchen Mann niemals die Kinder überlassen, selbst wenn dieser Mann gewollt hätte.

»Natürlich, diese zweite Frau war auch eine ziemliche Niete«, sagte Mrs. Millet.

Ian stand auf. (Es hatte keinen Zweck, zu bleiben, um sich mehr von der Sorte anzuhören.) Er sagte: »Mrs. Millet, ich danke Ihnen, daß Sie mit mir gesprochen haben. Ich nehme an, nach dem, was Sie mir sagen, gab es nur diese eine Tante.«

»Soviel *ich* weiß, gab es sonst niemanden«, sagte sie.

»Und keine Geschwister oder Cousins oder irgendwas dergleichen.«

»Nicht, daß ich wüßte. Möglicherweise ist die Tante inzwischen auch verstorben. Gott, in letzter Zeit scheint die ganze Welt verstorben zu sein.«

So schien es zu sein, manchmal. Manchmal sah es wirklich so aus.

In der Gebetsversammlung vermischte sich der geisterhafte Geruch von Trockenreinigungsmittel mit Mrs. Jordans Eau de Cologne. »Betet für mich, daß ich dieses Kreuz ohne zu klagen auf mich nehme«, sagte Schwester Myra. Welches Kreuz? Ian hatte nicht zugehört. Er senkte den Kopf und fühlte Stille ihn umhüllen wie ein sauberes, kühles Laken, nach dem man im Schlaf greift, mitten in einer heißen Nacht.

»Für unsere Schwester Myra«, sagte Reverend Emmett endlich.

»Amen.«

»Weitere Gebete, weitere Gebete...«

In einer der hinteren Reihen stand Schwester Bertha auf. »Ich bin heute abend in meinem Herzen bekümmert für eine andere Person«, sagte sie. Sie sprach ostentativ zu dem leeren Stuhl vor ihr. »Ich weiß über jemanden hier, der ernste Schwierigkeiten durchmacht. Ich habe gewartet, um zu sehen, ob er um unsere Gebete bitten würde, aber bis jetzt hat er es nicht getan.«

Er? Es waren nur drei Männer anwesend: Reverend Emmett, Bruder Kenneth und Ian.

»Ich weiß«, sagte Schwester Bertha, »daß diese Person sehr überlastet und von gewaltigen Problemen heimgesucht sein muß, und er sucht nach einer Lösung. Aber es scheint ihm nicht einzufallen, daß er es in der Gebetsversammlung vorbringen könnte.«

Sie setzte sich.

Ians Wangen waren heiß.

Privatdetektive waren doch bestimmt zur Geheimhaltung verpflichtet, oder? Genau wie Rechtsanwälte oder Ärzte. Oder nicht?

Reverend Emmett sah unsicher aus. Er sagte: »Nun . . .« und sah sich unter den anderen Andächtigen um. Seine Augen verweilten nicht merklich auf Ian, obwohl er natürlich etwas ahnen mußte. »Wünscht diese Person, um unsere Gebete zu bitten?« sagte er.

Keine Antwort. Nur ein Rascheln und Flüstern hier und dort.

»In diesem Falle«, sagte Reverend Emmett, »wollen wir uns nicht einmischen. Laßt uns statt dessen für uns *alle* beten. Für alle von uns, auf daß wir wissen, wir können unsere Probleme zu Gott bringen, wann immer wir bereit sind, sie loszulassen.«

Er hob die Arme, und Stille breitete sich aus, als ob er sie irgendwie vor sich hingeworfen hätte.

Schwester Bertha ist eine Klatschbase, dachte Ian entschieden. *Und ich hasse diese Tomatensuppenfarbe, mit der sie ihr Haar färbt.*

Nach dem Segen war er als erster zur Tür hinaus. Er ließ sogar Mrs. Jordan hinter sich, die sehr wahrscheinlich mit ihm nach Hause gehen wollte, und er ging mit schnellen, ärgerlichen Schritten. So war das letzte, was er zu hören erwartete, Reverend Emmett, der seinen Namen rief. »Bruder Ian!«

Ian blieb stehen und drehte sich um.

Der Mann mußte den ganzen Weg gerannt sein. Er mußte seine Herde im Stich gelassen haben, die Bibel offen auf dem Tisch, seine Kirche erleuchtet und unverschlossen. Er atmete noch nicht einmal schwer. Er näherte sich im Schlenderschritt, anscheinend vollauf damit beschäftigt, eine Strickjacke anzuziehen, die dieselbe Farbe wie die Dämmerung hatte.

»Darf ich mitkommen?« fragte er.

Ian zuckte die Schultern.

Sie gingen etwas langsamer zusammen weiter.

»Natürlich, worauf es ankommt, ist, ob ein Mensch bereit ist, loszulassen«, sagte Reverend Emmett im leichtesten Plauderton.

Ian kickte einen Pappbecher aus seinem Weg.

»Manche Leute ziehen es vor, sich an ihre Probleme anzuklammern«, sagte Reverend Emmett.

Ian fuhr zu ihm herum, die Fäuste in den Taschen geballt. Er sagte: »Ist *das* mein Leben? Ist das alles, was ich bekomme? Es ist so festgelegt! Es ist so festgefahren! Danach gibt es keine Veränderung mehr! Ich soll mich nur der Last dieser Kinder für immer beugen, ist es das, was Sie sagen wollen?«

»Nein«, sagte Reverend Emmett.

»Sie haben es gesagt! Sie haben gesagt, ich soll mich meiner Last beugen!«

»Aber diese Kinder werden erwachsen sein, eh du dich's versiehst«, sagte Reverend Emmett. »*Sie* sind nicht die Last, die ich meinte. Die Last ist Vergebung.«

»Okay«, sagte Ian. »Schön. Wie lange wird es noch dauern, bis mir vergeben wird?«

»Nein, nein. Die Last ist, daß *du* vergeben mußt.«

»Ich?« sagte Ian. Er starrte Reverend Emmett an. »Wem vergeben?«

»Na, deinem Bruder und seiner Frau natürlich.«

Ian sagte nichts.

Schließlich fragte Reverend Emmett: »Sollen wir weitergehen?«

Also gingen sie. Sie gingen an einem Mann vorbei, der allein an einer Bushaltestelle wartete, einem Ladenbesitzer, der seinen Laden abschloß. Jeder Schritt, fühlte Ian, führte ihn näher zu etwas Wichtigem. Er war sich gleichzeitig der Bewegung und der Möglichkeit der Veränderung deutlich bewußt. Er fühlte, er war ein Pfeil – nicht ein Pfeil, von Gott abgeschossen, sondern ein Pfeil, der auf Gott zuflog, und wenn es jedes Bißchen dieses einzigen Lebens, das er hatte, brauchte, er glaubte, daß er am Ende dort ankommen würde.

7
Organisierte
Heirat

Es war Agatha, die auf die Idee kam, eine Frau für Ian zu suchen. Agatha würde im Juni Abitur machen; sie hatte erfahren, daß sie vom College ihrer ersten Wahl angenommen worden war; bald würde sie also die Familie für immer verlassen. Und eines Abends im April ging sie ins Wohnzimmer und sagte zu den anderen beiden: »Ich mache mir Sorgen um Ian.«

Thomas und Daphne sahen zu ihr herüber. (Es lief sowieso gerade ein Werbespot im Fernsehen.) Sie stand mit verschränkten Armen in der Tür, die Schildpattbrille auf den Kopf geschoben, entschlossen und sachlich. »Wer wird ihm Gesellschaft leisten, wenn wir fort sind?« fragte sie.

»Du bist die einzige, die fortgeht«, sagte Daphne zu ihr. »Er hat immer noch mich und Thomas.«

»Nicht mehr lange«, sagte Agatha.

Ihre Augen glitten zurück zum Film des Spätprogramms.

Aber sie wußten, sie hatte recht. In gewisser Beziehung. Thomas war bereits fort. Er war jetzt in der ersten High-School-Klasse und hatte sein eigenes Leben außer Haus – eine Menge Freunde und eine Freundin und so viele Aktivitäten außerhalb des Stundenplans, daß er selten zum Abendessen zu Hause war. Und was Daphne betraf, nun, ihre Großmutter pflegte zu sagen, Daphne sei elf und gehe auf die Achtzig zu. Sie zog sich an wie eine alte Zigeunerin – mehrere Lagen zusammengestoppelter Kleidungsstücke, alles Fetzen und Goldfäden, die sie in Secondhandläden auftrieb –, und sie war gewöhnlich irgendwo auf der Straße, wo sie sich glänzend behauptete.

»Sehr bald wird er nur noch Grandma und Grandpa haben«, sagte Agatha. »Er wird wie immer für sie sorgen und einkaufen und Auto fahren und bei der Hausarbeit helfen. Was ist das für ein Leben? Ich finde, er sollte heiraten.«

Jetzt hatte sie ihr Interesse geweckt.

»Und weil er keine Frauen zu kennen scheint, meine ich, wir müssen eine für ihn finden.«

»Miß Pennington«, sagte Daphne prompt.

»Wer?«

»Miß Ariana Pennington, meine Lehrerin«, sagte Daphne. So einfach war das.

Miß Pennington unterrichtete erst seit zwei Jahren die fünfte Klasse, deshalb hatten weder Thomas noch Agatha sie gehabt, als sie selbst Fünftkläßler waren. Thomas kannte sie aber vom Sehen. Jeder Junge in der Nachbarschaft kannte sie vom Sehen. Nicht einmal der Jüngste, so schien es, war immun gegen ihre Eieruhrfigur und ihre extravagant gelockte braune Haarmähne. Agatha hingegen mußte man zeigen, über wen sie redeten.

Also trafen sie sich an einem Freitagnachmittag vor dem letzten Klingeln – als Thomas eigentlich in einer Versammlung der »Führungskräfte von morgen« und Agatha im Lesesaal hätte sein sollen – an dem alten Trinkwasserbrunnen mit dem rissigen Porzellanbecken hinter Poe High School und gingen die zwei Blocks bis zur Grundschule. Es waren kaum andere Schüler zu dieser Stunde unterwegs, aber Thomas grüßte die wenigen, die sie trafen, mit Namen – diejenigen, die früher gehen durften wegen Zahnarztterminen und ähnlichem. »Tom!« sagten sie, und »He, Mann, was hast du vor?« Agatha stolzierte einfach weiter, mit ausdrucksloser Miene. Sie trug eine wulstige Daunenjacke über einem Rock, der in der Mitte ihrer klobigen bloßen Knie endete – eine Aufmachung, in der keine ihrer Klassenkameradinnen sich lebend hätte blicken lassen, aber Agatha kümmerte sich ja nie um Äußerlichkeiten. Sie schritt ohne Thomas weiter, völlig unbeteiligt, ungerührt, bis er rennen mußte, um sie einzuholen.

Bei der Reese Elementary School übernahm Thomas die Führung, durch eine Seitentür statt durch den Haupteingang, und stieg die Treppe hinauf, je zwei Stufen auf einmal. Vor Zimmer 223 blieb er stehen, drehte sich nach Agatha um und winkte.

Durch das kleine Fenster sahen sie Reihen von Fünftkläßlern, die sich über ihre Bücher beugten. Miß Pennington ging zwischen ihnen umher, groß und gertenschlank, und blieb mal an diesem Pult, mal an jenem stehen, um Fragen zu beantworten. Man hätte sie niemals für eine Frau der siebziger Jahre gehalten. In einer Epoche, in der Lehrerinnen begonnen hatten, Hosen zur Arbeit zu tragen, trug Miß Pennington eine seidige weiße Bluse und einen ausgestellten weiten Rock, der in der Taille eng gegürtet war, dazu dünne Nylonstrümpfe und hochhackige Lackpumps – die sexy, figurbetonte Silhouette der Fünfziger. Ihr Haar war schulterlang, ihre Fingernägel waren scharfe rote Speere, und als sie sich wie instinktiv herumdrehte und einen Blick zur Tür warf, konnte man ihr farbenfrohes, wirkungsvolles Make-up sehen: kirschroter Lippenstift, der ihre vollen Lippen noch betonte, sattes Rouge und leuchtend blauer Lidschatten. Thomas und Agatha traten hastig zurück aus ihrer Blickrichtung. Sie sahen einander an.

»Nun?« fragte Thomas.

»Sie ist ziemlich ... buntbemalt, oder?«

»Oh, Agatha, du verstehst überhaupt nichts. Sie ist hinreißend! Frauen *sollen* so aussehen. Das ist der Typ, von dem die Männer träumen.«

»Oh«, sagte Agatha.

»Sie ist perfekt«, erklärte ihr Thomas.

»Na gut«, sagte Agatha knapp. »Dann laß uns die Sache mal ankurbeln.«

Daphne erzählte Ian, er müsse einen Termin für eine Besprechung mit ihrer Lehrerin vereinbaren. »Besprechung?« sagte Ian. »Also, was hast du angestellt?«

»Ich habe gar nichts angestellt! Warum denkst du immer das Schlechteste von mir? Ich möchte nur, daß du mit meiner Lehrerin über meine Hausaufgaben sprichst.«

»Was ist damit?«

»Na ja, nämlich, ob du mir dabei helfen, oder ob du sie mich alleine machen lassen sollst?«

»Aber ich laß sie dich doch alleine machen. Was willst du damit sagen, brauchst du Hilfe?«

»Das wäre vielleicht eine gute Idee.«

»Also, dann helfe ich dir eben. Wir werden jeden Abend eine bestimmte Zeit dafür ansetzen.«

»Nein, du solltest lieber erst Miß Pennington fragen«, sagte Daphne.

Er sah zu ihr hinunter. Er und sie wuschen das Geschirr vom Abendessen ab (sie hatte sich zum Abtrocknen angeboten), während die beiden anderen am Küchentisch saßen und angeblich Schularbeiten machten. Nun sagte Agatha: »Es würde nichts schaden, wenn du der Lehrerin zeigtest, daß du Interesse hast, Ian.«

»Aber natürlich habe ich Interesse«, sagte Ian zu ihr. »Meine Güte, ich bin eine der Klassenmütter. Ich habe sechs Dutzend Plätzchen für den Elternabend gebacken und sie persönlich abgeliefert.«

»Du bist aber noch nie zu einer persönlichen Besprechung gegangen«, sagte Daphne.

»Ich dachte, das sei ein Fortschritt. Dein erstes volles Schuljahr, in dem keine Aufforderung an mich ergangen ist.«

»Na, gut«, sagte Daphne gekränkt, »wenn du nicht zur Kommunikation bereit bist . . .«

»Was denn? Kommunikation? Na, verflixt«, sagte Ian und stellte einen Stapel Schüsseln in das Spülbecken. »Gut, dann gehe ich eben hin. Bist du nun zufrieden?«

Daphne nickte. Auch die anderen beiden nickten, aber Ian hatte ihnen den Rücken zugekehrt und sah es nicht.

Daphne berichtete, daß die Besprechung mit der Lehrerin sehr gut verlaufen sei. »Er hatte dieses Erwachsenenhemd an, das wir ihm zu Weihnachten gekauft haben«, erzählte sie Thomas und Agatha, »das, was er bügeln muß. Er kam direkt von der Arbeit zur Schule, und er hatte seinen Hobelspänegeruch an sich. Ich bin ziemlich sicher, daß sie es bemerkt hat.«

»Vielleicht hätte er einen Anzug anziehen sollen«, sagte Thomas. »Miß Pennington ist immer so schick. Wir wollen doch nicht, daß sie denkt, er sei nur ein Arbeiter.«

»Er *ist* nur ein Arbeiter«, sagte Daphne. »Was macht das schon?«

»Ja, aber erst sollte sie sehen, daß er intelligent ist und so«, sagte Thomas. »Dann, später, könnte sie herausfinden, womit er seinen Lebensunterhalt verdient.«

»Dafür ist es jetzt zu spät. Und übrigens: ich hab sie mit ihren Vornamen vorgestellt, wie Agatha es mir aufgetragen hat. Ich sagte: ›Ian Bedloe, Ariana Pennington. Ich glaube, Sie kennen sich schon.‹«

»Es hätte umgekehrt sein müssen«, meinte Agatha. »›Ariana Pennington, Ian Bedloe‹.«

»Ach, macht doch nichts, Agatha. Also dann haben sie sich die Hand gegeben, und Miß Pennington hat Ian gefragt, was sie für ihn tun könnte. Sie haben sich an zwei Pulte hinten im Klassenzimmer gesetzt, und ich hab neben Ian gestanden.«

»Du hättest sie allein lassen sollen.«

»Das konnte ich nicht. Sie haben mich sozusagen einbezogen. Ian hat gesagt: ›Daphne hier wollte, daß ich mit Ihnen rede...‹ und so ging es weiter.«

»Na ja, ich glaube nicht, daß es in diesem Stadium so sehr darauf ankommt«, sagte Thomas zu Agatha. »Sie würden doch nicht gleich etwas miteinander anfangen oder so.«

»Miß Pennington hatte ihr blaues, ausgeschnittenes Kleid an«, sagte Daphne. »Wir warten immer alle auf dieses Kleid. Es hat so einen spitzenartigen Unterrock, der unten herausguckt, entweder am Kleid festgenäht oder nicht; wir können das nie entscheiden. Und gewöhnlich steckt sie diese herzförmige Medaillonbrosche vorne dran, aber diesmal nicht, und ich war froh darüber. Wir glauben, da ist das Foto von einem Freund drin.«

»Du glaubst, sie hat vielleicht schon jemanden?« fragte Thomas stirnrunzelnd.

»Ist doch egal. Jetzt, wo sie Ian kennengelernt hat.«

»Er hat ihr also gefallen«, sagte Agatha.

»Er mußte ihr gefallen. Er saß, wo die Sonne auf sein Haar schien, so daß es oben fast gelb aussah, ihr wißt ja, wie das aussieht. Er hatte seine Kappe nicht auf, und er hat nichts Religiöses gesagt, nicht ein einziges Mal. Miß Pennington hat ihn dauernd angelächelt und mit dem Kopf genickt, während er sprach.«

»Mensch, das läuft ja besser, als wir dachten«, sagte Thomas.

»Und als er sie ›Miß Pennington‹ nannte, legte sie die Hand auf seinen Arm und sagte: ›Bitte. Ariana.‹«

»Mensch.«

»Sie sagte zu ihm, ich sei eine ihrer besten Schülerinnen, und sie wüßte nicht, warum er sich um meine Hausaufgaben sorgte, aber sie wisse zu schätzen, daß er gekommen sei, und sie dächte, es sei so erfrischend, zu sehen, daß ein Mann sich um die Schulbildung seiner Kinder kümmert.«

»Sie hat doch verstanden, daß wir nicht *wirklich* seine Kinder sind, oder?« fragte Agatha. »Sie weiß, daß er nicht verheiratet ist, nicht wahr?«

»Sie muß, sie hatte ja meine Unterlagen geöffnet vor sich liegen. Und außerdem hat Ian zu ihr gesagt: ›Nicht nur ich kümmere mich darum. Ihre beiden Großeltern waren Lehrer, und sie helfen auch eine Menge.‹«

»Na ja, ich wünschte, er hätte das nicht gesagt. Es ist *hauptsächlich* er, schließlich.«

Thomas sagte: »Nein, so ist es besser. Jetzt denkt sie nicht, daß sie all diese Kinder allein auf dem Hals hat, wenn sie ihn heiratet.«

»Alle in meiner Schule werden vor Eifersucht tot umfallen«, sagte Daphne. »Mensch! Ich kann kaum erwarten, DeeDee Hutchins Gesicht zu sehen, und diese eingebildete Lolly Kaplan.«

»Nun komm schon zum Schluß«, sagte Agatha zu ihr. »Hast du auch getan, was wir wegen dem Dinner ausgemacht hatten?«

»Ich hab es genauso gemacht, wie wir besprochen hatten. Als Ian aufstand, um zu gehen, sagte er: ›Also, ich bin Ihnen wirklich sehr dankbar, Miß Pennington —‹«

»Nicht ›Ariana‹?«

»›Miß Pennington‹, sagte er, und ich sagte: ›Ich auch, danke, und Ian, können wir sie nicht mal zum Dinner einladen?‹«

»Das war's«, sagte Thomas. »Da konnte er nicht zurück.«

»Na, er versuchte es. Er sagte: ›Oh, Daph, Miß Pennington hat einen sehr vollen Stundenplan‹, aber sie sagte: ›Bitte, ich heiße Ariana. Und ich würde sehr gerne kommen‹.«

»Bestens«, sagte Agatha.

»Nur . . . Ian ist so rückständig.«

»Rückständig?«

»Er sagte:ıEhrlich gesagt, unsere Familie ist nicht besonders auf Gäste eingestellt.‹«

Die anderen beiden stöhnten.

»Aber Miß Pennington sagte zu ihm: ›Oh, ich erwarte doch kein Festbankett!‹ und dann lachte sie und hat wieder die Hand auf seinen Arm gelegt.«

»Sie ist verrückt auf ihn«, sagte Thomas.

»Aber Ian zog seinen Arm zurück. Übrigens, jedesmal, wenn sie das tat, zog er jedesmal seinen Arm zurück.«

»Er spielt den Zurückhaltenden.«

Agatha und Daphne sahen wieder vergnügter aus. Thomas war schließlich der gesellige Typ. Er war fast rasend gesellig; er konnte so geschickt durch jede Situation schlittern. Er war derjenige, der wußte, wie es auf der Welt zuging.

Am Abend, als Miß Pennington zum Dinner kam, machte ihre Großmutter Roastbeef. (Die Bedloes beschränkten sich nun auf Speisen, die keiner großen Vorbereitungen bedurften: Braten, gebackenes Huhn und Hamburger.) Es fiel ihr schwer, Utensilien in der Hand zu halten, deshalb ließ sie Agatha die Soße zubereiten. »Schütte ein wenig Wasser hinein«, wies sie sie an, »und jetzt ein bißchen mehr...«

Thomas deckte den Tisch und arrangierte das gute Silber auf den Sets, die ihre Großmutter bereits aufgelegt hatte. Er kam mit einer Handvoll Gabeln in die Küche und sagte: »Warum hast du neun Sets aufgedeckt?«

»Warum, wie viele sollten es sein?« fragte ihre Großmutter.

»Es sind nur wir und Miß Pennington: sieben.«

»Und auch Mr. Kitt und die Frau von eurer Kirche«, sagte ihre Großmutter. »Das wären neun.«

Mr. Kitt bedurfte keiner Erläuterung; er war der authentische, beglaubigte Obdachlose, den die Zweite Chance im vergangenen Winter mehr oder weniger adoptiert hatte. Aber die Frau? »Welche Frau?« fragte Thomas.

»Ach, ich weiß nicht«, sagte ihre Großmutter.

»Irgendein neues Mitglied oder eine Besucherin oder sowas, glaube ich. Da müßt ihr Ian fragen.«

Die drei sahen einander an. »Mist«, sagte Daphne.

»Wir werden sie sicher mögen«, sagte ihre Großmutter. »Ian sagte, wenn wir uns schon die Mühe machten, könnten wir sie gleich mit einladen. Und Mr. Kitt war noch nie bei uns, Ian sagt, ihr seid die einzigen von der Kirche, die ihn noch nicht eingeladen haben.«

»Ja, aber . . . so'n Mist«, sagte Daphne. »Diesmal sollte es nur Miß Pennington sein!«

»Ach, mach dir keine Sorgen, wir werden deine kostbare Lehrerin schon nicht vernachlässigen«, sagte ihre Großmutter vergnügt.

Vorige Woche hatten sie gehört, wie eine neue Nachbarin ihre Großmutter gefragt hatte, wie viele Kinder sie habe. Sie hatten auf ihre Antwort gewartet: Würde sie sagen zwei, oder drei? Was sagte man denn, wenn ein Sohn gestorben war? Aber sie spielte ihnen einen Streich und sagte: »Nur einer ist noch zu Hause.« Als ob bloß Leute, die bei einem blieben, zählten, als ob alle, die nicht da waren, nicht existierten. Sie dachte wahrscheinlich, es sei gut für Ian, ganz alleine alt zu werden, nur mit seinen Eltern.

Der erste, der ankam, war Mr. Kitt. Mr. Kitt war eigentlich kein Obdachloser mehr. Er hatte einen Job – die Fußböden in Bruder Simons Geschäft kehren –, und er wohnte mietfrei über Schwester Nells Garage. Aber die Leute in der Kirche reichten ihn noch immer stolz zu Mahlzeiten herum, und er sah noch immer seiner Rolle gemäß aus, als hätte er das Gefühl, man erwarte es von ihm. Ein grauer Backenbart, einen Zentimeter lang, beschattete sein blasses Gesicht, und seine Kleider hingen immer seltsam leer um ihn herum, selbst wenn es die teuren Maßanzüge waren, die von Schwester Nells Schwiegervater stammten. An den Füßen hatte er rote Turnschuhe, von der stumpfen Sorte, wie kleine Kinder sie tragen. Auf diesen ging er sehr leise, und als er Daphne ins Wohnzimmer folgte, schien er ehrfürchtig und zögernd. »Oh, mein Gott«, sagte er umherblickend, »was für ein gemütliches Heim.«

»Ian ist noch nicht von der Arbeit zurück«, erklärte Daphne. Die drei Kinder waren gebeten worden, sich mit den Gästen zu unterhalten, während ihre Großmutter sich umzog. Thomas sagte: »Möchten Sie sich nicht setzen?«

Mr. Kitt ließ sich lautlos auf den vorderen fünf Zentimetern eines Sessels nieder. »Gestern abend war ich bei Mrs. Stamey zu Gast«, erzählte er ihnen. (Schwester Myra, meinte er wohl. Er weigerte sich, die »Schwester«- und »Bruder«-Sitte mitzumachen.) »Es gab Porterhouse Steak, das ihr Gatte auf dem Grill zubereitet hatte.« »Wir haben nur Roastbeef«, sagte Agatha.

»Das ist schon okay.«

Ihr Großvater kam die Treppe herunter. Im Türrahmen blieb er stehen und sagte: »Ah, hallo. Doug Bedloe.«

»George Kitt«, sagte Mr. Kitt. Er stand langsam auf, und sie gaben sich die Hand. Von den beiden Männern war Mr. Kitt der besser angezogene. Ihr Großvater hatte seine Cordhosen an und die zerknautschten Lederpantoffeln ohne Absätze. »Darf ich Ihnen etwas zu trinken machen?« fragte er Mr. Kitt.

»Nein, danke. Das Trinken war mein Ruin.«

»Aha«, sagte ihr Großvater. Er betrachtete Mr. Kitt einen Moment. »Sie müssen der Mann von Ians Kirche sein.«

»Der bin ich.«

»Nun, meine Frau wird jeden Moment herunterkommen. Sie legt nur noch etwas Farbe auf.«

Er setzte sich neben Agatha auf die Couch. Auch Agatha hatte sich nicht fein angezogen – Agatha tat das nie –, doch Thomas und Daphne hatten sich besonders angestrengt. Thomas' erikafarbener Pullover paßte zu den blauen Streifen seines Hemds, und Daphne trug ihr Lieblingskostüm: einen lila Gazerock, der bis zu ihren Knöcheln herabhing, und eine wildlederne Männerjacke mit Fransen. Sie drehte an einem Silberreifen in ihrem Ohrläppchen, eine nervöse Angewohnheit. Einer ihrer zerknautschten schwarzen Stiefel wippte auf und ab. »Hast du Ian daran erinnert, sofort von der Arbeit nach Hause zu kommen?« fragte sie Agatha.

»Ich hab ihn beim Frühstück daran erinnert.«

»Ich hoffe sehr, Miß Pennington kommt nicht vor ihm hier an.«

»Wer ist Miß Pennington?« fragte ihr Großvater.

»Meine *Lehrerin*, Grandpa. Wir haben dir alles *gesagt*.«

»Oh. Richtig.«

»Meine Lehrerin der fünften Klasse.«

»Richtig.«

»Fünfte Klasse?« fragte Mr. Kitt und sah nervös aus. »Ich habe die fünfte Klasse verabscheut.«

»Nun, Sie werden Miß Pennington nicht verabscheuen«, erklärte ihm Daphne.

»Fünfte Klasse war schriftliche Division«, sagte Mr. Kitt. »Ich habe Löcher in mein Heft radiert.«

»Miß Pennington ist supernett, und sie läßt uns freitags Comicbücher mitbringen.«

Die Haustür wurde geöffnet. »Da ist sie!« rief Daphne. Aber die erste, die ins Zimmer kam, war eine untersetzte junge Frau in einem Straßenkostüm. Ian folgte, mit seinem Henkelmann. Er sagte: »Entschuldigen Sie, daß wir so spät kommen.«

Wir? Die Kinder sahen einander an.

»Dies ist Schwester Harriet«, sagte Ian. »Sie ist neu in unserer Kirche. Harriet, dies ist mein Vater, Doug Bedloe. Du kennst Mr. Kitt, und ich nehme an, du hast Thomas und Daphne in den Gottesdiensten gesehen. Dort drüben ist Agatha.«

Wenn Schwester Harriet sie gesehen hatte, *sie* hatten sie nicht gesehen; oder sie hatten es vergessen. Man konnte sie außerordentlich leicht vergessen. Ihr strähniges beiges Haar hing ihr über den Rükken, im Nacken ungeschickt mit einer Plastikspange zusammengehalten. Ihr Gesicht war breit, unansehnlich und farblos, und ihr Kostüm – eine gerade Jacke und ein wadenlanger Rock – war aus billigem glatten Stoff. Sie schien auch keine Strümpfe zu tragen. Ihre Waden waren bläulichweiß, kalkig, und ihre ausgetretenen flachen Wildlederschuhe waren am breitesten Teil ihrer Füße blankgerieben.

»Oh, Mr. Bedloe«, sagte sie, »ich freue mich so, Sie endlich kennenzulernen. Und Mr. Kitt, schön, Sie wiederzusehen.« Dann ging sie hinüber zu den Kindern. »Thomas, ich habe letzten Sonntag in der Kirche direkt hinter dir gesessen. Ich bin Schwester Harriet.«

Sie streckte jedem die Hand entgegen – eine breite, männliche Hand, mit kurzgeschnittenen Fingernägeln. Für einen Moment waren die einzigen Laute Schlurfen und verlegenes Gemurmel. »Hmm, wie geht's ... nett, Sie ...« Dann kam Grandma herein. Sie war immer langsam auf der Treppe, da sie sich beim Heruntersteigen schwer auf das Geländer stützte, aber sie mußte heute abend erraten haben, daß sie gebraucht wurde, denn noch bevor sie das Wohnzimmer betrat, rief sie aus: »Hallo, alle miteinander! Entschuldigt, daß ich so lange gebraucht habe!« Diesmal ging das Vorstellen so vonstatten, wie es sollte, alle sprachen gleichzeitig, und kleine Komplimente wurden ausgetauscht. »Was für eine reizende Brosche!« sagte Grandma zu Schwester Harriet, indem sie sich das einzig Attraktive an ihr aussuchte, und Schwester Harriet sagte, sie stamme von ihrer Großtante. Dann klingelte die Türglocke, und Ian ging hin, um Miß Pennington einzulassen.

Miß Pennington sah genau richtig aus. Sie war einer jener Menschen, die zu jeder Gelegenheit genau das Passende anzuziehen wußten, und heute abend war sie weder auffallend fein angezogen, wie andere Frauen das wohl gewesen wären, noch hatte sie den Fehler gemacht, mit etwas übertrieben Informellem und Freizeitmäßigen zu schockieren. Sie hatte die geblümte Bluse an, die sie den ganzen Tag in der Schule getragen hatte, einen weichen Flanellblazer darüber und eine doppelte Perlenkette um den Hals. Als sie sich durch die Gruppe bewegte und jeden so reizend begrüßte, selbst Mr. Kitt und Schwester Harriet, mußten die Kinder einander angrinsen. Als sie zu Daphne kam, umarmte sie sie leicht. Sie könnte ebensogut zur Familie gehören.

Das Gespräch vor dem Essen drehte sich leider um Schwester Harriet. Es stellte sich heraus, daß Schwester Harriet aus einer kleinen Stadt in der Nähe von Richmond kam und fand, daß es in Baltimore sehr schwer wäre, Freunde zu finden. »Die Firma, bei der ich arbeite, ist so groß wie meine Heimatstadt«, sagte sie. »Zu Hause war nur eine winzige Zweigstelle! Aber hier haben sie so viele Angestellte, daß man gar nicht hoffen kann, sie alle kennenzulernen.«

»Was ist das für eine Firma?« fragte Miß Pennington.

»Northeastern Life. Sie führen jede Art von Versicherung: nicht nur Lebensversicherung, sondern auch Auto, Invalidität –«

»Versicherung? Aber sind Sie nicht eine Nonne?«

»Aber nein«, sagte Schwester Harriet.

Mr. Kitt fing an zu lachen. Er sagte: »Ha! Das ist gut. Nonne! Das ist ein guter Witz.«

»So nennen wir einander nur in unserer Kirche«, erklärte Schwester Harriet Miß Pennington. »Ians und meine Kirche. Wir nennen einander ›Schwester‹ und ›Bruder‹. Aber Sie können Harriet sagen, wenn Sie möchten.«

»Oh, ich verstehe«, sagte Miß Pennington.

Die drei Kinder blickten in ihren Schoß. Wie lästig, dieses »Ians und meine«. Als ob Ian und Schwester Harriet irgendwie miteinander verbunden wären! Aber Miß Pennington behielt ihren ermutigenden Gesichtsausdruck und sagte: »Ich kann mir gut vorstellen, daß Ihre Kirche ein idealer Ort ist, um Freunde zu finden.«

»Das ist sie wirklich«, sagte Schwester Harriet zu ihr. Und dann mußte sie noch und noch darüber reden, wie nett und anheimelnd sie war, wie freundlich, wie sie sie in manchem an die kleine Kirche erinnerte, in der sie aufgewachsen war, außer, daß sie dort ihre Gebetsversammlung dienstags abhielten, nicht mittwochs, und sie hielten nichts von Kosmetik, und sie glaubten, daß ›Mensch‹ und ›verflixt‹ Flüche seien, aber in jeder anderen Hinsicht...

Während Schwester Harriet redete, lächelte Ian sie an. Er saß auf der Klavierbank, die langen, jeansbekleideten Beine vor sich ausgestreckt, und die Ellbogen auf den Klavierdeckel gestützt. Ein letzter Sonnenstrahl fiel schräg durch das Seitenfenster und traf so auf sein Gesicht, daß der Pfirsichflaum auf seinen Backenknochen sich in reinstes Gold verwandelte. Das mußte Miß Pennington doch bemerken. Wie konnte sie ihm widerstehen? Er sah blendend aus.

Beim Dinner lieferte Mr. Kitt dann einen erschöpfenden Bericht über seine Erfahrungen in der fünften Klasse. »Ich glaube«, sagte er, »daß alles, was in meinem Leben schiefgelaufen ist, direkt auf die fünfte Klasse zurückzuführen ist. Davor war ich ein voller Erfolg. Ich war berühmt für meine Schlauheit. Ich war derjenige, der meistens die Schwämme reinigen mußte oder die Pausenaufsicht hatte, so oft, daß manche tuschelten, ich sei der Liebling der Lehrerin. Dann kommt die fünfte Klasse: Miß Pilchner. Gott, ich sehe sie noch vor mir. Messingrot gefärbte Haare, ganz dicht gelockt und kurz, und dieses große breite schiefe falsche Lächeln, das niemanden unter zwanzig täuschen konnte. Am ersten Schultag fragt sie mich: ›Wo ist dein liniiertes Papier?‹ Ich sage zu ihr: ›Ich habe lieber unliniiertes.‹ ›Nun!‹ sagt sie. Sagt: ›In *meiner* Klasse haben wir keine Extrawürste.‹ In diesem Moment wußte ich, daß die schlechten Zeiten für mich begonnen hatten. Und danach war ich nie wieder ein Erfolg, damals nicht und später nicht.«

»Oh, Mr. Kitt«, sagte Miß Pennington. »Wie traurig!«

»Nun, ja, ich hingegen«, sagte ihr Großvater vom Kopfende des Tisches, »ich war geradezu verrückt auf die fünfte Klasse. Ich hatte eine Lehrerin, die wie ein Filmstar aussah. Sah genauso aus wie Lillian Gish. Ich wollte sie heiraten.«

Das kam der Sache nun gefährlich nahe; alle drei Kinder rutschten auf ihren Stühlen herum. Aber Miß Pennington lächelte nur und wandte sich an Ian. Sie sagte: »Ian, ich hoffe, *Sie* haben glückliche Erinnerungen an die fünfte Klasse.«

»Hmm? Doch, ja«, sagte Ian uninteressiert. Er sah nicht von seinem Teller auf, er schnitt sein Fleisch.

»Sind Sie hier in Baltimore zur Schule gegangen?« fragte sie ihn.

Ihre Stimme war so geschmeidig, sie neigte sich ihm zu, verlockend, umschlingend. Aber Ian wechselte nur seine Gabel in die rechte Hand und schien dabei weiter von ihr abzurücken. »Ja«, sagte er kurz, nahm einen Bissen Fleisch und begann zu kauen. Warum benahm er sich so? Er benahm sich wie . . . nun, eben wie ein Arbeiter.

Schließlich sprach ihre Großmutter statt seiner. »Ja, allerdings! Er ging die ganzen zwölf Jahre zur Schule!« sagte sie strahlend. »Und wissen Sie, Miß Pennington –«

»Ariana.«

»Ariana, *ich* war Lehrerin, vor etwa hundert Jahren.«

»Oh, Ian erwähnte das.«

»Ich habe die vierte Klasse unterrichtet, damals, im finsteren Mittelalter.«

»Ich auch«, sagte Schwester Harriet plötzlich.

Alle sahen sie an.

»Ich habe die siebte unterrichtet«, sagte sie. »Aber ich war nicht besonders gut darin.«

Ian sagte: »Na, Harriet, ich wette, du warst hervorragend.«

»Nein«, sagte sie. »Es ist wahr. Ich hatte einfach nicht die – ich weiß nicht. Die Persönlichkeit oder so.«

Nun, *das* war klar. Die drei Kinder tauschten amüsierte Seitenblicke.

Sich so eifrig vorwärts lehnend, daß ihr kissenartiger Busen fast ihren Teller abgraste, sagte Schwester Harriet: »Jeder Tag, den ich zur Schule ging, war ein Kampf, und ich hatte keine Ahnung, warum. Dann, eines Nachts, träumte ich diesen Traum. Ich träumte, ich stehe vor meiner Klasse und erkläre die Konjunktionen, aber nur Kauderwelsch kommt aus meinem Mund. Ich sage: ›Gurgel-gurgel-gurgel‹. In dem Traum konnte ich nicht verstehen, was passiert war, aber als ich aufwachte, wußte ich es sofort. Wissen Sie, der Herr versuchte mir etwas zu sagen. ›Harriet‹, sagte er, ›du sprichst nicht die Sprache dieser Kinder. Du solltest aufhören zu unterrichten.‹ Und das tat ich.«

»Ach, du meine Güte«, sagte ihre Großmutter und lehnte sich in ihrem Stuhl zurück.

Aber Ian nahm Schwester Harriet ernst. »Ich finde, das war sehr tapfer von dir«, sagte er zu ihr.

Sie errötete und sagte: »Na, ja...«

»Nein, wirklich. Zuzugeben, daß die ganze Richtung deines Lebens falsch war, und dich zu entschließen, sie völlig zu ändern.«

»Dazu gehört wirklich Mut«, sagte Miß Pennington. »Ich bin da ganz Ians Meinung.« Und sie sandte ihm ein strahlendes Lächeln, das er nicht zu bemerken schien.

War er blind, oder was?

Letzte Ostern war einer der Ausländer mit seiner jüngeren Schwester vorbeigekommen, die von ihrem College gekommen war, um ihn zu besuchen. Sie hätte aus *Tausendundeine Nacht* kommen können; sie war dunkel, schlank und schön, mit einer wohlklingenden, gewählten Art zu sprechen. Zweimal machte ihr Bruder unverblümte Anspielungen darauf, daß sie zu haben sei. »Höchste Zeit, daß sie einen Mann findet und seßhaft wird, eine Grüne Karte bekommt und ein paar Kinder entwickelt«, sagte er und ließ sie wissen, daß es an ihm sei, einen passenden Mann für sie zu finden, da seine Familie noch an das glaubte, was er als »organisierte Heirat« bezeichnete.

Aber Ian hatte anscheinend nicht verstanden, und später, als Daphne fragte, ob er die Schwester nicht hübsch fände, sagte er: »Hübsch? Wer? Nein, ich hab mir nie etwas aus Frauen gemacht, die Strümpfe mit Nähten tragen.«

Sie hätten gleich damals wissen sollen, daß keine je seinen Erwartungen entsprechen würde.

»Möchte noch jemand etwas?« fragte ihr Großvater. »Mr. Kitt? Miß Pennington? Ian, noch etwas Roastbeef?«

»Ich frage mich«, sagte Ian, »wie viele Male wir Träume solcher Art haben – irgendwie seltsam und unlogisch – und nicht erkennen, daß Gott versucht, uns etwas zu sagen.«

Na, großartig. Nun würde er ihnen heilig kommen. »Ariana«, sagte ihre Großmutter hastig, »nehmen Sie doch noch etwas Soße.« Aber Miß Pennington beobachtete Ian, und ihr Lächeln vereiste, wie es Leuten immer passiert, wenn der kahle, unbequeme Klang des Namens Gottes in gesellschaftlichen Situationen fällt.

»Es ist einfacher zu behaupten, es sei etwas anderes«, sagte Ian. »Unser Unterbewußtsein oder verirrte Gehirnwellen. Es ist einfacher, so zu tun, als wüßten wir nicht, was Gott uns zeigen will.«

»Das ist wirklich, wirklich wahr«, sagte Schwester Harriet zu ihm.

Miß Penningtons Lächeln schien nun stählern geworden zu sein.

»Verdammt«, sagte Daphne.

Alle sahen sie an. Ihre Großmutter sagte: »Daphne!«

»Ach, Entschuldigung«, sagte Daphne, »aber ich muß einfach –« Und dann richtete sie sich gerade auf und sagte: »Ich muß einfach immer an diesen Traum denken, den ich vor ein paar Nächten gehabt habe.«

»Oh, erzähl ihn uns«, sagte ihre Großmutter, und sie klang erleichtert.

»Ich stand auf einem Berggipfel«, sagte Daphne. »Gott sprach zu mir aus einer Donnerwolke.« Sie sah die anderen um sich herum an – ihre höflichen, aufmerksamen Gesichter, alle erwarteten voller Wohlwollen, was sie sagen würde. »›Daphne‹, sagte er – er hatte diese laute, tiefe, grollende Stimme. ›Daphne Bedloe, hüte dich vor Fremden!‹«

»Und damit hatte er ja auch recht«, sagte ihre Großmutter munter, aber sie schien schon weniger interessiert, den Rest der Geschichte zu hören. »Doug, könntest du die Salatschüssel herüberreichen?«

»›Daphne Bedloe, eine Fremde wird bald um deinen Onkel herumhängen‹«, bellte Daphne. »›Jemand Fettes und nicht aus Baltimore läuft deinem Onkel Ian nach.‹«

»Aber *Daphne*!« sagte ihre Großmutter und ließ ein Salatblatt auf das Tischtuch fallen.

Später behauptete Daphne, daß ihre Großmutter diejenige war, die Schwester Harriets Gefühle verletzt hatte. Schließlich, was hatte Daphne denn gesagt, das so schrecklich war? Sie hatte nur einen Traum wiedergegeben. Es war ihre Großmutter, die den Traum auf Schwester Harriet bezogen hatte. Ganz entgeistert hatte sie sich an Schwester Harriet gewandt und gesagt: »Es tut mir so leid. Ich kann gar nicht begreifen, was in sie gefahren ist.«

Darauf hatte Schwester Harriet mit weißen Lippen gesagt: »Ist schon gut«, und zitternd einen Schluck aus ihrem Wasserglas getrunken. Aber sie hätte es bestimmt nicht persönlich genommen, wenn ihre Großmutter sich nicht entschuldigt hätte, meinte Daphne; und Thomas und Agatha stimmten ihr zu. »Sie hat recht«, sagte Agatha zu Ian. »Es ist nicht *Daphnes* Schuld, wenn jemand Fettes in ihrem Traum war.«

Dies war, nachdem ihre Gäste gegangen waren. Sie waren im frühesten schicklichen Moment gegangen – Miß Pennington nachdenklich, Mr. Kitt abrupt und ahnungslos, Schwester Harriet mit überraschender Bestimmtheit Ians Angebot ablehnend, sie nach Hause zu begleiten. Sobald sie gegangen waren, hatten die Großeltern sich umgedreht und waren die Treppe zu ihrem Schlafzimmer hinaufgestiegen.

»Daphne hat nur Konversation gemacht«, sagte Thomas zu Ian, aber Ian sagte: »Oh, sicher«, mit tonloser Stimme, und dann ging er ins Eßzimmer und fing an, den Tisch abzuräumen.

Sie folgten ihm, kleinlaut und übereifrig. Sie stapelten Teller aufeinander und brachten sie in die Küche, kratzten die Reste in kleinere Gefäße, holten Töpfe und Pfannen vom Herd, während Ian ein Becken mit heißem Wasser füllte. Er sprach kein Wort mit ihnen; er schien zu wissen, daß alle drei schuldig waren, nicht nur Daphne.

Sie konnten es nicht ertragen, wenn Ian böse auf sie war.

Und schlimmer als böse: deprimiert. All seine schönen Pläne waren zunichte. Was hatten sie getan? Er sah so verloren aus. Müde stand er am Spülbecken und wischte die Soßenterrine aus.

Im vorigen Monat hatte er ein Salzfaß in Form eines Roboters mit nach Hause gebracht. Wenn man auf einen Knopf auf seinem Rükken drückte, begann er auf zwei steifen Plastikbeinen zu laufen, aber sie hatten das nicht bemerkt und hatten, ehrlich gesagt, nicht besonders darauf geachtet, als er es zwischen die Suppenteller gestellt hatte. Er fragte immer wieder:»Braucht jemand Salz? Wer möchte Salz? Soll ich das Salz weiterreichen?« Schließlich sagte Agatha:»Heh? Ja, gut«, und sie drückte auf den Knopf des Roboters und lehnte sich vor, kichernd, als er über den Tisch auf sie zu trottete. Seine Lippen waren gespitzt vor Vergnügen, und er hatte die Hände unter seinem Kinn gefaltet und warf hoffnungsvolle Blicke auf ihre Gesichter, und glücklicherweise bemerkten sie es rechtzeitig und setzten erstaunte und entzückte Mienen auf.

»Staubt den Stollen ab, es ist wieder Weihnachten«, trällerte er in jedem Dezember, wobei er seine eigene Melodie erfand, und am Valentinstag legte er jedem Kind ein Schokoladenherz auf seinen Frühstücksteller, bevor er zur Arbeit ging, was sie immer ein wenig traurig machte, weil wirklich alle von ihnen – selbst Daphne – das Stadium erreicht hatten, in dem nur Valentinsgrüße, die nicht von jemandem aus der Familie kamen, etwas bedeuteten. Tatsächlich gab es viele Gelegenheiten, bei denen sie traurig für ihn waren. Er schien so oft ein wenig danebenzuliegen – seine Scherze waren manchmal ziemlich albern, seine fromme Redeweise brachte Fremde in Verlegenheit, seine Kleidung war unpassend jungenhaft und bieder, als ob er in einer früheren Zeit steckengeblieben wäre. Die Kinder liebten ihn und genierten sich gleichzeitig für ihn. Sie paßten auf, wie andere Leute auf ihn reagierten, und waren ständig bereit, ihn wütend und heftig zu verteidigen.

Einmal in den Ferien, als sie noch klein waren, war er ins Meer schwimmen gegangen und hatte gesagt, sie sollten am Strand warten. Er schwamm über die Brecher hinaus, so weit, bis er nur noch ein Punkt war, und die drei setzten sich ganz plötzlich in den Sand, und Daphne fing an zu weinen. Es sah aus, als verließe er sie für immer und würde nie zurückkommen. Ein Mann stand knöcheltief im Wasser und sagte zu seiner Frau:»Der Bursche ist *verloren*«, und Daphne weinte lauter, und auch die anderen hatten Tränen in den Augen. Aber dann machte Ian kehrt und schwamm wieder zurück.

Bald stieg er mit großen Schritten aus der Brandung, zog seine Badehose hoch, und strömend naß und in der Sonne glänzend hatten sie ihn endlich wohlbehalten wieder, solide und verläßlich und lieb.

Er versenkte eine Schüssel im Spülbecken. Er schwenkte sie hin und her. Daphne sagte: »Ian? Sollen wir nun weitermachen?«, aber er sagte: »Nein, danke.« Die anderen warfen ihr mitleidige Blicke zu. Macht nichts. Er war nicht der Typ, der nachtragend war. Morgen würde er alles in ganz neuem Licht sehen; er würde einsehen, daß sie es nicht böse gemeint hatten.

Er würde wissen, daß sie ihm nur jemanden gewünscht hatten, der wunderbar genug war, um ihn zu verdienen.

8

Ich sollte dir gar nichts
erzählen

Als Reverend Emmett seinen Herzanfall hatte, war die Kirche der
Zweiten Chance gezwungen, den größten Teil des Monats Oktober
ohne ihn zurechtzukommen. Am ersten Sonntag hielt ein pensio-
nierter Baptistenpfarrer, Dr. Benning, die Predigt, aber Dr. Benning
mußte unmittelbar danach aufbrechen, um an einer Bustour zum
Sun Belt teilzunehmen, und so sprang am zweiten Sonntag Schwester Nells Onkel ein – ein Konfessionsloser namens Reverend Lewis, der immer seine »DIR« und »DICH« verwechselte. »Wir flehen
Dir an, Deinen Segen auf diese Deine Gemeinde fließen zu lassen«,
intonierte er, und Ian mußte an die Vertretungslehrer denken, die er
in der Grundschule gehabt hatte, bei denen es auch immer an
irgendeiner Kleinigkeit zu fehlen schien. Der Predigt lag Paulus' erster Brief an Timotheus zugrunde. Viele erkannten wohl nicht, sagte
Reverend Lewis, daß die *Liebe* zum Geld, nicht das Geld selbst die
Wurzel allen Übels sei. Ian, der nie viel Geld oder viel Liebe zum
Geld gehabt hatte, unterdrückte ein Gähnen. *Allen* Übels? Sollte
man diesen Satz nicht untersuchen?

Am dritten Sonntag war noch nicht einmal Reverend Lewis frei,
und sie ließen die Predigt ganz ausfallen. Sie sangen ein paar Kirchenlieder und senkten die Köpfe zu einem Abschlußgebet, das mit
unsicherer Stimme von Bruder Simon gesprochen wurde. »Lieber
Gott«, sagte Bruder Simon, »bitte, gib uns Reverend Emmett so
bald wie möglich zurück.« Am vierten Sonntag kam Reverend
Emmett wieder, noch hagerer und blasser als gewöhnlich, und
predigte eine Botschaft der Ermutigung. Später, als er Ian an der

Tür die Hand schüttelte, fragte er, ob er zu einem kurzen Gespräch bleiben könne.

Also schickte er Daphne allein nach Hause und wartete, bis jedes Mitglied sich nach Reverend Emmetts Gesundheit erkundigt hatte. Als der letzte der Gemeinde gegangen war, folgte er Reverend Emmett durch die Tür hinter der Theke, in das, was man ein Büro nennen konnte. Ein Durcheinander von Rohren lief an der Decke entlang, und riesige Bolzenlöcher hatten den Fußboden ruiniert. In der Mitte des Raumes stand ein antiker Schreibtisch mit einem Drehstuhl, der wohl aus Reverend Emmetts Familie stammte, und ihm gegenüber zwei blaue samtbezogene Sessel. Reverend Emmett bot Ian einen Sessel an, aber er selbst blieb stehen und fuhr sich zerstreut mit der Hand durchs Haar. Wie gewöhnlich trug er ein weißes Hemd ohne Krawatte und enge schwarze Hosen. Ian vermutete, daß er nun etwa Mitte Vierzig war oder sogar noch älter, aber er hatte noch immer etwas Unbeholfenes, Laienhaftes an sich, und sein Adamsapfel ragte über seinem Kragen hervor wie bei einem halbwüchsigen Jungen.

»Bruder Ian«, sagte er, »während ich im Krankenhaus war, habe ich mir ernsthaft Gedanken gemacht. Es ist ungewöhnlich, in meinem Alter einen Herzanfall zu haben. Das ist kein gutes Zeichen. Ich sollte der Tatsache ins Auge sehen, daß ich nicht ewig lebe.«

Ian öffnete den Mund, um zu protestieren, aber Reverend Emmett hob die Hand. »Oh«, sagte er, »ich habe nicht vor, morgen zu sterben, keineswegs. Aber immerhin, solche Dinge geben einem zu denken. Es wird Zeit, daß wir über meinen Nachfolger sprechen.«

»Nachfolger?« fragte Ian.

»Jemand, der die Kirche übernimmt, wenn ich nicht mehr da bin. Jemand, der mir helfen könnte, noch bevor ich nicht mehr da bin. Der mir etwas von meiner Arbeit abnimmt.«

Ian sagte: »Aber —«

Aber Sie SIND *die Kirche*, wollte er sagen. Nur hätte das blasphemisch geklungen und hätte Reverend Emmett bekümmert.

»Ich meine, du solltest anfangen, dich auf das geistliche Amt vorzubereiten«, sagte Reverend Emmett zu ihm.

Ian fragte sich, ob er recht gehört hatte.

»Du weißt, unsere Gemeinde ist im großen und ganzen ziemlich ungebildet«, sagte Reverend Emmett und setzte sich endlich auf den anderen Sessel. »Ich glaube, die meisten von ihnen würden das Gefühl haben, sie seien dem Job nicht gewachsen. Und doch möchten wir jemanden haben, der mit unserer Art und Weise vertraut ist.«

»Aber ich bin auch nicht gebildet«, sagte Ian. »Ich war nur ein Semester auf dem College.«

»Nun, das Gute an meinem Herzanfall ist, daß er als eine Vorwarnung dienen kann. Er gibt uns die Chance, dich ausbilden zu lassen. Mir ist klar, du würdest es nicht wie ich machen wollen – Universität und so weiter. Ich war jünger und hatte mehr Zeit. Du bist wie alt, vierunddreißig? Aber die Lawrence-Bibelschule drüben in Richmond –«

»Richmond! Ich kann nicht nach Richmond gehen!«

»Warum nicht?«

»Ich habe Pflichten hier!«

»Aber die nehmen doch nun bald ein Ende, oder?« fragte Reverend Emmett. »Solltest du nun nicht an die Zukunft denken?«

Ian lehnte sich vor und umklammerte seine Knie. »Reverend Emmett«, sagte er. »Daphne mit sechzehn macht mehr Scherereien als alle drei in jedem anderen Alter! Wissen Sie, daß ihr Direktor verlangt, daß ich sie jeden Tag von der Schule abhole? Ich muß von der Arbeit weg und sie abholen und persönlich nach Hause fahren. Und *ich* muß es sein, nicht mein Vater, weil sich herausgestellt hat, daß mein Vater alles glaubt, was sie ihm erzählt. Meine Eltern sind beide so rückständig, sie können einfach nicht begreifen, in was Kinder heutzutage hineingeraten können. Glauben Sie wirklich, ich könnte sie bei ihnen lassen und nach Richmond abhauen?«

Reverend Emmett wartete, bis Ian sich beruhigt hatte. Dann sagte er: »In welcher Klasse ist Daphne?«

»Sie ist im vorletzten Jahr.«

»Also noch zwei Jahre«, sagte Reverend Emmett. »Vielleicht weniger, wenn sie sich zusammennimmt, bevor sie die Abschlußprüfung macht. Und ich bin sicher, daß sie ins richtige Fahrwasser kommt. Daphne ist eine starke Persönlichkeit. Aber selbst wenn nicht, in zwei Jahren wird sie selbständig sein. Inzwischen kannst du mit ein paar Kursen hier in Baltimore anfangen. Abendschule. Towson State oder vielleicht das Gemeindecollege.«

Ian sagte: »Und außerdem.«

»Ja?«

»Ich meine, sollte ich nicht einen *Ruf* zum geistlichen Amt vernehmen?«

Reverend Emmett sagte: »Vielleicht bin ich der Ruf.«

Ian blinzelte.

»Und vielleicht nicht, natürlich«, sagte Reverend Emmett zu ihm. »Aber es wäre immerhin möglich.«

Dann erhob er sich und schüttelte Ian noch einmal die Hand, mit diesen langen, trockenen Fingern, so knochig, daß sie fast zu klappern schienen.

Als Ian zu Hause ankam, sprach Daphne am Küchentelefon, und ihre Großmutter stellte verschiedene Schüsseln auf den Tisch. Das Sonntagsessen würde offenbar aus Resten bestehen – winzige Schüsseln mit kalten Erbsen, matschigem Salat und aufgewärmtem Gulasch aus der Dose. »Cool«, sagte Daphne. »Wir können uns später treffen und für diese Spanischprüfung arbeiten.« Etwas Künstliches und Theatralisches in ihrem Ton ließ Ian Bee einen Blick zuwerfen, doch Bee verstand nicht und sagte nur: »Nun? Wie war es in der Kirche?«

»Ganz gut.«

»Könntest du deinem Vater sagen, das Essen ist fertig?«

Er rief hinunter zum Kellergeschoß und winkte dann Daphne vom Telefon. »Ich muß jetzt aufhören«, sagte sie in den Hörer. »Meine Familie hält jetzt Brunch.«

»Oh, ist dies ein Brunch?« fragte Ian seine Mutter.

Sie lächelte und legte einen Laib Brot auf den Tisch.

Als sie saßen, sprach Ian schnell den Segen, weil er sich bewußt war, daß sein Vater mit den Fingern auf seine Knie trommelte. Dann begann jeder eine andere Mahlzeit. Doug griff nach dem Gulasch, Ian machte sich ein Erdnußbuttersandwich, und Daphne, die Vegetarierin war, pickte verträumt Erbsen aus der Schüssel, eine nach der anderen, mit den Fingern. Bee aß alles auf, was die anderen übrigließen – mehr eine Sache der Sparsamkeit als des persönlichen Geschmacks, dachte Ian.

Er vermißte die beiden älteren Kinder. Thomas war fort auf der

Cornell Universität, und Agatha stand im zweiten Jahr ihres Medizinstudiums. Die meisten Mahlzeiten waren jetzt improvisiert, oft nur auf dem halben Tisch aufgedeckt, denn Daphnes Hausaufgaben überzogen die andere Hälfte. Und die meisten ihrer Unterhaltungen waren unkonzentriert, unzusammenhängend, wie die verstreuten Gesprächsbrocken, nachdem die wichtigsten Gäste den Raum verlassen haben.

»Ich und Gideon werden bei ihm zu Hause Spanisch lernen«, verkündete Daphne in eine ausgedehnte Pause hinein.

»Gideon und ich«, sagte ihre Großmutter.

Ian fragte: »Wird Gideons Mutter zu Hause sein?«

»Natürlich.«

Ian sah sie prüfend an. Gideon war Daphnes Freund, ein unnahbarer, kühler Typ. Offensichtlich hatte seine Mutter, eine geschiedene Frau, ebenfalls einen Freund. Sie war oft ausgegangen, wenn Ian dort vorbeikam, um Daphne abzuholen.

»Vielleicht könntet ihr statt dessen hier lernen«, sagte er zu ihr.

Aber Daphne sagte: »Ich hab schon versprochen, zu ihm zu kommen.« Dann nahm sie ihre leere Schüssel und leckte sie zierlich wie eine Katze aus. Alle bemerkten es, aber niemand erhob Einspruch. Bei jemandem wie Daphne mußte man seine Streitpunkte vorsichtig wählen.

Es beunruhigte Ian manchmal, wie sehr Daphne ihn an Lucy erinnerte. Sie hatte Lucys kleines Gesicht und ihr lockiges schwarzes Haar, wenn ihres auch kurzgeschnitten und zottlig war. Und sie hatte ihre heisere Stimme. Selbst in dem geräumigen Army-Kampfanzug wirkten ihre schmalen, feinen Knochen so zierlich gedrechselt, als hätte sie jemand auf einer Drehbank gefertigt. Ihre Augen aber waren ihre eigenen: immer noch ein dichtes Marineblau. Und ihr eigener, angeborener Vanillegeruch haftete noch an ihr unter den Gerüchen von Zigaretten, Motoröl und Leder.

Am Ende der Mahlzeit erhob sich Ians Vater und holte eine Schüssel Instantpudding aus dem Kühlschrank. Er schaukelte ihn fragend vor den Nasen der anderen, aber Bee sagte: »Nein, danke«, und Daphne schüttelte den Kopf. »Um so mehr hab ich«, sagte Doug vergnügt und begann direkt aus der Schüssel zu essen.

War es wegen der Zuckerregel, daß Daphne abgelehnt hatte?

Nein, wahrscheinlich nicht. Hier handelte es sich um ein Mädchen, das während der Mittagspause Bier in geparkten Autos trank, wie ihr Direktor ihm berichtet hatte. Aber sie ging immer noch jeden Sonntag in die Kirche, sang die Lieder aus vollem Halse mit und senkte den Kopf während der Gebete, während andere junge Leute das Interesse daran verloren, sobald sie in die Teenagerjahre kamen. Und sie stürzte sich mit echter Begeisterung auf die Guten Werke. Ob sie aber wirklich gläubig war, konnte Ian nicht entscheiden, und etwas hielt ihn davon ab, sie zu fragen.

Es klopfte an die Küchentür, ein einziges, mißmutiges Pochen, und sie sahen hinüber, wo Gideon sie durch die Fensterscheiben inspizierte. »Ups! Ich muß weg«, sagte Daphne. Ausgeschlossen, Gideon hereinzubitten, er sprach nicht mit Erwachsenen. Alles, was sie von ihm sahen, war die Neigung seines scharfgeschnittenen Gesichts und der Vorhang glatten blonden Haares, und dann wirbelte Daphne zur Tür hinaus, und die beiden waren fort. »Daph? Oh, meine Güte, sie wird sich zu Tode frieren«, sagte Bee.

Ian wünschte, Daphnes Zu-Tode-Frieren wäre das Schlimmste, was er zu befürchten hätte.

Doug und Bee gingen nach oben, um ihr Sonntagsschläfchen zu halten, und Ian wusch das Geschirr ab. Während er den Rest des Puddings in ein kleineres Gefäß umfüllte, dachte er an Reverend Emmetts Vorschlag. Bibelschule! Er sah sich in Momentaufnahme das Auto vollpacken und das Haus verlassen – Teilnehmer an dem September-Ritual, das er so oft als unbeteiligter Zuschauer beobachtet hatte. Das Auto bis oben hin vollgestopft mit Kleidern und Langspielplatten, seine Eltern daneben, um ihm zum Abschied zuzuwinken. Vielleicht sogar ein Dachgepäckträger, mit einem Fahrrad oder Stereo obendraufgeschnallt. Oder ein Fledermaus-Sessel wie der seines früheren Zimmergenossen. Falls man überhaupt noch Fledermaus-Sessel herstellte.

In den vergangenen Jahren hatte er sich oft gefragt, was wohl aus Winston geworden war. Er hatte sich vorgestellt, daß er das College durchlaufen, Examen gemacht und einen Job gefunden hatte. Inzwischen wäre er in gesicherten Verhältnissen, wahrscheinlich auf einem Gebiet, das mit schöpferischem Denken und Erfindungen zu tun hatte. Wahrscheinlich hatte er sich einen Namen gemacht.

Ian starrte die Puddingschüssel an und merkte, daß er jeden Löffelvoll gegessen hatte, den er herausgekratzt hatte. Sein Mund fühlte sich an, als sei er im Innern mit einer dicken Schicht überzogen. Eine unvertraute Süße verstopfte ihm die Kehle.

Bei der Arbeit lernte er einen neuen Angestellten an, einen stämmigen, bärtigen schwarzen Mann namens Rafael. Er hielt seine übliche Ansprache über die Wichtigkeit, das richtige Holz zu wählen. »Ich selbst bevorzuge immer Kirschbaum, wenn möglich«, sagte er. »Es ist am freundlichsten, könnte man sagen. Am gehorsamsten.«

»Kirschbaum«, sagte der Mann und nickte.

»Es ist fast *lebendig*. Es verändert mit der Zeit die Farbe und verändert sogar die Form, und es atmet.«

Rafael blinzelte ihn plötzlich an, als ob er seinen Geisteszustand prüfen wollte.

Die Werkstatt hatte nun sieben Angestellte, das High-School-Mädchen nicht mitgezählt, das nachmittags kam, um zu tippen und die schriftlichen Dinge zu erledigen. (Und man *sollte* sie wahrscheinlich nicht mitzählen, manchmal waren ihre Bestellscheine so unverständlich, daß Ian sich an die Schreibmaschine setzen mußte und seine Finger falsch auf die Tasten legen, um herauszubekommen, was sie zum Beispiel mit »Inzne« gemeint haben könnte.) Im ganzen Raum verteilt arbeiteten die Tischler an ihren verschiedenen Projekten. Sie murmelten freundlich untereinander, ließen Ian aber meistens aus. Er wußte, daß sie ihn für sonderbar hielten. Vor zwei Jahren hatte er den Fehler gemacht zu versuchen, mit Greg, der gerade einige Probleme hatte, über die Zweite Chance zu sprechen. Seitdem hielt Greg Abstand und ebenso alle anderen, die offensichtlich informiert worden waren. Sie waren höflich, aber verlegen, auf der Hut. Und was Mr. Brant betraf, so war er zur Zeit sogar noch ungeselliger als gewöhnlich. Es hieß, seine Frau habe ihn um eines jüngeren Mannes willen verlassen. Das erzählte Mrs. Brants Nichte Jeannie, die nicht mehr dort arbeitete, aber manchmal zu Besuch vorbeikam. Mr. Brant selbst erwähnte seine Frau nie.

Im letzten Frühjahr war Mrs. Brant bei Ian stehengeblieben, um eine Bank zu bewundern, die er absandete, und sie hatte leicht, aber bewußt eine Hand auf die seine gelegt. Ihr Mann war hinten in seinem Büro, und die anderen waren in der Pause. Mrs. Brant hatte mit einem seltsam kühlen Ausdruck in Ians Augen aufgeblickt, so, als ob dies eine Art Test sei. Ian war nicht völlig überrascht (verschiedentlich hatten Frauen, die seine religiöse Überzeugung kannten, begonnen, sich sehr dreist zu benehmen, er war für sie offensichtlich eine Herausforderung), und er wurde damit ganz gut fertig, dachte er. Er hatte nur seine Hand unter der ihren weggezogen und ihr das Sandpapier darin gelassen. Er tat so, als sei ihre Bewegung ein Angebot, ihm zu helfen. Und natürlich hatte er nichts zu ihrem Mann gesagt. Aber keine zwei Monate später verkündete Jeannie, daß sie fortgegangen sei, und dann dachte Ian, vielleicht hätte er doch etwas sagen sollen. »Mr. Brant«, hätte er sagen sollen, »mir scheint, Ihre Frau fühlt sich einsam.« Oder: »Möchten Sie und Mrs. Brant nicht einmal zusammen verreisen?«

Aber *verraten*, das hatte er sich versprochen, würde er nie wieder jemandem etwas.

Oh, es gab so viele verschiedene Möglichkeiten, etwas falsch zu machen. Kein Wunder, daß er die Tischlerei liebte! Er zeigte Rafael den Kirschbaumnachttisch, den er gerade fertiggestellt hatte. Die Schublade glitt sanft, wie Satin, ohne irgendwo zu klemmen.

Während die anderen Männer in ihrer Kaffeepause waren, ergriff Ian sein Jackett und fuhr los, um Daphne von der Schule abzuholen. Er konnte die Fahrt hin und zurück in wenig mehr als zwanzig Minuten schaffen, wenn alles planmäßig verlief, aber das war natürlich selten der Fall. Heute zum Beispiel mußte er wohl die Werkstatt zu früh verlassen haben. Als er vor der Schule parkte, fand er, daß er einige Minuten warten mußte, und vielleicht noch länger, wenn Daphne, wie gewöhnlich, spät herauskam oder zurücklaufen mußte, weil sie etwas vergessen hatte. Also stellte er den Motor ab und stieg aus dem Auto. Die Luft war warm und schwer und windig, als ob ein Herbststurm sich zusammenbraute. Hinter ihm hielt ein anderes Auto. Eine sommersprossige Frau in Hosen stieg aus und sagte: »Was, sind wir zu früh?«

»Scheint so«, sagte Ian. Dann, weil er sich dumm vorkam, nur mit ihr herumzustehen, steckte er die Hände in die Taschen und schlenderte auf das Gebäude zu. Jagende Wolken leuchteten grell von den

Fenstern des zweiten Stocks – den Fenstern des Kunsterziehungs-
raums, erinnerte sich Ian, und Miß Dunlaps Weltgeschichte-Fen-
ster, obwohl Miß Dunlap nun wohl längst im Ruhestand oder schon
gestorben war. Zwei Jungen in Trainingsanzügen joggten auf dem
Gehsteig auf ihn zu, trennten sich, um ihm auszuweichen, und joggten weiter. Er fragte sich, ob sie wohl errieten, was er hier tat. (»Das
ist Daphne Bedloes Onkel, sie ist auf Bewährung und muß unter
Bewachung nach Hause gehen.«) Der Gedanke kam ihm, daß
Daphne in den Boden versinken würde, wenn jemand, den sie
kannte, ihn sehen würde. Daher umkreiste er die Schule und ging
weiter. Er ging an der kleinen Imbißstube vorbei, wo er und Cicely
ganze Nachmittage über zwei Cherry Cokes zu sitzen pflegten, und
er kam zur Methodistenkirche mit ihren Buntglasfenstern voller
strenger, schmaler Engel. Eine der Doppeltüren der Kirche stand
offen. Fast ohne nachzudenken stieg er die Stufen hinauf und ging
hinein.

Kein Licht brannte, aber seine Augen gewöhnten sich schnell an
das Dämmerlicht. Er erkannte zwei Reihen mit gepolsterten Bänken und vorne eine geschnitzte hölzerne Kanzel mit noch einem
Buntglasfenster hoch an der Wand dahinter. Dieses zeigte Jesus in
einem weißen Gewand, barfuß, wie er beide Hände mit den Handflächen nach vorne erhoben hatte und freundlich auf Ian herab-
blickte. Ian schob sich in eine Kirchenbank und ließ seine Ellbogen
auf der Bank vor sich ruhen. Er sah auf in Jesu Gesicht. Er sagte:
Wäre es möglich, daß ich irgendein Zeichen bekäme?

*Nichts Besonderes. Nur etwas Bestimmteres als Reverend Em-
metts Vorschlag.*

Er wartete. Er ließ die Stille anschwellen und wachsen.

Aber dann erklang die Schulglocke – ein ausgedehntes Bimmeln,
das ihn an diese Schlüsselketten aus winzigen Metallkugeln erinnerte –, und seine Konzentration war unterbrochen. Er seufzte und
stand auf. Es war wahrscheinlich sowieso anmaßend von ihm gewesen, zu fragen.

Als er im Türrahmen stand, sah er den ersten Haufen der Schüler
vorbeigehen. Er sah Gideon mit einem rothaarigen Mädchen, den
Arm lässig um ihren Hals geschlungen, so daß sie wiederholt im
Gehen aneinanderstießen.

Gideon?

Aber dieser Schleier blonden Haars war unverwechselbar, wie auch die vorwärtsgeneigte, schleichende Haltung. Fast als wäre es Ians Liebe, nicht Daphnes, fühlte er sein Herz stillstehen. Er sah den Rotschopf den Hals emporrecken, um ihn zu küssen, und Ian zog die Luft heftig ein und trat zurück in den Schatten der Tür.

Als er zum Auto kam, wartete Daphne auf dem Vordersitz. Das Innere des Autos roch nach Pfefferminz und Tabak. »Wo *warst* du denn?« klagte sie, als er einstieg, und er sagte: »Oh, nur so herum.« Er ließ den Motor an und schob sich in den kriechenden Schulschlußverkehr. »Kein Gideon?« fragte er.

»Es ist der Tag, an dem er zu seinem Vater geht.«

»Oh.«

Daphne rutschte tiefer in ihren Sitz hinein und setzte beide Füße auf das Armaturenbrett. Es zeigte sich, daß sie Kampfstiefel trug – die ramponiertesten und abgewetztesten, die ihm je unter die Augen gekommen waren. Er hatte nicht gewußt, daß auch so kleine gemacht wurden. Ihre dunkelolivfarbenen Hosen schienen auch für den Kampf bestimmt zu sein, aber die Bluse unter ihrer Lederjacke war zarte weiße Gaze mit zwei Büscheln von Silberglöckchen, die vom Ende des Durchzugbandes herabbaumelten. Jedesmal, wenn sie sich bewegte, gab sie einen leisen Klingellaut von sich und das grollende Knarren von Leder. Wie kam es, daß ein derart absurdes Persönchen es fertigbrachte, ihn so zu rühren?

Er dachte an Gideons blonden Schopf neben dem kupferfarben leuchtenden Kopf des Mädchens in seiner Armbeuge.

Daphne, sollte er sagen, *ich muß dir etwas sagen.*

Aber er konnte es nicht.

Er hielt vor ihrem Haus an und wartete, bis sie ausgestiegen war, mit leerem Blick durch die Windschutzscheibe starrend. Zu seiner Überraschung spürte er einen Kuß auf seinem Backenknochen, so leicht wie ein Blütenblatt. »Tschüs«, sagte sie, schlüpfte raus und schloß die Autotür hinter sich. Er hätte fast glauben können, daß sie wußte, was er ihr erspart hatte.

Eines Tages im vorigen Sommer, als er mit Schnuckiputz im Wartezimmer des Tierarztes saß, hatte Ian einen Goldenen Retriever mit

262

einem besonders lieben Gesicht gesehen. »Netter Hund«, hatte er zu der Besitzerin gesagt, und die Besitzerin – eine Frau mittleren Alters – hatte gelächelt und gesagt: »Ja, ich hatte ein ganze Anzahl Hunde im Lauf der Jahre, aber dieser da: das ist der Hund meines Lebens. Kennen Sie so was?«

O ja, er kannte das.

Daphne, fühlte er, war das *Kind* seines Lebens. Er fragte sich, ob er je eine eigene Tochter so vollkommen lieben könnte.

Es stimmte, mit den beiden Älteren hatte er es leichter gehabt. In gewisser Beziehung gefielen sie ihm sogar besser. Thomas war so fröhlich und gewinnend, und Agatha hatte irgendwie die Ecken ihres herausfordernden Wesens abgeschliffen – ihre Unverblümtheit hatte sich in ruhige Sicherheit, ihre aggressive Reizlosigkeit in eine faszinierende schwarzweiße Schönheit verwandelt. Er mochte sie gerne wie alte beste Freunde, die dieselben Dinge komisch oder traurig finden und denen man nicht jede kleine Bemerkung erklären muß. Tatsächlich könnte man sagen, sie waren seine *einzigen* Freunde. Aber Daphne war diejenige, die ihn am tiefsten berührte.

Und Daphne hatte sich immer so auf ihn verlassen, hatte es als selbstverständlich betrachtet, daß er unter allen Umständen zu ihr hielt. Er hatte noch immer eine intensive körperliche Erinnerung an das Gewicht ihres Babyköpfchens, das in seiner gewölbten Hand ruhte. Selbst jetzt lehnte sie sich manchmal an ihn, wenn sie vor dem Fernseher saßen, und arglos vertraute sie ihm ihre Geheimnisse und den Klatsch über ihre Klassenkameraden an und gab ihre haarsträubenden Abenteuer zum besten, von denen er keine Ahnung gehabt hatte, Gottseidank, als sie sie durchmachte. (Sie kannte die Stadt in- und auswendig und durchstreifte bedenkenlos Gegenden, die selbst Ian vermied.) Aber wenn er irgendwelche Besorgnis zeigte, pflegte sie zu sagen: »Ich wußte doch, ich hätte es dir nicht erzählen sollen! Ich sollte dir überhaupt nichts mehr erzählen!« Und wenn ihre Freunde sie besuchen kamen, zog sie sich deutlich von ihm zurück, bezeichnete ihn als »mein Onkel«, als ob er keinen Namen hätte, und verdrehte die Augen, wenn ihre Freundinnen versuchten, sich mit ihm zu unterhalten oder (gelegentlich) zu flirten. Wenn er sagte, er gehe fort zur Gebetsversammlung, erklärte sie ihren Freunden, er »spräche metaphorisch«. Wenn er ihr Ausgehverbot gab, verkündete sie, sie würde fortlaufen und bei den Verwandten ihrer Mutter leben, die – wie sie behauptete, weltklug und kosmopolitisch seien und nicht daran *dächten*, sie zu zwingen, pünktlich zu irgendeiner Zeit in ihre Villa zurückzukehren. Ian hatte gelacht, und dann verspürte er einen tiefen, trostlosen Schmerz.

Das war es, was Daphne gewöhnlich aus ihm herausholte. Lachen und Schmerz.

Reverend Emmett lud ihn zum Abendessen ein. »Nur wir beide«, sagte er am Telefon, »um über die Sache mit deiner Berufung zu reden.« Ian schluckte, aber natürlich sagte er zu.

Reverend Emmett warnte ihn, daß er nicht besonders gut kochen könne (seine Mutter war im vorigen Herbst gestorben), und so fragte Ian, ob er etwas mitbringen dürfe. »Na ja«, sagte Reverend Emmett, »du kennst doch diese kalte weiße Soße, die man mit Kartoffelchips serviert?«

»Soße? Sie meinen einen Dip?«

»Sie hat kleine Stückchen getrocknete Zwiebeln darin?«

»Sie meinen Zwiebelsuppendip?«

»Das wird es wohl sein«, sagte Reverend Emmett. »Mutter machte es immer, wenn Gäste kamen, aber ich kann ihr Rezept nicht finden. Ich dachte, vielleicht könntest du *deine* Mutter fragen, ob sie es für uns machen kann.«

»Ach was, das mach ich selbst«, sagte Ian. »Ich bringe die Zutaten mit und zeige Ihnen, wie es gemacht wird.«

»Das wäre prima«, sagte Reverend Emmett.

So hatte Ian, als er am Dienstagabend an der Haustür klingelte, einen halben Liter saure Sahne und eine Tüte der einzigen Sorte Zwiebelsuppenmix dabei, die keinen Zucker enthielt. Er hatte sich nach der Arbeit gewaschen, aber (eingedenk der Sünde der Oberflächlichkeit) seine Alltagskleider anbehalten, und Reverend Emmett öffnete die Tür in Jeans und einem seiner absurden flotten Polohemden. »Komm rein!« sagte er.

Ian sagte: »Danke.«

Er war, ehrlich gesagt, ein wenig nervös. Er fürchtete, daß Reverend Emmett einen falschen Eindruck von ihm hatte, denn wie sonst ließen sich seine Pläne für Ians Zukunft erklären?

Das Wohnzimmer war klein, aber formell, ein wenig spießig – das Werk der Mutter, vermutete Ian. Er hatte es bei verschiedenen Anlässen gesehen, aber war nie darüber hinausgekommen, und nun sah er sich neugierig um, als ihn Reverend Emmett durch ein dämmriges, geblümtes Eßzimmer in eine Küche führte, die aussah wie nach einem Erdbeben. »Ich dachte, ich mache Roastbeef für uns«, sagte Reverend Emmett zu ihm, und Ian sagte: »Klingt gut.« Er fragte sich, wieso für einen Braten all diese Pfannen und Utensilien nötig gewesen waren. Vielleicht waren sie für eine Beilage benutzt worden. »Willst du eine Schürze zum Arbeiten umbinden?« fragte Reverend Emmett.

»Es ist nicht so kompliziert«, sagte Ian. »Eine Rührschüssel und ein Löffel genügen.«

Er goß die saure Sahne in die Schüssel, die Reverend Emmett ihm brachte, und rührte dann den Suppenmix hinein, während Reverend Emmett ihm während der ganzen Prozedur nicht von der Seite wich. »Ach, das ist ja wirklich ganz einfach«, sagte er zum Schluß.

»Wirklich nichts dabei«, sagte Ian.

»Hast du etwas dagegen, wenn wir das in der Küche essen? Ich muß auf den Braten aufpassen.«

»Ist mir recht.«

Sie zogen sich zwei Hocker zur Küchentheke, die mit mehreren verschiedenfarbigen Flüssigkeiten bekleckert war, und begannen mit den Chips und dem Dip. Reverend Emmett verschlang die Chips gierig, beim Kauen trat ihm die Ader an der Schläfe hervor. (Hatte sein Arzt ihn nicht vor Fett gewarnt?) Er bat Ian, ihn Emmett zu nennen. »Oh. Gut... Emmett«, sagte Ian. Aber er konnte den Namen nur herausbringen, indem er sich ein »Reverend« in der Lücke vorstellte, und er dachte, daß Reverend Emmett, danach zu urteilen, wie er vor jedem »Ian« eine Pause machte, wohl im Geist ein »Bruder« einfügte.

»Tatsache ist, hm... Ian, ich kenne kaum noch jemanden, der mich nur einfach Emmett nennt«, sagte Reverend Emmett. »Tatsache ist, dies ist ein einsamer Beruf. Oh, aber nicht für *dich*, das würde es nicht sein. Du würdest von Anfang an zusammen mit deinesgleichen ausgebildet werden. Du würdest deine Freundschaften mit ihnen schließen, und wen du auch heiraten wirst, sie wird wissen, daß sie kein Fachwerk-Pfarrhaus und Tees in weißen Handschuhen zu erwarten hat.«

»Aber... Emmett«, sagte Ian, »wie kann ich sicher sein, daß ich dazu geeignet bin? Ich bin nur ein Zimmermann.«

»Unser Herr war ein Zimmermann«, erinnerte ihn Reverend Emmett. Er erhob sich, um einen Blick in den Backofen zu werfen.

»Vielleicht war er das«, sagte Ian, »aber davon hat man wohl ein wenig zu viel hergemacht.«

»Wie bitte?«

»Nun, wir haben doch nicht gehört, daß er irgend etwas gebaut hätte, oder? Ich wünschte, wir hätten es. Manchmal, wenn ich mir Gemälde von ihm betrachte, versuche ich zu sehen, was er für Muskeln gehabt hat – ob es solche sind, wie man sie vom Hämmern und Sägen bekommt. Ich stelle mir gern vor, daß er ein paar Stücke Holz zusammengefügt hat; er hat doch nicht nur herumgestanden und Theologie diskutiert, während Joseph die Möbel gebaut hat.«

Reverend Emmett stellte den Braten auf den Küchentisch und sah ihn mit schiefgelegtem Kopf nachdenklich an.

»Oder Kamelställe oder was es auch war«, sagte Ian. »Ich hoffe, das klingt nicht respektlos.«

»Nein, nein... Könntest du bitte den Salat hineintragen?«

»Na, jedenfalls«, sagte Ian. Er nahm die Salatschüssel und folgte Reverend Emmett ins Eßzimmer, »ich bin vom Thema abgekommen. Was ich sagen möchte, ist, ich bin nicht sicher, daß jemand wie ich imstande sein würde, den Leuten Antworten zu geben. Wenn sie Zweifel oder ernste Probleme hätten und so. All diese Hochs und Tiefs, die die Leute durchmachen, diese kleinen *Höllen*, durch die sie gehen – ich wüßte nicht, was ich zu ihnen sagen sollte.«

»Aber das lernst du auf der Bibelschule«, entgegnete Reverend Emmett.

»Das genügt nicht«, sagte Ian.

Sie hatten nun beide ihre Plätze an dem spitzenbedeckten Tisch eingenommen. Reverend Emmett fuchtelte mit einem Tranchierbesteck mit beinernen Griffen. Er hielt inne und sah Ian an.

»Ich meine«, sagte Ian, »*vielleicht* ist es nicht genug.«

»Aber natürlich ist es das«, sagte Reverend Emmett. »Wie denkst du, daß *ich* gelernt habe? Niemand ist wissend geboren.«

Er begann, den Braten in Scheiben zu schneiden. Er war schlicht und einfach zu lange im Ofen gewesen – ein verkohlter schwarzer Block, der fest an der Pfanne klebte, in der er gebraten worden war. »Als ich auf dem Seminar anfing«, sagte er und sägte mannhaft drauflos, »hatte ich jede nur mögliche falsche Vorstellung. Ich dachte, ich würde eine Laufbahn einschlagen, die stabil und bequem wäre, die Laufbahn meines Vaters – ein Familienunternehmen wie jedes andere. Ich sah vor mir, wie Vater und ich zusammen in seinem Studierzimmer bei einem Sherry sitzen würden und uns über obskure Interpretationen des Neuen Testaments Gedanken machten. Endlich würde er etwas von mir halten und auf meine Meinung hören. Aber daraus wurde nichts. Was geschah, war, ich begann die Bibel zu lesen, sie wirklich zu lesen, und als ich damit fertig war, sprach mein Vater nicht mehr mit mir, meine Verlobte hatte mich verlassen, und alle meine Mitstudenten dachten, ich wäre verrückt.«

Er legte sein Messer nieder. »O je«, sagte er, »*das* hatte ich nun nicht damit beabsichtigt.«

Ian lachte. Reverend Emmett sah ihn überrascht an, und dann lachte auch er.

»Also, dieses Fleisch ist ungenießbar«, sagte er. »Machen wir uns nichts vor, ich bin ein schrecklicher Koch.«

»Wir können uns ja immer noch an dem Salat sattessen«, schlug Ian vor.

»Wir könnten, aber weißt du, was ich wirklich gern tun würde? Ich möchte diesen Dip aufessen, deinen Zwiebeldip. Der war ausgezeichnet!«

»Tun wir es doch«, sagte Ian.

Während er sich also von dem Salat nahm, ging Reverend Emmett hinaus in die Küche, um die Chips und den Dip zu holen. »Nein«, sagte er, als er wiederkam, »das war es nicht, worauf ich hinauswollte, glaube mir. Nein, was ich sagen wollte, war... nun, das geistliche Amt ist wie alles andere: man muß es ausprobieren. Ich habe so viele Fehler gemacht! Im Krankenhaus sind sie mir alle wieder eingefallen. Ich lag auf diesem Bett und sah zur Decke hinauf, und alle meine Fehler zogen über diese gepunkteten klangdichten Platten an mir vorüber.«

»*Ich* habe dich nie einen Fehler machen sehen.«

»Ach, Junge«, sagte Reverend Emmett kopfschüttelnd. Er bemerkte einen Klecks Dip auf seinem Finger und griff nach einer Stoffserviette. »Als ich anfing, sollte meine Kirche perfekt sein«, sagte er. »Ich glaubte, ich hätte die ideale Lehre aufgestellt. Aber jetzt sehe ich, wie inkonsequent sie ist, wie voller Löcher und Widersprüche. Was interessiert es mich, ob jemand eine Tasse Kaffee trinkt? Wäre es nicht besser gewesen, das Fernsehen zu verbannen? Und das ist das Schlimmste, Ian: Der Gedanke, das zu tun, kam mir bereits flüchtig damals am Anfang. Aber dann sagte ich, nein, nein. Doch ich gestand mir nie den Grund dafür ein, nämlich: wie sollte ich überhaupt Mitglieder bekommen, wenn ich sie nicht fernsehen ließe?«

Ian wußte nicht, was er darauf sagen sollte. Er nahm an, es wäre fast unmöglich gewesen, Mitglieder zu bekommen, wenn man es recht bedachte.

»Und dann der Zehnte«, sagte Reverend Emmett. »Wer bin ich, von ihnen zu verlangen, daß sie den Zehnten ihres Einkommens geben sollen? Einige dieser Leute sind bettelarm. Nicht einer von ihnen ist wohlhabend. Jetzt weiß ich, warum ich das Ritual der Kollekte abgeschafft habe. Ich sagte: ›Schiebt eure Umschläge durch den Postschlitz, ohne Absender‹, weil ich insgeheim hoffte, sie würden *nicht* den Zehnten geben, selbst wenn die Heizungsrechnung aus meiner eigenen Tasche kommen mußte: und ich wollte mich nicht damit befassen, wenn sie es nicht taten. Ich zog es vor, den Kopf in den Sand zu stecken. Es gibt so vieles, das ich übersehen habe! Ich weiß, daß jeder sich seine eigene Zweite Chance geschaffen hat, sie seinen eigenen Zwecken angepaßt und die Regeln zu seiner eigenen Bequemlichkeit verändert hat, und ich tue so, als merkte ich es nicht. Ich weiß, daß Bruder Kenneth raucht! Ich kann es an seinen Kleidern riechen, obwohl ich es nie sage. Ich weiß, daß Daphne raucht und auch Bier trinkt, und Schwester Jessie hat nie auf ihren Abendgrog verzichtet, nicht einmal an dem Tag, als sie in die Kirche eintrat, den sie dem Gerücht zufolge mit einer Flasche Sekt nach dem Gottesdienst feierte. Ich habe das alles nie auch nur erwähnt, denn die schreckliche Wahrheit ist, im Grunde habe ich nichts dagegen. Ich finde, je älter ich werde, daß das alles irgendwie ... liebenswert ist, wirklich: Diese kleine Herde von Menschen, die zuerst zu mir kam, um für ihre Sünden zu büßen, die meisten von ihnen, und dann entspannten sie sich und gewöhnten sich daran und vergaßen alles über Buße. Wie lange ist es her, daß du jemanden bei der Öffentlichen Wiedergutmachung hast aufstehen sehen? Und Weihnachten! Dreiviertel der Gemeinde feiert Weihnachten mit Baum und Nikolaus, glaubst du, ich weiß das nicht?«

Ian rutschte schuldbewußt auf seinem Stuhl hin und her.

»Aber das Dümmste«, sagte Reverend Emmett, »ist die Zuckerregel.«

»Oh, aber...«, sagte Ian.

Nicht, daß das Thema nicht schon früher gelegentlich aufgekommen wäre.

»Ich wußte schon fast von Anfang an, daß ich damit einen Fehler gemacht hatte. Ich wußte nur nicht, wie ich mich da herauswinden sollte. Und ehrlich gesagt, ich war mir nie klar, ob ich nicht nur einen Vorwand suchte, als ich merkte, wie schwer die Regel zu befolgen war. Aber im Krankenhaus las ich dieses Buch, das Schwester Nell mir gebracht hat. Dieses Buch über Ernährung. Ich versuche zu lernen, gesünder zu essen. Obwohl«, sagte er mit einer Handbewegung zu den Kartoffelchips, »ich mich nicht immer an das halte, was ich gelernt habe. Nun, ich fand einen Artikel über Zucker, und weißt du was? Er ist gar kein Anregungsmittel.«

»Nicht?«

»Er ist ein Beruhigungsmittel.«

»Nicht möglich«, sagte Ian.

»Doch, er ist ein Beruhigungsmittel. Oh, er gibt einem Energie, das stimmt schon. Aber was die psychische Wirkung betrifft: er lullt einen ein.«

»Nun, eh...«

»Möchtest du wissen, was ein Anregungsmittel ist?«

»Was?«

»Milch.«

Ian dachte darüber nach. Er fing an zu grinsen.

»Siehst du?« sagte Reverend Emmett. Er grinste ebenfalls. »Wie könntest du Antworten geben, die falscher sind, als meine gewesen sind, Ian? Wirklich, du könntest mit der linken Hand ein besserer Pfarrer werden als ich!«

»Niemand könnte ein besserer Pfarrer sein«, sagte Ian.

Er meinte es von ganzem Herzen. Reverend Emmett mußte das gespürt haben, denn er wurde ernst und sagte: »Ach, danke.«

»Aber ich werde über die Bibelschule nachdenken, eh, Emmett.«

»Wunderbar«, sagte Reverend Emmett. Dann nahm er sich noch einen Kartoffelchip. Seine Augen wirkten nicht mehr braun, sondern bernsteinfarben. »Oh«, sagte er, »es wäre so wunderbar, wenn jemand mit mir zusammenarbeiten und mich Emmett nennen würde!« Und er stopfte den ganzen Chip in den Mund und knusperte ihn glücklich auf.

Bert erzählte dem neuen Mann, Rafael, wie Mr. Brant entdeckt hatte, daß seine Frau ihn verlassen hatte. »Zuerst behauptete er, sie wäre entführt worden«, sagte Bert. »Er zeigt Jeannie den Wandschrank: ›Siehst du? Alle ihre Kleider hängen noch hier. Sie kann nicht absichtlich fortgegangen sein.‹ ›Onkel‹, sagte Jeannie. Sie sagt: ›Diese Kleider hat sie am wenigsten gemocht. Wo ist ihre Seidenbluse mit den Mohnblumen drauf? Wo ist ihr türkisfarbener Rock? Dies hier sind nur zusätzliche Sachen‹, sagt sie.«

Rafael machte tuttutt. Er sagte: »Frauen haben immer so viele Sachen für den Notfall.«

»Erzähl das über den Nachbarn«, sagte Greg und gab Bert einen Rippenstoß.

»Jeannie sagt: ›Onkel, dein Nachbar, Mr. Hoffbarg, ist auch nicht mehr da. Seine Frau ist ganz außer sich.‹ Wißt ihr, was er sagt? Sagt: ›Natürlich‹, sagt er. Sagt: ›Natürlich, es ist eine *Welle* von Entführungen.‹«

Die drei Männer kicherten. Ian runzelte die Stirn, während er an seiner Kommode weiterarbeitete. Er hätte Mr. Brant eine Warnung geben sollen. Er wünschte, er wäre noch einmal in der Situation.

Plötzlich zog ihm die Erinnerung an Gideon und den Rotschopf wieder durch den Kopf. Umrahmt von der Kirchentür küßten sie sich. Ian richtete sich plötzlich gerade auf.

War das vielleicht das Zeichen, um das er in der Kirche gebetet hatte?

Doch wenn es das war, so hatte er keine Ahnung, was es bedeutete.

Die anderen gingen in ihre Pause, und Ian fuhr los, um Daphne abzuholen. Es war ein frischer, glitzernder Tag, und die Bäume waren so grün wie nie. Er fand die Fahrt so angenehm, daß er, als er bei der Schule ankam, einen Moment brauchte, um festzustellen, daß der Platz verlassen war. Kein einziges Auto stand davor; nicht ein einziger Schüler trieb sich auf dem Hof herum. Er stieg aus dem Auto und ging zum Haupteingang, doch die Tür war verschlossen. Ein Hausmeister, der mit einem Besen im Flur hantierte, sah ihn durch das Glas und kam heran, um ihm die Tür zu öffnen. »Die Schule ist geschlossen«, teilte er Ian mit. »Es ist eine Lehrerkonferenz. Die Kinder sind um zwölf entlassen worden.«

»Oh. Toll«, sagte Ian. »Danke.«

Er ging zur Telefonzelle an einer Seite des Gebäudes und rief zu Hause an. »Mutter?« sagte er. »Ist Daphne da?«

»Wieso, nein, ich dachte, sie ist in der Schule.«

»Sie hat heute um zwölf aus gehabt.«

»Na, du könntest es bei dem Locklear-Mädchen versuchen«, sagte sie. »Soll ich dir ihre Telefonnummer heraussuchen?«

»Laß nur«, sagte Ian.

Er fragte sich, wie seine Mutter so naiv bleiben konnte. Sie mußte daran arbeiten. Sie dachte immer noch, das größte Problem, das einem Teenager zu schaffen machen könnte, wäre, ob man sich bei der ersten Verabredung küßt oder nicht, und die Antwort (hatte er gehört, wie sie Daphne sagte) war nein und nochmals nein. »Du hast noch viele, viele Jahre vor dir, um das alles zu tun. Du willst doch nicht, daß sie sagen, du wärst leicht zu haben.«

Er fuhr zu Gideons Haus – ein eingesunken wirkendes, ungestrichenes Haus auf der Greenmont Street –, parkte, überquerte mit zwei Schritten die Veranda und klingelte. Niemand kam, aber er verspürte ein plötzliches Erstarren der Bewegungen im Innern des Hauses. Er öffnete die Fliegengittertür und klopfte an die innere Tür. Seine Augen beschattend, spähte er durch die Glasscheibe. Er sah einen abgetretenen Teppich, den Teil eines Geländers und dann Gideon die Stufen heruntertrampeln, das Hemd in seine Jeans stopfend. Einen Moment lang sahen sie einander durch das Glas an. Gideon gähnte. Er öffnete die Tür und steckte den Kopf heraus.

»Ich möchte Daphne sprechen«, sagte Ian zu ihm.

Gideon überlegte. »Okay«, sagte er schließlich.

Er hatte einen verbrannten, aschenen Geruch, als ob seine Haut schwelte. Zwar steckte sein Hemd nun mehr oder weniger in der Hose, aber es war nicht zugeknöpft. Ein Stück seiner bloßen Brust war sichtbar. »Daph!« rief er. »Dein Onkel ist da.« Er starrte Ian immer noch an. Aus der Nähe war sein Haar spröde wie Stroh. Die Farbe mußte aus einer Flasche gekommen sein.

»Ian?« sagte Daphne. Sie polterte die Treppe herunter in ihren Kampfstiefeln. Ihr Gesicht sah zerknautscht aus, als ob sie gerade aufgewacht wäre, und ihre Augen waren zu Schlitzen verengt. »Was machst *du* denn hier?« fragte sie, als sie neben Gideon anlangte.

»Das könnte ich dich auch fragen«, sagte Ian.

»Wir hatten einen Halbtag. Ich habe vergessen, es dir zu sagen.«

»Hast du auch den Heimweg vergessen?«

Sie zupfte einen Ohrring zurecht.

»Gehen wir«, forderte Ian sie auf. »Ich bin spät dran.«

»Kann Gideon mitkommen?«

»Diesmal nicht.«

Sie widersprach nicht. Sie warf Gideon einen Blick zu, und Gideon erwiderte ihn ausdruckslos. Dann holte sie ihre Lederjacke von dem Geländerpfosten. Sie wand sich hinein, schlang ihren Rucksack über die Schulter und folgte Ian hinaus zum Auto.

Als sie eine Weile gefahren waren, sagte sie: »Du brauchtest nicht unhöflich zu ihm zu sein.«

»Ich war nicht unhöflich. Ich wollte nur mit dir allein sprechen.«

Sie drückte den Rucksack an ihre Brust. Nun, da sie so nah neben ihm saß, bemerkte er, daß auch sie diesen verbrannten Geruch an sich hatte. Und ihre Lippen waren geschwollen und verwischt, und ein roter Fleck erstreckte sich von ihrem Hals bis zum Ausschnitt ihres Black-Sabbath-T-Shirts.

»Daph«, sagte er.

Sie preßte ihren Rucksack fester an sich.

»Daphne, manche Dinge sind nicht so, wie sie aussehen«, sagte er.

»Paß auf dieses Auto auf«, unterbrach sie ihn.

»Ich meine, manche *Leute* sind nicht, was sie zu sein scheinen. Leute, von denen du dir einbildest, daß du für immer mit ihnen zusammen sein wirst, wie etwa —«

»Dieses Auto drängt sich über den Streifen, Ian.«
Sie meinte den dunkelgrünen Plymouth, der in der rechten Fahr-
spur gerade vor ihnen ein wenig schwankte.
»Bestimmt wieder so ein Teenager«, brummte Ian.
»Glattes Vorurteil!« schalt ihn Daphne. »Nein, es ist ein alter
Mann. Siehst du, wie niedrig sein Kopf ist? So ein weißhaariger alter
Mann, der kaum übers Steuerrad reicht und sich daran klammert,
als ob es ums Leben ginge.«
Ian sagte: »Was ich dir sagen wollte –«
»Er will sich nur vor seiner Freundin aufspielen.«
»Freundin!«
»Siehst du die Dame neben ihm? Wahrscheinlich so eine dufte
Biene vom Seniorenzentrum. Er will ihr zeigen, daß er alles im Griff
hat und sie sich auf ihn verlassen kann.«
Ian prustete. Er bremste und blieb zurück, um dem Plymouth
mehr Platz zu geben.
»Du glaubst, ich weiß nicht, was ich tue, nicht wahr«, sagte
Daphne.
»Wie bitte?«
»Du denkst, ich bin so ein Dummchen, was das Richtige tun will,
aber immer dabei ausrutscht. Aber was du nicht siehst, ist, ich
rutsche mit Absicht aus. Ich bin nicht wie du: König Vorsichtig.
Mr. Sicher-ist-Sicher. Heiliger Vielleicht.«
»Nun sieh dir das an«, sagte Ian. »Der Plymouth fährt jetzt auch
langsamer. Möchte wohl unbedingt in unserer Nähe bleiben.«
»Mach dich schmutzig, sag ich!« krähte Daphne. »Fall auf die
Nase! Mach jeden Fehler, den du dir denken kannst! Leb dich rich-
tig aus!«
Ian warf ihr einen Blick zu, sagte aber nichts.
»Laß uns überholen!«
»Überholen?«
»Gib Gas und überhole. Dieser Fahrer ist ein Idiot.«
Er gehorchte. Er sauste durch bei Gelb, ließ den Plymouth hinter
sich, während Daphne ihr Fenster herunterkurbelte und hinaus-
quäkte: »Achtung! Achtung! Die Dame im grünen Auto! Ihr Be-
gleiter ist auf einem Dringend-gesucht-Plakat vom FBI gesehen
worden! Ich wiederhole!«

»Also wirklich, Daphne«, sagte Ian. Aber er lächelte.

Er bog in die Waverly Street ein, hielt vor dem Haus und blieb bei laufendem Motor sitzen. Er sagte: »Daph?«

»Danke fürs Abholen«, sagte sie und sprang hinaus.

Er sah ihr nach, wie sie quer über den Rasen lief – mit hüpfendem Rucksack, ihr zottliges Haar aufgeplustert. Die Sohle des einen Kampfstiefels löste sich, und bei jedem Schritt mußte sie ihren linken Fuß unnatürlich hoch vom Boden schwingen und fest aufstampfen. Das gab ihr einen unbekümmerten, ausgelassenen Gang. Es gab ihr etwas Triumphierendes. Er lächelte noch immer, als er fortfuhr.

Bei der Gebetsversammlung wirkte die Kirche immer kleiner und gemütlicher als gewöhnlich. Es hatte etwas mit der Dunkelheit zu tun, die sie umschloß, vermutete Ian. Dies war besonders heute abend der Fall, denn er war früh gekommen und die Neonlichter waren noch nicht eingeschaltet worden. Er schritt durch die Reihen mattglänzender Metallstühle. Er trat hinter die Ladentheke und klopfte an die Tür des Büros, die von einer dünnen gelben Linie umrandet war.

»Herein«, rief Reverend Emmett.

Er saß in einem der Sessel, die Beine sehr lang und gerade ausgestreckt. Er blätterte in einem Liederheftchen. »Ach, Ian!« sagte er lächelnd und erhob sich in seiner schlaksigen, eckigen Art.

Ian sagte: »Reverend Emmett –«

Er hätte wahrscheinlich nicht mehr zu sagen brauchen. Reverend Emmett sah ganz plötzlich so niedergeschlagen aus; er mußte erraten haben, was Ian ihm sagen wollte.

»Es geht nicht nur darum, ob ich *fähig* bin, den Leuten Antworten zu geben«, sagte Ian zu ihm. »Es geht darum, ob ich es wünsche. Ob ich das Gefühl habe, es sei das Richtige.«

Reverend Emmett wartete noch immer, und Ian wußte, er sollte es besser erklären. Er sollte ihm über das Zeichen Gottes erzählen. Er sollte sagen, was das Zeichen ihm schließlich in Erinnerung gebracht hatte: Lucy, die ins Haus gestürzt kam, atemlos, lachend und aufgeregt, und seine eigene arrogante Gewißheit, daß er verpflichtet sei, seinen Bruder zu informieren. Aber das wäre Anlaß zu einer

Diskussion geworden. (Wann ist etwas philosophisches Akzeptieren, und wann ist es dumpfe Passivität? Wann ist etwas eine moralische Entscheidung, und wann ist es eine vernarbte Wunde?) Dem war er nicht gewachsen. Er sagte nur: »Es tut mir leid.«

Reverend Emmett sagte: »Mir tut es auch leid.«

»Ich hoffe, wir können trotzdem Freunde bleiben«, sagte Ian.

»Ja, natürlich«, antwortete Reverend Emmett freundlich.

Draußen im großen Raum setzte Ian sich auf einen Stuhl und knöpfte sein Jackett auf. Seine Finger fühlten sich schwach, als habe er Folterqualen durchgemacht. Um sich zu beruhigen, senkte er den Kopf und betete. Er betete, wie er es fast immer tat, er formulierte keine richtigen Worte, sondern stellte sich diesen grünen Planeten geborgen in der Hand Gottes vor, mit den Kindern und seinen Eltern und Ian selbst als kleinen, vertrauensvollen Punkten unter all den anderen Punkten. Und der Raum um ihn schien zu raunen von den Gebeten vieler vergangener Jahre: *Laß mich gesund werden* und *Mach, daß sie mich liebt* und *Vergib, was ich getan habe.*

Dann kam Schwester Myra mit Schwester Edna und schaltete die Beleuchtung ein, die den Raum mit einem summenden grellen Licht überflutete, und bald danach folgten die anderen und ließen sich geräuschvoll nieder. Ian saß unter ihnen, in Frieden, sog den fröhlichen Klang ihrer Stimmen in sich auf und die knalligen, kühnen, ehrlichen Farben ihrer Kleider.

9
Der überschwemmte
Nähkasten

Der Frühling 1988 war der nasseste, an den irgend jemand sich erinnern konnte. Es regnete fast jeden Tag im Mai, und alle Kanalisationsrohre flossen über, die Rinnsteine waren wie Flüsse, und das Dach der Bedloes bekam direkt über dem Wäscheschrank eine undichte Stelle. Eines Morgens, als Daphne sich ein frisches Handtuch holen wollte, entdeckte sie, daß der ganze Stoß durchnäßt war. Ian rief Davidsons Dachdecker, aber der Mann, der kam, sagte, er könne nicht das geringste tun, bevor das Wetter sich geändert hätte. Selbst dann müßten sie warten, denn in der halben Stadt hatten bei diesem Wolkenbruch die Dächer Löcher bekommen. So stellten sie einen Kochtopf auf das obere Regal, den sie mit einem zusammengefalteten Tuch auslegten, um das ständige Tropf-tropf abzudämpfen. Natürlich brachten sie die Wäsche anderswo unter, aber noch immer hatte der obere Flur einen feuchten, sumpfigen Geruch. Ian sagte, das sei er. Er behauptete, seine Achselhöhlen wären schimmelig geworden.

Dann kam der Juni, knochentrocken. Nur ein kurzer Schauer fiel in dem ganzen glühendheißen Monat; der Garten wurde braun, und die Katze lag ausgestreckt auf dem kühlen Küchenboden, so flach, wie sie sich nur machen konnte. Zu diesem Zeitpunkt war das den Bedloes ziemlich gleichgültig; denn Bee war eines Junimorgens aufgewacht und konnte nicht sprechen, und zwei Tage später war sie tot.

Agatha und ihr Mann kamen aus Kalifornien geflogen. Thomas kam mit dem Zug von New York. Claudia und Macy kamen aus

Pittsburgh mit ihren beiden Jüngsten, George und Henry; und ihre Älteste, Abby, fuhr von Charleston herüber. Das Haus war nicht nur voll, es platzte aus den Nähten. Trotzdem fühlte Daphne sich seltsam allein. Spät in der Nacht durchstreifte sie dunkle Zimmer, stieg über Schlafsäcke, stieß an eine schnarchende Gestalt auf der Couch, und sie dachte: *Es fehlt jemand.* Sie goß sich einen Schluck vom Whisky ihres Großvaters ein und stand trinkend am Küchenfenster und dachte: *Es ist Grandma.* In all der Hektik von Ankünften und Vorbereitungen schien es, als ob man das aus den Augen verloren hätte.

Aber nachdem alle wieder abgereist waren, schien Bees Abwesenheit fast etwas Körperliches zu sein. Doug verbrachte Stunden bei verschlossener Tür in seinem Zimmer. Ian wurde grüblerisch und wortkarg. Daphne, die derzeit in einer Blumenhandlung arbeitete, blieb nach Ladenschluß oft noch in der Stadt, holte sich etwas zu essen und klapperte dann vielleicht mit Freunden verschiedene Bars ab und ging zu jemandem mit nach Hause, den sie kaum kannte, nur um irgend etwas zu tun. Wer hätte geahnt, daß Bee eine solche Leere zurücklassen würde? In den letzten paar Jahren schien sie immer weniger zu werden, irgendwie im Hintergrund zu verschwinden. Es schien Ian zu sein, der alles in Gang hielt. Nun sah Daphne, daß dies durchaus nicht der Fall gewesen war. Oder vielleicht war es, wie wenn man gelegentlich körperliche Beschwerden durchmacht – Magenbeschwerden etwa, und man denkt: *Ach, ich wußte bis jetzt gar nicht, daß der Magen der Mittelpunkt des Körpers ist,* und dann Kopfschmerzen, und man denkt: *Nein, halt, der Kopf ist ja der Mittelpunkt...*

Der Juli war so trocken wie der Juni, und die Stadt begann, das Wasser zu rationieren. Man durfte den Rasen nur zwischen neun Uhr abends und neun Uhr morgens sprengen. Ian sagte, gut: er würde ihn überhaupt nicht sprengen. Es sei einfach nicht der Mühe wert, sagte er. Das Gras wurde mürbe wie Papier, das man dicht an eine Flamme hält. Die Hortensien verwelkten und ließen die Köpfe hängen. Als die Leute von Dachdecker Davidson eines Morgens anrückten, um über ihren Köpfen zu hämmern, fragte sich Daphne, wozu sie sich die Mühe machten.

Spät im August begann eines Nachmittags ein sanfter Regenguß, und die Leute rannten aus ihren Häusern, breiteten die Arme aus und hoben ihre Gesichter zum Himmel. Daphne, die von der Bushaltestelle nach Hause ging, dachte, sie wisse nun, wie die Pflanzen sich fühlten; so dankbar empfing ihre Haut jeden kühlen, süßen Tropfen. Aber der Regen hörte knapp zehn Minuten später wieder auf, als ob jemand einen Hahn zugedreht hätte, und dann war es vorbei.

Dann war der Sommer vorüber – der schwerste Sommer der Geschichte, sagte ihr Großvater. (Er meinte natürlich, wegen Bees Tod. Er hatte wahrscheinlich die Dürre noch nicht einmal wahrgenommen.) Aber der Herbst war kaum weniger trocken und auch nicht viel heiterer.

Der Oktober markierte die längste Zeit, die Daphne je in einem Job durchgehalten hatte – ein ganzes Jahr –, und der Blumenhändler gab ihr eine Lohnerhöhung. Ihre Freunde sagten, nun, da sie mehr Geld verdiente, sollte sie sich ihre eigene Wohnung mieten. »Ihr habt recht«, sagte sie zu ihnen. »Ich werde mich nach etwas umsehen. Ich weiß, das sollte ich tun. Unbedingt.« Niemand konnte glauben, daß sie immer noch zu Hause bei ihrer Familie wohnte.

Das Thanksgiving-Fest war das erste ohne Bee. Es war kein Feiertag, an dem Agatha gewöhnlich nach Hause kam – sie war Onkologin in Los Angeles, mit einer sehr gutgehenden Praxis –, aber diesmal kam sie, natürlich begleitet von Stuart. Als Daphne Mittwoch abend von der Arbeit nach Hause kam, fand sie Agatha in der Küche beim Karottenputzen. Sie küßten sich, und Agatha sagte: »Wir sind gerade vom Einkaufen zurückgekommen. Es war ja überhaupt nichts im Kühlschrank.«

»Ach, nein«, sagte Daphne und lehnte sich gegen einen Küchenschrank. »Wir dachten, wir gehen zu Thanksgiving in ein Lokal.«

»Das sagte Grandpa schon.«

Wie gewöhnlich trug Agatha eine klassische weiße Bluse und einen marineblauen Rock. Sie mußte einen Schrankvoll davon haben: sie zog sich an wie eine Missionarin. Ihr schwarzes Haar lockte sich in Kinnhöhe in dem braven, unauffälligen Stil der typischen Frauen in Volksschulbüchern, und ihr Gesicht war gleichmäßig weiß, als sei ihre Haut dicker als die anderer Leute. Dicke, schwarzgerändrte Brillengläser umrahmten ihre Augen. Man konnte sehen, daß sie dachte, hübsch zu sein sei Zeitverschwendung. Sie hätte hübsch sein können – eine andere Frau mit diesem Aussehen *wäre* hübsch gewesen –, aber sie zog vor, es nicht zu sein. Wahrscheinlich mißbilligte sie Daphnes klimpernde Ohrringe und ihre indische Baumwollbluse; wahrscheinlich sogar ihre Jeans, in die Daphne nur hineinkam, indem sie sich hinlegte.

»Du weißt, was Grandma immer zu uns gesagt hat«, sagte Agatha. »Nur Gesindel ißt an Feiertagen im Restaurant.«

»Ja, aber alles war so –«

In diesem Augenblick kam Stuart durch die Hintertür mit einer Kiste Mineralwasser. »Hallo, Daphne«, sagte er und setzte den Kasten auf der Küchentheke ab. Er schüttelte ihr formell die Hand, Daphne sagte: »Ach hallo, Stuart«, und wunderte sich wieder einmal, wie ihre Schwester dazu gekommen war, einen so extrem gutaussehenden Mann zu heiraten. Er war groß, muskulös und gebräunt, mit kurzgeschnittenen goldblonden Locken und Augen wie Splitter vom Himmel, und außerhalb des Krankenhauses trug er diese sportlich-eleganten Kleider, wie man sie in Anzeigen für Skiurlaubsorte sah. Vielleicht war er Agathas einziger Luxus, ihr einziges Zugeständnis an die Wichtigkeit von Äußerlichkeiten. Oder vielleicht (eher schon) hatte sie es einfach nicht wahrgenommen. Es war möglich, daß sie die einzige Frau in seinem ganzen Leben war, die bei seinem Anblick nicht verwirrt zurückgeschreckt war, und das würde auch erklären, weshalb *er sie* geheiratet hatte. Man mußte sie nur ansehen, wie sie jetzt zum Beispiel mürrisch die Flaschen im Kühlschrank verstaute. »Wirklich, Stu«, sagte sie, »man könnte denken, wir blieben bis Weihnachten hier.«

»Jemand wird es schon trinken«, sagte er freundlich und ging, um Doug die Tür aufzuhalten, der einen riesigen Sack Katzenfutter schleppte.

Ian kam früher als gewöhnlich von der Arbeit zurück, und er umarmte Agatha kräftig und pumpte Stuarts Hand auf und ab. Er war immer so froh, wenn er alle zu Hause hatte. Und nach dem Abendessen – hauptsächlich Keimlinge und Kreuzblütlergemüse, Agathas Werk – verkündete er, er werde nicht zur Gebetsversammlung gehen, um mit ihnen zusammen Thomas von der Bahn abzuholen. Ian versäumte fast nie die Gebetsversammlung.

Er fuhr selbst, sein Vater vorne neben ihm und Daphne hinten zwischen Agatha und Stuart, den rechten Arm hielt sie steif weg von Stuarts Wildlederärmel. (*Sie* konnte sein Aussehen nicht als etwas Selbstverständliches hinnehmen.) Die dunklen Straßen glitten vorüber, mit Szenen hier und da: zwei Schwarze, die an einer Kreuzung lachend miteinander boxten, eine alte Frau, die einen Einkaufswagen voller kaputter Puppen schob. Daphne lehnte sich vor, um alles deutlicher zu sehen, aber die anderen diskutierten Agathas neuen Saab. Soweit lief er gut, erklärte Agatha, obwohl der Geruch des Leders im Innern sie an Heftpflaster erinnerte. Agatha betrachtete Baltimore inzwischen wahrscheinlich nur als eine Stadt wie jede andere.

An der Penn Station waren alle Parkplätze belegt, so daß Ian den Block umkreiste, während die anderen hineingingen. »Was ist mit Ian passiert?« murmelte Agatha Daphne zu, als sie durch die Halle gingen.

»Passiert?«

Aber dann holte ihr Großvater sie ein und sagte: »Du liebe Zeit, ich kann immer noch nicht fassen, was sie mit diesem Platz gemacht haben.« Das sagte er immer. Er forderte sie auf, ihre Köpfe zurückzulegen, um das Oberlicht zu betrachten, so luftig elegant und azurblau über ihnen, und das taten sie, als Thomas sie entdeckte. »Glotzt mal wieder das Oberlicht an«, flüsterte er Daphne ins Ohr. Sie wirbelte herum und sagte: »Thomas!«, küßte ihn auf die Wange und reichte ihn an Agatha weiter. In letzter Zeit war er so New Yorkerisch geworden. Er hatte einen kurzen schwarzen Mantel an, der das Schwarz seiner Haare und das Oliv seiner Haut betonte, und trug eine schicke kleine Reisetasche aus schwarzem Leder. Aber als er Stuarts ausgestreckte Hand übersah und ihn mit einem Arm kräftig an sich drückte, sah Daphne, daß er immer noch ihr alter Thomas war. Er hatte so eine Art vorauszusetzen, daß alle Leute ihn einfach lieben mußten, und das taten sie dann natürlich immer.

Nun mußten sie sich im Auto zusammendrücken, und weil Daphne die Kleinste war, saß sie vorne zwischen Doug und Ian. Als sie die Charles Street entlangfuhren, erzählte Thomas allen von seinem neuesten Projekt. (Er arbeitete für eine Softwarefirma, die Computerspiele für den Unterricht entwickelte.) Niemand von ihnen konnte mehr als das Wesentlichste verstehen, doch Ian sagte ständig: »Mm. Mm*hmm*« und sah ganz amüsiert und beeindruckt aus, und Stuart und Agatha stellten intelligent klingende Fragen. Doug allerdings war schweigsam, und als Daphne einen Blick zu ihm hinüberwarf, sah sie, daß er geradeaus starrte, die Augen mit einer glasigen Schicht überzogen. Er dachte an Bee, wußte sie sofort. Alle Kinder wieder zu Hause, und Bee nicht da, um sich an ihnen zu freuen. Sie reichte hinüber und tätschelte seine Hand. Er wandte das Gesicht ab und starrte aus dem Seitenfenster, aber seine Hand drehte sich auf seinem Knie um und ergriff die ihre. Seine Finger fühlten sich samtig und runzlig an, und extrem zerbrechlich.

Erst spät am selben Abend, nachdem Doug und Ian zu Bett gegangen waren und die anderen vor dem Fernseher saßen, hatte Agatha Gelegenheit, ihre Frage zu wiederholen. »Was ist mit Ian passiert?«

»Nichts ist passiert«, sagte Daphne.

»Und Grandpa! Und dieses ganze Haus!«

»Ich weiß nicht, wovon du redest.«

»Aber Thomas, du weißt es, oder?«

Thomas zuckte nur leicht die Schultern – seine übliche Reaktion auf jede ernstgemeinte Frage. Er saß an Agathas anderer Seite und flippte mit der Fernbedienung durch die Kanäle. Stuart lag am Boden, den Rücken gegen Agathas Knie gelehnt. Es war nach Mitternacht, und Daphne wurde schläfrig, aber sie haßte es, irgend etwas zu versäumen. Sie sagte: »Wie wär's, wenn wir alle schlafen gingen?«

»Schlafen? In Kalifornien ist es erst neun Uhr«, sagte Agatha.

»Nun, ich für meinen Teil bin reif fürs Bett«, verkündete Stuart vom Boden her, »vergiß nicht, wir sind Nachtschicht geflogen.«

»Ich komme nach Hause, und das ganze Haus ist ein einziges Chaos«, sagte Agatha zu Daphne. »Das Gras ist vertrocknet, selbst die Sträucher sehen tot aus. Die Verandaschaukel hängt bloß noch an einer Kette. Das Haus ist in einer solchen Unordnung, daß kein Platz ist, unser Gepäck abzustellen; das Geschirr ist seit Tagen nicht abgewaschen worden, und im Kühlschrank ist nichts zu essen, nichts in der Speisekammer, nicht einmal Katzenfutter für die Katze, und als ich hinauf in unser Zimmer kam, waren beide Matratzen abgezogen, und die ganze Bettwäsche ist im Wäschekorb, und als ich die Laken ins Kellergeschoß bringen will, ist die Waschmaschine kaputt. Grandpa sagt, sie ist den ganzen Herbst schon kaputt. Ich frage ihn: ›Und, was habt ihr dagegen unternommen?‹, und er sagt: ›Ach, jedesmal, wenn jemand von uns fortgeht, versuchen wir daran zu denken, etwas zum Waschsalon mitzunehmen‹, und dann sagte er, wir werden Thanksgiving in ein Restaurant essen gehen. In ein Restaurant! An St. Paul Street!«

»Ach, es ist nicht so schlimm, wie es aussieht«, sagte Daphne. »Erstens mal, wir hatten eine Dürre. Ich meine, das Gras ist wirklich nicht unsere Schuld. Und die Schaukel ist wahrscheinlich in Ordnung; Ian muß nur die Bretter der Verandadecke überprüfen, die sich während der Überschwemmung verbogen haben.«

Aber sie hörte selbst, wie lahm das klang – Dürre und Überschwemmung. Und ehrlich gesagt, sie hatte die Unordnung gar nicht bemerkt. Sie sah sich im Wohnzimmer um (Zeitungen, so alt, daß sie vergilbt waren, verdorrte Blumen in einer staubigen Vase, Katzenhaare vom Teppich hingen an Stuarts Cordhosen), und sie schämte sich. Ihr kam wieder die Erinnerung an ihren letzten Besuch im Waschsalon, bei dem sie auf einem der Klapptische eine verhärtete Masse Bedloe'scher Plaids erblickt hatte, die irgendein Fremder aus einer Waschmaschine gezogen hatte und die wahrscheinlich schon seit mehreren Tagen zu einem Klumpen eingetrocknet war.

»Außerdem muß Ian sich die Haare schneiden lassen«, sagte Agatha.

»Wirklich? Aber ich *habe* ihm die Haare doch erst geschnitten«, sagte Daphne. (Ian haßte Friseurläden.) »Ich hab ihm im...«

O Gott, vor langer Zeit im Sommer. Plötzlich sah sie ihn vor sich: die langen, strähnigen Ringellocken, die ihm über den Kragen hingen, ein stumpfes Braun, durchzogen mit grauen Strähnen, und die müden, fächerförmigen Linien um seine Augen.

»Er sieht aus wie ein exzentrischer, mittelalterlicher... Onkel«, sagte Agatha.

»Das ist nicht wahr!« protestierte Daphne so laut, daß Stuart, der gegen Agathas Knie gesunken war, auffuhr und sagte: »Heh?« und Thomas den Ton an der Fernbedienung lauter stellte.

»Und Grandpa hat Essensflecke auf dem Hemd«, sagte Agatha, »und du hast schmutzige Fingernägel.«

»Ich arbeite in einem Blumengeschäft«, informierte sie Daphne. Sie schoß einen Blick auf ihre linke Hand, die auf der Armlehne der Couch ruhte.

»Ist es wegen Grandma?« fragte Agatha. »Aber das kann nicht sein, oder? Ich weiß, sie fehlt uns allen, aber Ian war doch schon seit ewigen Zeiten für den Haushalt allein verantwortlich, nicht wahr?«

»Es stimmt, sie fehlt uns«, sagte Daphne, und sie hörte Bee, wie sie sie an einem längstvergangenen Sommerabend zum Abendessen rief. »*Daaph*-ne!« – die beiden Noten schwebten durchs Dämmerlicht. Verstohlen begann sie, ihre Fingernägel zu reinigen. »Aber wir kommen zurecht«, sagte sie. »Wir sind okay! Und Ian ist absolut nicht mittelalterlich! Er ist vierzig; das ist nicht so alt. Er hat sogar eine Freundin. Clara. Hast du Clara kennengelernt? Nein, ich glaube nicht. Eine Frau in unserer Kirche. Sie ist okay.«

»Kommt sie zum Thanksgiving-Dinner?«

»Wer, Clara?« fragte Daphne dümmlich. Tatsächlich hatte sie sich nie über die Frau Gedanken gemacht. »Ach, nein, ich glaube nicht, daß er sie eingeladen hat«, sagte sie.

»Und du?«

»Was meinst du?«

»Triffst du dich mit irgend jemandem?«

»Ach. Nein«, sagte Daphne. »Im Moment hab ich gerade keinen Freund.«

»Was ist mit ... war es Ron?«

»Rich«, sagte Daphne. »Er fing an, es zu ernst zu nehmen. Ich glaube, ich bin mehr der Typ für eine Nacht, wenn du die Wahrheit wissen willst.«

Sie wußte nicht, warum sie immer diesen Drang hatte zu schokkieren, wenn sie mit Agatha sprach. Es hatte noch nicht einmal eine besondere Wirkung, denn Agatha hob nur die Augenbrauen und machte keine Bemerkung.

Der Fernseher sagte: »Schreiben Sie uns eine Karte mit Angabe – das Weibchen legt seine Eier in – nicht neunund*dreißig* fünfundneunzig, nicht neunund*zwanzig* fünfundneunzig, sondern –«

»Stuart tut das auch«, sagte Agatha zu Thomas. »Gib ihm nur

eine Fernbedienung, und er spielt verrückt. Es muß etwas mit den Hormonen zu tun haben.«

»Was sagst du?« fragte Stuart, plötzlich den Kopf hebend.

»Morgen nachmittag bringen wir das Haus in Ordnung«, sagte Agatha zu Daphne. »Gut«, sagte Daphne gehorsam.

»Wir werden ein richtiges, normales selbstgekochtes Thanksgiving-Dinner haben, ich habe einen achtzehn Pfund schweren Puter im Lebensmittelgeschäft gekauft, und ich habe Mrs. Jordan und die Ausländer eingeladen. Danach werden wir anfangen, sauberzumachen und auszusortieren. Wegzuwerfen. Weißt du, daß Grandmas Kosmetika noch in ihrer Kommode sind?«

»Vielleicht möchte Grandpa, daß sie dort bleiben«, wandte Daphne ein.

»Ihre Arthritispillen sind auch noch in ihrem Medizinschränkchen.«

»Vielleicht —«

»Mit abgelaufenem Verfallsdatum!« sagte Agatha, als ob das die Sache entschied.

Stuart sagte: »Aggie, können wir jetzt nicht zu Bett gehen?«

»Jetzt?« sagte Agatha. Sie sah auf ihre Uhr. »Es ist noch nicht mal halb zehn.«

Daphne war so schläfrig, daß das Zimmer sich in Nebel hüllte, und Thomas hatte gegähnt, aber sie alle setzten sich gehorsam zurück und hefteten ihre Augen auf den Bildschirm.

Donnerstag nachmittag wuschen Agatha und Daphne das ganze Geschirr, selbst das in den Küchenschränken, und Thomas betätigte den Staubsauger im Erdgeschoß, während Ian versuchte, die allgemeine Unordnung zu verringern. Stuart, der, wie sich herausstellte, ziemlich unbrauchbar für Hausarbeit war, sah sich mit Doug ein Footballspiel an.

Donnerstag abend um zehn aßen sie Putensandwiches (in Kalifornien war es sieben), und dann staubte Agatha die Möbel im Erdgeschoß ab, Daphne schrubbte das Holzgebälk, und Thomas polierte das Silber.

Freitag ging Daphne wieder zu Floral Fantasy, und als sie nach Hause kam, war auch oben staubgesaugt und abgestaubt, die

Waschmaschine war repariert und die ganze Wäsche gewaschen. Bees kleiner Nußbaumschreibtisch im Wohnzimmer war leer, seine Fächer dunkel wie fehlende Zähne; und als Daphne die unteren Schubladen öffnete, fand sie nur das Notwendigste: eine Schachtel mit Briefumschlägen, ein Fotoalbum, dessen sechs volle Seiten über die letzten zweiundzwanzig Jahre berichteten, und das Dokument, das diese beiden Fremden, Thomas und Agatha »Dulsimore«, in Bedloes verwandelte und sie zusammen mit Daphne in Ians sichere Verwahrung gab. Letzteres war so vertraut, daß sie es wörtlich zitiert haben könnte, aber sie überflog es doch noch einmal und ebenso Agatha, die hörbar über Daphnes linke Schulter atmete. »Was so beunruhigend ist«, sagte Agatha zu ihr (nicht zum ersten Mal), »ist, daß wir nicht das Geringste über unser Erbgut wissen. Was ist, wenn wir zu Diabetes neigen? Oder Epilepsie?«

Taktvollerweise sah Daphne davon ab, darauf hinzuweisen, daß sie selbst ihr Erbgut kannte, zumindest von ihres Vaters Seite her. Sie schüttelte den Kopf und legte das Dokument in die Schublade zurück.

Samstag ging Ian zu den Guten Werken, doch Daphne blieb zu Hause, um weiter sauberzumachen. »Grandpa«, sagte Agatha, »heute wollen wir Grandmas Sachen aussortieren. Wenn du irgend etwas behalten willst, solltest du es uns jetzt sagen.«

»Oh«, sagte er, und dann sagte er: »Nun, vielleicht ihren Lippenstift. Ihre Parfümflaschen.«

»Lippenstift? Parfüm?«

»Ich möchte, daß Sachen oben auf ihrer Kommode stehen. Es soll nicht ganz leer aussehen.«

»Könnten wir nicht einfach eine Vase obendrauf stellen?«

»Nein, das könnten wir nicht«, sagte ihr Großvater bestimmt.

»Also gut.«

»Und ich möchte ihren Morgenrock im Schrank hängen lassen.«

»Gut, Grandpa.«

»Aber du könntest ihren Schmuck an Claudia schicken. Zumindest den echten Schmuck.«

»Ja, aber du wirst uns sagen müssen, welches welcher ist«, sagte Agatha, denn natürlich könnten sie den echten nicht von dem von Woolworth unterscheiden.

Aber später, als sie Bees ganze schlaffe, traurige, puderduftende Unterwäsche in die Kartons verpackt hatten, die Thomas aus dem Keller heraufgebracht hatte, riefen sie Doug, der sie wegen des Schmucks beraten sollte, aber er antwortete nicht. Sie nahmen an, daß er fernsah, aber als sie nachsahen, fanden sie nur Stuart, der von einem Kanal zum anderen hüpfte, von Golf zu Trickfilmen zu Kochprogrammen. Daphne sagte: »Ich wette, er ist bei den Ausländern.«

»Ich bitte dich«, sagte Agatha.

»Die Ausländer haben jetzt einen Video-Recorder, wußtest du das? Sie besitzen jeden Rita-Hayworth-Film, der je gedreht worden ist.«

»Lauf und hol ihn, ja?« bat Agatha Thomas.

Aber Thomas sagte: »Vielleicht sollten wir ihn einfach dort lassen.«

»Und was sollen wir mit dem Schmuck machen?«

»Schick Claudia den ganzen Kasten, um Himmelswillen«, sagte Daphne. Sie sagte zu Thomas: »Pack den ganzen Kasten zum Verschicken ein. Papier und Schnur sind in der Speisekammer.«

»Aber es geht nicht nur um den Schmuck«, sagte Agatha. »Wir brauchen ihn hier, damit er uns noch andere Fragen beantwortet.«

»Agatha, kannst du nicht endlich damit aufhören? Er will nicht dabeisein.«

»Oh, entschuldige«, sagte Agatha steif.

Sie gingen wieder hinauf ins Schlafzimmer ihrer Großeltern, und während Thomas den Schmuckkasten in die Speisekammer trug, nahmen Daphne und Agatha sich die Zederntruhe am Fußende des Bettes vor. Sie hatten angenommen, dies sei leichte Arbeit – sicher nur Pullover –, aber darunter lagen Stöße von vermodernden Fotoalben, die Daphne nie zuvor gesehen hatte. »Oh, die«, stöhnte Agatha. »Die lagen früher unten im Schreibtisch.« Sie nahm einen braunen Umschlag und guckte hinein. Daphne durchblätterte inzwischen das oberste Album und fand Reihen von verschmierten, verblichenen Rechtecken, mit geisterhaften menschlichen Gesichtern, die außer Knopfaugen keine Gesichtszüge hatten. »Polaroid im Anfangsstadium«, erklärte Agatha.

»Ach, verflixt«, sagte Daphne, denn die Überschriften waren so verführerisch. *Danny an Bethany Beach, 1963. Lucy mit den Crains, 8/65.* Ihr Vater, den sie nur von einem langweilig jungenhaften Sportfoto, das im Wohnzimmer hing, kannte. Ihre Mutter, die nichts als die Rundung einer Wange über Daphnes neugeborenem Selbst auf Seite eins ihres ansonsten leeren Babyalbums war.

Sie griff nach den darunterliegenden Alben. Die Bilder darin waren deutlicher, aber sie dokumentierten weniger interessante Zeiten. Claudia, dünner und dunkler, heiratet einen geschoren aussehenden Macy in einem lächerlichen weißen Smoking. Doug steht an einem Pult und hält eine Plakette hoch. Claudia und Macy haben ein Baby. Dann haben sie noch eins. Die Leute schienen dauernd Examen zu machen. Einige trugen lange weite Talare und Barette, andere trugen Schwarz und hielten ihre Barette unter dem Arm, und eine, als *Cousine Louise* bezeichnet, trug nur ein Kleid, aber man sah, daß es eine Examensfeier war, an ihrem bebänderten Diplom und den Verwandten, die sich um sie scharten. Alle diese Verwandten nahmen an all diesen Feierlichkeiten teil, saßen geduldig durch all diese langweiligen Reden, nur damit sie bei der einzigen Erwähnung des Namens eines ihrer Lieben Beifall klatschen konnten. Es war nicht fair: bis zu Daphnes eigener Schulabschlußfeier waren die meisten dieser Leute verschwunden, und Claudia und Macy waren in einen anderen Staat gezogen. Die Familie hatte sich zu kleineren Klumpen zusammengeballt, weiter voneinander getrennt, wie sauer gewordene Milch. Ihre Zusammenkünfte waren mickerig, ihr Beifallklatschen verlegen und dünn.

»Thomas und ich mit Mama«, sagte Agatha und schob Daphne ein Farbfoto hin. »Ich möchte wissen, wie *das* hierhergekommen ist.«

Sie hatte es aus dem braunen Umschlag hervorgezogen: ein glattes, glänzendes Rechteck, das Daphne ehrfürchtig entgegennahm. So. Ihre Mutter. Eine sehr junge Frau mit zwei kleinen Kindern, die vor einem Wohnwagen stand. Wahrscheinlich sahen sie und Daphne einander ähnlich – die gleiche Haarfarbe, die gleiche Form des Gesichts –, aber diese Frau schien aus so ferner Zeit zu sein, daß Daphne sich ihr nicht verwandt fühlte. Ihr Kleid war zu kurz, ihr Make-up zu grell, ihre Umgebung zu blechern und knallig bunt. Hatte sie sich jemals nachts in den Schlaf geweint? Gelacht, bis sie nicht mehr auf den Beinen stehen konnte? War sie so wütend geworden, daß sie die Wand mit ihren Fäusten bearbeitet hatte?

Daphne hatte immer nach ihrer Mutter gefragt, früher. Sie hatte ihre Schwester und ihren Bruder mit Fragen gequält. Sie gaben jedoch nie besonders befriedigende Antworten. Agatha sagte: »Ihr Haar war schwarz. Ihre Augen waren, ich weiß nicht, blau oder grau oder sowas.« Und Thomas sagte: »Sie war nett. Du hättest sie gern gehabt!« Mit seiner fröhlichsten Stimme. Aber wenn Daphne fragte: »Was hätte ich an ihr gern gehabt?«, sagte er nur: »Einfach alles!« und sah weg von ihr. Er konnte einen zur Verzweiflung bringen. Manchmal stellte sie sich ihn eingekapselt in etwas Plastikartigem vor, etwas so glatt und geschmeidig wie ein Regenmantel.

Agatha streckte ihre Hand nach dem Foto aus, und Daphne sagte: »Ich glaube, ich will es behalten.«

»Behalten?«

»Ich lasse es einrahmen.«

»Wozu?« fragte Agatha überrascht.

»Ich werde es im Wohnzimmer aufhängen, neben den anderen Familienbildern.«

»Im Wohnzimmer! Das ist aber wirklich unpassend«, sagte Agatha.

Daphne war besonders allergisch gegen das Wort »unpassend«. Eine ganze Anzahl von Lehrern hatte es in ihrer Schulzeit benutzt. Sie sagte: »Sag du mir nicht, was passend ist!«

»Warum bist du denn so kratzbürstig? Ich meinte ja nur –«

»Sie hat genauso das Recht, an der Wand zu sein, wie Großtante Bess mit ihrem Hula-Hoop.«

»Ja, natürlich hat sie das«, sagte Agatha. »Gut! Tu es halt.« Und sie gab Daphne den braunen Umschlag. »Hier sind alle ihre anderen Sachen.«

Daphne schüttelte den Umschlag in ihren Schoß. Urkunden. Quittungen. Das Datum auf einem war 7/2/66. Sie fand keine weiteren Fotos. »Leg die Sachen weg, laß sie nicht herumliegen«, sagte Agatha und griff wieder in die Truhe. Ihre Stimme kam gedämpft daraus hervor. »Wir wollen versuchen, Ordnung zu machen, vergiß das nicht.«

Also trug Daphne die Sachen über den Flur in ihr Zimmer. Es war früher Thomas' Zimmer gewesen, und obwohl Thomas jetzt auf der Couch schlafen mußte, stellte er seine Sachen während seiner Besuche hier ab. Seine Toilettenutensilien waren auf ihrer Kommode verstreut, und aus seiner Ledertasche quollen seine Kleider auf den Boden. Daphne fühlte sich plötzlich überwältigt von *Dingen*. Wozu brauchte sie eigentlich diese Papiere? Abgesehen von dem Foto waren sie wertlos. Und doch konnte sie nicht ertragen, sie fortzuwerfen.

Als sie in das Schlafzimmer ihrer Großeltern zurückkam, fand sie, daß Agatha ebenso niedergeschlagen aussah. Sie stand vor Bees Wandschrank und starrte auf eine Reihe herzzerreißend vertrauter Kleider und Blusen. Das Regal darüber war vollgestopft mit Koffern und Hutschachteln und einem herunterrutschenden Haufen Wäsche – die Wäsche, die im vergangenen Frühjahr unter dem undichten Dach weggeholt worden war. Daß man sie nie zurückgebracht hatte, außer den paar regelmäßig benötigten Dingen, zeigte, wie dieser Haushalt heruntergekommen war. »Was ist *das* denn?« fragte Agatha und zupfte an einem monogrammbestickten Gästehandtuch.

»Die sollten wir wohl wieder in den Wäscheschrank bringen«, sagte Daphne.

Aber der Wäscheschrank, stellten sie fest, hatte sich wie durch Zauberei wieder aufgefüllt. In dem geleerten oberen Fach lag nun Dougs Schuhputzzeug und jemandes ölbeschmierte Overalls und die Handtücher im täglichen Gebrauch, nicht zusammengefaltet, sondern hastig zusammengeknüllt. Und die unteren Fächer, die seit Jahren nicht aussortiert worden waren, entlockten Agatha ein »Du meine Güte!« Sie zog lustlos an einem Kinderbettuch mit Entchenmuster. (Wie lange war es her, daß sie ein Kinderbettuch gebraucht hatten?) Als sie Thomas auf der Treppe hörten, rief sie: »Tom, könntest du uns noch mehr Kartons vom Keller heraufbringen?«

Sie zog eine halbe Packung Wegwerfwindeln heraus – die altmodische Sorte, so steif und knisternd wie das wattierte Papier in Pralinenschachteln. Aus der Tiefe des Schrankes zog sie ein Babykissen und machte »Igitt«, denn ein übler, schimmeliger Geruch ging fast sichtbar von ihm aus. Das Wasser mußte weiter nach unten gesickert sein, als sie angenommen hatten. »Wirf das weg«, befahl sie Daphne.

Daphne nahm es zwischen Daumen und Zeigefinger und ließ es auf einen Haufen Windeln fallen. Als nächstes förderte Agatha einen Nachttopf zutage, dessen Boden mit etwa zwei Zentimeter rostfarbenem Wasser bedeckt war –»Das auch«, sagte sie –, und dann einen feuchten, stoffbezogenen Kasten mit einem verblichenen Rosenmuster. »Gehörte dies Grandma?« fragte sie. »Ich kann mich gar nicht daran erinnern.«

Beide beugten sich hoffnungsvoll darüber, als sie den Kasten auf den Boden stellten und den Deckel hoben, aber es war nur ein Nähkasten, seit so langer Zeit im Stich gelassen, daß ein mit Wasser vollgesaugtes Päckchen Wäscheetiketten Claudias Mädchennamen trug. Da waren durchweichte Kärtchen mit Schrägband und gekräuseltem, ausgeleiertem Gummiband; und darunter lagen verschiedene rostige Werkzeuge – Scheren, ein Trennmesserchen, ein lederner Lochstanzer – und winzige Pappschachteln, die durch die Feuchtigkeit auseinanderfielen. Sicherlich war nichts darin von Interesse, warum also bestanden sie darauf, jede Schachtel zu öffnen? Selbst Agatha, die vernünftige Agatha, öffnete neugierig einen zerfallenden Pappdeckel, um auf eine Sammlung von Hemdenknöpfen hinunterzustarren. Alles schwamm in braunem Wasser. Alles hatte den toten braunen Geruch weichgekochten Broccolis. Es war erstaunlich, wie gründlich der Rost war. Er zog sich durch Haken und Ösen, er betupfte Nähnadeln und Stecknadeln. Er würgte das Drehrad des Lochstanzers und verstopfte jedes einzelne seiner hohlen, zylindrischen Zähne.

Daphne dachte an die Schneiderpuppe im Speicherraum – Bees Figur, nur mit Taille, mit einem höheren Busen. Ihre Großmutter war einmal eine glückliche Frau gewesen, vermutete sie. Damals, bevor alles anders wurde.

»Sind das genug?« fragte Thomas, der mit zwei Kartons ankam. Aber Agatha wedelte mit einer Hand, ohne aufzusehen. »Soll ich diese Sachen auf dem Boden einpacken?« fragte er.

»Ach, laß nur«, sagte Agatha, und dann drehte sie sich um und schlenderte auf die Treppe zu.

»Sollen wir sie einfach hier *liegenlassen*?« fragte er Daphne.

»Mach, wie du willst«, sagte Daphne.

Tatsächlich blieben sie für den Rest des Tages liegen und versperrten den Flur, bis Daphne sie schließlich wieder in den Schrank stopfte. Sie häufte alles in das unterste Fach, stellte die Pappkartons hinein und schloß die Tür.

»Ich hab geträumt, dieser Junge von der High School machte mir einen Heiratsantrag«, sagte Agatha beim Frühstück. »Er sagte, ich soll den Termin festlegen. Er sagte: ›Wie wär's am Mittwoch? Montag ist immer so viel zu tun, und dienstags regnet es immer.‹ Ich sagte: ›Wart mal, ich bin... warte‹, sagte ich. ›Ich meine, du solltest wissen, daß ich wesentlich älter bin als du.‹ Dann wachte ich auf und lachte laut. Hast du mich lachen hören, Stu? Ich meine, älter war noch das geringste. Ich hätte sagen sollen: ›Warte, da ist auch noch etwas anderes! Zufällig bin ich bereits verheiratet.‹«

»Ich hab geträumt, ich würde blind«, sagte Thomas. »Alle sagten: ›Oh, wie schrecklich, du tust uns so leid.‹ Aber ich sagte: ›Leid? Warum? Ich habe sechsundzwanzig Jahre vollkommen gut sehen können!‹ Das meinte ich auch wirklich. Ich hörte mich an wie jemand aus diesen erbaulichen Geschichten, die wir im Bibelcamp gelesen haben.«

»Und ich habe geträumt«, sagte Stuart. »Die Patienten hatten alle irgendeinen Ausschlag, und ich versuchte, mich an meine Dermatologie zu erinnern. Offenbar ist mir nicht eingefallen, ihnen zu sagen, das sei nicht mein Gebiet.«

Agatha sagte: »Ich würde mich nie auf Dermatologie spezialisieren.«

Sie saßen bei English Muffins und Saft – nur die vier, denn es war halb elf, und Doug und Ian hatten schon vor Stunden gefrühstückt. Doug war im Eßzimmer und legte Karten für eine Patience aus, das leise Flip-flip seiner Karten gab eine Art Hintergrundrhythmus. Ian lief in der Küche herum und wischte die Arbeitsflächen ab. Als er an Daphne vorbeiging, lächelte er zu ihr herunter und sagte: »Und was hast *du* geträumt, Daphne?« Etwas an seinen Augen mit den Fältchen darum und der freundlichen Aufmerksamkeit seines Gesichtsausdrucks machte sie traurig, aber sie lächelte zurück und sagte: »Oh, gar nichts.«

»Dermatologie ist nicht so schlecht«, sagte Stuart. »Zumindest werden Dermatologen nicht nachts herausgerufen.«

»Aber sie ist so oberflächlich«, sagte Agatha.

»Ihr solltet Agatha mit ihren Patienten sehen«, erzählte Stuart den anderen. »Sie ist erstaunlich. Sie sagt ihnen direkt ins Gesicht: ›Was Sie haben, kann nicht geheilt werden.‹ Ich glaube, sie fühlen sich erleichtert, daß sie endlich die Wahrheit zu hören bekommen.«

»Ich sage: ›Was Sie haben, kann *zur Zeit noch nicht* geheilt werden‹«, korrigierte ihn Agatha. »Das ist etwas ganz anderes.«

Daphne konnte sich nicht vorstellen, daß irgendeine der beiden Varianten eine solche Erleichterung bringen würde, wie Stuart annahm.

»Wenn wir schon von Zeit sprechen«, sagte Ian und legte sein Geschirrtuch über den Wasserhahn, »wann genau geht dein Flugzeug, Ag?«

»Irgendwann um zwölf herum, glaube ich. Warum?«

»Na ja, es ist wegen der Kirche. Wenn ich zur Kirche gehen wollte, dann müßte ich jetzt sofort gehen.«

»Dann geh nur«, sagte sie zu ihm.

»Aber wenn dein Flug um zwölf geht —«

»Geh! Grandpa kann uns fahren.«

Ian zögerte. Daphne wußte, was er dachte. Er wägte den Sonntagsgottesdienst, den er nie versäumte, wenn es sich irgend vermeiden ließ, gegen die Möglichkeit ab, daß Agatha gekränkt sein könnte. Und Agatha, mit trotzig erhobenem Kinn und mattweißes Licht versprühenden Brillengläsern, würde fast mit Sicherheit gekränkt sein. Daphne wußte das, auch wenn Ian es nicht wußte. Schließlich sagte Ian: »Also wenn du meinst...«, und Agatha schnappte: »Unbedingt! Geh nur.«

Er schien ihren Ton nicht mitzukriegen. (Oder er wollte es nicht.) Er ging um den Tisch herum, um ihr einen Abschiedskuß zu geben. »Es war wunderbar, dich hierzuhaben«, sagte er. Sie sah ihn nicht an. Er gab Stuart die Hand. »Stuart, ich hoffe, ihr beide kommt zu Weihnachten wieder.«

»Wir wollen es versuchen«, sagte Stuart, aufstehend. »Vielen Dank für deine Gastfreundschaft.«

»Kommst du heute mit zur Kirche, Daphne?«

»Ich wollte eigentlich mit zum Flugplatz fahren«, sagte Daphne.

»Nun, dann gehe ich jetzt.«

Im Eßzimmer hörten sie ihn mit Doug sprechen. »Ich denke, ich laß dich zum Flughafen fahren, Dad.«

»Na, gut«, sagte Doug. »Ich scheine hier sowieso zu verlieren.«

»Und dann noch etwas«, sagte Agatha zu Daphne. (Aber was war das erste? fragte sich Daphne.) »Diese Sache, daß du nicht Auto fährst, ist wirklich dumm, Daph.«

»Auto fahren?« fragte Daphne.

»Hier bist du, zweiundzwanzig Jahre alt, und Grandpa muß uns zum Flugplatz fahren. Soviel ich weiß, hast du noch nie hinterm Steuerrad gesessen.«

»Wie kommst du jetzt auf mein Autofahren?«

»Es ist ein Symptom für eine Menge anderer Probleme, jeder Narr kann das sehen. Warum verläßt du dich darauf, daß andere Leute dich herumfahren? Warum bist du nie weggegangen auf ein College? Warum wohnst du immer noch zu Hause, obwohl alle anderen längst fort sind?«

»Vielleicht lebe ich *gern* zu Hause, was ist denn dabei?« fragte Daphne. »Zufällig ist das ein sehr angenehmes Zuhause.«

»Niemand leugnet das«, sagte Agatha, »aber darum geht es nicht. Du hast einfach das Stadium erreicht, wo du selbständig sein solltest. Stimmt's, Stuart? Stimmt's, Thomas?«

Stuart entwickelte plötzlich Interesse daran, Krümel von seinem Pullover zu klauben. Thomas zuckte wie üblich die Schultern und trank seinen Orangensaft aus. Agatha seufzte. »Weißt du«, sagte sie zu Daphne, »in einer Familie zu leben ist in vieler Beziehung wie eine lange, lange Reise mit Leuten unternehmen, die man nicht besonders gut kennt. Zuerst scheinen sie ganz in Ordnung, aber nachdem du eine Zeitlang eng zusammengepfercht mit ihnen gereist bist, fangen sie an, dir auf die Nerven zu fallen. Bei den harmlosesten Angewohnheiten möchtest du am liebsten schreien – die Art, wie sie immer wieder dieselben Redensarten gebrauchen oder laut gähnen –, und du mußt einfach fort von ihnen. Du mußt von zu Hause fort.«

»Na, dann bin ich wohl nicht lange genug mit ihnen gereist«, sagte Daphne zu ihr.

»Wie kannst du das sagen? Mit Ian, der im Haus herumtapst und dich sein ›Daffy-dill‹ nennt und jeden Samstag mit Guten Werken verbringt – Gute Werke! Großer Gott! Ich wette, die Hälfte aller dieser Leute *wollen* noch nicht einmal, daß ein Haufen komischer Heiliger aufkreuzt und ihnen das Laub vom Rasen recht, so daß alle Nachbarn es sehen! Und zum Gottesdienst abmarschiert, egal ob seine Nichte auf Besuch ist und allein zum Flugplatz gehen muß –«

»Diese Gottesdienste bedeuten ihm eine Menge«, sagte Daphne. »Und Gute Werke auch; das... verbindet einen irgendwie. Er hat sonst nicht viel, Agatha.«

»Genau das«, sagte Agatha. »Sage ich nicht genau das? Wenn die Zweite Chance nicht wäre, hätte er viel mehr, glaube mir. Das ist es, was Religion einem antut. Sie engt einen ein und nagelt einen fest. Wenn ich daran denke, wie Religion unsere Kindheit ruiniert hat! All diese Dinge, die wir nicht tun durften, die Zuckerregel und die Kaffeeregel. Und dieses erbärmliche Bibelcamp, mit der armen trostlosen Schwester Audrey, die schließlich mit einem Soldaten durchbrannte, wenn ich nicht irre. Und Bruder Simon, der uns immer erzählte, wie Gott ihn für etwas Besonderes gerettet habe, als sein Mietshaus abgebrannt ist, aber nie erklärte, was Gott gegen diese sieben anderen hatte, die er nicht gerettet hat. Und wie wir immer das Tischgebet sprechen mußten in jedem schäbigen Schnellrestaurant, und alle glotzten –«

»Es war ein stilles Tischgebet«, sagte Daphne. »Es war das allerkleinstmögliche Gebet! Er hat immer versucht, diskret dabei zu sein. Und Religion hat *meine* Kindheit nie ruiniert; ich habe mich dadurch behütet gefühlt. Und auch Thomas' Kindheit hat sie nicht ruiniert. Er geht noch immer zur Kirche. Nicht wahr, Thomas? Er ist Mitglied einer Kirche in New York.«

Thomas sagte: »Es geht schon auf elf, ihr beiden. Vielleicht sollten wir uns langsam zum Flugplatz aufmachen.«

»Nicht, daß du das Thema wechseln willst«, sagte Daphne zu ihm.

Er tat, als habe er nicht gehört. Sie standen alle auf, und er sagte: »Auf der Rückfahrt können Grandpa und du mich am Bahnhof absetzen. Ich pack nur meine Sachen zusammen. Soll ich meine Bettwäsche in den Wäschekorb werfen, Daph?«

»Ist das dein Ernst?« fragte Daphne. »Diese Bettlaken sind noch gut für einen Monat.«

Agatha rollte die Augen und sagte: »Reizend.«

»Du hast kein Recht, etwas zu sagen, wenn du nicht hier bist, um die Wäsche zu machen«, sagte Daphne zu ihr.

»Ach, eh ich's vergesse«, sagte Agatha. Sie blieb im Eßzimmer stehen, wo ihr Großvater seine Karten einsammelte. »Wegen des Wäscheschranks und dieser Dinge –«

»Mach dir keine Gedanken«, sagte Daphne. »Geh nur unbeschwert auf die andere Seite des Kontinents.«

»Nein, aber ich habe es mir überlegt. Gibt es nicht so etwas wie einen Reinigungsservice, der dieses Haus für uns in Ordnung bringen könnte? Nicht nur saubermachen, sondern es auch aufräumen; ich würde es bezahlen.«

»Da ist diese Gerümpelberaterin«, sagte Daphne. Stuart lachte. Agatha sagte: »Die was?«

»Rita, die Gerümpelberaterin. Sie lebt mit diesem Typ, den ich kenne, Nick Bascomb. Hast du Nick gekannt? Und sie lebt davon, anderer Leute Haushalt auszumisten und in Ordnung zu bringen.«

»Hol sie.«

»Ich weiß aber nicht, wieviel sie verlangt.«

»Hol sie auf jeden Fall. Ich bezahle, was es auch kostet.«

»Was?« meldete sich ihr Großvater plötzlich. »Du würdest jemand Fremdes in unseren Schränken wühlen lassen?«

»Entweder das, oder ihr verheiratet Ian schnellstens mit dieser Clara-Person«, sagte Agatha zu ihm.

»Ich rufe Rita heute abend an«, sagte Daphne.

Rita diCarlo war fast eins achtzig groß – eine langgliedrige Frau Ende Zwanzig mit schlenderndem Gang und langem schwarzen Haar, so kraus, daß der Zopf, der ihr den Rücken hinunterhing, weniger geflochten als verfilzt zu sein schien. Sie lebte nun schon zwei Jahre mit Nick Bascomb, aber Daphne hatte sie erst im letzten Sommer kennengelernt, als eine Gruppe von ihnen zu einem Rock-Konzert ins RFK-Stadion gegangen war. Sie hatten alle nur Karten für die Zuschauertribüne, mit denen sie nicht auf das Feld gehen durften, wo die ganze Schau ablief; aber Rita marschierte völlig ungerührt herunter zum Spielfeld. Als ein Platzanweiser versuchte, sie zu stoppen, hielt sie nur ihren Kartenabschnitt hoch und ging weiter. Der Platzanweiser zögerte einen Moment, fuhr dann herum und rief: »Heh! *Das* war keine Karte fürs Feld!« Aber sie war bereits in der Menge untergetaucht. Daphne hatte sie seitdem nicht oft gesehen, aber sie erinnerte sich immer an diese Szene – so voller Schwung und Unbekümmertheit. Sie dachte, Rita wäre durchaus fähig, Ordnung in ihrem Haus zu schaffen.

Am Telefon sagte Rita, sie könnte die Bedloes in der kommenden Woche unterbringen, und sie käme Montag nach der Arbeit vorbei, um »sich den Laden anzusehen«, wie sie es nannte. In einem rotschwarzen Lumberjack, schwarzen Jeans und schweren Reitstiefeln schlenderte sie einher, riß Schränke auf und spähte in Schubladen. Sie begutachtete gelassen das Kellergeschoß. Sie schien unbeeindruckt von dem Geruch im Wäscheschrank. Sie fragte nicht einmal, wie Daphne befürchtet hatte: »Was zum Teufel ist denn hier passiert?« Sie steckte den Kopf in Dougs Schlafzimmer, und als sie den alten Mann untätig in seinem Schaukelstuhl sitzen sah, machte sie nur »Hmm« und zog sich zurück. Das war taktvoll von ihr, natürlich, aber Dougs Zimmer bedurfte dringend ihrer Dienste; also sagte Daphne: »Vielleicht, wenn Grandpa mal nach unten gegangen ist...«

»Ich hab schon eine ungefähre Vorstellung davon«, sagte Rita zu ihr.

»Da ist Grandmas Wandschrank drin, deshalb –«

»Klar. Kleider und Zeug. Hutschachteln.«

»Genau.«

»Schon kapiert.«

Sie erklomm die Holztreppe zum Dachgeschoß, das jetzt eine stickige, abgeschiedene Atmosphäre hatte, seit es nicht mehr regelmäßig benutzt wurde. Sie bückte sich, um in den Speicherraum unter dem Dachvorsprung zu gucken. Als sie einen von Bees Briefen aus einem Pappkarton nahm, gab es Daphne einen Stich. »Ich glaube, diese... persönlichen Dinge solltest du uns überlassen«, sagte sie, aber Rita sagte: »Nicht, wenn du willst, daß es richtig gemacht wird.« Dann fügte sie hinzu: »Keine Sorge, ich lese eure Briefe nicht. Oder nur so viel, um sie auszusortieren. Zeug wie dieses zum Beispiel: zu neu, um von historischem Interesse zu sein, keine wertvollen Briefmarken, und der Absender ist eine Frau, also wissen wir, es sind nicht die Liebesbriefe deiner Großeltern. Ich würde sagen, schmeiß sie weg.«

»*Wegschmeißen?*«

Rita drehte sich um und sah sie an. Ihr Gesicht war gebräunt und kantig; ihre dunklen Augenbrauen waren leicht angehoben.

»Aber vielleicht sagen sie etwas darüber, was junge Frauen damals dachten«, sagte Daphne. »Politik oder Feminismus oder solche Dinge.«

Rita schüttelte ein elfenbeinfarbenes Blatt aus dem Umschlag. Ohne sich mit dem Entfalten aufzuhalten, las sie Sätze ab, die lesbar waren: »*... Tee bei Mrs. ... trug mein neues geblümtes ... Gürtelschnalle mit demselben Stoff bezogen ...*«

»Na ja«, murmelte Daphne.

»Schmeiß sie weg«, befahl ihr Rita.

Sie gingen wieder hinunter. Daphne fühlte sich wie eine kleine Elfe, als sie Ritas galoppierenden Stiefeln folgte. »Was ich tun werde, ist folgendes«, sagte Rita, »ich werde alles in drei Haufen sortieren: Behalten, Ausrangieren und Fragezeichen. Ich habe es mir zur Gewohnheit gemacht, so wenig wie möglich zu fragen. Alles, was wir behalten, ordne ich, und was ausrangiert wird, bringe ich weg: ich habe meinen eigenen Lastwagen, und zwei Burschen helfen mir schleppen. Ich berechne stundenweise, aber ich weiß im allgemeinen vorher, wie lange ein Job dauern wird. Dieses Haus zum Beispiel – nun, ich muß mich hinsetzen und es ausrechnen, aber auf Anhieb würde ich sagen, wenn ich morgen früh anfange, könnte ich Donnerstag abend fertig sein.«

»Donnerstag! Das sind nur drei Tage!«

»Oder höchstens vier. Es ist ein ziemlich einfaches Haus, verglichen mit manchen, die ich gesehen habe.«

Sie waren jetzt wieder in der Küche. Sie öffnete einen der Schränke und starrte versonnen auf eine Ansammlung leerer Erdnußbuttergläser.

»*Ich* finde es nicht so einfach«, sagte Daphne zu ihr.

»Natürlich nicht. Das kommt, weil du hier lebst. Du fühlst dich schuldig, wenn du Sachen loswerden willst. Diese eine Dame, die ich hatte, die konnte kein Geschenk wegwerfen. Eine Zeichnung, die ihr Sohn im Kindergarten gemacht hat – und dieser Sohn war sechzig Jahre alt! Eine Muschel, die ihre Freundin neunzehnhundertzwanzig aus Miami mitgebracht hatte – ›Ich hab das Gefühl, ich werfe die *Person* fort‹, sagte sie zu mir. Was ich also getan habe, war, ich hab ihr nichts gesagt. Natürlich wußte sie es irgendwie. Aber sie fragte nie, und ich sagte nie etwas, und jeder war glücklich.«

Sie schlug die Schranktür zu. »Ich habe Häuser gesehen, die so voll waren, daß man kaum durchgehen konnte. Ich habe Wandschränke gesehen, die total verloren waren – ich meine, bis zum Rand vollgestopft und abgeschlossen, und neues Zeug davor aufgehäuft, so daß man nicht mehr wußte, daß sie existierten.«

»Dein eigenes Apartment muß ja furchtbar ordentlich sein«, sagte Daphne.

»Nicht ganz«, sagte Rita. »Dieser Nick hebt alles auf. Ich *mußte* ja an eine Hamsterratte geraten!« Sie lachte. Sie hakte eine Stiefelspitze unter einen Küchenstuhl, zog ihn unter dem Tisch hervor und setzte sich. »Also«, sagte sie und zog einen Bleistift und einen Notizblock aus ihrer Brusttasche. Der Bleistift war ungefähr von der Größe einer Patrone. Sie leckte an seiner Spitze und begann zu schreiben. »Sechs Zimmer plus Kellergeschoß plus ausgebautem Dachgeschoß. Euer Dachgeschoß ist einigermaßen in Ordnung, aber dieses Kellergeschoß . . .«

Ian erschien an der Hintertür, er schleppte einen großen Pappkarton. »Aufmachen!« rief er durch das Glasfenster, und als Daphne gehorchte, fiel er praktisch in die Küche. Was es auch war, das er trug, es mußte etwa eine Tonne wiegen. »Echte Keramikkacheln«, teilte er Daphne mit und stellte den Karton auf den Boden. »Wir erneuern eine antike Kaminverkleidung in einem Haus in Fells Point, und diese wurden einfach fortgeworfen, da –«

»Werden Sie sie in den nächsten paar Tagen verwenden?« fragte Rita.

Er richtete sich auf und sagte: »Wie bitte?«

»Ian, dies ist Rita diCarlo«, sagte Daphne. »Mein Onkel Ian. Rita ist hier, um Ordnung bei uns zu machen.«

»Ach, ja«, sagte Ian.

»Denken Sie an ein bestimmtes Badezimmer, für das Sie innerhalb der nächsten zehn Tage diese Kacheln brauchen?« fragte Rita ihn.

»Na ja, nicht eigentlich, aber –«

»Dann schlage ich vor, Sie gehen damit gleich wieder hinaus zum Mülleimer«, sagte sie, »oder ich muß sie auf meinen Kostenvoranschlag setzen.«

»Aber diese hier sind aus Spanien«, erklärte Ian. Er bückte sich, um eine aus dem Karton zu holen – ein geometrisches Muster in Türkis und Königsblau. »Wie könnte ich so etwas in den Müll werfen?«

Rita betrachtete ihn eingehend. Sie schenkte der Kachel noch nicht einmal einen flüchtigen Blick, aber Ian hielt sie immer noch hoffnungsvoll vor seine Brust, wie jemand, der seine Nummer für ein Verbrecherfoto hält.

»Da siehst du, womit ich es zu tun habe«, sagte Daphne zu Rita.

»Ja, das sehe ich«, sagte Rita.

Seltsamerweise sah jedoch Daphne gerade jetzt, wie schön die Kachel eigentlich war. Das Muster sah kaleidoskopisch aus – fast, als könnte es sich bewegen. Sie konnte sich nicht mehr erinnern, warum es eine so gute Idee gewesen sein sollte, das Haus auszuräumen.

Rita leistéte hervorragende Arbeit, wie sich herausstellte, aber Daphne hatte kaum Zeit, es zu bemerken, als sie schon an etwas anderes zu denken hatte; Freitag nachmittag wurde sie von ihrem Job gefeuert.

Es kam nicht ganz unerwartet. Seit sie ihre Lohnerhöhung bekommen hatte, schien sie das Interesse an ihrer Arbeit verloren zu haben. Sie war spät gekommen, früh gegangen und hatte mehrere Bestellungen verschlampt. Die Botschaften, die die Leute mit ihren Blumen schickten, hatten begonnen, sie zu deprimieren. »Ich denke, ich werde sagen ... nun, laß mich überlegen«, sagten sie zu ihr und runzelten die Stirn ins Leere. »Sagen wir halt ... Okay! Ich hab's! ›Mit herzlichen Glückwünschen.‹« Dann schleuderte Daphne HGW quer über den Bestellzettel. »Der Frau meiner Träume« war F/Tr. »Dank für letzte Nacht«, wurde D/Ncht. Sie fühlte sich beleidigt für sie – daß ihre tiefsten Gefühle so routinemäßig betrachtet werden konnten. Und wenn sie nicht routinemäßig waren, war es noch schlimmer: *Es tut mir so leid, wie ich es nicht sagen kann, und du hast recht, mich nicht mehr sehen zu wollen, aber ich werde dich nicht vergessen, solange ich lebe, und ich hoffe, du wirst eine glückliche Ehe haben.* »Mit Lieferung macht das siebenundzwanzig achtzig«, sagte sie dann in ihrem verbindlichsten Ton.

Mr. Potoski meinte, sie könne entweder sofort gehen oder bleiben, bis die vierzehn Tage Kündigungsfrist um seien, aber sie merkte, daß er sie gerne loswerden wollte. Er hatte bereits ein neues Mädchen gefunden. »Ich gehe jetzt«, sagte Daphne zu ihm, und nach Ladenschluß packte sie ihre paar Sachen und stopfte sie in eine Papiertüte. Dann schlüpfte sie in ihre Jacke und verschwand leise durch die Tür, um eine peinliche Abschiedsszene zu vermeiden. Unterwegs zur Bushaltestelle ertappte sie sich dabei, Botschaften für Mr. Potoski zu entwerfen: *Dk/Vg: Danke, es war mir ein Vergnügen. Mg: Mach's gut.* Nicht daß sie persönlich etwas gegen Mr. Potoski gehabt hätte. Sie wußte, daß alles ihre eigene Schuld war.

Ihr Bus hatte Probleme mit der Heizung, und als sie endlich zu Hause war, war sie durchgefroren. Noch in ihrer Jacke ging sie direkt zur Küche und zündete das Gas unter dem Kessel an. Ian arbeitete wohl heute abend länger. Sie konnte ihren Großvater unten im Kellergeschoß hören, wo er mit Werkzeug klapperte und laut vor sich hin dachte, aber sie rief ihn nicht. Vielleicht war es doch ein gewisser Vorteil, allein zu leben – sich nicht um andere Leute kümmern, sich nicht für anderer Leute Glück verantwortlich fühlen zu müssen. Obwohl das natürlich nicht in Frage kam, jetzt, wo sie kein Gehalt mehr hatte.

Sie nahm einen Becher aus dem Schrank, wo alles gerade aufgereiht stand – acht Becher, acht kleine Gläser, acht große Gläser. Die Becher, die nicht zusammenpaßten, und die einzelnen Gläser waren zu den Guten Werken geschickt worden. Die Frühstücksflocken, die einmal probiert worden waren und dann nie mehr, waren von den Regalen verschwunden. In nur drei Tagen hatte Rita dieses Haus in eine Art Musterausstellung verwandelt: ein perfekter Satz von allem und jedem. Aber Daphne hatte sich noch nicht ganz daran gewöhnt, und sie verspürte eine leichte Anwandlung von Panik. Sie wollte ein paar Extras. Sie hat diese Menge gesprungener, verrückter, angeschlagener, henkelloser Becher geliebt, die hinter den anderen Bechern auf die geringe Chance warteten, benötigt zu werden.

Sie löffelte Kaffee in die Filterkanne und goß dann das kochende Wasser hinein. Kaffee war ihre Schwäche. Reverend Emmett sagte, Kaffee umnebelt die Sinne, Kaffee stellt sich zwischen Gott und das Selbst; aber Daphne hatte seit langem entdeckt, daß Kaffee die Sinne *schärfte*, und sie liebte es, in der Kirche zu sitzen, ganz begeistert und mit vibrierenden Nerven und eingestimmt auf diese innere Stimme, die geheimnisvolle Dinge sagte, welche sie eines Tages entschlüsseln würde, wenn sie weiser geworden war: *wenn nicht für dich, wenn nicht für dich, wenn nicht für dich und dort unten in der Wiese, wo das grüne Gras wächst* ... sie wartete täglich darauf, daß Koffein für illegal erklärt werden würde, aber anscheinend war die Regierung noch nicht darauf gekommen.

Sie schenkte den Kaffee ein, setzte sich damit an den Tisch und wärmte sich die Hände am Becher. Nun erklommen die Schritte ihres Großvaters die Treppen des Kellergeschosses und kamen durch die Vorratskammer. Daphne sah auf, aber die Gestalt im Türrahmen war nicht ihr Großvater. Es war Rita. Daphne sagte: »Rita! Bist du nicht fertig mit uns?«

Nun, sie *war* fertig. Sie war gestern nachmittag fertig geworden und hatte sogar ihre umwerfend hohe Rechnung präsentiert, die Daphne an Agatha schicken würde, sobald sie herausgefunden hätte, wo die Briefmarken hingekommen waren. Aber hier stand Rita, mit rotem Kopf vom Treppensteigen und ein wenig besser zurechtgemacht als gewöhnlich, in einem fließenden weißen Hemd, das sich über ihren Jeans bauschte, und einer hellbraunen Wildlederjacke, weich wie gewaschene Seide. »Daphne«, sagte sie rundweg. »Ich dachte, du wärst Ian.«

Aha.

Daphne hatte das schon so oft erlebt. Als sie noch zur High School ging, waren Freundinnen von ihr unangekündigt aufgetaucht, in nagelneuen Klamotten und mit ostentativ vor sich hergetragenen Busen, wie Früchte auf einem Tablett. »Oh«, sagten sie genau in demselben Ton, dumpf und enttäuscht, »ich dachte, du wärst Ian.«

Aber Rita hatte doch schon jemanden, oder? Sie lebte mit Nick Bascomb. Oder nicht?

»Mir ist gerade eingefallen«, sagte Rita, »daß ich noch einmal versuchen sollte, die Werkbank von deinem Großvater aufzuräumen. Natürlich würde ich euch das nicht extra berechnen. Aber ich hatte kein gutes Gefühl, sie in dieser...«

Ihre Stimme versiegte. Daphne, die sich im Stuhl zurücklehnte, ihren Becher mit beiden Händen umklammert, betrachtete sie mit einem gewissen Vergnügen. Rita diCarlo, ausgerechnet! So eine harte Nuß. Obwohl Daphne sie hätte warnen können, daß sie so weit von Ians Typ entfernt war, wie eine Frau es nur sein konnte.

»Aber es sieht so aus, als ob dein Großvater nicht nachgeben würde«, sagte Rita schließlich.

»Ja«, sagte Daphne. Sie nahm einen Schluck aus ihrem Becher.

»Na, dann werde ich mal gehen.«

»Okay.«

In anderer Stimmung hätte sie ihr zumindest Kaffee angeboten. Aber sie hatte augenblicklich ihre eigenen Sorgen, und so ließ sie Rita einfach gehen.

Daphne begann jeden Morgen beim Frühstück die Stellenanzeigen zu lesen. Eine Zeitverschwendung. »Was *ist* das?« fragte sie ihren Großvater. »Eine Stadt, wo niemand jemanden braucht?«

»Vielleicht solltest du es bei einer Agentur versuchen«, sagte er.

Was Arbeitslosigkeit betraf, war er ihr bester Zuhörer. Ian sagte immer: »Ach, es wird sich schon etwas finden«, aber ihr Großvater hatte die Depression erlebt, und er war aus tiefstem Herzen mitfühlend, jedesmal, wenn sie wieder einen Job verloren hatte. »Vielleicht überlegst du dir, ob du es bei der Post versuchen könntest«, meinte er jetzt. »Dein Dad war *sehr* zufrieden bei der Post. Sicherheit, Stabilität, zusätzliche Leistungen...«

»Ich arbeite gern an der frischen Luft«, sinnierte Daphne.

»Nein, nein, nicht Briefträger«, sagte ihr Großvater. »Ich meinte etwas am Schreibtisch.«

Sie haßte Schreibtischarbeit. Sie seufzte so schwer, daß ihre Zeitung zitterte.

Nachmittags fuhr sie mit dem Bus in die Stadt, um sich persönlich umzusehen – »Pflastertreten«, nannte sie es, und dachte wieder an die Depressionszeit ihres Großvaters. Sie starrte in die Schaufenster von Fotografenstudios, Briefpapierdruckereien und Schallplattengeschäften. Ein Schallplattengeschäft könnte lustig sein. Sie wußte alles, was es über die derzeitigen Gruppen zu wissen gab. Natürlich, wenn Kunden sie über etwas Klassisches fragen würden, wie Led Zeppelin oder die Doors, dann wäre sie aufgeschmissen.

Thomas riet ihr, nach New York zu kommen. Sie rief ihn an, als sie eines Abends niedergeschlagen war, nur um mit ihm zu sprechen, und er sagte:»Komm mit dem nächsten Zug. Schlaf auf der Couch, bis du einen Job gefunden hast. Angie sagt das auch.« (Angie war seine Freundin, die vor kurzem bei ihm eingezogen war, was Ian und ihr Großvater jedoch nicht wissen durften.) Aber Daphne konnte sich nicht vorstellen, in einer Stadt zu leben, in der jeder von woanders herkam, und so sagte sie:»Oh, vielleicht seh ich mich doch lieber noch mal hier um.«

Eines Sonntags rief sie sogar Agatha an – etwas, das sie nicht oft tat, denn Agatha war schwer zu erreichen, und außerdem (ehrlich gesagt) neigte sie dazu, Daphne zu kritisieren. Aber bei dieser Gelegenheit war sie ein Schatz. Sie sagte:»Daph, wie wäre es denn, wenn du jetzt daran dächtest, aufs College zu gehen? Ich würde gerne dafür bezahlen. Wir verdienen soviel Geld und haben kaum Zeit, es auszugeben. Du müßtest Ian nicht um einen Cent bitten.«

»Ach, danke«, sagte Daphne, »das ist wirklich sehr lieb von dir.«

Sie war, um ehrlich zu sein, nicht der Typ zum Studieren. Aber es tat gut zu wissen, daß ihr Bruder und ihre Schwester hinter ihr standen. Ihre Freunde waren herzloser; viele von ihnen suchten selbst Jobs oder kellnerten oder arbeiteten in Bars, bis sie herausfanden, was sie interessierte, oder sie gingen fort zum Jurastudium, nur um den Schein zu wahren. Niemand aus ihrem Kreis schien eine richtige Karriere zu haben.

Am Anfang ihrer dritten Woche ohne Arbeit überredete ihr Großvater sie, zu einer Stelle zu gehen, die sich »Ihr Lebenslauf – noch heute« nannte. Er hatte die Anzeige im Radio gehört; er dachte, das könnte ihr helfen, »sich zu präsentieren«, sagte er. Also fuhr Daphne mit dem Bus zur Stadtmitte und sprach mit einem gelangweilt aussehenden Mann an einem riesigen verchromten Schreibtisch. Der Kalender an der Wand hinter ihm zeigte DIENST 13, und das machte sie nervös, denn ein früherer Freund hatte ihr einmal gesagt, daß in Kuba Dienstag der dreizehnte ein

Unglückstag sei. Sollte sie nicht eine Ausrede finden und ein andermal wiederkommen? Es schien ihr, als ob der Mann den Anflug eines höhnischen Grinsens im Gesicht hatte, als sie ihre Qualifikationen aufzählte. Tatsächlich war diese ganze Erfahrung so entmutigend, daß sie, sobald sie alle seine Fragen beantwortet hatte, hinüber zum Lexington Market ging und sich ein Burrito mit Rindfleisch und Bohnen gönnte. Dann ging sie in eine Nachmittagsvorstellung, einen Film mit Cher, ihrem Lieblingsstar, und danach stöberte sie in ein paar Secondhand-Läden. Sie kaufte zwei Paar lange Thermo-Unterhosen, die fast keine Flecken hatten, und ein baumwollenes lila Trägerhemd für insgesamt drei Dollar. Inzwischen war es Zeit, ihren Lebenslauf abzuholen, der wunderbarerweise vier Seiten lang geworden war. Sie brauchte aber nur einen Blick hineinzuwerfen, um zu sehen, wie er ausgefüllt und ausgeschmückt worden war. Überdies kostete er ein Vermögen. Ihr Großvater hatte gesagt, er würde es bezahlen, aber trotzdem fand sie ihn zu teuer.

All die gute Laune, die sie mit soviel Mühe im Verlauf des Nachmittags aufgebaut hatte, begann sich wieder zu verflüchtigen, und anstatt nach Hause zum Abendessen zu fahren, ging sie in eine Bar, in der sie und ihre Freunde an den Wochenenden herumzuhängen pflegten. Sie hatte den feuchten, bitteren Geruch, den solche Orte immer haben, bevor sie sich am Abend füllen, und die gedämpfte Beleuchtung wirkte nicht romantisch, sondern trostlos. Trotzdem kletterte sie auf einen der rissigen Vinylhocker und bestellte ein Miller's Bier, das sie sehr schnell austrank. Dann bestellte sie noch eins und begann, ihren Lebenslauf zu lesen. Jeder Vierjährige konnte sehen, daß sie nur die High School besucht hatte, selbst wenn sie einen Anfängerkurs im Zeichnen am Maryland-Institut angab und ein Wochenendseminar unter dem Titel »Neue Wege für Frauen«.

»Hallo, Daphne«, sagte jemand.

Sie drehte sich um und sah Rita diCarlo, die sich auf dem Hocker neben ihr niederließ und ihren Lumberjack aufknöpfte, während sie den Barkeeper herbeiwinkte. »Ein Pabst«, sagte sie. Sie wickelte einen Wollschal von ihrem Hals und warf ihr Haar zurück. »Wartest du auf jemanden?«

Daphne schüttelte den Kopf.

»Ich auch nicht«, sagte Rita.

Daphne hätte es sich denken können, nach Ritas unförmigem schwarzen T-Shirt und den farbbeklecksten Jeans zu urteilen. Ihre Haare waren noch verwahrloster als sonst; richtige Staubflocken hingen am Ende ihres Zopfes.

»Ich hatte meinen unangenehmsten Job heute«, sagte Rita zu ihr. »Eine Scheidung. Einen Haushalt aufzuteilen. Natürlich mußten die Frau und der Mann dabeisein, um ihre Meinung abzugeben.« Sie nahm ihr Bier in Empfang und blies in den Schaum. »Und die hatten Meinungen, glaub mir.«

»Die meisten Jobs werden zu persönlich«, sagte Daphne düster.

»Genau«, sagte Rita. Sie durchwühlte ihre Taschen nach etwas – einem Kleenex. Sie putzte sich die Nase mit trompetendem Geräusch.

»Wie in diesem Blumenladen, von dem ich gerade gefeuert worden bin«, sagte Daphne. »Jeder mit seinen privaten Botschaften; die muß man aufschreiben und so tun, als verstünde man kein Englisch. Oder als ich bei dem Kamera-Karussell gearbeitet habe – diese Fotos von Mädchen in Bikinis und die scheußlichen Schulbälle von den Leuten. Da mußte man ihnen diese Umschläge mit einem Lächeln aushändigen, als wüßte man nicht, was drin war.«

»Sag mal«, sagte Rita. »Hat Ian dir erzählt, daß er und ich uns getroffen haben?«

»Habt ihr?« fragte Daphne

»Na ja, zweimal. Also, eigentlich nur einmal. Ich meine, du würdest nicht zählen, als ich ihn zufällig absichtlich in der Werkstatt getroffen habe.« Nein, das würde Daphne nicht zählen.

»Ich ging zu ›Brant's Tischlerei, Spezialanfertigungen‹ und bestellte mir eine Kommode«, berichtete Rita.

»Ich glaube nicht, daß er das erwähnt hat.«

»Hast du eine Ahnung, wieviel diese Dinger kosten?«

»Teuer, was?« sagte Daphne.

Sie warf wieder einen Blick auf ihren Lebenslauf. Seite zwei: Frühere Beschäftigung. Hier waren die Tatsachen nicht ausgeschmückt, sondern rationalisiert worden, denn der Mann hatte angedeutet, daß eine zu lange Liste eine Person flatterhaft erscheinen ließe. »Sagen wir, wir streichen das Bilderrahmengeschäft«, hatte er gesagt, und sein höhnisches Grinsen wurde ausgeprägter.

»Ein weiteres Beispiel ist Bildereinrahmen«, sagte Daphne zu Rita. »Die Leute bringen diese armseligen kleinen Bildchen, die sie selbst gemalt haben, oder ihre Zeichnungen, wo sie den Mund ein dutzendmal ausradiert und neu gezeichnet haben, und die Hände dort, wo man sie nicht sehen kann, weil sie keine Hände malen können, und alles, was du sagst, ist nur: »Na, mal sehen, vielleicht einen doppelten Mattgoldrand...«

»Dann, nachdem wir eine Zeitlang über meine Kommode gesprochen hatten, fragte ich, ob er kommen wollte, meine Wohnung ansehen«, sagte Rita, »nur damit er eine Vorstellung von den Maßen hätte.«

Daphne löste ihre Augen von dem Lebenslauf. Sie konzentrierte sich einen Moment auf Ritas Gesicht, und dann sagte sie: »Lebst du nicht mit Nick Bascomb zusammen?«

»Na ja, das hab ich, aber ich hab ihm gesagt, er soll ausziehen.«

»Oh. Wann war das?«

»Mittwoch«, sagte Rita.

»Mittwoch? Meinst du diesen Mittwoch oder den vorigen?«

»Folgendes«, sagte Rita, »Montag ging ich Ian in der Werkstatt besuchen, und am selben Abend sagte ich Nick, er solle ausziehen. Aber ich ließ ihn bis Mittwoch dableiben, weil er Zeit brauchte, um seine Sachen zu packen.«

»Anständig von dir«, sagte Daphne trocken.

»Also dann am Freitag kam Ian vorbei, und wir entschieden, welche Größe die Kommode haben sollte. Ich lud ihn zum Abendessen ein, aber er sagte, ihr würdet ihn alle zu Hause erwarten.«

Daphne versuchte, sich an Freitag zu erinnern. War sie überhaupt da gewesen? Sie war vielleicht mit ihrer üblichen Clique ausgegangen und hatte das Abendessen ganz vergessen. »Und wann war das, als du ihn zum zweitenmal gesehen hast?« fragte sie Rita.

»Nun, das war es. Freitag.«

»Du willst sagen, das zweite Mal war, als er kam, um für deine Kommode Maß zu nehmen?«

»Hm. Ja.«

Daphne setzte sich auf ihrem Hocker zurück.

Diese Rita war so *groß*, so rauhbeinig. Sie hatte diesen eckigen, grobknochigen Körperbau. Man sollte erwarten, daß sie immun sei.

»Hm, Rita«, sagte sie. »Ian ist, irgendwie . . . schwer festzunageln, manchmal. Außerdem glaube ich, hat er diese Art Freundin in seiner Kirche.«

»Na und? Ich hatte einen Freund bis letzten Mittwoch«, sagte Rita.

»Ja, aber dann ist er außerdem noch sehr, sagen wir mal, christlich. Wußtest du das?«

»Was denkst du, daß *ich* bin, Buddhistin?«

»Er ist aber ungewöhnlich christlich. Ich meine, guck dich mal an! Du sitzt hier in einer Bar! Trinkst Bier! Hast ein ›Hell Bent for Leather‹-T-Shirt an!«

Rita warf einen Blick herunter auf ihr Hemd. Sie sagte: »Das ist nicht unbedingt eine Sünde.«

»Für Ian aber«, erklärte ihr Daphne. »Oder zumindest fast.«

»Daphne«, sagte Rita, »man lernt die Leute kennen, wenn man ihre Besitztümer umkrempelt. Ians Besitztümer sind so einfach. Sie sind so unansehnlich. Er besitzt sechs Bücher darüber, wie man ein besserer Mensch wird. Die Kleider in seinem Schrank riechen nach Muskat. Und hast du ihn jemals richtig angesehen? Er hat dieses wirklich feine Gesicht: alles gerade Linien. Ich dachte zuerst, seine Augen wären braun, aber dann sah ich, sie hatten ein klares gelbes Licht darin, wie eine Art Getränk: wie Most. Und wenn er spricht, ist er sehr ernst, aber wenn er hört, was ich ihm antworte, fängt er an zu lächeln. Er scheint so glücklich zu sein, mir zuzuhören, selbst wenn ich nur über Schubladenknöpfe rede. Okay: vielleicht macht er das bei jedem. Ich mache mir nichts vor! Wahrscheinlich gehört das zu seiner Religion oder so.«

»Ach, nein«, sagte Daphne. Sie war gerührt. Sie sah ganz plötzlich Ian mit den Augen eines Außenstehenden. Sie sagte: »Ich wollte dich nicht deprimieren. Ich dachte nur an damals, in der Schule, als ein paar von meinen Freundinnen in ihn verknallt waren. Sie waren am Ende so frustriert. Sie waren am Ende fast wütend auf ihn.«

»Kann ich verstehen«, sagte Rita. Sie trank einen herzhaften Schluck Bier und wischte sich den Schaum von der Oberlippe.

»Und er ist ein ganzes Stück älter als du«, informierte sie Daphne.

»Na und? Wir sind beide erwachsen, oder? Und egal, in mancher

Beziehung bin ich die ältere. Ist dir klar, daß er in seinem Leben nur mit zwei Frauen geschlafen hat?«

»Was?« fragte Daphne.

»Zuerst mit seiner High-School-Freundin, bevor er in die Kirche eintrat, und dann mit dieser Frau, mit der er vor ein paar Jahren gegangen ist, aber er fühlte sich schrecklich danach und schwor, er würde es nicht noch einmal tun.«

Daphne wußte nicht, was sie mehr schockierte: die Tatsache, daß er mit jemandem geschlafen hatte, oder die Tatsache, daß er mit Rita darüber gesprochen hatte. »Nun, wie ... wie seid ihr *darauf* gekommen?« fragte sie.

»Wir sind darauf gekommen, als ich ihn aufforderte, die Nacht bei mir zu bleiben«, sagte sie ruhig.

»Das hast du nicht!«

»Hab ich«, sagte Rita. »Barkeeper? Noch mal dasselbe.« Sie sah Daphne in die Augen. »Ich habe ihn aufgefordert, als er wegen der Kommode kam«, sagte sie, »aber er hat abgelehnt. Er war außerordentlich höflich.«

»Kann ich mir vorstellen«, sagte Daphne.

»Dann habe ich das ganze letzte Wochenende gewartet, ob ich etwas von ihm höre. Das habe ich seit der Junior High School nicht mehr getan! Aber er rief nicht an, und da sitze ich nun und ertränke meinen Kummer.«

Er würde niemals anrufen, aber Daphne wollte nicht diejenige sein, die es ihr sagte. »Mensch! Wie spät es ist«, sagte sie. Sie fragte den Barkeeper: »Was bin ich schuldig?«, und dann machte sie ein großes Theater beim Zahlen, so daß, als sie sich umdrehte, um sich zu verabschieden, es so aussah, als habe sie das Thema Ian vollständig vergessen.

Agatha und Stuart kamen zu Weihnachten nicht nach Hause. Stuart hatte an diesem Wochenende Bereitschaftsdienst. Thomas kam jedoch, und sie verbrachten ruhige Feiertage zusammen. Sie standen am Weihnachtsmorgen spät auf, um ihre Geschenke auszutauschen. Ian gab Daphne einen Schlüsselring, der sich in eine Sirene verwandelte, wenn man auf einen geheimen Knopf drückte. (Er war immer hinter ihr her, wegen der Gegenden, in denen sie sich herumtrieb.)

Ihr Großvater schenkte ihr einen Zehndollarschein, dasselbe wie allen anderen. Thomas, der phantasievollste Einkäufer der Welt, schenkte ihr einen besonderen Kristall, der ihr garantiert Entschlußkraft verleihen würde, und Agatha und Stuart schickten ein Dutzend schwarze Strumpfhosen ihrer Lieblingsmarke. Daphne selbst schenkte allen Zimmerpflanzen – sie hatte das schon vor Wochen arrangiert, als sie noch bei Floral Fantasy arbeitete.

Zum Weihnachtsdinner gingen sie in ein Restaurant. Daphne betrachtete dies, als wäre sie mit etwas davongekommen. Wenn Agatha zu Hause gewesen wäre, hätte sie das bestimmt nicht zugelassen. Aber Agatha hatte wahrscheinlich nicht unrecht, dachte Daphne, als sie den Speisesaal betraten. Der Besitzer hatte das Lokal an den Feiertagen geöffnet, damit Leute ohne Familie einen Platz hatten, wohin sie gehen konnten, und an fast jedem Tisch trank eine einzige, verlassene Person einen einsamen Cocktail. Gegenüber im Raum sahen sie Mrs. Jordan, und Daphne fühlte sich schuldig, denn wenn Bee noch lebte, hätte sie nicht vergessen, sie einzuladen. Aber dann sprach Ian mit dem Besitzer, und sie legten noch ein Gedeck auf und holten sie herüber an ihren Tisch. Mrs. Jordan war so abenteuerlustig und für alles zu haben wie immer, obwohl sie inzwischen über achtzig sein mußte, und nach dem Tischgebet belebte sie die Runde beträchtlich mit ihrer Beschreibung eines Ausflugs, den sie kürzlich mit den Ausländern unternommen hatte. Offenbar waren sie und drei der Ausländer während eines ungewöhnlich warmen Tages im November irgendwo zu einem Bootshafen gefahren und hatten ein Segelboot gemietet; aber keiner von ihnen hatte jemals gesegelt, und als sie sich auf dem offenen Wasser befanden und eine steife Brise aufkam, mußte der eine namens Manny über Bord springen und schwimmen, um Hilfe herbeizuholen. Nachdem sie gerettet worden waren, erzählte Mrs. Jordan, sagte der Bootsverleiher, sie dürften kein Boot mehr mieten. Sie dürften nicht einmal mehr auf dem Dock stehen, nicht einmal auf dem Grundstück parken, um die Aussicht zu bewundern. Damit hatte sie alle zum Lachen gebracht, und sie hob eine besprenkelte Hand und bestellte eine Flasche Champagner – »Und Sie müssen uns Gesellschaft leisten, Ezra«, sagte sie zu dem Besitzer – und ein Apfelsaftschorle für Ian. Es wurde doch noch eine festliche Mahlzeit.

Am Abend riefen Claudia und ihre Familie aus Pittsburgh an und Agatha aus Kalifornien. Agatha schien nicht so entsetzt wegen des Restaurants zu sein, wie sie hätte sein können. Alles, was sie zu Daphne sagte, war: »Hat Ian Clara eingeladen?«

»Clara? Nein.«

Agatha seufzte. Sie sagte: »Vielleicht sollten wir statt dessen einfach Grandpa verheiraten.«

»Das wäre wahrscheinlich leichter«, sagte Daphne.

Im Januar begann Daphne in der Tischlerwerkstatt zu arbeiten, wo sie verschiedene einfache Tätigkeiten übernahm, wie Einölen und Wachsen. Sie hatte dies schon mehrere Male zuvor getan, wenn sie gerade keinen Job hatte, und obwohl sie das nicht auf die Dauer als Beruf wählen würde, fand sie es recht angenehm. Sie mochte den Geruch von Harz und das goldene Licht, das von dem Holz ausging, und sie mochte die leichte, hin- und hergeworfene Unterhaltung zwischen den Handwerkern. Es erinnerte sie an die Kindergartenklasse – jeder war mit seinem eigenen Projekt beschäftigt, aber ließ hier und da eine Bemerkung fallen. Ian beteiligte sich jedoch nicht, und immer, wenn er zu Daphne etwas sagte, war sie sich der verstohlenen Aufmerksamkeit der übrigen Anwesenden bewußt. Es war klar, daß er hier als ein komischer Kauz angesehen wurde. Es tat ihr leid für ihn, obwohl er es wahrscheinlich nicht einmal zur Kenntnis nahm.

Am Freitag vor dem Martin-Luther-King-Tag flogen Agatha und Stuart für das lange Wochenende herüber, und Thomas kam von New York. Agatha machte die Runde durch das Haus vom Keller bis zum Speicher, um das Ergebnis der Gerümpelberatung zu überprüfen. Sie war insgesamt zufrieden, aber wies Daphne darauf hin, daß auf verschiedenen Tischen und Kommoden wieder eine gewisse Schicht zu sprießen begann. »Ja, Rita warnte uns, daß das passieren könnte«, sagte Daphne. »Sie bietet einen vierteljährlichen Überholungsservice an, aber ich habe geschworen, daß ich das selbst tun würde.«

Agatha sagte »Hmm« und warf einen Blick auf den Flohkragen der Katze, der aus unerfindlichem Grund auf dem Brotbrett lag. »Ich wüßte gerne, was eine dieser Überholungen kostet.«

»Ich könnte wahrscheinlich ein Sonderangebot bekommen«, sagte Daphne. Verflixt, sie könnte es wahrscheinlich umsonst bekommen, wenn Rita immer noch in Ian verknallt war. Aber vielleicht hatte sie sich inzwischen davon erholt. Daphne hatte sie seit dem Abend in der Bar nicht mehr gesehen.

Samstag besuchten Agatha und Stuart eine ganztägige Konferenz über Knochenmarkstransplantationen, und am selben Abend hatten sie ein Essen mit ein paar Kollegen. Dies war vielleicht der Grund, weshalb sie am Sonntag einwilligten, mit der übrigen Familie zur Kirche zu gehen. Sie hatten sich schließlich kaum sehen lassen, und morgen würden sie wieder zurückfliegen. Ian war entzückt, das war deutlich zu sehen. Er überredete seinen Vater, auch mitzukommen, was gewöhnlich nahezu unmöglich war. Kirchen sollten auch wie Kirchen *aussehen*, pflegte Doug immer zu sagen. Es täte ihm leid, aber das sei nun mal seine Meinung.

Es war Mantelwetter, aber sonnig, und so gingen sie zu Fuß – Doug und Ian, dann Thomas und Stuart, und Agatha und Daphne bildeten das Schlußlicht. Bei jedem Haus der Waverly Street, an dem sie vorbeikamen, fragte Agatha nach den Bewohnern. »Siehst du die Crains manchmal noch? Gibt Miß Bitz noch Klavierstunden?« Erst in diesem Moment wurde Daphne klar, wieviel sich hier verändert hatte. Die Crains, nicht länger die Frischvermählten, waren nach der Geburt ihrer dritten Tochter in ein größeres Haus gezogen. Miß Bitz war gestorben. Andere waren in Eigentumswohnungen oder Seniorengemeinden gezogen, nachdem ihre Kinder erwachsen waren, und die Leute, die ihr Haus bewohnten – oft berufstätige Ehepaare, deren Kinder in Tagesstätten gingen –, waren schwerer kennenzulernen. »Alle, die übriggeblieben sind, sind die Ausländer und Mrs. Jordan.«

»Wo *ist* Mrs. Jordan? Sollten wir nicht vorbeigehen und sie abholen?«

»Sie muß jetzt fahren, wegen ihres Rheumatismus.«

»Das ist deprimierend«, sagte Agatha.

Es war auch deprimierend. Oder vielleicht war es nur die Jahreszeit, das dünne weiße Licht des Januar; denn trotz des Sonnenscheins bot die Nachbarschaft einen blassen, leblosen Anblick. Die Kirche war heute morgen kaum halb voll, aber es waren keine sechs Stühle nebeneinander in einer Reihe frei, so daß sie sich trennen mußten. Die Männer saßen weiter vorne, und Daphne und Agatha saßen hinten neben Schwester Nell. Schwester Nell lehnte sich über Daphne und sagte:»Ach, Schwester Agatha! Ist das eine Freude!« Daphne war ein wenig eifersüchtig; sie selbst wurde nie »Schwester« genannt. Offenbar mußte man erst einmal die Stadt verlassen, bevor man als erwachsen galt.

Vor zwei Jahren hatte Schwester Lula der Kirche ihre elektrische Orgel vermacht – von der sehr kleinen Sorte, die Verkäufer manchmal in Einkaufszentren vorführten –, und Schwester Myra spielte »Amazing Grace«, während die Nachzügler vereinzelt hereinkamen. Unter der Musik murmelte Agatha:»Zeig mir, wer Clara ist.«

Daphne sah umher.»Da«, sagte sie und ließ ihre Augen nach links wandern. Clara saß zwischen ihrem Vater und ihrem Bruder – eine schlanke Frau Mitte Dreißig, mit beigem, perfekt fedrig geschnittenem Haar, die trockene Haut gepudert, das Schneiderkostüm eine sorgfältige Abstimmung von Lachsrosa und Hellgrau.

»Warum sitzt sie nicht bei Ian?« fragte Agatha.

»Weil sie bei ihrem Vater und ihrem Bruder sitzt.«

»Du weißt, was ich meine«, sagte Agatha zu ihr. Aber gerade dann hörte die Musik auf, und Reverend Emmett erhob sich hinter der Theke, um das Eröffnungsgebet zu sprechen.

Er wurde alt. Erst in Agathas Gegenwart fiel es Daphne auf. Er gehörte zu den Leuten, die zusammenfallen, wenn sie altern, und als er sich umdrehte, um seine Bibel zu ergreifen, war sein Rücken rund wie der Rücken eines Käfers. Aber seine Stimme war so stark wie eh und je.»Sprüche einundzwanzig: vier«, sagte er in seinem vollen, reinen Tenor.»›Hoffärtige Augen und ein stolzer Sinn, die Leuchte der Gottlosen, ist Sünde.‹« Dann kündigte er das Lied an:»Wenn wir uns wiedersehn in himmlischen Gefilden.«

Daphne sang mit Begeisterung Kirchenlieder. Sie hatte nur vergessen, welche Prüfung es war, mit Agatha zu singen, die die Worte mit monotoner Stimme *sprach* und mittendrin unterbrach und fragte:»Wo sind die jungen Leute? Wo sind die Kinder?«

Daphne antwortete nicht. Sie sang weiter.

Die Predigt handelte von Arroganz. Nichts sei arroganter, sagte Reverend Emmett, als der Stolz eines tugendhaften Mannes, und dann erzählte er ihnen eine Geschichte. »Vorige Woche besuchte ich einen Bruder, dessen Frau kürzlich gestorben ist. Einige unter euch werden wissen, wen ich meine. Er war kein Mitglied unserer Kirche und war nur einige Male hiergewesen. Aber ich war überrascht, als er eine Flasche Wein hervorholte, nachdem ich mich hingesetzt hatte. ›Reverend Emmett‹, sagte er, ›Sie sind zufällig an meinem fünfzigsten Hochzeitstag gekommen. Meine Frau und ich haben einander immer versprochen, daß, wenn wir diesen Tag erleben, wir eine Flasche Wein öffnen würden, die wir von unserem Hochzeits-empfang aufbewahrt haben. Nun, sie ist nicht mehr da, um sie mit mir zu trinken, und ich hoffe sehr, daß Sie ein Glas mittrinken wer-den, um mir Gesellschaft zu leisten.‹«

Daphne hielt den Atem an. Selbst Agatha sah interessiert aus.

»Also tat ich es«, sagte Reverend Emmett.

Daphne begann wieder zu atmen.

»Ich dachte bei mir, die Alkoholregel ist eine Regel für das Selbst, aufgestellt, um eine Sperre zwischen dem Selbst und dem Herrn zu entfernen, aber dieses Glas Wein zu trinken war ein Geschenk für einen Mitmenschen, und es abzulehnen, wäre arrogant gewesen. Und als ich mich verabschiedete – nun, darauf bin ich nicht stolz –, hatte ich einen Augenblick den Wunsch nach einem Mundwasser, für den Fall, daß ich einen unserer Brüder auf dem Heimweg treffen würde. Aber ich dachte: ›Nein, das ist zwischen mir und meinem Gott‹, und so ging ich durch die Straßen und atmete freudig den Alkoholdunst aus.«

Agatha bekam einen stummen Lachanfall. Daphne konnte füh-len, wie sie bebte; sie schielte zur Seite auf ihr weißes Gesicht, das rosa und verzerrt wurde. Voller Abscheu rückte sie von ihr ab und kreuzte die Arme über der Brust. Sie selbst hielt sich nicht an die Alkoholregel, aber fast wünschte sie jetzt, sie täte es, nur damit sie eine Geste wie Reverend Emmett machen könnte. Tatsächlich, sie hatte es vielleicht schon getan. Könnte man nicht sagen, daß jedes Glas, das man in Gesellschaft trank, ein Geschenk an einen Mit-menschen war? Sie spielte mit diesem Gedanken für den Rest der Predigt und ignorierte bewußt Agatha, die sich die Augen mit einem Taschentuch wischte.

Bei der Wiedergutmachung bekannte Daphne mit leiser Stimme,

daß sie frech zu ihrem Großvater gewesen sei. »Ich sagte zu ihm, er solle aufhören, mich wegen eines Jobs zu nerven«, sagte sie, »und ich habe Ian eine alte Jungfer genannt, und ich habe zu Bert gesagt, er solle zum Teufel gehen, als er mir zeigte, wo ich an einem Bücherregal gepfuscht hatte.«

Schwester Nell murmelte etwas Langes und Umständliches über einen Streit mit einer Nachbarin. Agatha sagte nichts, das war ja kein Wunder. Das hieß, sie würde die Sünden aller anderen anhören und darüber urteilen. »Diese Arroganz!« zischte Daphne, und dann sagte Reverend Emmett: »Nimm es von unseren Seelen, Herr. In Jesu Namen, Amen.« Dann standen sie auf und sangen: »Love Divine, all Loves Excelling... die Liebe Gottes, die jede andere Liebe übertrifft...«

Der Segen war kaum zu Ende, als Agatha schon im Mittelgang war und auf Clara zusteuerte, die ihren Mantel anzog. Daphne folgte, aber dann hielt Bruder Simon sie auf, um mit ihr zu reden, und so kam sie zu spät neben Agatha an, um sie vorzustellen. »Ich bin Agatha Bedloe-Simms«, sagte Agatha. (Nur der unbeleckteste Neuankömmling nannte seinen Nachnamen innerhalb dieser vier Wände, aber zweifellos wollte sie ihre Verbindung zu Ian damit nachweisen.) »Ich nehme an, Sie sind Clara.«

»Oh, ja«, sagte Clara mit ihrer damenhaften, modulierten Stimme. »Und dies ist mein Vater, Bruder Edwin, und mein Bruder, Bruder James.«

Wahrscheinlich wollte sie etwas betonen, mit all diesen »Brüdern«, aber das rauschte an Agatha vorbei. »Ian hat mir viel von Ihnen erzählt.«

»Oh! Wirklich?« fragte Clara, und eine Röte stieg von ihrem Peter-Pan-Kragen aufwärts in ihr Gesicht.

Daphne war verwirrt. Hatte er das wirklich? Bevor sie das herausfinden konnte, erreichte Reverend Emmett ihre Gruppe. »Schwester Agatha«, sagte er, »ich freue mich so, dich hier zu sehen.« Er gab kein Zeichen, daß er sich erinnerte, daß Agatha seine Kirche jahrelang verschmäht und auf einer standesamtlichen Trauung bestanden hatte. Und Agatha selbst schien unbeeindruckt. »Nun sagen Sie mir doch, Reverend Emmett«, sagte sie, »wie schmeckt denn eine fünzig Jahre alte Flasche Wein?«

»Oh, es war der reinste Essig«, sagte er vergnügt.

»Und finden Sie nicht, es uns gegenüber zu erwähnen war auch eine Form von Mundspülung, sozusagen?«

»Ah«, sagte er lächelnd, »da habe ich bei unserer nächsten Wiedergutmachung etwas zu bekennen.«

Er wandte sich an Stuart, der zusammen mit Ian hinter ihr aufgetaucht war. »Sie müssen Agathas Mann sein«, sagte er.

»Bruder Stuart«, verkündete Stuart, mit dem stolzen Grinsen von jemandem, der eine fremde Sprache spricht.

Es gab ein reges Vorstellen und Austauschen von Höflichkeiten, und dann ging Reverend Emmett weiter, um jemand anderen zu begrüßen, und Agatha flüsterte Daphne zu: »Haben wir genug zum Lunch für weitere drei Personen?«

»Drei?« fragte Daphne.

»Auch für ihren Vater und Bruder?«

Das hatten sie nicht, aber darum ging es auch gar nicht. Daphne sagte: »Agatha, ich glaube wirklich nicht –«

Zu spät. Stuart wandte sich an Clara und sagte: »Möchten Sie nicht alle drei mit uns zum Lunch nach Hause kommen?«

Clara errötete wieder. Sie sah zu Ian hinüber. »Oh, wir möchten Ihnen keine Umstände machen«, sagte sie.

»Genau«, sagte Ian. »Vielleicht ein andermal.« Und er nahm Agathas Arm und drängte sie zur Tür. Daphne und Clara blieben zurück und starrten einander an. Daphne sagte: »Em...«

»Nun, es war reizend, dich zu sehen«, sagte Clara mit melodischer Stimme.

»Ja, nun... bis bald, vielleicht.«

Daphne beeilte sich, die anderen einzuholen. Ian hielt Agatha immer noch fest, sie sah ärgerlich aus. Draußen, als sie sich umgruppierten – Agatha ging wieder neben Daphne –, meckerte Agatha: »Was für ein Klotz.«

»Wer – Clara?«

»Ian.«

»Vielleicht hatten sie Streit oder sowas«, sagte Daphne.

»Eher sind sie nur einfach dahingewelkt«, sagte Agatha zu ihr.

Weiter vorn fragte Stuart alles über die Kirche der Zweiten Chance. Er wollte wissen, wie groß ihre Mitgliederzahl war, wann sie gegründet worden war, was ihr steuerlicher Status war. Man konnte merken, daß er nur Konversation machte, aber Ian beantwortete jede Frage gerne und ausführlich. Er sagte, die Zweite Chance hätte sein Leben gerettet. Doug, der mit Thomas vorausging, hüstelte und sagte: »Oh, nun ja, eh...«, aber Ian beharrte: »Das hat sie, Dad. Das weißt du genau.«

Er erzählte Stuart: »Manchmal habe ich diese Schlaflosigkeit. Ich schlafe gut ein, aber dann, etwa eine Stunde später, wache ich auf, und es kommen quälende Gedanken. Kennst du das? Dinge, die ich falsch gemacht habe, Dinge, die ich falsch gesagt habe, Fehler, die ich nicht gemacht haben möchte. Und ich frage mich immer: ›Wenn ich nicht jemanden hätte, an den ich das alles weitergeben könnte, wie würde ich das überstehen? Wie überstehen das andere Leute?‹ Denn ich bin doch sicher nicht der einzige, oder?«

Sie waren mittlerweile an einer Kreuzung angelangt und warteten am Gehsteig, während ein Verkehrsstrom vorüberzog. Agatha hielt ihren Mantelkragen fest und warf Daphne einen Blick zu. Etwas Bedeutungsvolles lag in der Art, wie sie ihre Augen verengte. *Und du wolltest nicht, daß ich eine Freundin für ihn einlade*, schien dieser Blick zu sagen.

»Du kennst doch diese Uhr in der Diele, die die Stundenzahl schlägt«, sagte Ian zu Stuart, »und dann schlägt sie jede halbe Stunde einmal. Wenn du sie also einmal schlagen hörst, kannst du nicht sicher sein, wieviel von der Nacht du vertan hast. Ist es halb eins, oder ist es eins, oder ist es halb zwei? Du mußt einfach daliegen und warten, und von ganzem Herzen hoffen, daß es beim nächsten Mal zweimal schlagen wird. Oder, was schlimmer ist, in manchen Nächten schlägt es eins, zwei, drei, und du sagst: ›Ah!‹ und dann vier, fünf, und du sagst: ›Kann das sein? Habe ich wirklich bis zum Morgengrauen durchgeschlafen?‹ Und dann sechs, sieben, und du sagst: ›Oho‹, denn du kannst sehen, daß es noch nicht so hell draußen ist. Und natürlich, die Uhr schlägt weiter bis zwölf, und du wappnest dich für weitere sechs Stunden bis zum Morgen.«

Die Straße war jetzt frei, und sie hätten hinübergehen können, aber statt dessen standen sie da und sahen ihn an. Es war Agatha, die endlich das Wort ergriff. »Oh, Ian«, sagte sie. »Oh, verdammt. Wie lange willst du noch allein bleiben?«

»Ach, gar nicht mehr lange«, sagte er zu ihr.

Sie blinzelten ihn an in der Sonne.

»Ich wollte noch nicht darüber sprechen«, sagte er. »Aber ist ja egal. Wenn du schon fragst. Ich glaube, ich werde heiraten.«

Irgendwo, weit weg, hupte ein Auto.

Agatha sagte: »Heiraten?«

»Zumindest sprechen wir darüber.«

Stuart sagte: »Heh, du!« Er klopfte Ian auf die Schulter. »Hey, Junge, gratuliere!«

»Danke«, sagte Ian. Er grinste.

»Also du und Clara«, sagte Agatha.

»Wer? Nein, es ist Rita«, sagte er. Er sagte zu Daphne: »Du kennst doch Rita.«

Daphnes Mund klappte auf.

»Rita wer?« fragte Agatha. Sie zupfte an Daphnes Jackenärmel. »Wer ist Rita?«

Diesmal gab ihr Großvater die Antwort: »Rita die Gerümpelberaterin«, sagte er. »Tolle Frau!«

»Aber wer ist sie?« verlangte Agatha zu wissen. Sie begannen, die Straße zu überqueren, Ian voorneweg. »Hast *du* sie kennengelernt, Thomas?«

Thomas sagte: »Nee.« Aber auch er grinste.

»Wir gehen erst seit etwa einem Monat zusammen«, erzählte ihnen Ian. »Als ich sie kennenlernte, hab ich mich erst ein wenig zurückgehalten. Ich fürchtete, wir seien zu verschieden. Aber endlich sagte ich mir: ›Ich muß das einfach tun‹, und rief sie an. Am Ende dieses ersten Abends schien es, als ob wir uns schon ewig kennen würden.«

»Du mußt doch zumindest etwas geahnt haben«, sagte Agatha zu Daphne.

»Ich schwöre, ich hatte keine Ahnung«, sagte Daphne.

Sie war in diesem benommenen Geisteszustand, wo jeder Laut ungewöhnlich deutlich zu sein scheint. Natürlich mochte sie Rita sehr gerne, und doch . . . »Das kommt so plötzlich«, sagte sie zu Ian. »Solltest du dir nicht etwas mehr Zeit lassen?«

Er blieb mitten auf dem Gehsteig stehen und drehte sich um. »Sieh mal«, sagte er, »ich bin einundvierzig Jahre alt. Ich werde nicht jünger. Und ihr alle kennt meinen Glauben. Ihr wißt, ich kann nicht einfach ... mit ihr zusammenleben oder so. Ich möchte heiraten.«

»Na, dann mal los!« ermunterte ihn Stuart.

»Außerdem werdet ihr sie lieben. Nicht wahr, Dad?«

»Absolut«, sagte sein Vater strahlend. »Sie hat mir erlaubt, daß ich meine Werkbank so lasse, wie ich will. Sie hat mich Bees Lippenstift auf der Kommode behalten lassen.«

»Sie ist sehr groß und schlank und schön«, erzählte Ian Agatha. »Sie könnte gut und gerne eine Indianerin sein. Sie hat schöne lange schwarze Haare, und sie hat diese lockeren, schwingenden Bewegungen wie eine Tänzerin.«

Daphne sah ihn an.

Tatsächlich war jedes Wort, das er gesagt hatte, wahr.

»Sie hat etwas so Ehrliches an sich und gerade ... richtig«, sagte er. »Ich habe noch nie jemanden getroffen, der so ist wie sie.«

Da trat Agatha vor. Sie legte beide Hände auf seine Schultern und küßte ihn auf die Wange. »Gratuliere, Ian«, sagte sie.

»Ich auch«, sagte Daphne, und sie küßte ihn auf die andere Wange, und Thomas umschlang seinen Hals in einer kräftigen Umarmung. »Mr. Mysteriös«, sagte er.

Ihr Großvater strich scheu über Ians Arm. Ian versuchte, das Grinsen aus seinem Gesicht zu bekommen.

Sie gingen wieder weiter. Agatha fragte ihn über die Hochzeit aus, und Doug beschrieb, wie Rita sein System bewundert hatte, seine Schrauben in leere Gläschen für Babynahrung zu sortieren. Aber Daphne trottete schweigend neben Stuart einher.

Sie dachte an den Traum, den sie an Thanksgiving gehabt hatte. Es war weniger ein Traum als ein Gefühl – eine Woge intensiver, tiefer, vollkommener Liebe. Sie war erwacht und dachte: *Für wen?*, und erkannte, es war Ian. Aber es war der Ian von damals, in ihrer Kindheit, als er die wunderbarste Person auf Erden zu sein schien. Sie hatte bis dahin nicht bemerkt, wie blaß und beschädigt ihre Liebe seitdem geworden war. Sie hätte für ihn weinen mögen – deshalb hatte sie an jenem Tag beim Frühstück gesagt, sie habe überhaupt nichts geträumt.

Von der Palmenherzengrippe
genesen

Sie fragte, ob er dächte, er wolle jemals Kinder haben, und er sagte:
»Oh, na ja, vielleicht später einmal.« Sie fragte, wie lange er meinte,
daß sie warten sollten, und er sagte: »Ein paar Jahre vielleicht? Ich
weiß nicht.«

Da waren sie erst vier Monate verheiratet. Er merkte ihr an, daß
sie von seiner Antwort enttäuscht war.

Aber warum sollten sie sich beeilen, etwas zu verändern? Ihr
Leben war vollkommen. Sie nur zu betrachten – einfach am Küchentisch zu sitzen und zuzusehen, wie sie einen Brotlaib knetete –, erfüllte ihn mit Befriedigung. Ihre Hände waren so geschickt, und
keine ihrer Bewegungen war überflüssig. Wenn sie ihre mehligen
Hände am Hosenboden ihrer Jeans abwischte, war er ganz hingerissen von ihrer Natürlichkeit.

»Ich hab gedacht, vielleicht schon früher«, sagte sie zu ihm.

»Na ja, das müssen wir ja nicht in diesem Moment entscheiden«,
sagte er.

Er sah ihr zu, wie sie eine Backform einfettete, mit ihren langen,
gebräunten Fingern geschickt die Ecken bearbeitete, und er dachte
an eine Lehrerin, die er in der siebten Klasse gehabt hatte. Mrs.
Arnett hatte sie geheißen. Mrs. Arnett war für ihn einmal die Ideal-
frau gewesen – sanfte Kurven und süßes Parfüm und eine Elfenbein-
haut. Er hatte jede Menge Gründe erfunden, an ihrem Haus vorbei-
zuradeln. In ihrem vorderen Erkerfenster, das Tag und Nacht von
cremefarbenen Vorhängen verhüllt war, hatte ein einziger, blaß-
blauer Krug gestanden, und irgendwie hatten sich um diesen Krug

alle seine Phantasien über die Ehe gesponnen. Er hatte sich vorgestellt, wie Mrs. Arnett jeden Abend ihren Mann an der Tür begrüßte, sie trug nicht die Bermudas oder langweiligen Hosen, die seine Mutter anhatte, sondern ein wirbelndes Kleid in demselben Farbton wie der Krug; und sie küßte Mr. Arnett voll auf die Lippen und führte ihn herein. Alles wäre so konzentriert. Keine Ablenkungen: kein Fernsehen plärrte, kein Telefon klingelte, keine Nachbarn kamen vorbei.

Und bestimmt keine Kinder.

Man konnte nicht sagen, daß Ian und Rita so lebten, nicht einmal jetzt. Sie wohnten noch immer in dem Haus in der Waverly Street – teils eine Frage des Geldes, teils, um seinem Vater Gesellschaft zu leisten. (Daphne hatte nun ihre eigene Wohnung.) Sein Vater bewohnte noch immer das große Schlafzimmer, Ritas verwitwete Mutter kam ständig vorbei, und Ritas verschiedene Tanten und Cousinen und ein ganzes Bataillon Freundinnen saßen dauernd um den Küchentisch und warteten, daß sie ihnen Kaffee einschenkte. Wo würden Kinder in das alles hineinpassen?

»An meinem nächsten Geburtstag werde ich dreißig«, machte Rita ihn aufmerksam.

»Dreißig ist jung«, sagte Ian.

An seinem nächsten Geburtstag würde Ian zweiundvierzig sein.

Zweiundvierzig schien viel zu alt, um an Babys zu denken.

In der Tischlerwerkstatt hatte einer der Handwerker eine Tochter, die jünger war als seine eigenen Enkelinnen. Er hatte jetzt seine zweite Frau, eine Handpflegerin namens LaRue, und LaRue hatte zu ihm gesagt, es sei nicht fair, ihr eine Familie zu versagen, nur weil *er* bereits diese Freude gehabt hatte. Er hatte jedes Detail ihrer Auseinandersetzung über das Thema berichtet; und als nächstes erörterte er die Schwangerschaft, die für LaRue so neu und aufregend war und so alt für Butch, und schließlich das Baby selbst, das jeden Abend schrie und das Essen unterbrach und dafür sorgte, daß LaRue ständig nach ausgespuckter Milch roch. Nun war das Baby zwei Jahre alt und kam manchmal mit seiner Mutter, um Butch nach der Arbeit abzuholen. Sie watschelte zwischen den Hobelspänen herum, krähte und streckte die Ärmchen aus, bis er seinen Hobel weglegte und sie aufhob. »Ist sie nicht eine Puppe?« fragte er die anderen. »Ist sie nicht eine lebendige Puppe?« Aber der Anblick seiner ergrauten Wange neben diesem Blumengesicht war irgendwie beunruhigend, und Ian wandte sich immer krampfhaft lächelnd ab und machte sich eifrig an seinem Werkzeug zu schaffen.

Ian und Rita gingen am nächsten Sonntag zu Fuß zur Kirche, weil das Wetter so schön war. Und außerdem mochte Ian diese Zeremonie: sie beide Hand in Hand, den verschiedenen Nachbarn, die in ihren Gärten arbeiteten, Grüße zurufend. Rita hatte ein Kleid an (oder zumindest ein langes schwarzes T-Shirt, das über den Knien endete), denn sie war in der Alameda Baptist Church aufgewachsen und hielt Jeans in der Kirche für unpassend. Ihr Zopf war im Nacken zu einem Knoten gewunden. Ian stellte fest, wie ungewöhnlich attraktiv ihr Haar wuchs, das sich eng an ihre Schläfen schmiegte und dann in kleinen Wellen über ihre Ohren fiel.

»Hab ich dir schon erzählt, daß Mary-Clay sich ihren Ultraschall hat machen lassen?« fragte sie. »Ihr Arzt sagte, sie wird Zwillinge bekommen.«

»Zwillinge! Du meine Güte«, sagte er. Er verdüsterte sich.

»Zwei kleine Mädchen, meint ihr Arzt. Mary-Clay ist ganz außer sich vor Freude. Mädchen sind leichter als Jungen, sagt sie.«

»Rita«, sagte Ian, »keines ist leicht.«

Sie sah ihn von der Seite an. Er hatte das nicht mit solchem Nachdruck sagen wollen.

»Zumindest«, sagte er, »nicht nach meiner begrenzten Erfahrung.«

Sie bogen in die York Road ein. Vor sich sahen sie eine Gruppe Gemeindemitglieder vor der Kirche stehen, die ihre letzten paar Minuten Sonnenschein genossen, bevor sie hineingingen. Rita sagte: »Na, wenn du es schon sagst, deine Erfahrung *war* begrenzt. Diese Kinder waren nicht deine eigenen. Du warst noch nicht einmal allein für sie verantwortlich!«

»Stimmt«, sagte Ian. »Ich hatte meine beiden Eltern, die mir halfen, und trotzdem war es nicht leicht. Eine Menge daran war ganz einfach langweilig. Nur etwas Körperwärme zu spenden, nur *da zu sein*; jeder hätte das tun können. Und anderes war wieder entsetzlich. Kinder geraten in so viel hinein! Sie fangen an, so wichtig zu werden. An manchen Tagen habe ich mich wie ein Feuerwehrmann oder ein Rettungsschwimmer oder sowas gefühlt – all diese Langeweile, die ab und zu von dramatischen Höhepunkten unterbrochen wird.«

Rita holte Atem, aber inzwischen hatten sie die anderen erreicht. Schwester Myra sagte: »Ach, hallo, ihr zwei!«, und küßte sie beide, sogar Ian. Sie hatte Ian nie geküßt, bevor er verheiratet war. Verheiratetsein ändert eine Menge, hatte er gelernt.

Sie waren zur Zeit die einzigen Frischvermählten der Kirche, und fast die einzigen, die es dort je gegeben hatte. Ihre Hochzeit hatte in der Alameda Baptist Church stattgefunden, aber die meisten von der Zweiten Chance waren dort gewesen und Reverend Emmett hatte bei der Trauungszeremonie geholfen, hatte sogar einen von Alamedas fließenden schwarzen Talaren angehabt. Nun wurden sie von Hand zu Hand gereicht wie Babys in einem Altersheim, und Rita sagte diese genau richtigen Sachen, die Frauen irgendwie zu sagen wissen. »Bruder Kenneth, was macht deine Gicht? Ach, Schwester Denise! Du hast deine Haare aufhellen lassen.« Ian war beeindruckt, aber auch beunruhigt. Das schien nie *seine* Rita zu sein, die ihre Wochentage damit verbrachte, ihren Kunden geradeheraus zu sagen, daß die meisten ihrer lebenslang gehüteten Schätze auf die nächste Mülldeponie gehörten.

Sie gingen hinein und setzten sich auf zwei Plätze in einer der mittleren Reihen. Schwester Nell teilte die Liederheftchen aus. Als Ian seins aufschlug, sah er, daß die obere Ecke jeder Seite abgerissen war, wie von einer Maus angenagt, und er lächelte in sich hinein und drehte sich suchend nach Daphne um. (Sie mußte irgendeinen Mangel an etwas haben, sagte Agatha immer, weil sie so aufs Papieressen versessen war.) Aber er sah sie nicht. Tatsache war, sie kam immer seltener, jetzt, seit sie in der Innenstadt wohnte. So ziemlich alles, wobei man mit ihr rechnen konnte, waren die Guten Werke samstags morgens.

Rita sprach mit ihrem anderen Sitznachbarn, Bruder Kenneths Sohn Johnny, der so ein Winzling von einem Jungen gewesen war, aber jetzt studierte er, um Pfarrer zu werden. In der letzten Zeit hatte er manchmal bei den Gottesdiensten assistiert. Heute jedoch stand Reverend Emmett alleine auf, um das Eingangsgebet zu sprechen. Rita sah gehorsam nach vorne und senkte den Kopf, aber Ian spürte, daß sie nicht zuhörte. Sie versäumte, sich aufzurichten, als Reverend Emmett »Amen« sagte, und sie kaute während der Bibellesung nervös an einem Daumennagel. Ian reichte hinüber und ergriff ihre Hand und barg sie in der seinen, und sie lehnte sich an ihn.

»Damit endet die Lesung des Heiligen Wortes«, sagte Reverend Emmett. »Wir singen nun Lied Nummer vierzehn.«

Die kleine Orgel keuchte die ersten Noten heraus, und Ian ließ Ritas Hand los. Aber sie rückte nicht von ihm ab. Statt dessen sah sie ihm, als sie aufstanden, gerade ins Gesicht und übersah das Gesangbuch, das er vor ihnen hochhielt.

»Hör mal«, sagte sie mit leiser Stimme. »Ich glaube, ich bin schwanger.«

Er hatte bereits den Mund geöffnet, um zu singen anzufangen. Er schloß ihn. Die Gemeinde sang ohne sie: »Break Thou the bread of life . . . brich das Brot des Lebens.«

»Es war nicht absichtlich«, sagte sie. Und dann flüsterte sie. »Aber ich habe vor, mich darüber zu freuen, sage ich dir!«

Was konnte er sagen?

»Ich auch, Liebling«, sagte er.

Sie sahen wieder nach vorn. Ein wenig stammelnd fand er die richtige Stelle und fiel in den Gesang der anderen ein.

Das war im Juli. Im September mußte sie den Knopf am Bund ihrer Jeans offenlassen, und sie trug ihre weitesten Arbeitshemden darüber. Sie sagte, sie dächte, sie könnte schon fühlen, wie das Baby sich bewegte – eine kleine Blase, sagte sie, die lustig hierhin und dorthin flitzte. Ian legte eine Hand auf ihren Bauch, aber für ihn war es noch zu früh, irgend etwas von außen fühlen zu können.

Sie kaufte ein Buch, das zeigte, wie das Baby von Woche zu Woche aussah, und sie und Ian studierten es gemeinsam. Eine Limabohne. Eine Kaulquappe. Dann endlich eine Person, aber eine ungeschickt konstruierte, wie von jemand im Kindergarten geknetet. Sie dachten an Joshua für einen Jungen und Rachel für ein Mädchen. Ian probierte die Namen auf seiner Zunge aus, um zu sehen, wie sie sich im täglichen Leben ausnahmen. »Oh, und ich möchte Ihnen

meinen Sohn Joshua Bedloe vorstellen...« Sein Sohn! Der Gedanke rief die verwirrendste Mischung von Gefühlen hervor: Sorge
und freudige Erregung und auch, darunter verborgen, das Gefühl
einer sich ausbreitenden Müdigkeit. Er sagte Rita alles, außer der
Müdigkeit. Das behielt er für sich.

Nun schien der Haushalt völlig von Frauen erobert worden zu
sein. Ritas verrückte Mutter, Bobbeen, verbrachte Stunden in ihrer
Küche, sie saß gewöhnlich nicht am Tisch, sondern darauf und ließ
ihre hochhackigen Sandalen von ihren Zehen baumeln. Mit ihrem
knisternden, ausgebleichten toupierten Haar, schnalzenden Kaugummi und einem Hagel warnender Ratschläge wirkte sie wie elektrisch geladen, fast gefährlich. »Du bist wahnsinnig, immer noch zu
arbeiten, wenn du nicht mußt, Rita, total wahnsinnig. Erinnerst du
dich nicht, was deiner Tante Dora passierte, als *sie* weiter arbeitete?
Sag du es ihr, Ian. Sag ihr, sie soll aufhören, anderer Leute Ramsch
wegzuschaffen, wenn sie im fünften Monat ist und alle ihre Becken-
knochen sich ausrenken.« Aber sie meinte nicht wirklich, daß Ian
etwas sagen sollte; sie machte nicht die kürzeste Pause, bevor sie
einen neuen Gedankengang verfolgte. »Ich nehme an, du hast über
Molly Sidney gehört. Im sechsten Monat, und sie ruft ihren Arzt an,
sagt: ›Fühlt sich an, als ob jemand ein Seil tief unten aus meinem
Rücken zerrt.‹ ›Oh‹, sagt ihr Arzt, ›das ist normal.‹ Sagt: ›Beachten
Sie es nicht‹, und gleich in der Nacht darauf, rate, was passiert.«

Sie konnte die bizarrsten Geschichten zum besten geben: Nabel-
schnüre, verschlungen wie verdrehte Staubsaugerschläuche, Babys,
die mit Schwanz und Fell geboren wurden. Wenn Ritas zwei verhei-
ratete Freundinnen da waren, machten sie tut-tut. »Still jetzt! Sie
machen ihr Angst!« sagten sie. Aber ihre eigenen Geschichten waren fast ebenso erschreckend. »Ich war dreiunddreißig Stunden in
Wehen.« »Mich mußten sie am Bett *festbinden*.« Heiter und gelassen ging Rita mit der Kaffeekanne reihum. Ian zog sich ins Kellergeschoß zurück, wo sein Vater dem Babyhochsitz der Familie
einen neuen Anstrich gab. »Frauen!« sagte Ian. »Die machen mir
eine Gänsehaut.«

»Mach lieber die Tür hinter dir zu, Ian«, sagte sein Vater. »Es
waren nämlich Farbdämpfe, von denen das Baby deiner Cousine
Linley seine Lernschwierigkeiten bekommen hat.«

Im Oktober begann Ian, eine Wiege aus Virginia-Kirschbaumholz zu bauen – ein einfacher Kasten mit schrägen Seiten ohne Himmel, denn Rita wollte, daß das Baby die Welt sehen konnte. Das Material bekam er kostenlos, aber natürlich mußte er seine eigene Zeit dafür verwenden, und so gewöhnte er sich an, nach der Arbeitszeit in der Werkstatt zu bleiben. Seine Metallfeile machte *kräng! kräng!* als sie an der Kante einer Kufenleiste entlangfuhr. Oft glaubte er, das Echo der Stimmen der anderen Arbeiter im leeren Raum zu hören. »Hab einen Zapfen zu fest eingeschlagen und das verdammte Ding gespalten...«, sagte Bert deutlich, und Mr. Brant fragte: »Warum zum Teufel hast du ein Brett genommen, an dem man das Splintholz sieht?« Ian hielt im Feilen inne und fuhr mit der Hand über die Kante der Leiste, versuchte, die Kurve abzuschätzen. In all den Jahren hier hatte er mit geraden Linien gearbeitet. Er hatte absichtlich von den Bugholzstühlen und -bänken die Finger gelassen, die Augenmaß erforderten, eine persönliche Meinung. Jetzt war er überrascht, wie diese beiden flachen U-Bögen seine Hand befriedigten.

Und in all den Jahren hier hatte er nicht verstanden, weshalb Mr. Brant diese Abneigung gegen Nägel hatte, weshalb er auf Zapfenlöchern und Zapfen und Schwalbenschwänzen bestand. »Wenn du eine Schublade mit Schwalbenschwänzen zusammensetzt, bleibt sie ein Jahrhundert lang fest, gleich bei welchem Wetter«, sagte Mr. Brant gerne, und Ian dachte immer: *Ein Jahrhundert! Wozu?* Nicht, daß er dagegen war, eine Sache ordentlich zu machen. Alles, was aus seinen Händen kam, war gut und glatt und stabil. Aber das konnte man auch mit Nägeln machen, um Himmels willen; und wenn es nicht für immer hielt, nun, er wäre ja nicht mehr da, um es zu sehen. Jetzt aber war er besonders stolz auf die fast nahtlosen Fugen, die sich harmonisch ausdehnen und zusammenziehen und durch ein Jahrhundert dunstiger Sommer und dürrer Winter weiterhin dicht bleiben würden.

Anfang Dezember gingen Rita und Ian mit Daphne und ihrem neuen Freund Curt in eine Bar in der Innenstadt, in der es Flipperautomaten gab. Daphne hatte eine Leidenschaft für Flipper entwickelt. Rita war am Anfang ihres siebten Monats, und sie hatte seit kurzem ihre Arbeitszeit um die Hälfte verkürzt, so daß sie nun zuviel Zeit übrig hatte. Sie zog jede Gelegenheit zum Ausgehen dem Zuhausebleiben vor. Deshalb hatte Ian eingewilligt, in die Bar zu gehen, obwohl er nicht trank. Und Rita konnte natürlich nicht trinken, und Curt gehörte, wie sich herausstellte, zu den Anonymen Alkoholikern. Da saßen also die drei mit ihren Selters, während Daphne, die vergnügt ihr Bier schlürfte, zwischen den verschiedenen Spielen die Runde machte. Ihr Lieblingsspiel, sagte sie, war eins, das Black Knight 2000 hieß, und sie wollte, daß alle vier es ausprobierten, wenn nur die anderen ihnen eine kleine Chance gäben. Sie hievte sich auf einen Barhocker und sah mit finsterem Blick auf die Menschenmenge. Es waren so viele Leute da, daß Ian nicht einmal sehen konnte, wie das Lokal aussah.

Curt erzählte Rita über die Steißlage des Babys seiner Schwester. (Ob die Leute wohl ernstlich diese Geschichten *sammelten*?) Er sah nicht besonders eindrucksvoll aus, war Ians ehrliche Meinung – ein bebrillter und bärtiger Typ in zu betont rustikaler Kleidung. Auch war mit seinem Haar etwas Unglückseliges passiert. Es stand in allen Richtungen in steifen kleinen Zylindern von seinem Kopf ab. Ian sagte: »Wie...?« Er neigte sich näher zu Daphne und sagte: »Wie genau würdest du diese Frisur nennen?«

»Gefällt sie dir? Ich hab sie selbst gemacht«, sagte sie. »Man flicht Dutzende und Aberdutzende von winzigen Zöpfchen und taucht sie in Elmer's Kleister, damit sie halten. Das einzige Problem ist, wenn er joggt.«

»Joggt?«

»Er behauptet, sie bammeln gegen seinen Kopf und knallen ihm an die Kopfhaut.«

Ian prustete, aber ganz plötzlich fühlte er sich alt. Höchstwahrscheinlich war er die älteste Person hier im Raum. Er sah herab auf die Hand, die sein Glas umfaßte – die körnige Haut über den Knöcheln, die knotigen Venen an seinem Unterarm. Wie hatte er glauben können, daß alte Leute so geboren wären? Daß das Alter eine individuelle Eigenschaft sei, wie Sommersprossen oder blondes Haar, etwas, das ihn nie betreffen würde?

Er war jetzt älter, überfiel es ihn mit einem Schlag, als Danny es je zu werden geschafft hatte.

Rita lachte über etwas, das Curt gesagt hatte, unbewußt dabei die

Wölbung ihres Babys umfangend, als sie sich gegen die Bar zurücklehnte. Daphne summte zu den Klängen der Musikbox. »Ma-
donna«, unterbrach sie sich, um es Ian mitzuteilen.

»Bitte?«

»›Like a Prayer.‹«

»Wie bitte?«

»Das *Lied*, Ian.«

»Ach so.«

Er nahm einen Schluck aus seinem Glas. (Dieses Selters schmeckte wie nasser Hund.) »Übrigens«, sagte er zu Daphne, »wo habt
Curt und du euch kennengelernt?«

»Bei der Arbeit«, sagte sie.

Daphne hatte jetzt einen Job in einem Unternehmen, das sich
Trips Unlimited nannte. Ian sagte: »Ist er ein Reisevermittler?«

»Nein, nein, er kam herein, um einen Flug zu buchen. Von Beruf
ist er Erfinder.«

»Erfinder.«

»Er hat diese eine Erfindung gemacht: eine Laubklaue. Diesen
klauenartigen Apparat hältst du in der linken Hand, um die Blätter
aufzuschaufeln, die du zusammenrechst. Wir glauben, damit wird
er reich werden.«

Ian warf Rita einen Blick zu, in der Hoffnung, daß sie es gehört
hatte. (Sie hielten oft dieselben Dinge für komisch.) Aber Rita
starrte gebannt quer durch den Raum. Er folgte ihrem Blick und sah
ein kleines hübsches Mädchen in einem Danzig-T-Shirt an der
Black-Knight-2000-Maschine spielen. Vielleicht eine alte Freundin? Aber als er sich ihr wieder zuwandte, um sie zu fragen, merkte
er, daß Ritas Blick ziellos war. Es war dieses glasige, nach innen
gerichtete Starren von jemandem, der einer entfernten Musik
lauscht. Er sagte: »Rita?«

»Entschuldige«, sagte sie abrupt. Sie stand auf, bahnte sich den
Weg durch die Menge und verschwand hinter der Tür mit der Aufschrift LADIES.

Ian und Daphne sahen einander an. »Meinst du, ich soll ihr nach-
gehen?« fragte Daphne.

»Ich weiß nicht«, sagte er. »Ach, sie ist wahrscheinlich okay.«

Obwohl er durchaus nicht so zuversichtlich war, wie er sich gab.

Sie wurden still. Selbst Curt schien zu wissen, daß irgend etwas zu sagen jetzt unangebracht war. Erst jetzt bemerkte Ian den Lärm in diesem Raum – das Gelächter, die klirrenden Gläser und das Getöse der Flipperautomaten, die krachten und gurgelten und mit metallischen, hohlen Stimmen Befehle bellten. Alle waren so sorglos! Zwei Hocker weiter schwang eine junge Frau mit langen Haaren, so dunkel wie Ritas, nonchalant ihre rosa-türkisfarbenen Bergsteigerstiefel. Ein junger Mann in rotem Jackett und mit glattem blonden Pferdeschwanz reichte ihr eine der Bierflaschen, für die er gerade bezahlt hatte. Die Musikbox hatte aufgehört zu spielen, aber ein paar Leute in einer Nische sangen »Happy Birthday«.

Dann war Rita wieder da, mit weißem Gesicht. Alle drei standen auf. Sie sagte zu Ian: »Ich hab eine Blutung.«

Er schluckte.

Curt war der erste, der reagierte. Er sagte: »Ich bezahle. Ihr drei geht hinaus zum Auto«, und er drückte ein Schlüsselbund in Ians Hand.

Ian hatte vergessen, daß sie in Curts Volvo hierhergefahren waren. »Gehen wir«, sagte er. Er führte Rita zur Tür. Daphne folgte mit ihren Jacken. Als sie den Gehsteig erreichten, blieb er stehen, um Rita in ihre Jacke zu helfen. Sie schüttelte den Kopf, aber er hörte, wie ihre Zähne klapperten. »Zieh sie an«, befahl er ihr, und sie gab nach und ließ sich gefallen, daß er ihre Arme in die Ärmel zwängte.

Curt holte sie ein, als Ian die Autotür aufschloß. »Welches Krankenhaus?« fragte er, rutschte hinter das Steuerrad und ließ den Motor mit einer einzigen leichten Bewegung an. Er fuhr, als habe er solche Krisen schon oft bewältigt, fegte geschickt von einer Spur zur anderen und verlangsamte sein Tempo kaum vor den roten Lichtern, bevor er sie überfuhr. Währenddessen hielt Ian Ritas beide Hände in den seinen. Ihre Zähne klapperten noch immer, und er fragte sich, ob sie in einem Schockzustand war.

Am Eingang zur Unfallstation hielt Curt hinter einem Krankenwagen an. Ian zog Rita aus dem Rücksitz und brachte sie hinein zu einer Frau an einem langen grünen Schalter. »Sie hat eine Blutung«, sagte er zu der Frau.

»Wie stark?« fragte sie.

Sofort fühlte er sich beruhigter. Wie es schien, gab es dabei verschiedene Grade; man sollte nicht automatisch das Schlimmste annehmen. Rita sagte: »Nicht besonders stark.«

Die Frau rief nach einer Krankenschwester, und Rita wurde fortgeführt, während Ian zurückblieb, um Formulare auszufüllen. Versicherungsgesellschaft, Geburtsdatum... er beantwortete sie eilig, kritzelte über die gepunkteten Linien. Als er fast fertig war, kamen Daphne und Curt herein, die den Wagen geparkt hatten. »Sie haben sie irgendwohin gebracht«, sagte er zu ihnen. Er fragte Daphne: »Weißt du den Mädchennamen ihrer Mutter?«

»Erfinde doch einen«, sagte Daphne. Sie sah umher auf die verblichenen grünen Wände, den alten schwarzen Mann halb schlafend in einem Plastiksessel. »Nicht schlecht«, sagte sie. »Normalerweise ist es hier überfüllt.«

Wie oft kam sie denn hierher? Und Curt, der hinter ihr stand, sagte: »Gott, ja, es ist schon vorgekommen, daß ich sechs oder sieben Stunden warten mußte.«

»Nun, heute abend werden wir wahrscheinlich auch warten müssen«, sagte Ian. »Vielleicht solltet ihr beide nach Hause gehen.«

»Ich bleibe hier«, sagte Daphne zu ihm.

»Ja, aber«, sagte Ian. Er schob der Frau das Formular über den Schalter zu. Er sagte: »Aber, em, es wäre mir wirklich *lieber*, wenn ihr gehen würdet. Um ehrlich zu sein.«

Er sah, daß sie sich verletzt fühlte. Sie sagte: »Oh.«

»Ich möchte... mich einfach auf diese Sache konzentrieren. Verstehst du?«

»Ich könnte mich auch konzentrieren«, sagte sie.

Aber Curt berührte sie am Ärmel und sagte: »Komm nur, Daph. Er wird bestimmt anrufen, sobald er dir irgend etwas mitzuteilen hat.«

Als er sie wegführte, war Ian fast überwältigt von Dankbarkeit. Er hatte das Gefühl, er könnte diesen Jungen sogar liebgewinnen.

Rita lag auf einer Bahre in einer von weißen Vorhängen abgeteilten Zelle. Niemand war bis jetzt gekommen, um sie zu untersuchen, sagte sie, aber sie hatten ihren Arzt angerufen. Sie hatte ein verblichenes blaues Krankenhaushemd an, und ein weißes Laken bedeckte ihre Beine und erhob sich sanft über dem Hügel ihres Bauches. Ian ließ sich auf einem Stuhl neben der Bahre nieder. Er nahm ihre Hand auf, die sich nun wärmer und etwas feucht anfühlte. Sie schloß ihre Finger fest um die seinen.

»Erinnerst du dich an unsere Hochzeitsnacht?« fragte sie ihn.

»Ja, natürlich.«

»Erinnerst du dich, im Hotel? Ich kam aus dem Bad in meinem Nachthemd, und du hast am Bettrand gesessen und zwei Finger an die Stirn gehalten. Ich dachte, du wärst nervös wegen der Hochzeitsnacht.«

»War ich auch.«

»Du hast gebetet.«

»Naja, das auch.«

»Du hast dich geniert, dein Nachtgebet vor mir zu sagen, und so hast du so getan, als ob du nur nachdächtest.«

»Ich fürchtete, ich sähe so aus wie einer dieser Christen, die eine Schau daraus machen«, sagte er. »Aber trotzdem wollte ich, em, ich meinte, ich sollte –«

»Kannst du jetzt beten?« fragte sie ihn.

»Jetzt?«

»Könntest du für das Baby beten?«

»Liebling, ich habe die ganze Zeit gebetet, seit wir die Bar verlassen haben«, sagte er.

Seine Gebete waren eigentlich für Rita. Er hatte sie fest, heftig auf diesem Planeten verankert und hielt sie dort mit all seiner Kraft. Aber er hatte nicht nur für ihre Gesundheit gebetet, sondern auch für ihr Glück, und so dachte er, könnte man in gewissem Sinne wohl sagen, daß er auch für das Baby gebetet hatte.

Sie blieb eine Nacht im Krankenhaus und wurde am nächsten Morgen entlassen, immer noch schwanger, mit dem ärztlichen Befehl, bis zu ihrer Entbindung flach zu liegen. Zuerst schien es leicht zu sein. Sie würde alles tun, sagte sie, absolut alles. Sie würde zwei Monate auf dem Kopf stehen, wenn es ihr half, dieses Baby zu behalten. Aber sie war immer der sportliche, draufgängerische Typ gewesen, und Bücher interessierten sie nicht, und Fernsehen machte sie kribbelig. So fand Ian jeden Abend, wenn er von der Arbeit nach Hause kam, das Radio plärren und Rita am Telefon, und in der

Küche wimmelte es von Frauen, die Häppchen machten, um ihren Appetit anzuregen, als wäre sie eine zerbrechliche Kranke. Was sie natürlich nicht war. »Es ist mir egal, ob eine größere Operation dazu nötig ist!« schrie sie ins Telefon. »Du schaffst ihr diese schimmeligen alten Illustrierten aus dem Haus!« (Sie sprach mit Dennis oder Lionel – einem ihrer armen, erschöpften Gehilfen.) Ihr Haar flog rebellisch aus ihrem Zopf, und ihre Hemdärmel krochen an den Armen hoch, nichts konnte sie dazu bewegen, den Tag im Bademantel zu verbringen. Und ständig sprang sie unter dem einen oder anderen Vorwand auf die Füße, während alle riefen: »Stop! Warte!« und die Hände ausstreckten, als ob sie das Kind auffangen wollten, das sie, wie sie zu fürchten schienen, gleich fallen lassen würde.

Ians Vater, der sich in diesen Tagen meistens im Kellergeschoß aufhielt, sagte zu Ian, das alles sei das Ergebnis eines Fehltritts der Evolution. »Die Menschen hätten niemals aufrecht gehen sollen«, sagte er. »Jetzt hat jede schwangere Frau das Gesetz der Schwerkraft gegen sich. Erinnerst du dich an Claudia? Dasselbe ist Claudia passiert, damals, als sie Franny erwartete.«

»Ja, das stimmt«, sagte Ian. Er hatte es vergessen. Ganz plötzlich sah er Lucy in ihrem roten Kopftuch und den über den Rücken fallenden Haaren. »Nur, weißt du, eine kleine Blutung...«, informierte sie ihn mit ihrem putzigen Krächzen. Lucy war zur gleichen Zeit selbst schwanger gewesen. Sie war schon bei ihrer Hochzeit schwanger, höchstwahrscheinlich, und erst jetzt begann Ian sich zu überlegen, wie sie sich wohl gefühlt haben mußte, als sie diese ersten Wochen allein durchmachte, ihre Symptome vor jedermann verbarg und versuchte, einen Ausweg zu finden.

»Es wird nichts extra Feines sein«, sagte sie.

Und: »Zwanzig siebenundzwanzig! Allmächtiger Gott!«

Sie sagte: »Meinst du, Danny hätte etwas dagegen?«

An diesem Abend, als er und Rita Scrabble spielten, stand er auf und wanderte hinüber zu Lucys gerahmtem Foto über dem Klavier. Daphne hatte es vor einiger Zeit dort aufgehängt, aber sie hatte seitdem kaum einen Blick darauf geworfen. Er nahm es vom Haken und hielt es in beiden Händen. »Ich tausche mit dir zwei meiner Vokale gegen einen Konsonanten«, sagte Rita, aber Ian sah immer noch mit gerunzelter Stirn auf Lucys kleines, helles Gesicht.

Natürlich, sie kam ihm grotesk jung vor. Das war nur zu erwarten. Und alles an ihr war so altmodisch. Diese langbeinige Mode der Sechziger! Diese kindische Christopher-Robin-Pose, die erwachsene Frauen zur Schau trugen, mit den weit auseinandergestellten Füßen und den durchgedrückten bloßen Knien! Sie ähnelte einem kleinen Tipi auf Stelzen. Einem Papierschirmchen auf einem Cocktailglas. Einem dieser winzigen, spitzen japanischen Pilze mit den fadendünnen Stielen.

Er registrierte das alles, um etwas Abstand zu gewinnnen. Gewiß war er heute imstande, sie klar zu sehen. Oder nicht? Sicher hatte er endlich die Perspektive, um zu verstehen, welche Bedeutung Lucy für sein Leben gehabt hatte.

Aber Rita sagte: »Okay, *drei* meiner Vokale. Für einen lausigen Konsonanten. Du stellst harte Forderungen, du Teufel.«

Und Ian hängte das Bild wieder an seinen Haken, nicht klüger als zuvor.

Dies würde das erste Weihnachten sein, seit sie verheiratet waren, und Rita hatte große Pläne. Sie schickte Daphne mit Einkaufslisten zu geheimnisvollen Besorgungen und erteilte ihr flüsternd Anweisungen. Sie rief Thomas in New York und Agatha in L. A. an, um auszumachen, daß sie kämen. Sie stellte eine Gästeliste für das Weihnachtsdinner auf: Mrs. Jordan und die Ausländer und ihre Mutter und Curt. Ian hatte einmal erwähnt, daß die Festtagsmahlzeiten der Bedloes früher aus Hors d'œuvres bestanden, und sie beschloß, diese Sitte wiederaufleben zu lassen, wenn es auch bedeutete, daß sie im Wohnzimmer kochen mußte. Tagelang lag sie auf der Couch mit einem Brotbrett über dem Schoß, rollte Windrädchen, stach komplizierte Formen aus Plätzchenteig aus und hackte Kräuter, die Doug bereitwillig für sie hin- und zurückschleppte. Ian war besorgt, daß sie zuviel tat, aber wenigstens amüsierte sie sich gut dabei.

Weihnachten fiel in diesem Jahr auf einen Montag. Thomas kam am Sonntagmorgen rechtzeitig zum Kirchgang an, und dort trafen sie Daphne, die ihren Rucksack trug, weil sie über Nacht zu Hause bleiben wollte. Agatha und Stuart kamen am Nachmittag mit dem Flugzeug an. Das Familienessen am Heiligabend bestand aus Langbohnen und Reis. Alle wunderten sich darüber (gewöhnlich hatten sie Austernragout), aber Rita erklärte, daß Langbohnen eine uralte Sitte seien. Hätte etwas mit Glück zu tun, sagte sie – Glück für das kommende Jahr. Fast im selben Augenblick pflanzte sich etwas wie eine blitzartige Erkenntnis um den Tisch herum fort. Das kommende Jahr? War das dann nicht *Silvesterabend?* Sie warfen einander heimliche Blicke zu und beschäftigten sich dann lächelnd mit ihrem Essen. Rita merkte nichts davon. Aber Ian merkte es, und er war gerührt über den Takt seiner Familie. In letzter Zeit hatte er begonnen, solche Qualitäten zu schätzen. Er hatte begonnen, die Wichtigkeit von Manieren und großzügigen Gesten zu verstehen; er dachte nun, daß die unerschütterliche Heiterkeit seiner Mutter tapferer gewesen war, als er es in seiner Jugend zu schätzen gewußt hatte. (Im letzten Sommer, als er eine Woche lang mit einem verrenkten Rücken im Bett gelegen hatte, hatte er sich plötzlich gefragt, wie Bee die chronischen Schmerzen ihrer Arthritis in all den Jahren ertragen konnte. Er ahnte, daß das wesentlich mehr Kraft gekostet hatte als die kurzen, imponierenden Heldentaten, die man in Filmen sah.)

»Auf die Köchin!« sagte Thomas und hob sein Wasserglas, und alle sagten: »Auf Rita!« Rita grinste und hob ihr eigenes Glas. Wahrscheinlich würden noch auf Jahrzehnte künftiger Heiligabende hinaus die Bedloes treu und brav Langbohnen und Reis essen.

Später, am Kaminfeuer, gab Thomas seine Verlobung bekannt. »Ihr beiden werdet nicht mehr lange die letzten Frischvermählten sein«, sagte er zu Ian. Dies war nicht gerade ein Schock – er war schon eine Zeitlang mit demselben Mädchen zusammen gewesen –, aber sie hatten gehofft, er würde über sie hinwegkommen. Sie alle hatten das Gefühl, daß sie ihn zu sehr herumkommandierte. (Er fiel immer auf diese Managertypen herein, die nichts Weiches an sich hatten; sie könnten ebensogut Geschäftspartner sein, hatte sich Daphne einmal beschwert.) Trotzdem umarmten ihn die Frauen, und Doug sagte: »Na, sowas!«, und Ian schlug vor, daß sie Angie anrufen sollten, um sie in der Familie willkommen zu heißen. Also taten sie es, stellten sich im Flur an, um ihr auf verschiedene Weise mehr oder weniger dasselbe zu sagen. Während Ian wartete, an die

Reihe zu kommen, erinnerte er sich plötzlich, wie Danny auf demselben Fleck Lucy vorgestellt hatte. Was hatte er doch gesagt? »Ich möchte euch die Frau vorstellen, die mein Leben verändert hat«, hatte er gesagt, und damals wie heute hatte die Familie die Nachricht mit dem entschiedensten Ausdruck der Freude aufgenommen.

Am Weihnachtsmorgen packten sie ihre Geschenke aus – die meisten, die Ian und Rita erhielten, bezogen sich auf Babys –, und dann räumten sie das Geschenkpapier weg und bereiteten sich auf die Dinnergäste vor. Rita gab Anweisungen von einem Sessel aus, den Ian ins Eßzimmer geschleppt hatte, nur daß sie immer wieder aufsprang, um selbst etwas zu tun. Schließlich beauftragte Agatha Stuart, sie abzulenken. »Zeig ihr deine Kartentricks, Stu«, sagte sie. »Oh, bitte nicht«, stöhnte Rita. Ian und sein Vater setzten alle Ausziehplatten in den Tisch, und die Frauen legten letzte Hand an die Gerichte, die Rita vorbereitet hatte. Alle waren entzückt, daß es nichts als Hors d'œuvres gab. »Sieh an! Artischocken«, stellte Doug fest. »Schaut mal, Kinder, mein Liebstes: Chesapeake-Krebspaste. Genau wie damals.« Rita strahlte. Stuart sagte zu ihr: »Nimm eine Karte. Irgendeine Karte. Komm schon, Rita, paß auf.«

Die Namen der derzeitigen Ausländer waren Manny, Mike und Buck. Sie waren die ersten, die ankamen – sie kamen immer pünktlich auf die Minute, unvertraut mit den Sitten in Baltimore –, und Mrs. Jordan folgte, mit einem ihrer üppigen schwarzen englischen Kuchen mit einem Zuckerguß, den man mit dem Meißel aufschlagen mußte. Dann erschien Bobbeen mit einer altmodischen Eiscrememaschine, die man ankurbeln mußte, vollgeladen, es fehlt nur das Eis. Und als letzter kam Curt, der aussah, als sei er gerade erst aus dem Bett gekrochen. Den Gästen mußte man die Hors d'œuvres erklären – allen außer Mrs. Jordan natürlich, die das Jahr für Jahr erlebt hatte. Mrs. Jordan sagte: »Ach, du hast sogar Bees Palmenherzengericht gemacht!« Und später, als sie ihre Plätze eingenommen und Doug den Segen gesprochen hatte, sagte sie: »Rita, wenn Ians Mutter sehen könnte, was du hier gemacht hast, sie würde sich so freuen.«

»Erinnerst du dich an das erste Mal, als wir Palmenherzen probiert haben?« fragte Agatha Thomas.

»War das, als wir die Grippe hatten?«

»Nein, nein, das war schon vorher. Du warst noch ganz klein, und Daphne war noch ein Baby. Ich glaube nicht, daß sie sie versucht hat. Aber du und ich waren verrückt auf sie; wir haben die letzten von der Platte weggeputzt. Erst fünf oder sechs Jahre später haben wir diese Grippe gehabt.«

»Uff! Die schlimmste Grippe meines Lebens«, sagte Thomas.

»Meine auch. Ich konnte tagelang keinen Bissen essen. Aber endlich rief ich: ›Ian, ich habe Hunger!‹ Erinnerst du dich, Ian? Du lagst flach —«

»*Ich* war krank?« fragte Ian.

»Alle waren es, sogar Grandma und Grandpa. Du sagtest, ›Hungrig auf was?‹ und ich überlegte und überlegte, und das einzige, was mir einfiel, waren Palmenherzen.«

»Und dann wollten wir alle Palmenherzen«, sagte Thomas. »Sie klangen einfach so *gut*, obwohl ich sie vergessen hatte und Daphne sie nie gegessen hatte. Wir sagten: ›Bitte, Ian, kannst du uns nicht bitte Palm —‹«

»Ich kann mich nicht erinnern«, sagte Ian.

»Also bist du aufgestanden und heruntergewankt, hast dich am Geländer festgehalten —«

»Bist den ganzen Weg zum Lebensmittelladen gefahren und hast uns Palmenherzen gebracht.«

»Ich kann mich an nichts erinnern«, sagte Ian.

Sie betrachteten ihn liebevoll – alle außer den Ausländern, die sich ganz auf die Hors d'œuvres konzentrierten. »Mein Held!« sagte Rita zu ihm.

»Ich sagte: ›Ian, danke‹«, fuhr Agatha fort, »und du sagtest: ›*Ich* danke *dir*. Bevor du sie erwähnt hast, habe ich nicht gewußt, daß ich sie mir selbst die ganze Zeit gewünscht habe.‹«

Stuart sagte: »Vielleicht enthielten sie ein Spurenelement, von dem eure Körper wußten, daß sie es brauchten.«

»Na, was auch immer«, sagte Curt, »diese hier schmecken unheimlich gut. Du solltest ins Gastronomiegeschäft einsteigen, Rita.«

»Oh, ich glaube, ich werde genug zu tun haben für das nächste kleine Weilchen«, sagte sie zu ihm. Und sie tätschelte ihren Bauch, den ihr von Ian geborgtes Hemd kaum bedecken konnte.

Daphne sagte: »Habt ihr schon gehört? Wenn das Baby da ist,

wollen Rita und ich Partner werden. Die halbe Zeit mache ich die Gerümpelberatung, während sie zu Hause bei dem Baby bleibt, und die andere halbe Zeit machen wir es umgekehrt.«

Ian hob die Augenbrauen. Er wußte, daß Rita sich verschiedene Strategien überlegt hatte, aber sie hatte Daphne nicht erwähnt. Er sagte:»Und was ist mit Trips Unlimited?«

»Das ist nicht so ganz das Richtige«, erklärte ihm Daphne.»Es ist zu persönlich.«

»Ein Reisebüro ist persönlich?«

»Mr. X und Mrs. Y buchen zwei Flüge nach Paris und ein Hotelzimmer, zum Beispiel, und ich darf nicht zeigen, daß ich es merke. Oder sie schwindeln mit ihrem Spesenkonto mit Reservierungen Erster Klasse nach –«

Niemand deutete an, daß dieser neue Job mit Sicherheit noch viel persönlicher sein würde –, daß sie sich das Persönliche *auszusuchen* schien. Schließlich sagte Curt:»Nun, wenn du jemals die Gerümpelberatung satt hast, kannst du immer noch Schreiberin werden.«

»Schreiberin?« fragte Daphne und spitzte die Ohren.

»Du könntest einen Stand am Harbor Place mieten und den Leuten anbieten, ihre Briefe zu schreiben.«

Daphne sah verdutzt aus. Der einzige, der lachte, war Ian.

Auf den Nachtisch mußte man ein wenig warten, da die Eiscreme gefroren werden mußte. Bobbeen sagte:»Ist euch klar, daß wir kein einziges Kind hier haben? Niemand, der unbedingt die Kurbel für uns drehen will.« Aber die Ausländer, stellte sich heraus, würden liebend gerne die Kurbel drehen. Sie stürzten in die Küche, während Daphne und Agatha den Tisch abräumten. Rita blieb sitzen und erörterte Babynamen mit Mrs. Jordan. Curt versuchte, in den englischen Kuchen einzubrechen, und Thomas erzählte seinem Großvater über sein neuestes Computerspiel. Die Idee dabei war, sagte er, zu zeigen, daß, wenn man ein historisches Ereignis verschiebt, dies hundert andere verschieben könnte, selbst solche, die nichts damit zu tun zu haben schienen. »Zum Beispiel die Sklaverei«, sagte er. »Die Studenten würden dem Computer sagen, die U.S. habe niemals Sklaverei gehabt, und dann würden sie ein späteres Ereignis eingeben. Der Computer macht: ›Biep!‹, und eine Anzeige erscheint auf dem Bildschirm: *Null und nichtig*.«

»Aber warum sollte das Spaß machen?« fragte Doug.

»Nun, es soll Spaß machen und gleichzeitig belehren.«

»Ich frag mich nur, was aus Monopoly geworden ist«, sagte Doug wehmütig.

Rita nahm Ians Hand und legte sie mit der Innenfläche auf eine Stelle direkt unter ihrer linken Brust. »Fühl mal«, flüsterte sie. Ein runder, stumpfer Knopf – ein Knie oder Fuß oder Ellbogen – glitt unter seine Finger. Es enervierte ihn jedesmal, wenn das geschah.

Letzte Woche hatte er die Papiere für Ritas Krankenhausaufenthalt unterschrieben. Sie würde nur über Nacht dort bleiben, wenn alles so verlief, wie es sollte. Am ersten Tag hatte er für eine Angehörige aufzukommen und am zweiten für zwei. Zwei? Dann kam ihm zum Bewußtsein: das Baby. Eine Person geht hinein; zwei kommen heraus. Es war wie Taschenspielerei. Er hatte nie zuvor gewußt, was für eine wahrhaft erstaunliche Vereinbarung das war.

»Und ich machte eine Abkürzung durch eine Seitenstraße«, erzählte ihm Daphne, »oder eher ein Gäßchen, und es wurde langsam dunkel, und ich hörte diese Schritte, die von hinten näherkamen. Tap-tap, tap-tap: Turnschuhschritte. Gummisohlen. Ich begann, schneller zu gehen. Die Schritte gingen auch schneller. Ich langte mit der Hand in meine Tasche und zog diese Sirene heraus, die du mir geschenkt hast. Erinnerst du dich an den Schlüsselring mit der Sirene, den du mir einmal zu Weihnachten geschenkt hast?«

Sie gingen zusammen zur Werkstatt, um die Wiege abzuholen. Ian fuhr Ritas Lieferwagen, der eine störrische Gangschaltung hatte, die ihn furchtbar ärgerte. Wenn die Ampel auf Grün sprang, mußte er sich plagen, um den ersten Gang hineinzubekommen. Er sagte: »Sehr schlau, Daphne. Wie oft hab ich dich gewarnt, nachts nicht allein auf der Straße herumzulaufen?«

»Ich drehte mich um und drückte den Knopf. Die Sirene ging *wau! wau! wau!*, und diese Person fiel fast auf mich drauf – dieser junge, staksige schwarze Junge, in riesengroßen, enormen weißen Basketballschuhen. Er war erschrocken, offensichtlich. Er fuhr zurück und glotzte mich an. Er sagte: ›Was zum Teufel soll das, Mann? Wie? Was zum Teufel?‹ Und ich stand vor ihm mit weit offenem Mund, denn ich merkte, daß ich keine Ahnung hatte, wie man das blöde Ding abstellt. Da standen wir und guckten uns an, und die Sirene ging *wau! wau!*, bis ich nach und nach anfing zu kichern. Und dann, schließlich, schüttelte er den Kopf und ging um mich herum. Da warf ich die Sirene über einen Zaun und ging weiter, paßte aber auf, daß ich nicht zu dicht hinter ihm herging, und ganz da hinten konnte ich immer noch das *wau, wau, wau* hören...«

»Du denkst wohl, das alles ist ein toller Witz, nicht wahr?« fragte Ian und bog in Chalmer Street ein.

»Na, war es doch auch irgendwie. Nämlich, ich wär nicht erstaunt gewesen, wenn dieser Junge gesagt hätte: ›Oh, Mann, dein Onkel ist vielleicht einer‹, und den Kopf geschüttelt. So als wären wir die Alten und du der Junge. Als ob du das Greenhorn wärst.«

»Zumindest würde ich nicht tot in einer Gasse enden«, sagte Ian zu ihr. »Was hast du denn in diesem Stadtteil gemacht? Wieso treibst du dich immer in komischen Vierteln herum?«

»Ich hab gern was Neues«, sagte Daphne.

Er parkte vor der Werkstatt.

»Ich hab gern, wenn etwas nicht zu vertraut ist. Ich geh gern zu ersten Verabredungen; ich hab gern, wenn ein Typ mich wohin führt, wo ich noch nie gewesen bin, ein Restaurant oder eine Bar, und die Kellnerin nennt ihn beim Namen, und der Barkeeper zieht ihn auf, aber ich bin die Fremde und guck mich nur um in dieser ganz neuen Welt, die so unbekannt und unausprobiert ist.«

Sie stiegen aus dem Lastwagen. (Ian fragte nicht, wieso sie in diesem Falle immer noch in Baltimore lebte. Er war sehr glücklich, daß sie in Baltimore lebte.) Er ging zum Heck, um die Ladeklappe herunterzulassen, und er zog die zusammengefaltete Decke heraus, die er mitgebracht hatte, und breitete sie auf dem Boden des Lastwagens aus.

»Wenn ich ein Mann wäre, würde ich jeden Abend eine andere Frau anrufen«, sagte Daphne, die ihm folgte. »Diese Ungewißheit würde mich reizen, ob sie mit mir ausgehen würde oder nicht.«

»Da hast *du* leicht reden«, sagte Ian zu ihr.

Er brauchte seinen Schlüssel nicht, um in die Werkstatt zu gelangen, was bedeutete, daß Mr. Brant wieder einmal am Wochenende arbeitete. Er ließ Daphne hineingehen und ging voraus über den staubigen Linoleumboden, vorüber an einem halbzusammengesetzten Schreibtisch und dem Skelett eines Kleiderschranks. Durch die Bürotür erhaschte er einen Blick auf Mr. Brant, der sich über den Zeichentisch beugte, und er trat extra fest auf, um zu zeigen, daß er da war. Mr. Brant hob den Kopf, aber nickte kaum, mit unbeweglicher Miene.

Als sie in die Ecke kamen, die Ians Arbeitsplatz war, blieb er stehen. Er machte eine Handbewegung zu der Wiege hin – geradlinig und glänzend. »Nun?« fragte er. »Wie findest du sie?«

»Oh, Ian, wie schön! Rita wird begeistert sein.«

»Na, hoffentlich«, sagte er. Er beugte sich nieder, um sie hochzuheben. Der Honiggeruch des Wood-Witch-Wachses wehte ihm entgegen. »Du nimmst das andere Ende. Sei vorsichtig, wenn du an diesem Schreibtisch vorbeikommst, ich hab lange an der Politur gearbeitet.«

Sie gingen zurück durch die Werkstatt, die Wiege zwischen sich tragend. Mr. Brant kam aus der Bürotür, um zuzusehen, aber Daphne sah ihn nicht an. Sie sprach immer noch über Neuheit. »Ich würde irgendeine Frau anrufen, die ich gerade gegenüber in einem Lokal gesehen hätte oder so«, sagte sie. »Ich würde *nicht* sagen: ›Sie kennen mich nicht, aber –‹ Das ist so offensichtlich. Wozu braucht man sie darüber zu informieren, daß sie einen nicht kennt, verflixt noch mal?«

Ganz plötzlich schien die Zeit zu entgleiten, oder einen Sprung zu machen, oder Ian zu Füßen zu fallen. Er war fünfzehn Jahre alt und übte, wie er Cicely Brown zum Tanz der ersten High-School-Klasse einladen würde. Wieder und wieder wählte er diese spezielle Nummer, die sein eigenes Telefon läuten ließ, und Danny hob den Hörer in der Küche ab und mimte Cicelys Mutter. »*Hall*- lo«, antwortete er in übertriebenem goldenen Ton, und dann rief er: »Cicely, Dahling!« und ging über zu seiner Cicely-Stimme, piepsig und geziert und in den hohen Tönen überkippend. »Hallo? Ooooh! Ian-Baby!« An diesem Punkt war Ian gewöhnlich hilflos vor Lachen. Aber Danny wartete geduldig, und dann geleitete er Ian durch jeden Schritt der Unterhaltung. Er sagte Ian, es sei schön, von ihm zu hören. Er fragte, wie er bei der Geschichtsprüfung abgeschnitten hätte. Er verwandte mehrere Minuten auf das Er-sagte-sie-sagte, das Mädchen immer für so wichtig hielten, allerdings hieß das in

diesem Fall: »Er sagte brumm-brumm, und sie sagte jattata-jattata.«
Dann machte er eine deutliche Pause, damit Ian sein Anliegen vorbringen konnte, nach dem er zu ihm sagte, ja, natürlich, aber sicher,
er wäre entzückt, mit ihm zum Tanz zu gehen.

Daphne sagte: »Ian?«

Er balancierte sein Ende der Wiege auf einem Knie und wandte
sich ab, um sich die Augen mit seinem Jackenärmel zu wischen. Als
er sich zurückwandte, sah er Mr. Brant neben sich. »Heiß«, erklärte
Ian. Es war Januar, und kalt genug in der Werkstatt, daß man seinen
Atem sehen konnte, aber Mr. Brant nickte, als wisse er Bescheid,
und öffnete die Haustür für ihn. Ian und Daphne trugen die Wiege
hinaus.

Ritas Wehen begannen mitten in einem Arbeitstag. Wenn Ian sich
früher diesen Moment ausgemalt hatte, war es immer in der Nacht –
Rita schubste ihn wach, so wie die Frauen im Fernsehen –, aber es
war ein sonniger Nachmittag Ende Februar, als Doreen aus der Bürotür trat und sagte: »Ian! Rita ist am Telefon.« Die anderen Männer sahen auf. »Hoffentlich willst du es dir jetzt nicht anders überlegen«, sagte einer grinsend. Sie waren viel weniger zurückhaltend
ihm gegenüber seit der Nachricht von dem Baby.

Am Telefon sagte Rita, es gehe gut, der Schmerz käme alle fünf
Minuten, kein Grund, die Werkstatt zu verlassen, wenn er es nicht
wollte. Aber bis er nach Hause kam (denn natürlich kam er sofort),
hatte die Sache sich schon beschleunigt, und Rita meinte, vielleicht
sollten sie langsam zum Krankenhaus fahren. Sie schritt im Wohnzimmer auf und ab, in ihrer gewöhnlichen Aufmachung, Lederstie-
fel und Umstandsjeans und eins seiner Baumwollhemden. Sein Vater ging neben ihr her, alles, daß er nicht die Hände rang. »Dieses
Stadium hat mir *nie* gefallen, nie gefallen«, sagte er zu Ian. »Sollten
wir sie nicht überreden, sich hinzusetzen?«

»Ich fühle mich besser, wenn ich gehe«, sagte Rita.

In den letzten beiden Wochen durfte sie wieder auf sein, und Ian
hatte oft das Gefühl, sie wolle die verlorene Zeit aufholen.

Es war der mildeste Februar, der jemals registriert worden war –
noch nicht einmal kühl genug für einen Pullover –, und Rita sah
erstaunt aus, als Ian ihren Mantel mitnehmen wollte. »Du weißt

nicht, wie das Wetter sein wird, wenn du nach Hause kommst«, sagte er zu ihr.

Sie sagte: »Ian. Ich komme *morgen* nach Hause.«

»Ach, ja.«

Er schien sich auf einen Moment in der fernen Zukunft einzustellen. Es war unvorstellbar, daß sie in vierundzwanzig Stunden wieder in diesem Haus sein würden, mit einem Kind.

Im Krankenhaus führte man sie schnell weg, während er die Aufnahmeformalitäten erledigte, und bis man ihm gestattete, in den Kreißsaal zu kommen, war sie zu einer Patientin geworden. Sie lag im Bett in einem groben weißen Hemd, auf ihrer Stirn standen Schweißperlen. Alle zwei Minuten etwa schien ihr Gesicht flach zu werden. »Wie geht es dir?« fragte er immer wieder. »Kann ich irgend etwas tun?«

»Ist schon gut«, sagte sie. Ihre Lippen waren so trocken, daß sie gekräuselt aussahen. Die Schwester hatte angeordnet, sie mit Eisstückchen aus einer Plastikschüssel auf dem Nachttisch zu füttern, aber als er ihr eins anbot, drehte sie unwillig den Kopf weg.

Sie schien immer so unverwundbar zu sein. Vielleicht hatte er sie deshalb geheiratet. Er hatte sie als jemanden gesehen, dem nichts geschehen konnte; das war einmal.

Es war dunkel, als man sie endlich in den Entbindungsraum rollte. Die Fensterscheiben blitzten schwarz auf, als Ian durch den Gang neben ihrer Bahre herging. Der Entbindungsraum war eine Schreckenskammer – grellweißes Licht, blitzende Zangen und monströse verchromte Maschinen. »Du stellst dich neben ihren Kopf, Daddy«, befahl ihm der Arzt. »Halt Mammys Hand fest.« Irgendwie brachte Rita es fertig, darüber zu kichern, aber Ian gehorchte finster, zu ängstlich, um auch nur zu lächeln. Ihre Hand war feucht, und sie preßte seine Finger, bis er fühlte, wie seine Knochen sich in den Gelenken verschoben.

»Jeden Moment jetzt«, kündigte der Arzt an. Jeden Moment was? Ian vergaß immer wieder, weshalb sie hier waren. Er war angespannt wie Gitarrensaiten, und alle Bauchmuskeln taten ihm weh, als er Rita anfeuerte zu pressen. Konnten Frauen dabei sterben? Ja, sicher konnten sie sterben. Es geschah jeden Tag. Er konnte sich nicht vorstellen, was sie daran hinderte, einfach aufzuplatzen.

»Ein prächtiger Junge«, sagte der Arzt und hielt ein glitschiges, wütendes, brüllendes Geschöpf hoch, das eine gewundene Telefonschnur hinter sich herschleifte.

Ian ließ den Atem heraus, der ganze Minuten lang in seinem Brustkorb eingesperrt gewesen sein mußte. »Es ist vorüber, Liebling«, sagte er zu Rita. Er mußte die Stimme erheben, um über dem Lärm hörbar zu sein.

Der Arzt legte das Baby in Ritas ausgestreckte Arme, und sie drückte es an sich, umschloß seinen nassen schwarzen Kopf mit einer Hand. »Hallo, Joshua«, sagte sie. Sie schien zugleich zu lächeln und zu weinen. Das Baby schrie immer noch fürchterlich. »Na, gefällt er dir?« fragte sie und blickte zu Ian auf.

»Natürlich«, sagte er.

Es tat ihm weh, daß sie es für nötig hielt, ihn zu fragen.

Schließlich wurde das Baby weggebracht, und Rita schickte Ian zum Telefonieren. Im Wartezimmer schüttelte er Vierteldollarmünzen aus einem Umschlag, den sie seit Wochen vorbereitet hatte. Er rief alle Nummern an, die sie vorne draufgeschrieben hatte – zuerst Bobbeen und dann seinen Vater und dann Daphne, Thomas und Stuart (Agatha war noch im Dienst) und Ritas zwei beste Freundinnen. Sie alle klangen aufgeregt und erstaunt, als hätten sie bis jetzt nicht begriffen, daß bei der ganzen Sache ein wirkliches Baby herauskommen würde. Bobbeen wollte sofort herüberfahren. Ian überredete sie aber, zu warten. »Du kannst sie morgen besuchen«, sagte er. »Aber komm früh. Sie lassen sie gleich nach dem Mittagessen nach Hause gehen.«

»Moderne Zeiten!« wunderte sich Bobbeen. »Als Rita geboren wurde, mußte ich eine Woche bleiben, und sie ließen Vic auch nicht in den Entbindungsraum. Ihr habt solches Glück.«

Es war Ritas wegen, daß er Bobbeen gebeten hatte, bis zum Morgen zu warten; er nahm an, daß sie erschöpft war. Aber als er in Zimmer kam, saß sie aufrecht da und sah so aus, als wäre sie bereit, aus dem Bett zu springen. Ihr Haar war gekämmt, und sie hatte ihren Flanellpyjama statt des Krankenhaushemdes angezogen. »Acht Pfund und hundertachtundzwanzig Gramm«, sagte sie. Sie sprach wohl über das Baby, das noch nicht da war. Sie behielten ihn für die ersten Stunden im Säuglingssaal. »Er hat deinen Mund, diesen kleinen Aufwärtsschwung in den Winkeln. Und das italienische Haar meines Vaters. Oh, ich *wünschte*, sie brächten ihn herein.«

»Nun ja, du wirst ihn für die nächsten achtzehn Jahre haben«, sagte Ian.

Achtzehn Jahre; barmherziger Himmel.

Er saß eine Weile bei ihr und hörte ihrem Geplauder zu, und dann gab er ihr den Gutenachtkuß. Als er ging, wählte sie die Nummer ihrer Mutter.

Zu Hause erhellte eine einzige Lampe die Diele. Sein Vater war wohl zu Bett gegangen. Es war nach zehn Uhr, stellte Ian zu seinem Erstaunen fest. Er stapfte die Treppe hinauf zu seinem Zimmer.

Ritas Schwangerschaft schien schon lange her zu sein. Das aufgestellte Kissen, um ihre Rückenschmerzen zu lindern, das geöffnete Buch *Neun Monate – Leicht gemacht* und Dougs Taschenuhr, ausgeliehen wegen des Sekundenzeigers – Dinge, die ihm nun irgendwie rührend vorkamen, wie Andenken an eine alte Verliebtheit.

Er setzte sich aufs Bett, um seine Schuhe auszuziehen. Dann wurde ihm klar, daß er nicht imstande sein würde zu schlafen. Er war müde, ja, aber angespannt. Leise auf Socken ging er wieder nach unten in die Küche und knipste das Licht an. Er goß Milch in einen Topf und zündete eine Flamme an, und während er darauf wartete, daß die Milch heiß wurde, wählte er Reverend Emmetts Nummer.

»Hallo«, sagte Reverend Emmett und klang hellwach.

»Reverend Emmett, hier ist Ian. Ich hoffe, Sie waren noch nicht im Bett.«

»Aber durchaus nicht. Was gibt es Neues?«

»Ja, wir haben einen Jungen. Joshua. Acht Pfund und soundsoviel.«

»Gratuliere! Wie geht es Schwester Rita?«

»Es geht ihr gut«, sagte Ian. »Es war eine sehr leichte Geburt, sagt sie. Mir kam sie nicht so leicht vor, aber –«

»Soll ich sie morgen besuchen kommen?«

»Sie schicken sie am Nachmittag schon nach Hause. Vielleicht möchten Sie sie hier besuchen.«

»Gerne«, sagte Reverend Emmett. »Ach, wir hatten kein neues Baby in der Kirche seit Schwester Myras Enkelin! Ich habe wahrscheinlich vergessen, wie man ein Baby hält.«

»Sie können Ihre Kenntnisse gerne bei uns auffrischen«, sagte Ian zu ihm.

»Gott segne dich, daß du daran gedacht hast, mich anzurufen, Bruder Ian«, sagte Reverend Emmett. »Ich weiß ganz genau, daß du ein guter Vater sein wirst. Aber nun solltest du schlafen gehen.«

»Ich glaube, das werde ich tun«, sagte Ian.

Tatsächlich war er auf einmal so todmüde, daß er, nachdem er aufgehängt hatte, den Herd abdrehte und sofort ins Bett ging.

Er zog Hemd und Jeans aus und legte sich in der Unterwäsche hin, er deckte sich nicht einmal zu. Er schloß die Augen und sah Ritas glühendes Gesicht und den wütenden Gesichtsausdruck des Babys. Er sah, wie Reverend Emmett versuchte, einen Säugling zu halten. *Das* wäre ein Anblick! Es reizte ihn, sich das Mißverhältnis vorzustellen – Reverend Emmett in diesem neuen Zusammenhang zu sehen, so wie er damals versucht hatte, sich seine Lehrerin der siebten Klasse bei einer so banalen Beschäftigung vorzustellen, wie das Frühstück für ihren Mann zuzubereiten.

Anscheinend, dachte er, gab es Leute auf dieser Welt, die man sich einfach nicht erklären konnte. Reverend Emmett, Mr. Brant, die überlappenden Schichten von Ausländern . . . Am Ende mußte man akzeptieren, daß der Tag nie kommen würde, an dem man endlich verstand, was es eigentlich mit ihnen auf sich hatte.

Aus irgendeinem Grund machte ihn dies außerordentlich glücklich. Er zog die Decke um sich, sagte ein Dankgebet und war auf der Stelle eingeschlafen.

»Dies ist passendes Geschenk«, sagte der Ausländer namens Buck zu Ian. Oder Ian *dachte*, er sagte es; denn einen Moment später wurde ihm klar, daß es eine Frage gewesen sein mußte. »Ist dies passendes Geschenk?«

Er meinte das weiße Kindertöpfchen aus Plastik, das wie eine richtige Toilette aussah, ein rosa Band war quer über dem Sitz zu einer Schleife gebunden, wie diese hygienischen Papierstreifen in Hotelbadezimmern. Buck und Manny balancierten es zwischen sich auf der oberen Verandatreppe. Wenn Ian mit nein geantwortet hätte, hätten sie es wahrscheinlich wieder mit nach Hause genommen. Er sagte: »Natürlich ist es passend. Vielen Dank.«

346

»In Amerika, alles was du tust, ist passend«, sagte Manny zu Buck. Sie schienen einen vorhergehenden Streit wiederaufzunehmen. »Warum bist du immer so erfürchtet?«

»Falsch«, sagte Buck. »Sie *sagen* dir, ist passend. Dann finden deinen Fehler. Ha!« schrie er, so daß Ian zusammenfuhr. »Rosa Band. Für Buben sollte blau sein.«

»Wir haben das schon diskutiert«, sagte Manny streng zu ihm. »Es ist kein Problem.« Er wandte sich an Ian. »Rosa oder blau: ist dir ganz gleich. Korrekt?«

»Korrekt«, versicherte ihm Ian. »Kommt herein.«

Er trat zurück und hielt die Tür auf, und sie trugen das Töpfchen durch die Diele und ins Wohnzimmer. Rita saß im Schaukelstuhl mit einem großen Kissen hinter sich. Daphne und Reverend Emmett saßen zusammen auf der Couch. »Dies ist passendes Geschenk«, sagte Buck zu ihnen. Er und Manny stellten das Töpfchen auf den Boden.

»Aber sicher«, sagte Rita, »und es ist genau das, was wir uns gewünscht haben. Danke, Buck und Manny.«

»Es ist auch von Mike. Mike ist verhaftet worden.«

»Verhaftet?«

Aber bevor sie der Sache auf den Grund kommen konnten, rief Bobbeen: »Juhuu!« und kam herein. Ihre Absätze klapperten durch die Diele, und dann erschien sie im Türrahmen, in einem orangefarbenen Hosenanzug mit einem Wirbel von Seidenschal kunstvoll um ihren Hals geschlungen. Sie hatte beide Arme in die Seiten gestemmt, eine Vinylhandtasche baumelte von einem Handgelenk. »Nun?« sagte sie. »Wo ist er? Wo hast du ihn hingetan? Wo ist dieses kostbare kleine Enkelbaby?«

»Hallo, Ma«, sagte Rita. »Du kennst doch Buck und Manny hier und Reverend Emmett.«

»Oh, meine Güte, *ja*, natürlich«, sagte Bobbeen und wandte ihr blinzelnd verzogenes Gesicht ausschließlich Reverend Emmett zu. Dieser war nun aufgestanden, er sah verlegen aus, und Bobbeen trat vor, um seine Hände in die ihren zu nehmen. »War das nicht christlich von Ihnen, sich Zeit von Ihren Pflichten zu nehmen«, sagte sie. Ian hatte schon immer den Verdacht gehabt, daß sie ein romantisches Interesse an Reverend Emmett hatte, aber vielleicht war sie nur außerordentlich fromm. »He, da, Daphne, Schatz«, fügte sie über ihre Schulter hinzu. Sie setzte sich in die Mitte der Couch und zog Reverend Emmett neben sich herunter. »Ich kann nicht glauben, daß ich Großmutter bin«, sagte sie zu ihm. »Ist das nicht zum Schreien? Ich *fühle* mich jedenfalls nicht wie eine Großmutter.«

Sie sähe auch nicht aus wie eine, hätte Reverend Emmett sagen sollen, aber er lächelte nur krampfhaft und umklammerte seine beiden Knie. Bobbeen betrachtete ihn einen Moment. Sie klopfte nachdenklich ihre Haarspitzen zurecht und wandte sich dann an Rita. »Also, wo ist der kleine Schatz?« fragte sie.

»Ian ist gerade dabei, ihn herunterzubringen«, sagte Rita.

War er?

Bevor die Ausländer ankamen, hatten Reverend Emmett und Daphne mit ihm hinaufgehen wollen, um in die Wiege zu gucken. Aber jetzt waren zu viele Leute da, fand Ian, und so nickte er und verließ das Zimmer. Das Problem war, er war ein wenig aus der Übung. Er war nicht sicher, ob er noch wußte, wie man den Kopf eines Neugeborenen stützte.

Als er die Treppe hinaufstieg, hörte er Bobbeen sagen: »Nun erzählen Sie mal, Reverend Emmett, ist man bei Ihnen für die Taufe? Oder was sonst, genau?«

»Wir glauben, daß die Taufe eine oberflächliche Konvention ist«, sagte Reverend Emmett.

»Aber *natürlich* ist sie das«, sagte sie zu ihm in besänftigendem Ton.

»Das heißt nicht, daß irgend etwas falsch daran ist, verstehen Sie. Nur, daß wir kleine Kinder nicht für *fähig* halten . . . aber wenn *Ihre* Kirche für die Taufe ist, nun, ich werde gewiß –«

»Oh, die Taufe ist mir doch ganz egal«, rief Bobbeen kühn. »Ich finde es wirklich heilig von Ihnen, das Oberflächliche abzuwerfen, Reverend.«

Ian ging in sein und Ritas Schlafzimmer, wo sie das Baby für die ersten paar Nächte behielten. Es lag mit dem Gesicht nach unten in einer Ecke der Wiege, die Knie zum Bauch hochgezogen und die Nase ins Laken gedrückt. Wie konnte es fertigbringen, so zu atmen? Aber Ian hörte winzige seufzende Laute. Lange Strähnen feinen schwarzen Haars hingen über das Flanellhemdchen. Ian überkam eine Welle von Mitleid für diese dünnen, hochgezogenen, hilflosen kleinen Schultern.

Er kniete neben der Wiege und drehte das Baby um und hob es gleichzeitig vorsichtig auf, so daß er im Aufstehen ein warmes, zerknittertes Bündel gegen seine Brust drückte. Das fühlte sich wie keine acht Pfund an. Es fühlte sich an wie nichts, federleicht – eine Last, so leicht, daß sie zu schweben schien; aber vielleicht war er getäuscht durch die Weichheit des Flanells. Das Baby bewegte sich und umklammerte zwei Miniaturhandvoll Luft, schlief aber weiter. Ian trug seinen Sohn sanft über die obere Diele.

»Tatsächlich habe ich daran gedacht, mich Ihrer Gemeinde anzuschließen«, teilte Bobbeen Reverend Emmett mit. »Hat Rita das schon erwähnt?«

»Em, nein, das hat sie nicht.«

»Ich habe einfach das Gefühl, Sie alle hätten vielleicht die Antworten.«

»Oh, nun, *Antworten*«, sagte Reverend Emmett. »Was das betrifft, Mrs. –«

»Bobbeen.«

»Was das betrifft, Mrs. Bobbeen ...«

Ian grinste.

Er war auf halbem Weg nach unten, als er eine Art Echoeffekt spürte – eine Erinnerung, die sich ihm entziehen wollte. Er blieb stehen, und Danny trat vor, um seine Erstgeborene vorzuführen. »Da ist sie!« sagte er. Aber dann glitt der Moment vorüber wie eine Grammophonnadel, die eine Rille überspringt, und ganz plötzlich war es Lucy, die er vorführte. »Ich möchte euch die Frau vorstellen, die mein Leben verändert hat«, sagte er. Sein Gesicht war sehr ernst, aber Lucy lächelte. »Dein was?« schien sie zu sagen. »Dein, was war das? Oh, dein *Leben*.« Und sie neigte den Kopf und lächelte. Schließlich, hätte sie gesagt haben können, war dies ein ganz gewöhnliches Ereignis. Die Leute veränderten anderer Leute Leben jeden Tag des Jahres. Es war nicht nötig, soviel Aufhebens davon zu machen.

Eine ganz gewöhnliche Ehe...

Anne Tyler

Atemübungen

Roman

Aus dem Amerikanischen von
Reinhard Kaiser
344 Seiten. Gebunden.
ISBN 3-10-080009-5

Was ist aus den Idealen geworden, die sich Maggie in ihrer Jugend
zum Lebensziel machte? An einem einzigen Tag, nicht ganz wie
jeder andere, zieht die Zeit ihrer Ehe an Maggie vorbei. Ihre Gedanken über alte Freunde und die längst erwachsenen Kinder, Erinnerungen an die Vergangenheit und die Versuche, die Gegenwart zu
ändern, zeigen eine »ganz gewöhnliche Ehe« mit all den kleinen
Tragödien und großen Hoffnungen, allen festgelegten Mustern und
Ritualen, Enttäuschungen und Glücksmomenten, die sich in den
langen Jahren angesammelt haben. Ein Roman voller Wärme,
Humor und leiser Trauer.

Für »Atemübungen« wurde Anne Tyler mit dem Pulitzer-Preis
1989 ausgezeichnet.

S. Fischer

Anne Tyler

Segeln mit den Sternen

Roman

Aus dem Amerikanischen von
Reinhard Kaiser
286 Seiten. Gebunden.
ISBN 3-10-080011-7

Jeremy, der liebenswerte Eigenbrötler mit der gelegentlich entrückten Künstlerseele, hat Angst vor den simpelsten Dingen des Alltags. Es fordert, ohne es zu wollen, mit seiner tapsigen Hilflosigkeit die Frauen seiner Umgebung heraus, sein Leben in die Hand zu nehmen. Die patente, mütterliche Mary stürmt in sein Leben. Ihr Familiensinn überzieht wuchernd das ganze Haus, bis Jeremy vor den turbulenten Szenen der sich ständig vergrößernden Familie nirgendwo mehr sicher ist. Er will eigentlich nichts anderes als in Ruhe vor sich hinwerkeln und mit »den Sternen segeln«, was wiederum Mary nicht erträgt.

»Anne Tyler – eine der menschlichsten und humorvollsten Autorinnen unserer Zeit.«   *The Sunday Times*

S. Fischer